EDIÇÕES BESTBOLSO

A cidadela

Traduzido em várias línguas, o escocês A.J. Cronin (1896-1981) é um dos escritores mais conhecidos do século XX. Graduado em medicina em 1919, Cronin serviu como cirurgião na Marinha Real Britânica durante a Primeira Guerra Mundial. Com o fim da guerra, trabalhou em alguns hospitais até seguir para o sul do País de Gales como inspetor-médico de minas do Reino Unido. Esta experiência profissional serviu como inspiração para que, anos mais tarde, o escritor criasse a comovente história de *A cidadela*, ambientada na mesma região. Publicado em 1937, o romance chegou às telas de cinema no ano seguinte numa produção elogiada pela crítica especializada. No fim da década de 1930, Cronin passou a se dedicar apenas à carreira de escritor.

A. J. CRONIN

A Cidadela

Tradução de
GENOLINO AMADO

CIP-Brasil. Catalogação-na-fonte
Sindicato Nacional dos Editores de Livros, RJ.

Cronin, A. J. (Archibald Joseph), 1896-1981
C957c A cidadela / A. J. Cronin; tradução de Genolino Amado. – Rio de Janeiro: BestBolso, 2008.

Tradução de: The Citadel
ISBN 978-85-7799-026-9

1. Médicos – Ficção. 2. Ficção inglesa. I. Amado, Genolino, 1902-1989. II. Título.

07-4050 CDD – 823
CDU – 821.111-3

A cidadela, de autoria de A. J. Cronin.
Título número 027 das Edições BestBolso.

Título original inglês:
THE CITADEL

www.edicoesbestbolso.com.br

Ilustração de capa: Pedro Meyer Barreto
Design de capa: Richard Verdoorn

Impresso no Brasil

ISBN 978-85-7799-026-9

Para minha mulher

Parte I

1

No fim de uma tarde de outubro, no ano de 1924, um jovem malvestido olhava atenta e intensamente pela janela de um vagão de terceira classe no trem quase vazio que, vindo de Swansea, vencia o vale do Penowell. Partindo do norte, Manson viajara durante todo o dia, fazendo baldeação em Carlisle e Shrewsbury, mas a etapa final da sua enfadonha viagem para o sul do País de Gales o encontrou sob o domínio de uma enorme excitação pela perspectiva do emprego, o primeiro da sua carreira médica, nesta estranha e desfigurada região.

Lá fora, um pesado aguaceiro fazia descer uma cortina de névoa entre as montanhas que se elevavam de um dos lados da via férrea. Os picos estavam ocultos na mancha cinzenta do céu, porém suas laterais, escalavradas pelos trabalhos de mineração, caíam negras e desoladas, preenchidas em alguns trechos com o que foi deixado pelos mineradores, sobre onde vagavam alguns carneiros sujos na vã esperança de encontrar pastagem. Não se via sinal de vegetação. As árvores, vistas na luz fraca, eram fantasmas raquíticos e descarnados. A uma curva do trem, o brilho vermelho de uma fundição lampejou um instante, iluminando um grupo de trabalhadores, nus da cintura para cima, os torsos retesados, os braços levantados para bater. Embora o quadro se perdesse rapidamente atrás da confusa engrenagem do alto da mina, perdurava uma impressão de força tensa e vívida. Manson respirou profundamente.

Sentiu-se invadido por uma onda de estímulo, sufocado por uma alegria súbita que vinha da esperança e das promessas do futuro.

Já havia caído a noite, acentuando o ar estranho e distante da cena, quando, meia hora mais tarde, a locomotiva entrou resfolegando em Drineffy, a última cidade do vale e ponto terminal da linha. Chegara, finalmente. Apanhando a maleta, Manson saltou do trem e desceu rapidamente à plataforma, procurando com ansiedade qualquer sinal de boas-vindas. À saída da estação, debaixo de um lampião soprado pelo vento, estava a esperá-lo um velho de rosto amarelado, com um chapéu de abas largas e uma capa de borracha que mais parecia um camisolão. Examinou Manson com um olhar ictérico e, quando resolveu falar, a voz ainda era relutante.

– É o novo assistente do Dr. Page?

– Isso mesmo. Manson. Meu nome é Andrew Manson!

– Hum. O meu é Thomas. Velho Thomas é como muitos me chamam, os malditos! Trouxe aqui o cabriolé. Entre logo, a menos que prefira ficar na chuva.

Manson levantou a maleta e pulou no cabriolé desconjuntado, ao qual estava atrelado um cavalo alto e anguloso. Thomas seguiu-o, segurou as rédeas e gritou ao cavalo:

– Vamos, Taffy!

Atravessaram a cidade. Embora Andrew tentasse entusiasticamente distinguir os seus contornos, nada mais pôde ver na chuva torrencial além da mancha confusa de casas baixas e cinzentas, alinhadas ao pé das altas montanhas a perder de vista. Durante vários minutos o velho criado ficou em silêncio, mas não parou de lançar para Andrew olhares pessimistas por debaixo da aba gotejante do chapéu. Em nada se parecia com o cocheiro elegante de um médico importante. Era, pelo contrário, mal-arrumado e sujo, exalando um cheiro esquisito de gordura velha de cozinha. Afinal Thomas disse:

– O doutor acabou de colar grau, não é mesmo?

Andrew balançou a cabeça, concordando.

– Bem que eu sabia. – O velho cuspiu. O triunfo tornava-o perigosamente comunicativo. – O último assistente foi embora há uns dez dias. A maioria não dura muito tempo.

– Por quê? – perguntou Andrew com um sorriso, apesar do nervosismo.

– Creio que um dos motivos é o trabalho, pesado demais.

– E há outros?

– O senhor verá!

Um momento depois, como um guia que mostrasse uma catedral imponente, Thomas levantou o chicote e apontou para o fim de uma fileira de casas, onde uma nuvenzinha de fumaça estava subindo de um portal iluminado.

– Está vendo ali? Lá estão a minha patroa e a minha vendinha de batatas e peixe frito. Fritamos duas vezes por semana. O negocinho vai indo. – Uma idéia divertida torceu-lhe o lábio superior. – Não tardará muito até o doutor ter necessidade de conhecer a vendinha.

Ali a rua principal terminava e, virando para uma pequena via lateral, atravessaram um terreno baldio e entraram pelo estreito caminho que dava em uma casa isolada dos quarteirões adjacentes, atrás de três pinheiros. No portão estava escrito o nome Bryngower.

– Aqui estamos – disse Thomas, fazendo parar o cabriolé.

Andrew desceu. Logo em seguida, enquanto se preparava para a cerimônia da sua apresentação, escancarou-se a porta da frente e ele se viu no saguão iluminado, sendo recebido efusivamente por uma mulherzinha de cerca de 50 anos, alta, magra e risonha, fisionomia tranquila e olhos azul-claros.

– Ora viva! Deve ser o Dr. Manson. Entre, meu filho, entre. Eu sou a Srta. Page, a irmã do médico. Espero que não tenha feito uma viagem muito cansativa. Oh! Que prazer em vê-lo! Quase esqueço onde fica a cabeça desde que o último assistente nos deixou. Um sujeito horrível! Só o senhor vendo! Nunca houve gastador igual. É o que lhe posso afirmar. Mas pouco importa. Agora, com o senhor aqui, tudo irá bem. Venha, eu mesma quero mostrar-lhe o seu quarto.

No andar superior, o quarto de Andrew era um aposento pequenino e modesto, com uma cama de metal, uma cômoda amarela e uma mesinha de bambu com bacia e jarro. Examinando o ambiente, enquanto os olhinhos da mulher, que pareciam dois botões negros, observavam-lhe a face, Andrew disse com a preocupação de mostrar-se amável:

– Isso aqui parece muito confortável, Srta. Page.

– É mesmo, sem dúvida. – Ela sorriu e bateu-lhe no ombro, maternalmente. – Ficará esplendidamente instalado aqui, meu filho. Trate-me bem e eu lhe pagarei na mesma moeda. Não posso dizer nada mais justo, não é verdade? Agora, antes que envelheça mais um minuto, venha ser apresentado ao doutor. – Ela fez uma pausa. Seu olhar ainda interrogava o dele e a voz se esforçava para ser natural. – Não sei se lhe disse na minha carta, mas, para falar com franqueza, o doutor não tem andado muito bem ultimamente.

Andrew fitou-a com surpresa.

– Oh, não é nada de grave – continuou a mulher, apressadamente, antes que ele pudesse falar. – Faz algumas semanas que está de cama. Mas ficará bom dentro em breve. Sobre isso não há dúvida.

Perplexo, Andrew acompanhou-a até o fim de um corredor, onde ela abriu uma porta, exclamando alegremente:

– Olhe aqui o Dr. Manson, Edward! O nosso novo assistente. Ele veio cumprimentá-lo.

Quando Andrew entrou no aposento, um quarto de dormir comprido, de cortinas completamente cerradas e com um pequeno fogo ardendo na grelha, Edward Page virou-se lentamente no leito, parecendo fazer com isso um grande esforço. Era um homem grande, ossudo, de 60 anos talvez, com feições envelhecidas e olhos luminosos, mas cansados. Em toda a sua expressão estampavam-se sofrimento e uma espécie de enfado. E ainda havia mais. Caindo sobre o travesseiro, a luz da lâmpada de azeite revelava um lado do rosto, que era macerado e sem expressão. O lado esquerdo do corpo era igualmente paralítico, e a mão esquerda, que caía sobre a colcha de retalhos, estava contraída em forma de funil. Observando esses sinais de um ataque grave e nada recente, Andrew sentiu-se tomado de súbito desalento. Houve um silêncio constrangedor.

– Faço votos para que goste disto aqui – observou afinal o Dr. Page, falando arrastado e com dificuldade, enrolando um pouco as palavras. – Espero que também não ache a clínica trabalhosa demais. O senhor é muito jovem.

– Tenho 24 anos, doutor. – Andrew respondeu desajeitadamente. – Sei que este é o meu primeiro emprego, porém não tenho medo de trabalhar.

– Está vendo? – a Srta. Page intrometeu-se. – Eu não lhe disse, Edward, que teríamos sorte com o nosso novo assistente?

Uma imobilidade ainda mais profunda caiu sobre a face do doente. Olhou para Andrew. E então o seu interesse pareceu declinar. Disse numa voz desanimada:

– Espero que o senhor fique.

– Meu Deus do céu! – exclamou a Srta. Page. – Isso é coisa que se diga? – Voltou-se para Andrew, sorridente, a desculpar-se. – Isto é só porque ele está um pouco abatido hoje. Mas ficará bom logo e voltará ao serviço, não é mesmo, querido? – Curvando-se, ela beijou carinhosamente o irmão. – Eu mandarei Annie trazer o seu jantar assim que terminarmos o nosso.

Page não respondeu. A expressão estática do rosto encostado ao travesseiro fazia a boca parecer torcida. A mão do lado bom estendeu-se para um livro que estava sobre a mesinha de cabeceira. Andrew viu o título do livro: *As aves selvagens da Europa*. Antes mesmo que o doente começasse a ler, ele percebeu que devia sair.

Quando Andrew desceu para o jantar, seus pensamentos encontravam-se numa confusão dolorosa. Fora admitido para a vaga de assistente em resposta a um anúncio publicado no *The Lancet**. Todavia, na correspondência trocada até o fim pela Srta. Page, da qual resultou o emprego, nunca houve a menor referência à doença do médico. Certo era que o Dr. Page estava doente e não havia dúvida sobre a gravidade da hemorragia cerebral que o incapacitara. Passariam meses antes que ele pudesse voltar ao trabalho, se é que ainda poderia trabalhar outra vez.

Com esforço, Andrew afastou o problema da cabeça. Era jovem, saudável e não tinha objeção contra o trabalho extraordinário que a moléstia de Page podia lhe acarretar. Na verdade, seu entusiasmo ansiava mesmo por uma avalanche de chamados médicos.

– Você está com sorte, meu filho – observou a Srta. Page jovialmente ao entrar com alvoroço na sala de jantar.

---

*Publicado no Reino Unido, o jornal *The Lancet* é uma das mais importantes publicações científicas da área médica. (*N. do E.*)

– Nesta mesma noite já pode ter uma amostrazinha do seu trabalho. Nada de serviço de ambulatório. Dai Jenkins incumbiu-se disso.

– Dai Jenkins?

– É o farmacêutico – disse a Srta. Page em tom natural. – Um sujeitinho jeitoso. E de muito boa vontade, também. Muitos o tratam mesmo por Dr. Jenkins, embora, é claro, não possa ser comparado, de forma alguma, com o Dr. Page. Ele se encarregou da parte do ambulatório e também de atender aos chamados nesses últimos dez dias.

Andrew fitou-a com um novo interesse. Voltou de repente, num clarão, à sua memória tudo que lhe haviam dito, todas as advertências que recebera a respeito dos discutíveis processos de clínica médica naquelas paragens longínquas do País de Gales. Mais uma vez foi com esforço que ficou em silêncio.

A Srta. Page sentou-se à cabeceira da mesa, de costas para a lareira. Quando se instalou confortavelmente na cadeira, com uma almofada, deu um suspiro e tocou uma sineta que estava diante dela. Uma criada de meia-idade, rosto pálido e bem lavado, trouxe o jantar e, ao entrar, lançou um olhar furtivo para Andrew.

– Venha, Annie – exclamou a Srta. Page, passando manteiga num pedaço de pão macio e enfiando-o na boca. – Este é o Dr. Manson.

Annie não respondeu. De modo silencioso e discreto serviu a Andrew uma fatia bem fininha de carne: peito de vaca cozido e frio. Para a Srta. Page, entretanto, havia um lombozinho quente, com cebolas, além de meia garrafa de leite fresco. Quando ela levantou a tampa do seu prato especial e cortou um pedaço de carne suculenta, os dentes se aguçaram numa expectativa feliz. Explicou então:

– Quase não almocei, doutor. Além disso, tenho que observar a minha dieta. É o sangue! Tenho que tomar um pouco de leite para o meu sangue.

Andrew mastigou com disposição a carne fibrosa e só bebeu água. Passado um momento de indignação, sua principal dificuldade consistia em dominar o próprio senso de humor. O pretexto de doença apresentado era tão falso que ele conteve a muito custo uma grande vontade de rir.

Durante a refeição, a Srta. Page comeu muito e falou pouco. Por fim, ensopando o pão no molho na carne, terminou o bife, molhou os lábios com o restante do leite e recostou-se na cadeira, seu corpo magro relaxado, o olhar contido, avaliando. Agora, parecia disposta a demorar-se à mesa, inclinada a confidências, tentando talvez formar uma impressão de Manson, lá à sua maneira audaciosa.

Estudando-o, ela viu um rapaz moreno, magro e desajeitado, tenso, com maçãs do rosto salientes, queixo delicado e olhos azuis. Esses olhos, quando os levantava, eram extraordinariamente firmes e inquisidores, apesar da tensão nervosa da fronte. Embora nada soubesse a esse respeito, Blodwen Page estava diante de um celta. E ainda que reconhecesse o vigor e a inteligência alerta na fisionomia de Andrew, o que lhe agradou acima de tudo foi ter aceitado sem vacilação a fatia de uma carne de peito cozida havia mais de três dias. Ela deduziu que o assistente não era difícil de alimentar, embora parecesse faminto.

– Vamos nos dar muito bem, você e eu – declarou outra vez com efusão, enquanto palitava os dentes com um grampo de cabelo. – Bem que eu preciso de um pouco de sorte, para variar. – Enternecida, contou-lhe as suas atribulações e fez um vago esboço da clínica e da sua situação. – Tem sido horrível, meu filho. Você não pode calcular. Com a doença do Dr. Page e com esses assistentes malvados, nada está entrando e tudo está indo embora. Ah, nem imagina! E o trabalho que tenho tido para conservar a boa vontade do gerente e dos funcionários da mina!... É por meio deles que vem o dinheiro da clínica. Bem pouco, aliás – apressou-se em acrescentar. – Veja, as coisas estão arranjadas em Drineffy do seguinte modo: a companhia tem três médicos na lista, embora lhe deva explicar que o Dr. Page está muito acima dos outros, pela inteligência. E, além disso, o tempo que ele tem estado aqui! Quase trinta anos, ou mais. É algo que se deve levar em consideração! Pois bem, esses médicos podem ter tantos assistentes quantos queiram. O Dr. Page tem você. O Dr. Nicholls tem um sujeitinho chamado Denny. Mas os assistentes não entram para a lista da companhia. De qualquer modo, como ia dizendo, a companhia deduz uma parcela do salário de todos os seus empregados das minas e das pedreiras para pagar os médicos contratados, de acordo com o número de homens que se inscrevem para se tratar com eles.

Ela parou de falar e o encarou com um olhar inquisidor.

– Creio que já compreendi como é o sistema, Srta. Page.

– Então, muito bem. – Ela soltou o seu riso alegre. – Não deve mais preocupar-se a este respeito. Só deve se lembrar de que está trabalhando para o Dr. Page. Isto é o principal, doutor. Lembre-se de que está trabalhando para o Dr. Page e o senhor e eu nos entenderemos bem.

Observando em silêncio, pareceu a Manson que a mulher procurava ao mesmo tempo inspirar-lhe piedade e firmar a sua autoridade sobre ele de modo gentil. Talvez sentisse que tinha ido longe demais. Com um olhar para o relógio da parede, aprumou-se, colocou o guardanapo sobre a mesa e, depois, levantou-se. Sua voz estava diferente, quase autoritária.

– A propósito, há um chamado para Glydar Place, número 7. Veio por volta das 17 horas. É melhor ir atender o quanto antes.

2

Andrew saiu imediatamente para atender ao chamado com uma sensação esquisita, quase de alívio. Alegrava-o a oportunidade de desvencilhar-se das emoções curiosas e contraditórias que sua chegada a Bryngower suscitara. Já desconfiava da situação e da maneira pela qual Blodwen Page pretendia utilizá-lo para dar andamento à clínica do médico principal, incapacitado para o serviço. Era uma situação estranha e muito diferente dos quadros românticos de sua imaginação. Entretanto, como tudo isso era insignificante em comparação com o seu trabalho! Era só o que importava. Ansiava por começar. Inconscientemente, apressou o passo, excitado pela expectativa do serviço, exaltado na sua realização. Esse era o seu primeiro caso!

Ainda chovia quando atravessou um terreno baldio e seguiu ao longo de Chapel Street, na direção vagamente indicada pela Srta. Page. Na escuridão da noite, a cidade ia tomando forma diante de Andrew. Lojas e igrejas – Zion, Capel, Hebron, Bethel, Bethesda, passou por uma dúzia delas –, depois os armazéns de uma grande cooperativa e a filial do Western Counties Bank, todos na rua principal, mergulhada bem no leito do vale. Era singularmente opressiva a sensação de estar sepultado no fundo daquela garganta de montanhas. Havia pouca gente por ali. Nas esquinas, ao redor de Chapel Street, havia filas de casas de operários, com tetos azuis. E além, à entrada da garganta, sob o clarão que se espalhava como um leque no céu opaco, a mina de hematita de Drineffy e os trabalhos de mineração.

Andrew chegou ao número 7 da Glydar Place, bateu ansiosamente na porta e logo o levaram à cozinha, onde a doente estava deitada numa cama, num canto. Era uma mulher jovem, esposa de um operário metalúrgico chamado Williams. Ao aproximar-se da cabeceira, com o coração batendo apressadamente, ele sentiu, com toda a força, o significado daquilo. Era o verdadeiro ponto de partida da sua carreira.

Quantas vezes imaginara aquela cena, quando, no meio de uma multidão de estudantes, acompanhava uma aula prática nas enfermarias do Professor Lamplough! Agora, não havia uma multidão para ampará-lo, nem a exposição fácil do mestre. Estava sozinho, diante de um caso que devia diagnosticar e tratar, sem ajuda de ninguém. De repente, numa verdadeira aflição, ele teve consciência de seu nervosismo, de sua inexperiência, de sua completa falta de preparo para tal responsabilidade.

Sob as vistas do marido, no quartinho apertado, com chão de pedra e iluminação escassa, ele examinou a mulher com escrupuloso cuidado. Não havia dúvida: ela estava doente. Queixava-se de intolerável dor de cabeça. Temperatura, pulso, língua, tudo indicava preocupação, preocupação bem séria. Mas o que podia ser? Tenso, Andrew fez a si mesmo essa pergunta quando se inclinou novamente sobre a enferma. O seu primeiro caso. Oh! Ele sabia que estava nervoso demais. Mas, e se cometesse um erro, um terrível engano? Pior ainda – e se não pudesse fazer um diagnóstico? Não esqueceu nada. Nada. Contudo, ainda se encontrava lutando para chegar a uma solução qualquer para o seu problema, esforçando-se para agrupar os sintomas à sombra de alguma doença reconhecida. Afinal, compreendendo que não poderia prolongar o exame por mais tempo, aprumou-se lentamente, enrolando o estetoscópio, procurando com esforço o que dizer.

– Ela teve um resfriado? – perguntou, sem levantar os olhos.

– Teve, sim, realmente – respondeu Williams com ansiedade. Mostrara-se apreensivo durante o demorado exame. – Há três ou quatro dias. Estou certo de que foi um resfriado, doutor.

Andrew confirmou com a cabeça, tentando dolorosamente inspirar uma confiança que não sentia. Murmurou:

– Vamos curá-la dentro em breve. Venha ao ambulatório daqui a meia hora. Eu lhe darei um remédio.

Despediu-se e, cabisbaixo, pensando desesperadamente, arrastou-se de volta para o ambulatório, uma construção de madeira, em ruínas, que ficava à entrada do caminho da casa de Page. Lá dentro, acendeu o gás e começou a andar de um lado para outro diante das garrafas azuis e verdes sobre as prateleiras empoeiradas, quebrando a cabeça, tateando na escuridão. Nada havia de sintomático. Devia ser, sim, devia ser um resfriado. Mas, no íntimo, ele sabia que não era um resfriado. Resmungava exasperadamente, desanimado e raivoso em face da própria incompetência. A contragosto, via-se forçado a contemporizar. Quando se defrontava com um caso obscuro na sua enfermaria, o professor Lamplough tinha preparada uma formulazinha que aplicava com tato: POD – pirexia de origem desconhecida. Era exata e não comprometia. E soava tão bem como algo científico!

Sentindo-se muito infeliz, Andrew tirou de um canto, debaixo do balcão, uma garrafinha de 170 mililitros e, preocupado, começou a compor uma solução antipirética. Doce espírito de nitro*, salicilato de sódio – onde estava o diabo do salicilato? Ah, está aqui! Tentou animar-se refletindo que todas aquelas drogas eram esplêndidas, excelentes, destinadas a baixar a temperatura. Só podiam fazer bem. O professor Lamplough declarara muitas vezes que não há remédio tão valioso na generalidade dos casos como o salicilato de sódio.

Exatamente quando Andrew acabava de aviar a receita e escrevia o rótulo, com a sensação exaltada de haver praticado uma façanha, a sineta tocou, a porta da rua escancarou-se e entrou, seguido de um cachorro, um homem de 30 anos, baixo, compleição robusta e sólida, faces avermelhadas. Houve um silêncio. O cão de pêlo negro agachou-se sobre as ancas enlameadas. Enquanto isso, o homem – que usava uma roupa velha de algodão aveludado, meias esburacadas e sapatos com chapinhas de ferro, uma capa de oleado encharcadíssima sobre os ombros – fitou Andrew de alto a baixo. Quando se decidiu a falar, a voz era de uma polidez irônica, intoleravelmente bem-educada.

– Ao passar, vi luz na janela. Achei que devia entrar para saudá-lo. Sou Denny, assistente do conceituado Dr. Nicholls, LSA. Isso quer dizer, se é que ainda não sabe, Licentiate of the Society of Apothecaries,** o título mais alto que Deus e os homens conhecem.

Andrew baixou os olhos, desconfortável. Phillip Denny tirou um cigarro da carteira amarrotada, acendeu-o, jogou

---

*Antes da invenção da anestesia era comum o médico manipular substâncias químicas para aliviar a dor. Doce espírito de nitro é o mesmo que éter, usado antigamente para amenizar o sofrimento dos pacientes. (*N. do E.*)

**Licença criada em 1815 pela Royal Society of Apothecaries, a instituição médica mais tradicional e prestigiosa da Inglaterra. (*N. do T.*)

o fósforo no chão e começou a passear insolentemente. Apanhou o vidro de remédio, leu o endereço, as indicações, destampou o frasco, cheirou-o, tampou-o de novo e o largou onde estava, deixando transparecer no semblante avermelhado e aborrecido uma expressão de aprovação.

– Esplêndido! Já começou a trabalhar! Uma colherada de três em três horas. Valha-me Deus! Mas, doutor, por que não três vezes ao dia? Não compreende, colega, que, pela ortodoxia mais estrita, as colheradas devem passar três vezes por dia pelo esôfago do doente? – Fez uma pausa, tornando-se ainda mais ofensivo, com o ar afetado de intimidade. – E agora me diga, doutor, o que é isso? Pelo cheiro é espírito de nitro. Estupendo esse doce espírito de nitro! Estupendo, meu caro doutor, estupendo! Antiflatulento, estimulante, diurético, e pode-se beber à vontade um garrafão. Não se lembra do que diz o livrinho de receitas? Quando em dúvida, dê espírito de nitro. Ou é o iodureto de potássio? Ora essa! Parece que já esqueci algumas das minhas noções essenciais.

Mais uma vez houve um silêncio no barracão de madeira, quebrado apenas pelo tamborilar da chuva no telhado de zinco. De repente, Denny soltou uma gargalhada, saboreando a expressão confusa do rosto de Andrew. E disse com ar de troça:

– Deixando a ciência de lado, doutor, poderia satisfazer a minha curiosidade? Que idéia foi essa de vir para este lugar?

A essa altura Andrew já estava um tanto irritado. Respondeu com aspereza:

– Minha idéia era transformar Drineffy numa estância de cura. Uma estação de águas, entendeu?

Denny riu novamente. O seu riso era um insulto que dava a Andrew vontade de surrá-lo.

– Engraçado, muito engraçado, meu caro doutor. É o espírito contundente dos verdadeiros escoceses. Infelizmente, não posso lhe recomendar a água daqui como especialmente indicada para uma estação de cura. E quanto aos senhores médicos, caro colega, são neste vale o refugo de uma profissão gloriosa e verdadeiramente nobre.

– Inclusive o senhor?

– Exatamente! – Denny balançou a cabeça, confirmando o que disse. Depois, ficou calado um momento, contemplando Andrew por baixo das sobrancelhas ruivas. E então deixou o ar irônico e sua expressão tornou-se pesada outra vez. Embora amargo, era sério o tom de sua voz. – Olhe aqui, Manson! Sei que você está começando agora uma carreira para ser um médico importante, mas até lá há duas ou três coisas sobre este lugar que você deve saber. Não achará o lugar muito de acordo com as melhores tradições do exercício romântico da medicina. Não há hospital, nem ambulância, nem raios X, nem nada. Havendo necessidade de operar, usa-se a faca da cozinha. Para lavar-se depois, tem de ser na pia da copa. Os aparelhos sanitários são algo que não se agüenta ver. Quando o verão é seco, as criancinhas morrem, como moscas, de cólera infantil. Page, o seu patrão, foi um velhinho bom na medicina, mas agora é um homem acabado, que Blodwen explora. Nunca mais voltará a ser o que era. Nicholls, o meu proprietário, é um tipinho que só pensa em dinheiro. Bramwell, o "Rei da Prata", não sabe nada, a não ser alguns versos sentimentais e o "Cântico dos cânticos", de Salomão. E, quanto a mim, é melhor antecipar as boas notícias, bebo como uma esponja. Ah! e o Jenkins, o seu boticário, faz ótimos negócios vendendo pastilhas para doenças de senhoras. Creio que é tudo. Venha, Hawkins, vamos embora. – Chamou o cachorro e arrastou-se para a porta. Ali parou, passeando o olhar desde o frasco de remédio sobre o balcão até Manson. A sua voz era natural, quase desinteressada. – A propósito, se eu fosse você, consideraria a hipótese de enterite no caso de Glydar Place. Alguns casos não têm características exatas.

A sineta da porta tocou novamente. Antes que Andrew pudesse responder, o Dr. Phillip Denny e Hawkins desapareceram na escuridão chuvosa.

3

Não foi o colchão duro de capim que fez Andrew dormir tão mal aquela noite, mas a ansiedade crescente a respeito do caso de Glydar Place. Seria enterite? A observação de Denny, ao despedir-se, criara uma nova fonte de dúvidas e desconfianças no seu espírito já incerto. Receando que tivesse deixado passar algum sintoma vital, foi com dificuldade que dominou o impulso de levantar-se e ir examinar novamente a enferma no meio da madrugada. Por certo, na agitação e no desassossego da longa noite sem repouso, chegou a perguntar a si mesmo se, afinal de contas, sabia alguma coisa de medicina.

A natureza de Manson era extraordinariamente intensa. Provavelmente isso vinha da mãe, uma mulher de Highlands que, quando menina, vira de sua casa, em Ullapool, a aurora boreal lampejar no céu gelado. O pai, John Manson, um pequeno lavrador de Fifeshire, fora um homem sólido, cuidadoso e de confiança. Nunca chegou a ser grande coisa na sua terra e, quando morreu como guarda real, no último ano da guerra, deixou os negócios do seu pequenino estábulo numa triste desordem. Durante 12 meses Jessie

Manson lutou para explorar a granja como fornecedora de laticínios, tendo mesmo de fazer em pessoa a entrega do leite, quando compreendeu que Andrew estava ocupado demais com seus livros para tal serviço. Foi então que se agravou a tosse à qual durante anos não dera importância. De uma hora para outra, a coitada se rendeu ao mal dos pulmões, que devasta mulheres com seu tipo físico.

Aos 18 anos Andrew viu-se sozinho, como calouro da Universidade de St. Andrew, sustentado por uma bolsa escolar de 40 libras anuais que não dava para nada. Quem o salvou foi a Fundação Glen, essa fundação tipicamente escocesa que, na terminologia ingênua do finado Sir Andrew Glen, "convida estudantes pobres e de valor, batizados com o nome de Andrew, a se candidatarem a empréstimos que não excedam 50 libras anuais, fornecidos durante cinco anos, desde que se preparem conscienciosamente para reembolsá-los depois de formados".

Graças à Fundação Glen e alguns períodos de fome, Andrew conseguiu completar o curso em St. Andrew e, mais tarde, na Escola de Medicina da cidade de Dundee. Profundamente honesto a ponto de não olhar as próprias conveniências, a sua dívida com a fundação o fez seguir apressadamente para o sul de Gales, onde assistentes recém-formados poderiam obter remuneração mais alta. Embora o seu salário fosse de 250 libras anuais, se não existisse essa dívida teria preferido uma nomeação para o hospital de Edimburgo, mesmo ganhando dez vezes menos.

E ei-lo agora em Drineffy, às voltas com o primeiro paciente. Levantou-se, fez a barba, vestiu-se, sempre preocupado com o caso. Engoliu às pressas o desjejum e depois voltou correndo ao quarto. Abriu a mala e tirou de lá uma caixinha de couro azul. Abriu-a e olhou com carinho para uma medalha que estava lá dentro – a medalha de ouro

Hunter, concedida anualmente na Universidade St. Andrew ao melhor aluno de clínica médica. Ele, Andrew Manson, a conquistara! Prezava-a mais do que tudo, chegando a considerá-la um talismã, sua inspiração para o futuro. Mas, nessa manhã, não foi com orgulho que ele a contemplou, foi quase uma súplica, como se tentasse restaurar a confiança em si mesmo. E, então, apressou-se em sair para o serviço matinal do ambulatório.

Quando Andrew chegou ao barracão de madeira, encontrou Dai Jenkins, que enchia uma grande vasilha de louça. Era um sujeitinho miúdo e esperto, de veias arroxeadas, faces encovadas, olhos inquietos que pareciam olhar para todos os pontos ao mesmo tempo. Nas pernas finas usava as calças mais justas que Andrew já vira. Recebeu Manson com ares amáveis e insinuantes:

– Doutor, não precisa vir tão cedo! Eu mesmo posso dar os atestados e preparar receitas antes da sua chegada. A Srta. Page mandou fazer um carimbo com a assinatura do doutor quando ele caiu doente.

– Obrigado – respondeu Andrew. – Prefiro tratar eu mesmo dos casos. – Fez uma pausa, distraído momentaneamente da sua preocupação pelo que o encarregado da farmácia fazia. – Que idéia é essa?

– Fora daqui, isto tem outro sabor. Nós sabemos o que significa, na verdade, a velha água da bica, hein, doutor?! Mas os doentes não sabem. Havia de parecer um verdadeiro idiota, não é mesmo, se eles me vissem enchendo com água da torneira os seus vidros de remédio...

Era evidente que o pequeno farmacêutico estava querendo fazer-se comunicativo, mas então uma voz estridente partiu da porta dos fundos da casa.

– Jenkins! *Jenkins*! Preciso de você, imediatamente!

Jenkins pulou como um cão ensinado ao estalar do chicote do domador de circo. Disse tremendo: – Desculpe-me, doutor. É a Srta. Page me chamando. Eu... tenho de ir correndo.

Por sorte, havia pouca gente para o serviço do ambulatório. Às 10h30 já havia terminado. Tendo recebido de Jenkins a lista das visitas a fazer, Andrew saiu afinal, no cabriolé guiado por Thomas. Numa expectativa quase dolorosa, ordenou ao velho criado que seguisse diretamente para o número 7 de Glydar Place.

Vinte minutos depois, saiu do número 7, pálido, apertando os lábios, com uma expressão esquisita no rosto. Bateu duas portas adiante, no número 11, que também estava na lista. Saindo do número 11, atravessou a rua para o número 18. Do número 18 quebrou a esquina para Radnor Place, onde havia mais duas visitas marcadas por Jenkins na véspera. No espaço de uma hora, foram sete visitas na redondeza. Cinco delas, incluindo a de Glydar Place, que agora estava apresentando um aspecto característico, eram casos claros de enterite. Durante os últimos dez dias Jenkins tratou-os com giz e ópio. E agora, por mais que tivesse se esforçado na noite anterior, Andrew compreendeu, com um arrepio de apreensão, que tinha nas mãos um surto de tifo.

Foi num estado quase de pânico que terminou, tão rapidamente quanto possível, o restante das visitas. Durante o almoço meditou sobre o problema silenciosamente, enquanto a Srta. Page se contentou com um peixe cozido, explicando alegremente:

– Mandei prepará-lo para o Dr. Page, mas parece que ele não tem apetite algum. – Andrew percebeu que dela só poderia obter informações irrelevantes e nenhuma ajuda. Achou que devia falar com o Dr. Page.

Quando subiu ao quarto dele, porém, as cortinas estavam fechadas e Edward jazia prostrado com uma terrível dor de cabeça, a testa muito congestionada e vincada pelo sofrimento. Embora convidado a sentar-se um pouco, Andrew sentiu que seria cruel trazer-lhe naquele momento um motivo de inquietação. Ao levantar-se para sair, depois de alguns minutos à cabeceira do médico, contentou-se em perguntar:

– Dr. Page, se tivermos um caso de infecção, o que é que se deve fazer?

Houve uma pausa. Page respondeu de olhos fechados, sem se mover, como se o simples ato de falar já fosse o bastante para agravar a sua enxaqueca.

– Será sempre muito difícil. Não temos hospital, só contamos com uma enfermaria de isolamento. Se for um caso muito grave, telefone para Griffiths, em Toniglan. Fica a 25 quilômetros daqui. É o médico responsável pela saúde pública do distrito. – Outra pausa maior do que a primeira. – Mas não espere dele grande ajuda.

Animado por essa informação, Andrew apressou-se em descer e pediu uma ligação para Toniglan. Enquanto esperava com o fone no ouvido, viu que Annie, a criada, o espiava pela porta da cozinha.

– Alô, alô! É da casa do Dr. Griffiths, de Toniglan? – Conseguira a ligação afinal.

Uma voz de homem respondeu com muita precaução:

– Quem deseja falar com ele?

– Quem fala aqui é Manson, de Drineffy. O assistente do Dr. Page. – O tom de voz era estridente. – Tenho aqui cinco casos de tifo. Preciso que o Dr. Griffiths venha imediatamente.

Houve uma pequena pausa. Em seguida, a resposta veio de repente, cheia de desculpas, com um sotaque do País de Gales.

– Sinto muito, doutor, sinto de verdade, mas infelizmente o Dr. Griffiths foi para Swansea. Negócios do governo, assunto importante.

– E quando estará de volta? – berrou Manson. A ligação estava horrível.

– Para falar a verdade, doutor, não posso lhe dar uma informação exata.

– Mas escute aqui...

Houve um clique do outro lado da linha. Desligaram, calmamente. Manson praguejou em voz alta, nervoso.

– Maldição! Acho que foi o próprio Griffiths.

Pediu o número outra vez, porém não conseguiu a ligação. Numa teimosia desesperada, já ia telefonar novamente quando, ao virar-se, viu que Annie entrara no saguão e contemplava-o modestamente com as mãos enfiadas no avental. Era uma mulher de 45 anos talvez, muito limpa e arrumada, com uma expressão grave e plácida.

– Ouvi sem querer, doutor – disse ela. – Não encontrará o Dr. Griffiths em Toniglan, nesta hora do dia. Quase todas as tardes ele vai jogar golfe em Swansea.

Andrew respondeu com raiva, engolindo o nó que lhe apertava a garganta.

– Mas creio que foi com ele que falei.

– Pode ser. – Ela deu um leve sorriso. – Mesmo quando não vai a Swansea ele diz que foi. – Fitou-o com tranqüila simpatia antes de voltar para a cozinha. – Se eu fosse o doutor, não perderia tempo à sua procura.

Andrew pendurou o fone com um sentimento profundo de indignação e tristeza. Resmungando, saiu para visitar os doentes mais uma vez. Quando voltou, já estava na hora do serviço noturno do ambulatório. Durante uma hora e meia ficou sentado no cubículo dos fundos que tinha o nome de consultório. Padeceu no quarto abafado até sentir as paredes transpirando umidade e o lugar insuportável com as exalações dos corpos suarentos. Mineiros com joelhos contundidos, dedos cortados, vesgos, reumatismo crônico. As mulheres deles também, e as crianças, com tosse, resfriado, machucados – todas as pequenas dores da humanidade.

Normalmente até acharia graça em se ver posto à prova por aquela gente morena e de faces descoradas. Mas agora, perturbado pela impressão dominante, impacientava-se com a narrativa daquelas queixas sem importância. Contudo, durante esse tempo, uma decisão já se esboçava em seu espírito. Enquanto escrevia receitas, auscultava pulmões e dava conselhos médicos, pensava consigo mesmo: "Foi ele quem me abriu os olhos. Eu o odeio, tenho-lhe aversão. Mas não há jeito. Devo procurá-lo."

Às 21h30, quando o último paciente saiu, levantou-se com a decisão estampada na fisionomia.

– Jenkins, onde mora o Dr. Denny?

Fechando depressa a porta da frente, antes que chegasse mais alguém, o farmacêutico voltou-se, deixando transparecer no rosto um gesto de horror quase cômico.

– O doutor não há de querer entender-se com esse sujeito. A Srta. Page... não gosta dele.

Andrew perguntou irritado:

– E por que a Srta. Page não gosta dele?

– Pelas mesmas razões por que os outros não gostam. Tem sido grosseiríssimo com ela. – Jenkins parou, mas depois, lendo a expressão de Manson, acrescentou com relutância: – Ah! Bem, se faz questão de saber, ele mora com a Sra. Seager, na Chapel Street, 49.

Ei-lo novamente na rua. Andara o dia inteiro, mas não se sentia cansado, tal o senso de responsabilidade, tal a carga daqueles casos, pesando, pesando cada vez mais, sobre os seus ombros. Foi principalmente alívio o que sentiu quando, ao chegar à Chapel Street, soube que Denny estava em casa. A senhoria mandou-o entrar.

Se ficou surpreendido ao vê-lo, Denny não demonstrou. Perguntou-lhe apenas, depois de o encarar longa e detidamente:

– Então? Ainda não matou ninguém?

Ainda de pé, no limiar da sala quente e suja, Andrew corou até a raiz dos cabelos. Mas, fazendo um grande esforço, dominou a raiva e o orgulho e disse abruptamente:

– Você tinha razão. Era enterite. Eu mereço castigo por não haver descoberto isso. Já são cinco casos. Não é agradável ter de vir aqui, mas não sei o que fazer. Telefonei ao médico do Departamento de Saúde Pública e ele não me deu nem uma palavra de ajuda. Tive de apelar para você.

Esparramado numa poltrona, perto do fogo, com um cachimbo na boca, Denny fez afinal um gesto de má vontade.

– É melhor entrar. Oh, que diabo, puxe uma cadeira! Não fique aí de pé como se estivesse em penitência. Quer beber alguma coisa? Não! Logo vi que não iria querer – disse ele, parecendo irritado.

Embora Andrew atendesse contrafeito ao convite, sentando-se e acendendo um cigarro para disfarçar o constrangimento, Denny não parecia ter pressa. Pôs-se a cutucar o cachorro com a ponta do chinelo. Afinal, quando Manson terminou de fumar, ele disse com um movimento de cabeça:

– Se quiser, pode dar uma olhada!

E indicou a mesa onde estava o microscópio, um ótimo Zeiss, e algumas lâminas. Andrew focalizou uma das lâminas, aplicou o óleo de imersão e logo pôde ver o enxame de bactérias em forma de bastonetes.

– Está preparado de modo grosseiro, é claro – disse Denny com vivacidade e cinismo, como se antecipasse a crítica. – Na verdade está feito precariamente. Não sou nenhum rato de laboratório, graças a Deus. Se sou alguma coisa, é cirurgião. Mas aqui, neste sistema maldito, a gente tem de ser pau para toda obra. Aliás, não há engano possível, mesmo a olho nu. Eu preparei os germes em cultura de ágar, na minha estufa.

– Também está tratando de casos de tifo? – perguntou Andrew com vivo interesse.

– Quatro. Todos na mesma zona dos seus. – Fez uma pausa. – Esses bichos vêm da cisterna de Glydar Place.

Andrew encarou-o alerta, querendo fazer várias perguntas, começando a compreender a importância do trabalho do outro médico e apreciando mais do que tudo a indicação do foco da epidemia.

– Você compreende – continuou Denny no mesmo tom amargo e irônico. – Paratifo é mais ou menos endêmico por essas bandas. E mais cedo ou mais tarde vamos ter um flagelozinho. A rede principal de esgotos é a culpada de tudo. Vaza como o diabo e se infiltra na maioria das cisternas da parte baixa da cidade. Já martelei a paciência de Griffiths com este assunto, mas acabei cansando. É um suíno carola, incompetente, evasivo e preguiçoso. A última vez que lhe telefonei disse-lhe que ia acabar com ele quando o encontrasse. Provavelmente foi por isso que ele se mostrou, hoje, tão gentil com você.

– É uma vergonha! – explodiu Andrew, deixando-se levar por uma crise súbita de indignação.

Denny deu de ombros.

– Ele não quer pedir providências ao Conselho, com medo de que as despesas resultem num corte no seu salário.

Houve um silêncio. Andrew desejava ardentemente que a conversa continuasse. Apesar da hostilidade em relação a Denny, encontrava um estranho estímulo no seu pessimismo, no seu ceticismo, no seu cinismo medido e glacial. Entretanto, não tinha mais nenhum pretexto para prolongar a visita. Levantou-se da cadeira, junto à mesinha do microscópio, e encaminhou-se para a porta, ocultando o que sentia e esforçando-se para exprimir o seu alívio num agradecimento formal.

– Fico-lhe muito grato pela informação. Você me fez ver em que pé estou. Andava preocupado com a origem da doença e já estava pensando que o contágio se desse por um portador, mas como você localizou a causa nas cisternas, tudo ficou mais simples. De agora em diante toda a água de Glydar Place tem de ser fervida.

Denny levantou-se também, e resmungou:

– Agora, meu caro doutor, nada de agradecimentos comovidos. É um favor que lhe peço. Antes que isso termine, teremos provavelmente de nos suportar ainda um pouco mais. Venha visitar-me toda vez que se sentir com forças para me tolerar. Não temos muita vida social por aqui. – Lançou um olhar ao cão e concluiu rudemente: – Até um médico escocês pode ser bem-vindo, não é mesmo, Sir John?

Sir John Hawkins espanou o tapete com o rabo, botando a língua para fora como se debochasse de Manson.

Ao voltar para casa, passando antes por Glydar Place, onde deixou instruções rigorosas sobre o suprimento de água, Andrew compreendeu que não detestava tanto Denny como havia pensado.

4

Andrew entregou-se de corpo e alma, com todo o fogo da sua natureza ardente e impetuosa, à campanha contra a enterite. Amava o seu trabalho e julgava-se feliz por ter aparecido tamanha oportunidade, no começo da carreira. Durante essas primeiras semanas, trabalhou exaustivamente, mas feliz. Tinha sob sua responsabilidade todo o serviço comum da clínica, porém, mal dava conta da tarefa, voltava com entusiasmo aos seus casos de tifo.

Talvez tivesse sido protegido pela sorte na primeira investida. Antes que terminasse o mês, todos os seus doentes de enterite passavam muito bem e o surto da moléstia parecia contido. Quando pensava nas suas precauções, tão rigorosamente tomadas – água fervida, desinfecção e isolamento, papéis ensopados de ácido fênico em todas as portas, quilos de cloreto de cal, que mandara vir por conta da Srta. Page e que ele mesmo jogara nos esgotos de Glydar –, quando pensava em tudo isso, dizia com satisfação: "Tudo vai indo muito bem. Sei que não mereço tanto. Mas, que diabo! Estou dando conta do recado!"

A recuperação de seus pacientes ser mais rápida que a dos de Denny inspirava-lhe um prazer secreto e inconfessável.

Denny ainda o desconcertava, ainda o exasperava. Naturalmente encontravam-se muitas vezes por causa da proximidade dos seus doentes. E Denny comprazia-se em empregar toda a força da sua ironia no trabalho que os dois andavam fazendo. Dizia que eles estavam "em luta renhida com a epidemia" e saboreava a frase com prazer vingativo. Contudo, apesar do sarcasmo, apesar de dizer zombeteiramente: "Não se esqueça, doutor, de que estamos salvando a honra de uma profissão verdadeiramente gloriosa", estava sempre à cabeceira dos doentes, examinando-os a toda hora, passando muito tempo junto aos leitos.

Às vezes, Andrew chegava quase a lhe querer bem. Era quando Denny deixava transparecer uma simplicidade tímida e fugidia. Mas, logo depois, desfazia essa boa impressão com uma frase mal-humorada e sarcástica. Magoado e confuso, Andrew apelou certo dia para o *Almanaque médico* na esperança de um esclarecimento. Havia nas estantes do Dr. Page um velho exemplar de uma edição de cinco anos antes. Trazia, entretanto, algumas informações surpreendentes. Apresentava Phillip Denny como estudante laureado das universidades de Cambridge e Guy, M. S. da Inglaterra*, exercendo até aquela data a sua atividade profissional na cidade de Leeborough, em cujo hospital também desempenhava as funções de cirurgião titulado.

No dia 10 de novembro, inesperadamente, Denny lhe telefonou.

– Manson, gostaria de vê-lo. Venha até aqui, à tarde. É assunto importante.

– Está bem, irei.

Andrew foi almoçar preocupado. E, enquanto mastigava a sua magra ração, percebeu que Blodwen Page o observava de modo incisivo e impertinente.

– Quem foi que telefonou? Foi Denny, não foi? Não se meta com esse sujeito. Ele não presta para nada.

Manson encarou-a friamente.

– Pelo contrário, ele me tem sido útil em muita coisa.

---

*Abreviatura muito usada na linguagem médica. Significa Master in Surgery, isto é, mestre em cirurgia. É o grau mais importante de um cirurgião na Inglaterra. (*N. do T.*)

– Pois continue com ele, doutor. – Como sempre acontecia quando contrariada, Blodwen explodiu num acesso de despeito. – É um sujeito maluco. Quase nunca dá remédios. Olhe, quando foi consultá-lo, Megan Rhyes Morgan, que não pode passar sem remédios, saiu de lá com a recomendação apenas de andar a pé, 3 quilômetros por dia, nas montanhas, e deixar de enlamear-se no meio dos porcos. Foram essas exatamente as suas palavras. Ela veio nos procurar depois disso e eu lhe asseguro que desde então nunca mais deixou de ter as suas garrafinhas de ótimos remédios preparados por Jenkins. Oh! É um demônio grosseirão e torpe, e ainda por cima largou a mulher não sei onde. Não está vivendo com ele. Veja só! Além do mais, quase sempre anda bêbado. Fuja da sua companhia, doutor, e não se esqueça de que está trabalhando para o Dr. Page.

Quando ela veio com essa insinuação familiar para o seu lado, Andrew sentiu o sangue subir-lhe à cabeça. Vinha fazendo tudo que era possível para ser agradável, mas parecia não haver limites para as exigências daquela mulher. Suas atitudes, que alternavam entre a meiguice e a desconfiança, tinham sempre o objetivo de tirar tudo dele e lhe dar em troca o menos possível. O pagamento do seu primeiro mês já estava com três dias de atraso, talvez por descuido da parte dela, mas um descuido que o aborrecia e o preocupava muito. Ao vê-la ali, instalada na boa vida, ditando sentenças sobre Denny, Andrew não pôde conter os seus sentimentos e disse, irritando-se de repente:

– Eu me lembraria mais facilmente de que estou trabalhando para o Dr. Page se já me tivessem pago o salário, minha senhora.

Ela corou tão instantaneamente que Andrew ficou certo de haver tocado num assunto bem presente na consciência da Srta. Page. Ela levantou a cabeça como um desafio.

– O senhor receberá o seu salário. Ora que idéia!

Durante o restante do almoço ficou amuada, sem olhar para Andrew, como se ele a tivesse insultado. Ele sabia que havia provocado sua irritação. Falara sem pensar, sem pretender ofendê-la. O seu temperamento explosivo o colocara em uma situação delicada. Enquanto almoçava, não conseguiu chegar a uma conclusão sobre o tipo de relacionamento que tinham desenvolvido. A verdade era que, desde o primeiro momento, assim que entrara em Bryngower, sentira que havia entre eles uma certa incompatibilidade. Talvez o problema fosse com ele — sua aspiração em realizar o sonho de uma carreira médica, tornava-o ansioso. Podia perceber que seus modos dificultavam, mais do que nunca, o entendimento entre eles.

Não havia dúvida de que Blodwen Page era muito estimada por todos, desempenhando bem seu papel de eficiente dona de casa. Tinha vários amigos em Drineffy e todos falavam bem dela. Sua devoção ao irmão, a irrestrita lealdade aos seus interesses fizeram com que se tornasse quase um exemplo de perfeição.

Contudo, para Andrew, ela seria sempre uma solteirona estéril, seca como um galho de árvore, cujo sorriso falso jamais o convenceria de que possuía algum calor humano. Se ao menos fosse casada e cercada de uma família cheia de crianças, a Srta. Page lhe pareceria bem mais agradável.

Após o almoço, ela o chamou à sala de visitas, mantendo um ar digno mais do que austero.

– Aqui está o seu dinheiro, doutor. Sente-se e falemos como bons amigos. Não poderemos ir em frente se não nos entendermos bem.

Ela estava sentada numa cadeira de braços, de pelúcia verde, com vinte notas de 1 libra no colo. Pegando o dinheiro, começou a contar, passando lentamente as cédulas para as mãos de Manson.

– Uma, duas, três, quatro... – Quando foi chegando ao fim do maço, começou a passar as notas ainda mais devagar, bem devagarinho, com os olhinhos negros e manhosos piscando significativamente. E, quando chegou a 18, parou de vez e deu um suspiro de quem se lastima.

– Oh, meu caro doutor! Isso é um dinheirão nestes tempos tão difíceis, não é mesmo? Toma lá, dá cá, tem sido sempre o meu lema na vida. Devo ficar com as outras duas como comissão?

Ele não soube o que dizer. Era abominável a situação criada pela mesquinhez da mulher. Sabia que a clínica era muito bem paga pela companhia.

Durante um minuto, ela ficou imóvel, estudando a fisionomia de Andrew. Depois, não encontrando resposta na sua face impassível, deixou cair-lhe na mão, com um gesto de enfado, as duas notas que faltavam e disse secamente:

– E agora trate de corresponder a este salário!

Levantou-se e fez menção de deixar a sala, mas Andrew a deteve antes que atravessasse a porta.

– Um momento, Srta. Page. – A voz marcava uma decisão nervosa. Por mais odioso que isso fosse, estava resolvido a não deixar que ela ou sua sovinice o prejudicassem. – A senhora só me deu 20 libras, que correspondem a 240 por ano, quando o nosso trato foi de 250. A senhora me deve 16 xelins.

Ela ficou branca como cera, de tanta raiva e decepção.

– Ah! É assim?! – Bufava. – O senhor está querendo estragar nossa amizade com questõezinhas de vintém? Sempre ouvi dizer que os escoceses eram muito sovinas e agora estou vendo que isso é verdade. Tome! Aqui estão os seus miseráveis xelins e os seus níqueis também.

Foi tirando da bolsa bojuda o restante do dinheiro, contando níquel por níquel, com os dedos trêmulos e os olhos cravados em Andrew. Depois, lançando-lhe ainda um olhar feroz, saiu e bateu a porta com toda a força.

Andrew saiu de casa bufando de raiva. O desaforo da Srta. Page ferira-o profundamente porque o considerava injusto. Ela não via que não se tratava de dinheiro, mas de um princípio de justiça? Além disso, mesmo sem falar na exigência de um ponto de vista moral, ele era por natureza um homem incapaz de deixar que alguém o fizesse de bobo.

Andrew só se sentiu melhor quando chegou ao correio e expediu, em carta registrada, as 20 libras de seu ordenado para a Fundação Glen. O restante usaria para pequenas despesas. Ao sair, viu aproximar-se o Dr. Bramwell e o seu humor melhorou ainda mais. Bramwell vinha andando lentamente, com passos majestosos, todo empertigado no seu terno preto, já muito batido, a cabeleira branca e comprida esparramando-se pela nuca sobre o colarinho sujo, os olhos fixos no livro aberto que trazia na mão, com o braço todo estendido. Quando chegou junto de Andrew, a quem já tinha visto desde o meio da rua, fez um gesto teatral de quem finalmente dava por sua presença ali.

– Ah, Manson, meu filho! Quase passei por você sem ver. Ia tão distraído...

Andrew sorriu. Já entrara em relações amistosas com o Dr. Bramwell, que, ao contrário de Nicholls, o outro médico contratado, o recebera cordialmente quando chegou. A clientela de Bramwell não era muito grande e não lhe permitia o luxo de um assistente, mas suas atitudes nobres eram dignas de um grande clínico.

Fechou o livro, marcando cuidadosamente a página com a unha suja, e enfiou a outra mão na abertura do jaquetão surrado, numa imponência pitoresca. Era tão teatral que ficava difícil acreditar que era real. Mas não havia dúvida de que ele estava ali, bem vivo, na rua principal de Drineffy. Não era de admirar que Denny o apelidasse de o Rei da Prata.

– E então, meu filho? Está gostando de nossa pequenina comunidade? Como eu lhe disse, quando você nos foi visitar no "Retiro", isto aqui não é tão ruim como parece à primeira vista. Temos as nossas habilidades, a nossa cultura. Minha mulher e eu fazemos o possível para ajudar a intelectualidade da terra. Alimentamos o fogo sagrado, Manson, mesmo nas selvas. Deve vir à nossa casa uma noite dessas. Você canta?

Andrew quase não segurou o riso. Bramwell continuava com requintes de gentileza.

– É claro que já ouvimos falar de seu trabalho nos casos de enterite. Drineffy orgulha-se de você, meu rapaz. Bem que eu gostaria de ter uma oportunidade dessas. Se vier um dia a precisar de mim para alguma coisa, estou às suas ordens.

Uma ponta de remorso – quem era ele para se divertir à custa do velho? – impeliu Andrew a dizer:

– A propósito, Dr. Bramwell, tenho em mãos um caso de mediastinite secundária muito interessante. É um caso raro. Quer ter o cuidado de examiná-lo comigo, se não tiver mais o que fazer?

– Ah, é? – indagou Bramwell, esfriando um pouco o entusiasmo. – Não quero perturbá-lo em seu trabalho.

– É aqui, bem pertinho – disse Andrew com solicitude. – Tenho ainda meia hora livre antes de me encontrar com o Dr. Denny. Podemos ir até lá num instante.

Bramwell hesitou, parou um pouco, como à procura de uma desculpa, e então fez um gesto desanimado de assentimento. Os dois desceram Glydar Place e foram ver o doente.

O caso era mesmo, como dissera Manson, de excepcional interesse, apresentando um raro exemplo de persistência do timo."* Estava muito orgulhoso de ter feito tal diagnóstico e experimentava uma confortadora sensação de ardor comunicativo quando convidou Bramwell a participar das emoções de sua descoberta.

No entanto, a despeito de suas felicitações, o Dr. Bramwell não parecia atraído por aquela oportunidade. Seguiu Andrew, entrou no quarto do doente com má vontade, prendendo a respiração, e aproximou-se do leito de modo macio e lento. Ali tomou uma atitude natural e, a distância conveniente, fez um exame apressado. Nem estava mesmo disposto a demorar. E só quando voltou à rua e aspirou profundamente o ar livre foi que recuperou a sua eloqüência habitual. Expandiu-se com Andrew:

– Tive muito prazer em ver o caso na sua companhia, meu rapaz. Em primeiro lugar, porque faz parte dos deveres do médico nunca fugir ao perigo de infecção, e em segundo, porque me agradam todos os ensejos de adiantar a ciência. *Acredite se quiser, mas este é o melhor caso de inflamação do pâncreas que eu já vi*!

Apertou a mão de Andrew e foi embora apressadamente, deixando-o completamente aturdido. "O pâncreas!", pensou Andrew espantado. Não fora apenas um lapso de linguagem que levara Bramwell a cometer aquele erro crasso. Toda sua conduta no caso denunciava ignorância. Ele simplesmente não sabia nada. Andrew enrugou a testa. E pensar que um médico formado, a quem estavam confiadas centenas de vidas humanas, não sabia a diferença entre o

*Timo – Órgão linfático localizado na porção antero-superior da cavidade toráxica, extremamente importante para o desenvolvimento do recém-nascido. Na idade adulta, é natural que sofra uma involução. (*N. do E.*)

pâncreas e o timo, muito embora um esteja no abdômen e o outro no tórax. Não era mesmo de espantar?!

Subiu lentamente a rua em direção à casa de Denny. No caminho, pensou mais uma vez como se desmoronava diante dele toda sua concepção do exercício da medicina. Bem sabia o quanto ele mesmo não tinha preparo nem prática, com formação deficiente, muito capaz de cometer enganos por sua inexperiência. Mas Bramwell não era inexperiente, e por isso mesmo não havia desculpa para sua ignorância. Inconscientemente o pensamento de Andrew voltou-se para Denny, que nunca perdia a oportunidade de satirizar a profissão. No começo, Denny o indignara profundamente com a afirmação pessimista de que a Inglaterra estava cheia de médicos incompetentes que só se distinguiam pela sua completa estupidez e pela capacidade de iludir os doentes. Agora perguntava a si mesmo se Denny não tinha certa razão ao dizer isso. Resolveu reabrir a discussão aquela tarde.

Quando entrou no quarto de Denny, viu imediatamente que a ocasião não era própria para discussões acadêmicas. Phillip recebeu-o num silêncio enfastiado, testa franzida e olhar sombrio. Depois de um momento disse:

– Jones morreu esta manhã, às 7 horas. Perfuração intestinal. – Falava calmamente, com raiva fria e contida. – E ainda tenho dois casos novos de enterite em Ystrad.

Andrew baixou os olhos em consideração, mas sem saber o que dizer.

– Não se mostre tão aborrecido com isso – continuou Denny com azedume. – É agradável para você verificar que os meus casos vão indo mal enquanto os seus melhoram. Mas não continuará assim quando aquele maldito cano de esgoto começar a vazar no seu caminho.

– Não, não! Eu sinto muito, sinceramente – disse Andrew num impulso. – Temos de tomar uma providência. Devemos escrever ao Departamento de Saúde Pública.

– Poderíamos escrever uma dúzia de cartas – replicou Phillip amargamente. – E só conseguiríamos que, no fim de seis meses, aparecesse por aqui um inspetor sanitário inteiramente despreocupado. Não! Já tirei isso da cabeça. Só há um meio de obrigar essa gente a construir uma nova rede de esgotos.

– E qual seria?

– Fazendo saltar pelos ares o esgoto velho!

No primeiro instante, Andrew chegou a desconfiar que Denny não estava no seu juízo perfeito. Mas logo depois começou a perceber a intenção audaciosa do companheiro. Fitou-o consternado. Por mais que tentasse reconstruir suas idéias confusas, Denny sempre parecia pronto a demoli-las. Disse meio engasgado:

– Isso vai gerar muitas complicações... se for descoberto.

Denny encarou-o arrogantemente.

– Se você não quiser vir comigo, não precisa.

– Mas eu vou com você – respondeu Andrew pausadamente. – E só Deus sabe por quê!

Durante toda a tarde, Manson trabalhou de má vontade, lamentando a promessa que fizera. Aquele Denny era doido, e mais cedo ou mais tarde acabaria por envolvê-lo em alguma complicação muito séria. Era terrível o que ele acabara de propor, uma infração da lei que, descoberta, os levaria à polícia e poderia causar o cancelamento do seu registro médico. Um arrepio de horror correu por Andrew ao pensar que sua bela carreira, que prometia um futuro brilhante, poderia ser subitamente interrompida, arruinada. Amaldiçoou Phillip violentamente e jurou mais de vinte vezes que não iria. Contudo, por uma razão misteriosa e complexa, não queria, não podia voltar atrás.

Às 23 horas, saíram juntos, levando o cachorro, e foram até o fim da Chapel Street. Estava muito escuro. O vento açoitava e uma chuvinha miúda salpicava-lhes o rosto nas esquinas. Denny já havia traçado o plano e calculado cuidadosamente em que momento poderiam realizá-lo. A última turma de trabalhadores da mina saíra havia uma hora. Alguns rapazolas ainda rondavam a porta da vendinha de peixe do velho Thomas, mas o restante da rua estava deserto.

Os dois homens e o cachorro andavam silenciosamente. No bolso do pesado sobretudo, Denny levava seis bastonetes de dinamite que Tom Seager, o filho da dona da casa onde morava, roubara para ele, aquela tarde, do depósito de pólvora da pedreira. Andrew carregava seis latas de chocolate, todas com um furo na tampa, uma lanterna elétrica e um rolo de estopim. Inclinado para a frente, com a gola do paletó levantada, lançando olhares desconfiados para um lado e para o outro, o espírito perdido num torvelinho de emoções que se chocavam, era apenas por monossílabos que respondia às observações curtas de Denny. Imaginava apreensivamente o que pensaria dele, vendo-o envolvido nessa comprometedora aventura noturna, o Professor Lamplough, o suave mestre da ortodoxia médica.

Logo depois de Glydar Place, chegaram à abertura principal da rede de esgotos, um tampão de ferro oxidado sobre uma base de concreto carcomido. Ali puseram-se logo em ação. Havia muitos anos que ninguém mexia naquela cobertura enferrujada, mas depois de muito esforço conseguiram levantá-la. Então, Andrew direcionou a lanterna, discretamente, para as profundezas fétidas, onde a torrente de imundície escoava lentamente sobre o calçamento de pedra já desmantelado.

– Lindo, não? – rosnou Denny. – Lance um olhar para as fendas naquele ponto. Lance um *último* olhar, Manson.

Nada mais foi dito. Inexplicavelmente o ânimo de Andrew mudou, já então dominado por uma exaltação repentina e selvagem, uma resolução igual à do próprio Denny. Muita gente estava morrendo por causa daquela peçonha abominável e a burocracia mesquinha não tomava providências!

Começaram a preparar rapidamente as latas de chocolate, enfiando em todas um bastonete de dinamite. Cortaram rastilhos de comprimentos graduados, ligando-os ao explosivo. Um fósforo brilhou na escuridão iluminando de repente a face branca e impassível de Denny e suas mãos trêmulas. O primeiro rastilho crepitou. Uma por uma as latas foram escorregando para o fundo, começando por aquelas que tinham estopins mais compridos. Andrew não podia ver com clareza. O coração pulsava aceleradamente, excitadíssimo. Podia não ser medicina ortodoxa, porém era o melhor momento que já tinha vivido. Quando a última lata desceu, com o seu curto estopim já aceso, Hawkins teve a infeliz idéia de caçar um rato. Prenderam a respiração por instantes. O cão latia. E com a ameaça terrível de uma explosão debaixo dos pés, os dois homens tiveram de correr até alcançá-lo. Depois disso, o tampão enferrujado foi reposto no lugar e eles dispararam loucamente, subindo a rua, até uns 25 metros de distância.

Mal tinham alcançado a esquina de Radnor Place, pararam para olhar ao redor quando, "pum!", a primeira lata explodiu.

– Deus do céu! – Andrew arfou, exultante. – Está feita a nossa obra, Denny! – Um clima de camaradagem se instalou, ele queria segurar o outro pelo braço e gritar bem alto.

E então, seguiram-se explosões abafadas, duas, três, quatro, cinco, e a última, afinal, uma gloriosa detonação que deve ter ecoado pelo menos até 400 metros na extensão do vale.

– Ah! – murmurou Denny, numa voz abafada, como se toda a amargura secreta de sua vida se escapasse naquela simples palavra. – É o fim de uma imundície vergonhosa!

Ele quase não tinha falado antes da explosão.

Portas e janelas escancararam-se, projetando luz sobre a escuridão do caminho. Muita gente saiu de casa. Num instante a rua ficou cheia. No começo, dizia-se que fora uma explosão na mina. Mas essa versão foi logo desmentida. Os estampidos tinham vindo do vale. Surgiram discussões e especulações. Um punhado de homens saiu com lanternas para ver o que acontecera. A algazarra e a confusão faziam a ronda da noite. Protegidos pela escuridão e pelo alvoroço, Denny e Manson se esgueiraram até suas casas, contornando o caminho. Uma sensação de triunfo corria pelo sangue de Andrew.

Na manhã seguinte, antes das 8 horas, chegou de carro o Dr. Griffiths, com seu rosto balofo, tomado de pânico, arrancado da confortável cama pelo Conselheiro Glyn Morgan, à custa de muita blasfêmia. Griffiths podia recusar-se aos chamados dos médicos locais, mas não havia recusa possível para a ordem enfurecida de Glyn Morgan. E, na verdade, Glyn Morgan tinha razão para estar enfurecido. A nova moradia do conselheiro, que ficava a 800 metros do vale, foi cercada durante a noite por uma enxurrada de sujeira. Durante meia hora o conselheiro, ajudado por seus auxiliares, Hamar Davies e Deawn Roberts, disse ao médico do Departamento de Saúde Pública, num tom audível para muita gente, tudo o que pensava dele.

Ao fim da descompostura, Griffiths limpou o suor da testa e dirigiu-se a Denny, que, em companhia de Manson, estava no meio da multidão curiosa. Andrew quase desfaleceu ao ver o médico aproximar-se. Uma noite de inquietações esfriara um pouco o seu entusiasmo. À luz fria da manhã, assustado com o espantalho de uma carreira em perigo, viu-se outra vez perturbado e nervoso. Mas Griffiths não estava em condições de alimentar suspeitas.

– Que desastre! – disse gaguejando a Phillip. – Temos de fazer agora, quanto antes, a nova rede de esgotos por que você tanto se interessa.

A fisionomia de Denny continuou impassível.

– Há muitos meses que eu lhe avisei – respondeu ele glacialmente. – Não se lembra?

– Sim, sim, sem dúvida! Mas como podia eu adivinhar que essa maldita coisa ia explodir dessa maneira? Como foi que isso aconteceu, eu não sei. Para mim é um mistério.

Denny encarou-o com frieza.

– Onde está o seu conhecimento de saúde pública, doutor? Não sabe que esses gases de esgoto são altamente inflamáveis?

A construção dos novos esgotos começou na segunda-feira seguinte.

5

Três meses depois, em uma linda tarde de março, a aproximação da primavera aquecia a doce brisa que vinha das montanhas, onde vagos indícios de verde desafiavam a paisagem nua das pedreiras. Sob o límpido céu azul até mesmo Drineffy era bonita.

Ao sair para atender a um chamado que acabava de receber para Riskin Street, 3, Andrew sentiu o coração alvoroçar-se com o encanto do dia. Começava a aclimatar-se naquela estranha cidade, primitiva e solitária, sepultada entre montanhas, sem casas de diversões, nem mesmo cinemas, nada mais do que sua mina sombria, suas pedreiras e seus trabalhos de mineração, a fieira de capelas e a massa triste de casas. Era uma comunidade diferente, que vivia isolada do mundo.

A população do lugar também era estranha. Mas, embora se sentisse bem diferente, Andrew tendia a lhe querer bem. Com exceção do pessoal do comércio, os pastores do culto e mais umas poucas pessoas, só havia ali empregados da companhia. Ao entrar e sair de cada turma de trabalhadores, as ruas adormecidas despertavam subitamente, ressoando às pisadas metálicas dos sapatos, povoando-se inesperadamente de um exército de figuras em marcha. As roupas, os calçados, as mãos, mesmo o rosto dos que trabalhavam na mina de hematita estavam impregnados da poeira avermelhada do minério. Os homens das pedreiras usavam roupas de veludilho, presas nos joelhos por uma liga. Os metalúrgicos distinguiam-se por suas calças de sarja azul.

O povo de Drineffy falava pouco e muito do que dizia era no dialeto de Gales. Com seu ar distante e compenetrado, dava a impressão de formar uma raça à parte. Contudo, era uma boa gente. Seus divertimentos, bem simples. Os centros de reunião eram os próprios lares, os templos, o modesto campo de rúgbi no alto da cidade. Se tinha paixão por alguma coisa, era por música. Não pelas melodias baratas em voga, mas pela música clássica e simples, vigorosa. Ao passear de noite, Andrew ouvia freqüentemente o som de um piano vindo de uma dessas casas pobres. Era uma sonata de Beethoven ou um prelúdio de Chopin, otimamente executados, a flutuar na atmosfera silenciosa, subindo pelas montanhas inescrutáveis, indo mais além.

A situação da clínica do Dr. Page tornara-se agora bem clara para Andrew: Edward Page nunca mais trataria de qualquer doente. Mas os homens não queriam dispensar o médico que os atendera devotadamente por mais de trinta anos. E, usando de agradinhos e de falsidade para com Watkins, o gerente da mina, encarregado de fazer o pagamento das contribuições médicas dos operários, a esperta Blodwen conseguira manter Page na lista da companhia, auferindo assim uma linda renda, da qual só uma sexta parte ia para as mãos de Manson, que fazia todo o trabalho.

Andrew tinha muita pena de Edward Page. Era uma alma simples e gentil que nunca tivera muitas alegrias em sua solitária vida de solteirão. Trabalhou com dedicação para alcançar seus propósitos nesse desagradável vale de lágrimas. Agora, alquebrado e preso a uma cama, era um homem apático. Na verdade, havia se encontrado em Blodwen, e ela, de certo modo, havia se encontrado em Edward, seu querido irmão. Se entrava no quarto quando Andrew estava presente, avançava aparentemente sorrindo e exclamava com ciúme:

– O que é isso? Você dois aí conversando, né?

Impossível deixar de gostar de Edward Page, um homem de qualidades tão evidentes como o desprendimento e o sacrifício pelos outros. Agora, lá estava ele, abandonado no leito, acabado, submisso às atenções inoportunas da irmã, agradecendo sua piedade com um movimento dos olhos, uma contração de sobrancelhas.

Não tinha necessidade de permanecer em Drineffy e desejava morar em algum clima mais quente e suave.

Uma vez, quando Andrew perguntou o que poderia agradá-lo, ele suspirou:

– Eu gostaria de sair daqui, meu filho. Andei lendo umas coisas sobre aquela ilha... Capri... onde vão fazer um santuário para os passarinhos. – E, então, voltou o rosto para o lado do travesseiro. O anseio na sua voz era de infinita melancolia.

Nunca falava da clínica, a não ser para murmurar de vez em quando, numa voz cansada:

– Parece-me que não entendo muito disso. Contudo, fiz o que pude.

E passava horas estirado na cama, em absoluta mudez, espiando o peitoril da janela onde, a cada manhã, Annie colocava piedosamente pedacinhos de miolo de pão, fiapos de presunto e migalhas de chocolate. Aos domingos, antes do meio-dia, vinha visitá-lo um velho mineiro, Enoch Davies, muito empertigado em seu terno escuro e surrado e na sua camisa de peito duro. Os dois homens ficavam observando os pássaros em silêncio. Certa vez, Andrew encontrou Enoch, que descia as escadas todo excitado.

– Nem queira saber – exclamou o velho mineiro. – Tivemos uma manhã estupenda. Dois azulões passaram uma hora brincando no peitoril da janela. Juntinho de nós.

Enoch era o único amigo de Page e tinha grande influência entre os mineiros. Ele jurava com firmeza que nenhum homem sairia da lista do doutor enquanto ele fosse vivo. Nem imaginava o prejuízo que a sua lealdade causava ao coitado do Edward.

Outra visita freqüente à casa era a de Aneurin Rees, gerente do Western Counties Bank, um homem alto, careca, de quem Andrew desconfiou logo à primeira vista. Rees era um cidadão altamente respeitável, mas que nunca olhava ninguém nos olhos. Com o Dr. Page ficava apenas uns cinco minutos, por mera formalidade, e logo depois se trancava com Blodwen por uma hora. Essas entrevistas eram de decência irrepreensível. Tratava-se apenas de dinheiro. Julgava Andrew que a Srta. Page tinha aplicado uma grande quantia em negócios, em seu próprio nome, e assim, sob a administração admirável de Aneurin Rees, ela ia aumentando astuciosamente as suas posses. Naquele tempo, dinheiro nada significava para Andrew. Contentava-se em saldar regularmente as suas obrigações para com a Fundação. Sobravam-lhe ainda algumas moedas para os cigarros. E, além disso, o trabalho o satisfazia.

Agora, mais do que nunca, compreendia quanto o serviço da clínica era importante para ele. Animava-o a consciência do trabalho, uma certeza íntima, sempre presente, como uma chama que o alimentava quando se sentia cansado, deprimido, perplexo. Ultimamente, perplexidades ainda mais estranhas formaram-se em seu espírito e o perturbavam mais do que antes. Em questões de medicina, começara a pensar por conta própria. Talvez o principal responsável por isso fosse Denny, com o seu ponto de vista radicalmente destruidor. As teorias de Denny eram literalmente o oposto de tudo o que fora ensinado a Manson. E todas poderiam resumir-se no lema: "Eu não acredito." Moldado sob o padrão da Escola de Medicina, Manson tinha sempre encarado o futuro com a confiança bem encadernada dos compêndios. Adquirira leves tinturas de física, química e biologia – aprendera a dissecar e estudar as minhocas –, e depois disso lhe enfiaram dogmaticamente na cabeça as doutrinas consagradas. Conhecia todas as doenças, com seus sintomas catalogados e os remédios correspondentes. Por exemplo, o caso da gota. Devia ser curada com emprego de cólquico. Ainda ouvia o Professor Lamplough pontificando suavemente na aula: "*Vinum colchici*, meus senhores, em vinte ou trinta doses mínimas, é tiro e queda para a gota." Mas seria mesmo? Eis a pergunta que agora Andrew fazia a si próprio. Um mês antes experimentara cólquico até o máximo do limite permitido num caso típico de gota, um caso grave e doloroso. E o resultado fora um fracasso desanimador.

E o que dizer da metade ou mesmo de três quartas partes dos outros remédios da farmacopéia? Dessa vez, a voz que ouviu foi a do Dr. Elliot, docente de terapêutica: "E agora, meus senhores, passemos ao elemi, uma substância resinosa, cuja origem botânica é indeterminada, mas que provavelmente é uma *Canarium commune*; importada em geral de Manilha, essa substância é empregada em forma de ungüento na base de um por cinco, constituindo um estimulante e um desinfetante admiráveis para as afecções da pele, como o herpes."

Bobagem! Sim, bobagem absoluta, sabia disso agora. Teria Elliot experimentado alguma vez o ungüento do elemi? Estava convencido que não. Todas as informações eruditas passaram de um livro para o outro, sempre assim, provavelmente desde a Idade Média.

Denny zombara dele na primeira noite por vê-lo aviar ingenuamente uma receita. Denny zombava sempre dos mestres de tempero, dos cozinheiros de remédios. Sustentava que só meia dúzia de drogas era de alguma utilidade. As restantes, classificava cinicamente de "porcarias". No ponto de vista de Denny, discutido aquela noite, transparecia um espírito decepcionado, cujas ramificações Andrew por enquanto só podia distinguir vagamente.

Meditava sobre os acontecimentos quando chegou à Riskin Street e entrou no número 3. O doente era um menino de 9 anos, chamado Joey Howells, que apresentava erupções de sarampo benigno, próprio da estação. O caso em si não inspirava cuidados, mas atribulava a mãe de Joey, dada a pobreza da família. O próprio Howells, que trabalhava nas pedreiras, ficara afastado do serviço por três meses, com uma pleurisia, nada recebendo durante a doença. E agora, a Sra. Howells, uma mulher de compleição delicada, que já servia como enfermeira particular, além de fazer a limpeza da capela Bethesda, tinha ainda de enfrentar mais uma trabalheira.

Ao terminar a visita, enquanto conversava à porta da casa, Andrew observou compadecido:

– A senhora está atarefadíssima. É uma pena que tenha de tirar Idris da escola. – Idris era o irmão mais novo de Joey. A mulherzinha resignada, de mãos vermelhas e dedos inchados de tanto trabalhar, levantou a cabeça com vivacidade.

– Mas a professora diz que não é preciso tirar o menino.

Apesar de sua solicitude, Andrew sentiu-se um pouco aborrecido.

– Ah, é? E quem é essa professora?

– É a Srta. Barlow, da escola de Bank Street – respondeu de boa-fé a Sra. Howells. – Ela veio aqui esta manhã. E, notando como eu estava atarefada, consentiu que Idris ficasse na escola. Só Deus sabe o trabalhão que eu teria se ele caísse nas minhas costas também!

Andrew teve ímpetos de dizer-lhe que devia obedecer às suas instruções e não às de uma professorinha intrometida. Entretanto, logo compreendeu que a Sra. Howells não era culpada. Na ocasião não fez nenhum comentário, mas, quando se despediu e veio descendo a Riskin Street, trazia na testa uma ruga de ressentimento. Odiava interferências, principalmente em seu trabalho, e, sobretudo, tinha horror a mulheres intrometidas. Quanto mais pensava no caso, mais aumentava a sua fúria. Conservar Idris na escola, quando o irmão estava com sarampo, era uma infração bem clara do regulamento sanitário. E, subitamente, resolveu procurar essa Srta. Barlow, tão intervencionista, e esclarecer o assunto com ela.

Cinco minutos mais tarde já subia a ladeira de Bank Street em direção ao grupo escolar. Ali, depois de orientar-se com o porteiro, chegou à sala de aula que procurava. Bateu na porta e entrou.

Era uma sala ampla, bem ventilada, com uma lareira acesa a um canto. Todos os alunos pareciam ter menos de 7 anos. E, como Andrew entrou na hora da merenda, cada um dos garotos tinha diante de si um copo de leite – parte do plano de assistência infantil de uma associação beneficente.

O olhar de Andrew fixou-se logo na professora. Ela estava ocupada, escrevendo algarismos no quadro-negro, de costas para ele, e no primeiro momento não notou sua presença. Então, subitamente, ela se voltou.

Era tão diferente da mulher intrometida criada por sua imaginação que Manson hesitou. Ou talvez tenha sido a surpresa estampada nos olhos castanhos da moça que o deixou logo muito encabulado. Corou um pouco e disse:

– É a Srta. Barlow?

– Sou, sim. – Ela era uma figura esguia, com saia marrom, meias de lã e sapatinhos de salto alto.

"Deve ter a mesma idade que eu", conjeturou Manson. "Não, deve ser mais jovem, 22 anos mais ou menos."

Ela também o examinou, um pouco confusa, sorrindo ligeiramente, como se, cansada de aritmética infantil, recebesse de boa vontade qualquer distração nesse lindo dia de primavera.

 – E o senhor não é o novo assistente do Dr. Page?

– Sou, sim, mas isso não vem ao caso. Eu sou o Dr. Manson e creio que a senhorita tem aqui um elemento de contágio, Idris Howells. A senhorita deve saber que o irmão dele está com sarampo.

Houve uma pausa. Ainda que parecesse interrogá-lo agora, o olhar dela continuava amistoso. Limpando o cabelo sujo de giz, respondeu:

– Sim, eu sei.

O fato de a moça não levar a sério sua visita punha-o novamente irritado.

– Não compreende, então, que mantê-lo aqui é contra o regulamento?

Ouvindo-o falar assim, a moça corou e perdeu o ar de camaradagem. Andrew não podia deixar de admirar o frescor da pele da professora e o sinalzinho castanho, exatamente da cor de seus cabelos, no alto e à direita da face. Parecia bem delicada na sua blusinha branca e era ridiculamente jovem para uma professora. No momento, sua respiração estava um pouco alterada, mas foi com voz pausada que disse:

– A Sra. Howells não sabia mais o que fazer. Muitas das crianças daqui já tiveram sarampo. As que ainda não tiveram hão de tê-lo mais cedo ou mais tarde. Se Idris fosse embora, sentiria falta do leite que está lhe fazendo tanto bem.

– Não se trata de leite – interrompeu Andrew. – O menino deve ser isolado.

Ela respondeu obstinadamente:

– Mas eu o isolei... de uma certa forma. Se não acredita, veja com seus próprios olhos.

Manson seguiu o olhar dela. Idris, um garotinho de 5 anos, numa pequena carteira só para ele, perto do fogo, parecia extraordinariamente satisfeito. Os olhos, de um azul pálido, arregalavam-se de contentamento sobre as bordas da caneca de leite. Esse quadro enfureceu Andrew. Riu com sarcasmo.

– Esta pode ser a sua idéia de isolamento, mas com certeza não é a minha. A senhorita deve mandar este menino para casa, imediatamente.

Os olhos da professora faiscaram.

– Parece que o senhor não se lembra de que eu sou a responsável por esta classe. O senhor pode dar ordens a pessoas mais importantes. Mas aqui quem manda sou eu.

Ele encarou-a com dignidade enfurecida.

– A senhorita está infringindo a lei. Não pode conservá-lo aqui. Se fizer isso, terei que denunciá-la.

Seguiu-se um curto silêncio. Andrew podia ver que ela apertava um pedaço de giz na mão. Este sinal de emoção aumentou ainda mais a raiva contra a professora e talvez contra si mesmo. Ela disse desdenhosamente:

– Pois então me denuncie. Ou mande me prender. Não tenho dúvida de que isso lhe dará uma grande satisfação.

Furioso, ele não respondeu, sentindo-se numa posição profundamente insegura. Procurou aprumar-se, encarando-a com firmeza e tentando fazê-la baixar os olhos, que já agora fuzilavam. Por um instante os dois se defrontaram tão perto um do outro que Manson pôde ver a leve pulsação do colo dela, o brilho dos seus dentes através dos lábios entreabertos. Foi a Srta. Barlow quem rompeu o silêncio:

– Não temos mais nada a dizer, não é verdade? – E, voltando-se bruscamente para a classe: – Levantem-se, meninos, e digam: "Boa tarde, Dr. Manson. Obrigado pela sua visita."

Um rumor de cadeiras arrastadas e os garotos, de pé, recitaram o irônico cumprimento. Ardiam as orelhas de Andrew quando a moça o acompanhou até a porta. Sentia-se exasperadamente constrangido e tinha a inquietante suspeita de haver procedido muito mal, perdendo toda a calma enquanto ela soubera tão admiravelmente dominar-se. Manson buscou na cabeça uma frase esmagadora, uma réplica final de intimidação. Mas, antes que a achasse, a porta fechou-se calmamente em sua cara.

6

Depois de um terrível fim de tarde, durante o qual escreveu e rasgou três cartas virulentas ao médico do Departamento da Saúde Pública, Manson tratou de esquecer o incidente. Recuperando o senso de humor, perdido momentaneamente nas proximidades da Bank Street, não perdoava a si mesmo a sua teimosia impertinente. Depois de vencer com esforço o rígido orgulho de escocês, chegou à conclusão de que não tinha razão nem devia pensar em apresentar queixa do caso, muito menos ao inefável Griffiths. Contudo, por mais esforço que fizesse, não conseguia tirar Christine Barlow da cabeça.

Era absurdo que uma simples professorinha absorvesse tão insistentemente seus pensamentos e que ele se preocupasse com o que poderia pensar a seu respeito. Andrew disse a si mesmo que era um caso à-toa de orgulho ferido. Bem sabia que era tímido e desajeitado com as mulheres. Contudo, não havia raciocínio capaz de abrandar-lhe o ânimo inquieto e um pouco irritado. Nos momentos descuidados, como, por exemplo, quando ia pegando no sono, a cena da escola voltava-lhe à memória com força nova e ele se surpreendia franzindo a testa no escuro. Ainda a via, esmagando o giz, os olhos castanhos faiscando indignação. A blusa com três botõezinhos de pérola. A figura esguia e ágil, com nítida economia de linhas, o que revelava muita correria e muito pulo travesso quando menina. Andrew não perguntava a si mesmo se ela era bonita. Já bastava tê-la sempre diante dos olhos, viva e magra. E, inconscientemente, sentia uma doce pressão no peito, que nunca sentira antes.

Uns 15 dias depois, descia a Chapel Street, absolutamente distraído, quando quase esbarrou com a Sra. Bramwell na esquina da Station Road. Teria passado sem reconhecê-la. Ela, porém, parou imediatamente e saudou-o, radiante, com o melhor dos sorrisos.

– Que surpresa, Dr. Manson! Estava exatamente à sua procura. Vou oferecer esta noite uma de minhas reuniõezinhas sociais. O senhor vai, não é verdade?

Gladys Bramwell era uma mulher de 35 anos, de cabelos cor de palha, sempre vestida de forma a chamar a atenção, roliça, olhos azuis de boneca e ares de garota. Gladys descrevia-se romanticamente como a mulher de um só homem. Mas os mexericos de Drineffy usavam outra palavra para defini-la. O Dr. Bramwell era louco por ela e dizia-se que só a cegueira da sua paixão o impedia de ver as atenções mais do que levianas que ela dedicava ao Dr. Gabell, o médico mulato de Toniglan.

Enquanto a observava, Andrew procurou apressadamente uma desculpa.

– Teria muito prazer, Sra. Bramwell, mas creio que será impossível.

– Deixe disso, homem de Deus. Vai ser um grupo de pessoas muito agradáveis. o Sr. e a Sra. Watkins, da mina, e – escapou-lhe um sorriso significativo – o Dr. Gabell, de Toniglan. Ah! E, ia-me esquecendo, a professora Christine Barlow.

Manson sentiu um arrepio.

Riu sem querer.

– Naturalmente, irei com toda a certeza, Sra. Bramwell. Muitíssimo obrigado pelo convite. – Conseguiu agüentar a conversa por alguns minutos até que ela se despediu. Mas no restante da tarde não pôde pensar senão naquela oportunidade de ver novamente Christine Barlow.

A reunião da Sra. Bramwell começava às 21 horas, escolhendo-se essa hora avançada em consideração aos senhores médicos, que ficavam detidos até tarde em suas clínicas. E na verdade passava das 21h15 quando Andrew acabou a última consulta. Lavou o rosto apressadamente, concertou o cabelo com o pente quebrado e voou para o Retiro. Ao entrar na casa, que, desmentindo o seu nome idílico, era uma construçãozinha de tijolos no centro da cidade, Andrew notou que fora o último a chegar. Repreendendo-o amavelmente, a Sra. Bramwell fez passar os cinco convidados e o marido para a sala onde estava servida a ceia.

Era uma ceia de frios espalhados em pratinhos de papel sobre a mesa escura de carvalho. A Sra. Bramwell gabava-se de receber muito bem em sua casa e tomava ares de "espírito avançando" em Drineffy, o que lhe permitia chocar a opinião pública com sua elegância moderninha. A sua idéia de "dar vida ao ambiente" era falar e rir muito. Sempre dava a entender que seu ambiente, antes de casar-se com o Dr. Bramwell, tinha sido de luxo excessivo. Naquela noite, quando os convidados se sentaram, disse toda esfuziante:

– Muito bem! Agora, sirvam-se à vontade.

Ainda esbaforido pela pressa com que viera, Andrew ficou a princípio profundamente desconfortável. Durante uns dez minutos não se atreveu a olhar para Christine. Conservou-se cabisbaixo, oprimido pela idéia de que ela estava sentada ao outro canto da mesa, entre o Dr. Gabell, um dândi de tez bem morena, com polainas, calças de listras e pérola na gravata, e o Sr. Watkins, o velho gerente da mina, de cabelos bem disciplinados na cabeça, que, lá a seu modo, um tanto abrutalhado, se desfazia em amabilidades. Afinal, atraído pela alusão risonha de Watkins:

– Então, Srta. Christine, continua a ser a minha namoradinha?

Manson levantou a cabeça enciumado e olhou-a.

Achou-a tão à vontade ali, com o seu vestido cinzento discreto, gola e punhos brancos, que ficou perturbado e baixou os olhos antes que a moça pudesse ler o que eles diziam.

Para disfarçar, quase sem saber o que falava, começou a dedicar-se exclusivamente à sua vizinha, a Sra. Watkins, um pedacinho de mulher que levara para a reunião o seu tricô.

Durante a ceia, Andrew padeceu a angústia de conversar com uma pessoa quando estava doido para falar com outra. Quase deixou escapar um suspiro de alívio quando o Dr. Bramwell, que presidia à cabeceira da mesa, passou os olhos com benevolência sobre os pratos vazios e fez um gesto napoleônico.

– Creio, minha querida, que todos já terminaram. Devemos passar ao salão.

Os convidados distribuíram-se pela sala. Era evidente que a música estava no programa. Bramwell sorriu embevecido para a esposa e conduziu-a ao piano.

– Qual a primeira canção com que irá deliciar-nos esta noite, meu amor? – Cantarolando, folheava as páginas do caderno de música na estante.

– "Temple Bells" – sugeriu Gabell. – Nunca me canso de ouvir isso, Sra. Bramwell.

Sentando-se no banquinho giratório, a Sra. Bramwell tocou e cantou, enquanto o marido, uma das mãos atrás das costas e a outra erguida num gesto de quem vai tomar rapé, ficava a seu lado e ia virando as páginas cuidadosamente.

Gladys tinha uma voz de contralto, puxando do peito todas as notas profundas com um esticar de queixo. Depois de "Love Lyrics", ofereceu aos convidados "Wandering by" e "Just a Girl".

Houve aplausos calorosos. Distraidamente, Bramwell murmurava num meio-tom satisfeito:

– Ela hoje está com uma linda voz.

O Dr. Gabell foi então intimado a levantar-se. Girando o anel no dedo, alisando o cabelo bem engordurado, mas ainda traiçoeiro, o galã de pele azeitonada curvou-se afetadamente para a dona da casa e, esfregando as mãos, berrou eficientemente "Love in Sweet Seville". Depois, atendendo a insistentes pedidos, ofereceu ainda "Toreador".

– O senhor interpreta essas canções sobre a Espanha com verdadeira alma, Dr. Gabell – comentou a amável Sra. Watkins.

– É o meu sangue espanhol, creio eu – riu Gabell modestamente, ao sentar-se.

Andrew notou uma faísca maliciosa no olhar de Watkins. O velho gerente da mina, verdadeiro homem de Gales, conhecia música, ajudara no último inverno os seus trabalhadores a apresentarem uma das mais obscuras óperas de Verdi, e agora, fumando sonolentamente o cachimbo, divertia-se de modo enigmático. Não passara despercebido a Andrew quanto era delicioso para o velho Watkins observar essa gente de fora que vinha para ali com ares de espalhar cultura em forma de cançonetazinhas sentimentais e sem valor. Quando Christine recusou-se, num sorriso, a cantar, a Sra. Watkins voltou-se para ela e disse baixinho:

– Pelo que vejo, meu bem, você é como eu. Gosta demais de piano para tocar.

Então chegou o momento solene da noite. O Dr. Bramwell ocupou o centro da cena. Pigarreando, atirou um pé para a frente, lançou a cabeça para trás, pôs a mão teatralmente na abertura do paletó. E anunciou:

– Minhas senhoras e meus senhores, "The Fallen Star", um monólogo musicado.

Ao piano, Gladys passou a arremedar um acompanhamento simpático. E Bramwell começou.

O recitativo, que se inspirava nas vicissitudes patéticas de uma atriz outrora famosa e atirada agora à mais negra miséria, era gelatinoso de tanto sentimentalismo. Bramwell interpretava-o com alma agoniada. Quando o drama esquentava, Gladys apelava para as notas graves. Quando a tragédia esfriava um pouco, martelava notas agudas. Quando chegou o ponto culminante, Bramwell empertigou-se e lançou o último verso:

– "Ei-la...", – uma pausa – "morrendo de fome na sarjeta..." – uma longa pausa – "apenas uma estrela cadente!".

A pequena Sra. Watkins, com o tricô caído no chão, levantou para ele os olhos úmidos.

– Pobrezinha, pobrezinha! Oh! Dr. Bramwell, o senhor sempre recita isso de modo tão lindo!

O ponche foi servido a tempo para distrair os espíritos. A essa altura já eram mais de 23 horas. O apogeu a que chegara Bramwell não podia ser ofuscado e por isso começou a retirada. Houve risos, polidas expressões de agradecimento e um movimento geral para o hall. Quando Andrew vestia o sobretudo, meditou tristemente que não chegara a trocar sequer uma palavra com Christine durante a noite.

Ao sair, resolveu parar no portão. Sentia necessidade de falar à moça. Pesava-lhe como chumbo o pensamento da longa noite perdida em que pretendera tão naturalmente e de modo tão agradável desfazer o mal-entendido. Embora não parecesse lhe dar atenção, ela estivera ali, perto dele, na mesma sala. E Andrew ficara, estupidamente, olhando os sapatos. "Oh, meu Deus!", pensava angustiado. "Eu sou pior que "The Fallen Star". O melhor que tenho a fazer é ir para casa e cair na cama."

Mas não fez nada disso. Ficou ali, e o seu coração pôs-se a bater apressadamente quando Christine apareceu à porta, dirigindo-se sozinha para onde ele estava. Andrew apelou para todas as suas forças e gaguejou:

– Srta. Barlow, posso acompanhá-la até em casa?

– Acho que não. – Ela fez uma pausa. – Prometi esperar pelo casal Watkins.

Desanimou. Sentiu ímpetos de ir embora como um cão enxotado. Contudo, qualquer coisa ainda o prendia ali. Estava pálido, mas decidido. As palavras vieram tropeçando umas nas outras, num só fôlego.

– Eu apenas queria lhe dizer que lamento muito o que sucedeu a propósito de Howells. Cheguei a fazer uma exibição barata de autoridade. Merecia uma boa surra. O que a senhorita fez com o menino me parece admirável. Afinal de contas, é melhor observar o espírito do que a letra da lei. Lastimo incomodá-la com tudo isso, mas é uma coisa que precisava dizer. Boa noite.

Andrew não pôde ver a fisionomia de Christine. Nem esperou por sua resposta. Deu meia-volta e foi andando. Pela primeira vez em muitos dias, sentia-se feliz.

7

Chegara dos escritórios da companhia o pagamento semestral da clínica. A Srta. Page teve, portanto, assunto para sérias meditações e outro motivo para discutir com

Aneurin Rees, o gerente do banco. Pela primeira vez, em um ano e meio, os algarismos mostravam progresso acentuado. Na "lista do Dr. Page" havia setenta homens a mais do que antes da chegada de Manson.

Embora encantada com o aumento dos lucros, Blodwen parecia preocupada. Às refeições, Andrew muitas vezes a surpreendeu cravando nele olhos inquisidores e desconfiados. Na quarta-feira que se seguiu à festinha da Sra. Bramwell, Blodwen apareceu para o almoço toda alvoroçada, com grande demonstração de alegria.

– É o que eu tenho a dizer! – observou ela. – Estava pensando nisso agora mesmo. O senhor já está aqui há quase quatro meses, doutor, e, com franqueza, não tem ido mal. Não estou me queixando. Mas, compreende, não é a mesma coisa que o Dr. Page. Oh, meu caro, isso não! Ainda outro dia, o Sr. Watkins me disse que todos ansiavam pela volta do meu irmão. O Dr. Page é tão inteligente, disse o Sr. Watkins para mim, que nós não poderíamos sonhar em substituí-lo.

E ela começou a descrever, com pitorescos detalhes, a extraordinária competência e habilidade do irmão.

– O senhor nem acredita – exclamou, arregalando os olhos –, não há nada que ele não possa fazer ou não tenha feito. O senhor precisava vê-lo em ação. Eu lhe digo doutor, o Dr. Page é o homem mais inteligente que já pisou neste vale.

Andrew não contestou. A intenção dela era sincera, e ele se deu conta de que aquela obstinada lealdade era, ao mesmo tempo, trágica e benevolente.

Ela derreou-se na cadeira e encarou-o, tentando ler o efeito de suas palavras. E depois, sorriu confiante.

– Vai ser uma grande alegria em Drineffy quando o Dr. Page voltar ao trabalho. Não vai demorar. No verão, eu já avisei ao Sr. Watkins, no verão o Dr. Page voltará ao serviço.

No fim dessa mesma semana, quando retornava da sua ronda habitual, Andrew ficou chocado ao encontrar Edward encolhido numa cadeira à porta da casa e em trajes de rua, uma colcha sobre os joelhos e um chapéu posto de qualquer modo na cabeça trêmula. Estava soprando um vento desagradável e era fria e pálida a luz do sol de abril que banhava sua trágica figura.

– Olhe aqui! – gritou a Srta. Page do portão, encaminhando-se num alvoroço triunfante para Manson. – Está vendo? O doutor *já está de pé*! Acabei de telefonar ao Sr. Watkins para dizer-lhe que o doutor está bem melhor. Dentro em breve voltará ao trabalho, não é mesmo, querido?

Andrew sentiu o sangue subir-lhe à cabeça.

– Quem o arrastou para cá?

– Eu! – disse Blodwen num tom de desafio. – E por que não? É meu irmão. E está bem melhor.

– Ele não está em condições de sair da cama e a senhora sabe disso – contestou Andrew em voz baixa, irritado. – Faça o que eu lhe digo. Ajude-me a levá-lo para o quarto, imediatamente.

– Sim, sim – murmurou Edward. – Leve-me de volta para a cama. Estou com frio. Não estou bem. Eu... eu não me sinto bem – e, para tristeza de Manson, o paralítico começou a choramingar.

Imediatamente, Blodwen desmanchou-se em um dilúvio de lágrimas. Caiu ajoelhada, abraçou o doente, contrita, dizendo:

– Está bem, está bem, querido. Você já vai voltar para a cama, queridinho. Blodwen fará tudo o que você quiser. Blodwen está aqui para cuidar de você. Blodwen o ama muito, Edward querido.

Estalava beijos babados na face paralítica do doutor.

Meia hora mais tarde, quando Edward já subira e se acomodara de novo, Andrew foi à cozinha, bufando de raiva.

Annie tornara-se uma verdadeira amiga. Muitas confidências haviam trocado ali mesmo na cozinha e muita maçã e muito bolo tinham saído da despensa, pela mão daquela matrona solícita e discreta, quando as rações de Andrew no almoço e no jantar eram excessivamente reduzidas. Algumas vezes até, como último recurso, ela corria à vendinha de Thomas em busca de uma ceia de peixe frito e o doutor e a criada banqueteavam-se à mesa da copa, sob a luz do candeeiro. Havia bem uns vinte anos que Annie estava ao serviço de Page. Tinha muitos parentes em Drineffy, todos gente remediada, e a única razão de continuar como criada era sua dedicação ao Dr. Page.

– Sirva-me o chá aqui mesmo – pediu Andrew. – Neste momento não posso tolerar a presença de Blodwen.

Já havia entrado na cozinha quando verificou que Annie tinha visitas, sua irmã Olwen e o marido, Emlyn Hughes. Ele os encontrara várias vezes. Emlyn era um homem sólido, de boa índole, com feições toscas e pálidas, e trabalhava como dinamitador nas pedreiras de Drineffy.

Como Andrew hesitasse ao dar pela presença do casal, Olwen, que era uma mulher muito jovem, vivaz, de olhos negros, disse impulsivamente:

– Não se incomode por nossa causa, doutor, se quer tomar o seu chá aqui. Nós até estávamos falando a seu respeito quando entrou.

– Ah, sim?

– Sim, sem dúvida! – Olwen estirou o olhar para a irmã. – É inútil você me olhar dessa maneira, Annie. O que eu penso, tenho de dizer. Toda gente anda falando, Dr. Manson, que há muitos anos não aparece por aqui um jovem médico tão bom como o senhor. Ninguém se cansa de elogiar o cuidado que o senhor dedica aos exames e aos tratamentos. Se não acredita em mim, pode perguntar a Emlyn. E os homens andam danados com a exploração que a Srta. Page está fazendo à custa deles. Dizem que, por direito, o doutor é quem devia ter a clínica. Ela ouviu falar dessas conversas, compreende, doutor? E é por isso que resolveu hoje de tarde arrancar da cama o velhinho. Isso, sob o pretexto de que ele está melhor. Alguém precisa lhe dizer a verdade!

Logo que terminou o chá, Andrew retirou-se. A linguagem sem rodeios de Olwen deixou-o constrangido. Contudo, era lisonjeiro ouvir dizer que a gente de Drineffy gostava dele. E Andrew considerou uma significativa homenagem a visita que lhe fez John Morgan, dias depois. Era o capataz da turma de brocadores da mina de hematita.

Os Morgan formavam um casal de meia-idade, que nada tinha de abastado, mas com ótima reputação em todo o distrito. Casados havia quase vinte anos, Andrew ouvira dizer que estavam de viagem para a África do Sul, onde Morgan tinha promessa de trabalhar nas minas de Johannesburgo. Não era raro que bons brocadores se deixassem tentar pelas minas de ouro de Rand, onde o serviço de broca era semelhante, porém melhor remunerado. Entretanto, ficou surpreendido quando Morgan explicou, meio encabulado, o motivo da visita.

– Bem, doutor, parece que chegou afinal a nossa vez. A patroa está se preparando para ter um bebê. Depois de 19 anos de casamento, veja só! Estamos encantados. E decidimos adiar a viagem para depois do grande acontecimento. Também estivemos pensando sobre a questão do médico e chegamos à conclusão de que o doutor é o único a quem podemos confiar o caso. É o que há de mais importante para nós. E vai ser uma coisa difícil, pelo que imagino. A patroa aqui já está com 43 anos. Sim, senhor. Mas nós sabemos que com o doutor podemos ficar tranqüilos.

Andrew aceitou a incumbência com a agradável impressão de ter sido homenageado. Sentiu uma emoção estranha, que não se inspirava em motivos materiais, mas que era duplamente confortadora na atual situação em que se encontrava. Nos últimos tempos, sentia-se perdido, completamente desolado. Moviam-se dentro dele forças extraordinárias, perturbando-o e afligindo-o. Quando o coração começava a doer num sentimento confuso, passava por momentos que até então, como um jovem médico com alguma experiência, julgara impossível encontrar na vida.

Nunca havia pensado seriamente no amor. No tempo da universidade, era tão pobre, tão malvestido e tão preocupado em passar nos exames que nunca tivera grandes oportunidades com o outro sexo. Em St. Andrew só mesmo um temperamento arrojado como o de seu amigo e colega Freddie Hamson podia aventurar-se no círculo das danças, das festas e das exibições de sociedade. Tudo isso lhe fora negado. A não ser pela amizade com Hamson, pertencia a essa multidão de esquecidos que fica do lado de fora, fumando, com a gola do paletó levantada, e que, procurando ocasionalmente uma diversão, não vai ao clube, mas ao bilhar.

É verdade que o seu espírito não deixava de refletir imagens românticas. No entanto, por causa da sua pobreza, elas geralmente se projetavam num cenário de inatingíveis riquezas. Entretanto, agora, em Drineffy, ele se encostava à janela de um consultório desmantelado, distraído, a contemplar a imundície dos refugos de minério, com o coração repleto de lembranças de uma professorinha de escola primária. A graça disso dava-lhe vontade de rir.

Sempre se orgulhara de ser um espírito prático, protegido por uma forte dose de bom senso, e, por isso mesmo, tentava violentamente, como medida de defesa, reagir contra suas próprias emoções. Procurou, fria e logicamente, examinar os defeitos da Srta. Barlow. Não era bonita. Um tipo pequenino e magro demais. Tinha aquele sinalzinho no rosto e uma ruga ligeira, visível quando sorria, no canto do lábio superior. E, além disso, ela provavelmente o detestava.

Andrew disse com os seus botões, irritado, que procedia muito mal deixando-se levar com tanta fraqueza por seus sentimentos. Tinha resolvido devotar-se ao trabalho. Ainda era apenas um assistente. Então, que espécie de médico era ele para alimentar assim, logo no começo da carreira, um afeto que poderia embaraçar o futuro dela e que já começava a perturbá-lo no trabalho?

No esforço de dominar-se procurou várias formas de distração. Convencendo-se precipitadamente de que estava em falta com os antigos companheiros de St. Andrew, escreveu uma longa carta a Freddie Hamson, que fora nomeado recentemente para um hospital de Londres. Procurou Denny com freqüência. Contudo, embora Phillip algumas vezes se mostrasse acessível, geralmente era frio, desconfiado, com a amargura de um homem machucado pela vida.

Por mais que tentasse, Andrew não conseguia tirar Christine da cabeça nem livrar o coração daquele anseio torturante. Não a tinha visto desde o seu desabafo no portão do Retiro. Qual a opinião dela a seu respeito? Pensaria nele? Não a via há tanto tempo, apesar dos olhares ansiosos que lançava à escola ao passar pela Bank Street, que afinal não esperava mais encontrá-la.

No entanto, numa tarde de sábado, 25 de maio, quando já estava quase sem esperança, recebeu um bilhete que dizia assim:

> Prezado Dr. Manson:
>
> O casal Watkins vem jantar comigo amanhã, domingo. Se não tiver nada de melhor a fazer, venha também. Às 19h30.
>
> Sinceramente,
> Christine Barlow.

Ele deu um grito tão grande que Annie veio correndo da copa.

– Arre, doutor – disse, repreensivamente. – Às vezes parece maluco.

– E estou mesmo! – respondeu ele, ainda fora de si. – Eu... Parece que consegui afinal o que queria. Escute aqui, Annie querida. Você quer passar a ferro as minhas calças, ainda hoje? Quando eu for dormir, deixo-as do lado de fora da porta.

Na noite seguinte, livre do consultório por ser domingo, Andrew se apresentou, trêmulo e ansioso, na casa da Sra. Herbert, onde Christine morava. Era ainda muito cedo e ele sabia disso, mas não podia esperar um minuto.

Foi a própria Christine que lhe abriu a porta, com a melhor das fisionomias, sorrindo para ele.

Sim, ela estava sorrindo, sorrindo realmente. E chegara a pensar que ela o detestava! Ficou tão perturbado que quase não podia falar.

– Está um dia adorável, não é mesmo? – murmurou Andrew, seguindo-a até a saleta.

– Adorável – concordou ela. – E eu, logo depois do almoço, dei um grande passeio. Fui além de Pandy. Imagine que achei celidônias.

Sentaram-se. Andrew esteve a ponto de perguntar nervosamente se ela gostava de passear, mas engoliu a tempo essa futilidade desajeitada.

– A Sra. Watkins acaba de me mandar um recado – observou Christine. – Ela e o marido vão chegar um pouco tarde. Ele teve de ir ao escritório. Incomoda-se de esperar um pouco?

Incomodar-se? Um pouco! Sentia vontade de rir, numa estranha felicidade. Se ela soubesse... havia esperado tanto por isso. Era tão maravilhoso ficar ali, a seu lado... Disfarçadamente, Andrew olhou em volta. A saletinha dela, mobiliada com suas próprias coisas, era tão diferente de qualquer outro interior que ele conhecia em Drineffy! Não tinha pelúcias, nem enfeites de crina, e muito menos essas almofadas em cetim lustroso que adornavam espalhafatosamente a sala de visitas da Sra. Bramwell. O assoalho era encerado e havia um tapetezinho marrom junto à lareira. O mobiliário era tão discreto e bem-arrumado que quase não se notava. No centro da mesa, preparada para a ceia, havia um vaso branco e sem enfeite em que flutuavam as celidônias que apanhara naquela manhã. O efeito era simples e bonito. No peitoril da janela, uma pequena caixa de madeira, cheia de terra, da qual estavam brotando algumas plantas verdes. Sobre a borda do fogão, um quadrinho muito característico, que mostrava nada mais do que uma cadeirinha de criança pintada de vermelho, e, na opinião de Andrew, extraordinariamente mal pintada.

Deve ter notado a surpresa que o quadro lhe causou. Sorriu num bom humor contagioso.

– Espero que não imagine ser isso aí o original.

Embaraçado, ele não soube o que dizer. Confundiam-no a marca de personalidade que Christine imprimia ao ambiente e a convicção de que ela sabia coisas que estavam fora de seu alcance. Contudo, o interesse de Andrew estava tão aguçado que esqueceu o acanhamento e fugiu das tolas banalidades de comentário sobre o tempo. Encaminhou a conversa para a vida dela.

Christine respondia com simplicidade. Nascera em Yorkshire. Perdera a mãe quando tinha 15 anos, o pai fora subgerente numa das grandes minas de carvão de Bramwall Main Collieries. Seu único irmão, John, estagiara como engenheiro da mesma mina. Cinco anos mais tarde, quando ela já estava com 19 e completara o curso de normalista, o pai foi nomeado gerente do Porth Pit, 32 quilômetros ao sul do vale. Christine e o irmão vieram com ele para o sul do País de Gales, ela para cuidar da casa e John para auxiliar o pai. Seis meses depois de sua chegada houve uma explosão em Porth Pit. John estava no fundo da mina e teve morte instantânea. Sabendo do desastre, o pai desceu imediatamente à jazida, onde foi atingido por um desprendimento de gás venenoso. Uma semana depois foram retirados os dois corpos.

Quando Christine acabou, houve um silêncio.

– Sinto muito pelo que lhe aconteceu – disse Andrew numa voz cheia de compaixão.

– Todos foram muito bons comigo – explicou ela com simplicidade. – O casal Watkins especialmente. Consegui este emprego na escola. – Ela parou; sua expressão voltou a animar-se. – Entretanto, sou como o doutor. Ainda uma estranha aqui. É preciso muito tempo para a gente se acostumar nestes vales.

Manson fitou-a, procurando dizer qualquer coisa que pudesse exprimir, mesmo palidamente, o que sentia por ela: uma observação qualquer, que pudesse encerrar habilmente o passado e abrir o futuro a todas as esperanças.

– É muito comum a gente sentir-se fora do mundo aqui, quando se está só. Eu sei muito bem. Muitas vezes sinto falta de alguém para conversar.

Ela sorriu.

– E sobre o que sente necessidade de falar?

Andrew corou, com a impressão de que ela o encostara à parede.

– Oh, sobre o meu trabalho, por exemplo. – Deteve-se aí, mas depois sentiu a necessidade de explicar-se. – Parece-me, às vezes, que ando metendo os pés pelas mãos, defrontando sempre um problema depois do outro.

– Quer dizer que tem tido casos difíceis?

– Não é bem isso. – Hesitou, mas depois prosseguiu. – Eu vim aqui cheio de fórmulas, essas coisas em que toda a gente acredita ou finge acreditar. Que juntas inchadas querem dizer reumatismo. Que reumatismo cede ao salicilato. Essas coisas ortodoxas, como sabe. Pois bem, começo a achar que algumas dessas noções estão completamente erradas. O caso dos remédios, por exemplo. Parece-me que alguns, em vez de bem, fazem mal. O sistema é assim: o doente entra no consultório, está certo de que vai ganhar um vidrinho de remédio, e na verdade o obtém, ainda que seja apenas açúcar queimado, bicarbonato de sódio ou mesmo a boa e velha água de pote. Isto é, *aqua*. É por isso que as prescrições são receitadas em latim, para o doente não entender. Isso não é direito. Isso não é científico. E ainda outra coisa: parece-me que muitos médicos tratam as doenças empiricamente, isto é, tratam dos sintomas individualmente. Não se preocupam em combiná-los na cabeça e deles extrair o diagnóstico. Dizem depressa, porque geralmente não podem perder tempo: "Ah, dor de cabeça? Tome essas pílulas." Ou então: "Está anêmico? Deve tomar um pouco de ferro." E não procuram saber o que é que está produzindo a dor de cabeça ou a anemia. – Parou subitamente. – Oh, perdoe-me! Estou sendo enfadonho!

– Não, não – disse ela, com vivacidade. – Isso é interessantíssimo.

– Eu estou apenas começando, tateando o terreno – continuou ele precipitadamente, excitado pelo interesse dela. – Mas, sinceramente, diante do que tenho visto, acho que os compêndios do curso médico estão cheios de idéias atrasadas e conservadoras. Há remédios que já não têm aplicação, sintomas que foram impingidos por alguém na Idade Média. Poderá dizer que isso não tem importância para os médicos que fazem clínica geral. Mas por que hão de ser esses médicos meros receitadores de xaropes e emplastros? Já é tempo de pôr a ciência em contato com a vida. Muita gente pensa que a ciência deve ficar no fundo de uma proveta. Eu não acho. Creio que os médicos que fazem clínica geral no interior têm todas as oportunidades para *ver* as coisas como elas são e melhores ensejos para observar os primeiros sintomas de uma nova doença do que os especialistas nos hospitais. Quando um caso chega ao hospital, geralmente já está numa fase muito adiantada.

Ela estava a ponto de responder animadamente, quando a campainha tocou. Christine levantou-se, sem fazer observação, dizendo apenas com seu ligeiro sorriso:

– Espero que em outra ocasião cumpra sua promessa de falar nisso.

Watkins e a esposa entraram, pedindo desculpas pelo atraso. Logo depois, sentaram-se todos à mesa, para o jantar.

Era bem diferente da ceia insípida em que estiveram juntos na última vez. Havia caçarola de vitela e purê de batata com manteiga, seguidos de uma torta de ruibarbo fresco com creme e, depois, queijo e café. Embora simples, todos os pratos eram saborosos e fartos. Depois das magras rações que Blodwen servia, era um grande regalo para Andrew encontrar comida quente e apetitosa. Suspirou:

– A senhorita tem muita sorte com a sua senhoria. Ela cozinha muito bem.

Watkins, que estivera observando com um olharzinho zombeteiro o trabalho de Andrew a trinchar a comida, rebentou subitamente numa gargalhada.

– Essa é boa! – E, voltando-se para a mulher: – Você ouviu o que ele disse, minha velha? Acha que a Sra. Herbert cozinha muito bem.

Christine corou ligeiramente.

E para Andrew:

– Não dê atenção ao que ele diz. Esse foi o melhor elogio que já recebi, porque o senhor não sabia que estava me elogiando. Para falar com franqueza, fui eu que fiz a ceia. Posso utilizar a cozinha da Sra. Herbert. Eu mesma gosto de fazer as coisas. E já estou acostumada a isso.

Sua declaração serviu para tornar a alegria do gerente da mina ainda mais ruidosa. O homem estava completamente mudado. Não era mais o indivíduo taciturno que tinha agüentado estoicamente a recepção da Sra. Bramwell. Um pouco simplório e tosco, mas de trato agradável, saboreou a ceia, lambeu os beiços depois de comer a torta, fincou os cotovelos na mesa, contou anedotas e todos riram.

O tempo passou depressa. Quando Andrew olhou para o relógio, ficou espantado ao verificar que já eram quase 23 horas. E prometera fazer uma visita tardia a um doente em Blaina Place, antes das 22h30!

Quando se levantou, a contragosto, para despedir-se, Christine o acompanhou até a porta. No corredor estreito, o braço de Andrew tocou no corpo da moça. Veio-lhe uma onda de doçura. Ela era diferente, com sua fragilidade, sua quietude, os olhos escuros e inteligentes. Devia pedir perdão ao céu por ter ousado classificá-la de magricela.

Com a respiração apressada, ele murmurou:

– Não sei como lhe agradecer o convite para vir aqui esta noite. Posso ter o prazer de vê-la novamente? Eu nem sempre falo de trabalho. Você aceitaria o convite... Christine, convite para ir ao cinema de Toniglan comigo, qualquer dias destes?

Seus olhos voltaram-se sorrindo para ele, pela primeira vez levemente provocantes.

– Experimente fazer o convite.

Um longo minuto de silêncio, à porta, sob a luz das estrelas. O ar perfumado de orvalho era frio na face ardente de Andrew. O hálito de Christine veio suavemente até ele. Sentiu vontade de beijá-la. Todo atrapalhado, apertou-lhe a mão, deu meia-volta, desceu estrepitosamente a rua e foi para casa, com idéias dançando dentro da cabeça, pisando em nuvens ao longo desse caminho encantado que milhões já trilharam e que a todos parece sempre novo, único, predestinado para a felicidade, eternamente bendito. Que pequena maravilhosa! Como compreendera bem o que ele quis dizer quando falou de suas dificuldades na clínica! Ela era inteligente, muito mais inteligente do que ele! E, além disso, que esplêndida cozinheira! E ele a chamara pelo primeiro nome... Christine!

8

Embora Christine estivesse agora, mais do que nunca, no pensamento de Andrew, era outro o seu estado de espírito. Fora-se o antigo desânimo. Sentia-se feliz, exaltado, cheio de esperança, e essa mutação de alma refletiu-se imediatamente no seu trabalho. Tinha bastante mocidade para imaginá-la sempre presente, observando-o em plena atividade, verificando seus métodos cuidadosos, seus escrupulosos exames, felicitando-o pela segurança e penetração dos diagnósticos. Qualquer tentação para fazer uma visita às pressas e sem cuidado ou para chegar a uma conclusão sem primeiro auscultar o doente era combatida no mesmo instante pela idéia: "Deus, isso não! Que pensaria ela de mim se fizesse tal coisa?"

Mais de uma vez surpreendeu o olhar de Denny, satírico, compreensivo. Mas não se importava. Com seu feitio intenso e idealista, associava Christine a todas as suas ambições, fazia dela, inconscientemente, mais um incentivo no grande assalto ao desconhecido.

Era o primeiro a reconhecer que ainda não sabia quase nada. Mas estava tratando de aprender a pensar por si mesmo, a procurar ir além das evidências, esforçando-se para descobrir as causas reais. Até então nunca se sentira tão poderosamente atraído pelo ideal científico. Pedia aos céus que nunca o deixassem tornar-se descuidado ou mercenário, que nunca chegasse a conclusões apressadas, nunca viesse a escrever: "Repita-se o remédio." Queria investigar e acertar, proceder cientificamente, ser digno de Christine.

Com todo esse entusiasmo ingênuo, era uma pena que seu trabalho na clínica se tornasse de repente tão uniforme e desinteressante. Queria escalar montanhas. Entretanto, naquelas últimas semanas, só se apresentaram colinas de brinquedo. Os casos que teve de tratar eram trivialíssimos, supremamente vulgares. Uma procissão banal de machucadelas, dedos cortados, defluxos... O ponto alto veio quando teve de andar 3 quilômetros para atender ao chamado de uma velha de cara amarelada que, espiando por baixo de uma touca de flanela, pediu para cortar-lhe os calos.

Sentia-se inútil, irritado com sua falta de oportunidade, ansioso por tempestades e furacões.

Começou a duvidar da sua própria fé, a conjeturar se era realmente possível para um médico, naquele lugar tão fora de mão, ser algo mais do que um burro de carga, insignificante e sem valor. E então, quando tudo parecia ir por água abaixo, um incidente lançou suas esperanças outra vez aos céus.

Em fins de junho, ao passar pela ponte da estação, Andrew encontrou o Dr. Bramwell. O Rei da Prata ia escapulindo pela porta lateral do Hotel Railway Inn, limpando disfarçadamente os lábios nas costas da mão. Quando Gladys partia, toda alegre e vestida da melhor maneira, para as suas enigmáticas expedições a Toniglan, sob o pretexto de fazer compras, ele se consolava discretamente com um canecão de cerveja.

Um pouco desconcertado ao ser surpreendido por Andrew, soube, entretanto, enfrentar a situação com galhardia.

– Olá, Manson! Que prazer em vê-lo! Acabo justamente de atender a um chamado de Pritchard.

Pritchard era o dono do Railway Inn, e Andrew o vira, cinco minutos antes, levando o seu *terrier* a um passeio. Mas deixou passar a desculpa de Bramwell. Queria um certo bem ao Rei da Prata, cujas atitudes de melodrama e linguagem solene e floreada eram compensadas de modo bem humano pela sua timidez e pelos buracos das meias que a venturosa Gladys esquecia de cerzir.

Quando subiam a rua juntos, começaram a falar da profissão. Bramwell estava sempre disposto a discutir os seus casos e contou então, com ar carrancudo, que Emlyn Hughes, o cunhado de Annie, estava sob os seus cuidados.

Emlyn, disse, vinha se portando ultimamente de um modo muito estranho, metendo-se em desordem na mina, perdendo a memória. Tornara-se briguento e violento.

– Não gosto disso, Manson – Bramwell balançou a cabeça com proficiência. – Tenho visto muitos casos de perturbação mental. E o de Emlyn parece que é um deles.

Andrew exprimiu suas apreensões. Tinha sempre achado Hughes um sujeito agradável e calmo. Mas também se recordava de que Annie parecia preocupada ultimamente, e, quando a interrogou a respeito, depreendeu vagamente (porque, apesar de sua inclinação para mexericos, ela era muito reservada em assuntos de família) que estava muito preocupada com o cunhado. Ao despedir-se de Bramwell, Andrew fez votos para que o caso tomasse logo uma feição tranqüilizadora.

Mas, na sexta-feira seguinte, às 6 horas, foi acordado por alguém que batia à porta do quarto. Era Annie, que, com os olhos vermelhos e vestida para sair, lhe entregou um bilhete. Andrew rasgou o envelope. Era do Dr. Bramwell.

> Venha imediatamente. Quero que você me ajude a atestar um caso de loucura perigosa.

Annie estava em lágrimas.

– É o coitado do Emlyn, doutor. Aconteceu uma coisa horrível. Espero que o senhor venha quanto antes.

Andrew vestiu-se em três minutos. No caminho, Annie contou como pôde o que havia com Emlyn. Doente há três semanas, nem parecia o mesmo homem. Durante a noite passada tornou-se violento e perdeu completamente o juízo. Atirou-se contra a mulher com uma faca. Olwen escapou porque correu para a rua de camisola. Era bem triste a incrível história, quando narrada por Annie, aos pedaços, caminhando apressadamente ao lado de Andrew, à luz cinzenta da manhã. Parecia haver bem pouca coisa para ser dita como consolo.

Chegaram à casa de Hughes. Na sala da frente, Andrew encontrou o Dr. Bramwell, com a barba por fazer, sem colarinho, ostentando um ar sério, sentado à mesa, de caneta na mão. Diante dele uma fórmula de papel azulado, escrita pela metade.

– Ah, Manson! Foi bom ter vindo tão depressa. O negócio aqui está malparado. Mas isso não lhe tomará muito tempo.

– Que há?

– Hughes enlouqueceu. Parece que lhe disse, na semana passada, que receava isso. Pois bem. Acertei. É um caso agudo. – Bramwell ia desenrolando as palavras com imponência trágica. – Mania de homicídio. Temos de mandá-lo o quanto antes para Pontynewdd. O atestado requer duas assinaturas. A minha e a sua. Os parentes quiseram que eu o chamasse. Você sabe quais são as formalidades, não sabe?

– Sei – disse Andrew. – Que provas você apresenta?

Depois de um pigarro, Bramwell começou a ler o que tinha escrito na papeleta. Era uma exposição abundante e explicativa de certos atos de Hughes durante a semana anterior, todos bem característicos de desajuste mental. Ao terminar a leitura, Bramwell ergueu a cabeça.

– Provas evidentes, creio eu!

– O caso parece grave – comentou Andrew arrastadamente. – Bem! Vou ver o homem!

– Obrigado, Manson. Você me encontrará aqui quando terminar. – E pôs-se a acrescentar novos detalhes ao relatório.

Emlyn Hughes estava na cama, e sentados junto dele dois de seus companheiros da mina, para contê-lo, caso necessário. De pé, junto ao leito, com a fisionomia pálida e transtornada de tanto chorar, Olwen nem parecia a criatura viva e animada que Andrew conhecia. Estava tão aflita e a atmosfera do quarto tão agitada e tensa que Manson teve um súbito calafrio.

Encaminhou-se para Emlyn, a quem no primeiro momento quase não reconheceu. A mudança lhe pareceu total. Era ainda Emlyn que estava ali, mas um Emlyn alterado, desfeito, com qualquer coisa de embrutecido nas feições. O rosto inchado, as narinas intumescidas, a pele macerada, tendo apenas uma leve mancha vermelha a estender-se pelo nariz. Todo o seu aspecto era pesado, apático. Andrew falou-lhe. Ele resmungou uma resposta ininteligível. E então, torcendo as mãos, saiu-se com uma série de tolices agressivas, que confirmavam o diagnóstico de Bramwell, tornando necessária sua remoção.

Seguiu-se um silêncio. Andrew sentiu que havia razões para convencê-lo. Mas, inexplicavelmente, não estava satisfeito. "Por quê? Por quê?", insistia em perguntar a si mesmo. *Por que* Hughes falava assim? Mesmo que o homem tivesse perdido o juízo, qual seria a causa? Sempre fora um homem sossegado e feliz, sem preocupações, muito dado, fácil de levar. Por que, sem razão aparente, tinha se transformado desse jeito?

"Deve existir uma razão", pensava Manson teimosamente. "Os sintomas não se manifestam à toa." Fitando as feições inchadas do paciente, quebrando a cabeça procurando decifrar a charada, instintivamente estendeu o braço e tocou a face intumescida, notando inconscientemente, ao fazer isso, que o calcar do dedo não deixava nenhuma depressão no rosto edematoso.

De súbito, eletricamente, uma determinante vibrou-lhe no cérebro. Por que a pressão não deixava marca no ponto inchado? Porque – e agora o seu coração parecia querer saltar pela boca! – porque não era um verdadeiro edema, mas um mixedema. Ele descobrira tudo, por Deus, que descobrira! Não, não devia se precipitar. Tratou de acalmar-se a todo custo. Não devia dar saltos no escuro, atirando-se cegamente a conclusões apressadas. Devia ir com cuidado, devagar, até ter certeza!

Inclinando-se, levantou a mão de Emlyn. Sim, a pele estava seca e áspera, as pontas dos dedos ligeiramente inchadas. A temperatura, abaixo do normal. Metodicamente, terminou o exame, reprimindo as sucessivas ondas de entusiasmo. Todos os indícios e todos os sintomas se ajustavam tão bem como esses recortes que servem para compor figuras nos jogos de quebra-cabeça. A fala engrolada, a pele seca, os dedos espatulados, o rosto inchado e sem elasticidade, a memória deficiente, a compreensão retardada, os acessos de irritabilidade culminando numa explosão de violência homicida. Oh! Era sublime o triunfo do quadro completo.

Levantando-se, voltou à saleta de entrada onde o Dr. Bramwell, em pé, de costas para a lareira, assim o recebeu:

– Que tal? Satisfeito? A caneta está ali na mesa.

– Olhe aqui, Bramwell. – Andrew desviou o olhar e esforçou-se para impedir que a voz traísse a sensação impetuosa de triunfo. – Eu não acho que devemos atestar a loucura de Hughes.

– Como? – Foi desaparecendo a impassibilidade da fisionomia de Bramwell. – Mas o homem está doido!

– Não é esse o meu ponto de vista – respondeu Andrew em tom natural, ainda prendendo o entusiasmo, a excitação. Não bastava o diagnóstico do caso. Devia ainda usar panos quentes com Bramwell, tentar agir em boa harmonia. – A meu ver, a perturbação do espírito de Hughes vem apenas da perturbação do seu organismo. Parece-me que ele está com deficiência tireoidiana. Um caso absolutamente claro de mixedema.

Bramwell fitou Andrew, apalermado. Tão apalermado que nem sabia o que dizer. Fez vários esforços para falar, mas da garganta só vinham sons roucos e esquisitos.

– Além do mais – continuou Andrew, persuasivamente, com os olhos pregados na grelha da lareira –, Pontynewdd é um verdadeiro sepulcro. Se o levar para lá, o homem nunca mais há de sair. Ou, se sair, ficará a vida toda com esse estigma. Por que não experimenta antes disso um tratamento da tireóide?

– Ora, doutor... – Bramwell gaguejava. – Eu não vejo...

– Pense no prestígio que há de conquistar – interrompeu Andrew mais do que depressa – se conseguir botá-lo bom de novo. Não acha que vale a pena? Vamos, diga que sim! Vou chamar a mulher dele. Está se desmanchando em lágrimas com a idéia de Emlyn ir embora. Você lhe explicará que vamos experimentar um novo tratamento.

Antes que Bramwell pudesse protestar, Andrew saiu da sala. Poucos minutos depois, quando voltou com a Sra. Hughes, o Rei da Prata já era outro homem. Plantado junto à lareira, informou a Olwen, no seu melhor estilo, "que ainda podia haver um raio de esperança". Enquanto isso, por trás dele, Andrew fez do atestado uma bola de papel e atirou-a ao fogo. Depois, saiu para encomendar em Cardiff, pelo telefone, extrato de tireóide.

Houve uma fase de torturante ansiedade, vários dias de expectativa aflita, antes que o tratamento começasse a surtir efeito. Mas, quando começou, foi uma maravilha. Ao fim de uma quinzena, Emlyn estava de pé. Ao cabo de dois meses, voltava ao trabalho. Uma noite, apareceu no consultório de Bringower, alegre e bem disposto, em companhia da sorridente Olwen, para dizer a Andrew que nunca se sentira tão bem em toda a sua vida.

Olwen declarou:

– É ao doutor que devemos tudo. Queremos deixar o Bramwell e passar para a sua clínica. Emlyn estava na lista dele antes de nos casarmos. Mas é um velho tonto! Teria levado o meu Emlyn para... bem, o doutor sabe para onde... se não fosse o doutor e tudo o que fez por nós.

– Você não pode mudar de médico, Olwen – respondeu Andrew. – Isso estragaria tudo. – Naquele momento desistiu da circunspecção profissional e deixou-se levar por uma alegria espontânea e descuidada: – Você que tente fazer isso... corro atrás de você com aquela faca!

Encontrando Andrew na rua, Bramwell observou como quem não quer nada:

– Olá, Manson! Você já deve ter visto Hughes por aí. Tanto ele como a mulher estão muito agradecidos. Gabo-me de nunca ter tido um caso melhor.

Annie disse:

– Esse tal Bramwell anda se exibindo aí na cidade como se fosse alguém. Ele não sabe nada e a sua mulher, que horror! Não há criada que pare em casa dela.

Blodwen disse:

– Doutor, não esqueça que está trabalhando para o Dr. Page!

Foi este o comentário de Denny:

– Manson, atualmente você está intolerável de convencimento. Não tardará muito que fique como um pavão. Não tardará muito.

Andrew, porém, correndo ao encontro de Christine, cheio de triunfo científico, guardou para ela tudo o que tinha a dizer.

9

Em julho daquele ano, instalou-se em Cardiff o Congresso Anual da União Médica Britânica. Eram famosos os congressos da União e já o Professor Lamplough declarara, no discurso de despedida a seus alunos, que a ela não poderia deixar de pertencer um médico de boa reputação. Esplendidamente organizados, esses congressos forneciam atividades esportivas, sociais e científicas para os membros e suas famílias, excursões gratuitas a qualquer abadia em ruínas da redondeza, caderninhos de lembranças artisticamente confeccionados e almanaques das principais drogarias e casas de artigos de cirurgia, além de abatimento no preço dos hotéis da estação de cura mais próxima. No ano anterior, ao fim da semana de festas, foram distribuídas gratuitamente, a cada médico e a cada esposa de médico, caixinhas de amostras de biscoitos destinados a quem não quisesse engordar.

Andrew não era membro da União, pois os 5 guinéus da jóia estavam, ainda, acima de seus recursos, mas o certo é que ele seguia de longe o congresso com uma pontinha de inveja. Ele se sentia isolado em Drineffy, sem contato com sua classe. Fotografias nos jornaizinhos, de uma turma de médicos recebendo as boas-vindas em uma plataforma embandeirada ou preparando-se para iniciar uma partida de golfe do Penarth Club, ou ainda amontoados em um navio para uma excursão marítima, serviam para acentuar sua idéia de exclusão.

Contudo, no meio da semana, Andrew teve uma surpresa agradável: uma carta que trazia o timbre de um hotel de Cardiff. Vinha do seu amigo Freddie Hamson. Como era de esperar, Freddie estava no congresso e pedia a Andrew que fosse vê-lo. Sugeria um jantar, no sábado.

Andrew mostrou a carta a Christine. Era agora algo instintivo tomá-la para confidente. Desde aquela noite, havia quase dois meses, em que fora cear em sua casa, estava cada fez mais apaixonado. Agora que podia vê-la freqüentemente, sentia-se garantido pelo evidente prazer que ela manifestava nos encontros. Estava vivendo os dias mais felizes de sua vida. Christine era muito prática, direta e sem nenhuma vaidade. Muitas vezes Manson ia procurá-la cansado e nervoso, mas voltava sempre confortado e tranqüilo. Christine tinha o dom de ouvir tudo o que ele dizia, sossegadamente, fazendo de vez em quando um ou outro comentário, quase sempre oportuno ou divertido. Tinha um vivo senso de humor. E nunca o lisonjeava.

Vez ou outra, apesar da calma de Christine, tinham grandes discussões, porque ela pensava por conta própria. Ela mesma lhe explicou, com um sorriso, que esse espírito polêmico vinha de uma avó escocesa. Talvez viesse dessa mesma fonte o seu espírito independente. Andrew notou várias vezes que ela possuía uma grande coragem, que o comovia, que lhe dava vontade de protegê-la. Na verdade, Christine estava completamente só no mundo, tendo apenas uma tia inválida em Bridlington.

Nas tardes de sábado e domingo, quando o tempo estava bom, faziam longas caminhadas pela estrada de Pandy. Uma vez, foram ao cinema ver *Em busca do ouro*, de Charles Chaplin, e outra vez, por sugestão dela, foram a um concerto em Toniglan. Mas o que o encantava eram as noites em que a Sra. Watkins ia visitar Christine e podia gozar a intimidade da companhia em seus próprios aposentos. Era então que se realizavam muitas das discussões, enquanto a Sra. Watkins, entretida calmamente com seu tricô, na firme disposição de fazer a lã durar a noite toda, não era mais do que um respeitável pára-choques.

Agora, com a perspectiva dessa visita a Cardiff, queria que a moça o acompanhasse. A escola da Bank Street ia suspender as aulas no fim da semana, para as férias de verão, e Christine estava de viagem marcada para Bridlington, onde ia passá-las com a tia. Andrew sentiu que era necessária uma festinha qualquer de despedida antes da separação.

Quando Christine leu a carta, ele disse impulsivamente:

– Quer vir comigo? Apenas uma hora e meia de trem. Eu conseguirei que Blodwen me liberte na noite de sábado. Poderemos dar um jeito para assistir a alguma coisa do congresso. E, de qualquer modo, gostaria que você conhecesse Hamson.

Ela fez que sim com a cabeça.

– Terei prazer em ir.

Entusiasmado, Andrew não queria, de modo algum, que a Srta. Page o atrapalhasse. E, antes de tocar no assunto, pendurou na janela do consultório um letreiro vistoso onde se lia.

FECHADO SÁBADO À NOITE

Entrou em casa alegremente.

– Srta. Page! De acordo com o Código dos Assistentes Médicos, tenho o direito de passar meio dia fora, cada ano. Eu gostaria que isso fosse no sábado. Irei a Cardiff.

– Olhe aqui, doutor. – Blodwen recebeu de má vontade o pedido, achando que ele estava cheio de si, com ares superiores, mas, depois de encará-lo desconfiada, declarou num resmungo: – Bem, acho que pode ir. – Uma idéia repentina passou-lhe pela cabeça. Os olhos brilharam, molhou os lábios. – Assim poderá me trazer alguns pastéis da Casa Parry. Não há nada que eu aprecie tanto como os pastéis do Parry.

Sábado, às 16h30, Christine e Andrew tomaram o trem para Cardiff. Andrew estava animadíssimo, espalhafatoso, chamando o carregador e o vendedor de revistas pelos nomes. Sentado em frente a Christine, contemplava-a sorrindo. Ela vestia casaco e saia azuis, de marinheiro, que lhe acentuavam mais ainda o arzinho bem cuidado. Os sapatinhos pretos estavam lustrosos. Os olhos, como toda a sua aparência, diziam quanto apreciava o passeio. Estavam radiantes.

Ao vê-la ali, Andrew sentiu uma onda de ternura e uma nova sensação de desejo. "Esta nossa camaradagem é realmente muito boa", pensava. Mas isso só não bastava, queria sentir bem pertinho o calor de seu corpo e de sua vida.

Disse sem querer:

– Nem sei como hei de passar sem você, quando for embora, nas férias de verão.

Ela corou levemente. Ficou a olhar pela janela. Num ímpeto, Andrew perguntou:

– Acha que não devia dizer isso?

– Seja como for, fiquei alegre porque disse – respondeu sem desviar o olhar.

Andrew esteve a ponto de declarar que a amava, de pedir-lhe, apesar da ridícula insegurança de sua situação, que se casasse com ele. Numa lucidez repentina, viu que essa era a única, a inevitável solução para ambos. Mas alguma coisa o conteve, uma espécie de intuição de que o momento não era apropriado. Decidiu falar-lhe na viagem de volta.

Nesse meio-tempo, continuou a falar, um tanto nervoso:

– Devemos ter esta noite horas deliciosas. Hamson é um bom camarada. Fazia sucesso quando estudante. É muito desembaraçado. Lembro-me de que uma vez – seu olhar tornara-se saudoso – realizou-se uma vesperal de caridade em Dundee, para os hospitais. Todas as estrelas deviam aparecer, isto é, gente de teatro mesmo. Pois sabe o que Hamson fez? Subiu ao palco, cantou e dançou. E, juro a você, a casa quase veio abaixo!

– Parece mais um ídolo do palco do que um médico – disse ela sorrindo.

– Ora, Chris, não seja rabugenta! Você há de gostar de Freddie.

Chegaram a Cardiff às 18h15 e seguiram diretamente para o Palace Hotel. Hamson havia prometido esperá-los ali às 18h30, mas, quando entraram no saguão do hotel, ele ainda não havia chegado.

Ficaram ali, observando a cena. O salão estava superlotado de médicos e mulheres de médicos, falando, rindo, espalhando uma imensa cordialidade. Convites amáveis saltavam de um lado e de outro.

– Dr. Smith! O senhor e a sua senhora devem se sentar perto de nós esta noite.

– Olá, doutor! Que me diz dessas entradas de teatro?

Havia muita gente entrando e saindo, e cavalheiros com distintivos vermelhos na lapela atravessando o salão, apressadamente, com ares importantes, papeladas na mão. Na sala contígua, um sujeito fardado berrava numa cantilena monótona: "Seção de otologia e laringologia, por aqui, façam o favor." À entrada de um corredor que levava ao salão anexo, um letreiro anunciava: Exposição Médica. Havia também palmeiras decorativas e uma orquestra de cordas.

– Isto está animado, hein? – observou Andrew, sentindo que estavam um pouco desambientados no meio da hilaridade geral. – E o maldito do Freddie atrasado como sempre! Vamos dar uma olhada por aí.

Passearam com interesse pela exposição médica. Andrew foi logo atulhado de elegante literatura. Com um sorriso mostrou a Christine um dos folhetos. Dizia: *Doutor! Seu consultório está vazio. Nós podemos mostrar-lhe como enchê-lo!* Havia também 19 prospectos, todos diferentes, oferecendo as últimas novidades em analgésicos e sedativos.

– Parece até que a última tendência da medicina são os entorpecentes – observou, amarrando a cara.

Em frente ao último mostruário, quando já estavam de saída, foram abordados jeitosamente por um jovem que apresentava um aparelhozinho brilhante, parecido com um relógio.

– Doutor! Creio que se interessará pelo nosso novo indexômetro. Tem mil utilidades, é a última palavra no gênero, dá uma admirável impressão à cabeceira do doente e o preço é apenas 2 guinéus. Com licença, doutor. Veja bem, aqui na frente, um índice dos períodos de incubação. Volta-se o mostrador e encontra-se o período de infecção. Aqui dentro – abriu o fundo da caixa – há um excelente índice de coloração da hemoglobina. Além disso, na parte de trás, em forma tabulada...

– Meu avô tinha um desses aparelhos – interrompeu Andrew com firmeza –, mas jogou fora.

Christine ainda estava rindo quando voltaram ao salão.

– Coitado! – disse. – Você deve ter sido o primeiro a troçar do seu lindo aparelhozinho.

Nesse momento, quando voltaram ao saguão, apareceu Freddie Hamson, que saltou de um táxi e entrou no hotel, acompanhado por um garoto que carregava seus apetrechos de golfe. Ao ver Andrew e Christine, avançou para eles, com um largo e vitorioso sorriso.

– Olá, olá! Cá está você. Desculpe-me o atraso. Tive de me desdobrar na Taça Lister. Nunca vi sujeito de tanta sorte como o que jogou comigo. Ora viva! Que bom vê-lo de novo, Andrew! Sempre o mesmo velho Manson, hein? Oh, meu caro, por que você não compra um chapéu novo?!

– Bateu nas costas de Andrew, afetuoso, num tom camarada, espalhando um sorriso que abrangia Christine. – Apresente-me, coisa-ruim! Que é que você está pensando?

Sentaram-se a uma das mesinhas. Hamson decretou que deviam beber qualquer coisa. Com um estalar de dedos, obteve um garçom. E então, bebendo xerez, contou a história toda da partida de golfe. Estava absolutamente certo da vitória, quando, à última hora, o seu contendor deu para acertar todas as jogadas.

De aspecto sadio, cabelos loiros emplastrados de brilhantina, um terno bem cortado e abotoaduras de opala nos punhos que saíam das mangas, Freddie era um tipo bem apresentado, sem nada de bonito – suas feições eram vulgares –, mas simpático, elegante. Parecia, talvez, um pouco pretensioso, porém, quando queria, sabia ser agradável. Fazia amigos com facilidade, mas, na universidade, o Dr. Muir, patologista e clínico, disse-lhe certa vez, mal-humoradamente, na presença de todos os alunos: "Você não sabe nada, Hamson. A sua cabeça é um balão cheio de gás de egoísmo. Mas você nunca se atrapalha. Se você conseguir se sair bem nesta brincadeira de criança que são os exames, posso vaticinar-lhe um grande e brilhante futuro."

Foram jantar num restaurante simples porque nenhum deles estava vestido apropriadamente. Mas Freddie informou que mais tarde teria de se vestir a rigor. Havia um baile, uma chatice terrível, ao qual era obrigado a comparecer.

Fred escolheu com displicência o jantar num menu terrivelmente médico – sopa Pasteur, linguado à la Curie, *tournedo à la conférence médicale* –, e pôs-se a relembrar com dramático ardor os velhos tempos.

– Nunca poderia imaginar – concluiu, balançando a cabeça – que o velho Manson se enterraria num lugarejo ao sul de Gales.

– Acha que está mesmo enterrado? – perguntou Christine, com um sorriso um tanto contrafeito. Houve uma pausa. Freddie passou os olhos pelo salão repleto e, franzindo a cara, perguntou a Andrew:

– Que acha do congresso?

– Creio – respondeu Andrew sem convicção – que é uma forma útil de ficar em dia com a ciência.

– Que nada! Em toda esta semana não compareci a nenhuma dessas comissões aborrecidas. Não, não, meu velho! O que interessa é entrar em contato. É encontrar todo este pessoal, é misturar-se com a turma importante. Você não faz idéia de quantas relações de real influência eu travei durante esta semana. É para isso que estou aqui. Quando voltar à cidade, telefonarei para toda essa gente, irei fazer visitas e jogar golfe em sua companhia. Mais tarde – guarde bem as minhas palavras! – isso será de grande utilidade.

– Eu não compreendo muito bem, Freddie.

– Mas isso é claro como água. Por enquanto, exerço um cargo público, mas não perco de vista um consultório bem elegante, na zona fina de Londres, com uma placa brilhante onde há de ficar bem esta inscrição: Freddie Hamson – Médico. Quando a placa estiver no lugar certo, estes camaradas, já meus íntimos, indicarão meu consultório aos pacientes. Você sabe como é. Reciprocidade, meu caro. Você me ajuda e eu pago na mesma moeda. – Freddie sorveu lentamente um pouco de vinho, numa expressão de quem entende de bebidas. E continuou: – Além disso, também vale a pena entrar em contato com os colegas suburbanos. Algumas vezes também podem arranjar alguns negócios. Você mesmo, seu coisa-ruim, você mesmo pode me enviar, lá para a cidade, quando eu já tiver consultório, alguns pacientes desse tal buraco fundo, Drin... qualquer coisa.

Christine olhou rapidamente para Hamson, fez menção de falar, mas depois se conteve e cravou os olhos no prato.

– E agora me conte a sua vida, Manson velho – continuou Freddie, sorrindo. – O que foi feito de você?

– Oh, não há nada demais. Dou consultas num ambulatório de madeira, atendo a cerca de trinta chamados por dia, na maior parte mineiros e suas famílias.

– Não me soa muito bem. – Freddie balançou a cabeça novamente, com ar de compaixão.

– Pois a mim agrada – disse Andrew, mansamente.

Christine interveio:

– E você também encontra ocasião para trabalhos de valor.

– Sim, tive outro dia um caso bem interessante – confirmou Andrew. – Cheguei até a mandar uma nota a respeito para o *Medical Journal*.

E fez para Hamson uma curta exposição do caso de Emlyn Hughes. Embora Freddie fizesse uma grande encenação de que o escutava com interesse, seus olhos giravam por todo o salão.

– Muito bom – observou, quando Manson concluiu. – Eu pensava que só na Suíça ou em outros lugares semelhantes é que se poderiam encontrar casos de bócio. De qualquer modo, espero que tenha apresentado uma conta e tanto. E isso me fez lembrar de uma coisa. Um camarada esteve me dizendo hoje que o melhor meio de agir nesta questão de cobrança de honorários médicos...

E continuou a falar, entusiasmado com o plano que alguém lhe havia sugerido para o pronto pagamento, em moeda sonante, de todos os honorários. O jantar terminou antes de sua dissertação exuberante. Levantou-se, deixando cair o guardanapo.

– Vamos tomar café lá fora. Terminaremos no saguão a nossa prosa fiada.

Às 21h50, já no fim do charuto, esgotado temporariamente o estoque de anedotas, Freddie bocejou ligeiramente e deu uma olhadela no relógio de pulso.

No entanto, Christine adiantou-se. Atirou um olhar significativo para Andrew, levantou-se rapidamente e observou:

– Não acha que já estamos quase na hora do trem?

Manson esteve a ponto de dizer que ainda podiam demorar uma meia hora, porém Freddie disse:

– Creio que também já é tempo de pensar nesse maldito baile. Tenho um compromisso a que não posso faltar.

Acompanhou-os até a porta giratória do hotel, despedindo-se longa e afetuosamente de Andrew.

– Bem, meu velho – murmurou com mais um aperto de mão e uma palmadinha no ombro –, quando eu colocar a placa na zona elegante de Londres, não me esquecerei de lhe enviar um cartão.

No ar quente da noite, Andrew e Christine passearam em silêncio pela Park Street. Ele compreendia vagamente que a noite não fora o sucesso que havia esperado. No mínimo, ficara muito aquém da expectativa de Christine. Aguardou que ela falasse, porém Christine continuou calada. Afinal, com hesitação, ele disse:

– Deve ter sido muito aborrecido para você, pelo que imagino, escutar todas essas histórias de hospital, não é verdade?

– Não – respondeu ela. – Absolutamente. Não achei isso nada aborrecido.

Houve uma pausa. Ele perguntou:

– Você gostou de Hamson?

– Não muito – voltou-se, perdendo a calma forçada, os olhos brilhando de sincera indignação. – Que idéia ficar sentado ali, a noite toda, com o cabelo engomado, o sorriso vulgar e ares protetores para você.

– Com ares protetores? – Andrew repetiu-lhe as palavras, cheio de espanto.

Ela confirmou vivamente com a cabeça.

– Estava intolerável. "Um camarada me explicou a melhor maneira de agir na questão dos honorários." Isso logo depois de você ter contado sobre o caso estupendo do Emlyn. E chamar aquilo de bócio, ora! Até eu sei que era exatamente o contrário. E aquela insinuação para você lhe enviar clientes – os lábios crisparam-se – foi realmente soberba! – E concluiu, já furiosa: – Oh! Quase não pude agüentar aquela atitude de superioridade diante de você.

– Não acho que assumiu uma atitude de superioridade – argumentou Andrew, perplexo. E depois de uma pausa: – Reconheço que pareceu um pouco cheio de si esta noite. Talvez uma disposição de momento. É o camarada mais natural que conheço. Fomos grandes amigos na faculdade. Estávamos sempre juntos.

– Provavelmente era útil para ele! – disse Christine com um azedume que não era seu. – Conseguia ajuda nos estudos.

Ele protestou aborrecido:

– Ora, não seja assim, Chris.

– Você é que não deve ser assim! – explodiu zangada, com lágrimas nos olhos. – Deve estar cego para não ver que espécie de sujeito ele é. Estragou nossa excursão. Tudo esteve adorável até que ele apareceu e começou a falar de si mesmo. E havia um concerto magnífico no Salão Vitória, a que poderíamos ter ido! Perdemos o concerto, não temos tempo para mais nada, mas ele está bem a tempo de ir ao seu baile idiota!

Arrastaram-se para a estação, que ficava a alguma distância. Era a primeira vez que via Christine zangada. E ele também estava zangado – danado da vida consigo mesmo, com Hamson e, sim, também com Christine. O pior é que ela estava com a razão quando disse que a noite não tinha sido um sucesso. E agora, na verdade, observando discretamente sua fisionomia pálida e constrangida, sentiu que a noite fora um fracasso absoluto.

Chegaram à estação. Subitamente, quando subiam à plataforma, Andrew viu por acaso duas pessoas que passavam pelo outro lado. Reconheceu-as imediatamente: a Sra. Bramwell e o Dr. Gabell. Naquele momento chegou um trem de subúrbio, do ramal de Porthcawl Beach. Gabell e a Sra. Bramwell entraram juntos no trem de Porthcawl, sorrindo um para o outro. A locomotiva apitou. O trem partiu.

Andrew teve, de repente, uma sensação de tristeza. Olhou vivamente para Christine, na esperança de que ela não tivesse visto. Ainda naquela manhã encontrara-se com Bramwell e este, comentando a beleza do dia, esfregou satisfeito as mãos ossudas, explicando que a mulher iria passar o fim de semana em companhia da mãe, em Shrewsbury.

Andrew ficou de cabeça baixa, calado. Estava tão apaixonado que lhe doeu de verdade a cena da qual fora testemunha, com todas suas implicações. Sentiu-se mal. Seu ânimo passou por uma completa mudança. Cobriu-se de sombras sua alegria. Ansiava por uma longa e serena conversa com Christine, por abrir-lhe o coração, acabar de uma vez com o pequeno e tolo mal-entendido. Ansiava, acima de tudo, ficar só com ela. Mas o trem, na viagem de volta, estava superlotado. Só conseguiram lugar num compartimento entupido de mineiros, que discutiam em voz alta o jogo de futebol da cidade.

Já era tarde quando chegaram a Drineffy, e Christine parecia muito cansada. Andrew estava convencido de que ela vira a Sra. Bramwell e Gabell. Compreendeu que não podia falar agora. Não havia outra coisa a fazer senão deixá-la em casa e despedir-se, tristemente, com um boa-noite.

10

Embora já fosse quase meia-noite quando chegou a Bryngower, Andrew encontrou Joe Morgan esperando, rodando para cima e para baixo, em passadas curtas, entre o ambulatório fechado e a entrada da casa. Ao ver o médico, a fisionomia do corpulento brocador teve uma expressão de alívio.

– Ah! Doutor, que alegria em vê-lo! Há bem uma hora que estou rodando aqui de um lado para o outro. A patroa está precisando do doutor, e há bastante tempo.

Arrancado abruptamente dos seus próprios pensamentos, Andrew disse a Morgan que o esperasse. Entrou em casa para buscar a valise e depois partiram juntos para o número 12, do Blaina Terrace. O ar da noite estava frio e impregnado de sereno mistério. Habitualmente tão perspicaz, Andrew mostrava-se agora obtuso e desatento. Nem suspeitava que aquele chamado noturno teria efeitos singulares e muito menos que iria influir em todo o seu futuro em Drineffy. Os dois andaram em silêncio até chegar ao número 12. Então Joe parou de repente.

– Eu não vou entrar – disse ele, numa voz emocionada. – Mas eu sei, doutor, que tudo correrá bem para nós, sob seus cuidados.

Lá dentro, uma escada estreita conduzia a uma pequena alcova, limpa, porém mobiliada pobremente, tendo apenas a iluminá-la uma lamparina. Ali, a mãe da Sra. Morgan, uma velha alta, de cabelos brancos, aparentando 70 anos, e uma parteira idosa e robusta esperavam ao lado da parturiente, examinando a expressão de Andrew enquanto este se movimentava no quarto.

– Deixe-me fazer um chazinho para o doutor – disse a velha, depois de alguns momentos.

Andrew esboçou um sorriso. Percebeu que ela, cheia de experiência, compreendera que ainda havia algum tempo de espera e receava que o médico se retirasse, prometendo voltar mais tarde.

– Não se preocupe, senhora. Eu não vou escapulir.

Embaixo, na cozinha, bebeu o chá que ela lhe serviu. Extenuado como estava, Andrew sabia que não poderia tirar nem mesmo uma hora de sono, se voltasse para casa. Sabia, também, que o caso ali exigia toda a sua atenção. Apoderou-se do seu espírito um estranho torpor. Decidiu ficar até o fim.

Uma hora depois, subiu, observou a marcha do caso, desceu outra vez, sentou-se junto ao fogão da cozinha. Tudo era silêncio, exceto o sussurro da cinza na grelha e o lento tique-taque do relógio de parede. Não, havia outro ruído – a batida dos passos de Morgan, do lado de fora. Em frente de Manson, estava sentada a velha, toda encolhida em seu vestido preto, absolutamente imóvel, os olhos extraordinariamente vivos e atentos, sem despregar-se da fisionomia do médico, sondando.

Os pensamentos de Manson estavam pesados, confusos. A cena a que assistira na estação de Cardiff ainda o mortificava. Pensava em Bramwell, loucamente devotado a uma mulher que o enganava de maneira sórdida; em Edward

Page, amarrado à intolerável Blodwen; em Denny, vivendo infeliz, longe da mulher. O bom senso apontava todos esses casamentos como fracassos desanimadores. Era uma conclusão que o deixava apreensivo na disposição em que se encontrava. Gostava de considerar o casamento como um idílio; sim, não podia considerá-lo de outro modo com a imagem de Christine diante dos olhos. E os olhos dela brilhando para ele não permitiam outra conclusão. E era o conflito entre sua razão prosaica e indecisa e o coração transbordante que o deixava triste e perturbado. Deixou o queixo cair sobre o peito, estirou as pernas, pôs-se a contemplar o fogo, pensativamente.

Ficou assim tanto tempo e suas idéias se povoaram tanto de Christine que estremeceu quando, de repente, a velha lhe dirigiu a palavra. As reflexões tinham seguido um rumo tão diferente...

– Susan disse para não lhe dar clorofórmio, se isso fizer mal à criança. Está doida por esse bebê, doutor. – Uma idéia súbita iluminou-lhe os olhos cansados. E acrescentou em voz baixa: – E aqui entre nós... estamos todos doidinhos pela criança.

Foi com esforço que ele voltou a si.

– Não fará mal algum o anestésico – disse afetuosamente. – Tudo ficará bem.

Nisto, ouviu-se a voz da parteira, chamando do alto da escada. Andrew olhou o relógio, que agora marcava 3h30. Levantou-se e subiu ao quarto. Percebeu que já podia começar o trabalho.

Uma hora se foi. Foi uma luta demorada e difícil. Finalmente, quando a madrugada se infiltrou pelas bordas partidas da veneziana, a criança veio ao mundo, mas sem vida.

Um arrepio de horror passou por Andrew, quando olhou para a forma sem movimento e sem voz. Depois de tudo que havia prometido! O rosto, afogueado pelo esforço, gelou de repente. Hesitou, indeciso entre o desejo de tentar a ressurreição da criança e suas responsabilidades para com a mãe, que se encontrava em estado desesperador. O dilema era tão urgente que não pode decidi-lo com clareza. Instintivamente, entregou a criança à parteira e voltou a atenção para Susan Morgan, que estava desmaiada, quase sem pulso, ainda sob a ação do éter. A pressa de Andrew era exasperada, uma precipitação frenética para deter as forças da parturiente que fugiam. Num só instante quebrou a ampola e injetou a pituitrina. Jogou para o lado a seringa e continuou a luta desesperada para reanimar a mulher exangue. Depois de alguns minutos de angustiado esforço, o coração dela se reanimou. Viu que podia deixá-la sem maiores apreensões. Girou no quarto, em mangas de camisa, o cabelo caído sobre a testa lavada de suor.

– Onde está a criança?

A parteira fez um gesto amedrontado. Havia posto a criança debaixo da cama. No mesmo momento Andrew já estava ajoelhado. Pescando entre os jornais ensopados embaixo do leito, arrancou para fora a criança. Um menino, perfeitamente formado. O corpo quente e flexível era branco e mole como banha. O cordão umbilical, cortado às pressas, era como um talo partido. A pele, macia e tenra. A cabeça balançava sobre o pescocinho fino. Os membros pareciam sem ossos.

Ainda ajoelhado, Andrew fitou a criança, atônito, com a testa franzida. A brancura só significava uma coisa: asfixia branca. Numa tensão fora do natural, veio-lhe à mente, num relance, o caso que vira, certa vez, no Hospital Samaritano, o tratamento que fora empregado. Levantou-se:

– Traga-me água quente e fria – gritou para a parteira. – E bacias também. Depressa! Vamos, depressa!

– Mas, doutor... – gaguejou ela, com os olhos no corpinho descorado.

– *Depressa!* – berrou o médico.

Arrancando um cobertor da cama, enrolou a criança e começou o método especial de respiração. Afinal, trouxeram a chaleira, o jarro de água e as bacias. Trabalhava com frenesi. Derramou água fria numa bacia; na outra, água quase fervendo. E então, como um malabarista desvairado, passava a criança, rapidamente, de uma bacia para outra, mergulhando-a ora num banho de gelo, ora num banho escaldante.

Passaram-se 15 minutos. O suor descia pelos olhos de Andrew, cegando-o. Uma das mangas pendia escorrendo água. Estava ofegante. Mas nenhum sinal de respiração vinha do corpo flácido da criança.

Oprimia-o uma exasperada sensação de derrota, um raivoso desespero. Sentia a parteira a observá-lo numa consternação parada, enquanto mais adiante, encostada à parede, onde ficara desde o começo, a velha não desviava dele os olhos em fogo, com a mão apertando a garganta, silenciosa. Lembrou-se da sua grande esperança de ter um neto, esperança tão grande como a da filha de ter uma criança. E tudo por água abaixo, à toa, sem remédio.

O assoalho era agora uma sujeira confusa. Tropeçando numa toalha ensopada, Andrew quase deixou cair o bebê, que já estava molhado e escorregadio em suas mãos, como um peixe esquisito e esbranquiçado.

– Basta, doutor! – sussurrou a parteira. – A criança nasceu morta.

Andrew não lhe deu atenção. Batido, desesperado, tendo lutado em vão durante meia hora, ainda persistia num derradeiro esforço, esfregando a criança com uma toalha felpuda, comprimindo e afrouxando o pequenino peito com as duas mãos, tentando dar alento ao corpo inanimado.

E então, como por milagre, o pequenino peito, dentro de suas mãos, deu um suspiro curto e convulsivo. Outro. E outros mais. Andrew tonteou. A sensação de vida, brotando debaixo de seus dedos depois daquele esforço incalculável, era tão estranha que por pouco não o fez desmaiar. Redobrou de esforços, febrilmente. A criança respirava agora. Uma respiração cada vez mais profunda. Uma bolha de muco surgiu numa das narinas, uma bolhazinha irisada, alvissareira. Os membros já não pareciam sem ossos. A cabeça já não caía para trás, como se não houvesse espinha dorsal. A pele esbranquiçada aos poucos ia ganhando cor. E nisso, deliciosamente, veio o choro da criança.

– Meu Deus do céu! – a parteira soluçou histericamente. – Nasceu... Nasceu viva!

Andrew entregou-lhe a criança. Sentia-se fraco e atordoado. Em redor dele, o quarto era uma confusão de meter medo: cobertores, toalhas, instrumentos sujos, a seringa de injeção espetada pela agulha no linóleo, o jarro virado, a chaleira numa poça de água. No leito em desalinho, a mãe sonhava placidamente, desvencilhando-se com lentidão dos efeitos do anestésico. A velha ainda continuava encostada à parede. Suas mãos estavam juntas, os lábios moviam-se sem nada dizer. Rezava.

Automaticamente, Andrew desceu a manga da camisa, vestiu o paletó.

– Virei buscar mais tarde a valise.

Desceu as escadas, dirigiu-se à copa. Os lábios estavam secos. Bebeu um grande copo de água. Apanhou o chapéu e o sobretudo.

Lá fora, encontrou Joe em pé na escada, com fisionomia contraída, expectante.

– Tudo bem, Joe – disse com voz arrastada. – A mulher e a criança passam bem.

Era dia claro. Quase 5 horas. Alguns mineiros já estavam na rua, os primeiros da turma da noite que voltavam do serviço. Quando Andrew seguia com eles, no mesmo andar cansado e lento, seus passos ecoando com os dos outros sob o céu da manhã, pôs-se a pensar distraidamente, esquecido de todos os outros trabalhos que já havia feito em Drineffy: "Fiz alguma coisa! Oh! meu Deus, fiz alguma coisa de verdade, afinal."

11

Depois de fazer a barba e tomar banho (graças a Annie, havia sempre água quente à sua disposição), Andrew sentiu-se menos cansado. Mas Blodwen vira os lençóis impecáveis da cama e mostrou-se zombeteira e sarcástica à hora do café e ainda mais quando ele recebeu em silêncio suas alfinetadas.

– Arre, doutor! Amanheceu com a cara muito amassada. E que olheiras escuras! Só voltou de madrugada, hein? E se esqueceu também dos meus pastéis do Parry. Dormiu fora de casa, não é, rapaz? Você não me engana! Eu nunca me iludi com esse seu ar de santo! Vocês, assistentes, são todos iguais. Ainda não encontrei um só que não bebesse ou que não caísse na farra de vez em quando!

Depois do trabalho do consultório e das visitas da manhã, Andrew foi ver o novo paciente. Já eram 12h30 quando se dirigiu ao Blaina Terrace. Havia grupinhos de mulheres tagarelando à porta das casas e, quando passou, pararam de falar para sorrir e dar-lhe um efusivo bom-dia. Ao aproximar-se do número 12, pareceu ver alguém na janela. De fato. Estavam esperando por ele. No instante em que chegou em frente à casa, a porta escancarou-se e, irradiando incrível alegria em toda a sua face enrugada, a velha veio dar-lhe as boas-vindas.

Na verdade, estava tão ansiosa por agradá-lo que nem sabia o que dizer. Convidou-o a tomar primeiro qualquer refresco na saleta e, quando ele recusou, ainda se desfez mais em submissas amabilidades:

– Está bem, está bem, doutor. Ora essa! Como quiser! Mas pode ser que, antes de ir embora, ainda tenha um tempinho para tomar uma gota de vinho e comer um pedaço de bolo. – Levou-o escada acima, batendo no seu ombro com as velhas mãos trêmulas.

Andrew entrou na alcova. O pequeno quarto, que deixara com aspecto de matadouro, fora tão bem lavado e encerado que agora brilhava. Muito bem arrumados, todos os seus instrumentos luziam sobre a cômoda envernizada. A valise fora cuidadosamente engraxada, os fechos tão bem polidos que pareciam de prata. Mudaram a roupa da cama, agora de linho. E ali estava a mãe, com o semblante calmo e amadurecido a fitá-lo numa felicidade muda, enquanto a criança mamava, bem disposta e sossegada, no seio túmido.

– Olá! – A corpulenta parteira, sentada à cabeceira da cama, levantou-se e desfez-se em sorrisos. – Parecem muito bem agora, não é mesmo, doutor? Nem sabem o trabalho que nos deram. Nem avaliam, não é verdade?

Umedecendo os lábios, uma luz indefinida nos olhos meigos, Susan Morgan tentou gaguejar sua gratidão.

– Ah, você é quem pode dizer – disse a parteira, balançando a cabeça, procurando vangloriar-se a todo custo.

– Não se esqueça, meu bem, de que na sua idade você nunca iria poder ter outro filho. Era desta vez ou nunca mais.

– Nós sabemos disso, Sra. Jones – interrompeu significativamente a velha, ainda na porta. – Nós sabemos que devemos tudo aqui ao *doutor*.

– O meu Joe ainda não o procurou, doutor? – perguntou timidamente a mãe. – Não? Pois irá procurá-lo, com certeza. O homem não cabe em si de contente. Ainda há pouco dizia que o que nos fará mais falta na África do Sul é não ter lá o doutor como nosso médico.

Ao sair, devidamente gratificado com uma fatia de bolo e um cálice de vinho feito em casa (pois teria despedaçado o coração da velha se recusasse beber à saúde do neto), Andrew continuou suas visitas com um estranho calor no coração. "Não me teriam prestado melhores homenagens", pensava cheio de si, "se eu fosse o rei da Inglaterra". Aquele caso tornara-se de certo modo o antídoto para a cena que surpreendera na plataforma da estação de Cardiff. Já era alguma coisa em favor do casamento e da vida em família ver a felicidade que enchia o lar de Morgan.

Quinze dias depois, quando Andrew já havia feito a última visita ao número 12, Joe Morgan veio procurá-lo. A atitude de Joe era solene e imponente. E, depois de mastigar por muito tempo as palavras, explodiu, de repente:

– Macacos me mordam! Não tenho jeito para falar. Não há dinheiro que pague o que fez por nós. Mas, assim mesmo, a patroa e eu queremos dar-lhe um presentinho.

Impulsivamente, entregou a Andrew um pedaço de papel. Era um cheque de 5 guinéus em nome da Sociedade Construtora.

Andrew olhou espantado para o cheque. Os Morgan, como se dizia na linguagem local, eram gente limpa, porém nada tinham de abastados. Aquele quantia nas vésperas de sua partida, com tantas despesas de viagem, devia representar um grande sacrifício, uma nobre generosidade. Emocionado, Andrew disse:

– Não posso aceitar, amigo Joe.

– *Tem* de aceitar – disse Joe com sisuda insistência, pondo a mão em cima da de Andrew. – Senão, a patroa e eu ficaremos mortalmente ofendidos. É um presente para o senhor mesmo. Não é para o Dr. Page. Ele tem levado o meu dinheiro durante anos e anos e nós nunca o incomodamos, a não ser desta vez. Ele está muito bem pago. Isto aqui é um presente, algo para o senhor, em pessoa, compreende, doutor?

– Sim, compreendo, Joe – concordou Andrew, sorrindo.

Dobrou o cheque, colocou-o no bolso do colete e durante alguns dias esqueceu-o ali. Mas, na terça-feira seguinte, ao passar em frente ao Western Counties Bank, parou, refletiu um momento e entrou. Como a Srta. Page sempre o pagava em notas que ele transmitia em cartas registradas para os escritórios da Fundação, ainda não tivera oportunidade de tratar com o banco. Agora, porém, com a noção confortadora de sua própria importância, decidiu-se a abrir um depósito com o dinheiro de Joe. Em frente ao guichê, endossou o cheque, preencheu alguns formulários e entregou-os ao caixa, observando com um sorriso: – Não é muito, mas de qualquer modo é um começo.

Nesse meio-tempo, percebeu que Aneurin Rees esticava o pescoço, lá no fundo, a espiá-lo. Quando Andrew se voltou para sair, o gerente avançou para o balcão. Apanhou o cheque. Alisando-o carinhosamente olhou para os lados, por trás dos óculos.

– Boa tarde, Dr. Manson. Como está o senhor? – Pausa. E, mostrando a dentadura amarelada. – E... quer que esse dinheiro seja lançado em sua conta nova?

– Sim – explicou Manson um pouco surpreso. – A quantia é pequena demais para abrir uma conta?

– Oh, não, doutor. Não se trata da quantia. Temos muito prazer em aceitar o negócio. – Rees hesitou, examinando ainda o cheque e levantando para Andrew seus olhinhos desconfiados. – E... quer que seja em seu *próprio* nome?

– Mas é claro!

– Está direito, doutor, está direito. – Sua expressão desfez-se subitamente em um sorriso aguado. – Estava apenas a conjeturar. Queria ter a certeza. Que tempo delicioso para esta época do ano! Passe bem, Dr. Manson, passe bem!

Manson saiu do banco atarantado, perguntando a si mesmo o que estaria insinuando aquele demônio calvo e empertigado. Alguns dias depois, teve a resposta a essa pergunta.

12

Havia mais de uma semana que Christine partira de Drineffy em férias. Andrew, porém, estivera tão ocupado com o caso Morgan que só conseguiu vê-la por alguns momentos, no dia da partida. Nem chegou a falar-lhe. Agora, longe dela, andava cheio de saudades.

O verão estava insuportável na cidade. Transformaram-se num amarelo sujo os últimos verdes da primavera. As montanhas tinham um ar febril e, quando ecoavam na amplidão abrasada, os estampidos das minas e das pedreiras pareciam cobrir o vale com uma abóbada de sons ardentes. Os operários saíam da mina com o rosto impregnado de pó de minério, que dava a impressão de ferrugem. Crianças brincavam sem muito interesse. Thomas, o velho cocheiro, foi atacado de icterícia e Andrew teve de fazer a pé suas visitas. Ao arrastar-se pelas ruas sufocantes, lembrava-se de Christine. Que estaria fazendo? Pensaria nele, um pouquinho que fosse? E no futuro, quais os seus projetos, as perspectivas de felicidade que podiam ter juntos?

Então, quando menos esperava, recebeu um recado de Watkins, pedindo-lhe que fosse vê-lo nos escritórios da companhia.

O gerente da mina recebeu-o de modo agradável, convidando-o a sentar-se, oferecendo-lhe charutos.

– Olhe aqui, doutor – disse, num tom de amigo. – Há tempos que ando querendo falar-lhe e é melhor nos entendermos antes que eu faça o meu relatório anual. – Parou um momento, para tirar da ponta da língua um fiapo de fumo. – Esteve aqui um grupo de trabalhadores, com o Emlyn e o Ed Williams à frente, pedindo-me que incluísse o seu nome na lista da companhia.

Andrew aprumou-se na cadeira, invadido por uma onda da alegria e animação.

– Quer dizer... Trata-se de passar para mim a clínica do Dr. Page?

– Não, não é bem isso, doutor – explicou Watkins, vagarosamente. – Compreenda que a situação é delicada. Tenho que atender aqui às exigências dos operários. Não posso tirar da lista o Dr. Page. Há um certo número de homens que não admitem isso. O que eu queria fazer em seu favor era encaixá-lo com jeito na lista da companhia. Assim, quem quisesse podia passar da do Dr. Page para a do senhor.

A expectativa ansiosa foi desaparecendo da fisionomia de Andrew. Franziu a testa, ainda emocionado.

– Mas o senhor há de compreender que não posso fazer isso. Vim para cá como assistente do Dr. Page. Se me colocasse em oposição a ele... Não, nenhum médico decente pode fazer uma coisa dessas!

– Mas não há outro meio.

– Por que não me deixa ficar com a clínica dele? – insistiu Andrew. – Pagaria de boa vontade uma indenização, uma porcentagem sobre todas as quantias recebidas. É um outro meio.

Watkins sacudiu a cabeça, francamente em desacordo.

– Blodwen não quer saber disso. Já lhe expus o caso. Ela sabe muito bem que está do lado mais forte. Quase todos os trabalhadores mais velhos daqui, como Enoch Davies, por exemplo, querem o Dr. Page. Acreditam que ele ainda vai voltar à clínica. Eu teria de me haver com uma greve se tentasse substituí-lo. – Parou um momento. – Dou-lhe o prazo de um dia para pensar. Amanhã terei de enviar a nova lista para o escritório central de Swansea. E, depois de a lista seguir, só daqui a um ano poderemos voltar ao assunto.

Andrew ficou olhando o assoalho por um momento e depois fez um vagaroso gesto de recusa. Suas esperanças, tão altas ainda há pouco, estavam agora por terra.

– É inútil. Não posso fazer isso. Mesmo que ficasse pensando semanas inteiras.

Doeu-lhe fundo chegar a essa decisão e sustentá-la diante da parcialidade de Watkins em seu favor. Contudo, não podia fugir ao fato de que entrara em Drineffy como assistente do Dr. Page. Colocar-se como um concorrente, mesmo nessas circunstâncias excepcionais, era inconcebível. Vai que Page, por acaso, volte à atividade... Com que cara havia de fazer concorrência ao velho? Não, não podia e não queria aceitar essa situação.

No entanto, durante o restante do dia, sentia-se melancólico e abatido, magoado com a extorsão descarada de Blodwen, certo de que estava numa posição absurda, lamentando até que lhe tivessem feito aquele oferecimento. À noite, por volta das 20 horas, foi fazer uma visita a Denny. Fazia algum tempo que não o via. E no seu desânimo sentiu que lhe faria bem uma prosa com Phillip, talvez uma confirmação de que procedera direito. Chegou à casa de Phillip pouco depois das 20 horas, e, como era seu costume, entrou sem bater. Foi à saleta. Phillip estava estirado no sofá. A princípio – havia pouca luz – teve a impressão de que ele descansava de um penoso dia de trabalho. Mas Phillip não fizera nada naquele dia. Ficara esparramado ali, com a respiração opressa, um braço por cima do rosto, completamente bêbado. Ao virar-se, Andrew deu com a dona da pensão, que o observava de banda, com ar preocupado.

– Ouvi daqui quando entrou, doutor. Ele está assim desde cedo. Não comeu nada. Não sei o que fazer.

Andrew não encontrou palavras para responder. Ficou observando a face parada do amigo, recordando o cinismo do primeiro comentário de Denny na noite da sua chegada.

– Há dez meses que não tomava uma dessas bebedeiras – continuou a dona da casa. – E quando não bebe, não bebe mesmo. Mas quando começa, não pára mais. Agora o desastre ainda é maior, porque o Dr. Nicholls está fora, de férias. Parece que é bom passar um telegrama.

– Mande Tom aqui em cima – disse Andrew, afinal. – Vamos levá-lo para a cama.

Com a ajuda do filho da dona da casa, um jovem mineiro que parecia achar graça no caso, tiraram a roupa de Phillip e vestiram-lhe um pijama. E, mole e pesado como um saco, carregaram-no até o quarto.

– O que se deve fazer antes de tudo é vigiá-lo para que não beba mais nada. Feche a porta por fora, se for necessário – recomendou Andrew à mulher, quando voltavam à saleta. – E agora é melhor me dar a lista de visitas de hoje.

Numa lousa de menino de escola, pendurada à parede, estava escrita a lista das visitas que Phillip deveria fazer naquele dia. Andrew copiou-a e saiu. Andando depressa, poderia dar conta da maior parte antes das 23 horas.

Na manhã seguinte, logo depois do serviço do consultório, foi ver Denny. A dona da casa veio ao seu encontro, torcendo as mãos.

– Não sei onde arranjou bebida. Eu não dei. O que eu fiz foi só para o bem dele.

Phillip estava ainda mais embriagado do que na véspera, pesadão, insensível. Depois de sacudi-lo várias vezes e de esforçar-se para reanimá-lo com uma xícara de café bem forte – café que por sinal acabou derramando na cama toda –, Andrew copiou novamente a lista de visitas. Amaldiçoando o calor, as moscas, a icterícia de Thomas e Denny também, enfrentou mais um dia de trabalho dobrado.

No fim da tarde, esgotado, raivoso, voltou disposto a acabar com a bebedeira de Denny. Dessa vez o encontrou largado numa poltrona, de pijama, ainda embriagado, fazendo um longo sermão a Tom e à Sra. Seager. Quando Andrew entrou, Denny calou-se imediatamente e dirigiu-lhe um olhar sombrio, sarcástico. Falou com voz empastada:

– Ah! Eis o bom samaritano! Soube que você me substituiu no trabalho. Que gesto de nobreza! Mas por que fez isso? Por que esse maldito Nicholls foi gozar a vida, empurrando para cima de nós todo o serviço?

– Não sei. – A paciência de Andrew estava por um fio. – Só sei que o trabalho seria mais fácil para nós dois se você fizesse a sua parte.

– Eu sou cirurgião. Não sou um desses desgraçados de clínica geral. Clínica geral! Ora... Que significa isso? Já fez a si mesmo essa pergunta? Não fez ainda? Bem, eu explico. É o anacronismo mais completo e acabado, o pior, o mais estúpido sistema já criado pelo homem que Deus pôs na Terra. Velho e querido clínico geral... Velho e ingênuo público britânico! Ah! – Ria com sarcasmo. – O público ingênuo foi quem criou esse tipo de médico. E gosta dele. E chora por causa dele. – Inclinou-se para um lado da poltrona. Os olhos injetados exprimiam outra vez amargura e desencanto. E, numa voz embriagada, continuou a conferência: – Que pode fazer o pobre-diabo? Ah! O clínico geral! Tem de ser pau para toda obra! Digamos que tenha vinte anos de formado. Como pode entender de medicina, de obstetrícia e bacteriologia, de todos os últimos progressos da ciência e de cirurgia também? Sim! Sim! Não convém esquecer a cirurgia. De quando em quando, experimenta uma operaçãozinha feita em casa. – Voltou ao tom sardônico. – Um caso de mastoidite, por exemplo. Duas horas e meia marcadas no relógio. Quando encontra pus, é um salvador da humanidade. Quando não encontra, a vítima vai para o cemitério. – Levantou a voz. Estava indignado, terrivelmente, bebedamente indignado. – Só mandando tudo para o inferno, Manson. Há séculos que é a mesma coisa. Será que eles não querem *mesmo* mudar de sistema? Para que lutar? Para quê, pergunto a você? Dê-me outro uísque. Estamos todos naufragados. E parece que estou bêbado também.

Durante alguns minutos nada se disse. Afinal, contendo a irritação, Andrew perguntou:

– Não acha que agora deve voltar para a cama? Venha, nós ajudamos.

– Deixe-me em paz! – respondeu Phillip de mau humor. – Que diabo! Não venha para o meu lado com esses cuidadinhos de cabeceira de doente. Já empreguei isso no meu tempo. Sei muito bem como é. – Levantou-se abruptamente, cambaleando, e, puxando a Sra. Seager pelo ombro, atirou-a na poltrona. Balançando o corpo numa cópia selvagem da mais requintada cortesia, dirigiu-se à mulher amedrontada: – Como passou o dia, minha cara senhora? Um pouquinho melhor, pelo que vejo. Com o pulso um pouquinho mais forte. Dormiu bem? Ah! Devemos, então, receitar um calmantezinho...

Na cena de comédia havia uma nota estranha, alarmante: a figura de Phillip, com a barba crescida, em pijama e chinelos, a macaquear um médico de sociedade, inclinando-se numa servil reverência diante da esposa do mineiro, que se encolhia toda na cadeira. Tom rompeu num acesso nervoso de riso. Num relâmpago, Denny investiu contra ele.

– Está certo! Ria! Ria, seu desgraçado, até quando quiser! Mas gastei cinco anos da minha vida nessas coisas! Meu Deus! Quando penso nisso, sinto vontade de morrer. – Passeou o olhar por todos, apanhou um dos jarros que estava sobre a borda da lareira e espatifou-o no chão. Logo depois, pegou outro e atirou-o contra a parede. E, avançando, tinha no olhar o brilho vermelho da destruição.

– Misericórdia! – choramingou a Sra. Seager. – Segurem este homem, segurem!

Andrew e Tom Seager atracaram-se com Phillp, que lutava sem atender a ninguém, no paroxismo da intoxicação. Depois, ao capricho da embriaguez, relaxou a atitude de repente e tornou-se sentimental, açucarado.

– Manson – resmungou, pendurando-se no ombro de Andrew. – Você é um bom sujeito. Gosto de você como de um irmão. Você e eu... Se nos uníssemos, para pegar firme, bem podíamos salvar toda a nossa maldita profissão.

Estava de pé, com o olhar distante, perdido. Depois, a cabeça pendeu. O corpo vergou. Consentiu que Andrew o levasse para o quarto e para a cama. Com a cabeça rolando no travesseiro, fez um último pedido de ébrio:

– Prometa-me uma coisa, Manson! Por amor de Deus, não se case com uma mulher importante.

Na manhã seguinte, estava mais embriagado do que nunca. Andrew desanimou. Embora Tom Seager jurasse que não, Andrew estava desconfiado de que era ele quem fornecia bebidas a Denny, às escondidas.

Durante toda aquela semana, Andrew enfrentou trabalho dobrado, atendendo também aos pacientes do outro. No domingo, depois do almoço, foi visitar o amigo. Phillip estava de pé, barbeado, vestido, irrepreensível na aparência. Embora abatido e trêmulo, não tinha mais sinal de embriaguez.

– Parece que você andou trabalhando por mim toda a semana. – Fora-se a intimidade dos últimos dias. A sua atitude era contrafeita, de uma correção gelada.

– Não foi nada – respondeu Andrew, pouco à vontade.

– Ao contrário, deve ter sido um incômodo muito grande.

A atitude de Denny era tão seca que Andrew corou. Nem uma palavra de gratidão, nada mais do que uma arrogância mal disfarçada.

– Se quer mesmo saber a verdade – desabafou Andrew –, eu vou dizer. Tive um trabalho infernal por sua causa.

– Saberei recompensá-lo. Fique certo.

– O que você pensa que eu sou?! – respondeu Andrew, exaltado. – Pensa que sou um miserável cocheiro à espera de uma gorjeta sua? Não fosse eu, a Sra. Seager teria telegrafado ao Dr. Nicholls e você estaria no olho da rua. Você é um sujeito pretensioso, arrogante e mal-agradecido. E está precisando levar uns tapas.

Denny acendeu o cigarro, com dedos tão trêmulos que mal podiam segurar o fósforo. E disse com escárnio:

– Que linda ocasião você escolheu para medir forças comigo. Verdadeiro tato escocês! Noutra oportunidade terei muito gosto.

– Oh! Cale a boca, desgraçado! Aqui está a sua lista de visitas. As que estão marcadas com uma cruz devem ser feitas na segunda-feira.

Saiu furioso da casa do amigo.

– O diabo que o carregue! – resmungou com raiva. – Parece até que se julga o dono do mundo. Dá a impressão de que me prestou um favor, *consentindo* em que eu fizesse o seu trabalho.

Entretanto, no caminho de casa, o ressentimento foi esfriando aos poucos. Queria muito bem a Phillip e já agora via mais fundo na sua alma complicada. Era tímido, de uma sensibilidade excessiva, vulnerável. Era só por isso que se revestia de uma capa de orgulho e rudeza. A lembrança da recente recaída no vício e dos espetáculos que dera durante a crise devia torturá-lo horrivelmente.

Mais uma vez Andrew ficou impressionado com o paradoxo daquele homem inteligente enterrando-se em Drineffy para romper com todas as convenções. Phillip tinha qualidades excepcionais de cirurgião. Encarregando-se de dar o anestésico, Andrew vira-o certa vez executar uma ressecção da vesícula biliar, na mesa da cozinha de um mineiro, com o suor a escorrer do rosto avermelhado e dos braços cabeludos. Um modelo de rapidez e segurança. Um homem capaz de fazer coisas desse tipo merecia considerações especiais.

Contudo, quando chegou em casa, ainda não estava refeito do golpe que recebera com a frieza de Phillip. Assim, quando transpôs a porta e pendurou o chapéu no cabide, não foi com muita disposição que ouviu a voz da Srta. Page, exclamando:

– Ah, é o senhor, Dr. Manson? Preciso lhe falar.

Andrew não tomou conhecimento do chamado. Voltando-se, preparou-se para subir as escadas, em direção ao quarto. Mas, quando segurou o corrimão, veio de novo a voz de Blodwen, mais aguda, mais estridente.

– Doutor! Dr. Manson! *Preciso* lhe falar.

Andrew deu meia-volta e viu a Srta. Page irromper da saleta, com a fisionomia muito pálida, os olhos negros faiscando numa emoção violenta. Ela marchou ao seu encontro.

– O senhor é surdo? Não me ouviu dizer que *precisava* lhe falar?

– O que há, Srta. Page? – perguntou ele irritado.

– Ora, o que é que há! – ela quase não podia respirar. – Estou gostando de ver. O senhor me fazendo perguntas! Eu é que quero lhe fazer umas perguntas, meu prezado Dr. Manson!

– O que é então? – fuzilou Andrew.

O seu modo impaciente parecia excitá-la além das próprias forças.

– É *isto*. Sim, meu esperto doutor!! Poderá ter a bondade de me explicar o que isto quer dizer? – Do seio gorducho, ela tirou um pedaço de papel e agitou-o ameaçadoramente diante dos olhos de Manson. Ele reconheceu o cheque de Joe Morgan. Então, levantando a cabeça, viu Rees por trás de Blodwen, esgueirando-se à entrada da saleta.

– Ah, pode olhar à vontade – continuou Blodwen. – Vejo que o reconhece. Mas é melhor que nos diga depressa como este dinheiro foi parar no banco em seu nome, quando pertence ao Dr. Page e o senhor sabe disso muito bem.

Andrew sentiu o sangue subir à cabeça. As orelhas ardiam.

– É meu. É um *presente* que Joe Morgan me deu.

– Um *presente!* Oh! Oh! Essa é boa. Ele não está aqui para negar.

Manson respondeu de dentes cerrados:

– A senhora pode escrever para ele, perguntando, se não confia na minha palavra!

– Tenho mais o que fazer do que escrever cartas. – Perdendo a calma completamente, berrou: – E não confio mesmo na sua palavra. Você pensa que é muito sabido, hein? Sim, senhor. Vem para cá e já está pensando que pode ficar com a clínica por sua conta, quando devia trabalhar para o Dr. Page! Mas isso mostra muito bem quem é você. É um gatuno. Isso mesmo! Um gatuno muito ordinário.

Jogou-lhe o insulto na cara. Deu meia-volta para procurar apoio em Rees. À porta da saleta, com a fisionomia mais esbranquiçada do que nunca, o gerente do banco emitia sons esquisitos que deviam ser apelos de moderação. Naturalmente Andrew viu em Rees o instigador de toda a questão. O homem passara alguns dias indeciso para depois ir correndo levar a novidade a Blodwen. Manson desceu os dois degraus da escada e avançou para eles, fitando com ameaçadora intensidade a boca fina e sem sangue de Rees. Estava lívido de raiva e doido para brigar.

– Srta. Page – disse, num tom estudado –, a senhora acaba de fazer uma acusação contra mim. Se dentro de dois minutos não voltar atrás e não pedir desculpas, exigirei indenização judicial por difamação. Terá de ser apresentada em juízo a fonte de sua informação. Não tenho dúvidas de que a diretoria do banco do Sr. Rees ficará interessada em saber como se viola o sigilo dos negócios.

– Eu... eu fiz apenas o meu dever – gaguejou o gerente do banco, já sem uma gota de sangue.

– Estou esperando, Srta. Page! – As palavras vinham-lhe aos borbotões, sufocando-o. – Se não se apressar, darei no seu gerente de banco a pior surra que ele já levou em toda a sua vida.

Ela viu que tinha ido longe demais, que falara mais, muito mais, do que tinha intenção. A ameaça, sua atitude indignada a amedrontaram. Era quase possível seguir as reflexões vertiginosas da cabeça de Blodwen: Indenização! Uma indenização pesada! Oh, meu Deus, poderiam arrancar-lhe um dinheirão!

Ela engasgou, mastigou, gaguejou:

– Eu... eu retiro o que disse. Peço desculpas.

Era quase cômico ver a aquela mulher valentona tão súbita e inesperadamente subjugada. Mas Andrew não achou a menor graça nisso. Compreendeu, num só momento, com profunda amargura, que chegara ao extremo limite de sua paciência. Não podia mais com aquela criatura impertinente, irascível. Respirou com força. Esqueceu tudo, menos a aversão por aquela mulher. Era numa alegria louca e selvagem que ele se deixava arrastar pelo próprio impulso.

– Srta. Page, há uma ou duas coisas que eu preciso lhe dizer. Em primeiro lugar, sei que a senhora está tirando uma renda anual de 1.500 libras à custa do trabalho que faço aqui. Desse dinheiro todo a senhora só reserva para mim umas miseráveis 250 libras, e, além disso, faz o que pode para me matar de fome. Talvez lhe interesse saber também que na semana passada uma delegação de trabalhadores procurou o gerente e este me convidou para fazer parte da lista da companhia. Ainda convém saber que, por motivos de ética, coisa que a senhora possivelmente desconhece, eu recusei terminantemente. E agora, Srta. Page, já estou tão absolutamente enojado da sua pessoa que não posso continuar aqui. A senhora é uma cadela mercenária, comilona e mesquinha. Na verdade a senhora é um caso patológico. Notifico-lhe desde já que só trabalho até o fim do mês.

Ela abriu a boca e seus olhinhos de botão queriam saltar das órbitas. Então, de repente, gritou:

– Não, isso não! É tudo mentira. Você não esteve para entrar na lista da companhia. E está *despedido*, fique sabendo. Ainda não houve assistente que me notificasse que ia deixar o emprego. Que idéia, que descaramento, que desaforo falar-me dessa maneira! Fui eu quem disse primeiro. Você está despedido, está, fique sabendo, despedido, despedido, despedido.

A explosão foi estridente, histérica, degradante. No auge do desabafo, houve uma interrupção. Lá em cima, a porta do quarto de Edward abriu-se lentamente e, um momento depois, o próprio Edward apareceu, como um fantasma, mostrando as pernas mirradas sob o camisolão de dormir. Essa aparição foi tão estranha e inesperada que a Srta. Page parou fulminada no meio de uma palavra. Olhou para cima. O mesmo fizeram Rees e Andrew. E o doente, arrastando a perna paralítica, foi andando vagarosamente, dolorosamente, até o alto da escada.

– Não posso ter sossego? – Embora agitada, sua voz era severa. – O que está acontecendo?

Blodwen tomou fôlego, iniciou uma acusação chorosa contra Manson e concluiu:

– E diante disso... diante disso, notifiquei-lhe que estava despedido.

Manson não contradisse sua versão do caso.

– Você quer dizer que ele vai embora? – perguntou Edward todo trêmulo pela agitação e pelo esforço de conservar-se em pé.

– Sim, Edward – ela fungou. – De qualquer modo, em breve você voltará ao trabalho.

Houve um silêncio. Edward desistiu de tudo o que queria dizer. Seus olhos demoraram-se em Andrew numa desculpa muda, moveram-se para Rees, passaram rapidamente por Blodwen e então repousaram tristemente no vácuo. Uma expressão de desespero, mas ainda de dignidade, foi cobrindo sua fisionomia parada.

– Não – disse ele, afinal. – Eu nunca voltarei. Você sabe disso, vocês todos sabem.

Não disse mais nada. Voltando-se lentamente, apoiando-se na parede, arrastou-se de novo para o quarto. A porta se fechou em silêncio.

13

Lembrando-se da alegria e do verdadeiro entusiasmo que o caso Morgan lhe dera e que algumas palavras feias de Blodwen transformaram numa coisa sórdida, Andrew, indignado, perguntava a si mesmo se não devia levar a questão adiante, escrever a Joe Morgan, exigir da velha mais do que uma simples desculpa. Mas abandonou a idéia, considerando-a mais digna de Blodwen do que dele. Por fim, decidiu-se pela associação de caridade mais inútil do distrito. E, num acesso de amargura, mandou os 5 guinéus, pelo correio, ao secretário, pedindo-lhe que remetesse o recibo a Aneurin Rees. Depois disso, sentiu-se melhor. Mas gostaria de ver Rees lendo aquele recibo.

E agora, compenetrado no fato de que seu trabalho ia terminar no fim do mês, começou imediatamente a procurar outra colocação, esmiuçando as páginas de anúncios do *Lancet* e respondendo a todos os que pareciam aceitáveis.

Havia muitos na coluna “Precisam-se de assistentes”. Enviou cartas bem-feitas, com cópias de todos os seus atestados e até mesmo o retrato, como era freqüentemente exigido. Mas passou a primeira semana, veio a segunda, esta acabou e nada de resposta. Estava decepcionado e atônito. Foi então que Denny lhe explicou nesta frase sem rodeios:

– Você já esteve em Drineffy.

Andrew compreendeu afinal, numa crise de desalento, que era uma condenação estar clinicando naquela cidade mineira, perdida no País de Gales. Ninguém queria assistentes vindos daquelas paragens. Tinham má reputação.

Quando expirou a primeira quinzena do prazo que marcara para deixar o emprego, Andrew começou realmente a inquietar-se. O que fazer? Ainda devia mais de 50 libras à Fundação. É claro que poderia suspender esse pagamento, mas, mesmo assim, se não encontrasse outra colocação, como iria viver? Não tinha em dinheiro mais do que 2 ou 3 libras. Não tinha instrumental, não tinha economias... Desde que viera a Drineffy não comprara sequer uma roupa nova, e as que trouxera já eram bem surradas. Tinha momentos de verdadeiro terror quando se via afundado na miséria.

Cercado de dificuldades e incertezas, ansiava por Christine. Era inútil escrever. Não tinha talento para pôr no papel seus sentimentos. Tudo o que pudesse escrever daria, sem dúvida, impressão falsa. Entretanto, ela não estaria de volta a Drineffy antes da primeira semana de setembro. Lançou um olhar irritado e faminto para a folhinha, contando os dias que faltavam. Doze dias ainda tinham de passar. Sentiu, num crescente abatimento, que daria no mesmo se já tivessem passado, pois deles nada mais esperava.

Na noite de 30 de agosto, três semanas depois de ter notificado a Srta. Page, já começava, sob a pressão da necessidade, a enfrentar a idéia de procurar um emprego de encarregado de dispensário. Quando caminhava, desanimado, pela Chapel Street, encontrou Denny. Haviam ficado os dois em termos da mais cerimoniosa cortesia durante as últimas semanas e Andrew estranhou quando o outro o fez parar na rua.

Batendo o cachimbo no salto do sapato, Phillip parecia concentrar toda a sua atenção nesse cuidado.

– Ando um pouco triste porque você vai embora, Manson. Você há de fazer falta aqui. – Hesitou. – Ouvi dizer hoje de tarde que a Sociedade de Auxílios Médicos de Aberalaw anda à procura de um novo assistente. Aberalaw fica a 50 quilômetros daqui, do outro lado do vale. Na medida das coisas daqui, é uma sociedade muito decente. Creio que o médico principal, Llewellyn, é um homem útil. E como se trata de uma cidade do vale, eles nada têm a opor a um homem do vale. Por que não experimenta?

Andrew fitou-o indeciso. Suas esperanças, nos últimos tempos, subiram tão alto e caíram de modo tão desesperador que perdera toda a confiança em sua capacidade de êxito.

– Bem, pode ser – concordou arrastadamente. – Se é assim, não há mal em fazer uma tentativa.

Minutos depois, já estava a caminho de casa, debaixo de um aguaceiro, para candidatar-se ao lugar.

Em 6 de setembro, realizou-se uma reunião do Comitê da Sociedade de Auxílios Médicos de Aberalaw, a fim de escolher o sucessor do Dr. Leslie, que se demitira recentemente para aceitar um posto nas plantações de borracha das ilhas malaias. Havia sete candidatos e todos receberam aviso para apresentar-se.

Era uma linda tarde de verão e o relógio do grande armazém da cooperativa marcava quase 16 horas. Andando para cima e para baixo na calçada do escritório da sociedade, na Aberalaw Square, lançando olhares nervosos aos outros seis candidatos, Andrew esperava impacientemente o ponteiro completar as voltas dos minutos que faltavam. Agora que seus pressentimentos não se confirmavam e que o tinham considerado apto para o cargo, desejava de todo o coração sair vitòrioso. Pelo que tinha observado da cidade, Aberalaw lhe agradava. Situada na extremidade do vale Gethly, a localidade estava mais na montanha do que na baixada. Num plano elevado, compacta, bem maior que Drineffy – tinha perto de vinte mil habitantes –, com boas ruas e casas de comércio, dois cinemas, dava ainda uma sensação de amplidão pelos campos verdes que a cercavam. Comparada a um buraco sufocante como Drineffy, Aberalaw pareceu a Andrew um paraíso.

"Mas esse emprego não é para mim", resmungava aflito, a andar de um lado para o outro. "Nunca, *nunca*. Não teria tanta sorte!"

Todos os outros candidatos tinham um ar muito mais triunfante do que ele, apresentação melhor, tom mais confiante. O Dr. Edwards, especialmente, irradiava confiança. Andrew surpreendeu-se ao se ver odiando Edwards, um homem maduro, robusto, próspero, que um momento antes insinuara abertamente, numa conversa geral à porta do escritório da sociedade, que passara adiante sua própria clínica no vale a fim de concorrer àquela colocação. "O diabo que o carregue", praguejava Andrew intimamente. "Ele não se desfaria de um lugar seguro se não tivesse certeza de conseguir este daqui!"

Para cima e para baixo, de um lado para o outro, cabeça baixa, mãos enterradas nos bolsos, Andrew atormentava-se. O que Christine pensaria dele se fracassasse? Ela voltaria a Drineffy naquele dia ou no seguinte. Na carta que lhe escrevera, não dava certeza. A escola de Bank Street reabria na segunda-feira. E, embora ele não lhe tivesse escrito nada a respeito da tentativa, o fracasso significaria encontrá-la bem triste, ou, pior ainda, com uma falsa animação. E isso exatamente quando ele queria, acima de tudo no mundo, ficar bem com ela, conquistar seu sorriso sereno, franco, inspirador.

Dezesseis horas, finalmente. Quando se encaminhou para a entrada do edifício, um lindo automóvel, tipo limusine, entrou silenciosamente na praça e parou diante dos escritórios da sociedade. Do fundo emergiu um homem baixinho e esperto, sorrindo para os candidatos, animado, afável, mas com certo ar de superioridade indiferente. Antes de subir as escadas, reconheceu Edwards e o cumprimentou displicentemente:

– Como vai, Edwards? – E em voz baixa, só para ele: – Tudo irá bem, suponho.

– Obrigado. Desde já muito obrigado, Dr. Llewellyn – sussurrou Edwards com exageros de deferência.

– Pronto! – disse Andrew para si mesmo, com azedume.

No andar de cima, no fim de um pequeno corredor, que dava para a sala do comitê, ficava a saleta de espera – mal mobiliada, cheirando a mofo. Andrew foi o terceiro a ser entrevistado. Entrou na grande sala do comitê com uma obstinação nervosa. Se o lugar já estava prometido, não ia adular ninguém inutilmente. Ofereceram-lhe uma cadeira e ele se sentou com a fisionomia impassível. Enchiam a sala cerca de trinta mineiros, sentados, todos fumando, espiando-o com uma curiosidade rude, mas sem hostilidade. Junto a uma mesinha num canto, via-se um homem pálido e quieto, de cara inteligente e sensitiva, que, a julgar pela pele manchada, parecia já ter sido mineiro. Era Owen, o secretário. Recostado a um canto da mesa, o Dr. Llewellyn sorria acolhedoramente.

A entrevista começou. Com voz tranqüila, Owen explicou as condições do cargo.

– É como o senhor vê, doutor. Pelo nosso sistema, os operários de Aberalaw pagam à sociedade uma certa quantia, que é descontada dos seus salários semanais. Existem aqui duas minas de antracito, uma fundição e uma jazida de carvão no distrito. Com o dinheiro de todos esses trabalhadores, a sociedade fornece os serviços médicos necessários, sustenta um bom hospital com salas de cirurgia, remédios etc. A sociedade também contrata médicos: o Dr. Llewellyn, chefe de clínica e cirurgia, quatro assistentes e um dentista. Eles recebem seus pagamentos, de acordo com o número de operários inscritos em suas listas. Creio que o Dr. Leslie estava fazendo umas 500 libras por ano quando nos deixou. – Fez uma pausa. – Nós todos achamos que o sistema é bom. – Houve um murmúrio de aprovação vindo dos trinta membros do comitê. Owen levantou a cabeça e os encarou. – E agora, senhores, têm alguma pergunta a fazer?

Começaram a desfechar perguntas sobre Andrew. Ele tentou responder calmamente, sem exagero, com exatidão.

– Fala o dialeto de Gales, doutor? – Quem indagou foi um mineiro jovem e teimoso, chamado Chenkin.

– Não – disse Andrew. – O que sei desde menino é o dialeto da Alta Escócia.

– O que lhe adianta isso aqui?

– Sempre adianta. É muito útil para praguejar contra os meus doentes – disse Andrew com frieza. E levantou-se uma risada geral contra Chenkin.

A penitência acabou, afinal.

– Agradeço-lhe muito, Dr. Manson – disse Owen. E Andrew voltou à saleta bolorenta, com ar de enjoado a bordo, e pôs-se a observar os outros candidatos que entravam.

Edwards, o último a ser chamado, demorou-se muito tempo. Voltou com um largo sorriso, e seu olhar só faltava dizer: "Sinto muito, companheiros, o cargo já está aqui no bolso."

Seguiu-se então uma interminável espera. Finalmente, abriu-se a porta da sala do comitê, e de uma nuvem de fumaça emergiu o secretário Owen, com um papel na mão. Seus olhos, como se procurassem alguém, repousaram finalmente em Andrew, com real simpatia.

– Quer vir aqui por um minuto, Dr. Manson? O comitê gostaria de ouvi-lo outra vez.

Com os lábios brancos, o coração martelando o peito, Andrew seguiu o secretário até a sala do comitê. Não podia ser; não, não podiam estar interessados nele.

Voltando à cadeira de penitência, só encontrou sorrisos e cabeças que se inclinavam encorajadoramente para o seu lado. O Dr. Llewellyn, entretanto, não olhava para ele. Owen, o orador da reunião, começou:

– Dr. Manson, podemos ser francos. O comitê está numa certa dúvida. Na verdade, a conselho do Dr. Llewellyn, o comitê estava muito inclinado em favor de outro candidato que possui uma grande experiência de clínica no vale Gethly.

– É gordo demais esse tal Edwards – interrompeu um cidadão grisalho, lá no fundo. – Eu só quero ver esse gorducho chegar até as casas do morro Mardy.

Andrew estava preocupado demais para sorrir. Sem respirar, esperava pela palavras de Owen.

– Mas, hoje – prosseguiu o secretário –, devo dizer que o comitê ficou muito bem impressionado com o doutor. O comitê – como ainda há pouco se expressou poeticamente o Tom Kettles – quer homens jovens e ativos!

Gargalhadas, com gritos de "Silêncio! Silêncio!" e "É bom este velho Tom".

– Além disso, Dr. Manson – continuou Owen –, devo explicar-lhe que o comitê ficou verdadeiramente impressionado com dois testemunhos, devo mesmo dizer duas referências *não solicitadas* pelo senhor, o que ainda as torna mais valiosas aos olhos do comitê. Só chegaram às nossas mãos hoje de manhã, pelo correio. São de dois médicos da sua própria cidade, isto é, de Drineffy. Uma é do Dr. Denny, que tem o M.S., um título muito importante, como reconhece o próprio Dr. Llewellyn, entendido na matéria. A outra, que veio com a do Dr. Denny, é assinada pelo Dr. Page, de quem penso que o senhor é assistente, agora. Bem, Dr. Manson, o comitê tem bastante experiência sobre atestados. E esses dois, a seu favor, estão em termos tão sinceros que o comitê ficou muito impressionado.

Andrew mordeu os lábios, baixou os olhos, sabendo só agora da iniciativa generosa de Denny.

– Só há uma dificuldade, Dr. Manson. – Owen parou, meio embaraçado, brincando com a régua na mesa. – Embora o comitê esteja agora unanimemente inclinado em seu favor, esse emprego, com as suas... as suas responsabilidades... é mais ou menos emprego para homem casado. O senhor vê, além de os homens preferirem que seja um médico casado que atenda às suas famílias, existe ainda uma casa, Vale View, aliás uma boa casa, que é reservada ao médico. Ela não seria... sim, não seria muito adequada para um homem solteiro.

Um silêncio tumultuoso. Andrew respirou com força. Seu pensamento focalizou, numa luz muito clara e brilhante, a imagem de Christine. Estavam todos, mesmo o

Dr. Llewellyn, com os olhos voltados para ele, aguardando a resposta. Sem raciocinar, as palavras lhe vieram independentes de sua vontade. Escutou a si mesmo, a declarar calmamente:

– Para usar de franqueza, cavalheiros, sou noivo de uma moça, em Drineffy. Eu estava... estava mesmo esperando uma nomeação conveniente... para isto... para a lua-de-mel!

Owen deu com a régua na mesa de satisfação. Houve uma aprovação geral, manifestada pelas batidas dos sapatões pesados. E o irreprimível Kettles exclamou:

– Bravo, rapaz! Aberalaw é um lugarzinho ideal para lua-de-mel!

– Verifico então que todos os senhores estão de acordo. – A voz de Owen sobressaiu no rumor geral. – O Dr. Manson foi nomeado por unanimidade.

Houve um vigoroso murmúrio de assentimento. Andrew sentiu um frenesi de triunfo.

– Quando pode começar, Dr. Manson? No que diz respeito ao comitê, quanto mais cedo melhor.

– Poderei começar na próxima semana – respondeu Manson. Mas logo esfriou ao pensar: "E se Christine não me quiser? E se eu a perder, e perder com ela este emprego estupendo?"

– Está combinado, então. Obrigado, Dr. Manson. Estou certo de que o comitê lhe deseja... e também à futura Sra. Manson, é claro... o maior sucesso em seu novo cargo.

Aplausos. Todos o felicitavam agora. Os membros do comitê, Llewellyn, e, com um cordial abraço, Owen. Ao retirar-se atravessou a saleta de espera, tentando ocultar o contentamento, tentando fingir que não notava a expressão ainda incrédula, mas de crista caída, de Edwards.

Foi em vão, absolutamente em vão. Quando atravessava a praça, a caminho da estação, a alma exultava no frêmito da vitória. O passo era firme e ágil. Ao descer a colina, viu à direita um pequenino jardim público, todo verde, com um repuxo e um coreto. Vejam só! E o único esboço de paisagem que havia em Drineffy eram montículos de detritos de minério. Que bom aquele cinema ali adiante, também. E essas grandes lojas. E o bom calçamento das ruas. Não eram aquelas lascas de pedras da outra localidade. E Owen também não tinha dito qualquer coisa sobre um hospital, um hospitalzinho bem bom? Ah! Pensando no que o hospital significaria para o seu trabalho, Andrew soltou um longo e satisfeito suspiro. Refestelou-se num compartimento vazio do trem de Cardiff. E o trem levou-o num desvario de entusiasmo.

14

Embora não fosse grande a distância por entre as montanhas, a viagem por estrada de ferro de Aberalaw a Drineffy era cheia de voltas. O trem que levava Andrew parava em todas as estações; o de Penelly, que tomou depois da baldeação em Cardiff, também não andava depressa, não tinha pressa alguma. A disposição de Manson estava bem alterada agora. Afundado num banco, ardendo de impaciência, ansioso para chegar, era atormentado pelos próprios pensamentos.

Viu pela primeira vez como tinha sido egoísta nos últimos meses, só levando em conta o próprio interesse. Todas as suas dúvidas sobre o casamento, todas as suas hesitações em falar a Christine tinham girado unicamente em torno dos sentimentos dele, Manson. Baseavam-se na certeza de que ela o aceitaria. Mas, e se houvesse um engano terrível?

Se ela não o amasse? Viu-se rejeitado, a escrever com desalento uma carta ao comitê para explicar que, "por conta de circunstâncias alheias à sua vontade", não podia assumir o cargo. Christine estava agora bem viva diante de seus olhos. Como ele a conhecia! O leve sorriso de expectadora interessada, o modo de encostar a mão no queixo, uma serena candura nos olhos castanho-escuros. Uma saudade maior dominou-o. Christine, querida! Se tivesse de perdê-la, nada mais lhe importaria...

Às 21 horas, arrastando-se, o trem chegou finalmente a Drineffy. Num abrir e fechar de olhos, Andrew já estava na plataforma, subindo a Station Road. Embora só esperasse Christine na manhã seguinte, sempre havia uma possibilidade de encontrá-la. Chegou à Chapel Street. Dobrou a esquina. Uma luz no quarto dela acendeu a esperança em seu coração. Procurando acalmar-se, explicava a si mesmo que provavelmente devia ser apenas a dona da casa que arrumava o quarto. Mas entrou apressadamente, precipitou-se na salinha de espera.

Sim! Era Christine! Ela estava ajoelhada a um canto, no meio de livros, a arrumá-los na prateleira mais baixa da estante. Terminando a arrumação, começou a apanhar os barbantes e papéis espalhados no chão. A bolsa e o casaquinho estavam numa cadeira, com o chapéu por cima. Percebeu que ela devia ter chegado há pouco.

– Christine!

Ela se virou, ainda ajoelhada, com uma mecha de cabelo caindo sobre a testa. Soltou um gritinho de surpresa e prazer e levantou-se.

– Andrew! Que bom você aparecer!

Indo ao seu encontro, radiante, ela estendeu-lhe a mão. Mas Andrew segurou logo as duas mãos, prendendo-as com firmeza. Olhou-a enternecido. Gostava ainda mais dela com aquela saia e aquela blusa. Acentuavam sua delicadeza, a doçura de sua juventude. O coração de Manson batia de novo.

– Chris! Tenho algo para dizer a você!

Os olhos dela tomaram um ar preocupado. Já ansiosa, examinou Andrew, muito pálido e fatigado pela viagem. Perguntou aflita:

– O que aconteceu? Uma nova briga com a Srta. Page? Você vai embora daqui?

Ele negou com a cabeça, prendendo ainda mais nas suas as delicadas mãos de Christine. E então, num repente, desabafou:

– Christine! Consegui um emprego, e que emprego!... É em Aberalaw. Entendi-me hoje com o comitê. Quinhentas libras por ano e casa para morar. Uma casa, Christine! Oh! Christine... Você pode... Você quer se casar comigo?

Ela empalideceu e na sua palidez os olhos brilhavam. Com a respiração suspensa, respondeu num murmúrio:

– E eu pensava... pensava que você vinha dar más notícias.

– Não, não. – E impulsivamente: – É a mais maravilhosa das notícias, meu bem. Acabo de ver o lugar. Tudo aberto e claro, com campos verdes e lojas decentes e um jardim público e... Christine! Até um hospital! Se você quiser se casar comigo podemos começar a nossa vida lá sem mais demora.

Os lábios dela tremeram. Mas os olhos sorriam, sorriam para ele com um brilho estranho.

– É por causa de Aberalaw ou por minha causa?

– É por você, Chris. Oh! Já sabe que eu gosto de você, mas... enfim... você pode não me querer...

Ela quis dizer qualquer coisa que não lhe saiu da garganta. Aproximou-se tanto que a cabeça ficou enterrada no peito de Andrew. E quando os braços dele a enlaçaram, foi dizendo coisas soltas:

– Oh! Querido, meu bem, gostei de você desde... – e sorrindo entre lágrimas felizes – desde que você entrou naquela estúpida sala de aula.

Parte II

1

O decrépito caminhão de Gwilliam John chocalhava e fumegava pela estrada da montanha. Na parte de trás, um velho oleado, que cobria as pranchas desmanteladas, a placa cheia de ferrugem e a lanterna sempre apagada, pendia para fora, deixando marcas na poeira da estrada. Tudo balançava e rangia ao ritmo do velho motor. E na frente, apertados alegremente com Gwilliam John, viajavam o Dr. Manson e sua esposa.

Haviam se casado de manhã. Aquela era a carruagem nupcial. Sob o oleado, estavam as poucas peças da mobília de Christine, uma mesa de cozinha comprada de segunda mão por 20 xelins, várias panelas e caçarolas novas e as maletas do casal. Já que não tinham vaidades, decidiram que a melhor maneira, a mais barata, de transportar para Aberalaw a grande quantidade dos seus bens e eles próprios era a lata velha de Gwilliam John.

O dia estava bonito, céu muito azul, com uma leve brisa. Riam e pilheriavam com Gwilliam John, que os presenteava de vez em quando com sua interpretação toda especial do *Largo*, de Handel, na buzina do caminhão. Pararam numa vendinha isolada de Ruthin Pass, no alto da montanha, para que Gwilliam John bebesse uma cervejinha à saúde deles. Gwilliam John, um sujeito vesgo meio desmiolado, brindou-os várias vezes e depois bebeu um gole de gim por sua própria conta. Daí em diante, a viagem foi realmente diabólica, numa descida vertiginosa, com duas curvas apertadíssimas beirando um perigoso precipício.

Afinal, galgaram a última subida da estrada e, ao descer, entraram em Aberalaw. Foi um momento de êxtase. A cidade estendia-se diante dos seus olhos, com as longas e ondulantes linhas dos telhados subindo e descendo pelo vale, com as lojas, igrejas e escritórios acastelados na parte alta, e, embaixo, as minas e os trabalhos de mineração, as chaminés fumegando sem parar, a usina expelindo nuvens de vapor – e tudo brilhando ao sol do meio-dia.

– Veja, Chris! Veja! – murmurava Andrew, apertando-lhe o braço com força, com o alvoroço de um cicerone. – É um lugar bonito, não é mesmo? Aquilo ali é a praça. Ainda estamos nos arredores da cidade. E olhe! Não há mais lampiões de óleo, meu bem. Ali é o gasômetro. Queria saber onde fica a nossa casa.

Fizeram parar um mineiro que ia passando e logo rumaram na direção de Vale View, que ficava, como o homem informou, naquela mesma rua, bem na entrada da cidade. Num instante estavam lá.

– Pronto! – disse Christine. – É... é bonitinha.

– É, meu bem. Parece... Sim, parece uma casa adorável.

– Deus do céu! – disse Gwilliam John, atirando o chapéu para a nuca. – Que casarão de cara esquisita!

Vale View era, na verdade, um edifício extraordinário. À primeira vista, parecia algo entre um chalé suíço e um pavilhão de caça escocês, com uma profusão de platibandas. A construção era de estilo rústico, no centro de um jardim maltratado, invadido por urtigas e ervas daninhas. Cortava o terreno um filete de água que ia tropeçando numa quantidade de latas velhas até que, em meio ao seu curso, era atravessado por uma ponte rústica desmantelada. Embora ainda não tivessem consciência disso, Vale View era para

Andrew e Christine a primeira amostra dos diversos poderes, da multiforme sabedoria do comitê, que, no próspero ano de 1919, quando as contribuições estavam em alta, anunciou largamente que queria construir uma casa, mas uma casa bonita de verdade, que fizesse honra ao comitê, uma casa de estilo, um primor de arquitetura. Todos os membros do comitê tinham uma idéia própria e especial sobre o que podia ser um primor de arquitetura. Havia trinta membros. O resultado foi Vale View.

Entretanto, fosse qual fosse a impressão do lado de fora, o certo é que eles se sentiram logo confortados quando entraram. A casa era sólida, bem assoalhada, forrada com papel de parede novo. Mas o número de quartos era impressionante. Perceberam imediatamente, embora não trocassem uma palavra sobre o assunto, que as minguadas peças do mobiliário de Christine só poderiam guarnecer, quando muito, dois daqueles amplos aposentos.

– Deixe-me ver, querido – disse Chris, contando nos dedos, quando voltaram ao hall, depois da primeira inspeção esbaforida pela casa. – Aqui embaixo, eu faço a sala de jantar, a sala de visitas, a biblioteca, ou então a sala de almoço, ou seja lá como você queira chamar... E ficam cinco dormitórios em cima.

– Está bem – Andrew sorriu. – Não me admiro agora que quisessem um homem casado. – O sorriso transformou-se numa expressão compungida. – Sinceramente, Chris, sinto-me envergonhado com isso tudo. Eu, sem um traste que me pertença, a usar a sua linda mobília... É como se eu quisesse a explorá-la, um parasita, achando que tudo assim está muito bem e arrastando-a, de um momento para o outro, sem quase lhe dar tempo para regularizar sua situação na escola. Sou um animal muito egoísta. Devia ter vindo aqui primeiro e arranjado as coisas decentemente para quando você chegasse.

– Andrew Manson! Se você ousasse me deixar para trás...

– De qualquer modo, vou tratar de dar um jeito nisso. – Ele franziu a testa, obstinado. – Agora escute, Chris...

Ela interrompeu-o com um sorriso.

– Acho, querido, que devo fazer o quanto antes uma omelete para você. Uma omelete de acordo com as indicações de Mme. Poulard. Pelo menos, a noção de omelete que ela dá no livro de receitas.

Interrompido logo no começo, Andrew ficou olhando para Chris, boquiaberto. Então a ruga da testa foi-se apagando. Sorrindo de novo, acompanhou-a até a cozinha. Não se conformava em ficar longe dela. E sob seus passos, a casa vazia ressoava como uma catedral.

A omelete – mandaram Gwilliam John buscar os ovos antes de partir – saiu da frigideira bem quentinha, saborosa, de um amarelo delicado. Eles comeram sentados juntinhos à beira da mesa da cozinha. Andrew exclamou com vigor:

– Arre! Você cozinha bem! A folhinha que deixaram ali não está nada má. Enfeita bem a parede. E eu gosto da ilustração, destas rosas. Ainda sobrou omelete? Quem é Poulard? Parece nome de galinha. Obrigado, querida. Você nem sabe como estou ansioso para começar o trabalho aqui. Deve haver boas oportunidades. *Grandes* oportunidades! – Calou-se de repente, pousando os olhos sobre uma caixa de madeira envernizada que estava no canto, ao lado da bagagem. – Chris, o que é aquilo?

– Oh, aquilo! – Ela procurou dar à voz um tom despreocupado. – Aquilo é um presente de casamento do Denny.

– Denny! – A fisionomia de Andrew mudou. Phillip mostrara-se frio e distante quando Manson fora procurá-lo para agradecer o auxílio no caso do novo emprego e para anunciar o seu casamento com Christine. Naquela manhã, nem mesmo comparecera ao embarque do casal. Isso magoara Manson, fizera-o sentir que Denny era complexo demais, incompreensível demais para continuar seu amigo. Andrew aproximou-se vagarosamente da caixa, um tanto desconfiado. Imaginava que talvez houvesse lá dentro uma botina velha. Essa devia ser a idéia que tinha Phillip de humorismo. Abriu a caixa. Que surpresa deliciosa! Estava lá dentro o microscópio de Denny, um precioso Zeiss, e o bilhete: "Eu realmente não preciso disso. Já lhe disse que sou um serrador de ossos, um açougueiro. Felicidades."

Andrew não achou o que dizer. Pensativo, quase reconquistado, terminou a omelete, sempre com os olhos fixos no microscópio. Depois, apanhou-o com reverência e, acompanhado por Christine, carregou-o para o cômodo que ficava atrás da sala de jantar. Colocou o microscópio solenemente no chão, no centro da sala vazia.

– Isto aqui não é a biblioteca, Chris, nem a sala de almoço, nem o escritório, nem nada disso. Graças ao nosso bom amigo Phillip Denny, eu agora o batizo: o laboratório.

Andrew estava beijando Christine para dar mais efeito à cerimônia quando o telefone tocou. O ruído insistente que vinha do hall vazio causou-lhe espanto. Olharam um para o outro, interrogando-se, alvoroçados.

– Talvez seja um chamado, Chris! Imagine só! Meu primeiro caso em Aberalaw. – E precipitou-se para o hall.

Não era um caso. Era o Dr. Llewellyn que, de sua casa, no outro extremo da cidade, dava-lhe as boas-vindas. A sua voz vinha pelo fio tão clara e afável, que Chris, nas pontas dos pés, com a cabeça encostada ao ombro de Andrew, podia ouvir perfeitamente a conversa.

– Olá, Manson! Como vai você? Não se preocupe por enquanto, desta vez ainda não é trabalho. Estou querendo apenas ser o primeiro a dar boas-vindas a você e à sua senhora em Aberalaw.

– Muito obrigado, muito obrigado, Dr. Llewellyn. É muito gentil da sua parte. E, se fosse trabalho, estou pronto.

– Não, não! Nem sonhe com isso até estar bem instalado. – Llewellyn expandiu-se. – E olhe aqui, se não tem nada para fazer hoje à noite, venha jantar conosco, você e sua senhora. Nada de formalidades. Às 19h30. Teremos muito prazer em vê-los. Poderemos conversar. Está combinado? Até logo.

Andrew pendurou o fone com uma expressão feliz.

– Não foi mesmo um gesto distinto, Chris? Convidar-nos desta maneira! É o médico-chefe, veja bem. Um homem de muitos títulos, posso garantir. Andei tomando informações. Praticou em hospitais de Londres, é do D.P.H.,* tem o M.D.** e o F.R.C.S.*** Veja só! Todos esses títulos de primeira grandeza. E mostra-se tão amigo... Creia-me, Sra. Manson, vamos ter muito sucesso aqui.

Enlaçando-a pela cintura, Andrew começou triunfantemente a valsar com Christine em torno da sala.

---

*Abreviatura por que é geralmente conhecido na Inglaterra o Department of Public Health, isto é, o Departamento de Saúde Pública. (*N. do T.*)

**Abreviatura de Medicine Doctor. O título de Doutor em Medicina só é conquistado pelos médicos ingleses depois da apresentação de teses julgadas pelas congregações das universidades. O médico, ao sair da Faculdade, tem apenas o título de Bachelor of Medicine, ou Bacharel em Medicina. (*N. do T.*)

***Os títulos médicos e científicos na Inglaterra são conhecidos geralmente pelas iniciais. F.R.C.S. significa Fellow of the Royal College of Surgeons. É um dos mais importantes títulos para cirurgiões, de escala superior ao de M.R.C.S., isto é, Member of the Royal College of Surgeons. (*N. do T.*)

2

Naquela mesma noite, às 19 horas, atravessaram as ruas movimentadas e cheias de vida, em direção à casa do Dr. Llewellyn – a Vila Glynmawr. Foi um passeio estimulante. Andrew passava em revista, com entusiasmo, as pessoas com quem ia conviver.

– Veja, Christine, aquele homem que vem lá! Depressa! Aquele homem que está tossindo ali.

– Sim, querido... Mas, que tem ele?

– Oh! Nada! – E, com displicência: – Apenas, é bem provável que seja um futuro paciente.

Não tiveram dificuldade em encontrar Glynmawr – uma sólida vivenda com terrenos bem cuidados –, pois o belo automóvel de Llewellyn estava do lado de fora e no portão de ferro batido via-se a placa reluzente do médico, com todos os seus títulos gravados em pequeninas letras brancas. Subitamente nervosos com tanta distinção, tocaram a campainha e apresentaram-se.

O Dr. Llewellyn veio da sala de espera para recebê-los, mais gentil do que nunca, de sobrecasaca e punhos engomados com abotoaduras douradas. A expressão expandia cordialidade.

– Entrem, entrem! Esplêndido! Encantado por conhecê-la, Sra. Manson. Espero que goste de Aberalaw. O lugarzinho não é mau, posso garantir-lhe. Venham para cá. Minha senhora descerá num minuto.

A Sra. Llewellyn chegou logo, tão acolhedora como o marido. Era uma mulher de cabelos arruivados, de cerca de 45 anos, um tanto descorada e sardenta. Tendo cumprimentado Manson, voltou-se para Christine com expansões afetuosas.

– Oh! minha senhora, que coisinha adorável que você é! Declaro-lhe que já me conquistou o coração. Tenho vontade de beijá-la. Não se incomoda, querida?

Sem mais demora abraçou Christine e pôs-se a examiná-la com encantamento. Um gongo soou no fundo do corredor. E foram jantar.

Foi um jantar excelente – sopa de tomate, dois assados com recheio, salsichas e pudim. O Dr. e a Sra. Llewellyn desmanchavam-se em sorrisos para os convidados.

– Você não tardará a enfronhar-se nas coisas daqui – dizia Llewellyn. – Sim, sem dúvida. Eu o ajudarei em tudo o que puder. A propósito, fiquei satisfeito porque esse tal Edwards não conseguiu o lugar. Eu não podia de forma alguma apoiar a sua pretensão, embora tivesse prometido dar uma palavra em seu favor. O que eu estava dizendo? Ah, sim! Bem, você ficará na clínica oeste... é lá para os seus lados... Com o velho Dr. Urquhart, um camaradão, e Gudge, o prático de farmácia. No lado de cá, na clínica leste, temos o Dr. Medley e o Dr. Oxborrow. São todos bons companheiros. Há de gostar deles. Não joga golfe? Podemos ir algumas vezes a Fernley Course. Fica apenas a 15 quilômetros daqui. Naturalmente, tenho sempre muito que fazer. Sim, é claro. Não me ocupo pessoalmente das clínicas. Cuido do hospital. Trato dos casos de acidentes de trabalho para a companhia. Sou o médico oficial da cidade, tenho o meu cargo na empresa de gás. Sou cirurgião da Santa Casa e também o vacinador público. Faço todas as perícias em casos judiciários. Ah! E sou o médico legista também. E, além disso – seus olhos brilharam sem malícia –, eu também atendo, nas horas vagas, a uma clínica particular bem boazinha.

– É muita coisa – disse Manson.

Llewellyn iluminou-se:

– Precisamos pagar nossas contas, Dr. Manson. Aquele carrinho que viu lá fora custa a bagatela de 1.200 libras. E quanto ao... Bem, isso não vem ao caso. Não vejo motivo para que você não faça uma boa renda aqui. Vamos dizer... Umas 300 ou 400 libras, por sua conta, se trabalhar com vontade e souber estudar os prós e os contras. – Fez uma pausa. E numa sinceridade derramada: – Há uma coisa que acho do meu dever explicar-lhe. Os médicos assistentes combinaram pagar-me um quinto dos seus rendimentos. – E continuou animadamente, inocentemente. – Isso é porque eu tomo conta dos casos mais difíceis. Quando se vêem atrapalhados, recorrem a mim. E posso garantir-lhe que isso tem sido bom para eles.

Andrew levantou os olhos, um pouco surpreso.

– Isso não entra no plano dos Auxílios Médicos.

– Bem, de modo formal não entra – disse Llewellyn, franzindo a testa. – Foi tudo arranjado pelos próprios médicos, já há muito tempo.

– Mas...

– Dr. Manson – a Sra. Llewellyn chamou-o amavelmente da outra ponta da mesa. – Estou dizendo agora mesmo à sua querida mulherzinha que nós duas devemos nos encontrar com freqüência. Ela precisa vir tomar chá uma tarde destas. O doutor pode cedê-la a mim algumas vezes, não é mesmo? Qualquer dia iremos a Cardiff de carro. Vai ser agradável, não vai, meu bem?

– Sem dúvida – prosseguiu Llewellyn untuosamente –, quem estava no lugar onde você mostrará o seu valor era um pobre-diabo... Leslie, seu antecessor, era um médico lastimável, quase tão ruim como o velho Edwards. Nem ao menos sabia aplicar bem um anestésico. Espero, doutor, que seja um bom anestesista. Quando tenho em mãos um caso importante, compreende, preciso contar com um bom anestesista.

Mas, valha-me Deus! Não vamos falar nisso por enquanto. Ora, você mal chegou e não é justo que eu o incomode.

– Idris! – gritou a Sra. Llewellyn para o marido, com uma espécie de encantado sensacionalismo. – Eles só se casaram hoje de manhã! A Sra. Manson acabou de me explicar. Ela é uma noivinha. Veja só! Os inocentinhos!

– Muito bem! Ora, muito bem! – expandiu-se Llewellyn.

A Sra. Llewellyn bateu na mão de Christine:

– Minha pobre ovelhinha! Que trabalheira terá até se instalar naquele lastimável Vale View! Preciso ir lá, um dia destes, para lhe dar uma ajudazinha.

Manson corou ligeiramente, procurando coordenar as idéias. Parecia-lhe que ele e Christine tinham sido transformados numa bola de brinquedo que os Llewellyn jogavam um para o outro, com destreza e facilidade. Contudo, julgou propícia a última observação.

– Dr. Llewellyn – decidiu-se a dizer, meio nervoso –, a sua senhora tem razão. Estive pensando... Odeio ter que pedir-lhe isso, mas eu poderia passar dois dias fora para levar minha mulher a Londres, a fim de ver a mobília para nossa casa e mais algumas coisas?

Viu Christine arregalar os olhos, surpreendida. Mas Llewellyn estava generosamente concordando com a cabeça.

– Por que não? Por que não? Depois de começar o trabalho não será tão fácil afastar-se daqui... Aproveite amanhã e depois, Dr. Manson. Está vendo? É nisso que eu posso lhe ser útil. Aliás, eu sou sempre útil para os assistentes. Falarei ao comitê sobre o seu pedido.

Andrew não tinha relutância em falar pessoalmente ao comitê, ou mesmo a Owen. Mas deixou passar.

Beberam café na sala de visitas. Como frisou a Sra. Llewellyn, em xícaras "pintadas à mão". Llewellyn ofereceu cigarros da sua cigarreira de ouro.

– Olhe para isto, doutor! É um presente, veja bem. Um paciente agradecido. Pesada, não é? Vale no mínimo umas 20 libras.

Por volta das 22 horas, o Dr. Llewellyn olhou para o seu magnífico relógio. Na verdade, sorriu para o relógio, pois ele podia contemplar até mesmo objetos inanimados, especialmente quando lhe pertenciam, com aquela cordialidade macia que era tão sua. Por um momento, Manson pensou que ele iria entrar em confidências sobre o relógio. Mas Llewellyn disse apenas:

– Tenho de ir ao hospital. Uma cirurgia gastroduodenal que fiz esta manhã. Que lhe parece ir comigo de carro para ver o caso?

Andrew levantou-se animado:

– Pois não. Com o maior prazer, Dr. Llewellyn.

Como Christine foi também incluída no convite, deram boa-noite à Sra. Llewellyn, que da porta da rua acenava ternas despedidas, e instalaram-se no carro, que seguiu com silenciosa elegância pela rua principal, virando depois à esquerda.

– Vejam só que faróis poderosos! – comentou Llewellyn, acendendo-os para causar impressão. – "Luxite"! Especiais! Mandei colocá-los de encomenda.

– "Luxite"! – disse Christine subitamente, numa voz melíflua. – Com certeza são muito caros, não são, doutor?

– E são mesmo – confirmou Llewellyn, enfaticamente, grato pela pergunta. – Custaram-me 30 libras inteirinhas.

De braços cruzados, Andrew não ousava trocar olhares com Christine.

– Cá estamos – disse Llewellyn, minutos mais tarde. – Isto aqui é o meu lar espiritual.

O hospital era um edifício de tijolo vermelho, bem construído, a que se chegava por um caminho de cascalho, ladeado de loureiros. Logo à entrada, brilharam os olhos de Andrew. Embora pequeno, o hospital era moderno, com ótima aparelhagem. Quando Llewellyn mostrou-lhes o anfiteatro, a sala de raios X, a sala de curativos, as duas enfermarias confortáveis e arejadas, Andrew pôs-se a pensar entusiasticamente que tudo era perfeito, perfeito... e tão diferente de Drineffy! Como seria bom tratar dos seus doentes ali!

No decorrer da visita, encontraram a enfermeira-chefe, uma mulher alta e ossuda, que não tomou conhecimento de Christine, cumprimentou Andrew sem entusiasmo e logo se derreteu em adoração diante de Llewellyn.

– Conseguimos tudo com a maior facilidade, não é verdade, enfermeira? – disse Llewellyn. – É só pedir ao comitê. Sim, com efeito, são boa gente. Todos são direitos, sem exceção. Como vai minha gastrenterostomia, enfermeira?

– Vai indo muito bem, Dr. Llewellyn – murmurou a chefe das enfermeiras.

– Bem! Verei isso daqui a pouco. – E acompanhou Christine e Andrew, de volta ao saguão.

– Confesso, Manson. Tenho certo orgulho deste hospital. É como se fosse meu. E ninguém pode me censurar por isso. Você saberá encontrar o caminho para a sua casa? E olhe aqui, quando estiver de volta na quarta-feira, telefone-me. Eu posso precisar de você para uma anestesia.

Deixando o hospital, a caminho de casa, os dois ficaram em silêncio por um momento. E Christine pendurou-se ao braço de Andrew.

– E então? – indagou ela.

Andrew sentiu seu sorriso no escuro.

– Gostei dele – disse apressadamente. – Gostei dele. Você reparou também na enfermeira? Como se fosse beijar a fímbria do seu manto... Que hospital! Que maravilha! E também que bom jantar nos deram! Não são miseráveis... Apenas, não sei por que devo pagar-lhe um quinto dos meus honorários! Isso não me parece justo, nem mesmo ético! E, de uma certa maneira, tenho a impressão de que serei alisado, mimado, com a recomendação de agir como um bom menino.

– Você foi realmente um ótimo menino por ter pedido esses dois dias. Mas, com franqueza, meu bem, como é que vamos fazer? Não temos dinheiro para gastar em móveis. Como vai ser?

– Espere e verá – respondeu ele, enigmaticamente.

As luzes da cidade já haviam ficado para trás e um misterioso silêncio caiu sobre eles quando se aproximaram de Vale View. O contato da mão dela no braço de Andrew era uma delícia. Envolveu-o uma grande onda de amor. Pensou nela, casando-se tão precipitadamente num vilarejo mineiro, conduzida num caminhão desconjuntado através das montanhas, atirada numa casa quase vazia, onde sua cama de solteira seria o leito nupcial, e suportando todas essas provações e embaraços com coragem e risonha ternura. Ela o amava, tinha fé e confiança nele. Foi dominado por uma grande determinação. Havia de recompensar tudo isso, havia de mostrar-lhe, pelo trabalho, que não a desapontaria.

Atravessou a ponte de madeira. O murmúrio da corrente de água, com suas margens maltratadas ocultas na macia escuridão da noite, era doce aos seus ouvidos. Manson tirou a chave do bolso e enfiou-a na fechadura.

O hall estava em penumbra. Quando fechou a porta, Andrew voltou-se para onde ela estava à sua espera. A fisionomia de Christine parecia iluminada. Sua leve figura era expectante, mas indefesa.

Andrew pôs os braços em torno dela, gentilmente. E murmurou num tom estranho:

– Como é que você se chama, querida?

– Christine – respondeu ela, espantada.

– Christine de quê?

– Christine Manson.

A respiração dela veio vindo depressa, depressa. E era quente nos lábios de Andrew.

3

Na tarde seguinte, o trem em que viajavam entrou na estação de Paddington. Aventurosamente, mas reconhecendo a própria inexperiência em face da grande cidade, onde nenhum deles tinha estado antes, Andrew e Christine desceram à plataforma.

– Já viu o homem? – perguntou Andrew ansioso.

– Talvez esteja do outro lado da grade – sugeriu Christine.

Estavam procurando o homem do catálogo. Durante a viagem Andrew tinha explicado, minuciosamente, a beleza, a simplicidade e a extraordinária funcionalidade do seu plano. Compreendendo as necessidades do casal, antes mesmo de deixar Drineffy entrara em contato com a Regency Plenishing Company and Depositaries, de Londres. A Regency não era dessas lojas gigantescas que vendem de tudo. Era uma casa decente, dirigida pelo próprio dono, que se especializara em vendas a prestações. Tinha no bolso uma carta recente do proprietário. Porque, na verdade...

– Ah! – exclamou com satisfação. – Lá está o homem.

Um homenzinho insignificante, de roupa azul muito lustrosa e chapéu de feltro, carregando um grande catálogo verde, que lembrava um livro de prêmio escolar, parecia identificá-los na multidão dos viajantes por algum misterioso dom de telepatia. Adiantou-se para eles.

– O cavalheiro é o Dr. Manson? E a Sra. Manson? – E tirando respeitosamente o chapéu: – Eu represento a Regency. Recebemos o seu telegrama hoje de manhã. O carro está à nossa espera. Posso oferecer-lhe um charuto?

Enquanto rodavam pelas ruas estranhas, congestionadas pelo tráfego, Andrew deixava transparecer certa inquietação. Olhava desconfiado o charuto de boas-vindas, ainda por acender em sua mão. Resmungou:

– Temos rodado bastante de automóvel nos últimos dias. Mas desta vez as coisas devem correr bem. Eles garantem tudo, inclusive transporte grátis da estação para a loja e da loja para a estação, também com as despesas de estrada de ferro.

Contudo, apesar dessa garantia, foi com ansiedade visível que eles atravessaram ruas atordoantes de movimento, muitas vezes acanhadas e feias.

Chegaram afinal. Era uma casa mais vistosa do que esperavam. Havia boas vitrines e letreiros luminosos na fachada. Apareceu logo quem lhes abrisse a porta do carro e os acompanhasse, com reverências, para dentro da Regency.

Ali também havia alguém à sua espera. Foram saudados principescamente por um empregado idoso, de sobrecasaca e colarinho duro, que, pelo impressionante ar de honestidade, lembrava de certo modo o finado Príncipe Alberto.

– Por aqui, cavalheiro. Por aqui, minha senhora. Encantado em servir a um médico tão distinto, Dr. Manson. Há de ficar espantado com o número de médicos importantes de Harley Street que nos honram com a sua preferência. E os atestados que nos dão! Agora, doutor, o que deseja comprar?

Começou a mostrar mobílias ao casal, andando para cima e para baixo com passadas majestosas, pelas galerias da loja. Mencionava preços assustadores. Citava estilos ilustres. Mas o que mostrava eram peças encalhadas, fora de moda, sob camadas de verniz novo.

Christine mordeu os lábios e seu olhar tornou-se mais preocupado. Desejava com toda a força que Andrew não se deixasse enganar, que não viesse atravancar sua casa com aquelas coisas horrorosas.

– Meu bem – cochichou ela rapidamente, quando o Príncipe Alberto deu as costas. – Isso não presta. Não presta para nada.

Ele apertou os lábios levemente como única resposta. Examinaram mais algumas peças. Depois, calmamente, mas com uma rudeza de espantar, Andrew dirigiu-se ao vendedor:

– Olhe aqui. Viemos de muito longe para comprar mobília. Eu disse *mobília*! Não esses cacarecos.

Calcou violentamente o polegar na porta de um guarda-roupa. Era de madeira tão ordinária que a porta afundou com um vergonhoso estalido.

O empregado quase teve um desmaio. Sua expressão dava a entender que ele não acreditava no que via.

– Mas, doutor – mastigou ele –, andei mostrando ao senhor e à sua senhora o que temos de melhor na casa.

– Pois, então, mostre-nos o pior – disse Andrew com fúria. – Mostre-me mobília velha, de segunda mão. Contanto que seja mobília de verdade.

Uma pausa. E o outro murmurou quase sem fôlego:

– O patrão vai ficar danado comigo se eu não lhe vender nada. – Afastou-se desconsolado e não voltou. Alguns minutos depois veio precipitadamente ao encontro deles um homenzinho baixo, vulgar, de cara avermelhada. E gritou:

– O que deseja o senhor?

– Mobília boa, de segunda mão... barata!

O homem lançou um olhar duro para Andrew. Sem dizer mais nada, deu meia-volta e levou-o ao elevador dos fundos da loja, no qual desceram a um porão grande e úmido, abarrotado até o teto de móveis usados.

Durante uma hora, Christine andou catando pelos cantos, entre a poeira e as teias de aranha, descobrindo aqui um armário resistente, ali uma boa mesa, uma pequena poltrona estofada debaixo de uma pilha de sacos, enquanto Andrew, atrás dela, discutia obstinadamente os preços com o vendedor.

Afinal, a lista ficou completa. E, quando subiam no elevador, Christine, o rosto empoeirado mas feliz, apertou a mão de Andrew com uma sensação de triunfo.

– É exatamente o que precisamos – cochichou ela.

O homem de cara avermelhada levou-os ao escritório. Ali, inclinando-se sobre o livro de encomendas, na mesa do patrão, disse com ar de quem tinha procurado fazer o que estava ao seu alcance.

– Aqui está a lista feita, Sr. Isaac.

O Sr. Isaac acariciou o nariz. Os olhinhos vivos, destacando-se na pele descorada, tomaram um tom de tristeza quando examinou a lista de compras.

– Acho que não lhe posso fornecer isso tudo com pagamento a prazo, Dr. Manson. Veja o senhor, são todos móveis de segunda mão. – E encolhendo os ombros, num ar de escusa: – Não podemos fazer negócio dessa forma.

Christine empalideceu. Mas Andrew, com persistência sombria, deixou-se cair numa cadeira, como homem disposto a não sair dali.

– Pode sim, Sr. Isaac. O senhor pode fazer negócio. Pelo menos é o que diz em sua carta. Está bem claro no impresso de sua firma, o preto no branco: "Móveis novos e usados, com facilidade de pagamento."

Houve uma pausa. Curvando-se para o Sr. Isaac, o homem de cara avermelhada, gesticulando sempre, cochichou algumas palavras ao seu ouvido. Christine apanhou no ar expressões descorteses que atestavam a dureza de fibra do marido, a força da sua tenacidade racial.

– Bem, Dr. Manson – sorriu com esforço o Sr. Isaac. – Faremos como o senhor quer. Não quero que diga depois que a Regency deixou de atendê-lo com boa vontade. E não se esqueça de contar aos seus pacientes. Diga-lhes como foi bem tratado aqui. Smith! Tire uma nota de compras em papel carbono e mande amanhã de manhã uma cópia pelo correio ao Dr. Manson!

– Obrigado, Sr. Isaac.

Outra pausa. Com ar de quem encerra a entrevista, disse o Sr. Isaac:

– Está combinado então, tudo combinado. Os móveis serão entregues sexta-feira.

Christine fez menção de retirar-se. Andrew, porém, continuou ainda recostado na cadeira. Disse vagarosamente:

– E agora, Sr. Isaac, as passagens da estrada de ferro?

Foi como se uma bomba explodisse dentro do escritório. A cara avermelhada de Smith dava a impressão de que as veias iam estourar.

– Valha-me Deus, Dr. Manson! – exclamou Isaac. – O que o senhor quer dizer? Assim não podemos fazer negócio. O que é justo é justo, mas eu também não sou camelo! *Passagens da estrada de ferro!*

Inexoravelmente, Andrew tirou do bolso um papel. Embora um pouco alterada, sua voz era medida.

– Tenho aqui uma carta, Sr. Isaac, em que se compromete a pagar as passagens para qualquer ponto da Inglaterra e País de Gales, desde que as encomendas somem mais de 50 libras.

– Mas eu lhe explico! – explodiu Isaac. – O senhor só comprou 55 libras de móveis. E tudo de segunda mão...

– Em sua carta, Sr. Isaac...

– Não importa o que diz a carta. – Isaac levantou as mãos em desespero. – Não adianta nada. Não se faz negócio. Em toda a minha vida nunca encontrei um cliente como o senhor. Estamos acostumados a casais jovens e agradáveis com quem se pode falar. Primeiro o senhor insulta o Clapp. Depois o Smith não consegue entender-se direito com o senhor; e por fim vem aqui me consumir a paciência com histórias de *passagens da estrada de ferro*. Nós não podemos fazer negócio, Dr. Manson. Vá a outra casa e veja se é mais bem-sucedido.

Tomada de pânico, Christine fitou Andrew, dirigindo-lhe no olhar um desesperado apelo. Sentiu que tudo ia por água abaixo. Aquele marido terrível estava jogando fora todas as vantagens que conquistara com tanta dificuldade. Mas Andrew nem parecia vê-la e foi dobrando cuidadosamente a carta e metendo-a no bolso.

– Então está bem, Sr. Isaac. Vamos despedir-nos. Mas devo avisar-lhe de que isso tudo não há de ser conveniente para o senhor quando cair nos ouvidos dos meus pacientes e amigos. Tenho uma grande clientela. E cada vez aumenta mais. Como o senhor nos fez vir a Londres, prometendo pagar nossas despesas de viagem...

– Basta! Basta! – choramingou Isaac num verdadeiro frenesi. – Quanto custaram essas passagens? Pode pagá-las, Sr. Smith. Pague, *pague* tudo. Ao menos não há de dizer que a Regency não cumpre o que promete. Pronto! O senhor está satisfeito?

– Obrigado, Sr. Isaac. Estamos muito satisfeitos. Esperamos a entrega na sexta-feira. Boa tarde, Sr. Isaac.

Com ar solene, Manson apertou-lhe a mão e, dando o braço a Christine, encaminhou-se apressadamente para a porta. Lá fora, estava à espera deles a velha limusine que os trouxera da estação. E, como se tivesse feito a maior encomenda já registrada na história da Regency, Andrew ordenou:

– Motorista, leve-nos ao Museum Hotel.

Partiram logo, deixando East End em direção a Bloomsbury. Pendurada nervosamente ao braço de Andrew, Christine foi se deixando acalmar aos poucos.

– Oh, meu bem! – sussurrou ela. – Você foi maravilhoso. No momento em que eu pensava...

Ele balançou a cabeça, ainda com a expressão teimosa.

– Essa gente não quer problemas. Eu tinha uma promessa da casa. Uma promessa *por escrito.* – Voltou-se para ela, com os olhos ardentes. – O que estava em jogo não eram essas passagens, querida. Você bem sabe disso. Era uma questão de princípios. Palavra empenhada tem de ser mantida. E eu também estava de pé atrás pelo modo por que nos receberam. Via-se a uma légua de distância. "É um parzinho de matutos, sem dinheiro para gastar", pensavam eles. Esse charuto que me impingiram, tudo cheirava a malandragem.

– Em todo caso, soubemos obter o que queríamos – murmurou ela diplomaticamente.

Andrew concordou com a cabeça. Estava ainda muito irritado e indignado para ver o humor de tudo. Mas, no quarto do hotel, o lado cômico tornou-se bem visível.

Quando acendeu um cigarro e se estirou na cama, observando Christine, que penteava o cabelo, Andrew começou a rir de repente. Riu tanto que ela também se pôs às gargalhadas.

– Aquela cara do velho Isaac – disse ele, com a respiração cortada e as costelas doendo de tanto rir – era realmente muito engraçada!

– E então quando você – ela quase não podia respirar –, quando você falou na história das passagens...

– "Negócio", disse ele, "nós não podemos fazer negócio". – Teve uma nova crise de riso. – "Eu não sou um camelo!", era o que ele dizia. Oh, Senhor! Um *camelo*...

– É verdade, querido. – De pente na mão, as lágrimas escorrendo, ela voltou-se para o marido, quase sem poder articular as palavras. – Mas para mim a coisa mais engraçada foi a maneira com que você disse: "O senhor pôs isto aqui, preto no branco." E eu sabia, querido, eu sabia que você tinha esquecido a carta lá em casa, na prateleira do fogão.

Ele se levantou, encarou a mulher e depois caiu de novo na cama às gargalhadas. Rolou no chão, tapando a cara com o travesseiro, desarmado, entregue. Ela, agarrada à penteadeira, sacudida pelo riso, implorava-lhe que parasse com aquilo. Não agüentava mais...

Mais tarde, quando conseguiram serenar, foram ao teatro. Já que Andrew lhe dera o direito de escolher, Christine preferiu *Saint Joan*. Confessou-lhe que um dos desejos mais antigos de sua vida era ver uma peça de Shaw.

Sentado ao lado dela na platéia repleta, Andrew estava mais interessado na expressão extasiada do rosto de Christine do que na peça.

– Histórica demais – disse depois. – E esse tal Shaw, quem pensa que é, afinal de contas?

Era a primeira vez que iam juntos ao teatro. Bem, não havia de ser a última. Seus olhos passearam em torno da sala cheia. Eles voltariam ali algum dia, não para as cadeiras, mas para um dos camarotes. Um dia! Christine usaria um vestido de noite, decotado. Muita gente olharia para ele. Uns explicariam aos outros: "Aquele ali é o Dr. Manson. Deve conhecer, naturalmente! É o médico que fez aquele trabalho maravilhoso sobre os pulmões." Voltou a si de repente, um pouco acanhado. No intervalo, ofereceu um sorvete a Christine.

Depois, Andrew tomou ares de uma indiferença principesca. Saindo do teatro, viram-se completamente perdidos, estonteados pelos letreiros luminosos, pelos ônibus e pela multidão. Andrew fez com o braço um gesto enérgico. Escondidos discretamente no fundo do automóvel que os conduzia ao hotel, consideraram-se os primeiros e abençoados descobridores do aconchego amoroso que oferece um táxi londrino.

4

Para quem vinha de Londres o ar de Aberalaw estava cortante e frio. Saindo a pé de Vale View, na manhã de quinta-feira, para começar o trabalho, Andrew sentia fustigar-lhe o rosto um ventozinho estimulante. Sentia uma alegria infinita. Todo seu trabalho se desenhava diante dos olhos – trabalho bem-feito, escrupuloso, sempre orientado pelo princípio que adotara: o método científico.

A clínica oeste, bem perto da sua casa, era um edifício alto, abobadado, coberto de telha branca, com certo ar de higiene. A parte central, a mais importante, era ocupada pela sala de espera. Ao fundo, separada da sala de espera por uma porta corrediça, ficava a farmácia. Em cima havia dois consultórios; um tinha o nome do Dr. Urquhart e no outro via-se pintado com tinta fosca um nome sugestivo: Dr. Manson.

Foi para Andrew uma grande sensação de prazer ver-se assim já identificado, com um consultório próprio. Não era grande, mas tinha uma boa mesa de trabalho e uma sólida cama para exames. Também se sentiu lisonjeado pelo número de pessoas que estavam à sua espera. Na verdade, era tal a multidão que achou melhor começar logo as consultas, antes mesmo de apresentar-se, como pretendia, ao Dr. Urquhart e a Gudge, o encarregado da farmácia.

Sentando-se, fez sinal para que entrasse o primeiro paciente. Era um homem que queria apenas um atestado, acrescentando, como esclarecimento, que tinha o joelho ferido. Andrew examinou-o, viu que havia realmente uma contusão no joelho e atestou que o paciente estava impossibilitado de trabalhar.

Entrou o segundo. Pediu também um atestado, por estar com nistagmo.

Terceiro caso: atestado, por bronquite. Quarto: atestado, por contusão no cotovelo.

Andrew levantou-se ansioso por ter uma noção do vulto do serviço. Esses exames para atestados tomavam muito tempo. Foi até a porta e perguntou:

– Quem mais precisa de atestado? Os que precisarem façam o favor de levantar-se.

Havia talvez quarenta homens esperando lá fora. Todos se levantaram. Andrew pensou rapidamente. Teria de gastar quase o dia todo para examiná-los com cuidado. Não era possível! Com relutância, decidiu adiar para outra vez um exame rigoroso dos casos.

Mesmo assim, só às 10h30 foi que se livrou do último paciente. Então, quando levantou os olhos, viu entrar no consultório, pisando forte, um homem de estatura mediana, velhusco, tez avermelhada, barbicha grisalha e agressiva. Curvou-se um pouco, atirando a cabeça para a frente com ar belicoso. Usava culotes de pano grosso e jaqueta de flanela, com os bolsos entupidos com o lenço, o cachimbo, uma maçã e uma sonda de borracha. Desprendia-se dele um cheiro de remédio, ácido fênico e tabaco forte. Antes mesmo que o outro dissesse alguma coisa, Manson compreendeu que era o Dr. Urquhart.

– Com os diabos, homem! – exclamou Urquhart, sem apertar-lhe a mão e sem nem se apresentar. – Onde se meteu nestes dois últimos dias? Tive de agüentar sozinho todo o trabalho. Não faz mal, não faz mal! Não vamos falar mais nisso. Afinal de contas, você já está aqui e parece, graças a Deus, que é são de corpo e de espírito. Fuma cachimbo?

– Fumo.

– Graças a Deus por isso também! Sabe tocar violino?

– Não.

– Nem eu tampouco. Mas sei fazê-los bem bonitos. Também coleciono porcelanas inglesas. Meu nome já foi citado num livro. Eu lhe mostrarei isso quando vier à minha casa. Fica aqui mesmo ao lado da clínica, como já deve ter observado. E agora venha comigo para conhecer Gudge. É um pobre-diabo, mas sabe lidar com estas drogas.

Andrew acompanhou Urquhart pelo salão de espera até a farmácia, onde Gudge o cumprimentou com um gesto sombrio de cabeça. Era um homem comprido, magro, cadavérico. Na cabeça apenas alguns fios de cabelo bem preto e, no rosto, suíças caídas. Vestia um paletó de alpaca, esverdeado pela velhice e pelas manchas de remédio, deixando ver os pulsos descarnados e as omoplatas de quem estava às portas da morte. O ar era melancólico, sardônico, fatigado. Gudge parecia o homem mais desiludido de todo o universo.

Quando Andrew entrou, atendia o último paciente. Passava uma caixa de pílulas pela portinhola, como se fosse veneno para ratos.

Parecia dizer: "Leve ou deixe ficar, pouco importa. Você tem de morrer mesmo..."

– Bem! – disse Urquhart com animação quando fez as apresentações. – Agora que você já conhece Gudge, já conhece o que há de pior. Devo preveni-lo de que ele só acredita em óleo de rícino e Charles Bladlough. Quer saber algo mais sobre ele?

– Estou preocupado com o número de atestados que tive de assinar. Alguns desses sujeitos que me procuraram pareciam perfeitamente aptos para o trabalho.

– Ah! O Leslie deixava que eles abusassem. A noção que tinha de exame médico era tomar o pulso durante cinco segundos contados no relógio. Não se incomodava com coisa alguma.

Andrew respondeu mais que depressa:

– Que se há de pensar de um médico que dá atestados como quem dá um cigarro?!

Urquhart fitou-o com ar sisudo. E disse, quase com rudeza:

– Veja lá como vai agir. Esse pessoal é bem capaz de não gostar se você se opuser aos seus desejos.

Pela primeira e última vez naquela manhã, Gudge resmungou uma interjeição sombria:

– Isso é porque a metade desses camaradas não tem doença alguma. Uns brutamontes!

Durante todo o dia, enquanto ia fazendo suas visitas, Andrew não parou de pensar nos atestados. Sua ronda de médico não era fácil. Não conhecia a vizinhança, não estava habituado com as ruas e mais de uma vez teve de voltar a lugares por onde já havia passado. Além disso, a sua zona, ou pelo menos grande parte dela, ficava na encosta daquele morro Mardy a que Tom Kettles se referira. E isso queria dizer um incessante subir e descer ladeiras.

Antes do trabalho noturno, as preocupações o forçaram a tomar uma decisão desagradável. Não podia, de forma alguma, dar um atestado de mera condescendência. Foi à clínica de testa franzida, apreensivo, mas resoluto.

A multidão era ainda maior do que de manhã. E o primeiro paciente a entrar foi um homenzarrão, estourando de gordura, que cheirava fortemente a cerveja e dava a impressão de que nunca tivera um dia completo de trabalho em toda a vida. Devia ter uns 50 anos. Seus olhinhos de porco piscavam para Andrew.

– Atestado – disse ele, sem cerimônia.

– Para quê? – perguntou Manson.

– "Istagmo". – Estendeu a mão. – Meu nome é Chenkin. Ben Chenkin.

Só o modo de falar irritou Andrew. Mesmo num exame ligeiro, convenceu-se de que Chenkin não tinha nistagmo. Sabia, sem precisar da insinuação de Gudge, que alguns desses velhos operários arranjavam essa história de "istagmo" para arrancar indenizações a que não tinham direito, vivendo dessa maneira durante anos e anos. Em todo caso, trouxera consigo, aquele dia, o oftalmoscópio. Não tardaria a tirar a limpo a questão. Levantou-se da cadeira.

– Tire a roupa.

Desta vez foi Chenkin quem perguntou:

– Para quê?

– Vou examiná-lo.

Ben Chenkin ficou de queixo caído. Não se lembrava de ter sido examinado durante os sete anos de clínica do Dr. Leslie. Com má vontade, resmungando, tirou o paletó, o lenço que enrolava o pescoço e a camiseta de listras azuis e vermelhas, deixando à mostra um torso cabeludo e adiposo.

Andrew fez um longo e minucioso exame, particularmente dos olhos, estudando ambas as retinas com sua pequena lâmpada elétrica. E então, secamente:

– Vista-se, Chenkin. – Sentou-se e começou a redigir um atestado.

– Ainda bem! – zombou o velho Ben. – Logo vi que não havia de nos deixar na mão.

– O seguinte, por favor! – chamou Andrew.

Chenkin quase arrebatou da mão de Andrew a papeleta cor-de-rosa. E retirou-se do consultório com passadas triunfantes.

Cinco minutos depois estava de volta, lívido, mugindo como um touro, abrindo caminho entre os homens sentados nos bancos.

– Olhem o que fez com a gente! Deixem-me entrar! Então! O que isto quer dizer? – Brandia o atestado na cara de Andrew.

Manson tomou um ar de quem lia o papel. Ali estava o que ele mesmo escrevera:

> Atesto que Ben Chenkin está sofrendo os efeitos do abuso do álcool, mas está perfeitamente apto para trabalhar.
> Assinado: A. Manson – Médico.

– E então? – perguntou Andrew.

– "Istagmo"! – berrou Chenkin. – Atestado de "istagmo". Não se faça de tolo para o nosso lado. Há 15 anos que eu tenho "istagmo".

– Agora você não tem isso.

Formou-se uma multidão diante da porta aberta do consultório. Andrew percebeu que Urquhart espreitava com curiosidade da outra sala, enquanto Gudge observava deliciado o tumulto lá da portinhola da farmácia.

– De uma vez por todas, vai dar ou não vai dar um atestado de "istagmo"? – gritou Chenkin.

Andrew perdeu a paciência.

– Não, não dou – gritou também. – E saia já daqui antes que eu o ponha para fora.

Ben bufava. O homem parecia disposto a arrasar o médico. Mas, depois, baixou os olhos, deu meia-volta e retirou-se do consultório, mastigando palavrões ameaçadores.

No momento em que se afastou, Gudge saiu da farmácia e arrastou-se na direção de Andrew. Esfregava as mãos num contentamento melancólico.

– Sabe quem é esse homem que acaba de botar para fora? É Ben Chenkin. O filho dele é um sujeito importantíssimo no comitê.

5

O caso Chenkin produziu enorme comoção. A novidade correu logo por todo o distrito de Manson. Alguns diziam que "era bem-feito". Uns poucos afirmavam que "era mesmo muito bem-feito" que Ben fosse apanhado em sua malandragem e dado como apto para o trabalho. A maioria, porém, estava do lado de Ben. Todos os que tinham vantagens com essas compensações em dinheiro por incapacidade para o serviço mostravam-se especialmente irritados com o novo médico. Quando saía para fazer suas visitas, Andrew percebia os olhares turvos que lhe atiravam. E à noite, na clínica, teve de enfrentar manifestações de impopularidade ainda piores.

Embora na teoria cada assistente tivesse a sua zona, aos trabalhadores cabia o direito de livre escolha do médico. Cada homem possuía um cartão. Pedir esse cartão a um assistente e entregá-lo a outro equivalia a uma troca de médico. Foi esse o suplício que começou para Andrew naquela semana. Todas as noites, homens que ele nunca vira antes entravam no seu consultório – alguns achavam mais cômodo mandar suas mulheres – para dizer, sem levantar a vista: "Se não se importa, doutor, quero levar o meu cartão."

Era intolerável a miséria, a humilhação de levantar-se para tirar aqueles cartões do escaninho da secretária. E cada cartão que restituía significava 10 xelins subtraídos do seu salário.

Na noite de sábado, Urquhart convidou-o para ir à sua casa. O velho, que tinha passado a semana inteira com ar de quem pede desculpas na fisionomia carrancuda, começou a exibir os tesouros dos seus quarenta anos de clínica. Tinha talvez uns vinte violinos amarelos, pendurados nas paredes. Todos fabricados por ele mesmo. Isso, porém, não era nada diante do primor e da variedade da sua coleção de porcelanas inglesas antigas.

Era uma coleção soberba – Spode, Wedgwood, Crown, Derby e, ainda melhor do que isso, a antiga Swansea. Havia de tudo ali. Pratos e xícaras, bules e jarros enchiam todos os cantos da casa e invadiam até o banheiro. Ao se arrumar de manhã, Urquhart podia contemplar com orgulho um serviço de chá bem original, com desenhos de salgueiro.

A porcelana constituía, de fato, a paixão da vida de Urquhart. Era um velho e experiente mestre na arte gentil de adquiri-la. Onde quer que visse uma "preciosidade" – como costumava dizer –, tudo fazia para obtê-la. Se era na casa de um doente, dava para fazer visitas sobre visitas com dedicação fora do comum, sempre com os olhos fixos na peça cobiçada, numa espécie de persistência cheia de ambição, até a boa dona de casa declarar, em desespero de causa:

– Parece que o doutor está muito impressionado com aquela peça. Nem sei mesmo por quê. Mas, se quer, pode levá-la.

Então Urquhart esboçava uma recusa virtuosa, mas logo depois, sobraçando o troféu embrulhado em jornal, ia para casa dançando de alegria. E colocava carinhosamente a nova conquista em suas prateleiras.

O velho era um tipo inconfundível na cidade. Dizia ter 60 anos, mas provavelmente já passara dos 70 e talvez estivesse beirando os 80. Rijo como um carvalho, seu único veículo era a sola dos sapatos. Vencia a pé distâncias incríveis, praguejava com fúria assassina contra os pacientes e, entretanto, tinha enternecimentos femininos. Vivia sozinho desde que perdera a mulher, havia 11 anos. Alimentava-se praticamente apenas de sopa em conserva.

Aquela noite, depois de exibir vaidosamente sua coleção, disse de repente a Andrew com ar ofendido:

– Que diabo, homem! Não quero nenhum dos seus pacientes. Já tenho bastantes por minha própria conta. Mas, que hei de fazer, se eles vêm me importunar? Nem todos podem ir à clínica leste. É muito longe.

 Andrew corou. Não achava o que dizer.

– Você precisa ter mais cuidado – continuou Urquhart num tom diferente. – Eu sei, eu compreendo. Você quer pôr abaixo as muralhas da Babilônia. Eu também fui jovem. Mas, seja como for, vá devagarinho, vá com jeito, olhe com atenção antes de pular. Boa noite. Recomendações à sua senhora.

Com as palavras de Urquhart zumbindo no ouvido, Andrew fez todo o esforço para conduzir-se com a máxima prudência, mas, mesmo assim, um desastre ainda maior não tardou a aparecer em seu caminho.

Na segunda-feira seguinte, foi à casa de Thomaz Evans, em Cefan Row. Evans, um britador da pedreira de Aberalaw, tinha entornado uma chaleira de água fervendo sobre o braço esquerdo. Era uma queimadura muito extensa, apresentando aspecto mais grave no cotovelo. Indo atender ao doente, Andrew verificou que a enfermeira do distrito, que estava nas proximidades por ocasião do acidente, já havia feito um curativo com óleo de linhaça, continuando depois a sua ronda.

Andrew examinou o braço, disfarçando o horror inspirado pelo ungüento repugnante. Furtivamente verificou a garrafa de óleo de linhaça, tapada com uma rolha de papel de jornal. Dentro havia um líquido esbranquiçado, sujo, onde quase se podiam ver cardumes de bactérias.

– A enfermeira Lloyd fez um servicinho bem-feito, não é mesmo, doutor? – disse Evans nervosamente. Era um rapagão robusto, de olhos escuros. A mulher, que estava perto, observava atentamente o médico e também parecia nervosa.

– Um serviço muito bem-feito – concordou Andrew com grande ostentação de entusiasmo. – Eu dificilmente poderia fazer coisa melhor. É claro que se trata apenas do primeiro curativo, de emergência. Agora acho que devemos experimentar um pouco de ácido pícrico.

Sabia que se não aplicasse depressa um anti-séptico seria quase certa uma infecção no braço. E nesse caso, pensava, só um milagre poderia salvar a articulação.

Evans e a mulher fitavam Andrew desconfiados, enquanto ele, com escrupulosa delicadeza, limpava o braço e o enrolava em gaze embebida em ácido pícrico.

– Pronto. Não sente o braço mais à vontade?

– Com franqueza, não sei – disse Evans. – Tem certeza, doutor, de que isto assim vai dar certo?

– Absoluta! – Andrew sorriu tranqüilizadoramente. – Deixe que a enfermeira e eu tomamos conta disso.

Antes de sair, deixou um bilhete para a enfermeira do distrito, fazendo esforços excepcionais para mostrar-se atencioso, cheio de consideração pelas suas suscetibilidades. Agradecia-lhe o esplêndido tratamento de emergência e lhe perguntava se, como precaução contra possível septicemia, não se importaria de continuar com as aplicações de ácido pícrico. Fechou o envelope com todo o cuidado.

Na manhã seguinte, quando chegou à casa do doente, suas ataduras com ácido pícrico tinham sido atiradas ao fogo e o braço estava novamente enrolado com cataplasmas de linhaça. A enfermeira do distrito estava lá tratando do braço, preparada para a luta:

– Eu quero saber que história é essa, Dr. Manson. Acha, então, que meu trabalho não está à altura? – Era uma mulher grande, de meia-idade, cabelos grisalhos e mal arrumados, rosto atormentado. Quase não podia falar, de tão ofegante.

Andrew desanimou. Fez um grande esforço para dominar-se. Forçou um sorriso.

– Venha cá, enfermeira Lloyd. Não me interprete mal. Por que não conversamos sobre o assunto na sala da frente?

A enfermeira levantou a cabeça, dirigiu o olhar para onde Evans e a mulher, que tinha uma garotinha de 3 anos agarrada à saia, escutavam, alarmados, os olhos muitos abertos.

– Não, nada disso. Falaremos sobre o caso aqui mesmo. Não tenho nada para ocultar. Minha consciência está tranqüila. Nasci e fui criada em Aberalaw, aqui freqüentei a escola, casei-me aqui, aqui tive filhos, aqui perdi o meu marido e aqui tenho trabalhado durante vinte anos como enfermeira do distrito. E ninguém nunca me disse para não aplicar óleo de linhaça numa queimadura.

– Escute, enfermeira – argumentou Andrew. – Óleo de linhaça talvez seja muito recomendável em certos casos. Mas aqui há um grande perigo de contratura. – Estendeu o braço dela, para ilustrar a explicação. – É por isso que quero que a senhora experimente o meu curativo.

– Nunca ouvi falar nessa droga. O velho Dr. Urquhart não a emprega. Era o que estava dizendo ao Sr. Evans. E eu não vou usar as novidades que uma pessoa que está aqui há poucas semanas recomenda!

Andrew sentiu um nó na garganta. Ficou abalado, constrangido ao pensar em novos aborrecimentos, em toda a repercussão da cena, pois a enfermeira era uma pessoa perigosa para se ter como inimiga. Ia de casa em casa, dizendo em todas elas o que lhe vinha à cabeça. Mas ele não podia, não ousava comprometer o doente com aquele tratamento antiquado.

– Se não quer fazer o curativo, enfermeira, virei aqui de manhã e à noite, para fazer eu mesmo.

– Faça então. Pouco me importa! – respondeu a enfermeira Lloyd, quase chorando. – E Deus queira que Tom Evans escape com vida.

No minuto seguinte já se havia precipitado pela porta afora.

Num silêncio de morte, Andrew removeu novamente o curativo de linhaça. Gastou perto de meia hora limpando e tratando o braço ferido. Quando saiu, prometeu voltar às 21 horas.

Na mesma noite, ao entrar no consultório, a primeira pessoa a aparecer foi a Sra. Evans, muito pálida, os olhos amedrontados evitando os dele.

– Desculpe, doutor... – gaguejou ela. – Para mim é um horror ter de incomodá-lo. Mas posso tirar o cartão de Tom?

Andrew perdeu todo o ânimo. Levantou-se sem dizer nada, procurou o cartão de Tom, entregou-o à mulher.

– O doutor compreende... Já não precisa aparecer lá em casa.

Ele respondeu, desalentado:

– Compreendo, Sra. Evans. – E quando ela já estava na porta, perguntou, teve de perguntar: – O óleo de linhaça está lá de novo?

Engasgada, ela inclinou a cabeça e saiu.

Depois do trabalho da clínica, Andrew, que costumava marchar para casa a toda pressa, arrastou-se aborrecidamente para Vale View. "Que triunfo", pensava com amargura, "para o método científico! E o que sou afinal? Honesto ou desastrado? Desastrado e estúpido, estúpido e desastrado!"

Ficou muito taciturno durante a ceia. Depois, em companhia de Christine, foi para a saleta, agora confortavelmente mobiliada. Sentaram-se juntos no sofá, ao pé do fogo reanimador. Andrew deixou-se ficar com a cabeça encostada em seu colo.

– Oh! meu bem – murmurou. – Estou fazendo uma terrível confusão em nosso começo de vida.

Quando Christine o consolou, acariciando-lhe a cabeça, Andrew tinha os olhos úmidos.

6

O inverno veio antes do tempo e inesperadamente, com uma forte nevada. Aberalaw ficava tão alto que em meados de outubro, antes mesmo que as árvores perdessem as folhas, vieram as primeiras geadas. De noite, a neve começou a cair em flocos abundantes e macios. Andrew e Christine viram, ao acordar, uma imensa brancura cintilante. Um rebanho de potros da montanha entrara por um brecha da cerca desmantelada que limitava o terreno e se amontoara no fundo da casa. Lá em cima, nos montes, onde havia grandes pastagens, esses animais selvagens vagavam em grande número, fugindo à aproximação do homem. Na época da neve, no entanto, a fome os obrigava a descer até as cercanias da cidade.

Durante todo o inverno, Christine alimentou os potros. No começo fugiam dela, tímidos e assustados, mas no fim já vinham comer em sua mão. Um, especialmente, tornou-se seu amigo. Era o menorzinho de todos, uma criatura de crina emaranhada e olhos velhacos, a que dera o nome de Moreninho.

Os potros comiam de tudo – pedaços de pão, cascas de batata e de maçã, até mesmo bagaço de laranja. Uma vez, por brincadeira, Andrew ofereceu a Moreninho uma caixa de fósforos vazia. Moreninho mastigou-a e depois lambeu os beiços, com a satisfação de um gastrônomo saboreando caviar.

Embora muito pobres, embora tendo de suportar muitas coisas, Christine e Manson conheciam a felicidade. Andrew só tinha níqueis no bolso, mas a dívida da Fundação já estava quase liquidada e iam sendo pagas regularmente as prestações da mobília. Com toda a sua fragilidade e inexperiência aparentes, Christine tinha as qualidades de uma mulher de Yorkshire. Era uma perfeita dona de casa. E, com efeito, conseguira deixar Vale View um brinco, apenas com a ajuda de Jenny, filha de um mineiro da vizinhança, que vinha fazer o serviço diariamente, recebendo somente alguns xelins por semana. Embora quatro quartos ainda continuassem vazios e discretamente trancados a chave, Christine fez do casarão um lar. E, quando Andrew voltava cansado, quase vencido por um longo dia de trabalho, encontrava sempre na mesa, para restaurar as suas forças, a comidinha quente que ela preparara.

O serviço da clínica era exaustivo. Não, infelizmente, porque fossem muitos os pacientes, mas por causa da neve, das ladeiras íngremes que devia galgar para atingir os pontos mais elevados do distrito, as longas distâncias entre as casas que tinha de visitar. Era difícil e fatigante andar a pé quando a neve se derretia e as ruas ficavam enlameadas, antes que começasse a gear pesadamente durante a noite. Muitas vezes Andrew voltava para casa com a bainha das calças tão molhada e suja que Christine comprou para ele umas perneiras. De noite, quando afundava numa cadeira, exausto, ela se ajoelhava e tirava aquelas perneiras, os sapatos grosseiros, calçando-lhe os chinelos. Não era trabalho, era um ato de amor.

O povo continuava desconfiado, distante. Todos os Chenkin – e eram bem numerosos, pois os casamentos em uma mesma família eram comuns naquela região – formavam um só bloco hostil. A enfermeira Lloyd agia como inimiga aberta e declarada. Acabava com a reputação dele quando se sentava para tomar chá nas casas que visitava, tendo sempre a ouvi-la uma turminha de mulheres do bairro operário.

Além disso, tinha Andrew de vencer mais um motivo de irritação crescente. Parecia-lhe que o Dr. Llewellyn estava abusando com aquela história de chamá-lo a toda hora para aplicar anestesias. Andrew tinha horror a dar anestesia. Era um trabalho mecânico que exigia certo tipo de temperamento, uma índole morosa e medida que certamente não era a sua. Não se incomodava de forma alguma em servir aos próprios pacientes. Mas, quando se viu chamado três vezes por semana para atender a casos que não havia examinado antes, começou a sentir que estava carregando nos ombros um fardo que era de outro. Entretanto, não ousou arriscar um protesto, com medo de perder o emprego.

Certo dia de novembro, porém, Christine notou que alguma coisa fora do comum tinha abalado o marido. Naquela noite, ele chegou sem chamá-la alegremente. E, embora procurasse fingir despreocupação, ela percebeu logo pela ruga de apreensão entre os olhos e por outros pequeninos sinais que Andrew recebera um golpe inesperado.

Durante a ceia, Christine não fez nenhum comentário, e depois começou a ocupar-se com alguns trabalhos de costura, junto à lareira. Sentado ao lado dela, mordendo a ponta do cachimbo, Manson desabafou num repente:

– Tenho horror a me queixar, Chris! E também tenho horror a lhe dar aborrecimentos. Só Deus sabe as coisas que procuro guardar comigo mesmo! – Como abria o coração para a mulher, todas as noites, o que disse era muito engraçado. Mas Christine não sorriu quando ele continuou:

– Você conhece o hospital, meu bem. Você se lembra de que fomos lá na noite da nossa chegada. Deve lembrar-se de como gostei dele e como fiquei encantado com as oportunidades que podia ter ali para os meus trabalhos.

Pensei muito sobre isso, não foi mesmo, querida? Não tinha grandes idéias para o nosso hospital de Aberalaw?

– Sim, eu sei que você tinha.

E ele, num tom aborrecido:

– Por que fui ter ilusões? Aquilo não é o hospital de Aberalaw. É o hospital de Llewellyn.

Ela ficou calada, com ar preocupado, esperando que Andrew explicasse.

– Tive um caso esta manhã, Chris! – Agora falava depressa, no auge da exaltação. – Note bem que eu disse: *tive*. Era realmente um caso de pneumonia, ainda no começo. Um dos brocadores da mina de antracito. Já lhe falei muitas vezes como estou profundamente interessado no estudo do aparelho respiratório dessa gente. Tenho a certeza de que há ali um vasto campo de pesquisas. Pensei comigo mesmo: aqui está o meu primeiro caso hospitalar. Uma verdadeira oportunidade para observação realmente científica. Telefonei a Llewellyn, pedi-lhe para ver o caso comigo, de modo a poder levá-lo para a enfermaria.

Manson parou, tomou fôlego e continuou precipitadamente:

– Pois bem. Lá veio Llewellyn, com limusine e tudo. Sem favor nenhum, foi irrepreensível no exame. Ele sabe onde tem o nariz, é justo reconhecer. De fato, o homem é competente. Confirmou o diagnóstico, depois de apontar uma ou duas coisas que eu não notei, e concordou em levar o doente para o hospital. Comecei a agradecer-lhe, dizendo como me seria agradável ir à enfermaria e contar com todas as facilidades de lá para aquele caso especial. – Parou mais uma vez, com a fisionomia dura. – Então, Llewellyn lançou-me um olhar muito amável, Chris. E disse: "Você não precisa ter incômodos, Manson. Agora o caso fica por minha conta. Não podemos permitir que vocês, assistentes, fiquem rodando de um lado para o outro pelas enfermarias." Ele olhou para as minhas perneiras: "Ainda mais com essas botas horríveis"... Ai, Chris!...

E Andrew concluiu, numa exclamação sufocada:

– Oh, não adianta repetir o que ele disse. Sei bem até onde quis chegar. Eu posso ir entrando pela cozinha da casa dos mineiros, com a minha roupa ensopada e as botinas sujas, examinando os doentes sob uma luz fraca, tratando-os em más condições. Mas quando chega a hora do hospital... Ah! Eu sou admitido ali apenas para aplicar o éter!

Foi interrompido pela campainha do telefone. Olhando com simpatia para o marido, Christine levantou-se e foi atender. Andrew podia ouvir o que ela dizia, no hall. Quando voltou, tinha um ar hesitante.

– É o Dr. Llewellyn que está ao telefone. Eu... eu sinto muito, meu bem. Ele quer que você vá amanhã de manhã, ao hospital. Às 11 horas. É para uma anestesia.

Andrew não respondeu. Desanimado, apoiou a cabeça nos punhos cerrados.

– O que devo responder, meu bem? – murmurou Christine ansiosamente.

– Diga-lhe que vá para o inferno! – Mas, logo depois, passando a mão pela testa: – Não, não. Diga que estarei lá, às 11 horas. – Sorriu amargamente. – Às 11 em ponto.

Quando ela voltou, trazia uma xícara de café quentinho – um de seus recursos eficazes para combater as crises de depressão do marido.

Ao beber o café, Andrew sorriu-lhe um tanto encabulado.

– Isto aqui, com você, é uma felicidade, Chris! Se o serviço também estivesse indo bem... Reconheço que não há nada de pessoal e de fora do comum no fato de Llewellyn me conservar afastado das enfermarias. Em Londres é a mesma coisa. É assim em todos os hospitais, em toda parte.

É o sistema. Mas por que há de ser assim, Chris? Por que um médico tem de ser afastado dos seus pacientes quando vão para o hospital? Perde o caso tão completamente de vista que é como se perdesse o paciente. Isso faz parte do nosso maldito sistema de clínica geral e de especialistas. É errado, absolutamente errado! Meu Deus! Por que estou aqui fazendo uma conferência? Como se você já não tivesse preocupações o bastante! Quando penso nas expectativas com que comecei aqui! Em tudo que ia fazer! E, em vez disso, uma coisa depois da outra, tudo saindo ao contrário do que esperava!

Contudo, no fim da semana, recebeu uma visita imprevista. Já bem tarde, quando ele e Christine estavam a ponto de se recolher, tiniu a campainha da porta. Era Owen, o secretário da sociedade.

Andrew empalideceu. Interpretou a visita do secretário como o mais assustador de todos os acontecimentos, o clímax daqueles meses de esforços fracassados. Quereria o comitê que ele pedisse demissão? Estaria para ser enxotado, atirado com Christine no olho da rua, como um traste imprestável? Sentiu o coração apertado ao ver a cara fina e acanhada do secretário, mas de repente expandiu-se com alívio e alegria quando Owen tirou do bolso um cartão amarelo.

– Desculpe essa visita tão fora de hora, Dr. Manson, mas fiquei até tarde no escritório e não tive tempo para procurá-lo na clínica. Andei imaginando se interessaria ao doutor a minha ficha médica. É de certo modo esquisito que eu, como secretário da sociedade, não tenha ainda me preocupado em dar o meu cartão a alguém. A última vez que tive de consultar um médico, fui a Cardiff. Mas agora, se me aceitar, gostaria muito de figurar na sua lista.

Andrew quase não podia falar. Já tivera de restituir tantos cartões, fazendo isso sempre de cara torcida, que receber agora um cartão novo – e logo do secretário – era motivo para transbordar de alegria.

– Obrigado, Sr. Owen... Eu... Fico encantado em tê-lo como paciente.

Christine, que ficara no hall, teve pressa em intervir.

– Não quer entrar, Sr. Owen? Faça o favor...

Embora declarasse que não queria incomodá-los, o secretário parecia disposto a deixar-se levar para a sala de visitas. Sentado numa cadeira de braços, os olhos fixos pensativamente na lareira, aparentava extraordinária tranqüilidade. E ainda que em nada se distinguisse, pela roupa e pela linguagem, de um trabalhador comum, tinha a quietude contemplativa, a pele quase transparente de um asceta. Por alguns momentos deu a impressão de estar pondo em ordem as idéias. E disse depois:

– Estou satisfeito por ter uma oportunidade de conversar com o doutor. Bem sei que está passando por alguns contratempos neste começo de vida aqui. Mas não perca a coragem. Essa gente é um pouco rude, mas no fundo é gente boa. Depois de algum tempo, vão se chegar, vão se chegar direitinho!

E continuou, antes que Andrew pudesse intervir:

– Não ouviu falar no caso de Tom Evans? Não?! O braço dele piorou muito. A tal droga, em que o doutor deu o contra, causou exatamente o que receava. O cotovelo ficou duro e retorcido. E com o braço inutilizado, o homem perdeu o emprego na mina. E ainda há coisa pior. Como foi em casa que ele se queimou, não recebe um níquel de indenização por acidente de trabalho.

Andrew sussurrou uma palavra de pesar. Não guardava rancor contra Evans, mas somente impressão de tristeza pela futilidade do caso que chegara a tão mau resultado, sem necessidade alguma.

Owen ficou silencioso de novo. Depois começou a contar na sua voz tranqüila um pouco da história de suas primeiras lutas. Aos 14 anos já trabalhava no fundo de uma mina, freqüentando a escola noturna e procurando educar-se pouco a pouco. Aprendeu datilografia e estenografia e afinal conseguiu o emprego de secretário da sociedade.

Andrew estava vendo que toda a vida de Owen era dedicada a melhorar a sorte dos trabalhadores. Amava o serviço na sociedade porque era uma expressão do seu ideal. Entretanto, queria mais do que mera assistência médica. Queria habitações melhores, mais higiene, condições mais dignas e seguras, não só para os mineiros como também para todos os que deles dependiam. Citou a média de mortalidade em conseqüência de parto entre as mulheres dos operários, a média de mortalidade infantil. Trazia na ponta dos dedos todas as cifras, todos os fatos.

Ele não só falava como também ouvia. Sorriu quando Andrew contou sua proeza por ocasião da epidemia de tifo em Drineffy. O secretário mostrou-se profundamente interessado pela idéia de que os trabalhadores de uma mina de antracito eram muito mais inclinados a doenças do pulmão do que outros operários do subsolo.

Estimulado pela presença de Owen, Andrew mergulhou no assunto com grande entusiasmo. Em conseqüência de muitos exames cuidadosos, começou a despertar-lhe atenção a grande porcentagem de operários das minas de antracito que sofriam de forma insidiosa de doença pulmonar. Em Drineffy, muitos dos brocadores que o procuravam, queixando-se de tosse ou de "um pouco de inflamação nos bofes", eram na realidade casos incipientes e mesmo já avançados de tuberculose pulmonar. Estava observando a mesma coisa em Aberalaw. E começou a se perguntar se não havia alguma relação direta entre o trabalho e a doença.

– Está percebendo o que eu quero dizer? – perguntou com animação. – Esses homens ficam trabalhando em meio a poeira o dia todo. E é essa terrível poeira de pedra. Os pulmões ficam entupidos. Ora, tenho as minhas suspeitas de que isso faz muito mal. Os brocadores, por exemplo, são os que engolem mais poeira. Pois bem, os males pulmonares se desenvolvem neles mais freqüentemente do que... vamos dizer, entre os carregadores, por exemplo. Pode ser que esteja numa pista errada, mas não creio. E o que me entusiasma tanto é que... bem... é um campo de investigação ainda virgem. Não há a menor menção a esse respeito na lista do Ministério do Interior sobre os males de origem industrial. Quando esses homens ficam incapacitados para o serviço, não recebem um níquel de indenização!

Owen levantou-se da cadeira, inclinou o corpo para a frente, com uma grande satisfação espelhada no rosto pálido.

– Meus parabéns, doutor. Isso é o que se chama falar! Há muito tempo que não ouço algo tão importante.

Iniciaram uma conversa animada sobre o assunto. Já era tarde quando o secretário se levantou para ir embora. Pedindo desculpas por ter demorado tanto tempo, insistia com Andrew, de todo o coração, para que prosseguisse nas suas pesquisas, prometendo ajudá-lo em tudo que estivesse ao seu alcance.

Mesmo depois que Owen saiu, ficou ainda a impressão viva da sua sinceridade. E Andrew pensou, como já o fizera na reunião do comitê em que lhe foi dado o emprego, que aquele homem era um verdadeiro amigo.

7

A notícia de que o secretário levara seu cartão à clínica de Andrew espalhou-se rapidamente por todo o distrito. Isso contribuiu, de certo modo, para deter a onda de impopularidade do novo médico.

Além de produzir uma vantagem material, a visita de Owen também deixou Manson e Christine com melhor disposição de espírito. Até então o casal vivia inteiramente à margem da vida social da cidade. E, embora Christine nada dissesse, havia momentos, durante as longas ausências de Andrew, em que se sentia muito só. As esposas dos funcionários mais graduados da companhia estavam compenetradas demais na própria importância para fazer visitas às mulheres de simples médicos assistentes. A Sra. Llewellyn, que prometera amizade e deliciosas excursões de carro a Cardiff, deixara o cartão numa hora em que Christine não estava em casa e nunca mais dera sinal de vida. Por sua vez, as mulheres dos doutores Medley e Oxborrow, da clínica leste, tinham se revelado criaturas desinteressantíssimas. A primeira era uma mulherzinha esbranquiçada e murcha, e a segunda, uma carola insuportável, que passou uma hora inteira, contada no relógio, falando sobre missões africanas. Aliás, não parecia haver espírito de união nem convívio social entre os médicos assistentes ou entre suas famílias. A atitude que assumiam na cidade era de indiferença, de fraqueza e até mesmo de humildade.

Certa tarde de dezembro, quando voltava para casa pelo caminho dos fundos, que seguia ao longo da encosta do morro, Andrew viu aproximar-se um rapaz franzino, mas aprumado, mais ou menos da sua idade. Reconheceu-o logo. Era Richard Vaughan. Seu primeiro impulso foi passar para o outro lado, a fim de não se encontrar com o homem que vinha em sua direção. Mas resmungou para si mesmo obstinado: "Por que ir para o outro lado? Ele pode ser importante, mas eu não ligo!"

Desviando o olhar, preparou-se para passar por Vaughan. Mas, com surpresa, ouviu que o outro o chamava num tom amigo, meio divertido.

– Olá! Você não é o camarada que obrigou Ben Chenkin a voltar ao trabalho? Não foi você?

Andrew parou, olhou prevenido e desconfiado, com uma expressão que queria dizer: "O que está pensando! Eu não fiz por sua causa."

Embora tivesse respondido com bastante polidez, Andrew rosnava intimamente que não estava disposto a ser tratado como um protegido pelo filho de Edwin Vaughan. Os Vaughan eram virtualmente os donos da mineradora de Aberalaw e possuíam, além disso, todas as ações das minas adjacentes. Eram ricos, aristocráticos, inacessíveis. Tendo ido viver numa propriedade perto de Brecon, o velho Edwin passara ao filho a direção de todos os negócios. Casado há pouco tempo, Richard construíra para sua residência um palacete moderno, que dominava toda a cidade.

Observando Andrew, enquanto alisava o bigodinho aparado, ele disse:

– Eu gostaria de ver a cara do velho Ben.

– Pois eu não achei graça nenhuma.

Diante dessa demonstração do rígido orgulho escocês, Vaughan torceu o lábio por trás da mão que alisava o bigode. E com ar muito natural:

– Parece que você é o meu vizinho mais próximo. Minha patroa está para fazer uma visita à sua mulher. Ela já voltou da Suíça, onde foi passar algumas semanas.

– Obrigado! – respondeu Andrew secamente, pondo-se a andar.

De noite, à hora do chá, contou o caso a Christine, de modo sardônico:

– Tanta amabilidade! Qual teria sido a sua intenção? Nem com o próprio Llewellyn é assim... Quando o encontra na rua mal lhe dá um aceno de cabeça. Talvez esteja pensando em conseguir com os seus agrados que eu mande mais alguns homens para o trabalho dessas minas horríveis.

– Ora, não seja assim, Andrew – protestou Christine. – É um defeito que você tem. Você é desconfiado, desconfiado demais com todos.

– Veja bem que eu tenho motivo para desconfiar. Todo empertigado na sua pose, nadando em dinheiro, uma amabilidade convencional espalhada na carantonha feia. E aquela história: "Minha patroa... esteve passando umas semanas na Suíça..." E você, aqui, trabalhando tanto nesta nossa casinha de pobre! Qual, não sei por que a mulher desse camarada há de querer aproximar-se de nós, querida. E, se fizer isso – tomou de repente um tom altivo –, tenha muito cuidado para não ser tratada com ares protetores.

Christine respondeu. Respondeu com as palavras mais secas que ele já ouvira em toda a ternura daqueles primeiros meses.

– Acho que sei perfeitamente como devo proceder.

Contrariando as previsões de Andrew, a Sra. Vaughan visitou Christine e pareceu demorar-se mais tempo do que o exigido pelas convenções sociais. Quando Manson voltou para casa, à noite, encontrou a mulher toda alegre, um tanto alvoroçada, com a aparência de quem passara uma tarde agradável. Mostrou-se cheia de reticências às perguntinhas irônicas do marido, mas confessou que a visita fora um sucesso. Ele brincou:

– Você naturalmente exibiu a prataria da família, a porcelana mais fina, o samovar dourado... Ah! E com certeza os doces foram da Confeitaria Parry!

– Não. Comemos pão com manteiga – respondeu ela no mesmo tom. – O chá veio no bule de louça.

Andrew levantou as sobrancelhas, sarcástico:

– E ela gostou disso?

– Acho que sim.

Depois dessa conversa, Andrew sentiu alguma coisa que o espicaçava intimamente, uma emoção que podia já ter experimentado, mas ainda não analisara. Dez dias mais tarde, ficou muito abalado quando a Sra. Vaughan telefonou, convidando o casal para um jantar em sua casa. Christine estava na cozinha nessa ocasião, e preparava um bolo, assim foi ele quem atendeu ao telefone.

– Sinto muito – disse. – Receio não podermos comparecer. Tenho trabalho na clínica até quase 21 horas, todas as noites.

– Mas não no domingo, certamente – a voz dela era cordial, encantadora. – Venham jantar no próximo domingo. Está combinado então. Ficaremos à sua espera.

Foi com Christine que ele estourou:

– Esses tais amigos cheios de pose que você tem querem nos impingir um jantar. Não podemos ir! Estou com um palpite muito seguro de que vou ter um caso muito urgente na noite de domingo!...

– Agora escute o que eu vou dizer, Andrew Manson! – Os olhos dela tinham faiscado na hora do convite, mas, apesar disso, era com severidade que passava uma lição no marido. – Você deve acabar com essas tolices. Nós somos pobres e todos sabem disso. Você usa roupas surradas e eu trabalho na cozinha. Mas isso não tem importância. Afinal de contas, você é um médico, um bom médico, e eu sou a sua mulher. – A expressão de Christine suavizou-se por um momento. – Está ouvindo o que eu digo? Sim, talvez seja uma surpresa para você, mas fique sabendo que tenho comigo, bem guardadinha na gaveta, minha certidão de casamento. Os Vaughan têm muito dinheiro, mas isso é apenas um detalhe. Além do mais, são gente boa, inteligente e encantadora. Nós dois vivemos aqui numa felicidade maravilhosa. Mas, querido, também devemos ter relações. Por que não podemos ser amigos deles, se querem ser nossos amigos? E não fique envergonhado de ser pobre. Esqueça essa história de dinheiro, de posição social e tudo mais e aprenda a aceitar as pessoas como realmente são!

– Está bem – disse ele, de cara amarrada.

Na noite de domingo, lá se foi, com uma fisionomia inexpressiva, mas com aparente docilidade. Observou apenas, falando pelo canto da boca, quando atravessavam a alameda bem cuidada que conduzia à porta do palacete, ao lado de um novo campo de tênis:

– Provavelmente não me vão deixar entrar, quando virem que não estou em traje a rigor.

Ao contrário do que esperava, foram muito bem recebidos. A cara feia e ossuda de Vaughan sorriu hospitaleiramente por cima de uma banqueta de chá que ele quase derrubou, não se sabe por quê. A Sra. Vaughan acolheu-os com uma simplicidade que nada tinha de afetada. Havia mais dois convidados: o Professor Challis e esposa, que estavam passando o fim de semana em companhia dos Vaughan.

Depois de um coquetel, como nunca tinha provado em sua vida, Andrew reparou no luxo da sala, toda atapetada, com suas flores, estantes, a mobília antiga de beleza rara. Christine estava conversando despreocupadamente com o casal Vaughan e a Sra. Challis, uma velha que tinha rugas bem-humoradas em torno dos olhos. Sentindo-se isolado e cheio de dedos, Andrew aproximou-se sem fazer barulho de Challis, que, apesar da brancura da barba, esvaziava alegremente o terceiro cálice de bebida.

– O meu jovem e brilhante doutor quer ter a bondade de proceder a uma pesquisa? – disse sorrindo a Andrew. – É uma pesquisa sobre a função da azeitona num cálice de martíni. Devo adverti-lo, desde já, que tenho as minhas suspeitas. Mas, que pensa o doutor sobre o assunto?

– Ora... – Andrew gaguejou. – Eu... não sei bem...

– Eis a minha teoria. – Challis tivera pena dele. – Trata-se de um ardil imaginado por donos de bar e criaturas pouco hospitaleiras como o nosso amigo Vaughan. – Sob as sobrancelhas negras frondosas, os olhos piscavam maliciosamente. – Uma exploração do princípio de Arquimedes. Pela simples ação do deslocamento, têm esperança de poupar o gim!

Andrew estava tão preocupado com o próprio acanhamento que nem pôde sorrir. Não tinha atrativos sociais e nunca estivera numa casa tão luxuosa. Não sabia o que fazer com o copo vazio, com a cinza do cigarro e até mesmo, como estava acontecendo naquele momento, com as próprias mãos. Foi um alívio quando se encaminharam todos para o jantar. Mas aí também se viu numa posição desvantajosa.

A refeição era muito simples, porém esplendidamente preparada. Um prato de sopa e, em seguida, salada de galinha, com alface tenra e carne bem macia, de aroma delicado e raro. Andrew ficou junto da Sra. Vaughan.

– A sua senhora é encantadora, Dr. Manson – comentou ela, calmamente, quando se sentaram. Era uma criatura alta, esbelta, elegante, muito fina de aparência. Nada tinha de bonita, mas os olhos eram grandes e inteligentes e as atitudes, de distinção natural. A boca, um tanto repuxada para cima, tinha uma mobilidade que parecia sugerir requintes de espírito e de educação.

Começou a falar a Andrew sobre o trabalho do médico, dizendo que o marido ouvira vários elogios à sua competência. Esforçou-se, gentilmente, para deixá-lo à vontade, perguntando de modo interessado o que achava que se devia fazer para melhorar as condições de clínica no distrito.

– Bem... eu não sei bem... – e derramou desastradamente um pouco de sopa. – Suponho... Gostaria que se empregassem métodos mais científicos.

Atrapalhado, engasgando até com seu assunto predileto – com o qual entretinha a atenção de Christine durante horas e horas –, Andrew não tirou os olhos do prato. Felizmente, para alívio da sua alma, a Sra. Vaughan entabulou conversa com Challis, que estava do outro lado.

Challis – já então identificado como professor de metalurgia em Cardiff, conferencista da mesma cadeira na Universidade de Londres e membro da afamada Junta de Pesquisas sobre o Trabalho de Mineiros e Metalúrgicos – era um conversador alegre e exuberante. Falava com o corpo, com as mãos, com a barba, discutindo, rindo, berrando, gargalhando. Ao mesmo tempo, ia atirando para o estômago grandes quantidades de comida e bebida. Era uma fornalha ganhando pressão. Mas sua prosa era interessante e os outros pareciam apreciá-la.

Andrew, entretanto, não queria reconhecer o valor da conversa. E ficou apenas ouvindo, de má vontade, quando ela se desviou para a música e as qualidades de Bach, passando, num dos prodigiosos saltos de Challis, para a literatura russa. De nariz torcido, ouviu citarem os nomes de Tolstoi, Tchekhov, Puchkin.

"Futilidades", dizia com raiva para si mesmo. "Tudo futilidades para se mostrar. Este barbudo está pensando que é muita coisa! Gostaria de vê-lo às voltas com uma traqueotomia... lá no fundo de uma cozinha de Cefan Row. Ficaria bem arranjado com o tal Puchkin..."

Christine, porém, estava verdadeiramente encantada. Observando pelo canto dos olhos, Andrew viu a mulher rindo para Challis e ouvia-a tomar parte na discussão. Não procurava exibir-se, era perfeitamente natural. Uma ou duas vezes, referiu-se ao seu trabalho de professora na escola de Drineffy. Andrew ficou espantado por ver como respondia bem ao professor, com que rapidez e espontaneidade fazia valer suas opiniões. Começou a contemplá-la como se a visse pela primeira vez e sob uma nova luz. "Parece conhecer a fundo aqueles sujeitos da Rússia", resmungava intimamente, "e o engraçado é que nunca fala deles comigo!".

Um pouco mais tarde, quando Challis bateu de leve na mão de Christine, num gesto de aprovação, Andrew esbravejou com seus botões: "Por que este animal não esconde a pata? E por que não vai bater na mão da mulher dele?"

Por mais de uma vez, surpreendeu o olhar de Christine, que procurava estabelecer com ele uma compreensão íntima. Em várias ocasiões, ela dirigiu a palestra em sua direção.

– Meu marido está muito interessado nos operários das minas de antracito, Professor Challis. Iniciou uma série de pesquisas. Sobre inalação de pó.

– Ah, é? – soprou Challis, lançando para Manson um olhar cheio de curiosidade.

– Não é mesmo, querido? – Christine encorajava. – Ainda uma noite dessas você me falou nisso.

– Não sei ainda – rosnou Andrew. – Provavelmente não chegarei a resultado satisfatório. Talvez mesmo o pó nada tenha a ver com esses casos de tuberculose.

Estava furioso consigo mesmo, é claro. Talvez esse tal Challis pudesse ajudá-lo. Não que ele precisasse de assistência. Isso, não! Mas o fato de estar ligado à Junta de Pesquisas sobre o Trabalho de Mineiros e Metalúrgicos certamente oferecia uma oportunidade maravilhosa. Por qualquer razão incompreensível, sua raiva voltou-se contra Christine. Quando caminhavam para casa, no fim da noite, ficou num silêncio enciumado. No mesmo silêncio acompanhou-a até o quarto de dormir.

Manteve a mesma atitude intencionalmente concentrada enquanto trocavam de roupa. E, no entanto, essa ocasião era, em geral, aproveitada para informações e comentários. Com os suspensórios caídos e uma escova de dentes na mão, ele costumava então discorrer sobre os acontecimentos do dia.

Christine insinuou:

– Passamos uma noite muito agradável, não foi, meu bem?

Ele, porém, respondeu com irrepreensível polidez:

– Oh! Uma noite excelente!

Na cama, conservou-se bem na ponta do colchão, longe dela. E percebendo um leve movimento de Christine para aproximar-se, começou a roncar pesadamente.

Na manhã seguinte, persistia entre ambos a mesma sensação de constrangimento. Ele passou o dia trabalhando de cara amarrada, numa estupidez que o fazia diferente de si mesmo. Lá pelo fim da tarde, enquanto tomavam chá, tocou a campainha da porta da frente. Era o motorista de Vaughan com uma pilha de livros e um grande ramo de narcisos.

– Da parte da Sra. Vaughan, minha senhora – disse ele sorrindo e tocando de leve no chapéu, ao retirar-se.

Christine foi para a saleta com os braços cheios e a fisionomia radiante.

– Olhe, meu bem – exclamou alvoroçada. – Não é o cúmulo da gentileza? Todas as obras de Trollope, emprestadas pela Sra. Vaughan. Sempre quis ler tudo desse mestre! E que flores lindas, lindas!

Ele se levantou empertigado e zombeteiro.

– Muito bonito! Livros e flores da dama do castelo! Naturalmente você precisa dessas coisas para ajudá-la a suportar a vida em minha companhia! Eu sou tão *desinteressante* para você!... Não pertenço ao número desses papagaios faladores que você parecia apreciar tanto ontem à noite! Eu não conheço a "prosopopéia" russa! Eu sou apenas um desses tais médicos assistentes, muito ordinários, que andam por aí!

– Andrew! – Não havia uma gota de sangue no rosto de Christine. – Como é que você pode dizer uma coisa dessas!

– Não é a pura verdade? Pude ver muito bem, enquanto suportava inconfortável aquele maldito jantar. Eu tenho olhos na cara. Vejo que você já se cansou de mim. Só presto para andar por aí atolado na lama, encostando a cabeça em lençóis sujos, apanhando pulgas. Sou abrutalhado demais para o gosto tão fino que você tem agora!

Na face pálida de Christine, os olhos estavam sombrios e penalizados. Mas disse com firmeza:

– Como é que você pode falar dessa maneira! Se eu gosto de você é porque você é assim, como é. Nunca poderia gostar de outra pessoa.

– Está se vendo! – resmungou ele, e saiu violentamente da sala.

Durante uns cinco minutos, rodou pela cozinha, de um lado para o outro, mordendo os lábios. De repente, deu meia-volta, precipitou-se na saleta, onde ela continuava de cabeça baixa, desamparada, com os olhos perdidos no fogo da lareira. Andrew tomou-a ardentemente nos braços.

– Chris, meu bem! – gritou, num impulso de arrependimento. – Querida, querida! Perdoe-me, pelo amor de Deus! Não estava pensando nada do que disse. Eu sou um idiota, desvairado pelo ciúme. Tenho adoração por você!

Abraçaram-se loucamente, apaixonadamente.

O perfume dos narcisos estava no ar.

– Você não sabe – soluçou ela –, você não sabe que eu não posso viver sem você?

Mais tarde, quando ela se sentou, com o rosto encostado no dele, Andrew disse todo manso, estendendo o braço para apanhar um livro:

– Quem é esse tal de Trollope? Você quer explicar? Eu sou um sujeito tão ignorante!

8

Passou o inverno. Andrew tinha agora mais um incentivo com seu trabalho sobre inalação de pó. Para começar, planejou e realizou um exame sistemático de todos os trabalhadores em mina de antracito inscritos na sua lista.

Eram mais felizes do que nunca as noites que passavam juntos, Christine e ele. Ela o ajudava, passando a limpo suas notas, perto do fogo sempre alimentado pelo melhor carvão. Uma das vantagens do distrito era que sempre podiam ter o carvão que quisessem, a preços módicos.

Nas longas conversas com Christine, Andrew ficava assombrado com a extensão dos conhecimentos da mulher e com sua familiaridade com os livros – coisas, aliás, que ela nunca procurava ostentar. Além disso, Andrew começou a descobrir nela uma finura de instinto, uma intuição que fazia sempre excepcionalmente exatas as suas opiniões sobre literatura, música e, sobretudo, o caráter das pessoas.

– Sim, senhora! – procurava arreliá-la. – Só agora é que principio a conhecer minha mulherzinha. Se está cansada, poderemos tirar meia hora de folga, para eu lhe dar uma surra no *piquet*. – Tinham aprendido o jogo com os Vaughan.

Quando os dias se tornaram mais longos, Christine pôs-se a tratar do jardim abandonado, sem falar nisso a Andrew. Jenny, a criada, tinha um tio-avô de quem muito se orgulhava como único parente. Era um velho mineiro aposentado, que se tornou ajudante de Christine por um pequeno pagamento. Andrew encontrou-os lá embaixo, no leito do riacho, iniciando uma ofensiva contra as latas velhas de conserva que tinham sido atiradas ali.

– Oh! lá de baixo! – gritou Andrew, da ponte. – O que está fazendo aí? Estragando a minha pescaria?!

Ela respondeu à troça com um gesto animado de cabeça.

– Espere e verá.

Em poucas semanas, Christine tirou toda a lataria enferrujada e reabriu as passagens obstruídas. O leito do riacho estava limpo, as margens capinadas e bem tratadas. À entrada do valado, construiu um novo muro, feito com pedras apanhadas aqui e ali. John Roberts, o jardineiro de Vaughan, deu para aparecer de vez em quando, trazendo sementes e enxertos, dando conselhos. Foi com sensação de triunfo que Christine levou Andrew pelo braço para mostrar-lhe a primeira margarida.

No último domingo de março, Denny veio visitá-los de surpresa. Correram ao seu encontro de braços abertos, atarantando-o no alvoroço das boas-vindas. Foi um grande prazer para Manson ver de novo aquela figura atarracada, aquelas sobrancelhas ruivas. Depois de mostrarem a Denny toda a casa, de alimentá-lo com o que havia de melhor e de instalá-lo na poltrona mais confortável da saleta, pediram-lhe animadamente notícias da terra.

– Page foi-se – anunciou Phillip. – Sim, o coitado morreu há cerca de um mês. Outra hemorragia. E para ele foi bom! – Tirou o cachimbo, com a habitual expressão de cinismo faiscando no olhar. – Blodwen e seu amigo Rees parece que estão de casamento marcado.

– Bodas de ouro, para começar – disse Andrew com acentuado azedume. – Pobre Edward!

– Page era bom sujeito. E competente – comentou Denny. – Você sabe o horror que eu tenho a esta palavra *clínico*... e a tudo que fica por trás dela. Mas Page carregou o fardo com decência.

Houve um silêncio. Ficaram pensando em Edward Page, o Edward Page que durante tantos anos se arrastara entre os cascalhos de Drineffy, sempre sonhando com a ilha de Capri, seus passarinhos, a luz do sol.

– E o que me diz de você, Phillip? – perguntou Andrew afinal.

– Eu sei lá... Estou ficando inquieto. – Denny sorriu secamente. – Drineffy não parece o mesmo depois que vocês sumiram. Estou pensando em fazer uma viagem para qualquer parte. Talvez me torne médico de bordo... se houver um cargueiro vagabundo que me queira.

Andrew ficou calado, entristecido mais uma vez ao pensar naquele homem inteligente, naquele cirurgião tão competente que gastava propositadamente a vida numa espécie de sadismo aplicado contra si mesmo. Contudo, Denny estaria realmente estragando sua vida? Conversara várias vezes com Christine sobre Phillip, tentando decifrar o enigma de sua carreira. Sabiam vagamente que se casara com uma mulher de situação social superior à sua, e ela procurara amoldá-lo às exigências de uma clientela aristocrática, para a qual não valia nada fazer cirurgias durante quatro dias da semana se o cirurgião não passasse os outros três dias em festas e caçadas. Depois de cinco anos de esforços da parte de Denny, a recompensa que ela lhe deu foi trocá-lo displicentemente por outro homem. Não era de admirar, portanto, que Denny tivesse fugido para o mato, desprezando convencionalismos e odiando ortodoxias. Talvez voltasse um dia à civilização.

Conversaram a tarde toda e Phillip só foi embora no último trem. Mostrou-se interessado nas explicações de Andrew sobre as condições da clínica de Aberalaw. E quando este tocou, indignado, na questão da porcentagem que Llewellyn arrancava do salário dos assistentes, Phillip disse com um sorriso intencional:

– Eu acho que você não agüenta isso por muito tempo!

Quando o amigo partiu, Andrew foi pouco a pouco, à proporção que os dias passavam, tomando consciência do vácuo, do estranho vácuo que se formara em torno do seu trabalho. Em Drineffy, com Phillip perto dele, sempre havia sentido um laço comum, um propósito definido partilhado entre eles. Mas em Aberalaw não havia esse laço, não sentia nenhum propósito de união entre os colegas médicos.

O Dr. Urquhart, seu companheiro da clínica oeste, era um bom homem, mesmo com todo aquele modo desabrido de falar. Todavia, era um velho, quase autômato, e absolutamente sem inspiração. Embora a longa experiência o habilitasse a farejar pneumonia no momento em que "enfiava o nariz" no quarto do doente, embora fosse hábil em aplicar ataduras e emplastros e um mestre em espremer furúnculos, embora gostasse de demonstrar, às vezes, que podia fazer algumas pequenas operações, era, entretanto, desoladoramente antiquado sob muitos pontos de vista. Encarnava perfeitamente, aos olhos de Andrew, o velho tipo do bom médico da família, definido por Denny: um doutor experiente, consciencioso, esperto, sentimentalizado pelos pacientes e pelo público em geral, mas que passa vinte anos sem abrir um livro de medicina e é quase sempre perigosamente atrasado em seus conhecimentos. Ainda que Andrew sempre estivesse pronto para uma discussão sobre assuntos médicos com Urquhart, o velho nunca dispunha de tempo para "conversar sobre negócios". Quando terminava o serviço diário, bebia sua sopa em conserva – preferia a de tomate –, lixava o novo violino, passava em revista as velhas porcelanas e, em seguida, escapulia para o Clube Maçônico, a fim de jogar damas e fumar.

Os dois assistentes da clínica leste eram igualmente desalentadores. O Dr. Medley, o mais velho, era um homem de cerca de 50 anos, com fisionomia inteligente e sensível, mas infelizmente surdo como uma porta. Não fosse aquele defeito, que de certo modo parecia engraçado ao povo da região, Charles Medley teria tido, sem dúvida, uma situação muito superior à de simples assistente nos vales de mineração. Como Andrew, ele era um clínico por excelência. Notável no diagnóstico. Mas não conseguia ouvir uma palavra do que lhe diziam os pacientes. Não resta dúvida de que tinha muita prática em entender o que falavam pelo movimento dos lábios. Todavia, Medley era tímido, e isso o levava muitas vezes a enganos humorísticos. Causava dó ver os seus olhinhos cansados acompanhando, numa espécie de investigação desesperada, o movimento da boca da pessoa com quem falava. Como estava sempre com medo de cometer um erro grave, só receitava doses mínimas de qualquer remédio. Não se retirava da atividade porque tinha a vida atrapalhada e sustentava muita gente da família. Desde que ensurdeceu, tornou-se uma criatura inutilizada, esquisita e patética, num constante pavor de que o Dr. Llewellyn e o comitê lhe tirassem, de repente, o emprego.

O outro assistente, o Dr. Oxborrow, era um tipo bem diverso do coitado do Medley. Andrew já não o apreciava tanto. Oxborrow era um gorduchão de dedos rechonchudos e cordialidade espasmódica. Manson imaginou muitas vezes que seu colega, com um pouco mais de agressividade, daria um ótimo agente de apostas. Era Oxborrow, acompanhado pela mulher, quem tocava o harmônio portátil, levado por ele mesmo nas tardes de sábado para a cidade vizinha de Fernley – medida esta que evitava seu aparecimento em Aberalaw. Ali, na praça central, subia a um estradozinho atapetado e realizava um comício religioso ao ar livre.

Oxborrow era um evangelizador. Como idealista, crente numa força suprema que animava a vida, Andrew poderia ter admirado aquele fervor. Mas Oxborrow – Deus do céu! – era emotivo a ponto de encabular uma criatura. Chorava de repente e rezava de modo ainda mais desconcertante. Uma vez, quando se viu envolvido com um parto difícil, que pedia mais do que sua habilidade, caiu subitamente de joelhos, aos pés da cama, e, desfeito em lágrimas, implorou ao Senhor que fizesse um milagre para salvar a pobre mulher. Urquhart, que detestava Oxborrow, contou a Andrew essa história. Foi Urquhart quem, chegando nessa hora, avançou para o leito e terminou o parto com sucesso, tirando a criança a fórceps.

Quanto mais considerava os colegas assistentes e o sistema que seguiam no trabalho, mais desejava Andrew reuni-los num entendimento geral. Na situação existente, não havia unidade, espírito de cooperação e muito menos companheirismo entre eles. Integrando-se nos processos de concorrência estabelecidos geralmente no exercício da medicina em todo o país, agiam uns contra os outros, procurando cada qual conseguir o maior número possível de pacientes. O resultado disso eram muitas desconfianças terríveis e amargos ressentimentos. Por exemplo, quando um doente de Oxborrow transferia seu cartão para o consultório de Urquhart, Andrew via este último tomar das mãos do homem o vidro de remédio receitado pelo colega, tirar-lhe a rolha, cheirá-lo com desprezo e explodir em seguida:

– Era *isso* que Oxborrow estava dando a você! O diabo o carregue! Estava a envenená-lo aos poucos!

Enquanto isso, valendo-se da desunião, o Dr. Llewellyn ia tirando calmamente o seu quinhão do pagamento de todos os assistentes. Andrew andava indignado, ansioso por criar uma combinação diferente, instituir um novo e melhor entendimento, que permitisse aos assistentes segurança e auxílio recíprocos, sem fornecerem subsídios a Llewellyn. Mas suas próprias dificuldades, a consciência de ser ainda um novato no lugar e, acima de tudo, os malentendidos em que se viu envolvido ao começar a atividade em seu próprio distrito aconselhavam cautela. Só depois que encontrou Con Boland foi que se decidiu a fazer a grande tentativa.

9

Num dos primeiros dias de abril, Andrew descobriu uma cárie num dente e em vista disso foi procurar, numa tarde da semana seguinte, o dentista da sociedade. Ainda não se encontrara com Boland e não sabia quais os seus horários de consulta. Quando chegou à praça, onde ficava o pequenino gabinete de Boland, achou a porta fechada com o seguinte aviso em tinta vermelha: "Saí para fazer uma extração. Se é caso urgente, procure-me em casa."

Depois de um momento de reflexão, Andrew decidiu, já que estava ali, ir até a residência do dentista para marcar uma hora. E depois de pedir informações sobre o caminho a um dos rapazes reunidos à porta da sorveteria do vale, rumou para a casa de Boland.

Era uma pequena vila, um pouco afastada, na parte alta do lado leste da cidade. Quando Andrew atravessou a entradinha suja que dava para a frente da casa, ouviu marteladas estridentes. E espiando pela porta escancarada de um barracão de madeira, quase em ruínas, que ficava ao lado da casa, viu um homem robusto e ruivo que, em mangas de camisa, atacava violentamente com um martelo a carroceria desconjuntada de um carro. No mesmo instante o homem notou sua presença.

– Olá – disse ele.

– Olá – respondeu Andrew um pouco contrafeito.

– O que o senhor deseja?

– Quero marcar uma hora com o dentista. Sou o Dr. Manson.

– Faça o favor de entrar – disse o homem, acenando hospitaleiramente com o martelo. Era Boland.

Andrew entrou no barracão que estava atravancado com as peças soltas de um carro incrivelmente velho. No meio do barracão estava o chassi do automóvel, sustentado por caixotes. Naquele momento, o chassi parecia ter sido serrado ao meio. Os olhos de Andrew dançaram entre Boland e aquele extraordinário espetáculo de engenharia.

– É essa a extração?

– É, sim! – confirmou Con. – Quando tenho uma folga no gabinete dentário, venho à garagem e trato um pouco do automóvel.

Além de falar com um sotaque irlandês muito carregado, Con empregava com indisfarçável orgulho as palavras "garagem" e "automóvel" para significar o barracão em escombros e o veículo em frangalhos.

– O senhor não poderá compreender o que eu estou fazendo agora – continuou –, a não ser que tenha, como eu, vocação para mecânico. Há cinco anos que tenho este carro comigo e, note bem, ele já estava com três anos de uso quando o comprei. O senhor não pode acreditar nisso, vendo o automóvel agora todo desmantelado. Mas o certo é que corre como um danado. Contudo, o carro é muito pequeno, Manson. É pequeno demais para o tamanho da minha família. Assim, estou tratando de aumentá-lo. Cortei-o ao meio, como está vendo, e neste ponto aqui vou colocar um enxerto de 60 centímetros de comprimento. Espere e verá quando a obra estiver pronta, Manson! – Foi à procura do paletó. – O automóvel ficará tão grande que poderá conduzir um batalhão. Vamos agora ao consultório. Obturarei o seu dente.

No consultório dentário, que era tão desarrumado como a garagem e, para usar de franqueza, igualmente sujo, Con obturou o dente, falando sem parar. Falava tanto e com tal violência, que o bigodão ruivo estava sempre orvalhado de perdigotos. A cabeleira revolta, que há muito tempo precisava de um bom corte, invadia a cara de Andrew quando o dentista se curvava sobre o paciente para colocar a massa de obturação que preparara na ponta dos dedos oleosos. Não se dera ao incômodo de lavar as mãos. Isso não tinha importância para Con!

Era um sujeito descuidado, impetuoso, de temperamento alegre e alma generosa. À medida que conhecia Boland, Andrew ia ficando ainda mais cativo da sua simplicidade, do seu bom humor, da sua rudez e imprevidência. Em seis anos de trabalho em Aberalaw não conseguira guardar um tostão. Contudo, tirava da vida uma grande soma de prazer. Tinha a mania de mecânica, estava sempre faltando ao trabalho do consultório e idolatrava o carro. O próprio fato de Con fazer questão de ter um carro já era uma brincadeira. Mas Con adorava brincadeiras, mesmo quando o prejudicavam. Contou a Andrew que, certa ocasião, ao ser chamado para extrair um molar estragado de um membro importante do comitê, saiu de casa com a certeza de que levava o boticão dentro do bolso, mas, quando reparou, estava arrancando o dente com uma torquês de 15 centímetros.

Feita a obturação, Con atirou os instrumentos num vidro de geléia cheio de desinfetante – pois era essa a sua bem-humorada noção de assepsia – e convidou Manson a tomar chá em sua casa.

– Venha, vamos! – insistiu hospitaleiramente. – Venha conhecer meu pessoal. Estamos justamente na hora do chá. Dezessete horas.

A família de Con estava realmente tomando chá quando eles entraram. Mas já estava acostumada demais com as excentricidades de Boland para ficar envergonhado com o fato de trazer um estranho. Numa sala quente e desarrumada, a senhora estava sentada à cabeceira da mesa, com uma criança no colo. Junto dela, Mary, de 15 anos, quieta, tímida.

– É a única de cabelos pretos e a predileta do papai – disse Con, ao apresentá-la, explicando ainda que ela já estava ganhando um bom ordenado como caixeira de Joe Larkins, um agente de apostas da praça. Ao lado de Mary, Terence, de 12 anos, e em outros lugares da mesa mais três crianças, que abriram um berreiro quando deram pela presença do pai.

Havia em toda a família – exceto talvez na tímida e concentrada Mary – uma alegria descuidada que encantou Andrew. A própria sala falava com jovial sotaque irlandês. Em cima do fogão e por baixo de uma fotografia colorida do Papa Pio X, enfeitada com ramos de quaresma, estavam secando as fraldas do bebê. A gaiola do canário, com pouca limpeza porém muitos gorjeios, estava em cima do aparador, ao lado dos espartilhos da Sra. Boland, que os tirava do corpo para ficar mais à vontade, e de uma lata aberta de biscoitos. Seis garrafas de cerveja preta, que haviam chegado pouco antes do armazém, estavam debaixo da cômoda, em companhia da corneta de Terence. E, num canto, viam-se brinquedos quebrados, um par de botinas velhas, um patim enferrujado, uma sombrinha japonesa, dois livros de missa já meio estragados e um volume de *Photo-bits*.

No entanto, ao tomar o chá, Andrew ficou fascinado pela Sra. Boland. Não podia tirar os olhos de cima dela. Pálida, sonhadora, imperturbável, pôs-se a ingerir silenciosamente infinitas xícaras de chá preto, enquanto as crianças brigavam em volta e o bebê ia mamando calmamente em seu farto seio. Ela sorria, balançava a cabeça, cortava pão para os filhos, lambuzava as fatias com manteiga, punha chá na xícara, bebia e dava de mamar, tudo com uma espécie de tranqüilidade distraída, como se longos anos de barulho, sujeira e desordem – e estouvamentos de Con – a tivessem levado finalmente a um plano de divino alheamento das coisas, onde permanecia isolada e imune.

Andrew quase deixou cair a xícara quando, fitando-o da outra ponta da mesa, ela lhe dirigiu a palavra, numa voz suave, como a desculpar-se:

– Há muito tempo que estou querendo fazer uma visita à sua senhora, doutor. Mas ando tão ocupada...

– Pelo amor de Deus! – Con torcia-se de rir. – Ocupada! Essa é boa! Ela não tem vestido novo. É o que quer dizer. Estava com o dinheiro para comprar, mas, que diabo! O Terence ou um destes meninos também precisava de um par de sapatos. Não tem importância, minha velha. Vamos esperar até que o carro fique pronto e então apareceremos com toda a elegância. – Voltou-se para Andrew com absoluta naturalidade. – Vivemos muito apertados, Manson. É o diabo! Graças a Deus, nunca falta o que comer, mas às vezes os cobres não dão para os trapos. Esse pessoal do comitê é muito sovina. E, além do mais, o chefão ainda tira a sua fatia do ordenado da gente!

– Quem? – perguntou Andrew, espantado.

– Llewellyn! Tira um quinto dos nossos ordenados, tanto do meu como do seu.

– Mas por que há de ser assim?

– Oh! Lá uma vez na vida examina um paciente meu. Durante os últimos seis anos, extraiu para mim dois quistos dentários. E é quem tira os raios X quando preciso. Mas é um invertido! – A família fora brincar na cozinha, de modo que Con pôde falar francamente. – Ele e seu carrão. A limusine dele já está pintada de novo. Deixe-me contar isso, Manson. Uma vez, quando subia o morro Mardy, atrás do carro dele, resolvi pisar no acelerador. Ah! Jesus! Só você vendo a cara do homem quando teve de engolir a minha poeira!

– Olhe aqui, Boland – disse Andrew, com vivacidade. – Esse negócio de Llewellyn tirar um quinto do nosso pagamento é uma exploração miserável. Por que não lutamos para acabar com isso?

– Como?

– Por que não lutamos para acabar com isso? – repetiu Andrew, levantando a voz. Sentiu o sangue ferver ao som das próprias palavras. – É uma injustiça clamorosa. Vivemos aqui a pegar no pesado, procurando fazer a nossa carreira... Escute, Boland, você é justamente o homem que eu estava precisando encontrar. Quer agir comigo nessa questão? Nós trataremos de reunir os outros assistentes. Faremos uma frente única...

O olhar de Con animou-se pouco a pouco.

– Quer dizer com isso que pretende lutar contra Llewellyn?

– Isso mesmo.

Con estendeu-lhe a mão, num gesto impressivo.

– Manson, meu filho – declarou solenemente. – Estamos unidos desde já.

Andrew correu para casa, ao encontro de Christine, cheio de animação, ansioso por dar início à luta.

– Chris! Chris! Encontrei um homem que é uma jóia. Um dentista de cabelos de fogo, completamente maluco... Isto é, igual a mim. Você sabe disso. Mas, escute, meu bem, vamos começar uma revolução. – Ria animado. – Oh! Meu Deus! Se o velho Llewellyn soubesse o que está sendo preparado para ele!

Andrew não necessitou da prudência de Christine para agir com cuidado. Estava resolvido a proceder com discernimento em todas as coisas que fazia. Começou, portanto, o dia seguinte com uma visita a Owen.

O secretário mostrou-se interessado e enfático. Disse a Andrew que o negócio da porcentagem em favor de Llewellyn fora uma combinação voluntária entre o médico-chefe e seus assistentes. Tudo se passara fora da alçada do comitê.

– Veja, Dr. Manson – concluiu Owen. – O Dr. Llewellyn é um homem muito inteligente e prestigiado por muitos títulos. Consideramos uma sorte tê-lo conosco. Mas ele recebe uma bela remuneração da sociedade como nosso superintendente-médico. Foram os senhores assistentes que acharam que ele devia ganhar mais...

"Pois vamos acabar com isso", disse Andrew consigo mesmo. E saiu satisfeito. Telefonou a Oxborrow e Medley e conseguiu que aquiescessem em comparecer à sua casa, naquela noite. Urquhart e Boland já tinham prometido que não faltariam. E, pelo que pudera apreender das últimas palestras, Andrew sabia que todos os quatro não gostavam de perder um quinto do seu salário. Uma vez reunidos, a coisa andaria por si mesma.

O passo seguinte era falar com Llewellyn. Depois de refletir sobre o assunto, chegara à conclusão de que seria usar de subterfúgios incorretos não avisar o médico do que pretendia fazer. Naquela tarde, teve de ir ao hospital para aplicar uma anestesia. Quando observou Llewellyn, no curso da cirurgia – um difícil e complicado caso abdominal –, não pôde reprimir o sentimento de admiração. Llewellyn era extraordinariamente competente. E não só competente, mas versátil. Era a exceção, a única exceção, que para Denny vinha apenas confirmar a regra. Fazia tudo muito bem. Nada havia que o deixasse atrapalhado. Desde a administração do

Departamento de Saúde Pública, cujas posturas sabia de cor, até a mais moderna técnica radiológica, todo o conjunto dos seus múltiplos deveres encontravam Llewellyn esplendidamente apto e preparado para cumpri-los.

Depois da cirurgia, enquanto Llewellyn lavava as mãos, Andrew marchou para ele, tirando bruscamente o avental.

– Desculpe-me falar a esse respeito, Dr. Llewellyn, mas não podia deixar sem uma palavra de admiração a maneira por que tratou daquele tumor. Foi realmente magistral.

– Alegra-me muito sua opinião, Manson. E, por falar nisso, você está melhorando consideravelmente na aplicação de anestésicos.

– Não, não – mastigou Andrew. – Nunca hei de prestar para isso.

Houve uma pausa. Llewellyn continuou a ensaboar calmamente as mãos. Andrew, a seu lado, pigarreou nervosamente. Agora que chegara o momento, achava quase impossível falar. Mas conseguiu dizer:

– Olhe aqui, Dr. Llewellyn. É meu dever avisá-lo. Todos nós, assistentes, achamos injusto ter de pagar ao senhor uma porcentagem dos nossos salários. É algo difícil de dizer mas... eu estou em vias de propor que todos suspendam as contribuições. Vai haver uma reunião hoje à noite em minha casa. Prefiro que o senhor saiba disso agora do que mais tarde. Eu... eu quero que o senhor compreenda que pelo menos sou sincero a esse respeito.

Antes que Llewellyn pudesse responder, e sem olhar para o rosto dele, Andrew deu meia-volta e deixou a sala de cirurgias. Como dissera mal aquilo! Mas, de qualquer modo, estava dito. Quando os assistentes mandassem o ultimato, Llewellyn não poderia queixar-se de ter sido apunhalado pelas costas.

A reunião em Vale View estava marcada para as 21 horas. Andrew mandou vir algumas garrafas de cerveja e pediu a Christine que preparasse sanduíches. Quando ela acabou de fazer isso, foi saindo devagarinho, a fim de passar uma hora na casa dos Vaughan. Tomado de impaciência, Andrew marchava de um lado para outro do hall, procurando concentrar as idéias. E então chegaram os companheiros: primeiro Boland, logo a seguir Urquhart e, por fim, Oxborrow e Medley, que vieram juntos.

Na sala de visitas, servindo cerveja e oferecendo sanduíches, Andrew procurou criar um ambiente cordial. Como Oxborrow era o que lhe inspirava menos simpatia, dirigiu-se a ele em primeiro lugar.

– Sirva-se à vontade, Oxborrow! Ainda há mais lá dentro!

– Obrigado, Manson. – A voz do evangelista era glacial. – Eu não bebo álcool de forma alguma. É contra os meus princípios.

– Com os diabos! – disse Con, o bigode embebido em espuma de cerveja.

Como entrada, para começar, aquilo não parecia auspicioso. Enquanto mastigava sanduíches, Medley ficava o tempo todo com o olhar alerta, manifestando no rosto a ansiedade concentrada do surdo. A cerveja já começava a excitar a beligerância natural de Urquhart. Depois de encarar firmemente Oxborrow por alguns minutos, atirou subitamente esta frase:

– Agora que estamos juntos, *doutor* Oxborrow, talvez ache conveniente explicar como foi que Tudor Evans, de Glyn Terrace, número 17, saiu da minha lista para a sua.

– Não me recordo do caso – respondeu Oxborrow, que fazia estalar as juntas dos dedos, distraidamente.

– Mas eu me recordo! – explodiu Urquhart. – É um desses pacientes que você me furtou, com todo o seu ar de reverendo da medicina. E há mais...

– Cavalheiros! – exclamou Andrew, alarmado. – Por favor, *por favor!* Como poderemos fazer alguma coisa se brigarmos entre nós mesmos? Lembrem-se do motivo por que estamos reunidos aqui.

– Mas por que é que estamos aqui? – perguntou Oxborrow afeminadamente. – Eu devia estar atendendo a um paciente.

De pé, encostado ao fogão, com ar sisudo e concentrado, Andrew tomou imediatamente as rédeas para não deixar fugir a oportunidade de entrar na questão:

– Pois o motivo é este, senhores! – Tomou fôlego. – Eu sou o mais jovem dos que se encontram aqui e estou há pouco tempo neste emprego, mas... espero que me desculpem isso tudo! Talvez por ser novo é que me pus agora a encarar certos assuntos. São coisas com que vocês já estão habituados desde muito tempo. Parece-me, em primeiro lugar, que nosso sistema aqui está todo errado. Vivemos a nos estropiar e enlamear de modo atroz, como se fôssemos médicos comuns da cidade ou da roça, combatendo um ao outro, e não como membros da mesma sociedade médica, com maravilhosas oportunidades para trabalhar juntos. Todos os doutores que conheço praguejam que o médico passa uma vida de cachorro. Queixam-se de que trabalham demais, têm as pernas cansadas, não dispõem de um minuto de folga, comem às pressas, sempre ocupadíssimos com os chamados. Por que isso tudo? Porque *não se cogita organizar a nossa profissão*. Para explicar o que quero dizer, tomemos um exemplo entre muitos. Chamados à noite! Vocês sabem que todos nós vamos para a cama com um medo horrível de sermos acordados no melhor do sono, para atender a um paciente. Perdemos as noites só por causa da possibilidade de ter de sair. Suponham agora como seria bom se tivéssemos a certeza de que não seríamos chamados durante a noite. Um médico ficaria incumbido de atender a todas as visitas noturnas durante uma semana, em troca do sossego e do sono garantidos para o restante do mês. Cada um dos médicos faria o seu turno. Não seria esplêndido?! Pensem só como seria tranqüilo o trabalho de vocês todos durante o dia.

Parou aí, observando as feições inexpressivas dos outros.

– Isso não daria certo – zombou Urquhart. – Macacos me mordam! Antes passar uma noite inteira sem pregar o olho do que entregar a esta velha raposa que é Oxborrow um dos meus pacientes. Hi! Hi! Quando ele toma emprestado, não paga.

Andrew interveio febrilmente.

– Deixemos então isso de lado, até uma nova reunião pelo menos, já que parece que não chegamos a um acordo. Mas num ponto todos nós concordamos. E é por isso que estamos aqui. Essa tal porcentagem que pagamos ao Dr. Llewellyn. – Calou-se. Todos agora olhavam para ele, interessados pela questão que tocava no bolso. – Todos nós sabemos que isso é injusto. Já falei a Owen sobre o assunto. Ele diz que nada se pode arranjar com o comitê, mas é um caso para ser combinado entre os médicos.

– É isso mesmo – adiantou Urquhart. – Eu me lembro de quando isso foi assentado. Há uns nove anos. Nessa época havia aqui dois bocós como assistentes. Um na clínica leste e o outro do meu lado. Atrapalhavam a vida de Llewellyn com os seus casos. Um belo dia, ele nos chamou a todos e disse que não estava mais disposto a nos prestar auxílio, a não ser que fizéssemos um acordo com ele. Foi assim que a história começou. E é assim que continua até hoje.

– Mas o salário que lhe dá o comitê já paga muito bem pelo serviço. E ainda recebe um dinheirão com os outros empregos. O homem está podre de rico.

– Eu sei, eu sei – disse Urquhart com impaciência. – Mas, leve em conta, Manson, que é utilíssimo para nós. É o mesmo Llewellyn de sempre. E ele sabe disso. Se resolver deixar-nos na mão, ficamos muito malparados.

– Mas por que temos de lhe pagar? – Andrew insistiu, inexoravelmente.

– Ouçam! Ouçam! – exclamou Con, enchendo mais uma vez o copo.

Oxborrow encarou o dentista.

– Se me permitem dizer uma palavra, eu concordo com o Dr. Manson em que é uma injustiça o desconto que sofremos no salário. Mas a verdade é que o Dr. Llewellyn é um homem de alta posição, com muitos títulos enobrecedores, que empresta com o seu nome uma grande distinção à sociedade. Além disso, ele sai dos seus cuidados para tomar conta dos nossos casos mais difíceis.

Andrew fitou o colega, surpreso.

– Você *deseja* passar adiante os seus casos difíceis?

– Naturalmente – disse Oxborrow com petulância. – Por que não?

– Pois eu não faço isso – berrou Andrew. – Eu faço questão de conservá-los, de tratar deles até o fim!

– Oxborrow tem razão – sussurrou Medley inesperadamente. – É a primeira regra da prática da medicina, Manson. Você há de compreender isso quando tiver mais idade. Passar adiante os casos complicados, ver-se livre deles, ver-se livre.

– Isso é o diabo, é o diabo! – protestou Andrew, esquentado.

A discussão continuou, com altos e baixos, durante 45 minutos. Ao fim desse tempo, Andrew, com o sangue fervendo, achou uma oportunidade para exclamar:

– Nós temos de levar isso adiante. Estão me escutando? Já estamos metidos nisso. Llewellyn sabe que estamos contra ele. Eu o avisei hoje de tarde.

– Como?! – A exclamação partiu ao mesmo tempo de Oxborrow, Urquhart, e até de Medley.

– Está querendo dizer, *doutor*, que *preveniu* o Dr. Llewellyn? – Levantando da cadeira, Oxborrow encarou Andrew com um olhar estupefato.

– É claro que sim! Ele chegaria a saber mais cedo ou mais tarde. Mas você não vê que basta apenas nos unirmos, formarmos uma frente para *vencer na certa*?

– Oh! Diabo! – Urquhart estava lívido. – Você tem muita coragem! Você não conhece a influência de que dispõe o Llewellyn. Manda em toda parte. Teremos muita sorte se não formos todos para o olho da rua. Imagine só eu ter de cavar outro emprego, com a minha idade! – Abriu caminho para a porta. – Você é um bom sujeito, Manson. Mas ainda é muito jovem. Boa noite.

Medley já se levantara apressadamente. A expressão do seu olhar denunciava que ia direto ao telefone, a fim de declarar a Llewellyn, desmanchando-se em desculpas, que ele, Llewellyn, era um médico extraordinário e ele, Medley, podia escutá-lo perfeitamente.

Oxborrow também estava de pé. Em dois minutos a sala ficou vazia. Só restaram ali Con, Andrew e o que sobrou da cerveja.

Terminaram a bebida em silêncio. Então, Andrew lembrou-se de que ainda havia seis garrafas na despensa. Beberam as seis garrafas. E então começaram a falar. Disseram coisas sobre a origem, a mãe e o caráter de Oxborrow, Medley e Urquhart. Trataram especialmente de Oxborrow. Nem perceberam Christine entrar e subir as escadas. Conversaram de coração aberto, como irmãos miseravelmente traídos.

Na manhã seguinte, Andrew saiu para o trabalho de cara amarrada e com uma terrível enxaqueca. Na praça, cruzou com o carro de Llewellyn. Como Andrew levantasse a cabeça num tom contrafeito de desafio, Llewellyn atirou-lhe o melhor dos seus sorrisos.

10

Durante uma semana Andrew andou irritado com a derrota, num desânimo cheio de azedume. Na manhã de domingo, habitualmente dedicada a um longo e agradável repouso, desabafou subitamente:

– Não é o dinheiro, Chris! É uma questão de princípios. Quando penso nisso... É de endoidecer! Por que não posso deixar que as coisas andem assim mesmo? Por que não gosto de Llewellyn? Ou melhor, por que gosto dele num momento e passo a detestá-lo no momento seguinte? Diga-me sinceramente, Chris. Por que não me atiro a seus pés? Sou um invejoso? O que será?

A resposta dela o estarreceu.

– Sim, acho que você é invejoso.

– Como?

– Não me arrebente os ouvidos, meu bem. Você me pediu que falasse com sinceridade. Você é invejoso, terrivelmente invejoso. E por que não havia de ser? Não quero um santo para marido. Esta casa é bem clara e não preciso que você ande por aqui com um esplendor em torno da cabeça.

– Continue – rosnou ele. – Apresente-me todos os meus defeitos, já que começou. Desconfiado! Invejoso! Você devia ter visto isso antes de casar. Ah! E também sou jovem demais, pelo que vejo. O octogenário Urquhart lançou-me isso na cara outro dia! – Houve uma pausa, durante a qual esperou a resposta para prosseguir na discussão. Depois, disse irritadamente: – Por que teria inveja de Llewellyn?

– Porque ele é extraordinariamente hábil no trabalho, sabe muito e... bem, principalmente porque ele tem todos esses títulos de primeira ordem.

– Enquanto eu tenho apenas este, muito insignificante: formado em medicina por uma universidade escocesa. Deus do céu! Agora eu sei o que você realmente pensa de mim. – Furioso, pulou da cama e começou a rodar pelo quarto, de pijama. – Afinal, que importância têm os títulos? Pura fantasia! O que vale é o método, a habilidade clínica. Eu não acredito em todas essas bagatelas que impingem nos compêndios. Creio é no que ouço na ponta do meu estetoscópio. E, se não sabe, fique sabendo que eu ausculto de verdade. Estou começando a descobrir coisas importantes na minha investigação sobre o antracito. Talvez lhe faça uma surpresa qualquer dia destes, minha cara senhora. Diabo! As coisas vão bem quando um cidadão se levanta num domingo para ouvir a mulher dizer que ele *não sabe nada*!

Sentada na cama, Christine tomou o estojo e começou a tratar das unhas, esperando que ele acabasse de falar.

– Eu não disse isso tudo, Andrew. – A calma dela o exasperou mais ainda. – Só quis dizer... Querido, você não há de ser um assistente até o fim da vida. Você quer ter quem o escute, quem dê atenção aos seus trabalhos, às suas idéias... Oh! Você bem compreende o que quero dizer. Se você tivesse um título de real destaque – o M.D. ou o M.R.C.P.* –, isso o ajudaria muito na sua carreira.

---

*Abreviatura de *Member of the Royal College of Physicians.* É um título médico que só pode ser conquistado mediante concurso de provas. (*N. do T.*)

– O M.R.C.P.! – repetiu ele inexpressivamente. Depois, pensou: "Ah! Ela está pensando nessas coisas por sua própria conta. O M.R.C.P.! Oh! Tirar um título desses numa clínica de operários! Deveria esmagá-la com o sarcasmo." E disse: – Você não compreende que eles só dão isso às cabeças-coroadas da Europa?!

Bateu a porta e foi fazer a barba. Cinco minutos depois reapareceu, com uma face raspada e a outra ensaboada. Estava penitente, excitado.

– Você *acha* que eu posso fazer isso, Chris! Você tem toda razão. Precisamos de novos enfeites para a nossa placa se quisermos ir para a frente. Mas o M.R.C.P.? É o mais difícil dos concursos de medicina, sob todos os pontos de vista. E... *é de matar!* Bem... Ainda assim... Deixe-me tomar informações...

Sem terminar o que dizia, atirou-se escada abaixo e correu ao *Almanaque Médico*. Voltou murcho, no auge da decepção.

– Naufragou tudo! – resmungou, desanimando. – Tudo por água abaixo! Eu *disse* a você que isso era impossível. Há uma prova preliminar de línguas. Quatro idiomas. Latim, francês, grego e alemão. E duas dessas línguas são compulsórias. Isso, antes de começar de verdade o demônio do concurso. Eu não sei línguas. Todo o latim que eu sei é... *Ora, orae*. E quanto ao francês...

Ela não respondeu. E Andrew não disse mais nada. Ficou debruçado na janela, contemplando carrancudamente a paisagem. Por fim, voltou-se, de testa franzida, ar preocupado, sem ânimo para desistir.

– E por que eu não poderia... Com mil demônios! Chris... por que eu não poderia aprender essas línguas para o concurso?

Espalhando no chão os objetos de manicure, ela saltou da cama e deu-lhe um abraço apertado.

– Oh! Era isso que eu queria que você dissesse, querido! Isso, sim, é que mostra bem quem é você. Eu posso... Eu posso talvez auxiliá-lo. Não se esqueça de que a sua velha esposa é uma professora aposentada!

Passaram o dia todo fazendo planos alvoroçadamente. Jogaram Trollope, Tchekhov e Dostoievski para um dos quartos vazios. Prepararam a saleta para a ação. E naquela noite Manson foi à escola, em companhia dela. A mesma coisa na noite seguinte... na seguinte...

Às vezes Andrew sentia todo o sublime humorismo daquilo e ouvia, vindo de muito longe, o riso zombeteiro dos deuses. Encostado a uma mesa tosca junto da mulher, numa longínqua cidadezinha mineira de Gales, a repetir com ela: *caput-capitis*, ou então, *Madame, est-il possible que...?* E lá vinham declinações, verbos irregulares, leituras em voz alta de Tácito...

De vez em quando, recostava-se subitamente na cadeira, com certa vaidade.

– Ah! Se Llewellyn pudesse ver agora o que estamos fazendo aqui!... Que cara havia de mostrar! E pensar que isso é apenas o começo, que hei de conquistar mais tarde todas as honrarias médicas!

No fim do mês seguinte, pacotes de livros começaram a chegar periodicamente a Vale View, vindos da filial londrina da Livraria Médica Internacional. Andrew retomou a leitura no ponto onde a deixara ao sair da universidade. Descobriu logo que a abandonara antes do tempo. Ficou impressionadíssimo ao verificar o avanço terapêutico da bioquímica. Travou conhecimento com glândulas supra-renais, uréia no sangue, metabolismo basal e a falibilidade do exame de albumina. Quando essa pedra angular dos seus dias de estudante caiu por terra, gemeu em voz alta:

– Chris! Eu não sei nada. E todas essas matérias me matam!

Tinha de atender ao trabalho da clínica. Só dispunha das noites para estudar. Sustentado por café bem forte e por uma toalha molhada em torno da cabeça, continuou a batalhar, lendo até de madrugada. Quando caía na cama, exausto, às vezes não conseguia dormir. E outras vezes, quando pegava no sono, era para acordar de repente, lavado em suor, num pesadelo, com a cabeça atordoada de termos, fórmulas e algumas imbecilidades pretensiosas do seu francês que ainda não ia bem.

Fumava demais, emagreceu, o rosto afinou. Mas Chris estava a seu lado, constante e silenciosa, dando oportunidade a que ele falasse, desenhasse diagramas, explicasse numa língua cheia de termos difíceis a extraordinária, a espantosa, a impressionante ação seletiva dos canalículos renais. Ela também permitia que ele gritasse, gesticulasse e, quando os nervos se tornavam mais excitados, que dissesse desaforos.

Às 23 horas, quando Christine trouxe o café, Andrew estava com vontade de discutir.

– Por que você não me deixa em paz? Que xaropada é essa que vem trazendo? Cafeína... É uma droga venenosa. Você sabe que estou me matando, não sabe? E tudo por sua causa. Você é rude! Terrivelmente rude. Você é uma legítima carcereira, andando para cima e para baixo vigiando o preso! Nunca hei de tirar este amaldiçoado título. Há centenas de sujeitos das clínicas elegantes de Londres e dos grandes hospitais tentando conseguir isso. E eu... eu, de Aberalaw! Ah! Ah! – Era um riso histérico. – Eu, assistente da velha e querida Sociedade de Auxílios Médicos! Oh! Meu Deus!

Estou tão cansado e tenho certeza de que me vão tirar de casa esta noite para ir até os confins de Cefan Row!

Christine era melhor soldado do que ele. Possuía o senso do equilíbrio que os sustentava nessas crises. Tinha também os seus nervos, mas sabia dominá-los. Fez sacrifícios, recusou todos os convites dos Vaughan, deixou de ir aos concertos de orquestra do Temperance Hall. Fosse qual fosse a hora em que se recolhesse, estava sempre de pé desde cedo, bem vestida, com o desjejum de Andrew pronto para quando ele descesse, arrastando-se, com a barba por fazer, o primeiro cigarro do dia entre os lábios.

De repente, quando Andrew já passara seis meses preparando-se para os exames, a tia de Christine, que morava em Bridlington, caiu doente de flebite e escreveu pedindo-lhe que fosse vê-la, no norte. Mostrando a carta ao marido, declarou imediatamente que era impossível deixá-lo. Mas, curvando-se sobre o prato de presunto com ovos, ele resmungou:

– Eu quero que você vá, Chris! Estudando dessa maneira, eu me arranjarei melhor sem você. Com os nossos nervos avariados, demos ultimamente para nos desentender. Desculpe... mas... parece-me que é a melhor coisa a fazer.

Ela embarcou, a contragosto, no fim da semana. Antes que passasse um dia de ausência, Andrew compreendeu o erro. Sem ela, a casa era um tormento. Embora trabalhando de acordo com as instruções cuidadosamente determinadas por Christine, Jenny era uma calamidade permanente. Mas não era a comida de Jenny, não era o café requentado nem a cama malfeita que o irritavam. Era a ausência de Christine. Era saber que não estava em casa, não poder chamá-la, sentir sua falta. Surpreendia-se a olhar estupidamente para os livros, perdendo horas e horas com o pensamento voltado para ela.

Ao fim de 15 dias, Christine telegrafou avisando que ia voltar. Andrew deixou tudo de lado e preparou-se para recebê-la. Não havia nada que prestasse, que produzisse o efeito desejado para a cerimônia da recepção. O telegrama não lhe dera muito tempo, porém ele pensou com rapidez e correu à cidade para fazer extravagâncias. Comprou primeiro um ramalhete de rosas. Na banca de peixe de Kendrick teve a sorte de encontrar uma lagosta, bem fresquinha. Arrebatou-a apressadamente, antes que a Sra. Vaughan – a quem Kendrick dava preferência para essas preciosidades – pudesse telefonar para tomar-lhe a presa. Comprou depois gelo em quantidade, pediu verdura ao quitandeiro e, finalmente, sempre trepidamente, encomendou uma garrafa de Moselle que Lampert, o merceeiro da praça, lhe garantira ser muito bom.

Depois do chá, disse a Jenny que podia ir embora, pois já sentia o olhar da criadinha ansiosamente dirigido para ele. Pôs-se então a trabalhar e preparou amorosamente uma salada de lagosta. O balde de zinco da despensa, cheio de gelo, transformou-se numa excelente vasilha para o vinho. As flores apresentaram uma dificuldade imprevista, pois Jenny havia trancado o guarda-louça, onde estavam as jarras, e parecia ter escondido a chave. Mas venceu até mesmo esse obstáculo, colocando metade das rosas no jarro de água e o restante no suporte de escovas de dentes, no banheiro. Isso dava mesmo uma interessante impressão de variedade.

Finalmente, os preparativos estavam completos – as flores, a comida, o vinho no gelo. Andrew passava tudo em revista com imensa alegria. Depois do trabalho noturno do consultório, por volta de 21h30, correu para a estação, a fim de esperar o trem.

Era como se estivesse começando de novo a apaixonar-se, com o coração dos primeiros dias. Foi com ternura que a conduziu à festa de amor. A noite era quente e silenciosa. A lua brilhava no alto. Ele esqueceu todas as complicações do metabolismo basal. Disse a Christine que poderiam ir à Provença, ou a qualquer lugar assim, onde houvesse um castelo debruçado sobre um lago. Disse-lhe que ela era uma garota bonita e interessante. Disse-lhe que tinha sido muito grosseiro com ela, mas que daí por diante, até o fim da vida, seria um capacho – não vermelho, pois ela não gostava dessa cor – estendido em seu caminho. Disse-lhe ainda muito mais do que isso. E pelo fim da semana já lhe dizia que procurasse os seus chinelos.

Agosto apareceu poeirento e abrasador. Chegando ao fim do programa de leituras, Andrew viu-se envolvido com a necessidade de repassar os exercícios práticos, especialmente de histologia. E era, aparentemente, uma dificuldade intransponível na situação em que se achava. Foi Christine quem pensou no Professor Challis e na sua posição na Universidade de Cardiff. Quando Andrew lhe escreveu, Challis respondeu imediatamente, afirmando, com verbosidade, que poderia contar com sua influência junto ao Departamento de Patologia. Encontraria ali, na pessoa do Dr. Glyn Jones – adiantava ele –, um companheiro de primeira ordem. Concluía a carta pedindo afetuosamente notícias de Christine.

– Devo isso a você, Chris! Sempre vale alguma coisa ter bons amigos. E quase perdi a oportunidade de me encontrar com Challis, não querendo ir, aquela noite, à casa dos Vaughan. O velho é fanfarrão, porém decentíssimo! Mas, de qualquer modo, tenho horror a pedir favores. E que história é essa de mandar recomendações tão meigas para você?

Em meados do mês apareceu em Vale View uma motocicleta marca Red Indian de segunda mão. A máquina era baixinha, fora de uso, mas o proprietário anterior garantia ser "muito veloz". Na calma do verão, havia três horas durante a tarde que Andrew podia considerar virtualmente como suas. E, todos os dias, logo depois do almoço, um corisco vermelho ia correndo pelo vale, na direção de Cardiff, que ficava a uma distância de 50 quilômetros. E todos os dias, por volta das 17 horas, um corisco vermelho, um pouco mais empoeirado, vinha na direção oposta, parando em Vale View.

Durante algumas semanas, foi aquela trabalheira. Correrias diárias de 100 quilômetros, num calor de rachar, com uma hora apenas de intervalo para trabalhar entre os espécimes e as lâminas de Glyn Jones, apanhando às vezes o microscópio com as mãos ainda trêmulas pelas vibrações do guidom. Para Christine, a parte mais inquietante de toda aquela aventura maluca era vê-lo partir com a fisionomia morta de cansaço e esperar ansiosamente o primeiro sinal do seu regresso, temendo durante todo o tempo que pudesse acontecer alguma coisa ao marido, curvado sobre a direção daquela máquina infernal.

Embora tivesse muita pressa, ele sempre achava tempo para trazer, de vez em quando, alguns morangos de Cardiff. Guardavam as frutas para depois do trabalho do consultório. À hora do chá, Andrew aparecia sempre sujo de poeira e com os olhos vermelhos, conjeturando preocupadamente se o seu duodeno não iria ficar inflamado por causa daquela água de cisterna que bebera no caminho, perguntando a si mesmo se não poderia atender, antes das consultas noturnas, aos dois chamados que chegaram durante sua ausência.

Afinal realizou-se a última viagem. Glyn Jones não tinha mais nada para lhe mostrar. Conhecia de cor todas as lâminas e todos os espécimes. Só restava agora fazer a inscrição e pagar as taxas pesadas dos exames.

No dia 15 de outubro, Andrew embarcou, sozinho, para Londres. Christine levou-o à estação. Agora que estava às vésperas do grande acontecimento, dominava-o uma esquisita tranqüilidade. Pareciam ter ido embora, acabado de uma vez, todos os seus esforços exaustivos e aflitos, todas as suas explosões quase histéricas. O cérebro estava inativo, quase obtuso. Tinha a impressão de que não sabia nada.

Contudo, na manhã seguinte, quando começou a fazer a prova escrita do concurso, que se realizava na Faculdade de Medicina, surpreendeu-se a responder às questões com verdadeiro automatismo. Escreveu, escreveu, sem olhar para o relógio, enchendo laudas sobre laudas, a ponto de sentir a cabeça zonza.

Alugou um quarto no Museum Hotel, onde Christine e ele tinham ficado na sua primeira visita a Londres. O hotel era baratíssimo, mas a comida, infame, dando o toque final para que sua digestão perturbada produzisse uma crise aguda de dispepsia. Foi obrigado a apertar a dieta, passando somente a leite maltado. O almoço consistia apenas num copo de leite, tomado numa confeitaria do Strand. No intervalo das provas, vivia num verdadeiro atordoamento. Nem lhe passava pela cabeça a idéia de ir a uma casa de diversões. Quase não saía à rua. Só uma vez, por acaso, foi que deu um passeio de ônibus para refrescar a cabeça.

Depois das provas escritas, começaram as provas práticas e orais. Andrew sentiu-se ainda mais amedrontado diante destas últimas do que das primeiras. Havia talvez uns vinte candidatos, todos mais velhos e todos com um ar inconfundível de confiança e de boa situação. O candidato que estava a seu lado, por exemplo, um tal Harrison, com quem já tinha conversado uma ou duas vezes, era formado por Oxford, tinha um cargo num hospital do governo e consultório num dos bairros mais importantes. Quando Andrew comparou as maneiras encantadoras e o desembaraço de Harrison com o seu provincianismo desajeitado, compreendeu que eram muito pequenas as suas possibilidades de impressionar bem os examinadores.

Na prova prática, efetuada no hospital da zona sul de Londres, foi muito bem, segundo imaginava. O caso que lhe foi designado era bronquite num rapaz de 14 anos. E, como conhecia intimamente assuntos do pulmão, dera realmente um golpe de sorte. Tinha a impressão de que fizera uma boa prova.

Contudo, quando veio o exame oral, a sorte pareceu mudar completamente. O exame oral, na Faculdade de Medicina, tinha suas peculiaridades. Durante dois dias, cada candidato era argüido por dois professores sucessivamente. Se, ao fim da primeira sessão, o candidato fosse considerado incompetente, era-lhe entregue um bilhete em termos polidos, avisando de que não precisava voltar no dia seguinte. Diante da iminência desse fatal aviso, Andrew ficou apavorado quando lhe coube por sorteio, como primeiro examinador, um homem sobre quem ouvira Harrison falar com viva apreensão: o Dr. Maurice Gadsby.

Gadsby era um homem franzino e chupado, com olhinhos miúdos e bigode preto e retorcido. Recentemente eleito para a congregação, não tinha nada da tolerância dos examinadores mais velhos. Pelo contrário, parecia disposto a reprovar os candidatos que compareciam diante dele.

Encarou Andrew de testa enrugada e colocou seis lâminas diante dele. Cinco dessas lâminas foram identificadas corretamente pelo examinando, mas não pôde identificar a sexta. E foi exatamente nesta que se concentrou a atenção de Gadsby. Durante cinco minutos Andrew perseguiu aquele ponto. Era, ao que parecia, o óvulo de um parasita obscuro da África ocidental. Depois disso, displicentemente, sem manifestar interesse, passou o candidato ao outro examinador, Sir Robert Abbey.

Andrew levantou-se e atravessou a sala, pálido e de coração pesado. Toda a lassidão, toda a inércia que experimentara no começo da semana tinha desaparecido agora. Sentia um desejo quase desesperado de ser bem-sucedido. Mas estava certo de que Gadsby o reprovaria. Levantou os olhos e viu Robert Abbey a contemplá-lo com um sorriso amável, meio divertido.

– O que há? – perguntou Abbey, inesperadamente.

– Não é nada, doutor – murmurou Andrew. – Acho que não me saí bem com o Dr. Gadsby. Só isso.

– Não se preocupe. Observe estes espécimes. E depois me diga alguma coisa sobre eles. – Abbey sorria, encorajadoramente. Era um homem de cerca de 60 anos, rosto liso, compleição um tanto rude, testa enorme, boca larga e bem-humorada. Embora Abbey fosse, talvez nessa época, um dos três médicos mais ilustres da Europa, havia conhecido muitas provações e dificuldades no começo da carreira. Vindo de Leeds, apenas com o esteio de uma reputação provinciana, teve de enfrentar em Londres toda série de preconceitos e oposições. Enquanto fitava Andrew e dissimuladamente ia observando sua roupa malfeita, a camisa pobre, o colarinho mole, o laço mal dado da gravata ordinária, a expressão de esforço fatigado no rosto sério, voltaram à memória de Abbey os dias da sua juventude provinciana. Instintivamente, seu coração se inclinou para aquele candidato diferente dos outros. E, percorrendo a lista dos resultados já conferidos, notou com satisfação que as notas do rapaz, especialmente na prova prática, estavam acima da média.

Enquanto isso, com os olhos fitos nos recipientes de vidro diante dele, Andrew ia mastigando melancolicamente os seus comentários sobre os espécimes.

– Basta – disse Abbey subitamente. Tomou um espécime – era de um aneurisma da aorta ascendente – e começou a argüir Andrew de modo amistoso. As perguntas, simples no começo, foram-se tornando mais complicadas e mais difíceis, até chegarem finalmente a abranger um novo tratamento específico, por inoculação da malária. Mas a atitude simpática de Abbey deixou Andrew à vontade e ele respondeu bem.

Por fim, deixando de lado o espécime, Abbey perguntou:

– Sabe alguma coisa sobre a história do aneurisma?

– Ambroise Paré – respondeu Andrew e Abbey já começara a fazer um sinal de aprovação – é o pretenso descobridor do aneurisma!

Abbey fez uma cara de espanto.

– Como pretenso, Dr. Manson? Paré foi quem descobriu o aneurisma.

Andrew ficou vermelho, mas depois empalideceu, quando mergulhou no assunto:

– Bem, doutor, isso é o que dizem os compêndios. O doutor encontrará isso em qualquer livro. Eu mesmo me dei o trabalho de verificar tal afirmação em seis obras. – Respirou apressadamente. – Mas, por acaso, estive lendo Celso, para repassar o meu latim... que precisava mesmo de ser repassado, doutor... e deparei com a palavra *aneurismus*. Celso conhecia o aneurisma. Ele o descreve minuciosamente. E isso foi uns 13 séculos antes de Paré!

Houve um silêncio. Andrew levantou os olhos, preparado para receber uma sátira afável. Abbey o encarava com uma expressão esquisita nas feições simplórias.

– Dr. Manson – disse afinal –, o senhor é o primeiro candidato nesta sala de exame que já me disse qualquer coisa de original, de verdadeiro, e que eu não sabia.

Andrew ficou rubro de novo.

– Diga-me agora uma coisa. É uma questão de curiosidade pessoal. O que o senhor considera como o princípio dominante, quero dizer... qual a idéia básica que tem diante de si quando está no exercício da sua profissão?

Houve uma pausa durante a qual Andrew refletiu desesperadamente. Por fim, com a impressão de que ia estragar todo o efeito bom que havia produzido, desembuchou:

– Creio... Creio... O que eu sempre afirmo a mim mesmo é que não devo considerar coisa nenhuma como definitiva.

– Obrigado, Dr. Manson.

Quando Andrew deixou a sala, Abbey pegou a pena. Sentia-se jovem outra vez e perigosamente sentimental. Pensou: "Se ele me dissesse que a medicina é um sacerdócio, que só cogitava curar os enfermos, socorrer a humanidade sofredora, palavra de honra que me vingaria dessa decepção medonha aplicando-lhe um zero." Mas, contente com a resposta, Abbey traçou em frente ao nome de Andrew a nota máxima – o famoso cem de que nunca houve exemplo. E, sem dúvida, se pudesse "passar da conta" – como refletia intimamente, com eloqüência –, gostaria de dobrar aquele número.

Alguns minutos mais tarde, Andrew desceu a escada com os outros candidatos. Embaixo, ao lado de uma mesinha forrada de couro, um porteiro de libré levantara-se com uma pilha de envelopes. À medida que os candidatos iam passando, entregava uma carta a cada um. Harrison, que seguia junto a Andrew, rasgou o envelope apressadamente. A expressão alterou-se-lhe. Disse devagar: – Parece que eu não preciso comparecer amanhã. – E depois, forçando um sorriso: – E você, como se saiu? – Os dedos de Andrew tremiam. Quase não podia ler. Atordoado, ouviu Harrison felicitá-lo. Suas esperanças ainda estavam de pé. Foi até a leiteria e bebeu um copo de leite maltado. E pensava, no auge da tensão nervosa: "Se depois de tudo isso eu não passar... eu... me jogarei embaixo de um ônibus."

O dia seguinte foi de moer os nervos. Mais da metade dos candidatos já tinha sido eliminada e corria o boato de que a metade dos que ficaram também já estava condenada. Andrew não fazia a menor idéia se estava bem ou mal. Sabia apenas que a cabeça lhe doía horrivelmente, que os pés estavam gelados e que sentia um vazio por dentro.

Afinal, terminaram os últimos exames. Às 16 horas, Andrew saiu da sala, exausto, melancólico, endireitando nervosamente o paletó. Então, percebeu que Abbey estava ali, em frente à lareira do hall. Fez menção de passar, porém Abbey, não sabia por quê, estava lhe estendendo a mão, sorrindo, falando, dizendo-lhe... dizendo-lhe que tinha sido aprovado.

Graças a Deus! Tinha passado! Ganhara o título! Sentiu-se outra vez cheio de vida, maravilhosamente cheio de vida. A dor de cabeça se fora. Todo o cansaço desaparecera. E, quando correu para a agência do correio mais próxima, o coração cantava, cantava loucamente. Fora aprovado, ganhara o título, tendo saído não da zona elegante de Londres, mas de uma remota cidade mineira. Todo ele era exaltação borbulhante. Afinal de contas sempre valera a pena o grande esforço: aquelas noites intermináveis, aquelas correrias malucas a Cardiff, aquelas horas fatigantes de estudo. E corria pelas ruas, dando encontrões em toda a gente, os olhos flamejando, numa disparada doida, na ânsia de telegrafar a Christine, contando o milagre.

11

Já era quase meia-noite quando o trem chegou a Aberalaw. Vinha com trinta minutos de atraso. Em todo o percurso do vale a locomotiva lutou contra um terrível vendaval. Quando desceu à plataforma, Andrew quase foi arrastado pela violência do furacão.

A pequenina gare estava deserta. As árvores plantadas em fila, à entrada da estação, encurvavam-se como arcos, tremendo e assobiando ao sopro da ventania. E lá em cima as estrelas brilhavam com fulgor.

Andrew seguiu ao longo da Station Road. As rajadas, que o levavam a encolher o corpo, como que lhe excitavam o espírito. Cheio do seu triunfo, de seu contato com os figurões das altas rodas médicas, com as palavras de Sir Robert Abbey ainda lhe cantando no ouvido, queria chegar a toda pressa junto de Christine, para lhe dizer alegremente todo aquele mundo de coisas que tinha acontecido. O telegrama já lhe dera a boa notícia; mas agora ele queria explicar nos mínimos detalhes toda a aventura emocionante.

Quando, de cabeça baixa, desembocou na Talgarth Street, teve de repente a impressão de que um homem vinha correndo atrás dele. O homem pisava forte, mas o ruído dos seus passos na calçada, perdendo-se no fragor do vendaval, sugeria a idéia de um fantasma. Andrew estacou instintivamente. E, quando o homem se aproximou, viu que era Frank Davies, do Serviço de Socorro do poço número 3 da mina de antracito. Davies tinha sido um dos seus alunos no curso de pronto-socorro na primavera anterior, e também reconheceu logo o médico.

– Estava à sua espera, doutor. Ia agora à sua casa. O vento derrubou os postes telefônicos. – Uma rajada mais forte abafou suas últimas palavras.

– O que aconteceu? – gritou Andrew.

– Houve um desmoronamento no poço 3. – Chegou mais para junto de Manson, pondo as duas mãos em volta da boca para ser ouvido melhor. – Um operário está sepultado lá embaixo. Parece que é impossível tirá-lo. É o Sam Bevan. Está na sua lista. É melhor o doutor dar um pulo depressa até lá para socorrer o homem.

Andrew deu alguns passos em companhia de Davies, mas de repente lhe veio uma idéia.

– Preciso da minha valise – berrou para o outro. – Corra à minha casa e vá buscá-la. Vou diretamente ao número 3. Olhe, Frank, diga à minha senhora aonde eu fui.

Precipitando-se pela margem da linha férrea e atravessando depois Roath Lane, quase arrastado pela ventania, em menos de cinco minutos Andrew chegou ao poço 3. No posto de socorro encontrou à sua espera três trabalhadores e o subgerente, cuja fisionomia se desanuviou um pouco ao vê-lo.

– Boa noite, doutor. Estamos todos às voltas com a tempestade. E ainda por cima tivemos um desmoronamento. Ninguém morreu, graças a Deus, mas um dos rapazes ficou preso pelo braço. Não podemos levantá-lo nem 1 centímetro. E o teto da mina ameaça desabar.

Dirigiram-se para a torre instável do poço. Dois dos trabalhadores carregavam uma padiola com várias talas espalhadas em cima. O outro levava uma caixa com material de pronto-socorro. Quando entraram no elevador de madeira um vulto veio correndo do pátio. Era Davies, ofegante, com a valise.

– Você andou ligeiro, Frank – disse Manson quando Davies se agachou a seu lado, no elevador.

Davies apenas balançou a cabeça. Não podia falar. Houve um rangido de cordas, um instante de ansiedade e a gaiola foi descendo, até bater no fundo da jazida. Saíram todos, um a um: o subgerente em primeiro lugar, depois Andrew, Davies ainda segurando a valise e, por fim, os três operários.

Andrew já havia andado em subterrâneos de mina. Estava acostumado com as galerias altas das jazidas de Drineffy, grandes cavernas escuras e ressoantes, cavadas bem no fundo da terra, onde o minério era arrancado do leito. Mas aquele poço número 3 era uma mina velha com um longo e tortuoso caminho que ia dar nos trabalhos de mineração. O caminho era menos um corredor do que uma furna apertada e baixa, tosca e gotejante, através da qual tinham de engatinhar muitas vezes, mesmo rastejar, numa distância de quase 800 metros. De repente a lanterna que o subgerente trouxera parou logo adiante de Andrew e este compreendeu que haviam chegado.

Manson avançou um pouco, rastejando devagarinho. Três homens, engatados, cada um puxando pela cintura o que estava na frente, faziam tudo que era possível para arrancar do fundo de um buraco um operário que jazia numa atitude confusa, o corpo torcido para um lado, um ombro virado para trás, aparentemente perdido na massa das rochas desmoronadas em torno dele. Ao lado dos homens, viam-se instrumentos espalhados, duas latas de merenda amassadas, jaquetas abandonadas.

– Como é, rapazes? – perguntou o subgerente em voz baixa.

– Não há jeito de arrancá-lo daí. – O homem que respondeu voltou a cara suarenta e suja. – Já experimentamos tudo.

– Pois não experimentem mais – disse o subgerente, lançando um olhar ansioso para o teto da mina. – Aqui está o doutor. Afastem-se um pouco, rapazes, e deixem espaço livre. Se eu fosse vocês, iria bem para trás.

Os três homens afastaram-se do buraco e Andrew, para quem abriram caminho, avançou. Nesse rápido instante, relampejou em sua cabeça a lembrança do seu concurso recente, do progresso da bioquímica, da terminologia pomposa, das frases científicas. O concurso não havia previsto uma contingência como aquela.

Sam Bevan não perdera os sentidos. Mas suas feições estavam muito pálidas debaixo da poeira do desmoronamento. Esboçou um fraco sorriso para Manson.

– Está parecendo que o doutor vai ensinar agora mesmo um pouco de serviço de pronto-socorro à minha custa. – Bevan tinha sido aluno do curso de socorro de emergência e mais de uma vez fora requisitado para ajudar em serviços de curativos.

Andrew chegou ao ponto do desastre. À luz da lanterna do subgerente, projetada por cima do seu ombro, correu as mãos pelo corpo do ferido. Todo o corpo de Bevan estava livre, menos o antebraço esquerdo, preso nos escombros, tão comprimido e esmagado sob o enorme peso da rocha que imobilizava o homem. Estava ali como um prisioneiro.

Andrew verificou imediatamente que o único meio de libertar Bevan era amputar-lhe o antebraço. E o pobre Sam, que o observava com olhos aflitos e dolorosos, leu essa decisão no momento em que ela era tomada.

– Faça o que tem de fazer, doutor – murmurou –, mas tire-me daqui depressa.

– Não se preocupe, Sam – disse Andrew. – Eu vou fazê-lo dormir agora. Quando acordar, já estará na cama.

Agachado no lodo, sob o teto de apenas 60 centímetros de altura, tirou o paletó, dobrou-o e enfiou-o por baixo da cabeça de Bevan. Arregaçou as mangas da camisa e pediu a valise. O subgerente entregou-a e cochichou ao ouvido de Andrew:

– Pelo amor de Deus, doutor, ande depressa. Esse teto vai desabar em cima de nós a qualquer momento.

Andrew abriu a maleta. Sentiu imediatamente um cheiro forte de clorofórmio. Antes mesmo de mergulhar a mão no bojo escuro da valise e tocar num caco de vidro, já adivinhara o que tinha ocorrido. Na pressa de chegar à mina, Frank Davies deixara cair a maleta. Quebrara-se o frasco e o clorofórmio fora entornado, de modo irreparável. Passou um arrepio pelo corpo de Andrew. Não havia tempo para mandar alguém à superfície. E não tinha anestésico!

Durante trinta segundos talvez, ficou paralisado. E então, automaticamente, procurou com os dedos a seringa de injeção, encheu-a e aplicou em Bevan uma dose máxima de morfina. Não podia ficar esperando que o analgésico produzisse todo o efeito. Colocou a valise inclinada de modo a ter os instrumentos ao alcance da mão, e disse, enquanto apertava o torniquete:

– Feche os olhos, Sam!

A luz era mortiça e as sombras moviam-se numa confusão bruxuleante. À primeira incisão, Bevan gemeu entre os dentes cerrados. E gemeu outra vez. E então, quando o bisturi arranhou o osso, teve a sorte de desmaiar.

Um suor frio orvalhava a fronte de Andrew quando pinçou a artéria na carne mutilada, de onde jorrava o sangue. Não podia ver o que estava fazendo. Sentia-se sufocado ali, naquele buraco de rato, muito abaixo da superfície do solo, enterrado na lama. Não havia anestésico, nem sala de cirurgia, nem uma fila de enfermeiras para correrem ao seu chamado. Não era cirurgião. Estava apenas fazendo o que podia. E não chegaria jamais a um resultado satisfatório. O teto da mina ia desabar em cima de todos. Atrás dele, a respiração acelerada do subgerente. Em cima, um filete de água muito fria a bater-lhe no pescoço. Ardiam os dedos manchados de sangue, que trabalhavam febrilmente. O ranger da serra. A voz de Sir Robert Abbey, de muito longe: "A oportunidade para a prática científica..." Oh! Deus do céu! Nunca havia de chegar a um resultado feliz!

Enfim! O alívio foi tão grande que ele quase soluçou. Pôs um tampão de gaze sobre o toco ensangüentado. Com as pernas tremendo, disse:

– Podem retirar o homem.

Quarenta e cinco metros para trás, numa abertura maior do subterrâneo da mina, com espaço para ficar em pé e quatro lâmpadas em torno dele, finalizou o trabalho. Ali era mais fácil. Limpou, ligou, ensopou a ferida com antiséptico. Um tubo agora. Depois, as suturas. Bevan continuava sem sentidos. Mas, embora fraco, o pulso era ritmado. Andrew passou a mão pela testa. Pronto!

– Levem com cuidado a padiola. Cubram o homem com esses cobertores. Precisaremos de sacos de água quente assim que sairmos daqui.

Curvando a cabeça nos lugares mais baixos, a lenta procissão começou a vencer as sombras da furna. Os homens não tinham dado uns sessenta passos quando ecoou na escuridão atrás deles um estrondo surdo e abafado. Era como o último rumor de um trem entrando num túnel. O subgerente não olhou para trás. Disse apenas a Andrew, numa emoção contida:

– Aí está. É o resto do teto que veio abaixo.

A caminhada de volta durou cerca de uma hora. Tinham de arrastar a padiola um pouco inclinada para um dos lados nos piores lugares. Andrew já nem podia calcular há quanto tempo estavam ali embaixo. Mas, afinal, chegaram todos à boca da mina.

Subir, subir depressa, sair daquelas profundezas – era o que todos queriam. A chicotada fina do vento bateu-lhes no rosto quando saíram do elevador da mina. Numa espécie de êxtase, Andrew deu um longo suspiro. Ficou ao pé da escadinha de saída, encostado ao corrimão. Estava escuro ainda, mas tinham pendurado no pátio da mina uma grande candeia de querosene que crepitava e tremia em labaredas incertas. Ao redor da candeia, Andrew viu uma pequena multidão de figuras expectantes. Havia muitas mulheres, com xales na cabeça.

De repente, quando a padiola veio vindo devagarinho atrás dele, Andrew ouviu alguém gritar alucinadamente o seu nome. No instante seguinte, os braços de Christine lhe enlaçaram o pescoço. Abraçada ao marido, soluçava desesperadamente. De cabeça descoberta, apenas com um casaco sobre a camisola de dormir, os pés sem meia enfiados na chinelinha de casa, era uma figura quase irreal naquela escuridão tempestuosa.

– O que aconteceu? – perguntou ele, espantado, tentando desatar os braços dela para que pudesse ver o seu rosto.

Ela, entretanto, não queria largá-lo. Agarrava-o freneticamente, como quem está se afogando, e murmurava entre soluços:

– Disseram que o teto da mina tinha desabado e que você... que você não voltaria.

A pele estava azulada, os dentes rangiam. Andrew levou-a até o fogão da sala de socorro, envergonhado, mas profundamente comovido. Tomaram ali chocolate bem quente. Beberam os dois na mesma xícara fumegante.

E passou-se muito tempo antes que um deles se lembrasse de falar sobre o novo e importante título científico que Andrew conquistara.

12

O salvamento de Sam Bevan não era algo para causar sensação numa cidade como Aberalaw, que já havia conhecido, em outros tempos, os maiores desastres de minas. Contudo, fez um grande bem a Andrew no seu distrito. Se tivesse voltado de Londres apenas com o sucesso científico, seria saudado simplesmente com um novo escárnio "por mais uma dessas tolices modernistas". Mas, em vista do que aconteceu, recebia cumprimentos e sorrisos de pessoas que antes nem pareciam dar pela sua presença.

A verdadeira extensão da popularidade de um médico podia ser avaliada pela sua passagem pelos quarteirões operários. Onde outrora era rejeitado por tantas portas que se fechavam estrondosamente, Andrew encontrava agora todas elas escancaradas. E em mangas de camisa e fumando cachimbo, os moradores ficavam no batente, de fisionomia aberta, prontos para lhe dar uma palavrinha. As mulheres também estavam dispostas a convidá-lo a "entrar um minutinho". E, quando passava na rua, as crianças saudavam-no risonhamente pelo nome.

O velho Gus Parry, chefe da turma de brocadores do número 2 e o mais antigo do distrito oeste, definia para os seus companheiros a nova corrente de opinião quando fitava a figura de Andrew, que se afastava.

– E então, rapazes! É um sujeito metido lá com os livros, não há dúvida. Mas também pode fazer a coisa direita quando é necessário.

Começaram a voltar cartões para o consultório de Manson. No princípio, aos poucos, mas depois, quando se verificou que não tratava mal os desertores arrependidos, numa repentina avalanche. Owen estava contente com o aumento da lista de Andrew. Um dia, ao encontrá-lo na praça, comentou sorrindo:

– Eu não lhe disse? E agora?

Llewellyn aparentava grande satisfação com o resultado do concurso. Felicitou Andrew com efusão pelo telefone e suavemente o requisitou para um serviço dobrado na sala de cirurgias.

– A propósito – observou ele, radiante, depois de uma longa sessão de aplicações de éter –, você explicou aos examinadores que era assistente numa instituição de auxílios médicos?

– Mencionei-lhes o seu nome, Dr. Llewellyn – respondeu Andrew melifluamente –, e isso foi o bastante para que tudo corresse bem.

Oxborrow e Medley, da clínica leste, não tomaram conhecimento do sucesso de Andrew. Mas Urquhart ficou realmente satisfeito, embora o seu comentário tomasse a forma de uma explosão de injúrias.

– O diabo que o carregue, Manson! O que você pensa que está fazendo? Quer humilhar-me com os seus brilharecos?

A fim de homenagear o distinto colega, consultou-o sobre um caso de pneumonia de que estava tratando e pediu-lhe que fizesse o prognóstico.

– Ela se salva – disse Andrew, e apresentou razões científicas.

Urquhart balançou a velha cabeça, num gesto de dúvida.

– Nunca ouvi falar nesse tal soro polivalente, ou nesses seus anticorpos, ou nessas suas unidades internacionais. Ela, porém, é Powell pelo sangue, e se os Powell incham a barriga quando estão com pneumonia, morrem sempre antes de oito dias. Conheço os antecedentes da família. Ela está com a barriga inchada, não está?

O velho voltou ao assunto, com ar de sombrio triunfo sobre o método científico quando, ao fim de uma semana, a paciente morreu.

Denny, já então no estrangeiro, não teve notícias do novo título de Andrew. Mas veio ainda um último e um tanto inesperado cumprimento. Era de Freddie Hamson, que enviou uma longa carta. Freddie tinha visto os resultados dos exames no *Lancet*, convidou Andrew para ir a Londres, e por fim expôs minuciosamente as vitórias emocionantes que estava obtendo na Queen Anne Street, onde, como prevenira naquela noite passada em Cardiff, brilhava agora a sua placa.

– É uma vergonha termos perdido contato com o Freddie – declarou Manson. – Devo escrever-lhe mais amiúde. Tenho um palpite de que iremos vê-lo outra vez. Bonita carta, não é mesmo?

– Sim, muito bonita – respondeu Christine secamente. – Mas parece que trata principalmente dele.

Com a aproximação do Natal, a temperatura tornou-se mais baixa. Dias crispantes e gelados e noites silenciosas e estreladas. O chão duro como ferro rangia sob os pés de Andrew. O ar muito claro era como um vinho inebriante. Já se esboçava no seu espírito o novo passo que daria na grande investida para o problema da inalação de poeira. As descobertas entre os próprios pacientes levaram muito longe as suas esperanças e obtivera agora permissão de Vaughan para estender o campo das pesquisas, fazendo exame sistemático de todos os trabalhadores nas três jazidas de antracito. Era uma oportunidade maravilhosa. Planejou empregar como elementos de controle os operários do fundo da mina e os que trabalhavam na superfície. Queria começar logo à entrada do ano-novo.

Na véspera de Natal, voltou do consultório para casa com extraordinária sensação de bem-estar físico e de antegozo espiritual. Ao passar pelas ruas, era-lhe impossível fugir aos sinais anunciadores da festa. Os mineiros dali cultuavam muito o Natal. Desde a semana anterior, enfeitavam-se de bandeirolas de papel as salas da frente de todas as casas, trancadas a chave por causa das crianças. Brinquedos estavam escondidos nas gavetas das cômodas, e acumulavam-se nas mesas bem preparadas as gulodices, os bolos, as laranjas, os biscoitos e as balas, tudo comprado com dinheiro fornecido nesta época do ano pela cooperativa.

Christine também fez, numa alegre expectativa, as suas decorações. Mas, à noite, quando chegou em casa, Andrew notou logo uma animação maior na fisionomia da mulher.

– Não diga nada – exclamou ela com vivacidade, estendendo-lhe a mão. – Nem uma palavra! Apenas feche os olhos e venha comigo!

Ele se deixou levar até a cozinha. Ali, apresentava-se numa mesa uma quantidade de embrulhos malfeitos, alguns até em papel de jornal, mas todos com cartãozinho. Ele compreendeu no mesmo instante que eram presentes e lembranças dos seus pacientes. Alguns nem mesmo estavam embrulhados.

– Olhe, Andrew – gritava Christine. – Um ganso! E dois patos! E que linda geléia! E uma garrafa de sidra! Foram bem gentis! Não é estupendo que eles se lembrem de dar tudo isso a você?!

Ele nem podia falar. Sentia-se cativado por aquilo tudo, por aquela prova comovedora de que o povo do distrito começava afinal a apreciá-lo, a gostar dele. Com Christine encostada ao ombro, leu bilhetes, todos escritos com esforço e cheios de erros, alguns rabiscados a lápis em velhos envelopes virados pelo avesso: "Do seu paciente agradecido de Cefan Row, número 3"; "Com os agradecimentos da Sra. Williams". De Sam Bevan viera esta jóia de estilo: "Obrigado por ter-me salvo em tempo, para que eu pudesse gozar o Natal, doutor." E assim por diante...

– Devemos guardar estes cartões, meu bem – disse Christine em voz baixa. – Vou levá-los para cima.

Quando Andrew recobrou a loquacidade habitual, com a ajuda de um bom copo de sidra feita em casa, pôs-se a andar de um lado para o outro da cozinha, enquanto Christine recheava o ganso. Andrew estava delirante:

– Era assim que os honorários deviam ser pagos, Chris. Nada de dinheiro, nada dessas contas amaldiçoadas, nada de pagamento a tanto por cabeça, nada de ganância. Pagamento em espécie. Você me compreende, não é, querida? O médico trata o paciente e o paciente manda em troca alguma coisa que ele fez, que ele produziu. Carvão, por exemplo; um saco de batatas da sua horta; ovos, se cria galinhas. Esse é o meu ponto de vista. Assim, um médico poderia ter uma ética ideal! E a propósito dessa Sra. Williams que nos mandou os patos... Leslie a encharcou de poções e pílulas durante cinco anos inteirinhos, antes que eu a curasse de úlcera do estômago com uma dieta de cinco semanas. Onde é que eu estava? Ah! sim! Veja você. Se todos os médicos viessem a eliminar a questão do *ganho*, todo o sistema seria muito mais puro...

– Sim, querido. Se não é incômodo, traga-me a groselha. Está na prateleira de cima do guarda-louça.

– Que diabo, mulher! Você não escuta o que a gente diz! Opa! Este negócio vai ficar bem gostoso.

O dia de Natal amanheceu lindo. No azul distante, as montanhas pareciam feitas de pérolas, na brancura da neve. Depois de algumas consultas na parte da manhã, Andrew saiu para a ronda com a agradável perspectiva de não haver trabalho à noite, na clínica. Era pequena a lista de visitas a fazer. Preparavam-se grandes jantares em todas as casas, incluindo a sua. Não se cansava de dar e receber boas-festas em todos os quarteirões. E não podia deixar de pôr em confronto as recepções alegres de agora com a frieza geral com que era recebida, um ano atrás, a sua passagem por aquelas mesmas ruas.

Foi talvez esse pensamento que o fez parar, com estranha hesitação, em frente ao número 18 de Cefan Row. De todos os antigos pacientes – afora Chenkin, de quem não queria saber –, Tom Evans era o único que não tinha voltado para sua clínica. Mas, nesse dia, tomado de animação fora do comum, talvez indevidamente arrastado pelo sentimento de fraternidade humana, teve de repente o impulso de aproximar-se de Evans e desejar-lhe feliz Natal.

Depois de bater na porta, abriu-a e foi entrando até o fundo da cozinha. Estacou ali, num encabulamento absoluto. A cozinha estava muito desprovida, quase vazia, e só havia fogo aceso numa das bocas do fogão. Sentado ali, numa cadeira de encosto desconjuntada, via-se Tom Evans, com o braço inutilizado todo torcido para fora como uma asa. O ar curvado dos ombros era de quem estava abatido, sem esperança. Sobre os joelhos estava sentada uma garota de 4 anos. Ambos contemplavam distraidamente, em silêncio, um galho de pinheiro plantado num balde velho. Ao pé daquela minúscula árvore de Natal, que Evans tinha ido buscar a 3 quilômetros de distância, havia três pequeninas lamparinas de sebo ainda por acender. Embaixo, o banquete de Natal da família: três laranjas pequenas.

De repente, Evans voltou-se e deu com os olhos em Andrew. Teve um sobressalto. A vergonha e o ressentimento foram transparecendo aos poucos na sua fisionomia. Andrew compreendeu a aflição do homem ao ser surpreendido, assim, sem emprego, com a metade da mobília empenhada, inválido, pelo médico de quem rejeitara os conselhos. Ele sabia, é claro, que Evans não estava bem de vida, porém não suspeitava que a situação fosse tão lastimável. Sentiu-se desconcertado e constrangido, quis dar meia-volta e ir embora. Nesse momento, a Sra. Evans entrou na cozinha pela porta do fundo, com um saco de papel debaixo do braço. Assustou-se tanto ao ver Andrew que deixou cair o saco. E este, batendo no chão de pedra, rasgou-se todo e pôs à mostra dois pedaços de peito de vaca – a carne mais barata que se podia comprar em Aberalaw. Olhando para a mãe, a criança começou a chorar.

– O que há, doutor? – atreveu-se a dizer, finalmente, a Sra. Evans, com as mãos nas cadeiras. – Ele fez alguma coisa?

Andrew rangeu os dentes. Estava tão emocionado e surpreso com a cena que só queria sair dali às carreiras.

– Sra. Evans... – não tirava os olhos do chão. – Eu sei que houve um grande mal-entendido entre mim e o seu marido. Mas hoje é dia de Natal e... bem... eu desejava... – E concluiu, atrapalhadamente: – Quero dizer, ficaria imensamente satisfeito se vocês quisessem vir ajudar-me a comer o almoço de Natal.

– Mas, doutor... – a mulher hesitava.

– Fique quieta, mulher! – Evans interrompeu-a orgulhosamente. – Não vamos almoçar fora. Se peito de vaca é tudo que podemos ter, então é peito de vaca que queremos comer. Não precisamos da caridade de ninguém.

– O que você está dizendo! – exclamou Andrew, consternado. – Estou convidando você como a um amigo.

– Ah! Você não é melhor do que os outros! – respondeu Evans, amarguradamente. – Quando apanham um sujeito por baixo, só o que sabem fazer é atirar-lhe na cara uns restos de comida. Fique com seu maldito almoço. Nós não precisamos dele.

– Tom, o que é isso!... – protestou a Sra. Evans.

Andrew voltou-se para ela, acabrunhado, mas ainda disposto a levar avante sua intenção.

– Procure convencê-lo, Sra. Evans. Eu ficaria realmente desapontado se vocês não viessem. À 13h30. Estaremos esperando.

E antes que alguém pudesse dar uma palavra, virou as costas e deixou a casa. Christine não disse nada quando Andrew contou precipitadamente o que tinha feito. Se não tivessem ido à Suíça, para os esportes de inverno, seria quase certo que os Vaughan viriam almoçar com eles. E agora ele convidara um mineiro desempregado e sua família! Era nisso que Andrew pensava, de costas para a lareira, observando a mulher arrumar novos lugares na mesa.

– Você está contrariada, Chris? – perguntou ele, afinal.

– Eu pensei que tinha me casado com o Dr. Manson – respondeu ela com uma ponta de aspereza –, e não com um são-bernardo. Na verdade, querido, você é um sentimental incorrigível.

Os Evans chegaram exatamente na hora marcada, penteadíssimos e arrumados, muito pouco à vontade, cheios de temor e de amor-próprio. Esforçando-se nervosamente por criar um ambiente de hospitalidade, Andrew tomou precauções exageradas para que Christine mostrasse simpatia e a reunião não fosse um fracasso desanimador. Olhando todo encabulado para Andrew, Evans sentiu-se muito sem jeito à mesa, por causa do braço doente. A mulher era obrigada a cortar a carne e a passar manteiga no pão para ele. Por sorte, quando Andrew apanhou a galheta para servir-se de um pouco de molho, a tampa do vidrinho de pimenta e uma boa quantidade de tempero caíram no seu prato de sopa. Houve um silêncio constrangedor, mas nisto a menina Agnes deu uma risadinha que não pôde reprimir. Tomada de pânico, a mãe virou-se para ralhar com ela, mas ao ver a expressão de Andrew não foi adiante. No momento seguinte todos estavam rindo.

Perdendo o medo de ser tratado como um protegido, Evans revelou-se um ser humano – entusiástico torcedor de rúgbi e grande apaixonado pela música. Três anos antes tinha ido a Cardigan para cantar no *Eisteddfod**. Orgulhoso de mostrar seus conhecimentos, discutiu com Christine os oratórios de Elgar, enquanto Agnes soltava fogos de artifícios em companhia de Andrew.

Mais tarde, Christine levou a Sra. Evans e a garotinha para a outra sala. Houve um silêncio de constrangimento entre Andrew e Evans, quando os dois ficaram a sós. Um pensamento comum dominava o espírito de ambos, porém nem um nem outro sabia como exprimi-lo. Finalmente, numa espécie de desabafo desesperado, Andrew disse:

– Sinto muito o que aconteceu com o seu braço, Tom. Eu sei que, ainda por cima, você perdeu o lugar que tinha no subterrâneo da mina. Não pense que estou querendo cantar

---

**Eisteddfod* é o nome dado ao congresso de bardos e musicistas do País de Gales, que se reúne em várias cidades para a preservação e o cultivo da poesia e da música tradicionais daquela região da Grã-Bretanha. (*N. do T.*)

vitória a sua custa ou coisa parecida. Lamento profundamente tudo isso.

– Não lamenta mais do que eu – disse Evans.

Houve uma pausa, e depois Andrew concluiu:

– Gostaria de saber se você permite que eu fale ao Sr. Vaughan sobre o seu caso. Se acha que estou me intrometendo em sua vida, me calo. Mas a verdade é que tenho certa influência junto a ele e poderia conseguir com certeza um emprego para você, do lado de fora da mina. Um lugar de apontador ou coisa assim...

Parou aí, não ousando olhar para Evans. Desta vez o silêncio foi prolongado. Afinal, Andrew levantou os olhos, mas foi apenas para abaixá-los de novo, no mesmo instante. Corriam lágrimas pelas faces de Evans, todo o seu corpo tremia no esforço de não se deixar vencer pela emoção. Mas era inútil. Estendeu na mesa o braço bom e nele enterrou a cabeça.

Andrew levantou-se e foi em direção à janela, onde ficou por alguns minutos. Quando voltou, Evans já se dominara. Não disse nada, absolutamente nada, e seus olhos evitaram os de Andrew numa reticência muda, mais significativa do que qualquer palavra.

Às 15h15, a família de Evans partiu numa disposição que contrastava vivamente com o ar constrangido da chegada. Christine e Andrew entraram na saleta.

– Você sabe, Chris – filosofava Andrew –, toda a desgraça deste pobre homem, isto é, o seu braço inutilizado, não é culpa *dele*. Não confiou em mim porque eu era novato. Mas o amigo Oxborrow, que aceitou o seu cartão, *este* devia saber. Ignorância, ignorância, ignorância, pura e amaldiçoada ignorância! Devia haver uma lei obrigando os médicos a ficar em dia com os progressos da medicina. O responsável por isso tudo é o nosso sistema tão pobre. Devia haver cursos obrigatórios para os médicos depois de diplomados. De cinco em cinco anos...

– Meu bem! – protestou Christine do sofá, sorrindo para o marido: – Já andei às voltas o dia inteiro com a sua filantropia. Contemplei o esvoaçar das suas asas de anjo. Não me impinja, ainda por cima, um sermão. Venha sentar-se aqui, ao meu lado, que eu tenho hoje um motivo realmente importante para querer ficar assim sozinha com você.

– Ah, é? – disse, num ar de dúvida. E, depois, indignado: – Espero que não esteja fazendo queixas. Acho que procedi corretamente. Afinal de contas... é Natal e...

Ela riu silenciosamente.

– Oh! meu querido, você até se mostrou bom demais. Se tivesse havido logo depois uma tempestade de neve, você apanharia o cão são-bernardo e... agasalhado até o pescoço... iria procurar alguém que andasse perdido na montanha, bem tarde, altas horas da noite.

– Eu sei de alguém que foi ao poço número 3, bem tarde, altas horas da noite... – resmungou ele, com mordacidade –, e essa pessoa não estava devidamente agasalhada.

– Sente-se aqui – ela lhe estendia os braços. – Tenho uma coisa para lhe contar.

Andrew ia sentar-se ao lado dela, quando, de repente, veio da rua o grito estridente de uma buzina de automóvel.

– Droga! – foi tudo que Christine achou para dizer. Só uma buzina de automóvel em toda Aberalaw tinha aquele som. Pertencia a Con Boland.

– Não contava com eles? – perguntou Andrew, um tanto surpreendido. – Con disse que viria com a família tomar chá conosco.

– Está bem! – disse Christine, levantando-se e acompanhando-o à porta.

Avançaram ao encontro dos Boland, que estavam em frente ao portão, no carro remodelado. Con, no volante, todo empertigado, com um chapéu-coco e umas luvas novas, enormes, que iam acima do pulso. A seu lado, no banco da frente, Mary e Terence. As outras três crianças acomodavam-se atrás, junto à Sra. Boland, que carregava nos braços o bebê. E todas estavam tão espremidas, apesar do alongamento do veículo, que pareciam sardinhas em lata.

De repente, a buzina disparou de novo. Ao virar-se para o lado de fora, Con apertara inadvertidamente o botão e este ficara preso embaixo. A buzina não parava. Enquanto isso, Con remexia numa coisa e noutra e praguejava. Abriam-se janelas na vizinhança. E a Sra. Boland continuava sentada com uma expressão distraída no rosto imperturbável, segurando o bebê, sonhadoramente.

– Raios os partam! – exclamava Con, com as pontas eriçadas do bigode espanando o pára-lama. – Lá se vai a bateria. O que será? Curto-circuito ou o quê?

– É o botão, papai! – disse Mary com toda a calma. Enfiou a ponta da unha na parte inferior do botão da buzina e levantou-a. A balbúrdia cessou.

– Antes assim – suspirou Con. – Como vai você, Manson, meu filho? O que acha agora deste carro velho? O comprimento foi aumentado em uns 60 centímetros pelo menos. Não está estupendo? Imagine você que ainda há um pequeno defeito na mudança. Não conseguimos dar tudo na ladeira.

– Nós só paramos alguns minutos na subida, papai – aparteou Mary.

– Não tem importância – disse Con. – Em breve isso estará consertado, quando eu desmontar o carro de novo.

Como tem passado, Sra. Manson? Aqui estamos todos para dar boas-festas e tomar chá.

– Entre, Con – Christine sorriu. – Estou gostando de ver as suas luvas!

– Presente de Natal da patroa – respondeu Con, mirando as luvas enormes. – São obras do fornecimento para o Exército. Acredite a senhora que ainda estão fazendo liquidação dessas coisas! Ah! O que tem esta porta?

Não podendo abrir a portinhola do carro, passou as pernas compridas por cima dela, pulou, ajudou as crianças e a mulher a saírem de dentro do automóvel, passou em revista o veículo – tirando com o maior carinho um salpico de lama que caíra no pára-brisa – e acompanhou o pessoal à entrada de Vale View.

O chá foi muito cordial. Con estava animadíssimo, todo envaidecido com sua obra.

– Vocês não vão reconhecer este carro, depois de pintado.

A Sra. Boland, sempre distraída, bebeu seis xícaras de chá preto, bem forte. As crianças começaram pelos biscoitos de chocolate e terminaram com uma briga para a conquista do último pedacinho de pão. Limparam tudo o que havia na mesa.

Depois do chá, enquanto Mary foi lavar os pratos – insistia em dizer que Christine parecia cansada –, Andrew tirou o bebê dos braços da Sra. Boland e pôs-se a brincar com ele no tapete, junto da lareira. Era o bebê mais rechonchudo que já tinha visto, um infante de Rubens, com olhos enormes e solenes e dobras de gordura nos membros. Tentou teimosamente enfiar o dedo nos olhos de Manson. E cada vez que fracassava, uma expressão de majestoso espanto desenhava-se em seu rosto. Sentada com as mãos no colo, Christine não se mexia. Ficava só contemplando o marido brincar com o garotinho.

Mas Con e a família não podiam se demorar mais. Lá fora, a noite se aproximava, e Con, preocupado com a bateria, tinha dúvidas não confessadas sobre o funcionamento dos faróis. Quando se levantaram para sair, ele lançou um convite:

– Venham aqui fora para assistir à partida.

Novamente Andrew e Christine desceram ao portão, enquanto Boland enchia o carro com a prole. Depois de dois solavancos, o motor obedeceu e, fazendo-lhes um cumprimento triunfante com a cabeça, Con ajeitou o chapéu-coco do modo mais petulante e estirou-se todo orgulhoso na direção.

Nesse momento, quebrou-se a parte que Boland juntara à carroçaria. O carro deu um ronco e desabou. Superlotado com a família inteira, o veículo, alongado demais, foi afundando no chão, como um animal de carga que caísse no auge do cansaço. As rodas pularam fora, ante os olhares estupefatos de Andrew e Christine. Houve um ruído de peças que se desconjuntavam, os instrumentos partindo da caixa de ferramentas e então o arcabouço do carro entrou em repouso ao nível da rua. Um minuto antes era um automóvel e um minuto depois era uma gôndola de carnaval. Na proa, via-se Con segurando o volante; na popa, a Sra. Boland segurando o bebê. Ela estava boquiaberta, com os olhos perdidos na eternidade. Era irresistível o espanto no rosto de Con diante daquela repentina perda de nível.

Andrew e Christine torciam-se de rir. Começaram e não sabiam mais como parar. Riram até ficar com o corpo doído.

– Com os diabos! – disse Con, erguendo-se, coçando a cabeça. Verificando que nenhuma criança estava ferida, e que a mulher permanecia pálida, mas imperturbável, no seu lugar, passou em revista os escombros, examinando tudo desnorteadamente.

– Foi sabotagem – declarou afinal, lançando um olhar para as janelas da casa em frente, quando lhe veio uma explicação. – Algum desses demônios daqui andou mexendo no carro. – Sua fisionomia iluminou-se. Puxou o indefeso Andrew pelo braço e apontou com melancólico orgulho para a tampa amassada, sob a qual o motor ainda emitia algumas batidas convulsivas: – Está vendo, Manson? Ainda está funcionando!

Arrastaram como puderam os remanescentes do veículo para o quintal de Vale View. E, no devido tempo, a família Boland voltou a pé para casa.

– Que dia! – exclamou Andrew quando se viram finalmente com o sossego assegurado. – Nunca hei de esquecer até o fim da minha vida a cara do Boland!

Ficaram em silêncio por um momento, e, depois, voltando-se para Christine, Manson perguntou:

– Gostou do Natal que passamos?

Ela respondeu, enigmaticamente:

– Gostei de ver você brincar com o garotinho de Boland.

Ele encarou-a.

– Por quê?

Ela não olhou para o marido.

– Era isso que eu estava querendo dizer-lhe o dia todo. Oh! você não pode adivinhar, querido?! Afinal de contas, não acho que seja um médico tão sabido como se diz por aí.

13

Chegou de novo a primavera. E o verão veio mais cedo. O jardim de Vale View era um tapete de cores alegres que os mineiros muitas vezes paravam para admirar quando voltavam do serviço. Essas cores vinham principalmente dos canteiros floridos que Christine plantara no outono anterior, pois agora Andrew não consentia absolutamente que ela fizesse qualquer trabalho manual.

– Você já fez a cama! – dizia-lhe, com autoridade. – Agora deite-se nela.

O ponto que ele preferia era a extremidade do pequenino vale, onde, junto a um tênue fio de água, podia escutar o murmúrio caricioso da corrente. Um salgueiro bem alto oferecia discreto abrigo contra a fileira de casas que ficavam do outro lado, numa posição sobranceira. O defeito do jardim de Vale View era ser completamente devassado. Bastava o casal pôr o pé do lado de fora para que se enchessem as janelas das casas fronteiras e circulassem os comentários: "Olhem só que coisa engraçada! Venha ver, Fanny! Parece que o doutor e a mulher estão tomando um pouco de sol!" Uma vez, logo nos primeiros dias, quando Andrew passou o braço pela cintura de Christine ao se deitarem sobre a relva da ramagem do riacho, ele viu de repente o reflexo de um binóculo que da janela da casa do velho Glyn Joseph estava apontando em sua direção.

– Que diabo! – resmungou Andrew, esquentando-se ao descobrir a coisa. – Aquele cachorro velho está com o binóculo em cima de nós.

Embaixo do salgueiro, no entanto estavam completamente protegidos, e ali Andrew definiu sua política.

– Olhe, Chris – disse ele, às voltas com o termômetro; com a mania das precauções, ocorrera-lhe a idéia de tomar a temperatura dela. – Temos de manter-nos calmos. Não podemos proceder como se fôssemos... bem... pessoas comuns. Afinal de contas, você é a mulher de um doutor e eu sou um médico. Já assisti a isso centenas, ou pelo menos dezenas de vezes. É *algo muito simples.* Um fenômeno da natureza, renovação da espécie, todas essas coisas, compreende! Mas não vá agora interpretar mal o que lhe digo, querida. É claro que para nós isso é *maravilhoso.* Para ser franco, eu já começava a perguntar a mim mesmo se você não era magra demais, se com este seu jeitinho infantil você podia ter... Bem, *estou encantado*, mas não devemos cair em sentimentalismos. Isto é, em bobagens. Não! Não! Deixemos essas coisas para seu Fulano e Dona Beltrana. Seria um tanto idiota, não é mesmo? Imagine, eu, um doutor, dando para ficar... sim, quero dizer, todo derretido diante dessas coisinhas que você anda fazendo de tricô ou de crochê ou lá o que seja... Não! Olho para elas e resmungo: "Espero que essas roupinhas sejam bem quentes!" E já sabe... Ficam fora de cogitação todos os palpites sobre a cor dos olhos dela... ou dele, assim como quaisquer projetos quanto ao seu futuro! – Calou-se, franzindo a testa, depois um pensamento íntimo abriu-lhe no rosto um sorriso. – Não sei, Chris! Quem sabe se será mesmo uma menina?!

Ela chegou a chorar de tanto rir. Ria tanto que ele se levantou apreensivo.

– Pare com isso, Chris... Você... Você pode ter alguma coisa!...

– Ah, meu querido! – ela enxugava os olhos. – Você, como idealista, como sentimental, é adorável. Mas como um cínico mal-acabado... com franqueza!... Não posso admiti-lo em casa!

Andrew não compreendeu perfeitamente o que ela quis dizer. Mas sabia que estava sendo científico, e tratou de conter-se. À tarde, quando achava que ela devia fazer um pouco de exercício, levava-a para passear no jardim público, já que estavam terminantemente proibidas as excursões às montanhas. No jardim, rodavam de um lado para o outro, ouviam a filarmônica, observavam as crianças dos mineiros que faziam piqueniques ali, com garrafas de refrescos e sorvetes de casquinha.

Certa manhã de maio, bem cedinho, quando estava na cama, ele percebeu, mesmo cochilando, um ligeiro movimento. Acordou, notou de novo esse leve sinal de vida: o primeiro movimento da criança dentro de Christine. Ficou quase estarrecido, quase não ousando acreditar, sufocado por uma onda de sentimentos, de êxtase.

– Oh! Diabo! – E um minuto mais tarde: – Talvez eu seja mesmo um pai como os outros, no fim de tudo. Deve ser por isso que se estabelece a regra de que um médico não deve assistir sua própria esposa.

Na manhã seguinte, achou que já era tempo de falar ao Dr. Llewellyn, a quem, desde o princípio, ambos tinham decidido confiar o caso. Quando Andrew lhe telefonou, Llewellyn mostrou-se satisfeito e lisonjeado. Veio imediatamente fazer um exame preliminar. Depois, pôs-se a conversar com Andrew, na saleta.

– Tenho prazer em ajudá-lo, Manson – disse, aceitando um cigarro. – Sempre achei que você não gostava de mim a ponto de pedir-me para lhe prestar esse serviço. Creia-me, farei o que estiver ao meu alcance. A propósito, está fazendo atualmente um calor sufocante em Aberalaw. Não acha que sua mulher deve ter uma mudança de ares, enquanto é tempo?

"O que está acontecendo comigo?", perguntou Andrew a si mesmo, quando Llewellyn foi embora. "Começo a gostar desse homem! Foi decente, decentíssimo! Sabe ter simpatia e tato. É um feiticeiro no seu trabalho. E há um ano atrás andei querendo estrangulá-lo. Eu sou mesmo um novilho escocês muito rude, muito invejoso e intratável."

Christine não queria ir, porém ele insistia carinhosamente.

– Eu sei que você não me quer deixar, Chris! Mas é melhor. Temos de pensar em... Oh! Em tudo. Talvez prefira ir para uma praia, ou pode ser que prefira o norte, a casa de sua tia. Deixe disso! Estou em condições de arcar com as despesas, Chris. Nós estamos bem de vida agora!

Tinham pago o que deviam à Fundação Glen e a última prestação dos móveis, e agora já dispunham de quase 100 libras, depositadas no banco. Mas não era nisso que ela pensava quando, apertando a mão do marido, lhe respondeu com convicção:

– Sim! Estamos indo muito bem, Andrew.

Já que devia partir, ela resolveu visitar a tia em Bridlington. Uma semana depois, Andrew foi levá-la à estação do norte, com um grande abraço e uma cesta de frutas para a viagem.

Daí por diante, ele sentiu a falta de Christine muito mais do que havia imaginado, de tal forma a amizade deles se tornara uma parte da sua vida. As suas conversas, discussões, arrufos, as horas que passavam juntos em silêncio, o modo que ele tinha de chamá-la assim que entrava em casa e de esperar, de ouvido atento, por sua alegre resposta – pôde ver melhor quanto isso significava para ele. Sem ela, a alcova transformara-se num quarto estranho de hotel. Suas refeições, conscienciosamente servidas por Jenny, de acordo com o programa que Christine deixara escrito, eram engolidas depressa e sem prazer, por trás de um livro verticalmente aberto sobre a mesa.

Rodando pelo jardim que ela preparara, Andrew ficou impressionado, subitamente, pelas condições deploráveis da ponte. Isso ofendeu-o, pareceu-lhe um insulto a sua Christine ausente. Já falara várias vezes ao comitê sobre o assunto, explicando-lhe que a ponte estava caindo aos pedaços, mas os homens de lá sempre faziam corpo mole quando se tratava de reparos nas casas dos assistentes. Mas, agora, num acesso de sentimentalismo, telefonou para o escritório e insistiu energicamente sobre aquele ponto. Owen ausentara-se alguns dias, de licença, mas o empregado garantiu a Andrew que a questão já fora resolvida pelo comitê e estava entregue a Richards, o construtor. O serviço ainda não tivera início porque Richards estava ocupado com outra obra.

De noite, ia à casa de Boland e por duas vezes foi visitar os Vaughan, que o obrigaram a ficar para o *bridge*. Uma vez, com grande surpresa, viu-se a jogar golfe com Llewellyn. Escreveu cartas a Hamson e a Denny, que deixara afinal Drineffy e estava em viagem para Tampico, como médico de um navio-tanque. Sua correspondência com Christine era um modelo de edificante discrição. Mas era principalmente no trabalho que procurava distrair-se.

Seus exames clínicos nas jazidas de antracito estavam, nessa época, ainda bem no começo. Não podia apressá-los porque, além dos chamados dos seus pacientes, a única oportunidade que tinha para examinar os operários era quando eles iam ao lavatório no topo da mina, ao deixar o serviço. E era impossível detê-los por muito tempo quando queriam ir embora, para jantar em casa. Fazia apenas uns dois exames por dia, mas assim mesmo novos resultados já contribuíam para aumentar seu entusiasmo. Descobriu, sem aventurar-se, entretanto, a uma conclusão imediata, que a incidência de distúrbios pulmonares entre os trabalhadores da mina de antracito era na verdade muito mais acentuada do que entre os outros operários que labutavam em subterrâneos das minas de carvão.

Embora não confiasse em compêndios, mergulhou na literatura sobre o assunto por uma questão de defesa própria, pois não desejava descobrir mais tarde que estava apenas seguindo um caminho já percorrido por outros. Espantou-o a pobreza dessa literatura. Só alguns raros pesquisadores pareciam ter dedicado maior atenção aos males pulmonares provenientes de trabalho. Zenker havia introduzido um termo pomposo, pneumoconiose, que abrangia três formas de fibroses de pulmões devidas à inalação do pó. É claro que a antracose, a infiltração negra dos pulmões, encontrada nos trabalhadores de minas de carvão, já era conhecida desde muito e fora dada como inofensiva por Goldman, na Alemanha, e Trotter, na Inglaterra. Havia alguns tratados sobre a predominância dos distúrbios pulmonares em fabricantes de pedras de moinhos, particularmente na França, e em afiadores de facas e machados, como também em talhadores de pedra. Havia opiniões, muitas controvertidas, de que os males ocasionados pelo trabalho no cascalho vermelho de Rand, na África do Sul – a tuberculose dos garimpeiros do ouro –, provinham, indubitavelmente, de inalação de pó. Também se registrara que os trabalhadores em linho e em algodão, assim como os catadores de sementes, eram igualmente sujeitos a perturbações crônicas do pulmão. Mas, fora isso, não havia mais nada!

Andrew largou a leitura com excitação no olhar. Sentia-se na pista de alguma coisa verdadeiramente inexplorada.

 Pensou nas multidões de operários que trabalhavam no

fundo das grandes minas de antracito, pensou como era falha a legislação a respeito das causas de invalidez de que sofriam aqueles homens, pensou na enorme importância social daquela esfera de investigação. Que oportunidade, que estupenda oportunidade! Um suor frio umedeceu-lhe a testa ao imaginar de repente que alguém poderia antecipar-se. Mas afastou essa idéia da cabeça. Rodando de um lado para o outro na saleta, diante da lareira apagada, já muito além da meia-noite, fixou subitamente a fotografia de Christine que estava na prateleira do fogão.

– Chris! Acredito sinceramente que estou para *realizar* alguma coisa!

Começou a classificar cuidadosamente os resultados dos seus exames no fichário comprado para esse fim. Embora nunca levasse isso em consideração, eram agora realmente brilhantes as suas habilidades clínicas. Ali, no vestiário, à saída da mina, diante dos trabalhadores nus da cintura para cima, ia sondando misteriosamente, com os dedos e com o estetoscópio, a patologia obscura daqueles pulmões; em um era um ponto fibroso, em outro um enfisema, adiante uma bronquite crônica – tachada depreciativamente de "um pouco de tosse". Localizava escrupulosamente as lesões nos diagramas impressos no verso de cada ficha.

Fazia, ao mesmo tempo, coletas de escarro de cada operário e, trabalhando até as 2 ou 3 horas da madrugada no microscópio de Denny, esquematizou nas fichas os dados obtidos. Descobriu que muitas dessas amostras de muco, chamadas na localidade de "cuspe branco", continham partículas angulares e brilhantes de sílica. Ficou espantado com o número de células alveolares existentes, a freqüência com que apareciam os bacilos de tuberculose. Mas o que prendeu sua atenção foi a presença, quase constante, de sílica cristalina nas células alveolares, os fagócitos por toda parte. Não podia deixar escapar a emocionante idéia de que os distúrbios dos pulmões, talvez mesmo nos casos de infecções coincidentes, dependiam fundamentalmente desse fator.

Estavam nesse ponto as descobertas quando Christine voltou no fim de junho e atirou-se em seus braços.

– É tão bom estar de volta! Sim, diverti-me bastante, mas... Oh! Não sei... E você parece pálido, querido! Tenho a impressão de que Jenny não o tratou bem.

O passeio fizera-lhe bem, estava com boa aparência, corada. Parecia preocupada com o marido, sua falta de apetite, a mania de fumar a toda hora.

Perguntou-lhe nervosamente:

– Esse trabalho especial que você está fazendo, quanto tempo ainda vai durar?

– Não sei. – Era o dia seguinte ao da chegada de Christine, um dia úmido, e ele se mostrava inexplicavelmente mal-humorado. – Pode durar um ano, pode durar cinco.

– Bem, escute aqui. Eu não quero fazer o papel de missionário diante de você. Já basta um na família. Mas você não acha que, se vai demorar tanto tempo, é melhor trabalhar metodicamente, com horário marcado, em vez de ficar até tarde, estragando a saúde?

– Não estou sentindo absolutamente nada.

Em algumas coisas, porém, ela demonstrou insistência toda especial. Mandou Jenny esfregar o assoalho do "laboratório" e levou para lá uma cadeira de braços e um tapete. Era um quarto frio, mesmo naquelas noites quentes, e desprendia-se dos armários de pinho um aroma adocicado de resina que se misturava ao cheiro acre dos reativos que Andrew empregava. Era ali que ela ficava, cosendo e fazendo tricô, enquanto o marido trabalhava na mesa. Curvado sobre o microscópio, ele esquecia completamente sua presença, porém Christine continuava ali e, às 23 horas, todas as noites, levantava-se.

– É hora de ir para a cama!

– Está bem, mas... – E, piscando para a mulher, quase sem tirar os olhos da lente do microscópio: – Suba você primeiro, Chris! Eu vou já.

– Andrew Manson, então você pensa que eu vou para a cama sozinha, *no estado em que me acho?*

Essa última expressão tornara-se um ditado cômico para eles. Ambos a empregavam pilhericamente, a propósito de tudo, como um fecho para todas as rusgas. Ele nunca resistiu. Levantava-se numa gargalhada, espreguiçava-se, guardava as lentes e as lâminas.

Em fins de julho, um surto agudo de catapora deu-lhe muito trabalho na clínica, e no dia 3 de agosto teve tanto que fazer, às voltas com uma lista excepcionalmente aumentada de chamados, que o serviço matinal do consultório se prolongou até bem depois das 15 horas. Quando voltava para casa, cansado, ansioso por aquela mistura de almoço e de merenda que devia ser sua refeição, viu o automóvel do Dr. Llewellyn no portão de Vale View.

A dedução que podia tirar daquele carro parado produziu-lhe um sobressalto e fê-lo apressar-se a caminho de casa, com o coração batendo aceleradamente, numa previsão esperançada. Pulou os degraus da entrada, abriu com precipitação a porta da frente e ali, no saguão, encontrou Llewellyn. Fitando-o com nervosa impaciência, Andrew gaguejou:

– Olá, Llewellyn! Eu... eu não esperava vê-lo por aqui tão cedo.

– Não – respondeu Llewellyn.

Andrew sorriu.

– E então? – No seu alvoroço não achou uma palavra melhor, mas a pergunta que se espelhava no rosto animado era bem clara.

Llewellyn não sorriu. Depois de uma leve pausa, disse:

– Venha aqui um momento, meu caro. – E levou Andrew para a saleta. – Andamos à sua procura por aí, desde cedo.

A atitude de Llewellyn, sua hesitação, a estranha simpatia no tom da voz foram como uma ducha gelada caindo sobre Andrew. Gaguejou:

– Aconteceu alguma coisa?

Llewellyn olhou através da janela, com o olhar dirigido para a ponte, como se procurasse a melhor, a mais piedosa explicação. Andrew não agüentava mais, sufocado pela agonia da incerteza.

– Manson – disse Llewellyn com brandura –, hoje de manhã... quando sua mulher atravessava a ponte... uma das tábuas cedeu. *Ela* está bem agora, perfeitamente bem. Mas, receio...

Andrew compreendeu antes mesmo que Llewellyn concluísse. Sentiu uma agonia no coração.

– Deve ser um consolo para você – continuou Llewellyn num tom de serena compaixão – saber que fizemos tudo o que era possível. Vim imediatamente, trouxe a enfermeira-chefe do hospital, passamos aqui o dia todo...

Houve um intervalo de silêncio. Um soluço veio da garganta de Andrew, e outros e mais outro. Cobriu os olhos com as mãos.

– Por favor, meu amigo – suplicou Llewellyn. – Quem pode evitar um acidente como esse? Eu lhe peço... Suba e vá consolar sua mulher.

Cabisbaixo, segurando-se no corrimão, Andrew subiu as escadas. Parou do lado de fora da alcova, quase sem respiração. Depois entrou cambaleando.

14

Por volta do ano de 1927, o Dr. Manson, de Aberalaw, gozava de renome fora do comum. Sua clínica não era um prodígio. O número de operários inscritos na sua lista não era muito maior do que naqueles primeiros e nervosos dias de trabalho na cidade. Mas todos os pacientes tinham confiança absoluta no médico.

Receitava poucas drogas. Na verdade, chegava a ponto de prevenir os pacientes contra a mania dos remédios. Mas, quando os receitava, era em doses alarmantes. Muitas vezes Gudge vinha se arrastando pela sala de espera, com uma receita na mão:

– Que quer dizer tudo isto, Dr. Manson? Doses de 60 grãos* de brometo de potássio para Evan Jones! E a farmacopéia recomenda 5.

– É o que também recomenda o Livro da Carochinha! Ponha mesmo 60, Gudge. Que diabo! Eu sei que você gostaria de despachar o Evan Jones para o outro mundo...

Mas Evan, epiléptico, não foi despachado para o outro mundo. Pelo contrário, uma semana depois era visto passeando pelo jardim público, pois os ataques se atenuaram.

---

*Grão (*grain*) é a menor das medidas de peso da Grã-Bretanha, que se supõe ser o peso médio de uma semente. (*N. do T.*)

O comitê deveria tratar o Dr. Manson na palma da mão, porque a sua conta de remédios – não obstante as receitas explosivas – ficava sempre abaixo da metade da conta de qualquer outro assistente. Mas, que pena! Manson custava ao comitê três vezes mais, por outros motivos, e por causa disso muitas vezes havia campanha contra ele. Empregava vacinas e soros, por exemplo – coisas arruinadoras de que muitos nunca tinham ouvido falar, como declarou exaltadamente Ed Chenkin. Defendendo-o, Owen citou aquele mês de inverno em que Manson, utilizando vacinas de Bordet e Gengou, evitara em tempo que uma furiosa epidemia de coqueluche invadisse seu distrito, enquanto as crianças de todo o restante da cidade contraíam a moléstia. Então, Ed Chenkin replicou:

– Como podemos saber se isso se deve a esse tal modernismo? Como?! Quando eu o apertei, o próprio doutor declarou que ninguém podia ter certeza absoluta!

Se contava com muitos amigos leais, Manson também tinha inimigos. Havia no comitê os que nunca o perdoaram completamente por sua explosão, pelas palavras agoniadas que berrou contra eles, por causa da ponte, quando se reuniram em sessão plenária. Compadeceram-se da Sra. Manson e do próprio doutor quando passaram por aquele golpe, mas não podiam considerar-se responsáveis. O comitê nunca fazia nada às pressas. Owen estava de férias nessa época e Len Richards, a quem fora confiado o serviço, estava com o tempo tomado pelas casas novas da Powis Street. Era absurdo acusá-los.

Com o correr do tempo, Andrew teve muitas discussões acaloradas com o comitê, porque teimava em agir de modo próprio. E o comitê não estava de acordo. Além disso, havia uma certa prevenção clerical contra ele. Embora Christine fosse freqüentemente à igreja, Adrew quase nunca aparecia por lá. O Dr. Oxborrow foi o primeiro a chamar sua atenção para esse ponto. Dizia-se que Andrew troçara da doutrina da imersão total na cerimônia do batismo. De fato, ele tinha um inimigo mortal entre o pessoal da "capela"; nada mais, nada menos, do que o Reverendo Edwal Parry, pastor do Sinai.

Na primavera de 1926, o bom Edwal, recém-casado, entrou sorrateiramente no consultório de Manson, já bem tarde, com um ar que, embora perfeitamente cristão, era do homem mais cativante deste mundo.

– Como vai, Dr. Manson? Ia passando por aqui. De um modo geral, consulto-me com o Dr. Oxborrow; ele faz parte do meu rebanho de fiéis, como sabe, e também fica muito à mão, na clínica leste. Mas o senhor é um médico bem moderno sob todos os pontos de vista. O doutor está sempre tomando conhecimento de tudo que é novidade científica. E eu teria prazer – se me permitir que eu lhe pague uns honorariozinhos bem vantajosos – em receber um conselho seu...

Edwal simulou um leve rubor sacerdotal, como demonstração de candura em face das coisas terrenas.

– Veja, doutor, minha mulher e eu não queremos filhos absolutamente. Por enquanto, pois minhas rendas ainda são pequenas. E como...

Manson encarou o ministro do Sinai com frio desdém. E disse escrupulosamente:

– O senhor devia compreender que muitas pessoas, mesmo ganhando a quarta parte do que o senhor ganha, dariam o braço a cortar para ter um filho. Para que foi então que se casou? – O sangue ferveu-lhe nas veias. – Ponha-se daqui para fora... depressa! Rua, seu padreco imundo. Rua!

Com uma cara esquisita, Parry foi embora. Talvez Andrew tivesse falado com excessiva violência. Mas

Christine nunca mais poderia ter filhos em conseqüência daquele tombo fatal. E ambos tinham desejado tanto uma criança!...

No dia 19 de maio de 1927, ao voltar para casa, depois de atender a um chamado, Andrew estava inclinado a perguntar a si mesmo por que ele e Christine continuavam em Aberalaw depois da morte do filho. A resposta era simples: o trabalho sobre inalação do pó. Isso absorvia o espírito de Andrew, fascinava-o, prendia-o às minas.

Quando passava em revista o que tinha feito, levando em consideração as dificuldades que fora obrigado a enfrentar, maravilhava-se de não ter demorado mais tempo a completar as suas descobertas. Aqueles primeiros exames que realizara... Como pareciam velhos, antiquados! Antiquados no tempo... e na técnica.

Depois de fazer uma inspeção clínica completa sobre as condições pulmonares de todos os operários do distrito e tabular os seus dados, Manson teve a prova plena da preponderância acentuada dos males do pulmão entre os mineiros de antracito. Verificou, por exemplo, que 90% dos seus casos de pulmão fibrosado eram de trabalhadores das minas de antracito. Apurou também que o índice de mortalidade por distúrbios pulmonares entre os mais idosos desses operários era quase três vezes maior do que entre os operários de todas as outras minas de carvão. Levantou uma série de quadros que indicavam a medida de incidência de doença pulmonar entre as várias categorias de trabalhadores de antracito.

Em seguida, tratou de demonstrar que o pó de sílica, descoberto nos exames de escarro, era encontrado sempre nas galerias das minas de antracito. Não só demonstrara isso de modo conclusivo, como fizera ainda mais. Expondo

 lâminas de vidro, em que espalhou bálsamo-do-canadá,

durante vários períodos, em diferentes partes da mina, obtivera dados sobre as variações das concentrações de pó, dados esses que cresciam rapidamente durante as explosões e as perfurações.

Tinha agora uma série de animadoras equações, relacionando as sucessivas concentrações de pó de sílica na atmosfera com a acentuada incidência da moléstia pulmonar. Mas isso não era o bastante. Tinha de *provar* agora que o pó era maléfico, que destruía o tecido do pulmão, e não um mero acessório, inócuo afinal de contas. Precisava encaminhar uma série de experiências patológicas em cobaias, a fim de estudar a ação do pó de sílica em seus pulmões.

Embora a excitação fosse cada vez maior, foi então que começavam seus reais problemas. Já tinha um quarto disponível para as experiências – o "laboratório". Era fácil conseguir algumas cobaias. E era bem simples o equipamento exigido para o trabalho. Mas, embora fosse considerável a sua engenhosidade, ele não era, e nunca haveria de ser, um patologista. A consciência dessa realidade deixava-o exasperado, porém mais decidido do que nunca. Praguejava contra um sistema que o compelia a trabalhar sozinho e arrastou Christine para o serviço, ensinando-lhe a fazer cortes de tecidos para os exames, a parte mecânica do trabalho que, em qualquer circunstância, ela sempre fazia melhor do que ele.

Depois disso, construiu uma câmara de pó muito rudimentar. Durante um certo número de horas, todos os dias, alguns animais ficavam expostos ali às concentrações de poeira, enquanto outros ficavam de fora para servirem de elementos de controle. Era um trabalho enervante, que exigia uma paciência maior do que a que tinha. Por duas vezes quebrou-se o seu pequenino ventilador. Numa fase crítica da experimentação, fez uma trapalhada medonha com todo o sistema de controle e viu-se obrigado a começar tudo outra vez. Mas, apesar dos enganos e dos atrasos, obteve seus espécimes, provando, em etapas sucessivas, a deterioração dos pulmões e a formação de fibroses em conseqüência da poeira.

Deu um grande suspiro de satisfação, deixou de reclamar com Christine e durante alguns dias foi uma pessoa com quem se podia tratar. Então uma outra idéia assaltou-o, e ele afundou no trabalho novamente.

Todas as investigações tinham sido encaminhadas na suposição de que o dano causado aos pulmões se produzia por meio da destruição mecânica causada pelos cristais de sílica, duros e cortantes, que eram inalados. Mas agora, subitamente, conjeturava se não havia qualquer ação química, além da mera irritação física provocada pelas partículas. Andrew não era um químico, mas já andava por essa altura tão profundamente mergulhado na obra que não podia admitir uma derrota. Traçou uma nova série de experimentações.

Procurou sílica coloidal e injetou-a sob a pele de um dos animais. Resultou daí um abscesso. Semelhantes abscessos – constatou ele – podiam ser produzidos pela injeção de soluções aquosas de sílica amorfa, que fisicamente não era irritante. Ao mesmo tempo, numa conclusão vitoriosa, verificou que a injeção de uma substância mecanicamente irritante, tal como partículas de carvão, não produzia abscesso. O pó de sílica era quimicamente ativo.

Quase perdeu o juízo de tanta excitação e alegria. Tinha feito mesmo muito mais do que esperava. Coligiu febrilmente os dados, redigiu em forma compacta o resultado de três anos de trabalho. Meses antes, já havia decidido não somente publicar suas pesquisas, mas enviá-las também como tese para a conquista do grau de M.D. Quando a cópia datilografada voltou de Cardiff, transformada num lindo folheto de capa azul-celeste, leu exultante o trabalho, saiu com Christine para colocá-lo no correio e depois disso afundou numa depressão desesperadora.

Sentia-se extenuado e inerte. Teve consciência, mais nitidamente do que nunca, de que não era um homem de laboratório, que a parte melhor e mais valiosa do seu trabalho era a daquela primeira fase de pesquisa clínica. Recordou-se, com um agudo sentimento de culpa, de que muitas vezes tratara mal a pobre Christine. Durante vários dias, sentiu-se deprimido e inquieto. E entretanto, no meio disso tudo, havia momentos radiantes em que compreendia ter realizado alguma coisa finalmente.

15

Ao chegar em casa, numa tarde de maio, Andrew vinha com o ânimo tão preocupado, ainda nessa fase estranha de depressão que persistia desde a remessa da tese, que nem notou a expressão de tristeza de Christine. Acenou-lhe distraidamente, foi ao andar de cima para lavar o rosto e depois desceu para o chá.

Contudo, quando terminou a merenda e acendeu um cigarro, observou de repente o jeito dela. Perguntou, ao estirar-se para apanhar o jornal da tarde:

– O que aconteceu?

Ela pareceu examinar por um momento a colherinha de chá.

– Tivemos hoje algumas visitas... ou melhor, eu tive... quando você saiu, depois do almoço.

– Ah! E quem era?

– Uma delegação do comitê – cinco homens de lá, incluindo Ed Chenkin. E escoltados por Parry; você sabe quem é, o pastor do Sinai. E um homem chamado Davies.

Houve um silêncio pesado. Andrew soprou uma lenta baforada de cigarro e abaixou o jornal para encará-la.

– O que eles queriam?

Ela enfrentou pela primeira vez o seu tom inquiridor, revelando plenamente no olhar o vexame e a inquietação. Falou precipitadamente:

– Vieram aqui por volta das 16 horas. Perguntaram por você. Eu disse que você não estava. Então Parry respondeu que isso não tinha importância. Eles queriam entrar. Naturalmente, fiquei perturbada. Não sabia se eles queriam esperar por você, ou o que poderia ser. Então, Ed Chenkin afirmou que esta casa era do comitê, que eles representavam o comitê e que em nome do comitê podiam e queriam entrar. – Deteve-se, tomou fôlego. – Eu não me mexi de onde estava. Indignada, tonta. Mas tive ânimo para perguntar por que eles desejavam entrar. Parry tomou a palavra então. Disse que chegara aos seus ouvidos, e aos ouvidos do comitê, mesmo porque toda a cidade já sabia, que você estava realizando experiências com animais. Vivissecção, como teve o descaramento de dizer. E, por causa disso, tinham vindo examinar o seu local de trabalho, e trouxeram com eles Davies, da Sociedade Protetora dos Animais.

Andrew não se moveu, nem tirou os olhos dela.

– Continue, querida – disse calmamente.

– Bem, eu procurei detê-los, mas foi inútil. Invadiram a casa, todos os sete; atravessaram o hall e entraram no "laboratório". Assim que viram os porquinhos-da-índia, Parry soltou um gemido: "Oh! As pobres criaturinhas, tão inocentes!" E Chenkin apontou para a mancha na mesa, onde eu derramei a garrafa de fucsina. Lembra-se, querido? E berrou:

"Olhem para isso aqui. Sangue!" Deram busca em tudo, examinaram nossas seções, o microscópio, tudo que havia. Depois, Parry disse: "Não permitirei que esses pobres bichinhos sofredores continuem a ser torturados por mais um minuto que seja. Antes privá-los da vida e das suas dores do que deixá-los assim." Tomou a maleta que Davies trouxera e enfiou as cobaias lá dentro. Eu tentei explicar-lhes que não havia tortura, nem vivissecção, nem qualquer daquelas asneiras. E, de qualquer modo, quando aqueles cinco porquinhos não fossem mais utilizados em experiências, nós íamos dá-los de presente aos filhos de Boland e à pequena Agnes Evans, como mascotes. Mas eles nem ao menos quiseram me escutar. E então... eles foram embora.

Houve um silêncio. Andrew estava agora muito vermelho. Levantou-se.

– Nunca tive notícia de desaforo tão grande em toda a minha vida. Que miséria você ter sido obrigada a suportar isso, Chris! Mas hei de obrigá-los a pagar bem caro o que fizeram!

Refletiu um minuto e então se dirigiu ao hall para telefonar. Mas exatamente quando ia chegando ali, o aparelho tocou. Tirou o fone do gancho.

– Alô! – disse furioso, mas em seguida a voz abrandou ligeiramente. Era Owen quem falava do outro lado da linha. – Sim, é Manson quem fala. Olhe aqui, Owen...

– Eu sei, eu sei, doutor – Owen teve pressa em interromper Andrew. – Passei a tarde toda procurando comunicar-me com o senhor. Escute aqui. Não me interrompa. Não devemos perder a cabeça. Temos de reagir contra uma sujeira muito grande, doutor. Não diga mais nada pelo telefone. Eu vou para aí agora mesmo.

Andrew voltou para junto de Christine.

– Pelo que ele deu a entender – bufava de raiva, quando contou à mulher a conversa do telefone –, pode parecer que nós é que merecemos censura.

Ficaram esperando a chegada de Owen. Andrew caminhando para cima e para baixo, tomado de impaciência e indignação. Christine, continuando a costurar, com a inquietação nos olhos.

Owen chegou. Mas nada havia de tranqüilizador na sua fisionomia. Foi logo dizendo, antes que Andrew pudesse falar:

– Doutor, tirou uma licença?

– Uma... o quê? – Andrew encarou-o, espantado. – Que espécie de licença?

A expressão de Owen parecia agora mais perturbada.

– Devia ter obtido uma licença do Ministério do Interior para fazer experimentações em animais. Sabia disso, não sabia?

– Mas que diabos! Eu não sou patologista, nunca hei de ser. Não estou explorando um laboratório. Precisei apenas fazer algumas experiências muito simples, que se relacionavam com meu serviço clínico. Não tínhamos aqui nada mais do que uma dúzia de animais, não era, Chris?

Owen não olhava para Andrew.

– Devia ter tirado essa licença, doutor. Há uma turma lá no comitê que está querendo envolvê-lo numa complicação por causa disso! – Continuou, apressadamente: – Veja só, doutor, um camarada como o senhor, que está fazendo uma obra avançada, que tem honestidade de dizer o que pensa, ficar assim complicado... Bem, de qualquer modo, é bom o doutor ficar sabendo que uma turma daqui está doida para apunhalá-lo pelas costas. Mas vamos dar um jeito nisso. A situação vai esquentar no comitê, o doutor será chamado a comparecer perante o pessoal ou algo assim. Mas o doutor tem tido os seus problemas com eles e há de sair-se bem outra vez.

Andrew explodiu:

– Vou promover uma ação em oposição. Vou processá-los por... violação de domicílio. Não, nada disso. Vou processá-los pelo roubo dos meus porquinhos-da-índia. Quero recuperá-los, seja como for.

Owen torceu a cara, num gesto quase cômico:

– Não poderá recuperá-los, infelizmente, doutor. O Reverendo Parry e Ed Chenkin acharam que deviam livrar os bichinhos da miséria da vida. E num sentimento de piedade afogaram os porquinhos com as próprias mãos.

Owen foi embora, pesaroso. E, na noite seguinte, Andrew recebeu uma intimação para comparecer diante do comitê, no prazo de uma semana.

Por esse tempo, a questão pegou fogo, como faísca que caísse em paiol de pólvora. Desde que o advogado Trevor Day tinha sido acusado de envenenar a mulher com arsênico, nunca mais Aberalaw fora sacudida por um caso tão excitante, tão escandaloso, que tivesse um tal sabor de feitiçaria. Tomavam-se partidos, formavam-se facções violentas. Da sua tribuna na Capela Sinai, Edwal Parry anunciava trovejantemente os castigos esmagadores que, neste e no outro mundo, eram reservados para os que torturavam animais e criancinhas. Na outra ponta da cidade, o Reverendo David Walpod, o gorducho pastor da Igreja Anglicana, que tinha sobre Parry a mesma opinião que tem um bom muçulmano sobre a carne de porco, gorjeava sobre o progresso e os laços que uniam a Igreja Liberal de Deus e a Ciência.

Até mesmo as mulheres entraram em ação. A Srta. Myfanwy Bensusan, presidente da seção local da Liga de

Resistência das Danças de Gales, discursou para uma multidão reunida em comício no Temperance Hall. É verdade que Andrew melindrara certa vez Myfanwy, recusando-se a assumir a presidência da Convenção Anual da L.R.D.G. Mas as razões que a inspiraram eram, de qualquer forma, indiscutivelmente puras. Depois do comício e nas noites seguintes, jovens senhoras, adeptas da liga, que normalmente só davam sinal de vida nos dias de festa cívica, passaram a distribuir nas ruas folhetos de combate à horripilante vivissecção, trazendo todos a ilustração de um cachorro cruelmente estripado.

Na noite de quarta-feira, Con Boland telefonou para contar uma história engraçada.

– Como vai você, Manson, meu filho? De cabeça erguida? Antes assim! Tenho uma história interessante para lhe contar... A nossa Mary voltava do emprego, hoje à noite, quando foi abordada no caminho de casa por uma dessas feministas idiotas. Queria impingir-lhe um panfleto – essas cretinices sobre crueldade que andam espalhando contra você. Você sabe... Ah! Ah! Sabe o que fez a atrevida da Mary? Arrancou-lhe das mãos o panfleto e rasgou-o em pedacinhos. Então, levantou a mão, sapecou uns bons murros no pé do ouvido da imbecil, arrancou-lhe o chapéu e disse... Ah! Ah!... Imagine só o que a Mary disse: "Se é crueldade que está procurando... eu mostrarei isso mesmo a você!"

Outros amigos, tão leais como Mary, também se meteram em brigas por causa de Andrew.

Embora seu distrito o apoiasse firmemente, na clínica leste havia um bloco de adversários. Travavam-se combates nas tavernas entre os partidários e os inimigos do médico. Na noite de terça-feira, apareceu no consultório Frank Davies, um tanto machucado. Vinha informar Andrew de que tinha quebrado a cara de dois pacientes de Oxborrow por dizerem que o médico era um carniceiro sanguinário!

Depois disso, o Dr. Oxborrow acelerou o passo ao cruzar com Andrew na rua, virando o rosto para o outro lado. Sabia-se que ele estava agindo abertamente ao lado do Reverendo Parry contra o colega indesejável. Ao voltar do Clube Maçônico, Urquhart trouxe os comentários de um truculento puritano, cuja apreciação mais inocente foi talvez a seguinte: "Por que um médico há de assassinar as pobres criaturinhas de Deus?"

Urquhart tinha poucas observações a fazer por conta própria. Mas declarou certa vez, sem perceber, com a sua miopia, o semblante contrafeito, nervoso, de Andrew:

– Com mil demônios! Se eu tivesse a sua idade, também havia de me divertir com uma complicação dessa espécie. Mas agora... Oh! Diabo! Acho que estou ficando velho.

Andrew não podia deixar de compreender que Urquhart o interpretava mal. Estava muito longe de divertir-se com a "complicação". Sentia-se cansado, irritadiço, apreensivo. Perguntava a si mesmo, mal-humorado, se ia gastar toda a sua vida a bater a cabeça contra a parede. Contudo, embora estivesse abatido, tinha um desejo desesperado de justificar-se, de ser aberta e vingadoramente desagravado diante daquela cidade de intrigantes.

A semana passou afinal e na tarde de sábado o comitê reuniu-se em assembléia para, como se especificava na ata de convocação, proceder a uma sindicância disciplinar sobre o Dr. Manson. Não havia um só lugar vago na sala do comitê e do lado de fora, na praça, estavam reunidos vários grupos de curiosos. Quando entrou no edifício e subiu a escadinha, Andrew sentia o coração bater com força. Dizia intimamente que devia mostrar-se calmo e inflexível. Entretanto, quando se sentou na mesma cadeira que havia ocupado antes, na posição de candidato, estava ofegante, com os lábios secos, nervosíssimo.

A sessão começou – não com uma prece, como seria de esperar da carolice com que a oposição conduzira a sua campanha, mas com um discurso inflamado de Ed Chenkin.

– Vou expor todos os fatos desta questão – disse Chenkin, levantando-se de repente – diante dos meus companheiros deste comitê. – Pôs-se a enumerar as queixas, num discurso estridente e agramatical. – O Dr. Manson não tinha direito de fazer aquele trabalho. Era trabalho feito nas horas que devia dedicar ao comitê, trabalho feito quando estava sendo pago para trabalhar para o comitê e trabalho feito numa propriedade do comitê. Além disso, era vivissecção ou coisa muito parecida com isso. E estava sendo feito sem a permissão necessária, o que constituía uma infração muito séria em face da lei!

Owen teve pressa em apartear.

– No que se refere a este último ponto, devo advertir o comitê de que, se for apresentada denúncia pelo fato de o Dr. Manson não ter requerido a licença, as conseqüências desse ato recairão sobre a Sociedade de Auxílios Médicos em conjunto.

– O que você está dizendo? – perguntou Chenkin.

– Como ele é nosso assistente – sustentou Owen –, somos legalmente responsáveis pelo Dr. Manson.

Houve um murmúrio de aprovação a estas palavras. Gritaram mesmo: "Owen tem razão! Não queremos trapalhadas com a Sociedade. Isso tem de ser resolvido entre nós mesmos."

– Pois então deixemos de lado essa maldita licença – rosnou Chenkin, ainda de pé. – As outras acusações são suficientes para enforcar qualquer pessoa.

– Escutem! Escutem! – Era alguém que chamava lá no fundo. – E o que queriam dizer aquelas histórias de ir tantas vezes a Cardiff de motocicleta, naquele verão de três anos atrás?

– Ele não receita remédio – era a voz de Len Richards. – Espera-se uma hora inteira do lado de fora do consultório e sai-se de lá sem um vidro de remédio.

– Silêncio! Silêncio! – berrava Chenkin. Quando conseguiu impor o silêncio, deu início ao breve discurso. – Todas essas queixas são muito graves. Mostram que o Dr. Manson nunca trabalhou direito para os Auxílios Médicos. Além de muita coisa que eu ainda poderia juntar, ele não fornece atestados convenientes para os homens. Mas não nos afastemos do ponto principal. Temos aqui um assistente contra o qual toda a cidade se levantou porque ele deve ser considerado na verdade um caso de polícia, um homem que transformou a nossa propriedade num matadouro. Camaradas! Eu juro pelo Todo-Poderoso que vi sangue no assoalho, com estes meus olhos que a terra há de comer. Este homem não é nada mais do que um experimentador e um louco. E agora, pergunto a vocês: camaradas, vamos agüentar isso? Não, digo eu. Não, digam vocês. Camaradas, eu sei que represento o pensamento de cada um e de todos quando digo que aqui mesmo, neste mesmo instante, temos de exigir o pedido de demissão do Dr. Manson.

Chenkin passeou os olhos por seus amigos e sentou-se entre estrondosos aplausos.

– Talvez vocês devam permitir que o Dr. Manson exponha o caso – disse Owen calmamente, e voltou-se para Andrew.

Houve um silêncio. Andrew permaneceu sentado ainda por um momento. A situação era pior do que tinha imaginado. Vá lá alguém confiar em comitês – refletia com amargura. Aqueles homens não eram os mesmos que lhe sorriram aprovativamente quando lhe deram emprego? Fervia-lhe o sangue. Não queria, absolutamente, pedir demissão.

Levantou-se. Não era orador e tinha consciência disso. Mas era agora um homem zangado. Seu nervosismo se transformara numa furiosa indignação diante da ignorância, da intolerante estupidez da acusação de Chenkin e da aclamação com que os outros a receberam. Começou:

– Parece que ninguém disse nada a respeito dos animais que Ed Chenkin afogou. Isso é que é crueldade, se querem usar esta palavra. Crueldade inútil. O que eu estava fazendo, não, não era isso! Por que é que vocês, operários, levam para o fundo da mina ratos brancos e canários? É para que eles denunciem a presença dos gases tóxicos. Vocês todos sabem disso. E quando esses ratos morrem por causa de um escapamento de gás, vocês chamam isso de crueldade? Não, vocês não chamam. Vocês compreendem que esses animais foram empregados para salvar a vida dos operários, talvez para salvar a vida de vocês mesmos.

"Pois era isso que eu estava procurando fazer para vocês. O trabalho que andei realizando era sobre essas doenças do pulmão que vocês adquirem por causa da poeira das galerias das minas. Vocês todos sabem que contraem doenças do peito e que não recebem indenizações quando isso acontece. Durante os três últimos anos gastei quase todos os minutos das minhas horas vagas no estudo do problema de inalação. Descobri alguma coisa que pode melhorar a condição de trabalho de vocês, que pode dar-lhes um tratamento mais justo, que pode conservar melhor a saúde de vocês do que todas essas pílulas e xaropes de que Len Richards estava falando ainda há pouco! Então eu não posso utilizar para isso uma dúzia de porquinhos-da-índia? Vocês acham que não vale a pena?

"Talvez vocês não acreditem em mim. Cheios de prevenções e de desconfianças como são, hão de pensar que estou mentindo. Podem pensar até que estive gastando o meu tempo, o tempo de vocês, como disseram, numa série de experiências malucas.

Estava tão fora de si que esqueceu a sua firme decisão de não se mostrar dramático. Metendo a mão no bolso de dentro do paletó, tirou de lá a carta que havia recebido no começo da semana.

– Mas isto mostraria a vocês o que outras pessoas pensam a respeito do meu trabalho, pessoas que têm capacidade para julgar.

Dirigiu-se para Owen e entregou-lhe a carta. Era um ofício do secretário da Congregação da Universidade de St. Andrew, comunicando que, em vista da sua tese sobre inalação do pó, era-lhe conferido o grau de Doutor em Medicina.

Com a fisionomia iluminada de repente, Owen leu o ofício datilografado em tinta azul, num papel encorpado. Depois o papel foi passado lentamente de mão em mão. Era com desgosto que Andrew observava o efeito produzido pelo comunicado da congregação. Embora estivesse tão desesperadamente ansioso por demonstrar sua conduta, chegou quase a lamentar o impulso que o levara a apresentar aquela prova. Se eles não acreditavam na sua palavra sem o estardalhaço de um atestado oficial, era porque deviam estar muito prevenidos contra ele. Com carta ou sem carta, compreendeu tristemente que os homens estavam propensos a fazer dele um exemplo.

Sentiu-se aliviado quando, depois de mais algumas observações, Owen disse:

– Agora, é melhor talvez que nos deixe a sós. Doutor, faça o obséquio...

Esperando do lado de fora, enquanto o caso era submetido a votação, Andrew ficou a dar pontapés nos próprios calcanhares, fervendo de exasperação. Era um magnífico ideal aquele grupo de operários a organizar os serviços médicos da comunidade para benefício dos seus companheiros de trabalho. Mas era somente um ideal. Os homens eram desconfiados demais, demasiadamente desprovidos de inteligência para executar esse plano de modo progressista. Arrastá-los para o bom caminho era uma trabalheira perpétua para Owen. E estava convencido de que naquela ocasião nem a boa vontade de Owen poderia salvá-lo.

Mas quando Andrew entrou novamente na sala, o secretário estava risonho, esfregando as mãos de contentamento. Outros membros do comitê também o olhavam de modo mais favorável, pelo menos sem hostilidade. E, levantando-se imediatamente, Owen disse:

– Tenho o prazer de declarar-lhe, Dr. Manson... posso mesmo dizer que me sinto pessoalmente encantado por declarar-lhe... que o comitê decidiu por maioria pedir ao doutor que continue no cargo.

Triunfara, ele fora o grande vencedor no fim de tudo. Mas, passado o primeiro instante de satisfação, a consciência da vitória não o fazia exultar. Houve uma pausa. Os homens esperavam evidentemente que ele exprimisse o seu alívio, a sua gratidão. Mas não fez isso. Sentiu-se cansado de toda aquela história tão deturpada, cansado do comitê, de Aberalaw, da medicina, do pó de sílica, de porquinhos-da-índia e de si mesmo.

Disse finalmente:

– Obrigado, Sr. Owen. Alegro-me em saber que, depois de tudo que procurei fazer aqui, o comitê não quer que eu vá embora. Mas, sinto muito. Não posso permanecer em Aberalaw por mais tempo. Dou ao comitê um mês de prazo, a começar de hoje. – Disse sem pensar. Depois, deu meia-volta e retirou-se da sala.

Houve um silêncio de morte. Ed Chenkin foi o primeiro a voltar a si.

– Deste estamos livres – exclamou, um tanto sem graça, quando Andrew já estava longe.

Owen surpreendeu a todos eles com o primeiro acesso de cólera que já havia manifestado naquela sala do comitê.

– Cale essa boca que não sabe o que diz, Ed Chenkin. – Bateu a régua na mesa com ameaçadora violência. – Perdemos o melhor homem que já tivemos.

16

Andrew despertou no meio daquela mesma noite, resmungando:

– Sou doido, Chris? Atirando fora o nosso meio de vida, um emprego tão bom! Afinal de contas, já estava conseguindo ultimamente alguns pacientes particulares. E Llewellyn tem sido muito decente. Não lhe contei? Deu a entender que me deixaria atender a consultas no hospital. E o comitê não é uma gente ruim quando se põe de lado o pessoal de Chenkin. Acredito que, com o tempo, o comitê poderia nomear-me médico-chefe em lugar de Llewellyn quando este se aposentasse.

Deitada junto ao marido, na escuridão, ela o confortava tranqüilamente, ajuizadamente.

– Você não há de querer realmente que fiquemos numa clínica mineira de Gales para o resto da vida, meu amor. Temos sido felizes aqui, mas é tempo de irmos embora.

– Mas escute, Chris – dizia ele, preocupado. – Ainda não temos recursos para instalar uma clínica. Precisamos arranjar mais algum dinheiro antes de começarmos vida nova.

Ela respondeu, sonolenta:

– O que o dinheiro tem a ver com isso? Aliás, nós vamos gastar tudo que temos... ou quase tudo... numa estação de repouso. Você não compreende que andamos mourejando nestas velhas minas há quase quatro anos?

A coragem dela o contagiou. Na manhã seguinte, o mundo parecia alegre e indiferente. À hora do café, em que revelou novo apetite, Andrew disse:

– Você não é má pessoa, Chris. Em vez de levantar-se solenemente e declarar que esperava agora grandes coisas de mim, que era a hora de eu sair pelo mundo, para mostrar o que valho, você apenas...

Ela não o escutava. E protestou num tom ligeiro:

– Ora, querido, faça-me o favor de não amassar tanto o jornal! Eu pensava que eram só as mulheres que faziam isso. Assim, como poderá esperar que eu leia a minha seção de jardinagem?

– Não leia isso. – À porta, beijou-a sorrindo. – Pense em mim.

Sentia-se disposto a aventuras, preparado para aproveitar as oportunidades da vida. Além do mais, o lado cauteloso de seu espírito não deixava de levar em conta certas coisas que pesavam no ativo do seu balanço. Tinha seu M.R.C.P., um honorífico M.D. e mais de 300 libras no banco. Com tudo isso a apoiá-lo, certamente não passaria fome.

Foi bom que sua intenção ficasse tão firme. Processara-se na cidade uma reviravolta de sentimento. Agora que se retirava por vontade própria, todos queriam que ficasse.

O clímax veio uma semana depois, quando Owen chefiou, sem obter resultado, uma comissão que foi a Vale View a fim de pedir a Andrew que reconsiderasse sua decisão. Além do mais, por esse tempo a impopularidade de Ed Chenkin estava assumindo formas violentas. Era vaiado nos quarteirões operários. Por duas vezes foi acompanhado da mina até em casa por uma orquestra de assovios – ignomínia habitualmente reservada pelos operários aos furadores de greve.

Em comparação com todas essas vitórias estrondosas na localidade, chegava a parecer bem pequeno o efeito produzido pela tese de Manson no resto do mundo. No entanto, conquistara com ela o grau de Doutor em Medicina, o trabalho foi publicado no *Journal of Industrial Health*, na Inglaterra, e, em separata, nos Estados Unidos, pela Associação Americana de Higiene. Mas, acima de tudo, Andrew apreciava três cartas que havia recebido.

A primeira era de uma firma em Brick Lane, informando que lhe seriam enviadas muitas amostras do Pulmo-Syrop, específico infalível para os pulmões, conforme comprovavam centenas de valiosos atestados, muitos dos quais firmados por médicos eminentes. A firma esperava que viesse também a recomendar Pulmo-Syrop aos mineiros da sua clínica. Pulmo-Syrop – acrescentava a carta – também curava reumatismo.

A segunda era do Professor Challis; uma carta entusiástica de congratulações e louvores, que terminava convidando Andrew a visitar o Instituto de Cardiff, em qualquer dia daquela semana. No pós-escrito, Challis sugeria: *Veja se pode vir quinta-feira.* Mas, na atribulação daqueles últimos dias, Andrew não pôde atender ao convite. Na verdade, não soube onde pôs a carta e com o tempo esqueceu de respondê-la.

A terceira carta foi respondida imediatamente, pois Andrew pulara de alegria ao recebê-la. Era uma carta fora do comum, cheia de estímulos. Viera do Oregon e atravessara o Atlântico para chegar às suas mãos. Manson leu e releu as folhas datilografadas e passou-as depois, entusiasmado, a Christine.

– Que coisa agradável, Chris! Esta carta americana... É de um homem chamado Stillman, Robert Stillman, do Oregon... Você provavelmente nunca ouviu falar nesse nome, mas eu já ouvi... A carta está cheia de apreciações exatíssimas a respeito do meu trabalho sobre inalação. Melhor, muito melhor do que a de Challis... Oh! Diabo! Eu devia ter respondido ao professor! Esse camarada compreendeu perfeitamente a finalidade da minha pesquisa. De fato, o homenzinho até me corrige em um ou outro ponto. Parece que a substância de ação destrutiva na minha sílica é cerita. Eu não sabia bastante química para chegar até lá. Mas é uma carta maravilhosa, congratulatória... e de Stillman!

– Ah, é? – disse ela, como quem procura saber. – É algum médico estrangeiro?

– Não, aí é que está a importância da coisa. É um verdadeiro cientista! Mas dirige uma clínica para tuberculosos perto de Portland, no Oregon. Olhe, está tudo explicado aqui, no cabeçalho do papel de carta. Nem todos reconhecem ainda o seu valor, mas na especialidade é um homem tão notável como Spahlinger. Eu lhe direi quem ele é quando houver tempo.

O apreço que dispensava à carta de Stillman foi demonstrado pelo fato de sentar-se à mesa para respondê-la imediatamente.

O casal estava agora assoberbado com os preparativos para a viagem de férias, com o trabalho de encaixotar a mobília e remetê-la para Cardiff – o centro mais conveniente – e com as melancólicas obrigações das visitas de despedidas. A saída de Drineffy fora uma arrancada abrupta, heróica. Mas ali, em Aberalaw, tiveram de passar por lentas provações. Tiveram de jantar com os Vaughan, os Boland, até mesmo com os Llewellyn. Andrew começou a sofrer a "dispepsia do adeus", bem sintomática desses banquetes de despedidas. Quando chegou o dia da viagem, Jenny, debulhada em lágrimas, veio anunciar, para consternação do casal, que ia haver um bota-fora solene na estação.

À última hora, como se não bastasse aquela informação inquietante, Vaughan apareceu, todo apressado.

– Você me desculpe por vir perturbá-lo numa hora como esta. Mas, olhe aqui, Manson, o que você andou fazendo com o Challis? Acabo de receber uma carta do velhote. O seu trabalho deixou o homem maluco... Aliás, tenho a impressão de que a Junta dos Mineiros e Metalúrgicos também está caidinha por você. O certo é que Challis me pediu para lhe falar. Ele quer vê-lo em Londres, sem falta. Diz que é um assunto importantíssimo.

Andrew respondeu com certa impaciência:

– Vamos gozar férias, homem de Deus. As nossas primeiras férias de verdade, depois de tantos anos. Como é que posso procurá-lo?

– Deixe-me, então, o seu endereço. Com certeza ele lhe escreverá.

Andrew olhou, meio vacilante, para Christine. Tinham combinado guardar em segredo o lugar para onde iam, evitando aborrecimentos, correspondência, importunações. Apesar disso, deu a informação a Vaughan.

Partiram a toda pressa para a estação. Viram-se logo cercados pela multidão do distrito que os esperava ali. Apertos de mãos, gritaria, pancadinhas nas costas, abraços e, finalmente, um salto para o estribo do vagão, com o trem já em movimento. Quando puseram a cabeça de fora pela janela da cabine, os amigos que enchiam a plataforma começaram a cantar ruidosamente um hino de despedida.

– Deus do céu! – disse Andrew, esfregando os dedos entorpecidos. – Esta foi a nossa última penitência. – Mas os olhos brilhavam. E um minuto depois já confessava: – Não gostaria de perder essa manifestação por coisa alguma deste mundo. Que gente boa! E pensar que, há um mês, metade dessa gente andava querendo beber o meu sangue! Não se pode negar a evidência: a vida é uma coisa muito engraçada. – Sentou-se ao lado de Christine, fitando-a com bom humor. – E fique sabendo, Sra. Manson: embora você seja uma senhora, esta é a sua segunda lua-de-mel!

Chegaram de noite a Southampton e foram logo para bordo do navio em que deviam atravessar a Mancha.

Na manhã seguinte, viram o sol levantar-se por trás de St.-Malo e uma hora mais tarde a Bretanha os recebia.

O trigo estava amadurecendo, as cerejeiras carregadas de frutos; cabras vagavam nas pastagens floridas. Foi Christine que teve a idéia daquele lugar, para entrar em contato com a verdadeira França – não a França das galerias de pintura, dos palácios, das ruínas e dos monumentos históricos. Nada do que os guias turísticos insistiam que visitassem.

Pararam em Val André. Ao hotelzinho que escolheram chegavam o murmúrio do mar e o cheiro dos campos.

 O quarto de dormir não era encerado, mas muito limpo,

e o café-da-manhã vinha fumegando num bule azul de louça grossa. Ficavam a espreguiçar o dia todo.

– Oh! Deus! – Andrew não se cansava de repetir. – Isso é estupendo, meu bem. Não quero mais saber, nunca mais, de ter pela frente uma pneumonia lombar.

Bebiam sidra, comiam lagostas, camarões, pastéis e cerejas. À noite, Andrew jogava bilhar com o dono do hotel. Algumas vezes conseguia perder só por cinqüenta pontos numa partida de cem.

Tudo era adorável, estupendo, delicioso... Andrew não poupava os adjetivos. Tudo, menos os cigarros – gostaria de acrescentar.

Um mês inteiro de alegrias passou bem depressa. E, desde então, cada vez com maior freqüência e sempre com inquietude, Andrew começou a apalpar a carta fechada que tinha ficado no bolso do paletó por mais de uma quinzena. A carta até já estava manchada pelo sumo de cereja e pelos restos de chocolate.

– Vamos com isso! – sugeriu Christine, certa manhã. – Nós mantivemos nossa palavra! Abra a carta.

Andrew rasgou cuidadosamente o envelope. Leu a carta estirado no chão. Foi-se sentando devagarinho. Leu-a de novo. E, em silêncio, passou-a às mãos de Christine.

Era do Professor Challis. Informava que, em vista de suas investigações sobre a inalação de pó, a Junta de Pesquisas sobre o Trabalho de Mineiros e Metalúrgicos resolvera fazer um estudo completo do assunto, a fim de apresentar um memorial à Comissão Parlamentar. Sendo assim, a junta teria de indicar um médico oficial que se ocupasse exclusivamente da questão. E, diante das suas recentes pesquisas, decidiram unanimemente e sem vacilação oferecer-lhe o cargo.

Quando Christine leu isso, olhou encantada para o marido:

– Eu não lhe disse que ia acontecer uma coisa boa? – Sorriu. – Isso é magnífico!

Ele atirava pedrinhas, nervosamente, contra uma lata vazia abandonada na praia.

– Deve ser trabalho clínico – pensava em voz alta. – Não pode ser outra coisa. Eles *sabem* que eu sou um clínico.

Ela o observava com sorriso cheio de intenção.

– Naturalmente, querido, você não se esqueceu da nossa combinação: seis semanas, no mínimo, aqui, sem fazer nada! Isso não deve interromper as nossas férias.

– Não, não. – E, consultando o relógio: – Terminaremos as nossas férias, mas... de qualquer modo... – Deu um pulo e levantou-se alegremente. – Um passeiozinho até a estação do telégrafo só nos pode fazer bem. E eu gostaria de saber se existe lá um indicador de horários para viagem.

Parte III

1

A Junta de Pesquisas sobre o Trabalho de Mineiros e Metalúgicos, indicada comumente pelas iniciais J.M.M., estava instalada num grande e imponente edifício cinzento, a pouca distância dos jardins de Westminster, convenientemente situada entre a Junta Comercial e o Departamento de Minas, que de quando em quando entravam em disputa feroz para firmar seu predomínio sobre a repartição.

Na luminosa manhã do dia 14 de agosto, Andrew galgou apressadamente os degraus da entrada do edifício, exuberante de saúde e de entusiasmo, com a expressão de um homem disposto a conquistar Londres.

– Sou o novo médico – disse ao porteiro, que usava uniforme do Departamento do Trabalho.

– Sim, doutor... Pois não, doutor – respondeu o porteiro, com ar paternal. Andrew gostou de saber que estava sendo esperado. – O doutor precisa avistar-se com o nosso prezado Sr. Gill Jones! Acompanhe o nosso novo médico ao escritório do Sr. Gill.

O elevador subiu vagarosamente, deixando entrever corredores pintados de verde e muitos andares, nos quais se viam outros contínuos com o uniforme do Departamento do Trabalho. Depois, Andrew foi levado a uma ampla sala, muito arejada, onde apertou a mão do Sr. Gill, que se levantou da sua mesa e pôs de lado o número do *The Times*.

– Venho assumir o cargo com um pouco de atraso – declarou Andrew, falando forte. – Minha senhora e eu voltamos ontem da França. Mas já estou inteiramente pronto para começar.

– Muito bem. – Gill era um homenzinho jovial, de óculos, roupa azul-escura e gravata da mesma cor, presa por um argolão de ouro a um colarinho de estilo quase clerical. Olhava para Andrew com ar de simpatia afetada.

– Queira sentar-se! Quer tomar uma xícara de chá ou um copo de leite quente? Costumo tomar qualquer coisa por volta de 11 horas. E... é verdade, está quase na hora...

– Oh! Nesse caso... – disse Andrew com hesitação. E, depois, animando-se: – Talvez possamos conversar sobre o trabalho enquanto...

Cinco minutos depois, um servente apareceu com uma boa xícara de chá e um copo de leite.

– Acho que há de gostar, Sr. Gill.

– Obrigado, Stevens. – Quando Stevens saiu, Gill voltou-se para Andrew com um sorriso. – Você há de ver como esse camarada é prestativo. Faz umas torradinhas com manteiga que são deliciosas. É bem difícil arranjar contínuos eficientes. Temos aqui gente de todas as repartições: Ministério do Interior, Departamento de Minas, Junta Comercial. Eu mesmo – Gill pigarreou, com suave orgulho – sou funcionário do Almirantado.

Enquanto Andrew sorvia o leite e aguardava com impaciência informações sobre o serviço, Gill discorria prazerosamente sobre o tempo, a Bretanha, o montepio do funcionalismo e a eficácia da pasteurização. Depois, levantando-se, levou Andrew para a sala que lhe fora reservada.

Era também bem arejada, tranqüila, com bons tapetes e uma linda vista para o Tâmisa. Um besourão azulado zumbia nostalgicamente, batendo contra a vidraça.

– Reservei esta sala para o senhor – disse Gill amavelmente. – Está bem arranjadinha. Repare... Há uma boa lareira, para o inverno. Faço votos que fique bem instalado.

– Por quê? É uma sala maravilhosa! Mas...

– Deixe-me apresentar agora a sua secretária, a Srta. Mason.

Gill bateu numa porta de comunicação e abriu-a. A Srta. Mason, uma mulher de certa idade, mas bonita, limpa e bem-vestida, estava sentada a uma mesinha de trabalho. Levantou-se, deixando de lado o *Times*.

– Bom dia, Srta. Mason.

– Bom dia, Sr. Gill.

– Srta. Mason, apresento-lhe o Dr. Manson.

– Bom dia, Dr. Manson.

Andrew sentiu-se um pouco tonto com todos esses cumprimentos, mas logo serenou e juntou-se à conversa.

Cinco minutos mais tarde, ao retirar-se, bem-humorado, Gill disse a Andrew, como a encorajá-lo:

– Eu lhe mandarei algumas pastas.

As pastas chegaram pelas mãos carinhosas de Stevens. Além dos seus talentos de fornecedor de leite e torradinhas, Stevens era o melhor transportador de pastas da repartição. Entrava a toda hora na sala de Andrew, sobraçando documentos. Colocava-os com toda a ternura sobre a mesa, numa caixinha de metal onde estava escrito "Entrada". E, à procura do que poderia levar, os olhos se dirigiam ansiosamente para a outra caixinha, onde estava escrito "Saída". Cortava o coração de Stevens encontrar vazia a caixinha de "Saída". Nessa lamentável contingência, retirava-se de cabeça baixa, derrotado.

Confuso, atônito, irritado, Andrew examinou apressadamente toda a papelada: minutas das atas das últimas reuniões da J.M.M., coisas indigestas, estúpidas, sem importância. Então, recorreu com impaciência à Srta. Mason.

Mas ela, que viera, como explicou, do Departamento de Pesquisas sobre Carnes Congeladas, bem poucos esclarecimentos pôde dar. Explicou-lhe que o horário era das 10 às 16 horas. Falou-lhe ainda do time de hóquei da repartição.

– É claro que me refiro ao quadro feminino, Dr. Manson. – A Srta. Mason era a capitã do time. Por fim, perguntou-lhe se podia continuar a ler o *Times*. E o olhar dela o aconselhava a ter calma.

Mas Andrew não tinha calma. Revigorado pelas férias, ansioso por trabalhar, começou a andar de um lado para o outro da sala, sobre os macios tapetes. Pôs-se a contemplar exasperadamente a cena animada do rio. Iam e vinham rebocadores. Longas filas de barcaças de carvão se arrastavam contra a correnteza. Depois, marchou para a sala de Gill.

– Quando eu começo?

Gill sobressaltou-se diante do imprevisto da pergunta.

– Meu caro colega, você me surpreende. Eu pensei que lhe tinha dado trabalho bastante para um mês. – Olhou o relógio. – Vamos, é hora do almoço.

Depois de saborear o seu peixinho frito, enquanto Andrew enfrentava um chope duplo, Gill explicou que a próxima sessão da junta não se realizaria, nem poderia mesmo realizar-se, antes de 18 de setembro, porque o Professor Challis estava na Noruega, o Dr. Maurice Gadsby, na Escócia, Sir William Dewar, presidente da junta, na Alemanha, enquanto o seu chefe imediato, o Sr. Blades, andava em Frinton com a família.

Foi com uma grande confusão na cabeça que Andrew voltou, aquela tarde, para junto de Christine. Os móveis ainda estavam no depósito e, como tinham muito tempo para procurar casa, alugaram por um mês um pequeno apartamento mobiliado em Earl's Court.

– Você não pode acreditar, Chris! Não prepararam nada que eu possa fazer. Tenho de passar um mês inteiro bebendo leite, lendo o *Times* e atas de sessões, sem esquecer, é claro, as longas prosas sobre hóquei com a velhota Mason.

– Prefiro que reserve a prosa para a velhota que é a sua esposa. Oh! meu bem, isto aqui é adorável para quem vem de Aberalaw. Fiz uma excursãozinha, hoje de tarde, até Chelsea. Vi lá a casa de Carlyle e a Tate Galery. Planejei passeios tão lindos para nós! Podemos ir de barco até Kew. E os jardins, querido? No mês que vem, Kreisler dará concertos no Albert's Hall. E devemos ver o Memorial, para descobrir por que é que toda a gente ri dele. E há uma peça nova no New York Theatre Guild. Também seria esplêndido se eu fosse me encontrar com você na cidade para almoçarmos juntos. – Ela estendeu-lhe a mãozinha vibrante. Poucas vezes Andrew a vira tão animada. – Querido! Vamos jantar fora. Há um restaurante russo nesta mesma rua. Parece bom. E depois, se você não estiver muito cansado, nós podemos...

– Olhe aqui – protestou ele, quando Christine o arrastava para a porta. – Eu pensava que você fosse o membro ajuizado da família. Mas acho, Chris, que, depois do meu primeiro dia de *trabalho*, devo ter uma noite divertida.

Na manhã seguinte, leu toda a papelada que estava na mesa, rubricou-a e por volta das 11 horas já estava passeando pela jaula, sem nada para fazer. Mas a jaula era pequena demais para contê-lo. Impacientemente, saiu para explorar o edifício. Era tão desinteressante como um necrotério sem cadáveres. Mas, subindo ao último andar, encontrou-se de repente num grande salão, com alguns aparelhos de laboratório. E ali, sentado sobre um caixote, um rapaz vestido com um paletó branco, comprido e sujo, tratava desconsoladamente das unhas, enquanto o cigarro amarelava ainda mais a mancha de nicotina no canto do lábio.

– Olá! – disse Andrew.

Houve uma pausa. Depois, o outro respondeu, sem interromper o que estava fazendo:

– Se perdeu o caminho, o elevador é na terceira porta, à direita.

Andrew encostou-se à mesa de análise e tirou um cigarro do bolso. Perguntou:

– Você não serve chá aqui?

Pela primeira vez o rapaz levantou a cabeça. Os cabelos bem negros e alisados à custa de brilhantina formavam um contraste singular com a gola levantada do seu paletó manchado.

– Apenas para ratos brancos – respondeu com ar sério. – As folhas de chá são muito nutritivas para eles.

Andrew riu, talvez porque o autor da piada era um rapaz mais jovem do que ele.

– Chamo-me Manson.

– Já temia isso. Veio, então, juntar-se à legião dos esquecidos, hein? – Uma pausa. – Eu sou o Dr. Hope. Mas o meu nome não quer dizer nada.*

– O que você está fazendo aqui?

– Só Deus sabe... e o tal do Billy dos Botões; quero dizer, Dewar! Sento-me aqui algumas vezes e fico pensando. Mas, geralmente, fico apenas sentado. Uma vez por outra, me mandam pedaços de minérios estraçalhados e me perguntam a causa da exploração.

– E você responde qual foi? – indagou Andrew polidamente.

 **Hope*, em inglês, significa esperança. (*N. do T.*)

– Não – disse Hope, com rudeza. – Dou palpites à-toa, por prazer.

Sentiram-se mais à vontade depois da vulgaridade da frase e foram almoçar juntos. No caminho, Hope explicou que só graças ao bom tempo é que ainda estava com a cabeça regulando. Também explicou outras coisas a Manson. Era pesquisador nos laboratórios de Cambridge, onde se salientara – resmungou – pelas suas freqüentes demonstrações de falta de tato. Fora emprestado à junta, em vista de insistentes pedidos do Professor Dewar. Não tinha nada que fazer, fora simples trabalhos mecânicos, que qualquer prático de laboratório podia executar. Achava que acabaria enlouquecendo por causa da negligência e da inércia da junta, que apelidara sarcasticamente de Paraíso dos Maníacos. Era um exemplo bem típico da obra de pesquisas no país, controlada por uma turma de ilustres medalhões, tão inchados de vaidade com as suas próprias teorias e tão ocupados em se combaterem mutuamente que não podiam levar nada adiante, com rumo certo. Hope era puxado daqui para acolá, tinha de fazer o que mandavam e não o que queria, e era tão interrompido no trabalho que nunca passara seis meses na mesma tarefa.

Traçou para Andrew um rápido esboço dos maiorais do Paraíso dos Maníacos. A Sir William Dewar, o caduco mas indomável nonagenário que presidia a junta, dera o apelido de Billy dos Botões, por causa da propensão de Sir William para deixar desabotoadas certas partes essenciais de seu vestuário. O velho Billy dos Botões era presidente de quase todas as comissões científicas da Inglaterra, conforme explicou Hope. Além disso, fazia palestras pelo rádio, neste programa essencialmente popular: *Ciência para criança.*

Havia ainda o Professor Whinney, vulgarmente conhecido entre os estudantes como "Cavalão"; Challis, que não era mau sujeito quando não dava para representar o papel dramático de Pasteur-Rabelais; e o Dr. Maurice Gadsby.

– Você conhece Gadsby? – perguntou Hope.

– Já me encontrei com esse cavalheiro. – E Andrew contou a história do exame.

– Este é o nosso Maurice – comentou Hope, amargamente. – É um sujeitinho furão. Mete-se em tudo. Qualquer dia destes, há de entrar para a Royal Apothecaries. Não resta dúvida de que o camarada é inteligente. Mas não se interessa pela pesquisa científica. Só se interessa pela própria pessoa. – Hope riu de repente. – Robert Abbey tem uma boa história sobre ele. Gadsby queria entrar para o Rumpsteak Club. É um desses clubes que existem em Londres para dar jantares. É só de gente fina, como é fácil de imaginar. Pois bem, Abbey, que é um cidadão prestativo, prometeu fazer o que fosse possível em favor de Gadsby, só Deus sabe por quê. Dias depois, Gadsby encontrou-se com Abbey. "Como é? Entrei?", perguntou ele. "Não", disse Abbey. "Você não entrou." "Deus do céu!", exclamou Gadsby. "Não diga que fui barrado." "Foi barrado", disse Abbey. "Escute, Gadsby! *Você já viu alguma vez, em sua vida, um prato de caviar?*"

Hope derreou o corpo, estourando numa gargalhada. Um momento depois, acrescentava:

– Abbey também faz parte da junta. É um homem decente. Mas é sabido demais para vir aqui com freqüência.

Aquele foi o primeiro dos muitos almoços que Andrew e Hope tiveram juntos. Apesar de suas gracinhas de estudante e da inclinação natural para não levar nada a sério, Hope era um rapaz de talento. Sua irreverência era sadia. Andrew intuiu que ele ainda havia de ser qualquer coisa na vida. E, com efeito, nos momentos de seriedade, Hope confessou muitas vezes o ansioso desejo de voltar ao trabalho de verdade, que planejara para si mesmo, sobre o isolamento dos fermentos gástricos.

De vez em quando, Gill vinha almoçar com eles. Hope tinha uma frase bem característica para defini-lo: "É um bom pobre-diabo!" Embora envernizado por trinta anos de funcionalismo, passando de servente a chefe da portaria, Gill era de baixa extração social. Trabalhava na repartição como uma pequenina máquina bem azeitada, que rodava com facilidade. Chegava de Sunbury todas as manhãs, sempre pelo mesmo trem, e, quando não ficava preso na repartição, tomava sempre o mesmo trem de volta. Tinha em Sunbury uma esposa, três filhas e um jardinzinho onde cultivava rosas. Parecia uma legítima encarnação do perfeito suburbano. Contudo, existia debaixo dessa aparência um Gill autêntico, que amava o inverno de Yarmouth e sempre passava lá as férias de dezembro; que sabia quase todo de cor um livro chamado *Hadji Baba* – uma verdadeira Bíblia para ele – e que, membro havia 15 anos da Sociedade Protetora dos Animais, se dedicava com certa pose a tratar dos pingüins do Jardim Zoológico.

De vez em quando, Christine também comparecia ao almoço. Gill desdobrava-se em amabilidades para sustentar a fama de cortesia do funcionalismo. O próprio Hope procedia com admirável gentileza. Confessou a Andrew que ficara abalado nas suas convicções de celibatário desde que encontrara a Sra. Manson.

Os dias foram passando. Enquanto Andrew esperava a reunião da junta, Christine e ele iam descobrindo Londres. Fizeram uma viagem de barca a Richmond. Foram a um teatro chamado Old Vic. Travaram relações com as gaitas de Hampstead Heath, conheceram o encanto de um cafezinho servido num quiosque, à meia-noite. Passearam pela zona operária. Foram remar na Serpentine. Perderam as ilusões sobre o Soho... Quando já não precisavam consultar os mapas da cidade antes de entrarem no metrô, começaram a se sentir londrinos de verdade.

2

Na tarde de 18 de setembro, reuniu-se afinal, com a presença de Andrew, o conselho diretor da J.M.M.

Ao lado de Gill e de Hope, percebendo os sorrisos zombeteiros que o último lhe dirigia, Andrew observava a entrada dos figurões no salão de cornijas douradas: Whinney, Dr. Lancelot Dodd-Canterbury, Challis, Sir Robert Abbey, Gadsby e o próprio Billy dos Botões – William Dewar.

Antes de entrarem, Abbey e Challis falaram com Andrew. Abbey, duas ou três palavras bem simples, o professor, um jorro abundante de frases gentis e congratulatórias pela sua nomeação. E, ao passar, Dewar virou-se para Gill, exclamando na vozinha estridente que não tinha igual:

– Onde está o nosso novo médico, Sr. Gill? Onde está o Dr. Manson?

Andrew levantou-se, espantado com o tipo de Dewar, que ultrapassava mesmo a descrição de Hope. Billy era pequenino, curvado e cabeludo. Usava roupas velhas, o colete cheio de manchas, os bolsos do sobretudo esverdeado entupidos de papéis, panfletos e memorandos de uma dúzia de sociedades diferentes. Não havia desculpa para Billy, pois tinha muito dinheiro e muitas filhas, uma delas casada com um milionário nobre inglês. Mas o certo é que parecia então, como sempre pareceu, um macaco velho e maltratado.

– Havia um Manson comigo na universidade, em 1888 – guinchou com ar benevolente, à guisa de cumprimento.

– Era este daqui – murmurou Hope, que não resistia à tentação de pilheriar.

Billy escutou.

– Como *você* pode saber, Dr. Hope? – perguntou, espiando por cima do pincenê de aros de metal, pendurado na ponta do nariz. – Nesse tempo você nem estava ainda nos cueiros. Ih! Ih! Ih! Ih!

Foi-se embora, dando risadinhas, para o seu lugar à cabeceira da mesa. Nenhum dos colegas, que já estavam sentados, tomou conhecimento dele. Ignorar orgulhosamente a presença dos companheiros fazia parte da técnica da junta. Isso, porém, não perturbou Billy. Tirando do bolso um maço de papéis, bebeu um pouco de água que tirou de uma garrafa, apanhou um martelinho que estava em sua frente e bateu uma pancada estrondosa na mesa.

– Senhores, meus senhores! O Sr. Gill vai proceder agora à leitura da ata.

Gill, que funcionava como secretário da junta, recitou rapidamente a ata da sessão anterior, enquanto Billy, sem prestar a menor atenção a essa cantilena, ora folheava os papéis, ora piscava com simpatia para Andrew, a quem vagamente associava com o Manson da universidade, de 1888.

Quando Gill terminou, Billy empunhou logo o martelo.

– Senhores! É com especial satisfação que vemos hoje aqui o nosso novo médico. Recordo-me que, ainda por volta de 1904, salientei a necessidade de dispor a junta dos serviços de um clínico permanente como valioso assistente para os patologistas que de vez em quando conseguimos pescar, senhores – Ih! Ih! –, que de vez em quando conseguimos pescar no Instituto de Pesquisas. E digo isso com a maior consideração pelo nosso jovem amigo Hope, de cuja bondade – Ih! Ih! –, de cuja bondade temos abusado tanto. Lembro-me agora muito bem que ainda em 1889...

Sir Robert Abbey interveio:

– Tenho a certeza, senhor, de que todos os membros da junta também felicitam o Dr. Manson, de todo o coração, pelo seu trabalho sobre a silicose. Se assim posso dizer, considero-o um trabalho muito paciente e original de investigação clínica, e que, como bem compreende a junta, pode ter efeito decisivo sobre a nossa legislação industrial.

– Muito bem! Muito bem! – trovejou Challis, apadrinhando o protegido.

– Era isso mesmo que eu ia dizer, Robert – resmungou Billy, com rabugice. Para ele, Abbey era ainda um rapaz, quase um estudante, cujas interrupções deviam ser ralhadas com doçura. – Quando decidimos em nossa última reunião que essa pesquisa teria prosseguimento, o nome do Dr. Manson imediatamente se impôs. Foi ele quem abriu essa questão e a ele se devem dar todas as oportunidades para levá-la adiante. Senhores, nós queremos que ele... – sendo uma coisa em favor de Andrew, piscou-lhe intencionalmente – que ele visite todas as minas de antracito do país, e mais tarde será possível estender isso a todas as minas de carvão. Também desejamos que disponha de todos os elementos para o exame clínico dos trabalhadores das indústrias mineiras. Nós lhe concederemos todas as facilidades, inclusive os estimáveis serviços bacteriológicos do nosso amigo Dr. Hope. Em suma, senhores, não há nada que não desejemos fazer para que o nosso novo médico conduza esse assunto importantíssimo de inalação de poeira até as últimas conclusões científicas e administrativas.

Andrew respirou rápida e furtivamente. Era esplêndido, esplêndido – muito melhor do que poderia esperar. Iam dar-lhe carta branca, apoiá-lo com a imensa autoridade que tinham, deixá-lo entregue às investigações clínicas. Eram uns anjos, todos eles. E Billy era o próprio Arcanjo Gabriel.

– Mas, senhores – cacarejou Billy subitamente, tirando dos bolsos nova papelada. – *Antes* do Dr. Manson dedicar-se a este problema, antes que possamos sentir-nos à vontade para lhe permitir concentrar seus esforços nesse ponto, acho que ele deve tratar de outra questão mais premente.

Uma pausa. Andrew sentiu o coração apertado, caindo logo em desânimo quando Billy continuou:

– O Dr. Bigsby, da Junta Comercial, apontou-me a alarmante discrepância que existe nas especificações dos equipamentos industriais de pronto-socorro. Há, na verdade, uma definição na lei vigente, mas ela é elástica e insatisfatória. Não existem, por exemplo, padrões exatos quanto ao tamanho e ao peso das ataduras e quanto ao comprimento, o material e o tipo das talas. Ora, senhores, isso é assunto importante e que diz respeito diretamente a esta junta. Lamento profundamente que o nosso médico tenha de proceder a uma investigação completa e apresentar um relatório sobre a matéria antes de devotar-se ao problema da inalação.

Silêncio. Andrew correu os olhos, desesperadamente, em torno da mesa. Dodd-Canterbury estirava as pernas e fitava o teto. Gadsby desenhava diagramas no bloco de papel. Whinney franzia a testa. Challis inchava o peito, para tomar a palavra. Mas foi Abbey quem disse:

– Naturalmente, Sir William, essa é uma questão que compete à Junta Comercial ou ao Departamento de Minas.

– Nós estamos à disposição de cada uma dessas entidades – guinchou Billy. – Nós somos... Ih! Ih! o orfãozinho que elas tutelam.

– Sim, eu sei. Mas, afinal de contas, isso... essa questão de ataduras é uma coisa de certo modo trivial, e o Dr. Manson...

– Afirmo-lhe, Robert, que está muito longe de ser trivial. Será discutida no Parlamento por estes dias. Ainda ontem, Lorde Ungar me falou a respeito.

– Ah! – exclamou Gadsby, levantando as orelhas. – Se Ungar se interessou, temos de atendê-lo. – Gadsby estava sempre pronto para adular, e Ungar era um homem cuja simpatia desejava muito obter.

Andrew foi levado a intervir.

– Desculpe-me, Sir William – disse, todo atrapalhado. – Eu... eu imaginei que ia fazer aqui trabalho clínico. Há um mês que estou de braços cruzados à espera disso e agora sei o que eu tenho a fazer...

Parou ali, lançando os olhos para os membros da junta. Foi Abbey que veio em sua ajuda.

– É muito justo o ponto de vista do Dr. Manson. Há quatro anos que ele vem cuidando pacientemente do seu assunto e agora, quando se oferecem todas as facilidades para desenvolvê-lo, propomos que ele vá calcular dimensões de ataduras!

– Se o Dr. Manson tem sido tão paciente durante quatro anos, Robert – apitou Billy –, pode ter ainda mais um pouco de paciência. Ih! Ih!

– Isso é verdade, é verdade – trovejou Challis. – Talvez possa tratar da silicose nas horas vagas.

Whinney pigarreou.

– Agora – cochichou Hope para Andrew – o Cavalão vai rinchar.

– Senhores – disse Whinney –, há muito tempo que ando pedindo à junta para investigar o problema da fadiga muscular em relação ao calor das fornalhas. Como sabem, é um assunto que me interessa profundamente e que, para falar com franqueza, não tem merecido dos senhores a devida atenção, apesar da sua importância. Agora, já que o Dr. Manson será afastado do caso da inalação, parece-me admirável a oportunidade para se levar a efeito esse relevante problema da fadiga muscular...

Gadsby olhou para o relógio.

– Tenho um encontro marcado em Harley Street dentro de 35 minutos.

Whinney voltou-se zangado para Gadsby. O Professor Challis, seu colega, o apoiou estrondosamente:

– Que impertinência intolerável!

Parecia que ia rebentar um tumulto.

No entanto, a cara amarelada e conciliadora de Billy espreitava a reunião, por trás das suíças. Não estava perturbado. Havia quarenta anos que dominava sessões assim. Bem sabia que todos o detestavam e queriam vê-lo pelas costas. Mas não ia embora, nunca ia embora. Seu vasto crânio estava entupido de problemas, dados, notas, fórmulas obscuras, equações; entupido de fisiologia e química, de fatos e hipóteses – um imenso sepulcro cavernoso, mal-assombrado por fantasmas de gatos estripados, alumiado por luz polarizada e todo pintado de cor-de-rosa pela grata lembrança de que, quando menino, Lister lhe dera palmadinhas na cabeça. Disse com toda a candura:

– Devo declarar aos senhores que já tomei a iniciativa de prometer a Lorde Ungar e ao Dr. Bigsby que os auxiliaríamos nas suas dificuldades. Seis meses devem bastar, Dr. Manson. Talvez um pouco mais. E não será desinteressante. Entrará em contato com muitas pessoas e coisas, rapaz. Lembre-se do que disse Lavoisier sobre a gota de água. Ih! Ih! E agora, quanto ao exame patológico dos espécimes de Wendower, feito em julho último pelo Dr. Hope...

Às 16 horas a sessão estava terminada. Andrew pôs-se a discutir o caso com Gill e Hope, na sala de Gill. A impressão causada pela junta começava a inspirar-lhe certa discrição pessoal. E talvez contribuísse para isso a idade que ia aumentando. Não bradou nem explodiu em furiosos comentários. Contentou-se simplesmente em espetar uma folha de papel do governo com uma pena do governo, numa mesa do governo.

– Isso não é tão mau como parece – consolava Gill. – Bem sei que terá de viajar por todo o país, mas isso até pode ser agradável. Deve levar a sua senhora. Para Buxton, por exemplo. Fica no centro de toda a zona carbonífera de Derbyshire. E ao fim de seis meses você poderá dar começo ao trabalho sobre antracito.

– Nunca mais poderá fazer isso – Hope arreganhou os dentes. – Será contador de ataduras para o resto da vida!

Andrew apanhou o chapéu.

– O defeito que você tem, Hope, é... ser moço demais.

Foi para casa encontrar-se com Christine. Ela fizera questão de não perder a alegre aventura. Compraram por 60 libras um automóvel Morris de segunda mão e partiram na segunda-feira seguinte para a grande investigação sobre socorros de emergência. Deve-se reconhecer que estavam bem contentes quando o carro ganhou a estrada de rodagem para o norte. E depois de imitar Billy dos Botões na direção do volante, Andrew observou:

– Ora bolas! Pouco importa o que disse Lavoisier sobre a gota de água. Estamos juntos, Chris! Isso é o que importa.

O serviço era imbecil. Consistia na inspeção do material de pronto-socorro nas diferentes jazidas de carvão do país: talas, ataduras, algodão, desinfetantes, torniquetes etc. Nas minas ricas, o equipamento era bom. Nas minas pobres, o equipamento era ruim. A inspeção em subterrâneos não era novidade para Andrew. E fez centenas de inspeções arrastando-se por quilômetros de galerias no fundo das jazidas de carvão para examinar uma caixa de ataduras, cuidadosamente colocada ali meia horas antes. Nos poços menores da inóspita Yorkshire, o ouvido apanhou cochichos assim: "Corra, Georgie, e diga a Alex para ir à farmácia...", ou então: "Sente-se, doutor; dentro de um minuto tudo estará preparado para o doutor ver". Em Notthingham, consolou os empregados de uma ambulância onde não se admitia o álcool, afirmando-lhes que chá frio é um estimulante superior à aguardente. Em todos os lugares, era a favor do uísque. Mas, na maioria dos casos, realizava o serviço com alarmantes escrúpulos.

O casal alugava quartos num centro conveniente. Dali Andrew corria o distrito de carro. Enquanto o marido inspecionava, Christine ficava cosendo, longe dele. Tiveram muitas aventuras, principalmente com donas de pensões. Fizeram amigos, sobretudo entre os inspetores de minas. Andrew não se espantava quando esses cidadãos rudes e simplórios riam loucamente da sua missão. O lastimável era que Andrew ria com eles.

Em março, voltaram para Londres, revenderam o carro com um abatimento de 10 libras apenas sobre o preço de compra, e Andrew pôs-se a escrever o relatório. Tinha decidido dar aos membros da junta um trabalho que valesse o dinheiro gasto, com estatísticas sobre o material, páginas de quadros comparativos, mapas e gráficos que mostrassem como subia a curva das ataduras quando caía a curva das talas. Estava resolvido – explicou a Christine – a mostrar à junta como fizera um serviço bem-feito e como tinha aproveitado bem o tempo em que estivera em inspeção.

Ao fim de um mês, quando já passara às mãos de Gill um rascunho do relatório, Andrew teve a surpresa de receber um chamado do Dr. Bigsby, da Junta Comercial.

– Ele está encantado com o seu relatório – anunciava Gill, todo animado, acompanhando Andrew ao longo de Whitehall. – Eu não deixaria que essa oportunidade escapulisse. Sim, senhor! Meu caro colega, isso é um começo esplêndido para você. Nem faz idéia de como Bigsby é importante. Traz toda a administração das fábricas no bolsinho do colete!

Perderam bastante tempo até chegarem à presença do Dr. Bigsby. Tiveram de esperar, de chapéu na mão, em duas ante-salas até serem recebidos. Mas eis afinal o Dr. Bigsby, corpulento e cordial, com uma roupa cinzenta e polainas de tom mais escuro, colete de abotoadura dupla e aparatosa eficiência.

– Sentem-se, cavalheiros. A propósito deste seu relatório, Manson, estive folheando o rascunho e, embora seja cedo para falar, devo dizer-lhe que me causou boa impressão. Altamente científico. Gráficos excelentes. De coisas assim é que nós precisamos neste departamento. Agora, como estamos em vias de padronizar os equipamentos de fábricas e minas, acho que deve conhecer meus pontos de vista. Antes de tudo, vejo que recomenda ataduras de 8 centímetros como o melhor tipo. Ora, eu prefiro ataduras de 6 centímetros. Você há de concordar comigo, não é verdade?

Andrew irritou-se; devia ter sido por causa das polainas.

– No meu entender, pelo menos no que se refere às minas, acho que as ataduras mais largas são as melhores. Mas, que diabo! Quase não faz diferença!

– Hein? Como? – Bigsby corou até a raiz dos cabelos. – Não faz *diferença*?

– Quase nenhuma.

– Mas o senhor não vê... não compreende, é todo o princípio da padronização que está em jogo. Se nós sugerimos 6 centímetros e o senhor recomenda 3, pode resultar daí uma série de dificuldades.

– Pois eu recomendo 8 centímetros – disse Andrew friamente.

Os pêlos de Bigsby arrepiaram-se, visivelmente.

– Não posso compreender a sua atitude. Há muitos anos que estamos trabalhando para ataduras de 6 centímetros. Está me parecendo que o senhor não sabe quanto este *assunto*...

– Sim, eu sei! – Andrew também perdeu a paciência. – O senhor já andou no fundo de uma mina? Eu, já! Já fiz uma operação sangrenta, estirado numa poça de água, à luz de uma lanterna e num lugar onde não se podia ficar em pé. E posso garantir-lhe que uma diferençazinha à-toa de 2 centímetros nas suas ataduras não vale 10 réis de mel coado.

Saiu do edifício mais apressadamente do que havia entrado. Acompanhando-o, Gill torcia as mãos e lamentava-se em todo o caminho de volta.

Ao chegar à sua sala, Andrew pôs-se à janela, contemplando carrancudamente o tráfego do rio, as ruas movimentadas, os ônibus correndo, os bondes passando estrondosamente sobre as pontes, o burburinho da multidão, o desenrolar palpitante da vida. "Eu não dou para vegetar aqui", pensava, num acesso de impaciência. "Eu só sei viver lá fora... lá fora."

Abbey desistiu de comparecer às reuniões da junta. Challis deixara Andrew desalentado, quase num estado de pânico. Levando-o para almoçar, avisou-lhe que Whinney se empenhava fortemente para conseguir que ele fosse designado para a investigação sobre fadiga muscular antes de tratar da questão da silicose. Andrew raciocinou, esforçando-se desesperadamente para achar graça: "Se isso acontecer, depois dessas ataduras, o melhor que tenho a fazer é virar freqüentador do Museu Britânico."

Voltando para casa, surpreendeu-se olhando invejosamente as placas de metal pregadas nas grades do portão das residêndias dos médicos. Parava, assistia a um paciente tocar a campainha da porta e ser recebido... E então, seguindo melancolicamente o seu caminho, imaginava a cena, as perguntas do médico, a rápida utilização do estetoscópio, toda a excitante ciência do diagnóstico. Também era médico. Não era? Pelo menos, durante um certo tempo...

No fim de maio, ainda nessa disposição de espírito, subia a Oakley Street, por volta das 17 horas, quando viu de repente uma multidão reunida em torno de um homem estirado na calçada. No meio-fio, havia uma bicicleta arrebentada e, pouco adiante, um caminhão atravessado na rua.

Cinco segundos depois, Andrew já estava no meio do povo, observando o homem atropelado. Junto dele, ajoelhava-se um policial. O homem estava sangrando muito de uma ferida profunda na virilha.

– Olhe aqui! Deixe-me passar. Sou médico.

O policial, que se esforçava inutilmente para fixar um torniquete, virou o rosto perturbado.

– Não consigo parar o sangue, doutor. A ferida é muito funda.

Andrew viu que era impossível usar o torniquete. A ferida era muito profunda, atingindo o vaso ilíaco, e o homem estava morrendo pela hemorragia.

– Levante-se – disse ao guarda. – Ponha o homem de barriga para cima. – Então, enrijecendo o braço direito, inclinou-se e empurrou o punho na barriga do homem, na direção da aorta. Todo o peso do seu corpo, assim transmitido à grande artéria, deteve imediatamente a hemorragia. O policial tirou o quepe e enxugou a testa. Cinco minutos mais tarde, a ambulância chegou. Andrew foi com ela.

Na manhã seguinte, telefonou para o hospital. Como é de costume entre os de sua espécie, o cirurgião dali respondeu bruscamente:

– Sim, sim, o homem está passando bem. Quem deseja saber?

– Oh! – murmurou Andrew, da cabine do telefone público. – Ninguém.

E isso, pensou com amargura, dizia exatamente o que ele era: ninguém, não fazia nada, não tinha futuro. Suportou isso até o fim da semana e, então, calmamente, sem estardalhaço, entregou a Gill, para que o transmitisse à junta, o seu pedido de demissão.

Gill ficou desconcertado, mas reconheceu que já andava receando esse melancólico desfecho. Disse algumas palavras muito bonitas, que terminaram assim:

– Afinal de contas, meu caro colega, eu bem compreendo que o seu lugar é... Bem, para usar uma comparação do tempo de guerra, o seu lugar não é na retaguarda, mas... sim, na linha de frente... com os que combatem.

Hope intrometeu-se:

– Não escute o que diz esse apaixonado por pingüins e roseiras. Você tem sorte. E farei o mesmo, se conservar o juízo... Assim que terminar os três anos de contrato!

Andrew nada soube sobre as atividades da junta quanto ao assunto da inalação de poeira, até que, meses depois, Lorde Ungar levantou a questão, dramaticamente, no

Parlamento, declarando-se fundamentado em documentação médica fornecida pelo Dr. Maurice Gadsby.

Gadsby foi aclamado pela imprensa como um grande cientista e um benfeitor da humanidade. E, naquele mesmo ano, a silicose foi inscrita como uma doença de origem industrial.

Parte IV

1

Começaram a procurar uma clínica. Uma verdadeira montanha-russa. As esperanças subiam até as nuvens, para tombarem logo depois no mais profundo desespero. Espicaçado pela consciência de três derrotas sucessivas – pois era assim que considerava a saída de Drineffy, de Aberalaw e da J.M.M. –, Andrew sonhava com uma desforra. Mas, embora aumentado pela rigorosa economia dos últimos meses de pagamento de burocrata, todo o seu capital não ia além de 600 libras. O casal não saía das agências médicas e não deixava passar qualquer oportunidade vislumbrada nas colunas do *Lancet*. Mas a quantia parecia insuficiente para a compra de um consultório londrino.

Andrew e Christine não podiam esquecer a primeira tentativa. O Dr. Brent, de Cadogan Gardens, ia retirar-se da atividade e oferecia consultório e clientela bem apreciáveis para médico de reputação firmada. Temendo que alguém pudesse chegar na frente para arrebatar-lhe a pechincha, fizeram a extravagância de tomar um táxi e correram para o Dr. Brent. Era um homenzinho de cabeça branca, agradável, com ares quase humildes.

– Sim – disse com modéstia o Dr. Brent. – A clínica é ótima. A casa também é bonita. Quero apenas 7 mil libras de luvas. Há arrendamento por quarenta anos, pagando-se apenas 300 libras por ano. Quanto à clínica... O preço de costume... isto é, a renda correspondente a dois anos. Que tal, Dr. Manson?

– Muito justo! – Andrew concordou, com ar sisudo. – Também me dará uma boa recomendação aos pacientes, não é assim? Obrigado, Dr. Brent. Vamos pensar sobre o caso.

Pensaram sobre o negócio enquanto tomavam chá numa confeitaria modestíssima.

– Sete mil libras! – Andrew soltou uma gargalhada. Atirou o chapéu para trás. Franziu a testa e fincou os cotovelos na mesinha de mármore. – Está difícil, Chris! Esses velhos se agarram aos lugares com unhas e dentes. E, para tirá-los de lá, só com muito dinheiro. A culpa é do nosso sistema médico. Mas se o sistema é esse, tenho de me conformar. Você há de ver! De agora em diante também vou levar a sério essa questão de dinheiro!

– Não faça isso – disse ela, sorrindo. – Temos sido bem felizes na nossa pobreza.

Andrew resmungou:

– Você não há de dizer a mesma coisa quando tivermos de mendigar na rua: uma esmolinha, pelo amor de Deus!

Confiando nos seus títulos médicos, contentava-se com um consultório barato, sem luxo. Queria livrar-se da tirania do sistema de cartões. Mas, quando as semanas foram passando, já aceitava com prazer qualquer coisa, qualquer coisa que lhe desse uma oportunidade. Andou vendo clínicas em Talse Hill, Islington, Brixton e até em Camden Town, onde lhe mostraram um consultório com um buraco no teto. Depois de discutir muito com Hope, que considerava isso um suicídio em vista da insignificância do capital, Andrew já parecia decidido a alugar uma casa e pôr uma placa na porta, à espera de que os pacientes aparecessem.

Mas, ao fim de dois meses, quando já estavam no auge do desespero, a Providência teve pena deles e levou suavemente para o além o Dr. Foy, de Paddington. Quatro linhazinhas do *Medical Journal*, que noticiavam o fato, caíram sob os olhos de Andrew. Embora sem a menor esperança, foram ao número 9 do Chesborough Terrace. Viram a casa. Era um casarão sepulcral, cor de chumbo, tendo ao lado um pequeno ambulatório e, nos fundos, uma garagem de tijolos. Verificaram pelos livros de escrituração que o Dr. Foy estava fazendo perto de 500 libras por ano, à custa principalmente de consultas, com remédios, a uma média de 3 xelins e 6 *pence*. Falaram à viúva, que lhes assegurou timidamente ser muito boa a clínica do finado. Fora mesmo excelente, durante uma certa época. Não faltavam, então, os pacientes "especiais", que entravam pela "porta da frente". Agradeceram e saíram sem entusiasmo.

– Apesar de tudo, eu não sei... – Andrew refletia, preocupado. – São muitas as devantagens. Tenho horror a dispensários. A zona não é boa. Não reparou em todas essas pensões horríveis aqui por perto? Em compensação, pouco adiante, a vizinhança é decente. E a casa é de esquina. A rua tem movimento. O preço está bem de acordo com os nossos recursos. Um ano e meio de prazo para o pagamento... Ela foi correta, incluindo na compra a mobília e o aparelhamento do consultório. E tudo já prontinho para se começar o trabalho. É a vantagem de uma vaga por motivo de morte. O que você acha, Chris? É agora ou nunca. Devemos tentar?

Christine fitou-o longamente, sem se decidir. Londres já perdera para ela todo o encanto da novidade. Gostava do campo, e ali, naquele ambiente desagradável, sentia crescer a vontade de voltar para o interior. Mas, se ele estava resolvido a fazer clínica em Londres, não se animava nem mesmo a tentar dissuadi-lo. Acabou concordando...

– Se você quer assim, Andrew...

No dia seguinte, Manson ofereceu ao procurador da viúva Foy 600 libras, em lugar das 750 pedidas. A oferta foi aceita, e entregue o cheque. E no sábado, 10 de outubro, o casal tirou a mobília do depósito e entrou na posse da nova residência.

No domingo, ainda estavam atrapalhados com a arrumação e bastante apreensivos com a nova vida. Andrew aproveitou a ocasião para impingir um desses sermões, raros mas insuportáveis, que o transformavam num verdadeiro fradeco.

– Chris, tudo aqui está contra nós. Gastamos o último vintém que possuíamos. Temos de viver com o que ganharmos. E só Deus sabe o que é que podemos ganhar. Mas temos de ir adiante. Trate de apertar as coisas, Chris; economize...

Passou pela decepção de vê-la romper em lágrimas, muito pálida, no meio da grande e sombria sala da frente, ainda desarrumada.

– Pelo amor de Deus! – soluçava Christine. – Deixe-me sozinha aqui. "Economize!" Eu não economizei sempre o seu dinheiro? Eu lhe custo *alguma coisa*?

– Chris! – exclamou ele, espantado.

Ela investiu freneticamente:

– O diabo desta casa! É uma coisa que eu não compreendo. Este porão, estas escadas, esta sujeira...

– Isso não tem importância! O que vale de verdade é a clínica.

– Podíamos ter tido uma clinicazinha no interior, em qualquer lugar.

– Ah! Sim! E com um jardinzinho na frente da casa. Era só o que faltava!

Por fim, Andrew pediu desculpas pelo sermão. Depois, de braços dados, foram estrelar ovos no velho e inóspito porão. Para diverti-la, Andrew disse que aquilo não era um porão, mas um trecho do túnel de Paddington. De um momento para outro, veriam passar os trens. Ela forçou um sorriso a essa tentativa de humorismo, mas na verdade só estava prestando atenção ao encanamento quebrado da copa.

No dia seguinte, Andrew abriu o consultório às 9 horas em ponto. Não abriu mais cedo para que não pensassem que estava com muita pressa. O coração batia excitadamente. A ansiedade era maior, muito maior do que naquela manhã, quase esquecida, em que Manson antendeu às primeiras consultas em Drineffy.

Passou meia hora. A expectativa era nervosa. Como o pequeno ambulatório, cuja entrada dava para a rua lateral, estava ligado por um corredorzinho ao restante da casa, ele podia observar dali o consultório propriamente dito, que ocupava a sala da frente do andar térreo. Não estava mal mobiliado: a mesa do Dr. Foy, um sofá, um pequeno armário. Segundo explicara a viúva, ali eram atendidos os pacientes "especiais", que entravam pela porta da frente. Tinha, assim, uma dupla clientela. E Andrew esperava o primeiro paciente com a mesma atenção nervosa com que o pescador aguarda o peixe no anzol.

Contudo, não apareceu ninguém! Eram quase 11 horas e nem sinal de paciente. Junto aos carros enfileirados no outro lado da rua, os motoristas de táxi também esperavam passageiros. Ao lado da do Dr. Foy, toda amassada, brilhava no portão a placa do novo médico.

De repente, quando já estava desanimado, tiniu a campainha da porta do ambulatório e entrou uma velha enrolada num xale. – Bronquite crônica – percebeu logo Andrew, pela respiração opressa, antes mesmo que ela falasse. Suavemente, muito suavemente, ele sentou-a e auscultou-a. Era uma velha paciente do Dr. Foy. Falou-lhe. Preparou-lhe o remédio, num cubículo que fazia as vezes de farmácia, a meio caminho do corredor, entre o ambulatório e a sala da frente. Voltou com o remédio. E então, quando já se preparava, todo trêmulo, para cobrar, a mulher pagou espontaneamente a consulta: 3,6 xelins.

Que emoção nesse momento! Que alegria! Que estranho alívio! Como brilhavam na palma da mão aquelas moedinhas de prata! Parecia até o primeiro dinheiro que ganhava em toda a sua vida. Fechou o ambulatório, correu para Christine, atirou-lhe as pratinhas.

– Primeiro paciente, Chris. Afinal de contas, a velha clínica não podia ser tão ruim assim. Seja como for, o almoço está garantido!

Não havia nenhum paciente para visitar, pois o velho médico, falecido havia quase um mês, não deixara substituto até a chegada de Andrew. Devia esperar até que aparecessem novos chamados. Nesse meio-tempo, percebendo pelos modos de Christine que ela queria enfrentar sozinha os seus apuros domésticos, Manson aproveitou a hora vaga, antes do almoço, num passeio pelo bairro, distribuindo prospectos, observando as barbearias, a longa série de pensões baratas, os estábulos transformados em garagens, as melancólicas praças arborizadas. Ao quebrar a esquina da North Street, tinha diante dos olhos uma cena característica das zonas pobres e sórdidas: casas de penhores, quiosques, tavernas.

Reconheceu que o bairro era velho e decadente. Mas, embora sombrio e sujo, apresentava aqui e ali indícios de vida nova: um grupo de boas residências em construção, algumas lojas bonitas, escritórios e, no fundo da Gladstone Place, a famosa Casa Laurier. Até ele, que nada conhecia de modas femininas, já ouvira falar na Casa Laurier. E se ainda duvidasse da sua elegância, ali estava, para testá-la, a longa fila de automóveis de luxo ao longo do imponente edifício de mármore. Parecia esquisito que a Casa Laurier ficasse tão fora de mão, entre aqueles prédios velhos. No entanto, a sua presença ali era tão indiscutível como a do policial no meio da praça.

Depois do almoço, completou a primeira excursão pelo bairro, visitando os colegas mais próximos. Fez ao todo oito visitas. Só três médicos lhe marcaram uma impressão profunda: o Dr. Ince, da Gladstone Place, um jovem senhor; o Dr. Reeder, da Alexandra Street; e um velho escocês chamado McLean, da esquina da Royal Crescent.

Sentiu-se, porém, um tanto amesquinhado pelo tom com que disseram: "Ah! Foi a clínica do coitado do Foy que o colega conseguiu?" Por que este "conseguiu"?, perguntava a si mesmo, meio zangado. E dizia para si mesmo que dentro de seis meses eles o tratariam de outro modo. Embora já tivesse 30 anos e conhecesse a vantagem da modéstia, tinha pela condescendência alheia o mesmo horror que o gato tem por água fria.

À noite, apareceram três pacientes no ambulatório. Dois deles pagaram os 3 xelins e 6 *pence* da consulta. O terceiro prometeu voltar no sábado, para fazer o pagamento. Ganhara a soma de 10 xelins e 6 *pence*, no primeiro dia de clínica.

Mas o dia seguinte não rendeu nada. E o outro, apenas 7 xelins. Quinta-feira foi um bom dia. Na sexta, uma consulta somente. A manhã de sábado passou em brancas nuvens, mas na parte da noite o ambulatório deu um lucro de 17,6 xelins, muito embora não tivessem voltado na segunda-feita, para efetuar o pagamento, os pacientes a quem fornecera crédito.

No domingo, sem dizer nada a Christine, Andrew pôs-se a examinar tristemente a semana decorrida. Teria cometido um erro terrível, comprando aquela clínica falida, enterrando as suas economias naquele casarão mal-assombrado? Por que não ia para frente? Estava com 30 anos. Sim, já passara dos 30... Além do grau médico, possuía dois títulos importantes: Doutor em Medicina, com distinção, e Membro do Royal College of Physicians. Era competente e tinha a recomendá-lo um bom trabalho de investigação clínica. No entanto, ali estava, cheio de problemas, ganhando apenas o suficiente para não morrer de fome. "A culpa é do sistema profissional", pensava com indignação. "Não é mais para o nosso tempo. Devia existir uma organização melhor, uma oportunidade para todos. Devia haver, mesmo, o controle do Estado." Mas, lembrando-se do Dr. Bigsby e da junta, resmungou com raiva: "Que diabo! Isso também não serve. É a burocracia, a morte da iniciativa individual. Ficarei sufocado aqui. Mas vencerei, que diabo! Vencerei!"

Era a primeira vez que se impunha assim diante dele o lado financeiro da carreira médica. E para convertê-lo ao materialismo não se poderia aconselhar nada mais eficiente do que esses verdadeiros protestos do estômago (era dele mesmo o eufemismo) que experimentava em muitos dias da semana.

A pouca distância da casa, na rua principal, por onde passavam os ônibus, havia uma pequena pastelaria, dirigida por uma mulherzinha gorducha, alemã naturalizada, que dizia chamar-se Smith, mas que era evidentemente Schmidt, a julgar pelo sotaque. Era um lugarzinho bem típico a loja de Frau Schmidt, com seu estreito balcão de mármore abarrotado de arenques fritos, vidros de azeitonas, chucrute, várias qualidades de conserva, pastéis, salames e um delicioso queijo chamado Liptauer. Além disso, tinha a vantagem de ser tudo muito barato. Já que o dinheiro andava tão escasso na casa do médico e o fogão da cozinha estava em ruínas,

Andrew e Christine visitavam com freqüência Frau Schmidt. Nos bons dias, comiam *frankfurter* e *apfelstrudel*; nos dias de crise, o almoço consistia num prato de arenques com batatas cozidas. Algumas noites, entravam na pastelaria, depois de examinarem com olhos gulosos a vitrine de comestíveis, e saíam de lá com qualquer coisa gostosa dentro de uma bolsa de corda.

Frau Schmidt não tardou a travar relações com os novos clientes. Demonstrava especial simpatia por Christine. Sob a massa revolta dos cabelos louros, a cara gorda e lustrosa da alemã desabrochava num sorriso diante de Andrew. E, apertando os olhinhos, dizia-lhe, cheia de estímulos:

– Tudo há de correr bem. O doutor há de vencer. Tem uma boa mulher. Pequenina, como eu. Mas é boa. Espere e verá. Eu lhe arranjarei clientela!

A situação tornou-se ainda mais séria para Andrew e Christine porque o inverno chegou logo depois. As ruas mergulhavam no nevoeiro, aumentado, ao que parece, pela fumaça da grande estação ferroviária ali perto. Trataram de suportar isso de bom humor, procuraram convencer-se de que os seus apertos de vida eram divertidos. Mas em Aberalaw nunca passaram dias tão difíceis.

Christine consertou o que pôde do casarão frio e úmido. Caiou o teto, fez novas cortinas para a sala de espera, forrou de papel o quarto de dormir. Pintando-as de novo, conseguiu transformar por completo as portas estragadas da sala de visitas, no andar térreo.

Os chamados, que recebia de vez em quando, fizeram Andrew conhecer as pensões da vizinhança. O dinheiro desses pacientes não era fácil de receber. Era, em geral, uma gente miserável e mesmo suspeita, acostumada à prática do calote. Mas o médico tratava de captar a simpatia das donas de pensão, umas criaturas magras e estranhas. Ficava a conversar nos corredores sombrios. Dizia: "Não imaginei que estava tão frio! Devia ter trazido o sobretudo." Ou então: "É desagradável andar a pé. Meu carro está agora na oficina."

Fez amizade com o inspetor de veículos que dirigia o tráfego na esquina da casa de Frau Schmidt. Chamava-se Donald Struthers. Houve logo afinidade entre os dois, pois tanto o policial como Andrew tinham vindo de Fife. Struthers prometeu ajudar o patrício no que fosse possível, observando com humorismo um tanto sinistro:

– Pode ficar certo, doutor: se alguém for atropelado aqui, eu mandarei a vítima para o senhor.

Uma bela tarde, já um mês depois de abrir o consultório, Andrew saiu a passeio e correu todas as farmácias do bairro, procurando com ares importantes uma seringa Voss, tipo especial, de 10cc, que bem sabia não encontraria em nenhuma delas. Era um meio de apresentar-se como o novo e importante médico da zona. Ao voltar para casa, viu pela cara de Christine que havia uma boa notícia.

– Há uma paciente à sua espera, no consultório – murmurou ela. – Veio pela porta da frente.

A fisionomia de Andrew expandiu-se. Era o primeiro paciente "especial" que lhe aparecia. Talvez fosse o começo de melhores tempos. E, agitando-se todo, entrou apressadamente no consultório.

– Boa tarde! Em que lhe posso ser útil?

– Boa tarde, doutor. Venho recomendada pela Sra. Smith.

Levantou-se para cumprimentá-lo. Era gorda, robusta, simpática. Trazia um casaquinho de peles e uma bolsa grande. Manson percebeu logo que se tratava de uma dessas mulheres suspeitas que freqüentavam o bairro.

– Ah! Sim – disse ele, perdendo um pouco da animação.

– Oh! doutor – sorria a mulher um tanto acanhada. – Meu amigo acaba de me dar uns lindos brincos de ouro. E a Sra. Smith, de quem sou cliente, me disse que o doutor poderia furar-me as orelhas. Meu amigo receia que eu mesma faça isso com uma agulha suja ou outra coisa qualquer.

Andrew deu um longo suspiro. Devia chegar a tal ponto? Disse, afinal:

– Está bem. Vou furar as suas orelhas.

Fez o serviço cuidadosamente, desinfetando a agulha, esfregando os lóbulos com cloretila e até mesmo colocando os brincos.

– Oh, doutor, que encanto! – E, mirando-se no espelhinho da bolsa: – Não senti nada. Meu amigo vai ficar contentíssimo. Quanto é, doutor?

Havia uma taxa certa para os pacientes "especiais", embora a distinção não fosse muito certa. Foy cobrava 7 xelins e 6 *pence*. Foi quanto Andrew pediu.

A mulher tirou da bolsa uma cédula de 10 xelins. Achava o médico um cavalheiro muito bom, educado e bonito. Apreciava sempre o tipo moreno, como o dele. Ao receber o troco, viu também que ele parecia esfomeado.

Se fosse noutra época, Andrew teria ficado a rodar nervosamente de um lado para o outro, com a impressão de que também estava se prostituindo com um serviço tão inferior. Mas não fez nada disso quando a mulher saiu. Sentia em si mesmo uma estranha humildade. Segurando a cédula amassada, foi à janela e pôs-se a observar a paciente, até que ela desapareceu remexendo as cadeiras, balançando a bolsa, orgulhosa dos brincos que levava nas orelhas.

2

Em meio a essa luta desesperada, Manson sentia profundamente a falta de bons amigos, de bons companheiros. Foi à reunião de uma sociedade médica da redondeza, mas não se divertiu muito. Denny ainda estava fora. Dando-se bem em Tampico, resolvera ficar, como cirurgião da Companhia de Petróleo Novo Século. Não podia contar com ele, pelo menos no momento. Hope, por sua vez, fora mandado para Cambridge, onde, como explicou desabusadamente num cartão-postal, estava contando corpúsculos, por encomenda do "Paraíso dos Maníacos".

Vinha-lhe freqüentemente a vontade de entrar em contato com Freddie Hamson. Chegou mesmo, várias vezes, a procurar na lista o número de seu telefone. Mas desistia sempre de pedir ligação. Ainda não vencera. Ainda não estava devidamente estabelecido na vida – refletia consigo mesmo. E essa idéia detinha o primeiro impulso. Freddie morava ainda na Queen Anne Street, embora noutra casa. Dia após dia, Andrew ia pensando cada vez mais em Hamson, a conjeturar como foi que triunfara, a recordar os velhos tempos de estudante. Não pôde mais. A tentação era demasiado forte. Telefonou.

– Você com certeza já se esqueceu de mim – rosnou, já meio preparado para ouvir os protestos do amigo. – Quem fala é Manson, Andrew Manson. Estou clinicando aqui, em Paddington.

– Manson! Esquecer você? Que idéia é essa, velho camarada? – Freddie estava lírico do outro lado da linha. – Mas, homem de Deus! *Por que* não me telefonou há mais tempo?

– Oh! Ainda não estamos devidamente instalados. – Andrew sorria, animado pela cordialidade de Freddie. – E, antes disso, com aquele emprego na junta, tivemos de viajar por toda a Inglaterra. Sou agora um homem casado, você sabe...

– Eu também! Olha aqui, meu velho; vamos nos aproximar de novo. Quanto antes! Faço questão disso. Você, aqui, em Londres. Estupendo! Deixe-me ver o caderno de notas. Olhe: pode ser quinta-feira? Quer vir jantar conosco? Sim, sim. Será ótimo. Então, até quinta, meu velho! Nesse meio-tempo, mandarei a minha mulher escrever um bilhete à sua senhora.

Christine não demonstrou entusiasmo quando Andrew lhe falou do convite.

– Vá você, Andrew – sugeriu ela, depois de uma pausa.

– Ora! Isso é um absurdo! Freddie deseja que conheça sua mulher. Eu sei que você não gosta dele, mas haverá outras pessoas, outros médicos provavelmente. Podemos ver coisas novas, querida. Além disso, não temos nos divertido ultimamente. Ele falou em smoking. Foi uma sorte eu ter comprado um terno para aquela festa de Newcastle. E você, Christine? Precisa arranjar um vestido que sirva.

– Preciso arranjar um novo fogão a gás – respondeu, um tanto amuada. Aquelas últimas semanas haviam sido bem duras para ela. Perdera um pouco da sua delicadeza, que sempre fora o seu maior encanto. E, às vezes, como nessa ocasião, o seu modo de falar era impaciente e fatigado.

No entanto, na noite de quinta-feira, quando se dirigiram para a Queen Anne Street, ele notou como Christine parecia interessante no seu vestido. Era o mesmo vestido branco que comprara para a festa de Newcastle, mas modificara-o com tanto jeito que dava a impressão de ser ainda mais novo, mais elegante. Penteara-se também de modo diferente, bem liso na cabeça, o cabelo negro emoldurando graciosamente o rosto pálido. Andrew notou isso quando ela endireitou-lhe a gravata. Quis mesmo dizer-lhe que estava linda, mas esqueceu de falar pois, de repente, teve medo de chegar atrasado.

Não chegaram tarde, entretanto. Chegaram cedo, tão cedo, que só ao fim de três minutos constrangedores foi que Freddie apareceu, alegre, de braços abertos, explicando que chegara naquele momento do hospital e que a sua senhora não tardaria a descer. Ofereceu-lhes aperitivos, batendo nas costas de Andrew, convidando-os a sentar-se. Freddie engordara bastante desde aquele encontro em Cardiff. A papada da prosperidade caía-lhe pelo colarinho. Mas os olhos guardavam o mesmo brilho e não havia um só fio de cabelo fora do lugar na cabeça emplastrada de brilhantina. Todo ele irradiava saúde e boa vida.

– Podem crer! – Ergueu o copo. – É um encanto para mim encontrá-los de novo. Desta vez, temos de cultivar as nossas relações. O que acha disso aqui, velho amigo? Lembra-se do que lhe disse naquele jantar, em Cardiff? E, a propósito, que jantar horrível, hein? Garanto que o de hoje será melhor. Eu disse que havia de vencer em Londres. Ocupo aqui a casa toda, é claro. Não apenas um apartamento. Comprei-a no ano passado. E que dinheirão me custou! – Apertou o laço da gravata, todo cheio de si. – Não é preciso dizer por quanto isso me saiu nem mesmo explicar que sou um médico vitorioso. Mas não me incomodo que você fique sabendo, camaradão.

Tudo ali parecia realmente muito caro, não havia dúvida: uma confortável mobília moderna, lareira de luxo, um bom piano, um ramo artificial de magnólias de madrepérola num grande vaso branco. Andrew já se preparava para exprimir a sua admiração quando entrou a Sra. Hamson: alta, serena, com o cabelo negro partido ao meio. O traje marcava uma diferença gritante com o de Christine.

– Venha, querida – acolheu-a Freddie com carinho, mesmo com deferência, e se apressou em encher e oferecer-lhe um cálice de xerez. Houve tempo bastante para que ela bebericasse displicentemente o aperitivo, antes que aparecessem os outros convidados: o casal Charles Ivory, o Dr. Paul Deedman e senhora. Quando estes chegaram, fizeram-se as apresentações, e houve risinhos e conversinhas entre os Ivory, os Deedman e os Manson. Daí a pouco, serviram o jantar.

O aspecto da mesa era rico e finíssimo. Era tal qual um mostruário de luxo que Andrew tinha visto na vitrine de Lan & Benn, os famosos joalheiros da Regent Street. Até os candelabros. A comida era irreconhecível: não se sabia se era peixe ou carne, mas tinha um sabor admirável. Serviram champanhe. Depois de duas taças, Andrew tornou-se mais comunicativo. Começou a conversar com a Sra. Ivory, que se sentara à sua esquerda. Era uma mulher esguia, vestida de preto, com uma soberba coleção de jóias penduradas no pescoço. Os olhos azuis, grandes e salientes, voltavam-se de vez em quando para ele numa expressão quase infantil.

O marido era o grande cirurgião Charles Ivory, explicou ela, sorrindo, quando Andrew lhe fez a pergunta. Ela pensava que todos conheciam Charles. Morava na New Cavendish Street, logo ao virar a esquina. Numa casa própria. Era ótimo residir tão perto do casal Hamson. Charles, Freddie e Paul Deedman eram tão bons amigos! Os três sócios do Sackville Club. Ficou espantada quando Andrew confessou que não era sócio. Pensava que todos tinham de pertencer ao Sackville. E pôs-se a conversar com o outro vizinho de mesa.

Manson voltou-se então para a Sra. Deedman, que estava à direita. Achou-a mais gentil e agradável, com uma carnação opulenta, quase oriental. Encorajou-a a falar também sobre o marido. E dizia consigo mesmo: "Preciso informar-me a respeito desses camaradas. Parecem tão prósperos e vitoriosos..."

Paul – explicou o Sr. Deedman – era clínico. O casal morava num palacete na Portland Place, mas Paul tinha consultório na Harley Street. A clientela era magnífica – explicava tão afetuosamente que nem parecia gabolice –, formada principalmente de hóspedes do Plaza Hotel. Naturalmente, o Dr. Manson conhecia o Plaza, aquele hotel novo e elegantíssimo, que dá vista para o parque. É conhecidíssimo, mesmo porque está sempre cheio de celebridades. Paul era praticamente o médico oficial do Plaza. – E são tantos os milionários americanos e astros de cinema... Sim, todo mundo que é importante se hospeda no Plaza. E isso é estupendo para o Paul.

Andrew gostou da Sra. Deedman. Ficou a escutá-la até que a Sra. Hamson se levantou. Então, apressou-se gentilmente em afastar a cadeira para a vizinha de mesa.

– Charuto, Manson? – perguntou Freddie, com ar de entendido no assunto, quando as senhoras se retiraram. – Há de gostar destes. E aconselho a não perder este *brandy*. É de 1894. Posso atestar a qualidade.

Com o charuto aceso e um pouco de *brandy* num vasto copo bojudo a sua frente, Andrew arrastou a cadeira para ficar mais perto dos outros. Era exatamente isso que ele queria, uma conversinha de médicos bem animada – coisas da profissão e nada mais. Esperava isso de Hamson e seus companheiros. E, realmente, falaram bastante.

– A propósito – disse Freddie –, encomendei hoje, na Casa Glickert, uma dessas novas lâmpadas Iradium. É um tanto salgada no preço. Custou-me quase 80 guinéus. Mas vale a pena.

– Puxa!... – exclamou Deedman, pensativo. Era magro, de olhos negros, com fisionomia inteligente de judeu. – Deve render bastante para compensar o custo.

Andrew apertou o charuto entre os dedos, preparando-se para discutir:

– Essas lâmpadas não me parecem grande coisa. Você deve ter lido, naturalmente, o artigo de Abbey no *Medical Journal*, sobre o mito da helioterapia. Essas lâmpadas Iradium não contêm absolutamente nenhum raio infravermelho.

Freddie olhou espantado e depois sorriu.

– Mas contém a bruta vantagem de cobrar-se 3 guinéus de cada paciente, por aplicação. Além disso, dão à pele um bronzeado muito bonito.

– Olhe aqui, Freddie – interrompeu Deedman. – Eu não sou a favor de aparelhos dispendiosos. Têm de ser pagos muito antes que comecem a render qualquer coisa. Além do mais, envelhecem depressa, passam de moda. Com franqueza, companheiro, não há nada tão vantajoso como a velha injeção.

– E você com certeza sabe como aproveitá-la – disse Hamson.

Ivory juntara-se ao grupo. Era volumoso, mais velho do que os outros, pálido, bem escanhoado, com o desembaraço de um homem mundano.

– Por falar nisso, contratei hoje uma série de injeções. Doze. Manganês, você sabe. Vejam o que eu fiz. É uma coisa que rende atualmente. Eu disse ao paciente: "Olhe aqui, o senhor é um homem de negócios. Esta série de injeções lhe vai custar 50 guinéus, mas se quer pagar adiantado eu posso deixar por 45." O camarada entregou-me o cheque na mesma hora.

– Que esperteza! – comentou Freddie. – Pensei que você fosse cirurgião.

– E sou mesmo – Ivory balançou a cabeça. – Amanhã tenho de fazer uma curetagem na Casa de Saúde Sherrington.

– Não há como fugir – murmurou Deedman distraído, a tirar baforadas do charuto e voltando ao assunto. – Não há como sair disso. É interessante. Numa clínica de gente fina os remédios por via gástrica estão completamente fora de moda. Se eu receitasse para um hóspede do Plaza... por exemplo, uma solução de arsênico, não ganharia com isso mais do que um miserável guinéu. Mas, que faço eu? Aplico a mesma coisa hipodermicamente. Impressiona essa história de esterilizar a agulha, esfregar a pele com algodão embebido em álcool e tudo mais. O paciente acha isso científico e se convence de que o médico é um colosso!

Hamson declarou com convicção:

– É muito bom para os médicos que o tratamento por via gástrica esteja fora de moda nas zonas elegantes. Tome-se o caso do nosso amigo Charlie como um exemplo. Vamos supor que ele receitasse manganês... ou manganês e ferro, o bom remediozinho dos velhos tempos. É o que convém ao paciente, mas o que ganharia o Charlie com isso? Nada além de 3 guinéus. Entretanto, dando a mesma droga numa dúzia de injeções, ganha 50 guinéus... Oh! desculpe, Charlie, quero dizer... 45.

– Menos 12 xelins – murmurou Deedman jovialmente. – Desconte o custo das ampolas.

A cabeça de Andrew rodava. Espantava-o, pela sua novidade, aquele argumento em favor da abolição dos vidros de remédios. Tomou mais um gole de *brandy* para fortalecer o ânimo.

– E ainda há mais uma coisa – refletiu Deedman. – O público não sabe como as injeções são baratas. Quando vê uma caixa de ampolas num consultório de médico, a paciente pensa logo: "Isto deve custar um dinheirão!"

– Observe – disse Hamson, piscando para Andrew –, observe como Deedman emprega quase sempre no feminino a palavra *paciente*. A propósito, Paul, ouvi falar na caçada de ontem. Dummet está querendo formar um grupinho de caça, se você, o Charles e eu o acompanharmos.

Durante uns dez minutos ficaram conversando sobre caçadas, golfe e automóveis. Ivory comprara um carro novo, feito especialmente para ele. Andrew escutava, fumava charuto, bebia *brandy*. Todos já haviam bebido bastante. Um pouco transtornado, Andrew tinha a impressão de que todos eram companheiros ótimos, magníficos. Não o excluíam da conversa. Pelo contrário, sempre davam a entender, por uma palavra ou por um olhar, que era do grupo. Na companhia de gente tão distinta, até se esqueceu de que seu almoço tinha sido apenas arenques à escabeche. E, quando se levantaram, Ivory bateu-lhe afetuosamente no ombro:

– Vou mandar-lhe meu cartão, Manson. Será para mim um prazer examinar um caso em sua companhia... Em qualquer tempo.

Voltando à sala de visitas, encontraram ali uma atmosfera que, pelo contraste, parecia cerimoniosa. Mas Freddie, numa animação tremenda, mais radiante do que nunca, mãos nos bolsos, a camisa de peito duro a luzir imaculadamente, achou que era muito cedo e que todos deviam terminar a noite juntos, no Embassy.

– Receio – Christine lançou um olhar furtivo para Andrew – que não possamos ir.

– Que tolice, querida! – Andrew sorriu, um tanto afogueado. – Não podemos nem sonhar em desmanchar a festa.

Via-se logo que Freddie era conhecidíssimo no Embassy. Instalados numa mesa a um canto, ele e os companheiros faziam curvaturas e dirigiam sorrisos para todos os lados. Champanhe de novo. Dança. "Esses camaradas sabem levar a vida!", refletia Andrew, um tanto influenciado pela bebida, muito expansivo. "Oh! Bonito! Bonito isto que estão tocando! Quem sabe... quem sabe se Christine não gostaria de dançar?"

No táxi, voltando para casa, afirmou alegremente:

– Companheiros de primeira ordem, Chris! Noite magnífica! Você não acha?

Ela respondeu numa voz seca e decidida:

– Foi uma noite horrorosa!

– Hein? Como?...

– Gosto de Denny e Hope... São os que me parecem seus colegas, Andrew... Mas estes, estes superficiais, estes fúteis...

Ele interrompeu.

– Mas, o que é isso, Chris?... O que você achou ruim?...

– Oh! Então, você não viu?! – respondeu ela, numa fúria gelada: – Tudo. A comida, a mobília, o assunto das conversas. É dinheiro, dinheiro o tempo todo. Você não reparou, talvez, como a tal Sra. Hamson olhou para o meu vestido. Ela dava a entender que gasta mais num só tratamento de beleza do que eu com minhas roupas durante um ano inteiro. Chegou a ser engraçada a cena da sala de visitas, quando percebeu que eu não sou ninguém. Ela, sim, é filha de Whitton... O Whitton do uísque! Você nem pode imaginar o que foi a conversa, antes de vocês voltarem lá de dentro. Mexericos de alta-roda, quem é que tinha ido passar o fim de semana na casa de campo de

Fulano, qual o último aborto da sociedade, o que foi que disse o cabeleireiro... E nem uma só palavra sobre coisas decentes. Ora! Ela até insinuou que estava "sendo gentil"... os termos são dela... com o chefe da orquestra de danças do Plaza.

Era diabólico o sarcasmo da sua voz. Confundindo-o com inveja, Andrew disse com a língua meio enrolada:

– Arranjarei muito dinheiro, Chris. Comprarei uma porção de vestidos caros para você.

– Não preciso de dinheiro – disse ela, com força. – E tenho horror a vestidos caros.

– Mas... querida. – Chegou-se, meio embriagado, para junto dela.

– Não faça isso! – O tom assustou-o. – Eu gosto de você, Andrew. Mas não quando está bêbado.

Ele encolheu-se no canto, desconcertado, furioso. Era a primeira vez que ela o repelia.

Pagou o táxi e entrou em casa antes dela. Então, sem uma palavra, subiu ao quarto mal mobiliado. Tudo parecia feio e triste ao voltar de ambientes tão luxuosos. O interruptor da luz não funcionava direito. Toda a instalação da casa era defeituosa.

"Que diabo!", pensava, ao atirar-se na cama. "Preciso sair deste buraco. Christine há de ver. *Quero* ganhar dinheiro. O que posso fazer sem dinheiro?"

Pela primeira vez, o casal dormiu em quartos separados.

3

Na manhã seguinte, quando se encontraram à hora do desjejum, Christine procedeu como se todo o incidente estivesse esquecido. Andrew percebeu que ela se esforçava para fazer-se mais agradável do que nunca. Intimamente lisonjeado, mostrou-se, entretanto, ainda mais rabugento e carrancudo. "Uma mulher precisa, de vez em quando, de quem lhe ensine o seu verdadeiro lugar", refletia ele, fingindo-se muito absorvido na leitura dos jornais. Mas, depois de receber algumas respostas secas, Christine mudou subitamente de atitude. Perdeu o ar amável, encolheu-se num canto da mesa, em silêncio, de cara amarrada, sem olhar para o marido. Terminada a refeição, Andrew levantou-se e saiu da sala, resmungando para si mesmo: "Que diabinho teimoso! Hei de lhe dar uma lição!"

No consultório, procurou logo o *Almanaque Médico*. Tinha muito interesse e curiosidade em obter informações mais precisas sobre os amigos da véspera. Folheou apressadamente as páginas, tratando de ver primeiro o que havia sobre Freddie. Ali estava: Frederick Hamson, Queen Anne Street, formado em medicina e farmácia, assistente da clínica de externos no Hospital de Walthamwood.

Andrew franziu a testa, perplexo.

Hamson falara muito na noite anterior sobre a sua nomeação para um hospital. "Nada como um cargo de hospital", dizia ele, "para levar um camarada até as esferas mais elegantes da clínica médica. É uma coisa que inspira confiança à clientela." E, entretanto, o hospital de Freddie não era para gente pobre? Não ficava em Walthamwood, um dos subúrbios mais distantes e modestos? Não podia haver engano. Era isso mesmo. Tinha em mãos a edição mais nova do *Almanaque*. Comprara-o apenas há um mês.

Já sem tanta pressa, Andrew procurou ver o que havia sobre Ivory e Deedman. E depois ficou com o vasto livro vermelho sobre os joelhos, desorientado, sem saber o que pensar. Paul Deedman, assim como Freddie, não tinha outro título senão o de formado em medicina. Nem ao menos fora aprovado com distinção, como o outro. E não tinha nenhum cargo de hospital. E Ivory? O Dr. Charles Ivory, da New Cavendish Street, só possuía o título mais baixo da hierarquia cirúrgica: Membro do Colégio Real de Cirurgiões. E nunca exercera cargos de hospital. Seu currículo indicava prática durante a guerra nos hospitais de sangue. E nada mais.

Preocupadíssimo, Andrew levantou-se e colocou o livro na estante. Estampou-se na sua fisionomia uma repentina decisão. Não se podiam comparar os seus próprios títulos com os daqueles prósperos sujeitos que o haviam deslumbrado na véspera. Também podia fazer o que eles faziam. E até melhor. Apesar do protesto exasperado de Christine, estava mais resolvido do que nunca a vencer, a subir na vida. Mas, para isso, devia antes de tudo ligar-se a um hospital. Mas a um hospital da cidade, um hospital importante de Londres, e não uma santa casa de terceira ordem, como a de Walthamwood. Sim! Um grande hospital! Esse devia ser o seu objetivo imediato. Mas, como?

Ficou meditando sobre o assunto durante uns três dias. Depois, foi procurar Sir Robert Abbey. Foi nervoso, trêmulo. Não tinha jeito para pedir favores. Era a coisa que mais lhe custava neste mundo. E especialmente quando se via recebido pela solicitude tão acolhedora de Abbey.

– Olá! Como vai o nosso ilustre contador de ataduras? Não se sente envergonhado diante de mim? Ouvi dizer que o Dr. Bigsby está com hipertensão. Sabe alguma coisa a esse respeito? E o que você está querendo: discutir comigo ou um lugar de membro da junta?

– Ora, nada disso, Sir Robert. Estive pensando... Isto é... O senhor pode me ajudar a conseguir uma nomeação para a clínica de externo de um hospital?

– Opa! Isso é muito mais difícil do que um emprego na junta. Sabe que existem por aí milhares de médicos querendo a mesma coisa? Todos procuram uma nomeação para hospital. E você naturalmente quer um lugar onde possa prosseguir nos seus trabalhos sobre pulmão... E isso torna o caso ainda mais difícil.

– Bem... eu... pensei...

– O Hospital Vitória para Doenças do Peito. É o que lhe serve. Um dos mais antigos hospitais de Londres. Talvez possa dar uns passos em seu favor. Veja bem! Eu não prometo nada. Vou ver apenas o que posso fazer.

Abbey fê-lo permanecer até a hora do chá. Às 16 horas, invariavelmente, tinha o costume de beber duas chávenas de chá, sem leite e sem açúcar, e também sem bolos nem torradas. Era um chá especial que tinha gosto de flor de laranjeira. Abbey fez a conversa correr facilmente sobre vários assuntos, desde as xícaras sem pires de Khangsi até as reações de pele de Von Pirquet. Mas, ao acompanhar Manson até a porta, disse-lhe:

– Sempre em briga com os compêndios? Não deixe de brigar... E veja lá! Em nome de Galeno, eu lhe peço: não tome atitudes de médico de salão, nem mesmo se for para o Hospital Vitória. – Piscou, intencionalmente. – Foi isso que me estragou.

Andrew saiu deslumbrado. Sentiu-se tão feliz que até se esqueceu de conservar a pose diante de Christine. Foi desabafando, ao chegar em casa:

– Estive com Abbey. Ele vai ver se me coloca no Hospital Vitória. É para doentes do peito. Isso equivale praticamente a uma boa clientela. – A alegria que brilhou nos olhos dela fê-lo sentir-se de repente envergonhado, pequenino. – Tenho andado ultimamente com muito mau humor, Chris! Parece que não nos temos dado muito bem. Mas... Vamos acabar com isso, querida.

Christine correu para o marido, garantindo que a culpa era dela. Mas, então, por motivos misteriosos, ele se julgou o único culpado. Só uma pequenina ponta do seu espírito é que conservava a firme intenção de confundi-la, muito em breve, com a grandeza do seu sucesso material.

Andrew entregou-se ao trabalho com energias renovadas, sentindo que as coisas não tardariam a mudar num sentido feliz. Por outro lado, a clínica estava aumentando de modo evidente. Não era – reconhecia ele – a espécie de clientela que desejava, dando apenas 3,5 xelins por consulta e 5 por visita. Contudo, era clínica de verdade. A gente que vinha ao consultório ou que o chamava a domicílio era tão pobre, tão pobre, que só em último caso recorria a um médico. Encontrou assim casos de difteria em quartos miseráveis e abafados por cima de antigos estábulos, febres reumáticas em porões úmidos, pneumonia em águas-furtadas de casas de cômodos. As cenas mais trágicas a que assistiu foram as desses apartamentos de um único cômodo, onde velhos solteirões e velhas sem família vivem sozinhos, esquecidos de amigos e parentes, cozinhando a sua pobre comida num bico de gás, infelizes, soltos no mundo, desamparados. Conheceu o pai de uma atriz afamada, cujo nome brilhava nos letreiros luminosos da Shaftesbury Avenue. Era um velhinho de 70 anos, paralítico, abandonado num ambiente sórdido. Visitou também uma velha fidalga descarnada, faminta e grotesca. Mostrou-lhe, toda orgulhosa, uma fotografia em que ostentava trajes da corte, e falou-lhe do tempo em que passava por aquelas mesmas ruas dentro de uma soberba carruagem. Uma noite, teve de correr para salvar a vida de um pobre-diabo que, na miséria e no desespero, apelou para o suicídio, preferindo a intoxicação pelo gás ao horror do asilo de mendigos. Andrew quase sentiu remorso por não tê-lo deixado morrer.

Muitos dos casos eram urgentes: operações de emergência, que exigiam transferência imediata para um hospital. E aí era que Andrew encontrava o maior obstáculo. Nada mais difícil neste mundo do que um lugar num hospital, mesmo para os casos piores, mais perigosos. E ainda por azar era quase sempre a altas horas da noite que apareciam esses casos. Ao voltar para casa, depois de atendê-los com um sobretudo por cima do pijama, um cachecol enrolado ao pescoço, chapéu ainda na cabeça, apanhava o telefone e ia ligando para os hospitais. Um atrás do outro, e mais outro – agradando, implorando, ameaçando. Mas era sempre a mesma recusa, às vezes insolente: "Doutor, quem? Quem? Não! Não! Sentimos muito. Não há lugar! Tudo ocupado!"

Ia para junto de Christine, lívido, praguejando.

– Não estão cheios coisa nenhuma. Há uma quantidade enorme de leitos vagos no São João para os recomendados dos médicos de lá. Mas se não conhecem um doutor, respondem sempre que não. Francamente, tenho ímpetos de torcer o pescoço de um desses sujeitos! Não é um inferno, Chris? Tenho um caso de hérnia estrangulada e não posso conseguir um leito de hospital. Imagino que alguns devem estar mesmo repletos. E isto em Londres! Isto no próprio coração deste maldito Império Britânico! É no que dá o nosso sistema de hospitais de beneficência. E um desses filantropos de uma figa declarou há poucos dias num banquete que esse sistema era a coisa mais maravilhosa do mundo. Isso significa o asilo de mendigos para os pobre-diabos. E ainda tem de preencher a papeleta... Quanto ganha? Qual a sua religião? É filho legítimo? E o desgraçado com peritonite! Bem, Chris! Seja uma boa esposa e ligue, por favor, para a assistência.

Por maiores que fossem as dificuldades de Andrew, por mais que ele clamasse contra a imundície e a miséria que tinha tantas vezes de combater, a resposta de Christine era sempre a mesma:

– Mas, de qualquer modo, isso é que é trabalho *de verdade*. E, na minha opinião, isso é o que vale.

– É... mas não me livra dos percevejos – resmungava ele, entrando num banho para limpar o corpo e a alma.

Ela ria, porque voltara à antiga felicidade. Embora à custa de trabalho formidável, conseguira dar jeito na casa. O casarão resistiu quanto pôde, mas acabou vencido: limpo, lustroso, submisso à vontade de Christine. Havia um novo fogão a gás, novos abajures. A poltrona de descanso ganhara um forro novo. O corrimão da escada brilhava como os botões do fardamento de um guarda real. Depois de muitos aborrecimentos com empregadas, pois naquele bairro elas preferiam trabalhar nas casa de pensão, por causa das gorjetas, teve sorte afinal com Emily, viúva de 40 anos, asseada e ativa, que se contentava com pouco por levar em sua companhia uma filha de 7 anos. Com a ajuda da criada, Christine enfrentou o porão. Agora o antigo túnel de estrada de ferro era ao mesmo tempo uma sala confortável e um bom quarto de dormir, com um lindo forro de papel e uma mobília laqueada, adquirida a prestações. Ali se instalaram comodamente Emily e a filha, a pequena Florie, que começou a freqüentar diariamente a escola. E em paga daquele conforto e sossego, depois de tantos meses de incertezas e privações, a empregada fazia tudo que era possível para agradar aos patrões.

As primeiras flores da primavera, que enfeitavam a sala de visitas, refletiam com o seu viço a ventura do lar de Christine. Ia adquiri-las por alguns níqueis no mercado do bairro, quando fazia as compras pela manhã. Tornou-se conhecida dos vendedores ambulantes e quitandeiros da Mussleburgh Road. Ali se podiam comprar, bem baratos, frutas, mariscos e legumes.

Christine devia levar mais em conta a sua posição de mulher de médico. Mas, que esperança! Ela não pensava nisso e muitas vezes vinha para casa carregando as compras numa bolsa grande de cordas. No caminho, parava na petisqueira de Frau Schmidt para ter dois dedos de prosa com a alemã e comprar uma fatia de queijo Liptauer, que Andrew tanto apreciava. Muitas vezes, ia passear de tarde no pequeno parque do bairro. Os castanheiros que começavam a florir e as aves que nadavam na água do lago encrespada pela brisa eram um bom sucedâneo para a vida do campo que ela sempre amara profundamente.

Certas noites, Andrew olhava-a com um jeito esquisito e enciumado, dando a entender que ficara aborrecido porque passara o dia todo sem vê-la.

– Onde foi que você andou o dia todo, enquanto eu estava ocupado? Se comprar um carro, você terá de guiar o calhambeque. É um bom meio de conservá-la junto de mim.

Andrew ainda esperava esses pacientes "especiais" que não apareciam. Aguardava com ansiedade qualquer resposta de Abbey sobre a nomeação. Irritava-se porque resultara em nada a reunião na casa de Freddie. No íntimo, sentia-se magoado porque nunca mais tivera notícia de Hamson e de seus amigos.

Foi nesse estado de espírito que se sentou no ambulatório, numa das últimas noites de abril. Eram quase 21 horas e Andrew já estava para retirar-se quando entrou uma mulher jovem. Olhou para o médico, hesitante.

– Não sei se devia entrar por aqui... ou pela porta da frente.

– Tanto faz – sorriu ele, com azedume. – A diferença é apenas no preço. Entre, por favor. O que deseja?

– Não me incomodo de pagar como paciente do outro lado. – Ela aproximou-se com uma pose característica e sentou-se numa poltrona. Devia ter uns 28 anos, concluiu Andrew. Compleição robusta, vestido verde-escuro, pernas grossas, cara larga, simples, mas circunspecta. Ao vê-la, pensava-se instintivamente: esta criatura não é para brincadeiras!

Mais calmo, Andrew disse:

– Não falemos de pagamento. Conte-me o que sente.

– Bem, doutor! – ela ainda parecia querer impor-se à consideração do médico. – Foi a Sra. Smith, da pastelaria, que me recomendou o doutor. Conheço-a há muito tempo. Trabalho na Casa Laurier, aqui perto. Meu nome é Cramb. Mas devo avisar-lhe que já consultei muitos médicos do bairro. – Tirou as luvas. – São as minhas mãos.

Andrew examinou-as. As palmas das mãos estavam cobertas por uma dermatite avermelhada, um tanto parecida com psoríase. Mas não era psoríase. As extremidades não estavam serpiginosas. Tomado de súbito interesse, Manson apanhou uma lente de aumento e observou mais de perto. Enquanto isso, ela continuava a falar na sua voz séria, convincente:

– O doutor nem pode calcular como essa doença me atrapalha no trabalho. Daria tudo para me ver livre disso.

Já experimentei todas as espécies de pomadas. Mas nenhuma deu o menor resultado.

– Não! Não podiam dar. – Ele largou a lente, sentindo toda a emoção de um diagnóstico difícil, mas positivo. – Essa doença de pele é muito rara, Srta. Cramb. Não adianta um tratamento local. Isso vem do sangue, e o único meio de cura é regime alimentar.

– Nada de remédio? – O ar confiante transformou-se em dúvida. – Nunca me disseram isso antes.

– Pois estou dizendo agora. – Ele riu, e, tomando o bloco de papel, prescreveu a dieta, chamando a atenção especialmente para uma lista de alimentos que devia evitar a todo custo.

A paciente aceitou o tratamento com hesitação.

– Bem! É claro que vou experimentar, doutor. Eu experimento *tudo*. – Pagou-lhe meticulosamente a consulta, parou ainda um pouco vacilante e depois foi embora. Andrew esqueceu-a no mesmo instante.

Ao fim de dez dias, ela voltou. Desta vez pela porta da frente. E, ao entrar no consultório, havia na sua expressão tanto fervor que Andrew fez força para não sorrir.

– Quer ver as minhas mãos, doutor?

– Pois não. – Agora, ele já sorria. – Espero que não lamente a dieta.

– Lamentá-la! – Ela estendeu-lhe as mãos, num frêmito de gratidão. – Veja! Completamente curadas. Nem o menor sinal. O doutor não sabe o que isso representa para mim. Não sei como lhe agradecer... Que inteligência!

– Não é nada demais – disse ele, com naturalidade. – Se sou médico, tenho que saber essas coisas. Pode ir sossegada. Evite os alimentos de que lhe falei e nunca mais há de ter essa doença nas mãos.

A Srta. Cramb levantou-se.

– E, agora, permite que eu lhe pague, doutor?

– A senhorita já me pagou. – Tinha a confortadora impressão de fazer um papel bonito. Bem que gostaria de aceitar os 3 xelins ou mesmo 7, por se tratar de paciente "especial". Mas era irresistível a tentação de dramatizar a vitória da sua competência.

– Mas, doutor... – Ainda reclamando, ela consentiu que o médico a acompanhasse até a porta. Parou ali, para a última efusão: – Talvez possa demonstrar de outro modo a minha gratidão.

Olhando espantado para a cara de lua cheia da Srta. Cramb, um pensamento malicioso faiscou um instante no espírito de Andrew. Mas apenas se inclinou num último cumprimento e fechou a porta. Esqueceu-a outra vez. Estava cansado, já meio arrependido de ter recusado o dinheiro e, além do mais, não tinha a menor idéia do que uma simples caixeira poderia fazer em seu favor.

Isso porque não sabia do que a Srta. Cramb era capaz.

4

As funcionárias da Casa Laurier deram a Marta Cramb o apelido de Halfback.* Parecia estranho que uma pessoa tão corpulenta, tão assexuada e sem atrativos desempenhasse função importante numa loja de luxo, que vendia por preços fabulosos vestidos elegantíssimos, a mais fina roupa branca e as peles mais preciosas. Contudo, Halfback era uma admirável vendedora, valorizadíssima pelas suas clientes.

*Halfback – Zagueiro central. (*N. do E.*)

Na verdade, a Casa Laurier adotara orgulhosamente um plano de venda todo especial. As "veteranas" de maior prestígio arranjavam a sua própria clientela, reunindo um pequeno grupo que ficava entregue aos seus cuidados. Tinham o privilégio de servi-las, estudá-las, "vesti-las", "reservando" para elas as mais interessantes novidades da moda. As relações eram íntimas e às vezes duravam muitos anos. E com a sua ardente sinceridade, Halfback era uma criatura muito indicada para cultivá-las.

Era filha de um solicitador de Kettering. Muitas moças da Casa Laurier pertenciam a boas famílias da pequena classe média, tanto do interior como dos subúrbios mais afastados. Considerava-se uma honra entrar para o grande magazine, vestir o seu uniforme verde-escuro. Não existiam na Casa Laurier os trabalhos pesados e as más condições de vida que as caixeirinhas londrinas têm geralmente de suportar. As moças de lá comiam muito bem, moravam com todo o conforto e eram vigiadas com o maior cuidado. O Sr. Winch, o único elemento masculino da loja, insistia principalmente nesse último ponto. Muito respeito com as funcionárias!

Halfback inspirava-lhe especial estima e muitas vezes mandava chamá-la para mansas e ajuizadas conferências. Era um velhinho cor-de-rosa, maternal, que havia mais de quarenta anos lidava com artigos da moda. O polegar já estava gasto de tanto experimentar fazendas. A espinha encurvara-se para sempre de tantas e tão respeitosas reverências. Mas, embora tão maternal, o Sr. Winch era a única ilha de calças naquele vasto e ondulante mar de saias. Via com maus olhos os maridos que entravam em companhia das esposas para observar os manequins. Tinha consciência dos seus privilégios de soberano. Era uma instituição quase tão importante quanto a Casa Laurier.

A cura da Srta. Cramb produziu agradável sensação entre o pessoal da loja. O primeiro resultado não se fez esperar. Tomadas de esquisita curiosidade, algumas caixeirinhas despencaram até o consultório de Andrew, a pretexto de pequenas doenças. Num risinho espremido, explicavam umas às outras que queriam ver "como era o doutor da Halfback".

E, pouco a pouco, foi crescendo cada vez mais o número de moças da Casa Laurier que apareciam no consultório de Manson. Todas podiam tratar-se na clínica dos comerciários. A lei as obrigava a se inscrever nos serviços de assistência médica para a classe. Mas, com verdadeiro orgulho Laurier, desprezavam esses socorros para proletários. No fim de maio, já não era raro ver-se uma meia dúzia de moças na saleta de espera do ambulatório – todas elegantes, jovens, lábios pintados, vestidos ao estilo de suas clientes. Isso determinou um sensível aumento das rendas da clínica. E também um comentário pilhérico de Christine.

– Meu bem, o que você anda fazendo com essas coristas bonitas? Será que elas confundem a porta do ambulatório com a porta do teatro?

No entanto, a gratidão da Srta. Cramb – Oh! Enorme satisfação das mãos curadas! – estava apenas começando a exprimir-se. Até então, o médico mais ou menos oficial da Casa Laurier tinha sido o Dr. McLean, homem idoso e de confiança. Era quem se chamava num caso de emergência – como, por exemplo, quando a Sra. Twig, da seção de costura, se queimou gravemente com um ferro de engomar. Mas o Dr. McLean estava para deixar a clínica e o seu companheiro de consultório, o Dr. Benton, não era idoso nem de confiança. Mais de uma vez, o Sr. Winch franziu a testa, danado da vida, ao notar as espiadelas que o Dr. Benton atirava, com o rabo do olho, para as moças mais bonitas, derretendo-se em amabilidades. O velhinho e a Srta. Cramb reuniam-se de vez em quando para conferências sobre esses assuntos. Enquanto o Sr. Winch, com as mãos para trás, concordava sisudamente, balançando a cabeça, Halfback discorria sobre a inconveniência de Benton e sobre outro doutor, de Chesborough Terrace, que era muito direito, sem pose, competentíssimo na medicina e incapaz de uma leviandade. Nada foi decidido. O Sr. Winch fazia tudo com muita calma. Mas havia um clarão de promessa nos seus olhos quando saiu da conferência para saudar uma duquesa.

Na primeira semana de junho, quando Andrew já sentia vergonha de haver menosprezado, no começo, o auxílio da mulher, caiu-lhe nas mãos outra incrível prova dos bons ofícios da Srta. Cramb.

Uma carta muito correta e minuciosa – tamanha falta de formalidade, como um simples chamado telefônico, não seria próprio de quem a escrevera, como Andrew veio a compreender mais tarde – pedia-lhe que fosse, terça-feira, isto é, no dia seguinte, de preferência às 11 horas em ponto, ao número 9 de Park Gardens, onde o esperava a Srta. Winifred Everett.

Fechando mais cedo o ambulatório, Andrew saiu com uma nova onda de esperança para fazer essa visita. Pela primeira vez, recebia um chamado para fora daquela pobre e desagradável vizinhança, à qual até então se resumia a sua clientela. Park Gardens era um atraente conjunto de palacetes, nada modernos, porém amplos e sólidos, com linda vista para Hyde Park. Manson apertou a campainha do número 9, nervoso e com esperanças de que esta era finalmente a sua oportunidade.

Uma velha criada fê-lo entrar numa sala espaçosa, com uma mobília antiga, livros e flores, trazendo-lhe à memória a sala de visitas da Sra. Vaughan. No mesmo momento, sentiu que sua previsão estava certa. Quando apareceu a Srta. Everett, Andrew voltou-se e encontrou o olhar dela, simples e calmo, a examiná-lo, demorada e simpaticamente.

Era uma mulher de 50 anos, bem-feita, de cabelos escuros e fisionomia pálida, vestida de modo severo, com ar de completa segurança. Começou imediatamente, numa voz medida:

– Perdi o meu médico... Infelizmente, porque tinha muita confiança nele. A Srta. Cramb recomendou-me o senhor. Ela é uma criatura muito direita e a sua palavra merece fé. Procurei informar-me. O doutor tem muitos títulos. – Parou aí, a observá-lo de alto a baixo, sem disfarçar. Media-o, pesava-o. Via-se que era uma mulher bem alimentada, que, cuidadosa consigo mesma, não admitia junto dela um dedo que não fosse devidamente inspecionado até a ponta da unha. Disse depois, discretamente: – Acho que o senhor pode servir. Costumo tomar uma série de injeções nesta fase do ano. Sou muito sujeita à febre do feno.* O senhor naturalmente conhece tudo a respeito da febre do feno, não conhece?

– Conheço, sim – respondeu. – Que injeções costuma tomar?

Ela disse o nome de um preparado muito conhecido.

– Era o que me dava o outro doutor. Tenho muita fé nessas injeções.

– Ah! *Isto*? – Irritado pela sua atitude, Andrew esteve a ponto de dizer-lhe que não valia nada, absolutamente, o remedinho de confiança do seu médico de tanta confiança. Ganhara popularidade graças exclusivamente à propaganda bem-feita dos fabricantes e à ausência do pólen em muitos

*Doença típica da primavera, quando ocorre a polinização. O pólen desencadeia uma reação alérgica. (*N. do E.*)

verões da Inglaterra. Mas fez um esforço e dominou-se. Entraram em luta as convicções e a ambição. Pensou, num íntimo desafio: se deixo esta oportunidade escapulir, depois de tantos meses, sou um verdadeiro idiota. E, em voz alta:

– Acho que ninguém sabe aplicar tão bem essas injeções como eu.

– Muito bem. E agora, o preço. Nunca paguei ao Dr. Sinclair mais de um guinéu por visita. – E, em voz alta: – Se lhe convém assim, estamos combinados.

Um guinéu por visita! Três vezes mais do que já conseguira cobrar até então! E, ainda mais importante, era seu primeiro passo para essa clientela de alta-roda que desde tantos meses vinha cobiçando. Sufocou mais uma vez o leve protesto das suas convicções. Que mal havia se as injeções eram inócuas? A escolha era dela, não dele. Não agüentava mais o fracasso. Estava cansado de ser um médico de 3 xelins. Queria subir, vencer. E venceria, fosse como fosse.

Voltou, no dia seguinte, às 11 em ponto. Ela avisara-lhe, com o seu tom severo, que não devia chegar atrasado. Não queria que lhe atrapalhassem o passeio antes do almoço. Andrew deu-lhe a primeira injeção. E daí por diante aparecia duas vezes por semana, continuando o tratamento.

Era pontual e cuidadoso, e sempre muito discreto. Chegou a ser divertido o modo por que ela se foi pouco a pouco derretendo para o lado do médico. Era uma criatura esquisita essa tal Winifred Everett. E que personalidade! Embora muito rica – o pai tivera uma grande cutelaria em Sheffield e todo o dinheiro da herança estava aplicado em títulos de confiança –, não gastava à-toa um vintém. Não era sovinice. Era antes uma forma extravagante de egoísmo. Fazia-se o centro do próprio universo, cuidava muito de si mesma, conservando ainda a beleza e o frescor do corpo.

Recorria a toda espécie de tratamento que achava conveniente. Fazia questão de possuir o que existisse de melhor. Comia pouco, mas só coisa muito boa, de primeira. Quando, na sexta visita de Andrew, se decidiu a oferecer-lhe um copo de xerez, fez notar que se tratava de um *amontillado* de 1819. Seus vestidos vinham da Casa Laurier. A roupa de cama era a mais fina que Manson já vira. E no entanto, com tudo isso, ela nunca atirava fora um níquel. Era contra os seus princípios. Nem se admitia que a Srta. Everett pagasse um motorista sem antes olhar cuidadosamente para o taxímetro.

Andrew tinha motivos para achá-la detestável. Mas, embora parecesse estranho, o certo é que não a detestava. Ela desenvolvera o egoísmo a ponto de transformá-lo numa filosofia. E era tão sensível! Fez-lhe lembrar a mulher de um velho quadro holandês, um Terborch, que admirara em companhia de Christine. Tinha a mesma corpulência, a mesma tez macia, a mesma boca rígida, mas sensual.

Quando percebeu que ele, tal como dissera, realmente lhe convinha, a velhota tornou-se muito menos reservada. Estabelecera a regra de que a visita do doutor devia demorar vinte minutos, pois de outro modo não sentia que valesse quanto custava em dinheiro. Mas, no fim de um mês, Andrew já se demorava uma boa meia hora. Ficavam conversando. Ele confessava-lhe a vontade que tinha de vencer. Ela estava de acordo. O âmbito da conversa da Srta. Everett não era muito extenso, mas ilimitado o âmbito das suas relações. E as palavras giravam quase sempre sobre os seus conhecimentos da sociedade. Falou-lhe muitas vezes da sobrinha, Catherine Sutton, que vivia em Derbyshire, mas vinha freqüentemente à cidade, pois era casada com o Capitão Sutton, deputado por Barnwell.

– O Dr. Sinclair era o médico do casal – observou ela. E, num tom de quem não chega a fazer uma promessa: – Não vejo por que o doutor não poderá substituí-lo agora.

Por ocasião da última visita, deu-lhe outro copo do precioso *amontillado* e disse de modo muito gentil:

– Tenho horror a receber contas. Deixe-me, por obséquio, pagar-lhe agora mesmo. – Estendeu-lhe um cheque, bem dobradinho, de 20 guinéus. – É claro que hei de chamá-lo em breve. Costumo tomar uma vacina antigripal quando chega o inverno.

Acompanhou-o até a porta do palacete e ficou ali por um momento, com um brilho seco na fisionomia, fazendo a melhor tentativa de sorriso que Andrew já lhe notara nos lábios. Mas foi só um instante. Fitando-o severamente, disse:

– Quer tomar um conselho de uma mulher que podia ser sua mãe? Procure um bom alfaiate. Procure o alfaiate do Capitão Sutton. Rogers, na Conduit Street. O senhor me confessou que deseja muito vencer. Mas com essas roupas, impossível!

Andrew foi para casa amaldiçoando-a, numa indignação medonha. Amaldiçoou-a pela frieza com que dissera aquilo. Megera intrometida! O que tinha com isso?! Com que direito ditava ordens sobre seu modo de se vestir? Quem pensava que ele era? Um cachorrinho *lambe-saias*? Era o que havia de pior nesses compromissos com a sociedade, nessa submissão ao convencionalismo. Os pacientes de Paddington pagavam-lhe apenas 3,5 xelins mas não exigiam que se transformasse num manequim de alfaiataria. Daí por diante só trataria dessa gente. Não estava disposto a sacrificar a personalidade!

Contudo, essa disposição de espírito não durou muito. Era uma verdade incontestável que ele não dava a mínima importância a essa questão de roupa. Contentava-se com um único terno. Tirava-o do cabide, vestia-o, sentia-se bem agasalhado... e pronto! Nem pensava em elegância. Christine, também, embora sempre tão limpinha, nunca se incomodava com assuntos de roupas. E o traje que mais lhe satisfazia era a saia e o casaquinho de lã que ela mesma fizera, de tricô. Furtivamente, Andrew teve consciência do desleixo de seu terno. As calças estavam apertadas e surradíssimas. Com joelheiras. A bainha suja de lama. "Que diabo!", pensava, ao examinar-se. "A velhota tem razão. Como é que eu poderei conseguir pacientes da classe alta se me apresento dessa maneira? Por que Christine não me disse nada? A obrigação é dela, e não da velha Winnie. Qual foi mesmo o alfaiate que me indicou? Rogers, da Conduit Street. Com mil demônios! Acho que devo ir lá!"

Quando chegou em casa, já estava animado outra vez. Exibiu o cheque a Christine.

– Veja, minha boa mulherzinha! Lembra-se de quando voltei correndo do ambulatório para lhe mostrar as primeiras pratinhas choradas? Porcaria! É o que sinto vontade de dizer agora. Porcaria! Isto, sim, é que é dinheiro de verdade, isto é que são honorários! É assim que deve ganhar um camarada que tem os títulos que eu tenho. Vinte guinéus por conversar fiado com dona Winnie e aplicar, inocuamente, umas injeçõezinhas de Eptone, de Glickert!

– O que é isso? – perguntou ela sorrindo. E de repente, desconfiada: – Não era esse remédio que você dizia não valer nada?

A fisionomia de Andrew alterou-se. Amarrou a cara, completamente desconcertado. Christine dissera exatamente o que ele não queria escutar. Ficou furioso, no mesmo instante. Com ela, não consigo próprio.

– Que inferno, Chris! Você *nunca* está satisfeita! – Deu-lhe as costas e retirou-se com brutalidade. Passou o resto do dia mal-humorado, macambúzio. Mas, no dia seguinte, estava outro. E foi então ao alfaiate da Conduit Street.

5

Sentia-se quase como um menino de escola quando, 15 dias mais tarde, desceu envergando um dos dois ternos que mandara fazer. Era um jaquetão cinza-escuro. A conselho de Rogers, usava-o com um colarinho de pontas viradas e uma gravata escura que combinava com a cor da roupa. Não havia dúvida: Rogers entendia do riscado e tratou de caprichar no terno quando o cliente citou o nome do Capitão Sutton.

Na manhã em que ele apareceu tão elegante, Christine não estava num de seus melhores dias. Tinha uma ligeira inflamação na garganta e enrolara o velho xale em torno do pescoço e da cabeça. Ao servir-lhe o café, deu de repente com o luxo do marido. No primeiro momento ficou tão espantada que nem soube o que dizer.

– O que é isso, Andrew! – exclamou, afinal. – Que maravilha de elegância! Vai a algum lugar?

– Ir a algum lugar! Vou atender aos meus chamados, ao meu trabalho, naturalmente! – E, compreendendo que tinha sido quase grosseiro: – Então? Gosta da roupa?

– Gosto, sim – disse ela, mas não com a pressa que ele queria. – É terrivelmente bem-feita... mas – sorriu – dá um pouco a impressão de que não é bem você mesmo!

– Você naturalmente prefere que eu pareça um mendigo.

Ela ficou em silêncio: a mão, que erguia a xícara, contraiu-se tanto que as juntas perderam a cor. "Ah!", pensou Andrew, "toquei-a num ponto sensível". Terminou o desjejum e entrou no consultório.

Minutos depois, foi procurá-lo ali, com o xale ainda enrolado ao pescoço, o olhar hesitante, a desculpar-se.

– Meu bem, não me interprete mal, por favor! Fiquei encantada com a sua roupa nova. Quero que tenha tudo, tudo o que há de melhor. Desculpe o que eu lhe disse há pouco, mas compreenda... Estou acostumada com você... Oh! É tão difícil de explicar! Eu sempre achei que você... e agora me faça o favor de não interpretar mal... Sempre o considerei uma pessoa que não dá a mínima importância para essas coisas de aparência e o que os outros possam pensar a respeito. Lembra-se daquela cabeça de Epstein que nós vimos? Já não seria a mesma se... sim, se fosse enfeitada, posta no rigor da moda.

Ele respondeu abruptamente:

– Mas eu não sou uma cabeça de Epstein.

Christine não deu resposta. Andrew tornara-se, ultimamente, uma pessoa com quem era difícil discutir, entender-se. Magoada por sua incompreensão, não soube o que dizer. Hesitou um momento e retirou-se.

Uns vinte dias depois, quando a sobrinha da Srta. Everett veio passar algumas semanas em Londres, Manson teve a recompensa por seguir tão ajuizadamente o conselho da velha fidalga. Sob um pretexto qualquer, a Srta. Everett fê-lo vir à sua casa. O exame foi severo, mas sastifatório. Andrew teve quase a certeza de que fora aprovado e julgado digno de uma recomendação. No dia seguinte, recebeu a visita da Sra. Sutton. A febre do feno parecia um mal de família. A sobrinha também desejava submeter-se ao mesmo tratamento da tia. E dessa vez a consciência do médico não protestou quando se pôs a injetar a inútil Eptone, da utilíssima firma Glickert. Foi excelente a impressão que produziu junto à Sra. Sutton, e antes do fim do mês já recebia outro chamado de uma amiga da Sra. Everett, que morava também em Park Gardens.

Andrew andava satisfeitíssimo da vida. Estava subindo, subindo, subindo! No esforço e na ansiedade de buscar sucesso, esquecia-se de ver como os seus triunfos contrariavam tudo o que constituíra, no passado, a sua crença. Tomava-se de vaidade. Sentia-se alerta e confiante. Não parou para compreender que aquela onda de sucesso, aquela clínica de alta-roda viera, em primeiro lugar, de uma alemãzinha gorducha que ficava atrás do balcão de uma pastelaria, às proximidades do vulgaríssimo Mercado Mussleburgh. E, na verdade, antes que tivesse tempo de refletir sobre isso, uma outra onda de oportunidades – maior e mais excitante – já se levantava no caminho de sua ambição.

Foi numa tarde de junho, no período morto das 14 às 16 horas, quando normalmente nada de importante acontecia. Estava ele sentado no consultório, dando balanço às receitas do mês anterior, quando, de repente, o telefone tocou. Deu um pulo e atendeu.

– Sim, sim! É o Dr. Manson quem está falando.

Veio do outro lado do fio uma voz angustiada e palpitante.

– Oh! Dr. Manson! Que alívio encontrá-lo em casa! Quem fala aqui é o Sr. Winch... Winch, da Casa Laurier. Estamos na loja com um pequeno contratempo. Trata-se de uma cliente. Pode vir? Pode vir imediatamente?

– Estarei aí em quatro minutos. – Andrew desligou e foi correndo apanhar o chapéu. Um ônibus, em que esbarrou em frente da casa, agüentou com firmeza a impetuosidade do pulo. Ao fim de quatro minutos e meio, Andrew passou por uma das portas giratórias e viu-se dentro da Casa Laurier. A Srta. Cramb esperava-o com ansiedade. Conduzido por ela, atravessou fofas superfícies, sentindo os pés afundarem na cariciosa maciez dos tapetes verdes; passou diante de grandes espelhos de moldura dourada e revestimento de pau-cetim, nos quais se podiam ver refletidos um chapeuzinho pendurado no cabide, um laço de fita, um agasalho de arminho. Quando marchavam com toda a pressa, a Srta. Cramb explicou:

– Trata-se da Srta. Le Roy, Dr. Manson. Uma das nossas clientes. Não minha, graças a Deus; ela está sempre dando aborrecimentos. Mas, Dr. Manson, como o senhor pode ver eu falei a seu respeito ao chefe da casa...

– Muito obrigado – disse Andrew bruscamente. Ainda sabia ser brusco, de vez em quando. – O que aconteceu?

– Parece que ela... oh! Dr. Manson... parece que ela está simulando um mal súbito na seção de fitas!

Ao alto de uma larga escadaria, a Srta. Cramb o entregou ao Sr. Winch, rosadinho e agitado, que o encaminhou precipitadamente:

– Por aqui, doutor... por aqui... Espero que possa fazer alguma coisa... É uma contrariedade horrorosa...

Na seção de fitas, aquecida, luxuosamentea atapetada na mais suave nuança de verde, com paredes forradas de verde e ouro, uma multidão de moças falando pelos cotovelos, uma cadeira dourada de pernas para o ar, uma toalha caída, um copo entornado, havia se instalado um pandemônio. E ali, no centro de tudo isso, a Srta. Le Roy, a mulher do ataque, a mulher que "fazia fita". Estava estirada no chão, rígida, com as mãos em crispações espasmódicas e súbitos endurecimentos dos pés. Vinham-lhe, de vez em quando, da garganta esticada, uns grunhidos estrangulados, de meter medo.

Uma das auxiliares mais idosas desatou a chorar quando entraram Andrew e o Sr. Winch.

– Não tive culpa – soluçava. – Lembrei apenas à Srta. Le Roy que foi este o figurino que ela mesma escolheu...

– Oh, minha filha, oh! minha filha! – murmurava Winch. – Que coisa horrorosa, horrorosa! Devo... quer que eu telefone para a assistência?

– Não, por enquanto não – disse Andrew num tom inconfundível. Curvou-se ao lado da Srta. Le Roy. Era muito jovem, devia ter uns 24 anos; olhos azuis, os cabelos sedosos completamente despenteados sob o chapeuzinho caído para um lado. Ajoelhada junto dela uma outra mulher tinha uma expressão preocupada nos olhos negros. Parecia sua amiga. "Oh! Toppy, Toppy!", murmurava a todo momento.

– Façam o favor de esvaziar a sala – disse Andrew, de repente. – Prefiro que saiam todos, menos... – os olhos caíram sobre a jovem morena – menos esta senhora aqui.

As moças saíram, um pouco aborrecidas. Teria sido tão interessante e divertido assistir ao ataque da Srta. Le Roy!... A Srta. Cramb, até mesmo o Sr. Winch, também se retiraram. Nesse momento, as convulsões tornaram-se alarmantes.

– É um caso extremamente grave – disse Andrew, falando de modo explícito.

A Srta. Le Roy revirou os olhos para ele.

– Dê-me uma cadeira, por favor – disse ele.

A outra mulher pôs de pé, no centro da sala, a cadeira derrubada. Então, vagarosamente e com o maior cuidado, levantando-a pelas axilas, Andrew ajudou a convulsa Srta. Le Roy a estirar-se na cadeira. Segurou-lhe a cabeça, de modo a ficar bem esticada.

– Olhe aqui! – disse com a maior gentileza. E logo de mão aberta atirou-lhe em plena face uma estrondosa bofetada. Era o ato mais corajoso que praticara desde muitos meses e, infelizmente, vários meses ainda passariam sem outra prova de igual bravura.

A Srta. Le Roy deixou de grunhir. O espasmo cessou. Acabaram-se os reviramentos de olhos. Fitou-o num espanto dorido e infantil. Antes que pudesse haver uma recaída, Manson levantou a mão novamente e esbofeteou-lhe a outra face. Era grotesca a angústia estampada na fisionomia da moça. Ela vacilou, deu a impressão de que ia voltar aos grunhidos e aí começou, novamente, a soluçar.

Voltando-se para a amiga, disse entre lágrimas:

– Meu bem, quero ir para casa.

Andrew lançou um olhar, cheio de desculpas, para a outra mulher, que já agora o observava com interesse contido, mas fora do comum.

– Desculpe – murmurou. – Era o único meio. É um caso grave de histeria, com espasmos convulsivos. Ela podia ter se machucado. E eu não tinha anestésico, nem nada. E, seja como for, deu resultado.

– Sim... deu resultado.

– Deixe-a chorar à vontade – disse Andrew. – É uma boa válvula de escape. Estará bem dentro de poucos minutos.

– Espere, doutor, mesmo porque – e com vivacidade – o doutor deve acompanhá-la até em casa.

– Pois não – respondeu Andrew, no tom perfeito de um homem de negócios.

Passados cinco minutos, a Srta. Le Roy já estava em condições de se recompor, operação vagarosa, entrecortada por alguns soluços espaçados.

– Não pareço muito transtornada, não é, querida? – perguntou à companheira. De Andrew nem parecia tomar conhecimento.

Logo depois, deixaram a sala. Foi verdadeiramente sensacional a passagem pelo grande salão de vendas do andar térreo. Foram tão grandes o alívio e a admiração do Sr. Winch que ele ficou quase sem fala. Não compreendia, nunca havia de compreender, como se dera o milagre, como o doutor restituíra o movimento à paralítica toda encarquilhada. Acompanhou-os à porta, balbuciando palavras congratulatórias. Quando Andrew transpôs a entrada principal, atrás das duas mulheres, o gerente da loja apertou-lhe a mão com fervor, derretendo-se em cumprimentos.

Tomaram um táxi e seguiram pela Bayswater Road, na direção de Marble Arch. Não houve a menor tentativa de conversa. A Srta. Le Roy estava amuada agora, como uma criança cheia de mimos que recebe um castigo. Ainda tinha estremecimentos. De vez em quando, as mãos e os músculos do rosto manifestavam pequenas crispações involuntárias.

Podendo ser vista agora mais serenamente, parecia muito delgada e quase bonita no seu tipinho franzino. Estava muito bem-vestida, mas, apesar disso, dava a Andrew a impressão exata de uma franguinha depenada por cujo corpo passavam de vez em quando correntes elétricas. Ele próprio sentia-se nervoso, numa situação constrangedora. Contudo, estava resolvido a aproveitar-se da situação criada, a tirar dela todas as vantagens.

O carro deu a volta por Marble Arch, correu ao lado do Hyde Park e, dobrando à esquerda, parou à porta de um palacete na Green Street. Entraram logo. A casa deixou Andrew atônito. Nunca imaginara tanto luxo – o amplo saguão, decorado de jade, os quadros magníficos em molduras de alto preço, as poltronas de laca dourada, os largos divãs, os tapetes macios em tons discretos.

Ainda sem tomar conhecimento de Andrew, Toppy Le Roy jogou-se num sofá forrado de cetim, arrancou o chapeuzinho e atirou-o no chão.

– Aperte a campainha, querida. Preciso beber alguma coisa. Graças a Deus, papai não está em casa.

Apareceu logo um criado servindo aperitivos. Quando o criado saiu, a amiga de Toppy observou Andrew pensativamente, num quase sorriso que apenas se esboçou:

– Acho, doutor, que lhe devemos uma explicação. O nosso conhecimento se deu de modo tão precipitado... Sou a Sra. Lawrence. Toppy, isto é, a Srta. Le Roy, teve uma contrariedade por causa de um modelo que mandara fazer especialmente para um baile de caridade. E... bem! Ela anda muito esgotada ultimamente. É uma criaturinha muito nervosa. Mas, fique certo, embora Toppy se mostre tão zangada, nós lhe somos muito gratas por nos ter trazido até aqui. E agora, quero mais um drinque.

– Eu também – disse Toppy, ainda amuada. – Que mulherzinha desaforada aquela funcionária da Laurier! Vou pedir a papai que telefone para lá, exigindo que a mulher seja despedida. Não, não quero isso! – Quando bebericava o segundo aperitivo, um sorriso de satisfação foi-lhe aos poucos expandindo a fisionomia. – Dei uma boa lição, não dei, Frances? Fiquei realmente uma fera! Oh! Meu Deus! Como era engraçada a cara de mamãe Winch! Era de estourar de rir! – A pequenina caixa de ossos contorcia-se numa gargalhada. Encontrou os olhos de Andrew, sem má vontade. – Vamos, doutor! Ria também! O caso foi divertidíssimo!

– Não! Não acho tão divertido assim – disse rapidamente, na ânsia de explicar-se, de estabelecer a sua posição, de convencê-la de que estava doente. – A senhorita teve realmente uma crise grave. Lamento ter sido obrigado a tratá-la como tratei. Sem ter à mão um anestésico, só havia aquele recurso. E se não agisse assim, seria pior para a senhorita. Não imagine, por favor, que eu considere fingido aquele ataque. O histerismo... sim, trata-se de um caso de histerismo... é uma doença definida. Não se deve rir disso. É uma condição do sistema nervoso. Veja, a senhorita está abatidíssima. Todos os seus reflexos o demonstram. A senhorita está muito doente dos nervos.

– Tem toda a razão – concordou Frances Lawrence. Você tem abusado muito ultimamente, Toppy.

– O doutor queria mesmo dar-me clorofórmio? – perguntou Toppy, num espanto de criança. – Teria sido engraçadíssimo.

– Falando sério, Toppy – disse a Sra. Lawrence –, quero que você se trate.

– Você está falando como papai – observou a moça, perdendo o bom humor.

Houve uma pausa. Andrew terminara o drinque. Pôs o cálice sobre o bordo delicado da lareira. Parecia já não haver motivo para continuar ali.

– Bem! – disse, num tom importante. – Devo voltar ao meu trabalho. Faça o favor de seguir o meu conselho, Srta. Le Roy. Faça uma refeição leve, vá para a cama e... já que não lhe posso mais ser útil em alguma coisa... procure seu médico, amanhã. Passe bem.

A Sra. Lawrence acompanhou-o ao saguão, mas tão sem pressa que se viu obrigado a conter a impaciência de homem ocupado com que ia saindo. Ela era alta e esbelta, espáduas um pouco levantadas, cabeça pequena e elegante. Alguns fios grisalhos nos cabelos escuros, lindamente ondulados, davam-lhe uma curiosa distinção. Entretanto, era jovem. Andrew estava certo de que não devia ter mais de 27 anos. Apesar da altura, a ossatura era delicada. Os punhos, principalmente, eram pequenos e finos. Na verdade, toda a sua figura parecia flexível, de têmpera preciosa como a de um florete. Ela estendeu a mão para o médico, fixando nele os olhos esverdeados e confusos, onde brincava um leve sorriso, sem pressa, cheio de simpatia.

– Queria apenas dizer quanto admirei o seu novo método de tratamento. – Seus lábios fizeram um muxoxo. – Não o abandone, por coisa nenhuma. Prevejo um sucesso formidável para o doutor, com a sua aplicação.

Descendo a Green Street, para apanhar o ônibus, Andrew ficou espantado ao ver que já eram quase 17 horas. Gastara quase três horas na companhia das duas mulheres. Tinha o direito de apresentar uma conta bem grande por causa disso! E no entanto, apesar dessa edificante reflexão, tão característica dos seus novos pontos de vista, sentiu-se confuso, num descontentamento esquisito. Teria realmente aproveitado bem a oportunidade? A Sra. Lawrence pareceu gostar dele. Mas nunca se pode ter esperanças com gente assim. E que casa maravilhosa! De súbito, rangeu os dentes, numa fúria exasperada. Não só esquecera de deixar o cartão, como até de dizer quem era. E, ao sentar-se no ônibus cheio, ao lado de um velho operário num macacão manchado, repreendeu a si mesmo, com azedume, por ter estragado aquela oportunidade preciosa.

6

Na manhã seguinte, pouco depois das 11 horas, quando Andrew já estava de saída para fazer algumas visitas baratas nas redondezas do Mercado Mussleburgh, o telefone tocou. E a voz de um criado, solícita e solene, cantarolou no outro lado do fio:

– É o Dr. Manson? Ah! A Srta. Le Roy deseja saber, doutor, a que horas virá visitá-la hoje. Ah! Com licença, doutor, um momento. A Sra. Lawrence falará com o doutor.

Agitado, com uma ansiedade palpitante, Andrew ouvia a Sra. Lawrence lhe dizer, num tom muito amigo, que elas esperavam sua visita, sem falta.

Quando largou o telefone, o médico murmurava para si mesmo, todo exultante:

– Não perdi a oportunidade de ontem; não, não a perdi, de forma alguma.

Deixou de atender a todos os outros chamados, urgentes ou não, e foi diretamente ao palacete da Green Street.

E aí, pela primeira vez, encontrou Joseph Le Roy, que o esperava com impaciência no saguão decorado de jade. Era um tipo robusto, calvo, muito empertigado. Mastigava o charuto, como um homem que não pode perder tempo. Num segundo, seus olhos perfuraram a figura de Andrew. E essa rápida operação cirúrgica acabou por satisfazê-lo. Disse então, ferozmente, num sotaque colonial:

– Olhe aqui, doutor. Estou com muita pressa. A Sra. Lawrence fez uma trapalhada dos diabos obrigando-o a vir aqui esta manhã. Vejo que você é um camarada muito inteligente e não é conivente com tolices. É casado, também, não é verdade? Isso me agrada. E agora, tome a pequena aos seus cuidados. Ponha-a boa, forte; tire-lhe dos nervos o demônio desse histerismo. Não poupe nada. Eu posso gastar. Adeus.

Joseph Le Roy era da Nova Zelândia. E, apesar do dinheiro, da casa na Green Street e da sua pequenina e exótica Toppy, não era difícil acreditar na verdade: seu bisavô fora um tal Michael Greary, trabalhador rural muito ignorante das vizinhanças de Greymouth Harbour, a quem os companheiros de roça tratavam intimamente por Leary.

E, por certo, quando começou a lutar pela vida, esse Joseph Le Roy não passava de Joe Leary, um rapaz cujo primeiro emprego fora o de ordenhador de vacas nas grandes estâncias de Greymouth. Mas Joe nascera, como ele próprio dizia, para espremer tetas mais rendosas. E, trinta anos mais tarde, era Joseph Le Roy, que, nos escritórios instalados no último andar de um arranha-céu, pusera a sua assinatura no negócio que incorporou todos os estábulos e estâncias da ilha num grande consórcio de laticínios.

Era um plano mágico o Suplemento Enriquecido Cremogen. Nesse tempo as vantagens do leite desidratado ainda não eram conhecidas, ainda não estavam comercialmente organizadas. E foi Le Roy quem viu as suas possibilidades, quem o lançou no mercado mundial, anunciando o artigo como nutrição abençoada para crianças e doentes. A nata do empreendimento estava, não nos produtos de Joe, mas em sua opulenta audácia. As sobras do leite desnatado, que até então eram jogadas fora ou se davam aos porcos em centenas de granjas da Nova Zelândia, passaram a ser vendidas em todas as cidades do mundo nas latinhas de Joe, com os vistosos rótulos de Cremogen, Cremax e Cremafat, por preço três vezes superior ao do leite fresco.

Jack Lawrence, co-diretor do consórcio de Le Roy, dirigia os negócios na Inglaterra. Embora não parecesse, fora oficial da guarda antes de se entregar às atividades comerciais. Contudo, a união da Sra. Lawrence e de Toppy não resultara apenas dessas associações de interesses materiais. Rica também e muito mais à vontade nas rodas elegantes de Londres – pois Toppy de vez em quando traía a casca grossa de seus antepassados –, Frances alimentava uma afeição divertida pela garota mimada. Quando Andrew foi ao andar de cima, depois da entrevista com Le Roy, ela o esperava do lado de fora dos aposentos de Toppy.

Nos dias que se seguiram, Frances Lawrence deu para aparecer, da mesma forma, à hora da visita do médico, ajudando-o a cuidar da doente caprichosa e cheia de exigências, pronta a notar qualquer melhora de Toppy, insistindo para continuar o tratamento, perguntando a Andrew quando poderia esperar sua nova visita.

Grato à Sra. Lawrence, Manson era ainda muito tímido para reconhecer o interesse dessa fidalga tão refinada, uma criatura que se confessava muito exigente na escolha de relações e que ele bem sabia ser exclusivista, antes mesmo de ver o seu retrato nas páginas elegantes das revistas semanais ilustradas. A boca rasgada e um tanto displicente exprimia sempre hostilidade para as pessoas que não eram da sua roda íntima. Todavia, fosse lá por que fosse, nunca se mostrara hostil com ele. Andrew sentia um desejo extraordinário, desejo maior do que o da simples curiosidade, de conhecer-lhe mais profundamente o caráter, a personalidade. Tinha a impressão de que nada conhecia da verdadeira Sra. Lawrence. Era uma delícia observar seus movimentos harmoniosos quando rodava pelo quarto. Estava sempre à vontade, mas dava a maior atenção a tudo que fazia. E, apesar da graciosa naturalidade da conversa, mantinha o espírito vigilante no fundo dos olhos cheios de simpatia, mas também de reserva.

Uma idéia nova começava a formar-se no espírito de Andrew sem que ele mesmo tivesse consciência de quem fora a sugestão. Sem dizer nada a Christine, que ainda se contentava em equilibrar o orçamento caseiro na base de xelins e *pence*, começou a perguntar a si mesmo, com impaciência, como é que um médico poderia levar adiante uma clínica de alta-roda sem dispor de um carro vistoso. Era ridícula essa história de ir a pé à Green Street, carregando a valise, com poeira nos sapatos e enfrentar sem um carro o arzinho superior do porteiro. Havia uma garagem de tijolos no fundo da casa, o que reduzia consideravelmente o custeio do carro. E havia firmas especializadas em fornecer carros aos médicos, firmas admiráveis que não se incomodavam em dilatar gentilmente os prazos das prestações.

Três semanas mais tarde, parou à porta do número 9 do Chesborough Terrace um cupê marrom, de capota conversível, novo em folha e todo reluzente. Largando o volante, Andrew galgou num pulo os degraus da entrada da casa.

– Christine – chamou, esforçando-se para não revelar na voz a animação e o entusiasmo. – Christine! Venha ver uma coisa!

Queria produzir uma grande impressão. E produziu mesmo.

– Meu Deus do céu! – Ela juntou as mãos. – É *nosso*? Mas que beleza!

– Não é uma beleza? Cuidado, querida! Não ponha a mão na pintura. É capaz... é capaz de deixar a marca no verniz! – Sorria-lhe como nos velhos tempos. – Uma surpresa bem boa, hein, Chris? Eu, comprando o carro, tirando a licença, fazendo tudo sem lhe dizer nada. Bem diferente do nosso velho Morris, hein? Entre no carro, minha senhora, para que eu faça uma demonstração. Corre que é uma beleza.

Ela não se cansou de admirar o carrinho quando o marido a levou, mesmo sem chapéu, para uma boa corrida pela redondeza. Alguns minutos depois, já estavam de volta. Ficaram em pé, na calçada, pois Andrew ainda não se animava a perder de vista o tesouro. E eram tão raros agora os momentos de intimidade, de compreensão e felicidade que passavam juntos, que ela não queria perder aquele.

– Isso vem facilitar tanto o seu trabalho de atender a chamados, querido. – E então, de novo, com timidez: – E se pudéssemos sair um pouco, dar uns passeios no campo, de vez em quando... Nos sábados, por exemplo... Oh! Seria *estupendo*.

– Naturalmente – respondeu, distraído. – Mas o carro é realmente para os pacientes. Não podemos ir rodando à toa por aí, enchendo o carro de poeira. – E Andrew pensava no efeito que o cupezinho vistoso produziria sobre a clientela.

Contudo, o principal efeito ficou acima de suas expectativas. Na terça-feira da semana seguinte, ao sair pela porta envidraçada e de grades de ferro do número 172 da Green Street, deu de cara com Freddie Hamson.

– Olá, Hamson – disse, com toda a naturalidade. Não pôde conter uma onda de satisfação ao notar a fisionomia de Hamson. No primeiro instante, Freddie quase não o reconheceu. E quando viu afinal que era mesmo Andrew, sua expressão, passando por vários graus de surpresa, ainda traía um embaraço visível.

– Como? Olá, Andrew. O que está fazendo aqui?

– Vendo um paciente – respondeu o outro, estirando a mão para trás, na direção do número 172. – A filha de Joe Le Roy está sob meus cuidados.

– Joe Le Roy!

Só essa exclamação valia tudo para Manson. Com ar de dono, pôs a mão sobre a portinhola do automóvel novo.

– Para onde vai? Posso deixá-lo em algum lugar?

Freddie voltou a si rapidamente. Perturbava-se poucas vezes e nunca por muito tempo. Sem dúvida, em meio minuto, sua opinião sobre Manson, tudo que pensava sobre sua utilidade, passou por uma vertiginosa e inesperada reviravolta.

– Sim – sorriu, num tom de camaradagem. – Estava a caminho da Bentinck Street, para o sanatório de Ida Sherrington. Ia andando a pé, para fazer exercício. Mas irei com você.

Houve um silêncio de alguns minutos enquanto corriam pela Bond Street. Hamson estava matutando. Recebera Andrew, efusivamente, quando lhe apareceu em Londres, na esperança de que a clínica de Manson pudesse fornecer-lhe de vez em quando umas consultas de 3 guinéus. Mas, agora, a transformação do velho colega de turma, o carro, e acima de tudo o nome de Joe Le Roy – que para ele tinha um significado infinitamente maior do que para Andrew – mostraram o seu erro. E era preciso não esquecer também os títulos de Andrew, muito apresentáveis, úteis, utilíssimos. Enxergando longe, cheio de astúcia, Freddie viu uma base melhor, muito mais proveitosa para uma cooperação entre Andrew e ele. Devia ir com cuidado, naturalmente, pois Manson era o diabo de um sujeito cheio de melindres e desconfianças.

– Por que você não entra comigo para ver Ida? – disse ele. – É uma pessoa que convém conhecer, embora mantenha a pior casa de saúde de Londres. Homem, sei lá. Provavelmente não é pior do que as outras. Mas em conpensação cobra muito mais.

– Ah, é?

– Venha... Venha ver minha paciente. É inofensiva a velha Raeburn. Ivory e eu andamos fazendo algumas experiências à custa dela. Em negócio de pulmões você é uma competência, não é mesmo? Venha examiná-la. Isso lhe dará muito prazer. E são 5 guinéus que você ganha.

– Como? Você quer dizer... Mas que é que ela tem nos pulmões?

– Nada demais. – Freddie sorriu. – Não se mostre tão impressionado! Ela, provavelmente, está com um pouco de bronquite senil. E gostará tanto de vê-lo! É como nós fazemos aqui. Ivory, Deedman e eu. Você deve entrar na combinação, Manson. Não podemos falar disso agora. Não há mais tempo, já estamos chegando. Mas você ficará espantado quando a coisa começar.

Andrew parou o carro em frente à casa indicada por Hamson. Era uma casa com um ar de moradia, que evidentemente não tinha sido construída para sanatório. Na verdade, dando para uma rua movimentadíssima, de tráfego intenso, era difícil crer que alguém pudesse encontrar sossego ali. Parecia exatamente um local destinado a provocar e não a corrigir uma crise nervosa. Andrew falou nisso a Hamson quando subiram os degraus da entrada.

– Eu sei, meu velho, eu sei. – Disposto a mostrar-se cordial, Freddie concordava. – Mas são todas assim. Neste pedacinho do West End há uma porção delas. Você compreende, nessa questão de casas de saúde devemos cuidar também das nossas próprias conveniências. O ideal seria que elas ficassem afastadas, em lugares tranqüilos, mas... por exemplo... qual o cirurgião que se abalaria a viajar 15 quilômetros por dia para ver um caso, durante cinco minutos? Deixe estar que, com o tempo, você ficará conhecendo bem esses pequeninos albergues do West End que têm o nome de casas de saúde. – Freddie parou no saguão estreito onde entrara com Andrew. – Em todas elas há três odores característicos: anestésicos, cozinha e excremento. Uma seqüência lógica... Perdoe-me a piada, meu velho. E agora vamos ver Ida.

Com ar de quem já conhece a casa, marchou para uma sala, no andar térreo, onde estava sentada, junto a uma pequena mesa, uma mulherzinha de uniforme cor de malva e com um gorro branco, muito engomado, na cabeça.

– Bom dia, Ida – saudou Freddie num tom entre a bajulação e a familiaridade. – Somando os lucros?

Ela levantou os olhos e, ao vê-lo, sorriu com bom humor. Era baixa, robusta e extremamente corada. Mas era tão espessa a camada de pó-de-arroz que o rosto vermelho e lustroso tomava um tom de malva, quase da cor do uniforme. Vinha dela uma expressão de vitalidade grosseira e ruidosa, de risonha esperteza, de disposição para viver. A dentadura era postiça e mal colocada. O cabelo, grisalho. E a mulher dava de certo modo a impressão de que devia empregar um vocabulário desabusado e tinha todos os requisitos para gerente de um cabaré de segunda ordem.

Contudo, a casa de saúde de Ida Sherrington era a mais elegante de Londres. Metade da aristocracia já havia passado por lá, além de damas da sociedade, figurões do turfe, diplomatas e advogados famosos. Bastava abrir um matutino para que se ficasse sabendo que mais uma brilhante estrela do palco ou da tela acabava de deixar o apêndice nas mãos maternais de Ida. O uniforme de todas as enfermeiras era do mais delicado tom de malva. O despenseiro, que cuidava da adega, recebia o pagamento de 200 libras por ano. E o chefe da cozinha ganhava o dobro. Em compensação, os doentes tinhan de pagar somas fabulosas. Não era raro cobrar-se a diária de 6 guinéus por um quarto. E além disso, vinham os extraordinários, a conta da farmácia (às vezes, bem salgada), da sala de cirurgias e da enfermeira especial que fazia o serviço da noite. Mas, quando alguém reclamava, Ida dava uma resposta que de vez em quando enfeitava com palavrinhas de gíria. Tinha também abatimentos e porcentagens a descontar. E às vezes procedia como se ela é que fosse a explorada.

Ida tinha um certo fraco por médicos jovens e recebeu Manson muito bem quando Freddie tagarelou:

– Olhe bem para ele. Há de mandar muito em breve tantos pacientes que você poderá encher com eles o Plaza Hotel.

– O Plaza Hotel é que está enchendo a minha casa – e balançou a touca, de modo significativo.

– Ah! ah! – Freddie soltou uma gargalhada. – Essa é muito boa. Devo contá-la ao velho Deedman. Paul vai achar graça. Venha, Manson. Vamos lá em cima.

O elevador apertado, onde só diagonalmente podia entrar o carro-padiola, levou-os ao quarto andar. O corredor era estreito. Viam-se bandejas do lado de fora das portas. As flores dos vasos murchavam na atmosfera pesada e quente. Entraram no quarto da Sra. Raeburn.

Era uma mulher de mais de 60 anos. Recostada sobre o travesseiro, esperava a visita do doutor com um papel na mão. Escrevera ali certos sintomas sentidos durante a noite, assim como as perguntas que pretendia fazer. Andrew não teve dúvida em classificá-la como um caso de hipocondria da velhice. O tipo que Charcot chamava de *malade au petit morceau de papier*.

Sentado à beira da cama, Freddie falou à paciente, tomou-lhe o pulso – nada mais do que isso –, escutou o que ela disse, tranqüilizando-a. Avisou-lhe que o Dr. Ivory apareceria de tarde, com o resultado de alguns exames do maior valor científico. Apresentou-lhe o colega, Dr. Manson, especialista em pulmões, e pediu-lhe que o deixasse examiná-la. A Sra. Raeburn ficou lisonjeada. Gostava extraordinariamente dessas coisas. Havia dois anos que estava aos cuidados de Hamson. Era rica, não tinha parentes e passava o tempo ora nos hotéis familiares mais seletos, ora nas casas de saúde do West End.

– Ora graças! – exclamou Freddie, quando deixaram o quarto. – Você não faz idéia da mina de ouro que esta velha é. Já tiramos dela uma fortuna.

Andrew não respondeu. Não se sentia muito bem naquela atmosfera. A velha não tinha nada nos pulmões e só o olhar de gratidão que ela dirigiu a Freddie era que tirara do ato seu caráter de completa desonestidade. Procurou convencer-se. Por que havia de ser a palmatória do mundo? Nunca seria um homem de sucesso se continuasse intolerante, intransigente nas convicções. E a intenção de Freddie tinha sido tão boa, dando-lhe uma oportunidade para examinar a paciente...

Despediu-se de modo muito cordial antes de entrar no carro. E no fim do mês, quando recebeu, com os melhores agradecimentos da Sra. Raeburn, um lindo cheque de 5 guinéus, Andrew já estava apto a rir de seus tolos escrúpulos. Estava gostando de receber cheques. E, para o cúmulo da satisfação, os cheques iam chegando, cada vez mais numerosos.

7

A clínica, que já vinha indicando um aumento promissor, começava agora a expandir-se em todas as direções, de forma rápida, quase eletrizante. E com isso Andrew ia se atirando cada vez mais na torrente do sucesso fácil. Era de certo modo vítima da própria intensidade. Fora sempre muito pobre. No passado, só tivera decepções com seu obstinado individualismo. Podia agora achar uma justificativa para si mesmo nessas demonstrações impressionantes de êxito material.

Pouco depois do chamado de emergência à Casa Laurier, teve uma conferência agradabilíssima com o Sr. Winch, e daí por diante ainda mais numerosas foram as consultas das funcionárias e até das chefes de seção. Procuravam-no principalmente por motivos triviais. Contudo, era de admirar como reapareciam com freqüência as moças que o visitavam uma vez. Andrew tinha modos tão acolhedores, tão gentis e efusivos...

As rendas subiam às nuvens. Andrew providenciou logo que a fachada da casa fosse pintada de novo. E, graças a uma dessas firmas que vendem equipamentos e aparelhos de consultório (todas sempre dispostas a ajudar os jovens médicos a aumentar seus rendimentos), conseguiu reformar o consultório da parte da frente e o ambulatório do lado, adquirindo um novo divã, um carro-padiola de rodas de borracha e vários armários elegantes, de esmalte branco, com espelho.

A evidente prosperidade da casa pintada de novo, do automóvel, do equipamento moderno e luzidio, não tardou a espalhar-se pela vizinhança, trazendo de volta muitos dos antigos pacientes "especiais" do Dr. Foy, que tinham se afastado pouco a pouco quando o velho médico e seu consultório entraram em decadência.

Acabaram para Andrew os dias em que ficava rodando à toa, esperando pacientes que não vinham. Tão grande era a freqüência na clínica noturna que o médico tinha de se desdobrar para atender a todos. Tocava a campainha da porta da frente, batia a sineta da porta do ambulatório. Gente à espera nas duas salas. E o doutor a movimentar-se de um lado para o outro. Era imprescindível tomar uma providência. Andrew viu-se forçado a estabelecer um plano para economizar tempo.

– Chris, escute aqui – disse certa manhã. – Pensei agora numa coisa que me poderá ajudar muito nessas horas de aperto. Você sabe... Quando acabo de examinar um paciente no ambulatório tenho que entrar para preparar o remédio. Gasto geralmente uns cinco minutos. Perco um tempo enorme que poderia aproveitar para ir despachando um desses pacientes "especiais" que ficam à espera no consultório. Compreendeu onde quero chegar? De agora em diante, você se incumbirá da parte de farmácia.

Ela olhou-o com um espantado franzir de sobrancelhas:

– Mas eu não entendo coisa alguma dessa história de preparar remédios.

Andrew sorriu, tranqüilizador.

– Não faz mal, querida. Tenho sempre preparadas algumas fórmulas bem boas. Todo o seu trabalho será apenas encher os vidros, pregar os rótulos e fazer os embrulhos.

– Mas... – A confusão estampava-se nos olhos de Christine. – Oh! Eu quero ajudá-lo, Andrew... mas... você acha realmente?...

– Você não vê que isso é indispensável? – Seu olhar evitou o dela. Foi com irritação que terminou de beber o café.

– Bem sei que em Aberalaw eu costumava dizer uma porção de tolices contra os remédios. Tudo teorias! Agora... agora eu sou um homem prático. Além do mais, essas moças da Casa Laurier são todas anêmicas. Um bom fortificante não lhes pode fazer mal. – Antes que ela pudesse responder, o som da campainha do ambulatório o arrancou da sala.

Nos velhos tempos, Christine teria discutido, sustentado com firmeza seu ponto de vista. Mas, agora, pôs-se apenas a meditar, com melancolia, sobre a transformação pela qual passava a vida de ambos. Ela não influenciava mais, não o guiava mais. Era ele quem ia na frente.

Christine começou então a passar no cubículo da farmácia essas horas azedas de trabalho, aguardando que Andrew exclamasse, num tom seco, quando se movimentava a toda pressa, entre os pacientes "especiais" e os do ambulatório: "Ferro", ou "Magnésia", ou "Carminativo", ou fosse lá o que fosse. Quando ela avisava que a solução de ferro acabara, Andrew rosnava com impaciência:

– Então outra coisa qualquer! Com os diabos! Seja o que for!

Muitas vezes, o serviço da noite ia além das 21h30. Terminado, faziam a escrita no volumoso caixa do Dr. Foy, que ainda estava com mais da metade das páginas em branco quando Manson comprou a clínica.

– Meu Deus! Que dia, Chris! – exclamava, triunfante. – Você se lembra daquela primeira consultazinha de 3,5 xelins, que me deixou numa alegria de criança? Pois bem, hoje... fizemos mais de 8 libras. E pagamento à vista.

Arrumava o dinheiro – pesadas pilhas de moedas de prata e algumas cédulas – numa caixinha de charutos que o Dr. Foy usava como mealheiro e trancava-o na gaveta da mesa. Fazia questão de conservar a caixinha, assim como o livro-caixa do Dr. Foy, para dar sorte.

Havia esquecido por completo todas as antigas dúvidas e se gabava da própria esperteza por ter ficado com a clínica.

– Isso está virando uma verdadeira mina, sob todos os pontos de vista, Chris. – Andrew exultava. – Um ambulatório que rende bastante e uma boa clientela de classe média. E, ainda por cima, estou arranjando por minha própria conta muitos pacientes da alta sociedade.

No começo de outubro, Manson julgou-se em condições de autorizar Christine a renovar a mobília da casa. Depois do trabalho da manhã, disse-lhe com uma naturalidade cheia de importância, que era a sua nova maneira de falar:

– Gostaria que você fosse hoje à cidade, Chris. Vá à Casa Hudson. Ou à Casa Ostley, se prefere esta. Vá à melhor casa de móveis e compre tudo de que precisa. Traga duas mobílias de quarto, uma mobília de sala de visitas, traga o que quiser.

Ela fitou-o em silêncio, enquanto Andrew acendia um cigarro, sorridente.

– É um dos prazeres de ganhar dinheiro: poder dar a você tudo de que necessita. Não pense que sou mesquinho. Por Deus, que não sou. Você tem sido uma boa companheira, Chris, em todos esses tempos difíceis. Agora estamos começando a gozar os bons tempos.

– Comprando móveis caros e... grupos estofados da Casa Ostley.

Ele não percebeu a amargura das suas palavras. Riu.

– Isso mesmo, querida. Já está na hora de nos desfazermos dos velhos trastes da Casa Regency.

Lágrimas repontaram nos olhos de Christine. Explodiu:

– Em Aberalaw, você não achava que eram trastes... E não são mesmo. Oh! Aquele tempo, sim, aquele era um tempo feliz! – Abafando um soluço, deu as costas e saiu da sala.

Ele acompanhou-a com o olhar, espantado. Christine andava ultimamente com uns modos esquisitos. Nervosa, deprimida, com repentinas crises de inexplicável irritação. Andrew sentiu que se afastavam um do outro, que ia desaparecendo aquela misteriosa união, aquele secreto laço de companheirismo que sempre existira. Bem! A culpa não era dele. Estava fazendo o que podia. Mais não era possível. E dizia consigo mesmo, furioso: "O meu triunfo não vale nada para ela, nada!" Mas não podia perder tempo para se incomodar com a falta de juízo, a injustiça do seu procedimento. Tinha um grande número de chamados a atender e quinta-feira era o dia em que costumava passar pelo banco.

Duas vezes por semana, com regularidade, entrava no banco para depositar mais algum dinheiro na conta-corrente. Achava uma imprudência acumular grandes quantias dentro de casa. E não podia deixar de pôr em contraste aquelas agradáveis visitas com sua triste experiência bancária em Drineffy, quando, como simples assistente sem importância, fora humilhado por Aneurin Rees. O Sr. Wade, gerente do banco londrino, sempre lhe dirigia um sorriso de respeitoso acolhimento e, de vez em quando, o convidava a fumar um cigarro no seu escritório particular.

– Permita que lhe diga, doutor, e por favor não veja nisso nenhuma intromissão em sua vida: o doutor está indo muitíssimo bem. Nós aqui podemos orientar perfeitamente um médico de sucesso, que já está com a independência garantida. Como o doutor, por exemplo. E agora, quanto àqueles títulos da Southern Railway, de que já tivemos ocasião de falar...

A deferência de Wade não era mais do que uma amostra da consideração geral. Andrew via agora que os outros médicos do bairro o cumprimentavam afetuosamente quando os carros se cruzavam. Na reunião do outono da seção distrital da Associação Médica, na mesma sala onde fora tratado com tão pouco caso, quando lá apareceu pela primeira vez, foi acolhido muito bem, recebeu muitas provas de apreço e até mesmo um charuto do Dr. Ferrie, que era o vice-presidente.

– Tenho muito prazer em vê-lo aqui, doutor – disse todo cordial o Dr. Ferrie, um homenzinho de rosto avermelhado. – Aprova as idéias do meu discurso? Temos de usar de energia nessa questão de honorários. Principalmente quanto aos chamados noturnos. Estou disposto a não ter condescendência. Ainda uma noite dessas, bateram em minha porta. Um meninote de 12 anos, veja só: "Venha depressa, doutor", choramingou. "Papai está no trabalho e mamãe está muito mal." Ora, você *sabe* como são essas conversas da madrugada. E eu nunca o tinha visto em toda a minha vida. "Meu filho", disse eu, "sua mãe não é minha paciente. Vá buscar o pagamento pelo chamado. *Então*, eu irei." É claro que ele não voltou. É o que lhe digo, doutor, esta zona *é terrível*.

Uma semana depois dessa reunião, a Sra. Lawrence telefonou-lhe. Andrew achava sempre um encanto a graciosa inconseqüência de suas conversas pelo telefone. Nesse dia, porém, depois de dizer que o marido estava pescando na Irlanda e era possível que também fosse mais tarde para lá, ela o convidou para um almoço, na sexta-feira. Lançou o convite como se fosse algo sem maior significação.

– A Toppy vem. E mais uma ou duas pessoas... Acho que são menos desinteressantes do que essa gente que se tem o costume de encontrar nesses almoços. E talvez possam ser úteis para você.

Andrew desligou o telefone, entre satisfeito e irritado. No íntimo, estava aborrecido porque Christine não fora também convidada. Mas, pouco a pouco, foi vendo que se tratava de uma questão realmente de negócios e não de vida social. Devia aparecer em boas rodas, travar relações, particularmente entre pessoas importantes, como as que compareceriam ao almoço. E, além do mais, Christine não precisava saber daquilo. Quando chegou a sexta-feira, disse-lhe que tinha combinado um almoço com Hamson e pulou para o carro, aliviado. E não se lembrou de que não tinha jeito para mentir.

A residência de Frances Lawrence ficava em Knightbridge, numa rua muito sossegada, entre Hans Place e Wilton Crescent. Embora não tivesse o esplendor da casa de Le Roy, seu bom gosto e a elegante sobriedade transmitiam a mesma sensação de opulência. Andrew chegou atrasado. A maioria dos convidados já havia chegado: Toppy; a novelista Rosa Keane; Sir Dudley Rumbold-Blane, clínico famoso, M.D., F.R.C.P. e membro do conselho diretor dos Produtos Cremo; Nicol Watson, explorador e antropologista; e várias outras pessoas de importância menos chamativa.

À mesa, Manson sentou-se ao lado da Sra. Thornton, que, segundo lhe informou, morava em Leicestershire, mas vinha periodicamente a Londres, passando curtas temporadas no Brown Hotel. Embora já fosse capaz de enfrentar calmamente a cerimônia das apresentações, Andrew gostou de retomar o domínio de si mesmo à sombra da tagarelice da mulher. Ela discorria maternalmente sobre uma torcedura de pé que sofrera numa partida de hóquei a filha Sybil, internada num colégio de Roedean.

Mesmo prestando ouvidos à Sra. Thornton, que interpretava o silêncio como interesse pela narrativa, Manson ainda conseguia ouvir alguma coisa da suave e espirituosa palestra que se desenrolava na mesa – as piadinhas ácidas de Rosa Keane, a descrição extraordinariamente graciosa de Watson sobre uma expedição que fizera recentemente ao Paraguai. Admirou também a facilidade com que Frances mantinha a animação da conversa, encorajando ao mesmo tempo o pedantismo de Sir Rumbold, que se sentara ao seu lado. Uma ou duas vezes Andrew sentiu os olhos dela a procurá-lo, um tanto sorridentes, interrogativos.

– Não resta dúvida – Watson concluiu a narrativa com um sorriso de quem pede desculpas – de que a aventura mais perigosa foi voltar para casa e apanhar logo uma gripe.

– Ah! – exclamou Sir Rumbold. – Mais uma vítima, então! – Apelando para um pigarro e para o pincenê, que pendurou no volumoso nariz, conseguiu atrair a atenção de toda a mesa. Sir Rumbold sentia-se à vontade em tal situação. Desde muitos anos que era uma figura focalizada pela atenção do grande público. Fora Sir Rumbold que, há quase 25 anos, assombrara a humanidade com a declaração de que uma certa parte do intestino era não só inútil, mas também positivamente prejudicial. Centenas de pessoas correram logo a cortar a parte perigosa. E, embora Sir Rumbold não estivesse nesse número, a fama da operação, que os cirurgiões denominaram de incisão Rumbold-Blane, firmou para sempre sua autoridade em assuntos de dieta. Desde então, estava sempre à frente, obtendo enorme sucesso em recomendar aos países vários alimentos exóticos e fermentos lácteos. Mais tarde, inventou o Sistema de Mastigação Rumbold-Blane, e agora, além das suas atividades em escritórios de muitas companhias, redigia os cardápios da famosa cadeia de restaurantes Railey. Os anúncios diziam assim: *Venham, senhoras e cavalheiros! Sir Rumbold-Blane, M.D. e F.R.C.P., ajudará os clientes na escolha das calorias!* Entre os elementos mais conscienciosos da profissão não faltava quem resmungasse baixinho, insinuando que Sir Rumbold já devia ter sido expulso há muito tempo da Ordem dos Médicos. Mas a resposta era bem simples: que seria da Ordem sem Sir Rumbold!

Ele dizia agora, olhando paternalmente para Frances:

– Um dos aspectos mais interessantes desta epidemia de gripe é o efeito terapêutico, verdadeiramente espetacular, do Cremogen. Ainda na semana passada, tive ocasião de dizer a mesma coisa, na reunião da diretoria. Infelizmente, não há cura para a gripe. E, na ausência de cura, o único recurso para enfrentar a invasão perigosa do bacilo consiste em desenvolver ao mais alto grau a capacidade de resistência, a defesa vital do organismo contra a infiltração da doença. Aproveitei o ensejo para dizer – e me orgulho de tê-lo feito com certa competência – que realizamos experiências incontestáveis... não em cobaias, ah! ah! como os nossos amigos dos laboratórios, mas em *seres humanos*. São experiências que provam o poder fenomenal do Cremogen de organizar e reforçar a defesa vital do organismo contra os micróbios.

Watson voltou-se para Andrew, com seu esquisito sorriso:

– O que acha dos produtos Cremo, doutor?

Apanhado desprevenido, Andrew respondeu sem pensar:

– Valem tanto como outro meio qualquer de desnatar o leite.

Com um olhar furtivo de aprovação, Rosa Keane fez a maldade de rir. Frances riu também. Mais que depressa, Sir Rumbold passou à descrição da recente visita a Trossacks, a convite da União Médica do Norte.

O almoço correu, entretanto, na melhor harmonia. Mais de uma vez Andrew se viu participando desembaraçadamente da conversa geral. E, na sala de visitas, antes que ele se despedisse, conversou rapidamente com Frances.

– Você é realmente encantador – murmurou ela – fora do consultório. A Sra. Thornton nem esperou pelo café para me falar a seu respeito. E tenho um estranho pressentimento de que você já a fisgou – não é assim que se diz? – como paciente.

Com essa boa notícia cantando no ouvido, Manson voltou para casa sob a impressão de que a aventura fora ótima para ele e não fora má para Christine.

Na manhã seguinte, porém, teve uma surpresa desagradável. Freddie telefonou, para lhe perguntar, alvoroçado:

– Então, como foi o almoço de ontem? Como é que eu soube? Ora, meu velho! Você não leu hoje o *Tribune*?

Alarmado, Andrew voltou depressa à saleta, onde costumavam ficar os jornais, depois de lidos por ele e Christine. Correu os olhos novamente pelo *Tribune*, um dos matutinos ilustrados de maior circulação. Estremeceu de repente. Como não tinha visto aquilo antes? Na página de notícias de sociedade, uma fotografia de Frances Lawrence, com uma pequena nota sobre o almoço da véspera. O nome de Manson entre os convidados.

Com ar aborrecido, arrancou a página do jornal, amassou-a como uma bola de papel, atirou-a ao fogo. Lembrou-se então de que Christine já havia lido o *Tribune*. Franziu a testa num acesso de inquietação. E, embora convencido de que ela não tinha dado pela maldita notícia, foi muito carrancudo para o consultório.

No entanto, Christine lera a notícia. E, depois de um momento de espanto, sentiu o coração ferido. Por que Andrew não lhe falara nisso? Por quê? Por quê? Não teria se incomodado que ele comparecesse àquele almoço idiota. Procurou tranqüilizar-se: era algo tão sem importância que nem lhe devia causar tanta mágoa e ansiedade. Mas, com a cabeça estalando, ela compreendeu que o sentido daquilo não era sem importância.

Quando Andrew voltou das visitas, Christine tentou continuar com o serviço de casa, como se nada tivesse acontecido. Mas não pôde. Andou rodando pelo consultório, passou para a outra sala, sempre com o mesmo peso no coração. Começou a espanar nervosamente o ambulatório. Junto à mesa, via-se a antiga valise de médico, a primeira que ele possuíra, a que usara em Drineffy e levava pelos bairros operários, com que descia às minas nos casos de emergência. Analisou-a numa estranha ternura. Andrew tinha agora uma valise nova, uma valise de luxo. Fazia parte da sua nova clínica, da clínica de luxo que cultivava tão febrilmente e que inspirava tão profunda desconfiança a Christine. Ela sabia que era inútil tentar explicar-lhe as dúvidas sobre sua conduta. Andrew andava tão cheio de melindres... Isso era o sinal de seu próprio conflito interior. Uma palavra dela o irritaria, provocando na mesma hora uma discussão. Devia agir de outro modo.

Era sábado e Christine prometera a Florie levá-la em sua companhia quando saísse para fazer compras. A filha da empregada, toda enfeitadinha no vestido novo, já estava à sua espera no alto da escada do porão. Era uma boa menina, a Florie. E Christine gostava muito dela. Aos sábados, quase sempre saíam juntas.

Christine sentiu-se melhor quando se viu fora de casa, ao ar livre, de mãos dadas com a garota, a passear pelo mercado, conversando com os comerciantes de que era cliente, comprando frutas e flores, procurando encontrar alguma coisa que pudesse agradar a Andrew. Mas a ferida ainda estava aberta. Por que, por que ele não lhe contara? E por que não fora convidada também? Lembrou-se da primeira ocasião em que foram à casa dos Vaughan, em Aberalaw. Fizera tudo, então, para arrastá-lo consigo. Como a situação era diferente agora! E a culpa era dela? Estaria mudada, recolhida dentro de si mesma, transformada de certo modo numa criatura anti-social? Achava que não. Gostaria ainda de encontrar-se com pessoas amigas, travar boas relações, sem levar em conta a importância social que podiam ter. Ainda mantinha a amizade com a Sra. Vaughan através de uma troca constante de cartas.

Contudo, embora magoada e diminuída, preocupava-se muito menos consigo mesma do que com o marido. Ela sabia que gente rica também cai doente e que um médico pode ser tão bom na zona aristocrática de Londres como na zona operária de Aberalaw. Não exigia a continuação daqueles esforços heróicos dos velhos tempos das grandes marchas a pé e das corridas de motocicleta. Entretanto, sentia com toda a alma que naquele tempo o idealismo de Andrew fora puro e maravilhoso, iluminando a vida de ambos como uma lâmpada forte e clara. Agora, a flama se tornara amarelada e o vidro da lâmpada, embaçado de fumaça.

Ao entrar na lojinha de Frau Schmidt, procurou apagar da fisionomia os vincos da preocupação. Contudo, percebeu que a velha a observava atentamente.

– Você anda sem apetite, minha filha. Você não está com boa cara. E logo agora que possui um lindo carro, dinheiro e tudo. Olhe! Você tem de provar disto aqui. É muito gostoso.

Com a longa faca afiada, cortou uma fatia do seu famoso presunto defumado e obrigou Christine a comer um sanduíche de pão de forma. Ao mesmo tempo, ofereceu a Florie sorvete e pastel. Frau Schmidt não parava de falar.

– E agora, um pouco de Liptauer. O doutor já tem comido muitos quilos deste queijo e nunca enjoa. Qualquer dia destes vou lhe pedir um atestado para pregar aí, na vitrine. *Foi este queijo que me deu fama...* – E Frau Schmidt continuou a dissertar alegremente, até a cliente ir embora.

Ao saírem, Christine e Florie pararam no meio-fio, à espera que o inspetor de veículos – era o velho amigo Struthers quem estava de serviço – abrisse o sinal para que atravessassem. Christine segurava com força o braço da impulsiva Florie.

– Você deve sempre prestar atenção ao tráfego desta esquina – aconselhou. – Que diria sua mãe se fosse atropelada?

Com a boca cheia de pastel, Florie achou a "piada" muito boa.

Quando chegaram em casa, finalmente, Christine começou a desembrulhar as compras. E ao dirigir-se à sala da frente, para pôr num vaso os crisântemos que trouxera, sentiu-se triste outra vez.

O telefone tocou.

Foi atendê-lo, com o andar arrastado, a fisionomia abatida. Demorou-se uns cinco minutos. E voltou com a expressão transfigurada. Os olhos brilhavam, excitados. De vez em quando, espiava pela janela, ansiosa pela volta de Andrew, esquecida do próprio desalento na animação da boa notícia que recebera. Sim, uma notícia muito importante para Andrew, muito importante para ambos. Ela estava certa, tinha a feliz convicção de que não poderia ter acontecido coisa melhor naquela hora. Nenhum antídoto mais eficaz para o veneno do sucesso fácil. E, impaciente, Christine correu à janela, mais uma vez.

Quando Manson chegou, ela não se conteve, não soube esperar. Correu ao encontro dele na porta da rua.

– Andrew! Tenho um recado para você. De Sir Robert Abbey. Ele acabou de me falar pelo telefone.

– Ah! Sim? – A fisionomia de Andrew, que, ao ver a mulher, assumira de repente um ar compungido, abriu-se de novo.

– Sim! Foi ele mesmo quem ligou. Queria falar com você. Eu disse que você não estava... Oh! Foi tão gentil... Ih! Estou contando isso tão mal! Meu bem! Você foi nomeado para a clínica de externos do Hospital Vitória. Pode tomar posse imediatamente!

A satisfação foi pouco a pouco se mostrando no olhar de Andrew.

– É verdade... Que boa notícia, Chris!

– Não é mesmo? – exclamou ela, entusiasmada. – Agora você pode voltar ao trabalho que sempre apreciou... com oportunidades para pesquisas... tudo que você desejava e não pôde conseguir na junta... – Envolveu-o nos braços, apertou-o contra o peito.

Andrew fitou-a, extraordinariamente tocado pelo seu amor, pelo seu desprendimento e generosidade. Doeu-lhe de repente a consciência.

– Que alma boa você tem, Chris! E como eu sou idiota!

8

Em meados do mês seguinte, Andrew assumiu suas funções no departamento de externos do Hospital Vitória. Seus dias de consulta eram terças e quintas, no horário das 15 às 17 horas. O trabalho parecia-se muito com o daqueles velhos tempos da clínica de Aberalaw. Mas agora só tinha de atender a casos da sua especialidade: pulmões e brônquios. E, além disso, para seu grande e íntimo orgulho, não era mais um simples médico assistente, mas um clínico de categoria num dos mais antigos e famosos hospitais de Londres.

O Vitória era indiscutivelmente um hospital velho. Situado em Battersea, no labirinto daquelas ruas estreitas, perto do Tâmisa, quase não apanhava sol, mesmo no verão. No inverno, as varandas, para onde deviam ser arrastadas as camas de rodas dos pacientes, estavam quase sempre envoltas pelo nevoeiro que vinha do rio. Ao pé da fachada, sombria e carcomida, via-se um grande cartaz vermelho e branco, que parecia verdadeiramente dispensável e pleonástico. Dizia o letreiro: O HOSPITAL VITÓRIA ESTÁ CAINDO.

O departamento de externos, onde Andrew se encontrava, era em parte uma relíquia do século XVIII. Ali se exibia orgulhosamente, dentro de uma caixa de vidro, na sala de entrada, um almofariz usado pelo Dr. Lintel Hodges, médico da mesma seção do hospital durante o período de 1761 a 1793. As paredes exteriores haviam tomado uma cor escura de chocolate e os corredores, embora escrupulosamente limpos, eram tão mal ventilados que porejavam umidade. Todas as dependências estavam impregnadas do cheiro bolorento da velhice.

No primeiro dia de trabalho, Andrew visitou todo o hospital em companhia do Dr. Eustace Thoroughgood, o veterano da sua seção. Era um homem de 50 anos, agradável e preciso. De estatura abaixo da mediana, usava uma barbicha grisalha e tinha maneiras simpáticas e paternais, como um sacristão bem-humorado. Thoroughgood tinha enfermeiras próprias no hospital e, de acordo com o sistema existente – uma sobrevivência da antiga tradição sobre a qual se mostrava de uma erudição interessante –, ele se julgava responsável por Manson e pelo Dr. Milligans, o outro médico mais novo da seção.

Depois da volta pelo hospital, o Dr. Thoroughgood levou Andrew à grande sala do porão. As luzes já estavam acesas, embora ainda não fossem 16 horas. O fogo crepitava na lareira de aço. Nas paredes muito brancas penduravam-se os retratos dos médicos mais ilustres do hospital, vendo-se a peruca e as banhas do Dr. Lintel Hodges no lugar de honra, em cima do fogão. O fogão também era uma relíquia espaçosa daquele venerável passado. E, embora celibatário e com ares de sacristão, o Dr. Thoroughgood amava a lareira como se fosse sua própria filha. E dilatava as narinas, no gozo de contemplá-la.

Tiveram na companhia de outros médicos um chá agradável, com muita torrada quentinha e boa manteiga. Todos pareceram a Manson rapazes muito simpáticos. Entretanto, notando a deferência com que tratavam o Dr. Thoroughgood e a ele mesmo, conteve um sorriso. É que lembrara os atritos que tivera, ainda há poucos meses, com certos "sujeitinhos insolentes" quando procurava mandar pacientes para o hospital.

Sentara-se junto dele o Dr. Vallance, um jovem médico que passara um ano nos Estados Unidos, estudando na clínica dos irmãos Mayo. Começaram a conversar sobre o sistema do famoso sanatório. Tomado de súbito interesse, Andrew perguntou num dado momento se o Dr. Vallance ouvira falar em Stillman quando esteve na América do Norte.

– Sim, naturalmente – disse Vallance. – Stillman goza de muito prestígio por lá. Não tem diploma, é claro, mas agora ele é mais ou menos reconhecido como um grande clínico, embora não oficialmente.

– Visitou a clínica dele?

– Não. – Vallance balançou a cabeça. – Não pude ir até lá. Fica no Oregon.

Andrew calou-se por um instante, sem saber se devia falar.

– Creio que é uma coisa notabilíssima – disse afinal. – Tive oportunidade de entrar em contato com Stillman, faz alguns anos. Foi ele que me escreveu primeiro, a propósito de um trabalho que publiquei no *American Journal of Hygiene*. Andei observando fotografias e detalhes da clínica. Não se pode desejar sanatório mais perfeito para o tratamento da tuberculose. Fica na montanha, em meio a pinheiros, bem isolado, com varandas de vidro, um sistema especial de ar-condicionado que permite absoluta pureza e temperatura invariável no inverno. – Andrew parou, como a pedir desculpas pelo próprio entusiasmo, pois uma interrupção na palestra geral permitiu que todos escutassem o que dizia. – Quando se pensa nas nossas condições em Londres, isso parece um ideal inatingível.

O Dr. Thoroughgood sorriu com secura, talvez aspereza.

– Os nossos médicos londrinos têm sabido sempre agir muito bem nas condições que temos aqui, Dr. Manson. Podemos não ter as novidades e os exotismos a que se referiu, mas não vacilo em afirmar que os nossos métodos seguros e experimentados, embora menos espetaculares, também produzem resultados satisfatórios e provavelmente mais duradouros.

Cabisbaixo, Andrew não deu resposta. Compreendeu que, sendo novato, cometera uma indiscrição em exprimir tão abertamente o seu ponto de vista. E o Dr. Thoroughgood, para mostrar que não pretendera passar um carão, tratou gentilmente de desviar a conversa para outro assunto. Falou a respeito da arte de aplicar ventosas. A História da Medicina fora por muito tempo sua mania e detinha uma soma grande de informações sobre os barbeiros-cirurgiões da velha Londres.

Quando se levantaram, disse amavelmente a Andrew:

– Tenho uma verdadeira coleção de ventosas. Vou mostrar-lhe um dia destes. É realmente uma vergonha que não se usem mais ventosas. Era... e ainda é... um processo admirável para provocar contra-irritação.

Passado esse primeiro constrangimento, o Dr. Thoroughgood mostrou-se um colega simpático e prestativo. Era bom clínico, quase infalível nos diagnósticos. E gostava sempre de levar Andrew para visitar suas enfermarias. Mas na questão do tratamento, o espírito antiquado não admitia a adoção de nenhuma novidade. Não queria saber de tuberculina, sustentando que seu valor terapêutico ainda não fora absolutamente comprovado. Era muito parcimonioso no uso do pneumotórax e sua porcentagem de insuflações, a mais baixa do hospital. Entretanto, era extremamente liberal em assuntos de malte e óleo de fígado de bacalhau.

Andrew não pensou mais em Thoroughgood desde que começou a trabalhar. Era estupendo – dizia para si mesmo –, era estupendo encontrar-se, depois de tantos anos de espera, na situação de quem está começando de novo. E nessa primeira fase mostrou uma animação quase semelhante ao seu antigo ardor e entusiasmo.

Como era natural, suas velhas pesquisas sobre lesões pulmonares produzidas por inalação de pó o haviam levado mais tarde a considerar em conjunto toda a questão da tuberculose. Esboçou vagamente um plano para investigar, de acordo com a experiência de Von Pirquet, os primeiros sinais físicos de lesão primária. Podia dispor de um enorme material de pesquisas: as crianças subalimentadas que as mães traziam ao hospital para se beneficiarem da conhecidíssima liberalidade do Dr. Thoroughgood em assunto de óleo de fígado de bacalhau.

E no entanto, por mais que procurasse se convencer do contrário, Andrew não trabalhava com alma. Não podia recuperar o entusiasmo espontâneo das investigações sobre inalação. Tinha tanta coisa com que se preocupar, tantos casos importantes na clínica, que não era possível concentrar a atenção em obscuros indícios que talvez nem mesmo existissem. Ninguém sabia melhor do que ele o tempo que se gasta num exame cuidadoso. Estava sempre atarefadíssimo. Esse argumento era inquestionável. E Andrew não tardou a assumir uma atitude de admirável lógica. Era-lhe humanamente impossível fazer o que pretendia.

A pobre gente que vinha ao dispensário do hospital não exigia muito. Seu predecessor tinha sido, ao que parecia, brincalhão, mas, como receitava muito e sabia contar de vez em quando uma boa piada, sua popularidade permaneceu inalterada. Andrew também ficou íntimo do Dr. Milligans, seu companheiro de clínica, e dentro de pouco tempo já adotava seus métodos de tratamento. Mandava trazê-los aos montes para junto de sua mesa e despachava-os rapidamente. Quando receitava: "Repita-se o remédio", nem tinha tempo para lembrar quanto em outros tempos ridicularizara essa frase clássica. Andrew estava no caminho certo para se tornar um clínico admirável

9

Um mês e meio depois de assumir as funções no hospital, Andrew tomava o café-da-manhã, em companhia de Christine, quando abriu uma carta com o selo de Marselha.

No primeiro momento, olhou espantado, como se não acreditasse no que estava lendo. E depois, exclamou:

– É do Denny. Cansou-se do México, finalmente. Está de volta, disposto a recomeçar a atividade aqui, diz ele. Só vendo, acredito. Mas meu Deus! Como será bom vê-lo outra vez! Está fora há quanto tempo? Parece um século. Imagine que está voltando pela China! Você tem aí o jornal, Chris? Veja quando é que chega o *Oreta*.

A notícia inesperada deu também uma grande alegria a Christine, mas por diferentes motivos. Havia nela uma forte tendência maternal, um estranho espírito de proteção, quase calvinista, em relação ao marido. Sempre achara que Denny (e Hope, também, embora em menor grau) exercia uma influência benéfica sobre Andrew. Agora especialmente, quando ele parecia mudar tanto, Christine mostrava-se ainda mais ansiosa e atenta. Logo que veio a carta, tratou de promover uma reunião entre os três médicos.

Na véspera da chegada do navio, abordou o assunto.

– Não sei se você se incomoda, Andrew... mas estive pensando que poderíamos dar um jantarzinho na semana que vem... Um jantar só para nós, Denny e Hope.

Ele fitou-a com certa surpresa. Dado o ambiente de constrangimento que havia entre ambos, era esquisito que ela falasse em preparar uma festinha. Andrew respondeu:

– Hope provavelmente está em Cambridge. E Denny e eu podemos ir a algum lugar. – Mas, olhando para ela, consertou rapidamente: – Está bem. Combine o jantar para domingo. É o dia melhor para todos nós.

No domingo seguinte, Denny apareceu. Sadio de aparência, o rosto mais vermelho do que nunca. Parecia mais velho, porém mais bem disposto e mais discreto. Era, porém, o mesmo Denny, como provou ao saudar o casal:

– Isto aqui é um palácio! Com certeza, eu me enganei de porta. – E, virando-se solenemente para Christine: – A senhora pode me informar: este cavalheiro tão bem-vestido é o Dr. Manson?

Um momento depois, já sentado, recusou um drinque.

– Não! Agora sou freguês de limonadas. Por mais estranho que pareça, o certo é que estou disposto a assentar a vida de uma vez, aqui mesmo, neste país tão chuvoso. Já estou cansado de rodar por este vasto mundo. A melhor maneira de se querer bem a esta terra tão difamada é passar uns tempos no estrangeiro.

Andrew examinou-o com afetuosa censura.

– Você deve realmente assentar a vida, Phillip. Afinal de contas, você já entrou na casa dos quarenta... E com a sua capacidade...

Denny atirou-lhe um olhar significativo por baixo das sobrancelhas.

– Deixe de pose, professor. Ainda posso mostrar minhas habilidades qualquer dia destes.

Contou que tivera a sorte de ser nomeado cirurgião numa enfermaria do South Hertfordshire, com 300 libras por ano e todas as despesas pagas. Não podia considerar aquilo, é claro, um lugar definitivo, mas havia muito trabalho para um cirurgião que desejasse exercitar sua técnica. Queria ver, afinal, o que ainda era capaz de fazer.

– Não sei como me deram o lugar – observou Denny. – Deve ter sido engano. Confundiram-me com alguém.

– Não – disse Andrew, com ar um tanto acaciano. – Foi por causa do seu título, M.S.. Um título como este pode levá-lo a qualquer posto.

– O que ele tem, hein? – resmungou Denny. – Não parece o camarada que me ajudou a dinamitar aquela rede de esgotos.

Nesse momento entrou Hope. Ainda não conhecia Denny, mas ao final de cinco minutos já se entendiam perfeitamente. Quando passaram para a sala de jantar, tinham feito uma alegre frente para testar a paciência de Manson.

– Naturalmente, Hope – disse Phillip, num tom melancólico, ao apanhar o guardanapo –, você não deve esperar muita comida nesta casa. Oh, não! Eu conheço esta gente há muito tempo. Conheci o professor muito antes de se tornar um almofadinha das altas-rodas de Londres. Fique sabendo que este casal foi expulso da cidade onde morava porque matava de fome uns porquinhos-da-índia.

– Eu costumo trazer um pedaço de presunto no bolso – disse Hope. – É um hábito que aprendi com o Billy dos Botões em nossa última expedição. Mas, infelizmente, não tenho ovos. As galinhas lá de casa não estão pondo atualmente.

As pilhérias continuaram durante o jantar. As brincadeiras de Hope pareciam provocadas especialmente pela presença de Denny. Mas, pouco a pouco, deram para falar num tom mais sério. Denny contou algumas de suas aventuras no sul dos Estados Unidos, enxertando uma ou duas histórias de negros que fizeram Christine soltar boas gargalhadas. Hope explicou com minúcias as mais recentes atividades da junta. Whinney conseguira finalmente promover as experiências sobre fadiga muscular que haviam ficado por tanto tempo em mero platonismo.

– É o que estou fazendo agora – disse Hope, com melancolia. – Mas, graças a Deus, só me restam nove meses de contrato. Aí, então, farei alguma coisa que preste. Estou cansado de trabalhar para outros, com velhos que me atanazanam a paciência. – E, mudando de voz, numa agitação grotesca: – "Dr. Hope, que quantidade de ácido carbolático encontrou desta vez?" Quero agir por conta própria. Quem me dera ter um pequenino laboratório, só para mim!

E então, como esperava Christine, a conversa tornou-se violentamente científica. Terminaram o jantar, que foi abundante, contrariando assim as previsões pessimistas de Denny. E, servido o café, Christine fez questão de ficar à mesa, assistindo à discussão, muito embora Hope avisasse que a linguagem não seria muito própria para o ouvido de uma senhora. Cotovelos fincados na mesa, mãos no queixo, escutando em silêncio, esquecida de tudo, ela não tirava os olhos da fisionomia de Andrew.

No primeiro momento, Manson se mostrou seco e reservado. Embora fosse uma alegria ver Phillip de novo, tinha a impressão de que o velho amigo não dava muita importância às suas vitórias, mostrando-se muito mais irônico do que entusiasmado. Afinal de contas, vencera de verdade. Não vencera? E Denny, que fizera? Quando Hope insistiu em suas tentativas de fazer graça, Andrew esteve a ponto de dizer aos dois, com toda a franqueza, que parassem com aquelas brincadeiras à sua custa.

Agora que estavam conversando sobre a profissão, Manson foi se deixando levar, inconscientemente. E num momento, querendo ou não, foi contagiado pela tagarelice dos companheiros e pôs-se também a falar com um ardor parecido com o dos velhos tempos.

A discussão versava sobre hospitais. E, de repente, Andrew exprimiu sua opinião sobre todo o sistema hospitalar.

– Querem saber o que penso a esse respeito? – Soprou uma boa fumaçada. Agora, não era mais um cigarro barato que fumava, mas um bom charuto, tirado de uma caixa que apresentara distraidamente aos outros, sob o olhar sardônico de Denny. – Para mim, todo o sistema é antiquado.

Compreendam; não quero de forma alguma que vocês pensem que estou criticando meu próprio hospital. Gosto muito do Vitória e posso afirmar a vocês que lá nós trabalhamos de verdade. Mas o sistema é que não serve. Só mesmo o público inglês, com sua apatia, é que pode tolerá-lo. A mesma coisa acontece com as estradas do país: o mesmo atraso, a mesma desorganização, o mesmo desmazelo. O Vitória está caindo aos pedaços. O São João, também. Muitos hospitais de Londres, mais da metade, gritam que estão caindo. E que fazemos nós, para evitar isso? Cavamos níqueis de esmola. Pregamos alguns cartazes na fachada dos hospitais. Pedimos auxílio, como se anunciam produtos. "O Vitória está caindo!" "Comprem a cerveja Brown: é a melhor!" Isso não é engraçado? No Vitória, se tivermos sorte, poderemos dentro de dez anos começar a construção de uma nova ala ou uma dependência para moradia das enfermeiras. E, a propósito, só vocês vendo onde dormem as enfermeiras! Mas que adianta remendar a velha carcaça? Que adianta um hospital para doentes do pulmão no centro de uma cidade barulhenta e úmida como Londres? Que diabo! É como se a gente levasse um doente de pneumonia para o fundo de uma mina de carvão. E em muitos outros hospitais e casas de saúde é a mesma coisa. Estão metidos nas ruas mais movimentadas e estrondosas, e até as camas tremem quando os caminhões passam na rua. Mesmo se eu fosse com muita saúde para um desses hospitais, teria de tomar todas as noites uma boa dose de calmante para poder dormir. Imaginem os pacientes, no meio dessa barulheira, com uma bruta infecção intestinal ou com uma febre louca de meningite!

– Qual é o remédio para isso? – Phillip franziu a testa diante dessa inesperada irritação. – Uma junta hospitalar, com você como diretor?

– Não seja idiota, Denny – respondeu Andrew, impaciente. – O remédio é a descentralização. Não, isso não é uma frase tirada do livro: é o resultado do que pude observar desde que estou em Londres. Por que os nossos grandes hospitais não poderiam ficar numa zona um pouco afastada, onde não houvesse barulho nem fumaça de fábricas? Vamos dizer, a 25 quilômetros da cidade. Veja-se um lugar como Benham, por exemplo. Fica apenas a uma distância de 16 quilômetros. Mas é como se fosse em pleno campo, com vegetação, ar puro, sossego. E não pensem que seriam grandes as dificuldades de transporte. O trem poderia fazer a viagem até Benham em menos de vinte minutos. E podia mesmo haver trens especiais para o serviço do hospital. Quando considero que as nossas ambulâncias mais velozes gastam quarenta minutos em média para transportar um caso de urgência, isso me parece um melhoramento. Pode-se alegar que, levando-se para fora os hospitais, a cidade ficaria sem serviços médicos. É uma tolice! Os dispensários podem ficar nos centros e nos bairros, separados dos hospitais. E, já que tocamos no assunto, convém lembrar que essa história de zonas de serviço médico é uma verdadeira barafunda. Quando cheguei aqui, verifiquei logo que o único lugar para onde podia remeter os meus pacientes da parte oeste de Londres era o hospital da parte leste. E voltando ao Vitória, temos ali pacientes de todos os bairros. Não se procura delimitar as zonas hospitalares. Toda a gente se encaminha para os hospitais do centro da cidade. Para falar com franqueza, companheiros, a confusão é, às vezes, inacreditável. E o que se faz? Nada, absolutamente nada. Continuamos no velho sistema, passeando pelas ruas as latinhas de esmolas, organizando bandos precatórios, fazendo apelos, deixando os estudantes catarem níqueis nas festas de caridade. Nesses países novos da Europa, sim, sempre se faz alguma coisa. Juro por Deus! Se pudesse, arrasaria o Vitória e levantaria um novo hospital para tuberculosos em Benham, com uma boa linha de transportes para a cidade. E, garanto a vocês, a média de curas aumentaria!

Isso serviu apenas de introdução. O debate foi num crescendo.

Phillip trouxe à baila seu velho ponto de vista – a estupidez de pedir a um clínico geral que trate de todas as doenças, a estupidez de exigir que ele carregue nos ombros a responsabilidade de todos os casos, até o momento grandioso em que um especialista, a quem nunca vira mais gordo, é chamado para declarar, pelo preço de 5 guinéus, que já é tarde demais para se fazer alguma coisa.

Sem reservas nem eufemismos, Hope figurou o exemplo de um jovem bacteriologista espremido entre o comercialismo e a rotina. De um lado, os fabricantes de drogas queriam lhe pagar um salário para fazer preparados; de outro lado, uma junta de velhos caducos e risíveis.

– Vocês imaginem – sibilou Hope – os irmãos Marx dentro de um automóvel escangalhado, com quatro volantes independentes e uma quantidade enorme de buzinas. Pois assim é a Junta de Mineiros e Metalúrgicos.

A conversa continuou até depois da meia-noite, quando tiveram a agradável surpresa de encontrar a mesa posta com café e sanduíches.

– Quanto incômodo por nossa causa, Sra. Manson – protestou Hope, com uma polidez que confirmava a definição de Denny a seu respeito: "Um rapazinho de bons sentimentos." – Como deve ter ficado aborrecida com a nossa conversa! É engraçado como uma discussão dá fome na gente! Vou sugerir a Whinney um novo plano de investigações: o efeito do falatório sobre as secreções gástricas. Opa! Isso é uma asneira tremenda!

Hope despediu-se, entre afirmações veementes de que passara uma noite agradabilíssima, e Denny ainda se demorou mais alguns minutos, valendo-se do privilégio de uma amizade mais antiga. E quando Andrew foi ao telefone para chamar um táxi, Phillip apresentou a Christine, meio acanhado, um lindo xale espanhol.

– O professor provavelmente vai me matar de ciúmes – disse –, mas isto é um presente para você. Não lhe mostre antes que eu vá embora. – Não deixou que ela dissesse uma palavra de agradecimento, pois era a coisa que mais o embaraçava. – É curioso: todos esses xales espanhóis vêm da China. Comprei este em Xangai.

Houve um silêncio. Ouviram os passos de Andrew, que voltava do telefone.

Denny levantou-se. Seus olhos amigos evitaram os dela.

– Eu não queria me incomodar com ele, você sabe – sorriu. – Mas devemos fazer um esforço. Devemos realmente trazê-lo de volta ao modelo de Drineffy.

10

Quando começaram as férias escolares, Andrew recebeu um bilhete da Sra. Thornton, pedindo-lhe que fosse ao Brown Hotel para ver sua filha. Dizia-lhe em poucas palavras que o pé de Sybil não tinha melhorado e, como apreciara o interesse que ele havia tomado pelo caso no almoço da Sra. Lawrence, estava ansiosa por ouvir sua opinião. Lisonjeado por essa homenagem a sua personalidade, Andrew foi vê-la imediatamente.

Verificou pelo exame que o caso era perfeitamente simples. Contudo, era conveniente fazer uma cirurgia preventiva. Manson empertigou-se, sorrindo para a robusta e sadia Sybil, que agora estava sentada à beira da cama, calçando a meia. E declarou à Sra. Thornton:

– O osso engrossou. Pode resultar daí um joanete se não for tratado em tempo. Aconselho a fazer o tratamento quanto antes.

– Foi isso mesmo que disse o médico do colégio. – A Sra. Thornton não demonstrou surpresa. – Estamos preparadas para isso. Sybil pode ir para uma casa de saúde daqui. Mas... Está bem, tenho confiança no doutor. É preciso que o doutor tome as providências. Quem recomenda?

A pergunta deixou Andrew atrapalhado. Como seu trabalho era quase exclusivamente clínico, conhecia muitos médicos importantes, porém não conhecia nenhum cirurgião de Londres. De repente, lembrou-se de Ivory. E disse num tom amável.

– O Dr. Ivory poderá fazer isto muito bem... se estiver disponível.

A Sra. Thornton já ouvira falar no Dr. Ivory. É claro! Não era o cirurgião a que se referiam os jornais, no mês anterior, por ter voado até o Cairo para atender a um caso de insolação? Um nome conhecidíssimo! A Sra. Thornton achou admirável a idéia de entregar o caso da filha a uma pessoa tão notável. Só fez uma exigência: Sybil devia ir para a casa de saúde da Srta. Sherrington. Tantas pessoas amigas tinham ido para lá que não podia admitir outro lugar.

Andrew voltou para casa e telefonou a Ivory com toda a hesitação de um homem que está fazendo uma aproximação preliminar. Mas logo o tranqüilizou o modo de Ivory, tão amável, tão confiante e encantador! Combinaram ver a menina, juntos, no dia seguinte, e Ivory garantiu que, embora a casa de Ida estivesse repleta, havia de conseguir um quarto para a Srta. Thornton, caso fosse necessário.

Na manhã seguinte, Ivory declarou na presença da Srta. Thornton, com toda ênfase, que estava inteiramente de acordo com diagnóstico de Andrew, acrescentando ser imprescindível a cirurgia imediata. Sybil foi levada para a casa da Srta. Sherrington. Dois dias mais tarde, depois que a menina foi bem instalada, fez-se a cirurgia.

Andrew teve de assisti-la para atender às insistências gentilíssimas e amistosíssimas de Ivory.

A cirurgia não era difícil. Não restava dúvida de que no tempo de Drineffy o próprio Andrew a teria realizado. E, embora parecesse não ter pressa, Ivory efetuou-a com imponente competência. Compunha uma imagem de força e de frieza dentro do seu comprido avental branco, de onde emergia a face firme, maciça, de mandíbulas dominadoras. Ninguém encarnava melhor do que Charles Ivory a concepção popular do grande cirurgião. Tinha as mãos delicadas e macias que o convencionalismo novelesco atribui sempre ao herói da sala de cirurgia. E com sua boa aparência e perfeita segurança produzia uma impressão dramática. Andrew, que também enfiara o avental, observava-o do outro lado da mesa com um respeito forçado.

Uns 15 dias depois, quando Sybil Thornton deixou a casa de saúde, Ivory convidou-o para um almoço no Sackville Club. Almoço muito agradável. Ivory era um admirável conversador, de prosa fácil e interessante, com uma coleção de boatos sociais da última hora que de certo modo colocava o companheiro no mesmo pé de intimidade com o mundanismo, como se fosse também um freqüentador de salões. A sala de jantar do Sackville, com o teto decorado e os grandes lustres de cristal, estava cheia de pessoas famosas, que Ivory classificava de "interessantes". Andrew sentia-se lisonjeado. E não restava dúvida de que Ivory não pretendia outra coisa.

– Você deve deixar que eu apresente a sua proposta para sócio na primeira reunião do clube – disse o cirurgião. – Encontrará aqui boa turma de amigos. Freddie, Paul e eu somos sócios. É verdade, Jackie Lawrence também. Casal interessante, os Lawrence. O marido e a mulher são ótimos amigos e cada qual trata da sua vida! Com sinceridade, eu gostaria de propô-lo para sócio. Francamente, amigo, tinha a impressão de que você não ia muito comigo. A velha desconfiança escocesa, hein? Como sabe, eu não trabalho em nenhum hospital. É porque prefiro ser *free lancer*. Além disso, meu caro colega, eu vivo tão *ocupado*! Alguns desses medalhões dos hospitais passam um mês inteiro sem uma cirurgia particular. E eu faço a média de dez por semana! E, por falar nisso, vamos ter notícia dos Thornton muito em breve. Deixe tudo por minha conta. São pacientes de alto nível. A propósito, já que tocamos no assunto, você não acha que se deve pensar nas amígdalas da Sybil? Já olhou para elas?

– Não! Ainda não olhei.

– Oh! Você devia ter olhado, meu caro. Muito crescidas. Um foco de infecção. Tomei a liberdade de dizer que devemos arrancá-las quando chegar o verão! Espero que não repare...

Voltando para casa, Andrew não pôde deixar de ver com simpatia o companheiro encantador em que Ivory se transformava. Já se sentia mesmo grato a Hamson por tê-lo apresentado. O caso correra esplendidamente. Os Thornton estavam muito satisfeitos. E certamente não podia haver melhor critério.

Três semanas depois, quando tomava chá em companhia de Christine, o correio trouxe uma carta de Ivory.

Meu caro Manson:

A Sra. Thornton acaba de "explicar-se" lindamente. Como estou mandando agora a parte do anestesista, resolvi também mandar logo a sua – por me ter assistido tão esplendidamente na cirurgia. Sybil irá vê-lo em breve. Não se esqueça das amígdalas de que já falei. A Sra. Thornton está encantada.

Cordialmente seu,
C.I.

Dentro da carta, um cheque de 20 guinéus.

Andrew olhou para o cheque, espantado. Não fizera nada para assistir Ivory durante a cirurgia. Mas, pouco a pouco, a sensação gostosa que agora o dinheiro sempre lhe dava foi invadindo seu coração. Com um sorriso complacente, passou a carta e o cheque para Christine.

– Sujeito correto esse Ivory, não acha, Chris?! Sou capaz de apostar que este mês vamos bater um recorde de lucros.

– Mas eu não compreendo... – Christine estava perplexa. – Isso é o pagamento da sua conta com a Srta. Thornton?

– Não, bobinha... – deu uma risadinha. – É um extraordinariozinho... Apenas pelo tempo que gastei assistindo a cirurgia.

– Quer dizer com isso que o Dr. Ivory está lhe dando parte dos seus honorários?

Andrew corou de repente. E, com vontade de brigar:

– Ora, valha-me Deus! Não é isso! Isso é absolutamente proibido. Nem devemos sonhar uma coisa dessas. Você não compreende que eu ganhei esse dinheiro pelo trabalho de assistir a cirurgia, por estar presente, assim como o anestesista ganhou o dele por dar o anestésico? Ivory incluiu tudo isso na conta. E aposto que deve ter sido uma conta enorme.

Christine deixou cair o cheque na mesa, vencida, infeliz.

– Parece muito dinheiro.

– Ora essa! E por que não? – Andrew encerrou o debate num rompante de indignação. – Os Thornton são fabulosamente ricos. Isso custa tanto a eles como os 3,5 xelins a um dos nossos pacientes de ambulatório.

Quando ele saiu, Christine continuou com os olhos fitos no cheque, seriamente apreensiva. Não sabia até então que Andrew tinha ligações e interesses profissionais com Ivory. E voltou-lhe de repente toda a inquietação de antes. Aquela noite passada em companhia de Denny e Hope não dera o menor resultado. Andrew estava agora louco por dinheiro, terrivelmente louco! O trabalho do hospital parecia não ter importância diante daquela febre de sucesso material. Mesmo no ambulatório, ela observava que Andrew ia receitando remédios e mais remédios, muitas vezes para pessoas que não tinham doença alguma. E ainda insistia para que voltassem à consulta.

Christine ficou sentada ali, diante do cheque de Charles Ivory. O rosto dela parecia menor, mais fino, pela expressão de profunda tristeza. Lágrimas foram velando seus olhos. Precisava conversar com Andrew. Era necessário, indispensável.

Aquela noite, depois do trabalho, aproximou-se dele, timidamente.

– Andrew, você quer fazer uma coisa agradável? Vamos dar um passeio de carro, pelo campo, no domingo? Você me prometeu isso quando comprou o carro.

Andrew fitou-a com estranheza.

– Não sei... Está bem, combinado!

O domingo amanheceu como ela esperava. Um lindo dia de primavera. Pelas 11 horas, Andrew já havia feito as visitas inadiáveis. E partiram, então, de carro, levando no banco de trás uma toalha e uma cesta de piquenique. Christine foi-se animando quando atravessaram a ponte de Hammertsith e tomaram o desvio de Kingston para Surrey. Não tardariam a passar por Dorking, virando à direita, na estrada para Shere. Não saíam da cidade havia tanto tempo que a doçura do campo, o verde alegre das paisagens, a púrpura dos olmos floridos, a poeira de ouro do sol espalhada nas árvores, o amarelo pálido das prímulas que desabrochavam à beira do rio, tudo se infiltrava na sensibilidade de Christine, intoxicando-a.

– Não vá tão depressa, querido – murmurou numa voz mais doce do que a das últimas semanas. – Isso aqui é tão bonito!

E Andrew parecia disposto a passar na frente de todos os outros carros!

Chegaram a Shere por volta das 13 horas. Com suas casinhas de teto vermelho e o riacho a deslizar mansinho entre as margens plantadas de agrião, a aldeia ainda não parecia perturbada pela avalanche dos turistas de verão. Foram um pouco além, a uma colina cheia de árvores. Pararam o carro perto de uma estradinha. Ali, na pequenina clareira onde estenderam a toalha, havia uma solidão murmurante que era só deles e dos passarinhos.

Comeram sanduíches e beberam o café levado numa garrafa térmica. Ao redor, entre as árvores, as prímulas cresciam em profusão. Christine quis colhê-las, enterrar o rosto em seu frescor macio. Deitaram-se na relva. Andrew, de olhos semicerrados, com a cabeça perto da dela. Uma tranqüilidade gostosa foi descendo sobre a alma inquieta e sombria de Christine. Ah! Se a vida deles dois fosse sempre assim!...

O olhar preguiçoso de Andrew repousou por alguns momentos no carro. E disse de repente:

– Este carrinho não é nada mau, hein, Chris? Quero dizer, não é mau em relação ao preço. Mas precisamos escolher um novo na exposição de automóveis.

Ela estremeceu, novamente inquieta pela amostra que Manson acabava de dar de sua preocupação constante com a riqueza.

– Mas compramos este carro há tão pouco tempo! Parece-me muito bom para nós.

– Ora! É uma "carroça". Não notou como aquele Buick passou em nossa frente? Quero uma limusine de luxo, de grande velocidade.

– Mas para quê?

– E por que não? Estamos em condições de comprar um carro assim. Estamos tendo sucesso, sabe disso, Chris! – Andrew acendeu um cigarro e voltou-se para ela, com visível satisfação. – Se ainda não está inteirada do fato, minha querida professorinha de Drineffy, vou lhe dizer: estamos enriquecendo muito depressa.

Christine não correspondeu ao seu sorriso. Sentiu de repente passar um calafrio pelo corpo apesar do calor do sol. Começou a arrancar pedaços da grama, a torcer nervosamente a ponta da toalha. E disse vagarosamente:

– Querido, nós precisamos realmente enriquecer? Eu, pelo menos, não preciso. Por que falar tanto em dinheiro? Quando não tínhamos quase nada... Oh! Como éramos felizes! Nunca falávamos de dinheiro. Mas agora não falamos de outra coisa.

Ele sorriu novamente, com ar superior:

– Depois de tantos anos patinando na lama, comer salsichas e arenques em conserva, agüentar o diabo de comitês idiotas e atender a operários em quartos imundos, eu proponho, para variar, uma melhoria em nossa condição de vida. Há alguma objeção a isso?

– Querido, não leve o caso para a brincadeira. Você antes não falava assim. Você não vê, então você não vê que está sendo vítima do próprio sistema que censurava, daquilo que tanto odiava?! – A expressão dela era de causar pena, na sua agitação. – Você não se lembra de que considerava a vida um assalto ao desconhecido, uma investida para as alturas?... Era como se quisesse conquistar uma cidadela que você não via, mas que tinha certeza de que estava lá, no alto...

Ele murmurou, embaraçado:

– Ora! Eu era muito jovem... Um sonhador! Aquilo não passava de romantismo. Repare nos outros. Todos estão fazendo a mesma coisa, tratando de vencer, ganhar tudo o que podem. Não há outra coisa a fazer.

Ela deu um suspiro trêmulo. Sabia que devia falar naquele momento ou nunca mais.

– Meu bem! Não é só isso que se pode fazer. Por favor, escute. Eu lhe peço! Tenho sofrido tanto com isso... com esta sua mudança! Denny também notou. Isso está nos afastando um do outro. Você não é o Andrew Manson com quem me casei. Ah! Se ao menos você quisesse voltar a ser como era!...

– Mas, afinal, o que eu fiz? – protestou ele, irritado. – Eu a maltrato, embriago-me, já matei alguém? Cite um dos meus crimes!

Em desespero, Christine replicou:

– Não são coisas que se possam apontar. É toda a sua atitude, querido. Veja, como exemplo, aquele cheque que Ivory lhe mandou. É algo sem maior importância aparentemente, mas no fundo... No fundo, não é coisa limpa, decente, honesta.

Ela percebeu que Andrew se irritara. Levantou-se ofendido, com o olhar aceso.

– Ora, pelo amor de Deus! Por que voltar a este assunto? Que mal pode haver em ter ficado com o cheque?

– Então, você não vê? – Toda a emoção acumulada nos últimos meses dominou Christine, que não podia discutir sem se banhar em lágrimas. Gritou, no auge do nervosismo: – Pelo amor de Deus, querido! Não se venda!

Andrew rangeu os dentes, furioso. Falou devagar, com energia causticante.

– Quero avisar-lhe, pela última vez, que deve parar com esses histerismos e loucuras. Por que não me ajuda, em lugar de me aborrecer, da manhã à noite, com essas picuinhas?!

– Eu não procuro fazer picuinhas – soluçava ela. – Queria apenas falar com você. Mas não pude.

– Pois, então, não fale mais. – Andrew perdeu a calma e gritou de repente. – Escute o que lhe digo. *Não fale.* Isso deve ser algum complexo. Você fala como se eu fosse um charlatão indecente. Estou querendo apenas ir para a frente. E se quero ganhar dinheiro é porque é o único meio de vencer na vida. Julga-se uma pessoa pelo que a pessoa é, pelo que tem de seu. Quem não tem nada é mandado, montam em cima. Pois bem: já suportei isso bastante tempo. De agora em diante, quero ser dos que mandam. Você deve compreender. E não me fale nunca mais nessa bobagem irritante.

– Está bem, está bem. – Christine chorava ainda. – Não falarei mais. Mas fique avisado... Um dia você se arrependerá.

O passeio estava acabado para ambos e principalmente para ela. Embora enxugasse os olhos e colhesse um grande ramo de prímulas, embora gastasse ainda uma hora inteira deitada na relva, em pleno sol, embora tivesse parado na volta em Lavender Lady para tomar chá, embora conversasse com o marido, com aparente amizade, sobre assuntos banais, o certo era que todo o encanto do dia desaparecera. Quando voltaram para casa, no fim da tarde, o rosto de Christine estava pálido e sem expressão.

A zanga de Andrew foi pouco a pouco se transformando em indignação. Por que Christine era a única pessoa contra ele? Outras mulheres... e mulheres encantadoras... estavam entusiasmadas com seu rápido triunfo.

Alguns dias mais tarde, Frances Lawrence telefonou-lhe. Tinha viajado. Passara o inverno na Jamaica, de onde escrevera várias cartas a Andrew. E, agora, de volta, ansiosa por ver os amigos, irradiando a luz do sol que absorvera na pele, Frances disse a Manson, alegremente, que precisava vê-lo antes que perdesse o tom moreno dos banhos de mar.

Tomaram chá juntos. Como anunciara, Frances estava deliciosamente queimada pelo sol, o magro rosto interrogativo tão bronzeado como o de um fauno. O prazer de vê-la de novo foi extraordinariamente aumentado pela expressão acolhedora dos seus olhos, olhos tão indiferentes para muitas pessoas e irradiando tanta luz para ele, como para um velho amigo. Sim, conversaram como velhos amigos. Ela contou-lhe da viagem, os jardins de coral, os peixes que se viam por baixo das canoas de fundo de vidro, a beleza e a doçura do clima. Em troca, Andrew lhe contou seus últimos triunfos. Talvez um pouco de suas preocupações íntimas tenha passado para as palavras, pois Frances comentou graciosamente:

– Você está solene demais. E tão prosaico que até perde a graça. É o que lhe acontece quando não estou aqui. Não! Com franqueza, acho que é porque você trabalha demais. Você *precisa* mesmo conservar essa clientela barata? Se eu fosse você, já teria pensado que era tempo de montar um consultório na zona elegante da cidade. Wimpole Street ou Welbeck Street, por exemplo. É onde você deve clinicar.

Nesse momento, entrou o marido de Frances, alto, ar de boa vida, maneiroso. Cumprimentou Andrew – a quem já conhecia agora muito bem, pois jogara *bridge* com ele, uma ou duas vezes, no Sackville Club – e aceitou de bom humor uma chávena de chá.

Embora tivesse declarado cordialmente que não queria de forma alguma perturbá-los, a entrada de Lawrence interrompeu o lado sério da conversa. Começaram a discutir, com divertida animação, as últimas invenções de Rumbold-Blane.

Contudo, meia hora depois, quando Andrew voltava para casa, a sugestão da Sra. Lawrence ia dentro de sua cabeça. Sim, por que não montar um consultório na Welbeck Street? Já era tempo. Não queria abandonar de modo algum a clientela de Paddington. O ambulatório era rendoso demais para cogitar de largá-lo sem mais nem menos. Mas podia facilmente combiná-lo com um consultório na zona aristocrática. Teria assim um endereço melhor para a correspondência, um cabeçalho de maior efeito para o papel de receitas, para as contas.

A idéia crescia dentro dele, estimulando-o para uma conquista maior. Que boa criatura era Frances! Tão útil como a Srta. Everett. E muito mais encantadora, muito mais atraente! E ainda por cima ele estava em ótimas relações com o marido. Podia fitá-lo calmamente. Não precisava sair sorrateiramente daquela casa, como se fosse um cachorrinho ordinário de alcova. Ah! A amizade, que grande coisa!

Sem dizer a Christine, começou a procurar um consultório conveniente no West End. E um mês depois, quando o encontrou, teve a grande satisfação de declarar numa indiferença estudada, quando lia os jornais da manhã:

– A propósito... Talvez você se interesse em saber... Estou com sala montada na Welbeck Street. É para a minha clientela mais importante.

11

A sala do 57-A da Welbeck Street deu a Andrew uma nova sensação de triunfo. – Estou aqui – exultava no íntimo –, estou aqui, finalmente!

Embora não fosse ampla, a sala era clara e ventilada, com um pequeno balcão. Ficava no andar térreo, o que era uma vantagem evidente, pois muitos pacientes não gostavam de subir escadas. Além disso, embora a sala de espera fosse comum a vários outros médicos, o consultório era só dele.

No dia 19 de abril, quando recebeu as chaves, Andrew teve a companhia de Hamson quando foi tomar posse da sala. Freddie tinha se mostrado utilíssimo em todas as providências preliminares e arranjara para ele uma enfermeira conveniente, amiga da que empregava na Queen Anne Street. A enfermeira Sharp nada tinha de bonita. Era de meia-idade, com ar de pessoa competente, porém carrancuda, um tanto ríspida. Freddie justificou a escolha de modo conciso:

– Nada pior do que uma enfermeira bonita. Você sabe o que quero dizer, meu velho. Brincadeira, é brincadeira. Mas negócio é negócio. Não se podem combinar as duas coisas. Nenhum de nós dois está aqui para se divertir. E um sujeito duro de cabeça como você sabe disso muito bem.

A propósito, acho que vamos ficar cada vez mais íntimos agora que estamos perto um do outro.

Quando Freddie e Andrew discutiam a arrumação da sala, a Sra. Lawrence apareceu inesperadamente. Ia passando e entrara, gentilmente, para ver se o consultório era bom. Frances tinha um jeito encantador de pôr-se à vontade, de nunca parecer que estava se impondo. Mostrara-se aquele dia ainda mais encantadora, de saia e casaco pretos, uma pele cara em torno do pescoço. Demorou pouco, mas deu idéias e sugestões para a decoração, para as cortinas da janela, para que tudo ficasse mais elegante do que os planos sem gosto de Freddie e Andrew.

Perdida sua animadora presença, a sala pareceu subitamente vazia. Freddie abriu-se:

– Nunca vi um sujeito de tanta sorte como você! Ela é um encanto. – E, numa careta invejosa: – Faz lembrar o que disse Gladstone, em 1890, sobre o meio mais certo de levar um homem para a frente.

– Não sei o que você está insinuando.

Quando, porém, o consultório ficou pronto, Andrew teve de concordar com Freddie, e também com Frances, que chegara próximo ao arranjo final de seus planos. A sala dava exatamente a impressão que ele queria: elegante, mas com aspecto perfeitamente profissional. Em tal ambiente, o preço de 3 guinéus por consulta parecia justo e razoável.

No começo, não teve muitos pacientes. Mas, à força de escrever cartas amáveis a todos os médicos que lhe enviavam pacientes ao hospital – cartas naturalmente em que prestava informações sobre esses pacientes e seus sintomas –, foi estendendo uma rede de relações por toda a cidade, e não tardaram a aparecer os primeiros pacientes particulares. Andrew era agora um homem muito ocupado. A nova limusine vivia correndo de casa para o hospital, do hospital para o consultório da Welbeck Street. E havia ainda uma lista diária de chamados a atender, além do serviço no velho ambulatório, onde muitas vezes tinha de ficar até depois das 22 horas.

O sucesso agia como fortificante, correndo por suas veias como um precioso estimulador de energias. Achava tempo para ir ao Rogers e comprar três ternos novos, assim como para encomendar novas peças ao camiseiro da Jermyn Street, que Hamson recomendara. E aumentava sua popularidade no hospital. É verdade que tinha menos tempo para dedicar aos pacientes de lá, mas dizia para si mesmo que a pressa era compensada pela competência. Mesmo com os amigos se acostumou a falar com modo um tanto brusco, de homem ocupado. E dizia com um sorriso fácil:

– Tenho de ir embora, amigo velho. Estou em cima da hora.

Numa tarde de sexta-feira, umas cinco semanas depois de instalado o consultório, foi procurá-lo uma senhora idosa, doente da garganta. Tratava-se de uma simples laringite, mas a mulher era nervosa e parecia interessada em ter a opinião de outro médico. Um tanto melindrado, Andrew pensou a quem devia mandá-la. Era ridículo imaginar que fosse tomar o tempo de um homem como Robert Abbey. De repente, a fisionomia de Andrew animou-se. Lembrara-se de Hamson, ali tão pertinho. Freddie tinha sido gentilíssimo nos últimos tempos. Era justo que lhe desse a ganhar aqueles 3 guinéus, em vez de mandá-los para um desconhecido qualquer. E Andrew enviou-a a Freddie, com um bilhetinho.

Quarenta e cinco minutos mais tarde, a mulher estava de volta, com uma disposição muito diferente: amansada, desfazendo-se em desculpas, satisfeita consigo mesma, com Freddie e principalmente com Andrew.

– Desculpe-me por ter voltado, doutor. É apenas para lhe agradecer o cuidado que teve comigo. Vi o Dr. Hamson e ele confirmou tudo o que o doutor disse. E ele... ele me garantiu que o remédio que o doutor deu não podia ser melhor.

Em junho, foram tiradas as amígdalas de Sibyl Thornton. Estavam um pouco aumentadas, e um artigo do *Medical Journal* levantara a suspeita de que a absorção das toxinas pelas amígdalas se relacionava com a etiologia do reumatismo.

Ivory fez a cirurgia de modo tão lento que aborrecia.

– Prefiro ir devagar com esses tecidos linfáticos – explicou a Andrew, quando lavaram as mãos. – Conheço cirurgiões que arrancam amígdalas a toda pressa. Mas eu não trabalho dessa maneira.

Quando Andrew recebeu, pelo correio, mais um cheque de Ivory, Freddie estava junto dele. Trocavam agora freqüentes visitas nos consultórios. Hamson retribuiu prontamente a gentileza, enviando a Andrew uma boa gastrite em troca da laringite que recebera. E, daí por diante, vários pacientes fizeram a viagem, com bilhetinhos de recomendação, entre os dois consultórios.

– Olhe, Manson – observou Freddie. – Fiquei satisfeito porque você acabou com aquela sua atitude de palmatória do mundo. Mas, assim mesmo – atirou um olhar para o cheque, por cima do ombro de Andrew –, você não está tirando todo o sumo da laranja, amigo velho. Entre em acordo comigo, camarada, e você há de achar a fruta muito mais suculenta.

Andrew soltou uma gargalhada.

À noite, ao voltar para casa, sentia-se com um bom humor extraordinário. Verificando que estava sem cigarros, parou o carro em frente a uma tabacaria da Oxford Street.

Ao entrar, viu de repente uma mulher parada junto à vitrine. Era Blodwen Page.

Reconheceu-a logo. Mas como estava mudada! Nem parecia a patroa voluntariosa de Bringower. Emagrecera e havia em toda a sua figura um ar de cansaço e abatimento. Quando Manson a cumprimentou, fitou-o com um olhar apático, bovino.

– Não é a Srta. Page? – disse ele, aproximando-se. – Perdão, naturalmente devo chamá-la agora de Sra. Rees. Não se lembra de mim? Sou o Dr. Manson.

Ela examinou-o, notou seu aspecto elegante e próspero. Suspirou.

– Lembro-me, doutor. Espero que esteja passando bem. – E então, como se receasse demorar-se, voltou o olhar para um homem comprido e calvo que a esperava com impaciência, um pouco adiante. E disse, com ar preocupado: – Tenho de ir andando, doutor. Meu marido está à espera.

Andrew notou a pressa em ir embora, viu os lábios finos de Rees ajeitarem-se para o resmungo:

– Que história é essa? Fazendo-me esperar! – Blodwen baixava a cabeça, submissa. Por um momento, Andrew sentiu dirigido inexpressivamente para o seu lado o frio olhar do gerente do banco. Depois, o par foi caminhando e perdeu-se na multidão.

A cena não saía da cabeça de Andrew. Quando chegou em casa, encontrou Christine na sala da frente, costurando. Numa bandeja, o chá que mandara servir, assim que ouviu na porta o ruído do carro. Andrew olhou-a com vivacidade, como que adivinhando sua disposição. Queria contar-lhe do encontro, sentiu de repente o desejo de terminar com a atmosfera de constrangimento. Entretanto, mal aceitara uma xícara de chá, Christine falou antes dele, apressadamente:

– A Sra. Lawrence telefonou hoje de tarde, novamente. Não deixou recado.

– Ah! – Andrew corou. – O que você quer dizer com este... *novamente*?

– É a quarta vez que telefona nesta semana.

– E que tem isso?

– Nada. Não estou dizendo nada.

– Mas é como se dissesse... Não posso impedir que ela me telefone.

Christine ficou calada, de olhos baixos, tricotando. Se ele soubesse o tumulto que havia dentro daquele silêncio, não teria feito a cena que fez.

– Pelo que vejo, você acabará imaginando que sou um bígamo. Ela é uma mulher decentíssima. E o marido, um dos meus melhores amigos. Pessoas encantadoras. Pelo menos tem a vantagem de ser uma gente alegre que não vive espiando pelos cantos com lamúrias tolas e doentias. Que diabo!

Engoliu o resto do chá e levantou-se. Entretanto, mal saiu da sala, ficou arrependido. Entrou no consultório, acendeu um cigarro e pôs-se a pensar desalentadamente que as coisas estavam indo de mal a pior entre ele e Christine. A desinteligência crescente deprimia-o, irritava-o. Era uma nuvem escura no claro céu do sucesso.

Christine e ele haviam conhecido a felicidade da vida conjugal. O inesperado encontro com a Srta. Page acordara no espírito de Andrew as doces recordações de seu namoro em Drineffy. Por certo, não a endeusava mais como antigamente, mas... que diabo! Tinha loucura por ela! Talvez a tivesse magoado uma ou duas vezes nos últimos tempos. E, chegando a essa compreensão, sentiu um súbito desejo de entender-se com ela, de agradá-la, de fazer-lhe um carinho qualquer. Pensou muito. De repente, a fisionomia iluminou-se.

Olhou para o relógio, viu que a Casa Laurier ainda devia estar aberta. Tomou o automóvel imediatamente e foi ver a Srta. Cramb.

A Srta. Cramb, a quem explicou seu desejo, pôs-se logo ao seu dispor, com o maior entusiasmo. Tiveram uma séria conferência e depois encaminharam-se para a seção de peles, onde vários modelos foram apresentados ao Dr. Manson. A Srta. Cramb acariciava-os com os dedos competentes, salientando o brilho, a qualidade, tudo o que se podia apreciar numa pele cara. Por mais de uma vez, discordou delicadamente dos pontos de vista de Andrew, indicando com proficiência o que era bom e o que não era. Afinal, ele fez uma escolha que teve sua cordial aprovação. Então, ela foi à procura do Dr. Winch. Voltou logo, para declarar vitoriosamente:

– O Dr. Winch disse que para o doutor fará um preço especial. – Naquele ambiente, não se empregava de forma nenhuma a palavra abatimento. – São 55 libras, doutor. E eu lhe garanto que a compra não podia ser melhor. As peles são lindas. A sua mulher terá orgulho em usá-las.

No sábado seguinte, às 11 horas, Andrew apanhou a caixa verde-escura, com a inimitável marca Laurier artisticamente desenhada na tampa. E entrou em casa.

– Christine! – chamou. – Venha aqui um instante!

Ela estava no andar de cima, ajudando Emily a arrumar os quartos, mas desceu logo, um pouco alvoroçada e surpresa com o tom com que o marido a chamara.

– Olhe, querida! – Agora que ia chegando o momento culminante, Andrew sentiu-se num embaraço terrível. – Comprei isto para você. Eu sei... sei que ultimamente temos nos aborrecido, mas, com isto aqui, quero mostrar-lhe... – Não terminou a frase. E, com acanhamento de colegial, entregou-lhe a caixa.

Christine estava muito pálida. As mãos tremiam ao desatar a fita. E então soltou um gritinho de alvoroço:

– Mas que peles bonitas! Como são bonitas!

Na caixa, envolto em papel de seda, havia um par de raposas prateadas; duas peles finíssimas unidas elegantemente numa só. Andrew tirou-as depressa, alisou-as como havia feito a Srta. Cramb. Sua voz estava animada agora.

– Gosta das peles, Chris? Ponha no pescoço, para ver o efeito. A boa Halfback ajudou-me na escolha. São de primeira qualidade. Não se pode comprar coisa melhor. E de luxo também. Veja como brilham... E repare na marca prateada do forro. Era assim mesmo que você queria?

Corriam lágrimas dos olhos dela. Voltou-se para Andrew, deslumbrada.

– Você gosta de mim, não gosta, querido? É só o que desejo neste mundo.

Acalmou-se em seguida e experimentou as peles. Eram magníficas.

Andrew não se cansava de admirá-las. Quis completar a reconciliação. Sorriu.

– Olhe, Chris. Podemos celebrar o acontecimento enquanto dura o entusiasmo. Vamos almoçar fora. Encontre-me às 13 horas no restaurante do Plaza.

– Sim, querido. – Ela ainda tentou uma objeção. – Mas... eu fiz hoje para o almoço umas empadinhas... daquelas que você gostava tanto.

– Não, não! – Há muito tempo que o riso de Andrew não era tão alegre. – Nada de ficar em casa. Às 13 horas. Venha encontrar-se no Plaza com o cavalheiro elegante e formoso. Não é preciso combinar nenhum sinal. Ele a reconhecerá pelas peles.

Passou o resto da manhã satisfeitíssimo. Que idiota tinha sido! Esquecendo-se de Christine! Não há mulher que não goste de receber atenções, de sair, de divertir-se.

O restaurante do Plaza era o lugar mais indicado. Londres em peso, ou pelo menos a parte de Londres que interessa, podia ser vista ali, das 13 às 15 horas.

Fora de seus hábitos, Christine tardava em chegar. A esperá-la, no pequeno saguão do restaurante, Andrew ia ficando um pouco inquieto ao ver pela vidraça que as melhores mesas já estavam ocupadas. Pediu o segundo drinque. Só às 13h20 foi que ela apareceu, esbaforida, atordoada pelo movimento, pela gente que entrava e saía, pela criadagem de libré e principalmente por ter gasto meia hora esperando o marido num ponto diferente do que tinha combinado.

– Desculpe-me, querido – estava ofegante. – Você nem avalia o que aconteceu. Esperei um tempo enorme. E só por fim compreendi que estava na entrada do restaurante.

A mesa que lhe deram não era das melhores. Ficava encostada a uma coluna, perto do bar. A sala estava completamente cheia, com as mesas tão juntas umas das outras como se os fregueses estivessem amarrados. Os garçons moviam-se como contorcionistas de circo. Fazia um calor tropical. O barulho, tão grande como o de um recreio de colégio.

– Vamos, Chris. O que você escolhe? – disse Andrew com ar superior.

– Escolha você, querido – respondeu ela, acanhada.

Andrew escolheu um almoço caro: caviar, sopa Príncipe de Gales, galinha, aspargos, uma compota para sobremesa e também uma garrafa de *liebfraumilch** de 1929.

– Não podíamos ter dessas coisas em nosso tempinho de Drineffy – ele riu, disposto a mostrar-se bem-humorado. – Não há nada como comer bem.

---

*Vinho branco produzido principalmente na região do Hessen, no oeste da Alemanha. (*N. do E.*)

Ela procurou corresponder corajosamente às disposições de Andrew. Elogiou o caviar, fez um esforço heróico para engolir a sopa de luxo, fingiu-se interessada quando ele apontou Glen Roscoe, o astro do cinema, Mavis Yorke, uma americana famosa por já ter se casado seis vezes, e outras personalidades igualmente célebres. Mas, intimamente, lhe repugnava a elegante vulgaridade do ambiente. Os homens eram macios, penteadíssimos, bem-vestidos demais. A única mulher que podia ver da sua mesa era loura, vestida de preto, muito pintada, com um desembaraço um pouco chocante.

Daí a pouco, Christine sentiu a cabeça tonta. Começou a perder o domínio de si mesma. Sua atitude era quase sempre naturalíssima, mas ultimamente os nervos sofriam de tensão exagerada. Sentiu o contraste entre as peles de luxo e o modesto vestido. Teve a impressão de que as outras mulheres a observavam, percebeu que estava ali tão fora de lugar como uma humilde margarida-do-campo numa cesta de orquídeas.

– O que você tem? – perguntou Andrew de repente. – Não está gostando?

– Estou, sim, naturalmente – protestou, tentando sorrir. Mas os lábios não obedeceram. O máximo que pôde fazer foi engolir, a contragosto, o pedaço de galinha excessivamente temperado que tinha no prato.

– Você não escuta nada que eu digo – murmurou ele ressentido. – Não bebeu uma gota de vinho. Que diabo! Quando se leva uma mulher para almoçar fora...

– Quer dar-me um pouco de água? – pediu Christine com um fio de voz. Sentia vontade de chorar. Não pertencia àquele meio. Seu cabelo não estava preparado como devia, não pintara o rosto... Não era de admirar que os próprios garçons a estivessem olhando. Nervosamente, apanhou um aspargo. Mas a aponta do aspargo partiu-se e, escorrendo gordura, caiu sobre as peles de Christine.

A loura platinada da mesa vizinha voltou-se para o companheiro com um sorriso divertido. Andrew notou aquele sorriso. Não procurou mais sustentar a conversa. O almoço terminou num silêncio melancólico.

Voltaram para casa ainda mais melancólicos. Logo depois, ele saiu para fazer as visitas médicas. Estavam mais afastados ainda do que antes. Christine sofria profundamente. Começava a perder a confiança em si mesma, a perguntar se era na verdade a mulher que convinha a Andrew.

À noite, quando ele voltou, recebeu-o com um beijo e um abraço, agradecendo-lhe ainda o presente e o almoço.

– Ainda bem que você gostou – disse ele secamente. E foi para o quarto.

12

Um acontecimento veio distrair a atenção de Andrew de seus aborrecimentos domésticos. O *Tribune* noticiava que Richard Stillman, o famoso higienista americano, chegara a Londres e se hospedara no Brooks Hotel.

Nos velhos tempos, Andrew teria corrido ao encontro de Christine, todo alvoroçado com o jornal na mão. E teria dito: "Olhe, Chris! Sabe quem está aqui? Richard Stillman. Você se .lembra. Aquele americano com quem me correspondi durante tantos meses. Não sei se ele quer me ver. Mas, com franqueza, gostaria de encontrá-lo." Mas agora Andrew perdera o hábito de correr para Christine. Em vez disso, ficou lendo pensativamente o jornal, satisfeito de poder aproximar-se de Stillman não como um simples médico assistente, mas como clínico vitorioso que tinha consultório na Welbeck Street. Sentou-se à máquina e escreveu cuidadosamente uma carta ao americano, na qual recordava a antiga correspondência e o convidava para almoçarem juntos, quarta-feira, no grill do Plaza.

Stillman telefonou-lhe na manhã seguinte. Sua voz era tranqüila, cordial, mas decidida.

– Gostaria de encontrá-lo, Dr. Manson. Aceito com prazer o convite para almoçarmos juntos. Mas em outro lugar. Já não suporto o Plaza. Por que não vem almoçar comigo aqui no hotel?

Andrew encontrou-se com Stillman na saleta de espera de seu apartamento, no Brooks, um hotel confortável e distinto, mas cujo sossego era um contraste humilhante com o Plaza, em sua confusão rumorosa. O dia estava muito quente. Andrew tivera uma manhã ocupadíssima. E, logo que viu Stillman, quase se arrependeu de ter ido procurá-lo. Era um homem de 50 anos, miúdo, com uma cabeça grande demais para o corpo e o rosto chupado. A pele, rosada como a de uma criança. O cabelo, ralo e castanho, partido ao meio. Só quando viu os olhos de um azul firme e frio foi que Andrew percebeu, quase num choque, a força de alma e de ação contida naquela figura aparentemente inexpressiva.

– Espero que não tenha sido incômodo vir até aqui – disse Richard Stillman, com a naturalidade de um homem a quem muita gente procura. – Bem sei que quase todos os americanos gostam do Plaza. – Sorriu, humanizando-se. – Mas vai tanta gente ali... – Uma pausa. – E agora que estamos juntos, quero felicitá-lo sinceramente pelo seu esplêndido trabalho sobre inalação. Não se aborreceu com o que eu lhe disse sobre cerita? O que tem feito ultimamente?

Desceram ao restaurante. O maître foi pessoalmente atender a Stillman.

– Que vai escolher? Para mim, suco de laranja. – Stillman disse então, rapidamente, sem olhar para o enorme cardápio em francês: – E duas costeletas de carneiro com ervilhas. Depois, café.

Andrew disse o que queria e voltou-se para o companheiro num respeito crescente. Impossível ficar muito tempo na presença de Stillman sem sentir a atração dominante de sua personalidade. Sua carreira, que Andrew conhecia em linhas gerais, era verdadeiramente singular.

Richard Stillman provinha de uma velha família de Massachusetts que dera várias gerações de advogados ao foro de Boston. Mas, apesar dessa tradição bacharelesca, Stillman revelou desde cedo uma grande vocação para a medicina, e aos 18 anos conseguiu finalmente a licença paterna para começar os estudos na Universidade de Harvard. Durante dois anos seguiu ali o curso médico. Mas, então, o pai morreu de repente, deixando na miséria a mãe e a irmã de Richard.

O avô paterno, o velho John Stillman, que sustentou a família, insistiu para que o neto trocasse a medicina pelo direito, para obedecer à tradição. O velho foi inflexível e não houve argumentos que o convencessem. Richard viu-se forçado a tirar não o diploma de médico que tanto ambicionava, mas o de Bacharel em Direito, depois de alguns anos de um curso, para ele, desinteressante. Afinal, em 1906, foi para o escritório dos Stillman e durante quatro anos dedicou-se à advocacia.

Não era, entretanto, naquele trabalho que estava sua alma. Continuava a fasciná-lo a bacteriologia, principalmente a microbiologia – sua paixão desde os primeiros tempos de estudante. No sótão da casa montou um pequenino laboratório, fez do seu auxiliar de escritório um assistente e nas horas vagas se entregava a sua vocação. Aquele sótão foi, na verdade, o começo do Instituto Stillman. Richard não era um diletante. Pelo contrário, não só revelou extraordinária habilidade técnica como também uma originalidade que chegava quase às raias da genialidade. E quando, no inverno de 1908, morreu de tuberculose galopante sua irmã Mary, a quem queria um bem imenso, todas as suas forças se concentraram na luta contra essa moléstia. Tomou como ponto de partida os trabalhos de Pierre Louis e de seu discípulo americano, James Jackson Jr. A obra de Leannec sobre auscultação levou-o ao estudo da fisiologia dos pulmões. Inventou um novo tipo de estetoscópio e, mesmo com os elementos modestos de que podia dispor, deu início às primeiras tentativas para produzir um soro.

Quando o avô morreu, em 1910, Richard já havia conseguido curar a tuberculose em cobaias. Foi imediato o resultado desse duplo acontecimento. A mãe de Stillman vira sempre com simpatia a vocação científica do filho. Não lhe foi difícil desfazer-se do escritório de Boston e, com o que herdara do velho, comprar uma granja perto de Portland, no Estado do Oregon, para se devotar ali ao verdadeiro sentido de sua vida.

Já que havia perdido tantos anos, não tratou de tirar diploma de médico. Só cuidava de ir adiante, de obter resultado. Não tardou a produzir um soro extraído de cavalos e uma vacina bovina com a qual imunizou todo um rebanho de Gado Jersey. Ao mesmo tempo ia aplicando ao tratamento dos pulmões doentes o método de imobilização, segundo as observações fundamentais de Helm Holtz e Williard Gibbs, de Yale, e de pesquisadores mais recentes como Bizaillon e Zinks. Daí por diante, lançou-se resolutamente à terapêutica.

Os métodos de cura do novo instituto deram logo fama a Stillman, conquistando maiores triunfos do que suas vitórias de laboratório. Muitos de seus pacientes já haviam passado por vários sanatórios e eram considerados casos incuráveis. Richard curou-os. E ganhou com isso a hostilidade, o menosprezo, as condenações da classe médica.

Começara uma luta maior e mais prolongada. Era a luta para que seu trabalho fosse aceito e respeitado. Gastou tudo o que tinha na instalação do instituto e enfrentou as despesas pesadíssimas de sua manutenção. Tinha horror à publicidade e resistiu a todas as tentativas para comercializar sua obra. Parecia às vezes que ia naufragar, tal o vulto das dificuldades materiais e das oposições violentas. Mas, com extraordinária coragem, Stillman venceu todas as crises e até mesmo uma grande campanha da imprensa desencadeada contra ele.

Passada a época da difamação, amainou também a tempestade das controvérsias. Pouco a pouco, embora de má vontade, os adversários foram reconhecendo seu mérito. Em 1925, uma comissão de Washington visitou o instituto e fez um relatório entusiástico sobre os métodos ali empregados. Consagrado finalmente, Stillman começou a receber grandes doações e auxílios de filantropos, empresas e mesmo dos poderes públicos. Esses recursos foram destinados a desenvolver e aperfeiçoar o instituto, que se tornou, com sua incomparável situação e o esplêndido aparelhamento, com os rebanhos de Gado Jersey e os cavalos puro-sangue irlandês fornecedores de soro, uma das maravilhas do Estado do Oregon.

É claro que Stillman ainda tinha inimigos. Em 1929, por exemplo, as críticas de um assistente demitido suscitaram um novo escândalo. Mas, pelo menos, conseguira um ambiente de garantia e segurança para continuar seus trabalhos. O sucesso não lhe modificou a personalidade. Era ainda o mesmo homem tranqüilo e sóbrio que 25 anos antes montara um pequenino laboratório na água-furtada de sua casa.

E agora, sentado no salão de jantar do Brooks Hotel, olhava para Andrew com serena simpatia.

– É muito agradável – disse ele – estar na Inglaterra. Gosto do seu país. O nosso verão lá da América não é tão fresco como o daqui.

– Naturalmente veio fazer uma série de conferências, não é verdade? – perguntou Andrew.

Stillman sorriu.

– Não! Não faço mais conferências. Sem falsa modéstia, posso dizer que meus pacientes, quando deixam o instituto, se incumbem de fazer conferências em meu lugar. Para falar com franqueza, estou aqui por motivos particulares. O caso é este: o seu patrício Sr. Cranston, Herbert Cranston, que fabrica esses carrinhos magníficos, procurou-me nos Estados Unidos há cerca de um ano. O homem passou quase a vida inteira sofrendo de asma e eu... isto é, o instituto conseguiu curá-lo. Desde então, ele vem insistindo para que eu monte aqui uma pequena clínica segundo o modelo do nosso sanatório de Portland. Concordei há uns seis meses. Os planos foram elaborados e a clínica está quase pronta. Vamos chamá-la Bellevue. Fica lá para os lados de Chilterns, perto de High Wycombe. Vou inaugurá-la e passarei depois a sua direção a um dos meus assistentes, Marland. Com franqueza, considero isso uma experiência, uma experiência muito promissora dos meus métodos, sob o ponto de vista climático e racial. O aspecto financeiro não tem a menor importância.

Andrew inclinou-se para a frente.

– Isso me interessa muito. Qual o ponto em que vai concentrar as suas atenções? Gostaria de ver o lugar.

– Venha nos visitar quando tudo estiver pronto. Vamos aplicar ali nossa terapia para a cura da asma. Cranston faz questão disso. A clínica será também, como insisti em especificar, para alguns casos de tuberculose incipiente. Digo alguns porque – sorriu – aqui não passo de um homem que entende um pouco de aparelho respiratório. Mas, na América, o que mais nos atrapalha é a quantidade enorme de gente querendo ir para o sanatório. E que era mesmo o que ia dizendo? Ah, esses casos de tuberculose incipiente... Uma coisa interessante para você: tenho um novo método de pneumotórax. É realmente um avanço científico.

– Refere-se ao método Emile-Well?

– Não, não. Muito melhor. Sem as desvantagens da flutuação negativa.

A fisionomia de Stillman iluminou-se.

– Você bem sabe da dificuldade apresentada pelo aparelho fixo: aquele ponto em que a pressão intrapleural equilibra a pressão do fluido e o fluxo de gás cessa por completo. Pois bem, inventamos no instituto uma câmara de pressão acessória, na qual podemos introduzir o gás numa pressão nitidamente negativa, logo no começo. Eu lhe mostrarei isso quando aparecer na clínica.

– Mas não há o perigo de embolia? – perguntou Andrew.

– Afastamos completamente esse risco. Só vendo! É muito engenhoso. Introduzindo um manômetro de bromofórmio perto da agulha, evitamos a rarefação. Uma flutuação de 14 centímetros só produz 1 centímero cúbico de gás na ponta da agulha. E, a propósito, a nossa agulha tem um ajustamento quádruplo. É, assim, um pouco melhor do que a de Sangman.

Mesmo sem querer, mesmo na posição de médico titular do Hospital Vitória, Andrew ficou impressionado.

– Bem, se é assim, o senhor elimina quase por completo o choque pleural. Com franqueza, Sr. Stillman, até me causa espanto que tudo isso se deva ao senhor. Desculpe-me, eu não soube me expressar direito, mas entende naturalmente o que quero dizer. São tantos os médicos diplomados que continuam a usar os aparelhos antigos...

– Meu caro doutor – respondeu Stillman com um olhar divertido –, não se esqueça de que o primeiro homem que propôs o pneumotórax foi Carson, um simples estudioso de fisiologia, sem qualquer diploma!

Daí por diante entraram na discussão de aspectos técnicos. Discutiram apicólise e frenicotomia. Conversaram sobre os quatro pontos de Braner, passaram ao oleotórax e aos estudos de Bernon, na França – injeções interpleurais em massa, no empiema tuberculoso. A conversa só parou quando Stillman olhou o relógio e notou, com uma exclamação, que já estava com meia hora de atraso para o encontro marcado com Granston.

Andrew deixou o Brooks Hotel cheio de estímulo e de entusiasmo. Mas, logo depois, numa estranha reação, sentiu-se confuso, insatisfeito com o próprio trabalho. "Ora, isso é impressão. Deixei-me levar por esse sujeito", disse consigo mesmo, aborrecido.

Não foi, portanto, em muito boa disposição de espírito que voltou para casa. Contudo, ao pôr o pé na porta, arranjou uma expressão que nada revelasse de si mesmo. Suas relações com Christine exigiam, agora, esse fingimento. Ela se mostrava tão submissa e indiferente que, embora intimamente furioso, Andrew sentia a necessidade de mostrar-se cordial.

Parecia-lhe que ela se encolhera para dentro de si mesma, vivendo uma vida interior onde ele não podia penetrar. Christine lia muito, escrevia muitas cartas. Por mais de uma vez, encontrou-a brincando com Florie – jogos infantis, cartões coloridos que compravam no armarinho. Começou também a ir à igreja, discreta mas regularmente. E era isso que o exasperava.

Em Drineffy, ia todos os domingos à igreja em companhia da Sra. Watkins e ele nunca achara razão de queixa. Mas, agora, de má vontade e isolado, considerava aquilo uma insinuação contra ele, um carolismo que visava fazê-lo sofrer.

Aquela tarde, quando entrou na sala da frente, Christine estava sentada, sozinha, com os cotovelos fincados na mesa, usando os óculos que comprara recentemente, a ler um livro. Parecia uma menina de escola estudando a lição. Uma sensação raivosa de abandono dominou Manson. Olhando por cima dos ombros dela, conseguiu descobrir que livro era aquele, antes que Christine tentasse escondê-lo. E leu no alto da página: O Evangelho segundo São Lucas.

– Meu Deus! – ficou perturbado, quase furioso. – Você já chegou a este ponto? Já anda metida com a Bíblia?

– E o que tem isso? Antes de conhecê-lo, eu já lia a Bíblia.

– Ah! Lia, não?

– Lia, sim – uma expressão de sofrimento estampou-se nos olhos dela. – Naturalmente os seus amigos do Plaza podem não gostar disso. Mas, pelo menos, é uma boa literatura.

– Pois olhe! Se você ainda não sabe, é bom que lhe avise: você está ficando uma neurastênica insuportável.

– Pode ser. E, se sou, é porque quero. Mas deixe que eu lhe diga. Antes ser uma neurastênica insuportável e continuar espiritualmente viva do que ser um insuportável médico de sucesso, espiritualmente morto!

Ela parou de repente, mordendo os lábios, contendo as lágrimas. Foi com grande esforço que se dominou. Fitando Andrew firmemente, com olhos dolorosos, disse, afinal, numa voz apagada:

– Andrew, você não acha que seria bom para nós dois que eu passasse uns tempos fora? A Sra. Vaughan me escreveu, pedindo-me para ir visitá-la por duas ou três semanas. Ela está veraneando em Newquay. Acha que devo ir?

– Sim! Vá! Com os diabos! Vá!

Deu-lhe as costas e saiu.

13

A partida de Christine para Newquay foi um alívio, uma verdadeira libertação para Andrew. Isso durante três dias inteiros. Mas, no quarto, já andava um tanto inquieto, a perguntar a si mesmo com uma ponta de ciúme: "Que será que ela anda fazendo? Sentirá saudade? Quando pensará em voltar?"

Embora procurasse convencer-se de que era um homem livre, sentia que lhe faltava alguma coisa – sensação igual à que tivera, em Aberalaw, quando Christine foi a Bridlington, deixando-o livre para estudar sossegadamente para o concurso.

Tinha diante dos olhos a imagem de Christine; não a imagem risonha e jovem da Christine dos primeiros tempos, mas de uma Christine mais pálida, de feições mais amadurecidas, certo ar abatido, os olhos cansados por trás dos óculos. Não era uma imagem de beleza, mas tinha o poder de não lhe sair da cabeça.

Passava muito tempo fora de casa, ia jogar *bridge* com Ivory, Freddie e Deedman, no clube. Apesar da reação que experimentara depois do primeiro encontro com Stillman, via freqüentemente o americano, que estava agora em grande atividade, dirigindo os últimos preparativos do pequeno sanatório. Escreveu a Denny pedindo-lhe que viesse visitá-lo, mas Phillip não podia ir a Londres, interrompendo o serviço que apenas começara. Hope era inacessível em Cambridge.

Procurou concentrar o espírito perturbado em suas pesquisas clínicas no hospital. Mas foi em vão. Estava inquieto demais. Com essa mesma intensidade nervosa, foi conversar com o gerente do banco, para saber como ia sua conta. Tudo em ordem; tudo muito bem. Começou a formar um projeto. Venderia a casa do Chesborough Terrace, ficando apenas com o ambulatório ao lado, e compraria uma nova na Welbeck Street. Teria de gastar muito dinheiro, mas seria bastante proveitoso. Poderia contar com o auxílio de uma dessas empresas construtoras. E, naquelas noites de calor, acordava de repente, a cabeça cheia de planos, preocupado com a clínica, os nervos alterados, sentindo falta de Christine, a mão procurando instintivamente a mesinha de cabeceira para apanhar um cigarro.

No meio dessa inquietação telefonou a Frances Lawrence.

– Estou só atualmente. Gostaria de sair comigo uma noite destas, para um passeio fora da cidade? Londres está tão quente!...

A voz dela era serena, com um esquisito efeito sedativo para Andrew:

– É uma esplêndida idéia. Esperava que você me telefonasse um dia desses. Já foi à Crossways? É um lugar em estilo elisabetano, um pouco estragado pelo excesso de iluminação. Mas o rio ali é um encanto.

Na noite seguinte, Andrew despachou os pacientes do ambulatório em menos de uma hora. Antes das 20 horas, apanhou Frances em Knightbridge e o carro seguiu pela estrada de Chertsey.

Ainda se viam os últimos reflexos do crepúsculo no longo dia de verão. Frances estava sentada a seu lado, falando pouco, mas enchendo o carro todo com sua rara e encantadora presença. Usava saia e casaco de fazenda bem leve, com um chapeuzinho escuro na cabeça pequena. Sentia, sentia de modo intenso toda sua graça, toda a sua finura perfeita. A mão sem luva, perto dele, era bem expressiva do seu requinte – branca, esguia. Na ponta de cada dedo comprido, a unha pintada. Um tanto monótono.

Como dissera Frances, Crossways era uma deliciosa casa de estilo elisabetano, situada entre lindos jardins debruçados sobre o Tâmisa. E era pena que os acessórios modernos da casa e uma infame orquestra de jazz estragassem o efeito romântico das pérgulas antigas e dos pequeninos lagos artificiais onde brotavam lírios. E, embora um empregado fantasiado de lacaio tivesse vindo abrir a porta do carro quando pararam à frente do edifício, já cheio de automóveis de luxo, permanecia o encanto dos velhos muros cobertos de hera e das altas chaminés poligonais que avançavam serenamente para o céu.

Entraram no restaurante. Sala cheia, elegantíssima. As mesas distribuídas de modo a deixar no centro um espaço vazio, um quadrado de assoalho polido. O maître tinha a mesma cara, parecia irmão do "grão-vizir" do Plaza. Andrew odiava e temia os maîtres. Mas isso – descobria agora – era porque nunca os defrontara em companhia de uma mulher como Frances. Bastou um simples olhar para que logo fossem levados, com todas as mostras de consideração, para a melhor mesa da sala. E viram-se cercados no mesmo instante por um grupo de garçons atenciosíssimos, um dos quais desdobrou o guardanapo de Andrew, colocando-o com religioso respeito sobre seus joelhos.

Frances pediu pouca coisa: salada, um assado. Nada de vinho; apenas água gelada. Imperturbável, o maître parecia ver nessa frugalidade uma prova de fidalguia. E Andrew pensou, com súbito azedume, que, se tivesse entrado com Christine em tal santuário e encomendasse refeição tão modesta, seria naturalmente atirado porta afora, com o maior desprezo.

Mas um sorriso de Frances veio afastá-lo dessas idéias.

– Sabe que já nos conhecemos há bastante tempo? E esta é a primeira vez que você me convida para sair em sua companhia.

– Isso lhe desagrada?

– Não, acho que não.

Andrew deliciava-se novamente com o tom encantador de intimidade que Frances assumia, com seu leve sorriso. Isso fazia-o se sentir mais espirituoso, mais à vontade, pertencendo a uma classe superior. Não era simples pretensão ou tolo esnobismo. A fidalguia dela era tão marcante e envolvente que o atingia, o contagiava. Percebeu o interesse com que os observavam das outras mesas, a admiração masculina que se dirigia para Frances e que ela parecia calmamente ignorar. Andrew não pôde deixar de sorrir à idéia de uma ligação mais íntima entre eles.

– Você ficará muito lisonjeado quando lhe disser que rompi por sua causa um outro compromisso. Lembra-se de Nicol Watson? Ele me convidou para ir a um espetáculo de bailados. Não ria dos meus gostos infantis... Era o Massine em *La boutique fantasque*.

– Lembro-me de Watson. E da sua viagem ao Paraguai. Criatura inteligente.

– E distintíssimo.

– E... por que não foi? Teve medo de que o teatro estivesse muito quente?

Ela sorriu apenas, sem responder. Tirou um cigarro de uma caixa esmaltada, em cuja tampa de cores discretas havia uma linda miniatura.

– É verdade... Ouvi dizer que Watson lhe fazia a corte. E – continuou Andrew, com repentina veemência – que pensa seu marido a esse respeito?

Ela também não respondeu dessa vez. Levantou apenas, de leve, a sobrancelha, para marcar levemente certa falta de compreensão. Mas, depois de um momento, disse:

– Você, então, ainda não compreendeu? Jackie e eu somos ótimos amigos. Mas cada qual escolhe as suas próprias amizades. Ele agora está em Juan les Pins. E não quero saber por que motivo. – E, num tom mais ligeiro: – Vamos dançar? Agora mesmo?

Dançaram. Ela movia-se com uma graça extraordinária, fascinante. Era leve, quase aérea, nos braços de Andrew.

– Não sei dançar muito bem! – disse Manson, quando voltaram à mesa. Até o modo de falar já era o dela. Como estava longe, bem longe, o tempo em que resmungava: "Que diabo, Chris! Eu não sei arrastar os pés pelo salão!"

Frances não protestou. E nisso viu mais um sinal de sua distinção. Outra qualquer, para lisonjeá-lo, teria dito que dançava bem. Andrew se sentiria ainda mais desajeitado. De repente, num impulso de curiosidade, perguntou:

– Explique-me uma coisa, por favor. Por que você tem sido tão gentil comigo? Por que tem me ajudado tanto, durante todos esses meses?

Ela encarou-o, achando graça, mas sem se mostrar esquiva.

– Você tem um extraordinário encanto para as mulheres. E ainda é mais encantador porque não sabe disso.

– Ora... Como? Que idéia! – Andrew corou. E, depois, atrapalhado: – Acho que também valho alguma coisa como médico.

Frances riu, espalhando displicentemente com a mão a fumaça do cigarro.

– Não fique muito irritado. Eu fiz mal, talvez, em lhe explicar. E, naturalmente, é um ótimo médico. Ainda uma noite dessas, falamos a seu respeito na casa de Joseph Le Roy. Ele anda um tanto aborrecido com o consultor-médico da nossa companhia. Coitado de Rumbold! Se soubesse o que Le Roy disse dele! Acha que é um velho caduco. Precisa ser aposentado. E Jackie está de acordo. Querem para o lugar um médico mais jovem, cheio de energia. Enfim, para usar a expressão corrente, "um homem que esteja aparecendo agora". Parece que têm em vista uma grande campanha na imprensa médica. Estão realmente interessados na profissão. Isso sob um ponto de vista científico, como explica Le Roy. Ora, Rumbold é motivo de troça entre os colegas. Mas que idéia a minha de falar dessas coisas! Estragando uma noite tão agradável! E, por favor, não franza a testa como se fosse assassinar a mim, ao garçom ou ao regente da orquestra. Bem, este você pode matar... Não é mesmo muito antipático? Sabe que você está agora com o ar carrancudo com que apareceu na Laurier? Todo empertigado, cheio de si, tão nervoso! Estava até um pouco ridículo. E quando me lembro do que você fez com a pobre da Toppy! Pela lógica dessas coisas, ela é que devia estar aqui.

– Pois eu prefiro que não seja ela – disse Andrew, sem levantar o olhar.

– Não me considere uma criatura banal, por favor! Não admitiria isso. Creio que somos duas pessoas inteligentes... E, é claro! eu, pelo menos, não acredito em grandes paixões. Já chega de fraseados românticos. Mas acho que a vida é muito mais agradável quando se tem um bom amigo, para distrair um pouco. – Os olhos acenderam-se novamente numa expressão divertida. – Parece que estou agora com estilo de mulher à Rossetti... E isso é uma tristeza! – Apanhou a cigarreira. – Aqui está tão abafado! Vamos sair? Quero que você veja o reflexo do luar sobre o rio.

Andrew pagou a conta e acompanhou-a pelas velhas e bonitas arcadas, nas quais haviam posto, num verdadeiro ato de vandalismo, vidraças modernas. Chegava em surdina ao terraço a música da orquestra. Foram andando por uma alameda de belas árvores podadas que ia dar no rio. A alameda era sombria, mas o luar pintava pálidos desenhos na copa das árvores. Mais além, o rio era um lençol de prata.

Passearam pela margem, sentaram-se num banco. Ela tirou o chapéu e ficou olhando em silêncio para as águas mansas que se arrastavam. Ao seu eterno murmúrio veio misturar-se, de modo esquisito, o rumor surdo de um carro possante que passava ao longe, a toda velocidade.

– Que música estranha a da noite! – disse Frances. – O velho e o novo. Faróis de carros desafiando o luar. É assim o nosso tempo.

Andrew beijou-a. Ela prestou-se ao beijo, sem maiores expansões. Os lábios eram cálidos e secos. Foi só passado um momento que ela disse:

– Muito agradável o seu beijo. Porém muito mal dado.

– Posso beijar melhor – murmurou Andrew, imóvel. Atordoado, sentia-se estranho, sem convicção, envergonhado e nervoso. Irritado consigo mesmo, procurou convencer-se de que era maravilhoso estar ali, numa noite tão linda, com uma mulher tão graciosa e encantadora. Segundo os preceitos do luar e dos romances açucarados, devia estreitá-la loucamente nos braços. Mas, em vez disso, sentia-se sem jeito, paralisado, com vontade de fumar. E o vinagre da salada lhe embrulhava o estômago.

Sem saber como, viu espelhado na água do rio o rosto de Christine, um rosto abatido, um pouco aflito; uma das faces manchadas com a tinta do pincel com que pintara as portas da casa, quando se instalaram no Chesborough Terrace. Essa visão o aborreceu e o exasperou. Se estava ali, era porque fora arrastado pelas circunstâncias. E, que diabo! afinal de contas, era um homem! E não um paciente para o Voronov*! Num íntimo desafio, beijou Frances de novo.

– Pensei que você talvez fosse gastar mais de um ano para se decidir – e nos olhos dela brincava a mesma expressão afetuosa e divertida. – E agora, doutor, acho que devemos ir embora. Noites como essas são muito traiçoeiras para a alma de um puritano.

Andrew estendeu-lhe a mão para ajudá-la a levantar-se. Ela conservou-se presa nas suas, apertando-a de leve quando se dirigiam para o carro. Andrew deu 1 xelim de gorjeta ao vigia do estacionameto, vestido em estilo barroco, e pôs o carro em movimento. Ao voltarem para Londres, o silêncio de Frances tinha a eloqüência da felicidade.

Andrew, entretanto, não se sentia feliz. Considerava-se um idiota, um cachorrinho de luxo. Indignado consigo mesmo, em luta com os próprios sentimentos, temia ainda voltar para o seu quarto abafado, para a cama solitária, onde não encontraria repouso. O coração estava frio. Mil idéias

---

*O autor refere-se a Serge Voronov, fisiólogo russo naturalizado francês, cujas experiências sobre rejuvenescimento tiveram, na época em que este livro foi escrito, grande repercussão. (*N. do E.*)

lhe atormentavam a cabeça. A memória desdobrou diante dos olhos, com doçura aflitiva, a lembrança do seu primeiro amor por Christine, o êxtase palpitante daqueles dias de Drineffy. E foi com esforço que afastou do espírito essas imagens.

Em frente à casa de Frances, Andrew ainda estava inquieto. Saiu do carro e abriu a porta, para que ela saltasse. Ficaram juntos na calçada, enquanto Frances abria a bolsa e tirava a chave.

– Você vai entrar, não é mesmo? Creio que os criados já estão dormindo.

Vacilante, ele gaguejou:

– É muito tarde... Não acha?

Ela não pareceu escutá-lo. Subiu os degraus da entrada com a chave na mão. Quando Andrew a acompanhou, teve a impressão de ver a sombra de Christine, de volta do mercado, procurando a velha bolsa de compras.

14

Três dias mais tarde, no consultório da Welbeck Street, fazia muito calor e vinha da rua, pela janela aberta, o rumor enervante do tráfego. Andrew estava cansado, sobrecarregado de serviço, apreensivo com a volta de Christine, que devia chegar no fim da semana. Parecia à espera de um telefonema, mas ficava nervoso quando tocava a campainha. Tinha de desdobrar-se para atender, em menos de uma hora, seis pacientes... e pacientes de 3 guinéus! E não se esquecia de que tinha ainda de ir correndo ao ambulatório, antes de apanhar Frances para jantarem fora. Foi com impaciência que viu entrar a enfermeira Sharp, trazendo na cara amassada um ar ainda mais azedo do que o de costume.

– Está aí fora um homem que quer vê-lo. O aspecto é horrível. Não é paciente e diz que também não é viajante. Não tem ao menos um cartão de visita. Chama-se Boland.

– Boland? – repetiu Andrew, distraído. De repente, a fisionomia iluminou-se. – Não será Con Boland? Mande-o entrar, enfermeira. Imediatamente!

– Mas há um paciente à sua espera. E, dentro de dez minutos, a Sra. Roberts...

– Não se incomode com a Sra. Roberts – ordenou Andrew. – Faça o que lhe digo.

A enfermeira corou ao seu tom de voz. Esteve a ponto de dizer que não estava habituada a que lhe falassem daquela maneira. Fungou e saiu de cabeça erguida. Logo depois, voltava com Boland.

– Ora viva, Con! – disse Andrew, levantando-se de um salto.

– Olá, olá – berrou Con, avançando para o amigo com um largo sorriso cordial que lhe abria a boca toda. Era o mesmo dentista de cabelos de fogo. Não se notava a menor diferença. Tão verdadeiro e desalinhado na sua roupa azul, lustrosa e folgadíssima, e nos seus sapatões amarelos, como se tivesse saído naquele instante do barracão de madeira a que chamava de garagem. Um pouco mais velho, talvez, mas sempre exclamatório, com a mesma exuberância agressiva nos gestos e no bigodão espinhoso, cabeludíssimo, ainda indomável. Bateu com força nas costas de Andrew. – Em nome de Deus, Manson! É ótimo vê-lo de novo. Está estupendo, maravilhoso. Eu o teria reconhecido no meio de uma multidão. Bravo! Sim, senhor! Estou gostando de ver isto aqui! É um consultório de primeira ordem. – Voltou os olhos radiantes de simpatia para a azeda Sharp, que ficara à espera, com ar desdenhoso. – Esta ilustre enfermeira não queria que eu entrasse. Só consentiu quando lhe disse que sou homem formado. E é verdade. Juro por Deus, enfermeira! Eu e esse camarada, que é seu patrão, já estivemos trabalhando como burros de carga na mesma associação médica. Foi há muito tempo. Lá em Aberalaw. Se for para aqueles lados, passe lá por casa, que eu e a mulher teremos muito gosto em oferecer-lhe um chazinho. A casa está sempre aberta para receber quem é amigo do meu amigo Manson!

A enfermeira Sharp atirou-lhe um olhar e saiu da sala. Mas isso não causou nenhum efeito sobre Con, que borbulhava numa alegria simples e natural. E, balançando o corpo diante de Andrew:

– Não é lá nenhuma formosura, hein, meu filho! Mas uma mulher direita, isso sou capaz de apostar. E então, então? Como vão as coisas? Como é que você vai indo?

Não quis saber de soltar a mão de Andrew; balançava-a para cima e para baixo, nas expansões de contentamento.

O aparecimento inesperado de Con era um estimulante precioso para um dia de tanta depressão. Quando conseguiu libertar a mão daqueles apertos e balanços cordiais, Andrew atirou-se à cadeira giratória, sentindo-se humano outra vez. Ofereceu cigarros ao amigo. Então, com um polegar enfiado na cava do colete e o outro apertando a ponta úmida do cigarro que acabara de acender, Boland começou a explicar a razão da visita.

– Eu tinha mesmo direito a umas férias, meu filho. E como tenho também alguns assuntos a tratar, a patroa achou que eu devia arrumar a trouxa e vir até aqui. Estou trabalhando numa invenção e tanto. É uma mola para apertar freios de carro. Estou gastando todo o talento da velha massa cinzenta nessa idéia. Mas é só nas horas vagas. Um inferno! Não tenho quem me ajude no consultório! Mas não faz mal, não faz mal. A coisa tem de ir. Aliás, não é tão importante como o que me trouxe aqui.

Con atirou no tapete a cinza do cigarro e tomou um ar mais sério.

– Escute, Manson, meu filho! É a Mary! Você naturalmente se lembra da Mary, pois eu lhe garanto que ela também se lembra de você. Não anda nada bem ultimamente. Nem parece a mesma. Resolvemos levá-la ao Llewellyn e não queira saber o que a peste do velho andou fazendo com ela. – Con esquentou-se de repente. A voz era pesada. – Com os demônios, Manson! Deu-lhe na telha de dizer que a Mary está com um começo de tuberculose... Como se isso não fosse uma coisa completamente fora da família Boland, desde que o Dan, o tio dela, foi para um sanatório, há 15 anos. Olhe aqui, Manson: quer fazer alguma coisa por este velho amigo? Sabemos que você agora é um grande homem. Em Aberalaw não se fala noutra coisa. Quer dar uma olhada na Mary? Você nem imagina a confiança que ela tem em você. E todos nós. Eu e a patroa já falamos muito a esse respeito. Ela até me disse: "Quando puder, vá procurar o Dr. Manson. E se ele quiser ver a menina nós a mandaremos quando achar conveniente." E agora, o que você me diz, Manson? Se você está ocupado demais, é só dizer com franqueza. E pronto! Não está mais aqui quem falou.

Andrew foi tomando um ar preocupado.

– Não fale assim, Con. Você não está notando o prazer que eu tenho em vê-lo de novo? E Mary... Pobrezinha! Deve compreender que farei tudo por ela, tudo.

Sem ligar para as significativas movimentações da enfermeira Sharp, gastou seu precioso tempo conversando com Boland. Afinal, a enfermeira não agüentou mais.

– Há cinco pacientes à sua espera, Dr. Manson. E já está com mais de sessenta minutos de atraso sobre as horas marcadas para as consultas. Não tenho mais desculpas para dar. E não estou acostumada a tratar pacientes dessa maneira.

Mesmo assim, Andrew não largou Con imediatamente. Acompanhou-o até a porta da rua, fazendo questão de mostrar-se hospitaleiro.

– Não vou deixar que você volte correndo para a sua casa, Con. Quanto tempo ainda pode ficar por aqui? Três ou quatro dias? Ótimo! Onde está hospedado? Em Westland? É muito fora de mão! Por que não vem ficar comigo? Que diabo, somos íntimos! E estou com uma porção de quartos vazios. Christine estará de volta sexta-feira. E ficará encantada em vê-lo, Con, encantada. Poderemos conversar como nos velhos tempos.

No dia seguinte Con trouxe a maleta para o Chesborough Terrace. E à noite, terminado o serviço do ambulatório, os dois amigos foram juntos à segunda sessão de um teatro de variedades. Era espantoso como tudo parecia agradável na companhia de Boland. A risada fácil do dentista causava um certo susto no primeiro momento, mas logo depois contagiava quem estava perto. Havia pessoas que se voltavam para Con, sorrindo-lhe com simpatia.

– Olhe ali, meu filho! – Con contorcia-se na cadeira. – Veja aquele camarada com a bicicleta. Você se lembra do seu tempo, Manson?...

No intervalo, foram ao bar. Chapéu atirado para a nuca, a espuma de cerveja a escorrer pelo bigodão, os sapatões amarelos fincados no batente metálico do balcão, Con expandiu-se:

– Você nem avalia, Manson, como estou me divertindo. Você é mesmo a bondade em pessoa!

Era tão sincera e natural a gratidão espelhada na fisionomia de Con que Andrew se sentiu um hipócrita consumado.

À saída do teatro, comeram um bife com batatas e beberam cerveja num restaurante das proximidades. Quando chegaram em casa, acenderam a lareira da sala da frente para ficarem mais à vontade. Conversaram, fumaram e esvaziaram as garrafas de cerveja. Andrew esqueceu por um momento as complexidades da existência supercivilizada. A exaustiva tensão da clínica, as perspectivas de trabalhar para Le Roy, a possibilidade de ser promovido no hospital, a situação de sua conta bancária, a beleza e a pele macia de Frances Lawrence, o medo de ser acusado pelos olhos distantes de Christine – tudo isso sumiu quando Con comentou:

– Você se lembra do tempo em que combatemos o Llewellyn? E o Urquhart e o restante da turma desertando na hora do aperto... A propósito, o Urquhart mandou-lhe lembranças. É ainda o mesmo homem. Mas – você se lembra? –, quando ficamos sozinhos, bebemos o resto da cerveja.

Veio o dia seguinte. E trouxe, inexoravelmente, o momento em que Andrew devia enfrentar Christine. E compreendeu, irritado, como era falsa sua aparente tranqüilidade. Manson arrastou até a estação o inocente Con. Encontrou nele uma tábua de salvação.

Quando o trem chegou, o coração de Andrew batia acelerado, numa angustiada expectativa. E que instante de aflição e de remorso quando viu o rosto miúdo e tão familiar de Christine avançando entre a multidão dos passageiros, a procurá-lo ansiosamente! Mas, logo depois, esqueceu tudo no afã de demonstrar uma cordialidade despreocupada.

– Olá, Chris! Pensei que você não voltasse mais! Veja quem está aqui! É o Boland em carne e osso! É ainda o mesmo do nosso tempo. Este camarada não envelhece. Está hospedado lá em casa, Chris... Eu lhe contarei tudo no carro. Está lá fora. Então, divertiu-se bastante? Ah! espere aí... dê-me a sua maleta.

Arrebatada pelo imprevisto da recepção – pois temia até que ele não fosse esperá-la na estação –, Christine perdeu o ar abatido e, numa alegria nervosa, suas faces coraram. Ela também andara apreensiva, ensimesmada, ansiosa por um novo começo de vida. Sentia-se agora quase esperançada. Encolhida no banco de trás, em companhia de Con, falava animadamente, atirando olhares furtivos para Andrew, que ia na frente dirigindo.

– Como é bom voltar para casa! – deu um longo suspiro, ao transpor a porta da rua; e de repente, falando depressa, ansiosa: – Você sentiu falta de mim, Andrew?

– Acho que senti. Todos nós. Emily, venha cá! Florie?! Con! Que diabo você está fazendo com essa bagagem?

No mesmo instante, já estava na porta da rua, ajudando Con, sem necessidade alguma, a trazer as malas. E então, antes de dizer ou fazer qualquer outra coisa, achou que era tempo de ir atender aos chamados. Insistiu para que o esperassem para o chá. E resmungou ao sentar-se no carro:

– Ora, graças a Deus! Isso já passou! Ela não parece ter melhorado nada com o passeio. Que inferno! Em todo caso, tenho certeza de que ela não notou nada. E isso é o principal, por enquanto.

Embora voltasse tarde, sua vivacidade e animação eram exageradas. Con mostrou-se encantado com tão boa disposição.

– Estou gostando de ver, meu filho. Você está ainda mais entusiasmado do que nos velhos tempos.

Mais de uma vez, sentiu o olhar de Christine que o procurava, ansioso por um sinal, por um gesto de entendimento. Percebeu que a doença de Mary a preocupava e até a distraía dos próprios problemas. Num intervalo da conversa, ela explicou-lhe que fizera Con telegrafar a Mary, para que viesse quanto antes. No dia seguinte mesmo, se possível. Esperava que pudessem fazer alguma coisa por ela, qualquer coisa, sem demora.

Tudo saiu melhor do que Andrew esperava. Mary telegrafou, anunciando que chegaria no dia seguinte, pela manhã. E Christine estava ocupadíssima nos preparativos para recebê-la. A vibração e a atividade dentro da casa serviam até para disfarçar a cordialidade forçada de Manson.

No entanto, quando Mary chegou, Andrew voltou a ser, de repente, o antigo Andrew. Notava-se, logo à primeira vista, que ela não estava bem. Era agora uma mocinha de 20 anos, alta e magra, com as espáduas um pouco curvadas. E tinha essa beleza de pele, quase sobrenatural, que logo pôs Andrew de sobreaviso.

Ficara muito fatigada com a viagem. No prazer de vê-los novamente, queria ficar de pé, continuando a conversa. Entretanto, deixou-se levar para a cama, logo depois do jantar. Foi então que Andrew subiu para auscultá-la.

Ficou lá em cima uns 15 minutos. Mas, quando desceu, para reunir-se a Con e Christine, na sala de visitas, a expressão estava, dessa vez, sinceramente perturbada.

– Receio que seja um caso positivo. O ápice esquerdo. Llewellyn tinha toda razão, Con. Mas não se preocupe. Está ainda no começo. Podemos dar um jeito!

– Você quer dizer – murmurou Con, profundamente apreensivo –, você quer dizer que pode haver cura?

– Sim. Chego mesmo até aí. Naturalmente, é preciso lhe dar toda a atenção, uma assistência constante, o máximo de cuidado. – Ficou pensando, com uma ruga profunda na testa. – Parece-me, Con, que Aberalaw é um péssimo lugar para ela. É sempre inconveniente conservar em casa um caso incipiente de tuberculose. Por que não me deixa levá-la para o Vitória? Tenho bastante prestígio com o Dr. Thoroughgood. Estou certo de que poderei instalá-la na enfermaria. Não perderei a Mary de vista.

– Manson! – foi impressionante a exclamação de Con. – Isto é uma prova de verdadeira amizade. Se soubesse a confiança que você inspira a essa menina! Se um médico puder curá-la, só poderá ser você.

Andrew foi telefonar imediatamente para Thoroughgood. E voltou com a notícia de que já no fim da semana Mary poderia ser levada para o hospital. Con alegrou-se visivelmente. Seu fácil otimismo reapareceu com a idéia do hospital para tuberculosos, da assistência de Andrew e da supervisão de Thoroughgood. Já via Mary boa de novo, completamente curada.

Os dois dias seguintes foram ocupadíssimos. Na tarde de sábado, quando Mary foi para o hospital e Con tomou o trem de volta, a tranqüilidade de Manson parecia garantida. Pelo menos, no momento. Pôde segurar o braço de Christine e dizer alegremente, ao dirigir-se ao ambulatório:

– Que bom estarmos juntos de novo, Chris! Meu Deus! Que semana atarefada tivemos!

Pareceu-lhe que falara num tom muito natural. Mas foi bom que não tivesse olhado para o rosto de Christine. Ela sentou-se na saleta, sozinha, a cabeça levemente curvada, as mãos no colo, parada. Estava tão desesperançada como no primeiro momento em que chegou. Havia dentro dela um terrível pressentimento: "Deus do céu! Quando e como isso acabará?"

15

A onda de sucesso de Andrew continuava a crescer; já era agora um vagalhão irresistível, que o envolvia e o arrastava na sua correnteza estrondosa e borbulhante.

As relações com Hamson e Ivory estavam cada vez mais íntimas, cada vez mais rendosas. Além disso, Deedman pediu-lhe que o substituísse no Plaza, enquanto ia passar uns dias em Le Toucquet, jogando golfe. Os honorários, é claro, seriam divididos. Hamson era quem ficava habitualmente no lugar de Deedman, mas Andrew desconfiava que os dois andavam estremecidos ultimamente.

Como era lisonjeador para Manson descobrir que podia entrar diretamente na alcova de uma superdeslumbrante estrela de cinema, sentar-se sobre a colcha de cetim de sua cama, apalpar com mãos bem calmas sua anatomia assexuada e até mesmo, se desse tempo, fumar um cigarro aproveitando a companhia!

Mais lisonjeadora ainda era a proteção de Joseph Le Roy. Naquele mês, almoçaram juntos duas vezes. Sabia que idéias muito importantes estavam em elaboração no cérebro do homem da Nova Zelândia. E no último encontro, Le Roy dissera, preparando o terreno:

– Sabe, doutor, estou pensando em aproveitar os seus serviços. O plano que tenho em vista é muito grande e terei necessidade de bons conselhos médicos. Não quero mais saber de medalhões que não sabem fazer seu trabalho. O velho Rumbold não vale absolutamente nada. Vamos atirá-lo no olho da rua, sem maiores rodeios! Também não quero ter uma turma de pretensos especialistas a fazer confusão e a me arrastar para festas e reuniões. O que quero é um consultor médico que saiba onde tem o nariz. Estou chegando à conclusão de que o doutor é o homem certo. Veja bem; com os nossos produtos a preços populares, já conquistamos uma grande parte do público. Mas acho, sinceramente, já ser tempo de desenvolver os negócios e atacar a produção de preparados mais científicos. Vamos separar os componentes do leite, eletrificá-los, irradiá-los. Creme com vitamina B, Cremofax e Lactocin para a desnutrição, o raquitismo, a neurastenia, a insônia. O doutor me compreende, não é verdade? E depois, se fizermos tudo isso em bases profissionais mais ortodoxas, poderemos captar a colaboração e a simpatia de toda a classe médica. Faríamos de cada médico um possível vendedor, por assim dizer. Ora, doutor, isso exige naturalmente orientação e propaganda científicas. E é nesse ponto que um jovem cientista nos poderá auxiliar e muito. Agora quero que compreenda bem as minhas palavras; tudo isso é negócio absolutamente limpo e científico. Estamos tratando de aumentar o nível dos nossos artigos. E se levar em consideração os extratos ordinaríssimos que os médicos recomendam... Umas coisas deploráveis... Que diabo, melhorando a qualidade dos produtos, acho que estamos fazendo um grande benefício ao país.

Andrew não se deteve em pensar que havia provavelmente mais vitamina num grãozinho de ervilha fresca do que em várias latas de Cremofax. Mais do que o pagamento que poderia ganhar como consultor médico da empresa, entusiasmava-o o interesse que inspirava em Le Roy.

Frances lhe explicara como poderia tirar proveito das especulações sensacionais do industrial. Ah! Como era agradável ir tomar chá na casa dela, sentir que aquela criatura tão refinada e atraente lhe dedicava uma atenção especial, num olhar provocante e num leve sorriso de intimidade! A convivência lhe dava também distinção, maior confiança, polidez mais estudada. Ia adotando, inconscientemente, sua filosofia. Sob sua influência aprendia a cultivar os requintes superficiais e a não se importar com as coisas mais profundas da vida.

Enfrentava Christine com o maior desembaraço. Podia entrar em casa com ar inteiramente natural, logo depois de um encontro com Frances. E nem mesmo se detinha para notar aquela transformação assombrosa. Se pensava nisso, por acaso, era para garantir a si mesmo que não amava a Sra. Lawrence, que Christine não sabia de nada, que todo homem passa por isso, mais cedo ou mais tarde. Por que havia de ser diferente dos outros?

Para compensar, dava-se o trabalho de ser amável com Christine, falando-lhe com gentileza e até mesmo discutindo com ela seus projetos. Ela ficou sabendo, assim, da idéia de comprar a casa da Welbeck Street e a provável mudança de Chesborough Terrace se o negócio se realizasse. Agora, Christine não discutia com o marido, não o censurava e, se tinha aborrecimentos, nunca o demonstrava. Parecia completamente conformada. E a vida que Andrew levava era tão apressada que não lhe dava tempo para refletir. A correria o estimulava. Tinha uma falsa sensação de energia. Via-se forte, cada vez mais importante, no domínio de si mesmo e do próprio destino.

E de repente, a tempestade desencadeou-se no céu sem nuvem.

Na noite de 5 de novembro, veio procurá-lo no consultório do Chesborough Terrace a mulher de um pequeno negociante da vizinhança.

Era a Sra. Vidler, uma mulherzinha de meia-idade, mas de olhos vivazes e espertos; uma dessas londrinas que nunca saem do bairro onde vivem. Andrew conhecia o casal. Logo que veio para o Chesborough Terrace, tratou do filhinho dos Vidler. Além disso, naquele tempo ainda precisava mandar pôr meia sola nos sapatos. Os Vidler mantinham uma lojinha de duas entradas na esquina da Paddington Street. De um lado, consertavam-se sapatos; do outro, era tinturaria. E, embora a lojinha tivesse o nome pomposo de Consertos em Geral Ltda., podia-se ver ali Harry Vidler a trabalhar, sem colarinho e em mangas de camisa. Era um homem robusto, mas pálido, que ficava a bater sola, ou mesmo passando roupa a ferro, se os dois ajudantes que tinha não davam conta do trabalho da outra seção.

Era sobre ele que falava a Sra. Vidler:

– Doutor – disse no seu modo alvoroçado –, meu marido não anda bem. Há várias semanas que está doente. Já fiz tudo que era possível para tazê-lo aqui, mas o homem não quer vir. O doutor podia ir vê-lo, amanhã? Eu o obrigarei a ficar na cama.

Andrew prometeu ir.

No dia seguinte encontrou o sapateiro deitado. Queixava-se de dores internas e de uma crescente obesidade. Nos últimos meses, a barriga tinha aumentado extraordinariamente. E, como geralmente acontece com muitos pacientes que sempre gozaram boa saúde, tinha várias explicações para sua doença. Atribuía aquilo ao abuso da cerveja ou, talvez, à vida muito parada, sem exercício.

Entretanto, depois de examiná-lo, Andrew viu-se obrigado a contrariar aqueles esclarecimentos. Convenceu-se de que se tratava de um quisto. Embora não fosse um caso perigoso, exigia cirurgia. Manson fez o que pôde para tranqüilizar Harry e a mulher. Explicou-lhes como um simples quisto pode se desenvolver internamente e causar toda uma série de incômodos, que só terminam com a extirpação.

Não tinha a menor dúvida quanto ao êxito da cirurgia e aconselhou Vidler a se internar, imediatamente, num hospital.

Foi então que a Sra. Vidler levantou as mãos para o céu.

– Não, doutor! Não quero que o meu Harry vá para um hospital! – Lutava para vencer a própria agitação. – Eu já previa que podia acontecer uma coisa dessas... Ele tem trabalhado demais lá na loja! Mas, graças a Deus, temos recursos para enfrentar a situação. Não somos ricos, o doutor bem sabe, mas felizmente temos algumas economias. Chegou a hora de usá-las. Não deixarei que o Harry vá para uma santa casa, como mendigo.

– Mas, Sra. Vidler, eu posso arranjar...

– Não! O doutor pode levá-lo para uma casa de saúde. Há uma porção por aqui. E também pode escolher um cirurgião particular para operá-lo. Pode ter a certeza, doutor, de que enquanto eu estiver aqui nenhuma santa casa há de ver Harry Vidler.

Andrew compreendeu que a opinião da mulher era inabalável. E, quando soube da necessidade de ser operado, o próprio Vidler foi da mesma opinião. Queria ter o melhor tratamento possível.

À noite, Andrew telefonou para Ivory. Agora era um hábito apelar para Ivory quando tinha um caso de cirurgia. Mas, dessa vez, tinha de lhe pedir um favor.

– Eu gostaria que você me fizesse uma gentileza, Ivory. Tenho aqui um caso de quisto abdominal que precisa ser operado... É uma pessoa decente, trabalhadora. Mas não é rica, compreende? Receio que você não possa tirar-lhe grande coisa. Mas eu lhe agradeceria muito se você fizesse isso... vamos dizer, por um terço do seu preço habitual.

Ivory foi muito gentil. Nada lhe dava tanto prazer como prestar qualquer serviço ao amigo Manson. Discutiram o caso por alguns minutos e, terminada a conferência, Andrew ligou para a Sra. Vidler.

– Acabo de falar com o Dr. Charles Ivory, um cirurgião do West End, meu amigo particular. Virá comigo, amanhã, para ver o seu marido. Às 11 horas, Sra. Vidler. Está bem? Ele me disse... está ouvindo?... Ele me disse, Sra. Vidler, que poderá fazer a cirurgia por 30 guinéus. Levando-se em conta que costuma cobrar 100 guinéus... talvez mais, parece-me um preço bem razoável.

– Sim, doutor, sim – a voz era aflita, esforçando-se por parecer aliviada. – Sou muito grata ao doutor. Havemos de dar um jeito.

Na manhã seguinte, Ivory viu o paciente em companhia de Andrew. E no outro dia Harry Vidler foi levado para a Casa de Saúde Brunsland, na Brunsland Square.

Era uma casa limpa, de estilo antigo, não muito longe do Chesborough Terrace; uma das muitas casas de saúde do bairro, onde os preços eram modestos e as instalações, deficientes. Os internados eram na maioria casos clínicos, hemiplégicos, cardíacos crônicos, velhos que não se levantavam da cama e cuja principal dificuldade era evitar as escaras produzidas pela longa permanência no leito. O edifício não fora construído para casa de saúde. Isso, porém, não causava estranheza! Todas em Londres, que Andrew já visitara, estavam instaladas em prédios construídos para outros fins. Não havia elevador. A sala de cirurgia fora, outrora, uma estufa. Mas a proprietária, a Srta. Buxton, era enfermeira diplomada e uma mulher trabalhadora. Apesar dos defeitos, a Brunsland era absolutamente limpa. Não se via mesmo a menor mancha, a menor sombra de poeira nos cantos mais escondidos do assoalho forrado de linóleo.

A cirurgia foi marcada para sexta-feira e, já que Ivory não podia comparecer mais cedo, para uma hora excepcionalmente avançada: entre 13 e 15 horas.

Embora Andrew fosse o primeiro a aparecer na casa de saúde, Ivory chegou pontualmente, acompanhado do anestesista. O motorista levava a pesada caixa de instrumentos, pois o cirurgião não queria comprometer a delicadeza dos dedos. E, embora desse a perceber, claramente, que não tinha boa impressão da casa, sua atitude continuou gentil como sempre. Em menos de dez minutos, tranqüilizou a Sra. Vidler, que ficara à espera na sala, conquistou a simpatia da Srta. Buxton e das enfermeiras; após vestir o avental e calçar as luvas, ficou serenamente pronto para agir.

O doente marchou para a sala com ar de confiança e decisão. Lá dentro, despiu o roupão que lhe dera uma das enfermeiras e subiu à mesa de operação. Compenetrando-se de que era indispensável a intervenção cirúrgica, Vidler resolvera enfrentá-la com coragem. E sorriu para Andrew antes que o anestesista lhe colocasse a máscara:

– Hei de ficar melhor quando isto acabar.

Logo depois fechou os olhos e aspirou quase avidamente as instilações de éter. A Srta. Buxton tirou a faixa. A área esterilizada com iodo apareceu extraordinariamente inchada, como uma bola lustrosa. Ivory deu início à cirurgia.

Começou com algumas injeções, espetaculosamente profundas, nos músculos lombares.

– Combate o choque – explicou solenemente a Andrew. – Emprego sempre isso.

E então principiou o verdadeiro trabalho.

Foi larga a incisão... E imediatamente, com uma presteza quase cômica, o quisto apareceu. Esparramou-se pela abertura como uma bola de futebol úmida e muito cheia de ar. A confirmação do diagnóstico aumentou ainda mais, se isso era possível, o alto conceito que Andrew formava sobre si próprio. Disse para si mesmo que Vidler voltaria a ser o que era quando arrancasse da barriga aquele acessório incômodo, e, pensando no paciente seguinte, olhou disfarçadamente para o relógio.

Enquanto isso, no seu estilo magistral, Ivory jogava com a bola de futebol, tentando imperturbavelmente chegar até os seus pontos de aderência e sempre fracassando retumbantemente. Cada vez que tentava controlá-la, ela lhe escapulia das mãos. Tentou umas vinte vezes.

Andrew lançou um olhar irritado para Ivory, pensando intimamente: "O que ele está fazendo? Não há muito espaço no abdômen, mas que diabo, há espaço suficiente!"

Tinha visto Llewellyn, Denny, uma dúzia de outros cirurgiões no seu velho hospital, manobrando com eficiência em espaço muito menor. A habilidade do bom cirurgião estava neste ponto: manobrar bem em posições muito difíceis. De repente, Andrew percebeu que aquela era a primeira operação abdominal que já vira Ivory fazer. Insensivelmente, enfiou o relógio no bolso e foi se aproximando da mesa, um pouco desconcertado.

Ivory continuava procurando passar a mão por baixo do quisto, sempre calmo, proficiente, imperturbável. Ao lado, a Srta. Buxton e uma jovem enfermeira permaneciam tranqüilas, confiantes, numa inocência quase absoluta. O anestesista – homem idoso, de cabelos grisalhos – acariciava contemplativamente o fundo da máscara de éter. O clima da pequena sala envidraçada era calmo, como se nada estivesse acontecendo. Não havia tensão de nervos nem a expectativa ansiosa de um drama. Via-se apenas Ivory levantar um ombro, manobrar com as mãos enluvadas, tentar apanhar por baixo a bola escorregadia. Mas, apesar dessa tranqüilidade, um arrepio passava pelo corpo de Andrew.

Surpreendeu-se de testa franzida, observando nervosamente. O que receava? Não havia nada a temer, nada. Era uma cirurgia normal. Dentro de poucos minutos estaria terminada.

Com um pálido sorriso, Ivory desistiu da tentavia de encontrar o ponto de aderência do quisto. A jovem enfermeira lançou ao cirurgião um olhar humilde quando ele lhe pediu o bisturi.

Ivory apanhou-o num gesto vagaroso, medido. Talvez em toda a carreira nunca tivesse encarnado melhor do que naquele momento o papel de grande cirurgião de romance. Empunhando o bisturi, antes que Andrew percebesse o que ele ia fazer, deu uma generosa punção na parede luzidia do quisto. E tudo se precipitou.

O quisto arrebentou, espirrando uma densa massa coagulada de sangue venoso, eliminando o seu conteúdo na cavidade abdominal. Num segundo, a grande esfera túrgida se transformara numa bolsa flácida de tecidos nadando na confusão do sangue gorgolejante. Num gesto frenético, a Srta. Buxton apanhou um chumaço de gaze. O anestesista pôs-se de pé, abruptamente. A enfermeira dava a impressão de que ia desmaiar. Ivory disse gravemente:

– Pinça, por favor.

Andrew ficou horrorizado. Compreendeu o desastre. Não tendo conseguido apanhar o pedículo para fazer a ligadura, Ivory rasgara o quisto cegamente, temerariamente. E era um quisto hemorrágico!

– Gaze, por favor – disse o cirurgião, em sua voz imperturbável. Estava agora às voltas com a confusão, tentando pinçar o pedículo, empurrando gaze na cavidade cheia de sangue, entulhando o abdômen, absolutamente incapaz de deter a hemorragia. A verdade apareceu diante de Andrew, numa luz de relâmpago. E disse para si mesmo: "Deus do céu! Ele não sabe operar! Não sabe, absolutamente!"

Com o dedo na carótida, o anestesista murmurou numa voz gentil, como a desculpar-se:

– Ivory, receio que... Parece que o homem está morrendo.

Abandonando a pinça, Ivory entupiu a cavidade abdominal de gaze ensangüentada. Começou a suturar a grande incisão. Agora, não havia mais intumescimento. A barriga de Vidler encolhida, pálida, parecia vazia. Vidler estava morto.

– Pronto! – disse finalmente o anestesista. – O homem foi embora.

Ivory deu o último ponto meticulosamente e voltou-se para colocar a pinça entre seus instrumentos. Andrew estava paralisado. Com a fisionomia cor de cera, a Srta. Buxton foi arrumando os sacos de água quente, sem saber mesmo o que fazia. Só à custa de muita força de vontade é que parecia dominar-se. Saiu da sala. Sem saber o que tinha acontecido, o enfermeiro entrou empurrando a maca. No minuto seguinte, o corpo de Harry Vidler estava sendo levado para o quarto.

– Foi uma pena – disse Ivory finalmente, numa voz contida, ao tirar o avental. – Creio que foi o choque. Você não acha, Gray?

O anestesista balbuciou uma resposta. Ocupava-se em guardar seus aparelhos.

Andrew ainda não podia falar. No torvelinho estonteante de suas emoções, lembrou-se de repente da Sra. Vidler, que estava à espera, lá embaixo. Parece que Ivory lhe adivinhou o pensamento.

– Não se preocupe, Manson. Deixe a mulher por minha conta. Eu falarei com ela, agora mesmo. Vamos embora.

Como um autômato, como um homem incapaz de resistir, Andrew viu-se acompanhando Ivory, descendo as escadas, dirigindo-se à sala de espera. Ainda atordoado, sentindo náuseas, absolutamente incapaz de falar com a Sra. Vidler. Foi Ivory que enfrentou a situação.

– Minha cara senhora – disse, compadecido e imponente, pondo a mão gentilmente sobre o seu ombro. – Infelizmente, temos más notícias para lhe dar.

Ela juntou, torceu as mãos. Nos seus olhos liam-se ao mesmo tempo terror e aflição suplicante.

– Como?

– Apesar de todos os nossos cuidados, o Sr. Vidler, o pobre do seu marido...

Num quase desmaio, ela caiu numa cadeira, a face lívida, as mãos ainda apertadas na mesma crispação.

– Harry! – suspirou, num fio de voz que cortava o coração. E repetiu: – Harry!

– O que lhe posso garantir, minha senhora – continuou Ivory, melancolicamente –, é que ninguém neste mundo poderia salvá-lo. É o que todos nós podemos atestar. Não só eu, como o Dr. Manson, o Dr. Gray, a Srta. Buxton. E mesmo que resistisse à cirurgia... – balançou os ombros, num gesto significativo. Ela ergueu os olhos para ele, compreendendo o sentido de suas palavras, apreciando, mesmo naquele momento, todas as suas atenções, toda a bondade do grande cirurgião.

– Esse é o maior consolo que o doutor podia me dar – disse, entre soluços.

– Mandarei a diretora ficar com a senhora. Tenha resignação para suportar o golpe. Não sei como lhe agradecer a sua coragem.

Saiu da sala e Andrew o acompanhou ainda desta vez. No fundo do corredor, ficava o escritório. Estava vazio, mas com a porta aberta. Ivory entrou lá, à procura da cigarreira. Acendeu um cigarro e deu uma boa baforada. O rosto estava um pouco mais pálido do que de costume, mas o queixo era firme, a mão, serena. Os nervos não pareciam abalados de forma alguma.

– Bem, o que passou, passou – disse, friamente. – Sinto muito, Manson. Não imaginava que o quisto fosse hemorrágico. Mas, você sabe, essas coisas acontecem com os melhores cirugiões.

No pequeno escritório só havia uma cadeira, empurrada para debaixo da mesa. Andrew deixou-se afundar no canapé forrado de couro que ficava encostado à lareira. Pôs-se a contemplar com os olhos febris a planta do vaso colocado sobre a grelha vazia. Sentia-se doente, desnorteado, na iminência de um desmaio. Não lhe saía da cabeça a imagem de Harry Vidler, caminhando cheio de esperança para a mesa de cirurgia. Batiam-lhe no ouvido as suas palavras: "Hei de melhorar, quando isto acabar." E, dez minutos depois, ia estirado numa padiola, como um cadáver mutilado, estripado no matadouro. Rangeu os dentes, cobriu o rosto com as mãos.

– É claro – disse Ivory, olhando para a ponta do cigarro –, é claro que ele não morreu na mesa de cirurgia. Eu já havia terminado o trabalho... E isso nos deixa a salvo de qualquer coisa... Não há necessidade de inquérito.

Andrew levantou a cabeça. Tremia, enfurecido pela consciência da própria fraqueza naquela terrível situação que Ivory defrontava com tanto sangue-frio. E explodiu num verdadeiro frenesi:

– Por amor de Deus, cale essa boca! Você sabe muito bem que matou o homem. Você não é cirurgião. Nunca foi, nunca será cirurgião. Você é o pior açougueiro que já vi em toda a minha vida.

Houve um silêncio. Ivory lançou um olhar frio e duro.

– Não acho bom que continue a falar assim, Manson.

– Ah! Você não acha? – Um soluço de dor, quase histérico, abalou Andrew. – Eu sei que você não acha! Mas é a pura verdade. Todos os casos que lhe entreguei, antes deste, eram brincadeiras de criança. Mas, este, o primeiro caso realmente sério que tivemos... Oh! Meu Deus! Eu devia saber... Sou tão culpado quanto você!

– Tenha calma, domine-se, idiota! Podem ouvir lá fora...

– E o que me importa? – Um novo acesso de cólera o arrebatou. – O que digo é a pura verdade. E você sabe disso tão bem quanto eu. Você meteu os pés pelas mãos. Foi quase um assassinato!

Pareceu no primeiro momento que Ivory ia derrubar Andrew com um soco. E isso não lhe seria difícil, com o seu peso e sua força. Mas o médico fez um grande esforço e dominou-se. Não disse nada. Apenas deu as costas e saiu. Mas na fisionomia dura e fria transpareceu uma expressão gelada e má de quem não perdoa.

Andrew não soube quanto tempo ficou no escritório, a cabeça encostada no mármore frio da lareira. Mas se levantou afinal, lembrando-se contrariado de que tinha de trabalhar. O tremendo choque da calamidade apanhara-o de cheio, com a violência destruidora de uma bomba. Era como se ele tivesse estourado também e ficado vazio. Contudo, caminhou como um autômato. Avançava como um soldado que, horrivelmente ferido, ainda cumpria, pelo hábito da disciplina, as obrigações determinadas.

Foi nesse estado de espírito que fez as visitas restantes. Depois, voltou para casa, com o coração de chumbo e a cabeça doendo terrivelmente. Chegou tarde, por volta das 19 horas. Já era hora de recomeçar o trabalho das consultas e do ambulatório.

A sala da frente estava cheia; o ambulatório, repleto. Como um moribundo, lançou um olhar para a sala, calculando o número de pacientes, que, apesar da linda noite de verão, tinham vindo render homenagem à sua delicadeza, à sua personalidade. Predominavam as mulheres, na maioria empregadas da Casa Laurier, que vinham desde muitas semanas, encorajadas por seu sorriso, por sua diplomacia, por sua sugestão para que continuassem com o remédio.

– A turma de sempre – resmungava, entorpecido –, a mistificação de sempre!

Deixou-se cair na cadeira giratória do ambulatório e, tomando ares profissionais, deu início ao ritual de todas as noites.

– Como está passando? Sim, vejo que está um pouco melhor. Sim, o pulso está mais firme. O remédio está dando resultado. Espero que o gosto não lhe pareça muito desagradável, minha cara senhora.

Saía do ambulatório, entregava o vidro vazio a Christine, que ficava esperando do lado de fora, atravessava o corredor, entrava no consultório, espalhando ali as mesmas perguntas banais, a mesma simpatia bem preparada; depois, atravessava de volta o corredor, apanhava o vidro cheio, entrava novamente no ambulatório. E seguia assim o círculo infernal da própria danação.

Era uma noite sufocante. Andrew sofria tremendamente, mas continuava sempre a movimentar-se, em parte para se torturar e em parte porque não podia parar naquela vida sem vida. Rodando de um lado para o outro, num desespero, não se cansava de perguntar a si mesmo: "Até onde hei de chegar, meu Deus, até onde?"

Finalmente, mais tarde do que de costume, quase às 22 horas, acabou o serviço. Trancou a porta da rua do ambulatório e encaminhou-se para a sala da frente onde, como de hábito, Christine o esperava, pronta para ajudá-lo a fazer as contas do dia.

Pela primeira vez depois de muitas semanas, Andrew olhou-a com atenção, fitando intensamente o rosto de Christine, que, de olhos baixos, estudava o papel que tinha na mão. Apesar do torpor, Andrew sentia-se chocado pela mudança. A expressão da mulher era parada e sem vida, a boca tinha um ar de cansaço. Embora Christine não levantasse os olhos, havia neles uma melancolia mortal.

Sentado junto à mesa, diante do livro-caixa, Manson sentia algo lhe doer por dentro. Mas o entorpecimento que lhe cobria o corpo não deixou vir à tona esse íntimo soluço. Antes que começasse a falar, Christine começou a fazer as contas em voz alta.

E Andrew ia continuando a escrituração... Uma cruz em cada visita, um círculo em cada consulta, tirando a soma de sua iniqüidade. Quando terminou a conta, Christine perguntou numa voz cuja mordaz ironia só agora observava:

– Muito bem! Qual foi o lucro de hoje?

Andrew não respondeu, não podia responder. Christine saiu. Ele escutou seus passos na escada, a caminho do quarto; ouviu o som de uma porta que se fechava mansamente. Andrew viu-se sozinho. Vazio, desnorteado, estupefato.

– Para onde eu vou? Para onde eu vou, meu Deus?

De repente, os olhos caíram sobre a caixa de charutos, cheia de dinheiro, com todo o lucro do dia. E, tomado novamente de súbito desespero, apanhou a caixa e atirou-a contra a parede. Ela caiu com um rumor surdo e sem sentido.

Andrew levantou-se. Sentia uma sufocação, não podia respirar. Deixando o consultório, foi até o pátio da casa, um poço de sombras sob as estrelas. Ali, apoiou-se debilmente contra o muro. E começou a vomitar, violentamente.

16

Andrew rolou na cama a noite toda, inquieto, sem dormir. Só ao amanhecer foi que conseguiu pegar no sono. Levantou-se tarde, pálido, com olheiras. Ao descer, depois das 9 horas, viu que Christine já havia tomado café e saído. Numa ocasião normal isso não o perturbaria. Mas, naquele dia, sua ausência o fez sentir-se angustiado. Como estavam afastados um do outro!...

Quando Emily lhe trouxe ovos e presunto assado, Andrew não pôde comer nada. Os músculos doloridos do pescoço recusavam o trabalho de mastigar. Bebeu uma xícara de café e, num impulso, preparou uma dose bem forte de uísque. Bebeu-a de um gole. Então, decidiu enfrentar o dia.

Embora a máquina da rotina ainda o sustentasse, seus movimentos eram menos automáticos do que na véspera. Uma réstia de luz, ainda muito pálida, ia rompendo o nevoeiro de sua atordoada natureza. Compreendeu que estava na iminência de uma queda enorme, colossal. Compreendeu também que, se caísse no abismo, nunca mais sairia de lá. Cautelosamente, procurando dar ânimo a si mesmo, abriu a garagem e tirou o carro. O esforço umedeceu-lhe a palma das mãos.

Seu principal objetivo naquela manhã era chegar ao Vitória. Tinha um encontro marcado com o Dr. Thoroughgood para verem Mary Boland. Aquele, pelo menos, era um compromisso a que não queria faltar. Dirigiu devagar até o hospital. E, realmente, sentia-se melhor no carro do que andando a pé. Estava tão acostumado a dirigir que isso se tornara uma coisa automática, um mero reflexo.

Chegou ao hospital, guardou o carro, subiu à enfermaria. Com um cumprimento de cabeça para a enfermeira, apanhou o prontuário de Mary e sentou-se na ponta do leito dela. Viu seu sorriso acolhedor e o lindo ramalhete de rosas que estava numa mesinha da cabeceira, mas continuou estudando o prontuário. E este não era animador.

– Bom dia – disse ela. – Não são lindas essas rosas? Foi Christine quem trouxe, ontem de tarde.

Andrew fitou-a. Não estava afogueada, mas parecia um pouco mais magra.

– Sim, são lindas. E como vai passando, Mary?

– Ora... muito bem. – No primeiro momento, os olhos dela evitaram os de Andrew, mas logo depois o encararam cheios de confiança. – Seja como for, sei que não será por muito tempo. Vai me deixar boa muito em breve.

A confiança que havia em suas palavras e principalmente em seu olhar transmitiu a Andrew uma grande e dolorosa palpitação. E pensou intimamente: se as coisas também forem mal por este lado, será o fim de tudo.

Nesse momento, o Dr. Thoroughgood começou a fazer a ronda pela enfermaria. Viu Andrew assim que entrou e dirigiu-se imediatamente para ele.

– Bom dia, Manson – disse, com bom humor. – Você por aqui? O que há? Está doente?

Andrew levantou-se.

– Estou perfeitamente bem, obrigado.

O Dr. Thoroughgood lançou-lhe um olhar intrigado e voltou-se para o leito de Mary.

– Gostei de você ter me pedido para ver este caso em sua companhia. Deixe-me ver o prontuário, enfermeira.

Gastaram dez minutos examinando Mary. Depois, Thoroughgood encaminhou-se para uma janela, no fundo da enfermaria, onde, sem perder de vista toda a sala, podiam conversar sem ser ouvidos.

– Então? – perguntou Thoroughgood.

Ainda atordoado, Andrew ouviu a própria voz:

– Não sei qual a sua opinião, Dr. Thoroughgood, mas não acho que a marcha da doença seja animadora.

Thoroughgood coçou a barbicha:

– De fato, há dois ou três indícios...

– Parece-me que há uma ligeira extensão.

– Não penso assim, Manson.

– A temperatura é instável.

– É... talvez.

– Desculpe-me a insistência, doutor... Compreendo perfeitamente as nossas posições aqui, mas este caso me interessa muito. Dadas as circunstâncias, o doutor não consideraria o recurso do pneumotórax? Deve estar lembrado que eu insisti para que tentássemos isso, quando a Mary... quando a doente veio para cá.

Thoroughgood olhou atravessado para Manson. Sua fisionomia alterou-se, tomou linhas duras de obstinação.

– Não, Manson. Não me parece que seja um caso para pneumotórax. Eu não fiz isso quando ela veio para cá e não vou fazer agora.

Houve um silêncio. Andrew não disse mais nada. Conhecia Thoroughgood, sua teimosia fora do comum. Além disso, sentia-se exausto, física e moralmente; sem forças para insistir numa discussão que devia ser inútil. Ficou escutando impassível as digressões de Thoroughgood, que expunha seus pontos de vista sobre o caso. Quando o outro concluiu e voltou à ronda, Andrew aproximou-se de Mary, disse-lhe que voltaria a vê-la no dia seguinte e saiu da enfermaria. Antes de deixar o hospital, pediu ao porteiro para avisar em casa que não o esperassem para o almoço.

Eram quase 13 horas. Ainda estava triste, mergulhado em pensamentos dolorosos, sem vontade de comer. Perto da Battersea Bridge, parou em frente a uma casa de chá. Pediu café e torradas. Mas não pôde beber o café e o estômago sentiu náuseas às primeiras torradas. Viu que a garçonete o olhava com curiosidade.

– Não está bom? – perguntou ela. – Posso trocar.

Fez que não com a cabeça, pediu a conta. Enquanto a garçonete da escrevia, pôs-se a contar distraidamente os botõezinhos negros e lustrosos do vestido dela. Já uma vez, havia muito tempo, olhara assim para três botõezinhos de pérola da blusa de uma professora de Drineffy.

Lá fora, uma névoa amarela caía opressivamente sobre o rio. Lembrou-se de repente de que tinha dois compromissos para aquela tarde, no consultório da Welbeck Street. Foi guiando o carro devagar.

A enfermeira Sharp estava de mau humor, como sempre acontecia nos sábados em que tinha de trabalhar. Contudo, era tal a cara de Andrew que lhe perguntou se estava doente. Depois, numa voz mais suave – porque o Dr. Manson sempre lhe inspirava a maior consideração –, informou que Freddie já telefonara duas vezes depois do almoço.

Quando saiu da sala, Andrew sentou-se junto à escrivaninha, com o olhar perdido, sem se deter em nada. O primeiro paciente chegou às 14h30. Era um jovem funcionário do Departamento de Minas, que fora indicado por Gill. Era cardíaco. Sofria realmente de perturbação valvular. Manson teve consciência de que estava gastando muito tempo no estudo do caso, dando-lhe o máximo de atenção, explicando ao paciente todas as minúcias do tratamento. E, por fim, quando este mexeu no bolso para tirar a carteira, teve pressa em dizer:

– Favor não me pagar agora. Espere que eu mande a conta.

E sentiu um consolo estranho em pensar que não chegaria nunca a cobrar a conta, que não tinha mais a preocupação absorvente do dinheiro, que ainda sabia desprezá-lo como nos velhos tempos.

Entrou, logo depois, o segundo paciente, uma mulher de seus 45 anos. Era a Srta. Basden, uma de suas mais fervorosas pacientes. Sentiu o coração afundar quando ela apareceu. Rica, egoísta e hipocondríaca, era uma espécie de segunda edição, mais jovem, porém mais antipática, daquela Srta. Raeburn que vira certa vez em companhia de Hamson, na Casa de Saúde Sherrington.

Escutou-a, aborrecido, com a mão na testa. E ela, toda risonha, fazia um relatório circunstanciado de tudo quanto acontecera em seu organismo desde a última consulta, alguns dias antes. De repente, Andrew ergueu a cabeça.

– Por que ainda vem ao meu consultório, Srta. Basden?

Interrompida no meio de uma frase, a cara dela era engraçada; na parte superior ainda se via uma expressão prazenteira, mas a boca foi caindo devagar, num gesto de surpresa.

– Sei que a culpa é minha – continuou. – Eu lhe disse que voltasse. Mas, com franqueza, a senhora não sofre absolutamente de nada.

– Dr. Manson! – a mulher arfava, sem querer acreditar no que ouvia.

Era a verdade absoluta. Numa análise implacável, Manson chegara à conclusão de que todos os sintomas que a mulher apresentava eram devidos exclusivamente ao dinheiro. Nunca tivera um dia de trabalho em toda a vida. O corpo era mole, enxundioso, superalimentado. Se não dormia, era porque não cansava os músculos em exercícios. O próprio cérebro vivia parado. Toda a sua atividade se resumia em destacar cupons de apólices, calcular os dividendos, ralhar com a empregada e inventar o que ela e o cãozinho, um lulu da Pomerânia, deviam comer. O remédio era largar o comodismo, fazer alguma coisa que valesse a pena. Nada de pílulas, sedativos, hipnóticos, medicamentos que excitam a secreção de bile e todas essas drogas! Por que não dava aos pobres um pouco do seu dinheiro? Por que não se interessava pela sorte dos outros, deixando de pensar exclusivamente em si mesma? Mas nunca faria isso, nunca! Não adiantava nada dar o conselho. Aquela criatura estava espiritualmente morta, e – misericórdia! – ele também.

– Queira desculpar-me – disse, entediado. – Não lhe posso mais prestar os meus serviços, Srta. Basden. Eu... é possível que tenha de viajar. Mas há de encontrar por certo outros médicos que terão muito prazer em alimentar suas manias.

Ela abriu a boca várias vezes como um peixe fora d'água. Depois, a fisionomia deixou transparecer uma verdadeira apreensão. Estava convencida, convencidíssima, de que o médico perdera o juízo. Não quis discutir mais. Levantou-se, apanhou rapidamente a bolsa e saiu a toda pressa.

Disposto a voltar para casa, Andrew trancou as gavetas da escrivaninha com ar de quem encerra a atividade. Antes, porém, de levantar-se, entrou, alvoroçada e risonha, a enfermeira Sharp.

– O Dr. Hamson está aí! Preferiu vir em pessoa, em vez de telefonar.

Logo depois entrava Freddie. Animadíssimo, acendeu um cigarro, puxou uma cadeira. O olhar anunciava qualquer coisa. A atitude nunca fora tão afetuosa.

– Desculpe, meu velho, se venho atrapalhá-lo numa tarde de sábado. Mas sabia que você estava no consultório e quis dar dois dedos de prosa. Olhe aqui, Manson. Já me contaram toda essa história da cirurgia de ontem e não vacilo em lhe dizer que fiquei satisfeitíssimo. Já era tempo de você abrir os olhos com o nosso amigo Ivory. – E então a voz de Hamson tomou um tom malévolo. – É bom que você saiba, meu velho, que ando ultimamente um pouco afastado do Ivory e do Deedman. Não têm procedido direito comigo. Havia entre nós uma certa combinação que dava bastante dinheiro, mas agora cheguei à conclusão de que esses dois sujeitos ficavam com parte do meu lucro. Além do mais, o jeito de açougueiro do Ivory já estava me irritando. Não sabe operar. Você está coberto de razão. Ele não passa de um miserável fazedor de abortos. Então, você não sabe disso? Pode botar a mão no fogo pelo que estou lhe dizendo. Perto daqui, apenas a uns 100 quilômetros deste ponto, existem duas casas de saúde que não cuidam de outra coisa. Tudo com muita precaução e a preços exorbitantes, é claro. E sabe quem é o chefão? O Ivory! Deedman não lhe fica atrás. É um negocista muito sujo e não tem ao menos a distinção do Ivory. E compreenda, amigo: se lhe conto essas coisas, é para o seu próprio bem. Prefiro que você fique sabendo como são no fundo esses dois sujeitos porque acho que você deve afastar-se deles e entrar em combinação comigo. Você ainda não tem experiência e por isso vem sendo explorado demais. O seu lucro poderia ser muito maior. Não sabe que o Ivory costuma dar 50% a quem lhe arranja uma cirurgia? É só por isso que lhe mandou tantos pacientes! E que é que ele dá a você? Uns miseráveis 15%; 20%, quando muito. Isso não é bastante, Manson! E, depois da matança de ontem, eu, se fosse você, não o toleraria mais. E agora, aqui entre nós, tenho uma boa idéia. Ainda não disse nada para eles, é claro; sou decente demais para fazer isso. Mas o plano é este... Vamos entrar em acordo, você e eu. Começaremos uma boa sociedade por nossa própria conta. Afinal, somos colegas de escola, não somos mesmo? Eu gosto de você, sempre gostei de você. E posso oferecer-lhe um mundo de vantagens. – Freddie parou para acender outro cigarro e depois sorriu cordialmente, expansivamente, disposto a mostrar todas as suas possibilidades como um provável sócio. – Você não faz idéia dos recursos que tenho. Quer saber a minha última? Injeções a 3 guinéus... de água destilada! Um dia destes, uma paciente veio tomar a sua vacina. Pois não é que eu esqueci em casa o diabo da ampola? Pois bem! Para que ela não perdesse a viagem, injetei-lhe a velha H_2O. E a mulher voltou no dia seguinte para dizer que se sentira muito melhor depois daquela injeção do que depois das outras. E eu continuei com a mesma coisa. E por que não? O que vale é a fé. Mas fique sabendo que também posso dar toda espécie de remédios, quando necesssário. Graças a Deus, não deixo nunca de ser um profissional! Graças a Deus! E justamente por causa da correção é que eu e você podemos entrar em acordo. Ah! Manson! Você com os seus títulos e eu com o meu jeitinho podemos fazer grandes coisas. É claro que a combinação não deve dar na vista. Todo paciente que você tiver, mande para mim, para eu confirmar o diagnóstico. E tenho em mira um cirurgião jovem e distinto... Cem vezes melhor do que o Ivory! Poderemos ter até mesmo, no futuro, a nossa casa de saúde. E *então*, amigo velho, estaremos feitos!

Andrew continuava parado, rígido, sem voz. Não tinha raiva de Hamson. Sentia apenas um amargo desprezo por si mesmo. Nada poderia mostrar de modo mais causticante a que ponto chegara, tudo o que tinha feito, que caminho vinha seguindo... Por fim, compreendendo que tinha de responder qualquer coisa, murmurou:

– Eu não posso entrar em acordo com você, Freddie. Eu... eu me enojei disso tudo de repente. Acho que vou deixar isto aqui, por algum tempo. Há canalhas demais nesta zona de consultórios. Bem sei que existe um certo número de homens de bem, procurando trabalhar com decência, escrupulosos na clínica, dignos de apreço. Mas os outros não passam de canalhas. São canalhas que dão essas injeções inúteis, que arrancam amígdalas e apêndices que não fazem mal algum, que ficam mandando os pacientes de um para o outro como se fossem bolas de futebol; que "racham" honorários, fazem abortos, recomendam remédios pseudocientíficos, cavam o dinheiro de qualquer jeito.

O rosto de Hamson foi se avermelhando aos poucos.

– Que diabo é isso! – balbuciou Freddie. – Você não tem feito a mesma coisa?

– Não nego, Freddie – disse Andrew, num tom pesado. – Não sou melhor do que os outros. E não quero que haja o menor ressentimento entre nós. Você sempre foi o meu melhor amigo.

Hamson pulou da cadeira.

– Você perdeu o juízo? O que foi que aconteceu?

– Talvez tenha perdido mesmo o juízo. Seja como for, quero mudar de vida, deixar de pensar em dinheiro e sucesso material. Essas coisas não servem para um bom médico. Quando um doutor ganha 5 mil libras por ano, é um caso perdido. E por que... por que se há de querer ganhar dinheiro à custa dos sofrimentos alheios?

– Mas que grandessíssimo idiota! – disse Hamson em voz bem clara. Deu as costas e foi embora.

Andrew sentou-se novamente junto à escrivaninha, sozinho, desolado. Levantou-se afinal e foi para casa. Ao aproximar-se, sentiu o coração bater com força. Eram quase 18 horas. Toda a tensão do longo dia atribulado parecia chegar ao auge. A mão que enfiou a chave no trinco da porta da rua estava trêmula, muito trêmula.

Encontrou Christine na sala da frente. E ao vê-la, ali, pálida e silenciosa, um calafrio lhe passou pelo corpo. Como desejava que ela perguntasse, com o interesse antigo, por que tinha passado tantas horas longe dela! Mas Christine disse apenas, numa voz desinteressada:

– Você teve hoje um dia muito comprido. Quer tomar um chá antes do serviço do ambulatório?

– Hoje de noite não há ambulatório.

Christine fitou-o:

– Mas é sábado... O dia de maior clientela.

A única resposta de Andrew foi escrever um aviso, declarando que o ambulatório estaria fechado à noite. Atravessou o corredor, pendurou o aviso na porta. O coração agora batia tanto como se fosse estourar. Quando voltou, deu com Christine no consultório. Ainda mais pálida, os olhos cheios de apreensão.

– O que aconteceu? – perguntou com uma voz estranha. Andrew encarou-a. E, então, extravasou toda a angústia que procurava conter, a onda do sentimento rompeu todas as muralhas da contenção nervosa.

– Christine!

Tudo dentro dele se resumiu nesta única palavra. No mesmo instante caiu ajoelhado junto dela, soluçando.

17

A reconciliação foi maravilhosa, a maior maravilha que aconteceu na vida de Andrew e Christine desde os primeiros dias do seu amor. Na manhã seguinte, que era domingo, ficou deitado junto dela, como naqueles dias de Aberalaw, falando, falando, e, como antigamente, abrindo o coração para a mulher. Pairava lá fora a quietude do domingo. A música dos sinos era como uma sugestão de paz e tranqüilidade. Mas Andrew não estava tranqüilo.

– Como cheguei a fazer isso? – resmungava, aflito. – Eu estava doido, Chris? Nem posso acreditar no que fiz quando penso nessas coisas. Eu, metido com essa gente, depois de conhecer Denny e Hope! Meu Deus! Mereço um grande castigo!

Ela procurava consolá-lo:

– Tudo aconteceu tão de repente, querido!... Era mesmo para uma pessoa perder a cabeça.

– Falando sério, Chris! Sinto que enlouqueço quando penso nessas coisas. E como você deve ter sofrido todo esse tempo! Deus do céu! Deve ter sido um verdadeiro martírio.

Christine sorria; aprendera a sorrir novamente. Como era tocante, maravilhoso mesmo, ver o rosto dela perder o ar de desânimo e fria indiferença, para mostrar-se meigo outra vez, feliz, cheio de carinho para ele. "Graças a Deus", pensava Andrew intimamente, "estamos *vivendo* de novo".

De repente, enrugando a testa:

– Só resta uma coisa a fazer. – Apesar da vibração nervosa, sentia-se forte agora, livre de um nevoeiro de ilusão, pronto para agir. – Temos de sair daqui. Eu afundei demais, Chris, demais! Se ficasse aqui, lembraria a cada momento da turma de charlatães com que me meti... E quem sabe se não voltaria a ser o que fui? Podemos vender a clínica facilmente. E sabe, Chris? Tenho uma idéia estupenda!

– Tem mesmo, querido?

Alisou-se a ruga nervosa da testa e Andrew sorriu para ela, timidamente, carinhosamente.

– Há quanto tempo que você não me chamava de querido! Isso me agrada. Sim, eu sei. A culpa foi minha... Mas não me deixe, Chris, voltar a discutir essas coisas! A minha idéia... Sabe como me veio esse plano? Veio-me à cabeça quando acordei hoje. Lembrei-me, indignado, da proposta do Hamson para formarmos uma sociedade ignóbil. E de repente me veio a idéia... Por que não formar uma sociedade honesta, decente? É o que costumam fazer os médicos dos Estados Unidos. Stillman sempre me fala nisso, embora não seja um médico diplomado. Aqui, entretanto, parece que não há disso. Veja, Chris: mesmo numa cidadezinha de província pode-se ter uma clínica, com um pequeno grupo de médicos, cada um cuidando da sua especialidade. Escute: em vez de meter-me com Hamson, Ivory e Deedman, por que não me junto a Denny e Hope, formando com eles uma trindade de primeira ordem? Denny faria todo o trabalho de cirurgia... e você sabe como ele é bom cirurgião! Eu ficaria com a parte de clínica e Hope seria o nosso bacteriologista. Veja que coisa boa: cada um de nós se especializando no seu setor e todos reunindo os próprios conhecimentos numa ajuda mútua. Você talvez se recorde do que costumava dizer o Denny, e eu também, sobre o nosso deplorável sistema de clínica sem especializações. O pobre do clínico geral tem de ser pau para toda obra, tentando carregar um peso que os ombros não podem suportar. Uma coisa intolerável. O remédio, o verdadeiro remédio tem de ser este: um grupo de médicos agindo de acordo, com honestidade. É o meio-termo entre a medicina socializada e a atividade individual, o esforço isolado. Se isso ainda não existe aqui é só porque os grandes querem se apossar de tudo. Mas, querida, não seria mesmo magnífico se pudéssemos formar um pequeno grupo de vanguarda científica e até mesmo espiritualmente puro? Seríamos uma espécie de pioneiros para acabar com preconceitos, pôr abaixo os falsos ídolos e, quem sabe mesmo, começar uma verdadeira revolução em todo o nosso sistema médico.

Com o rosto encostado no travesseiro, Christine fitou-o com olhos acesos.

– Quando você fala assim, parece que voltamos aos velhos tempos, meu bem. Nem sei dizer como isso me agrada. É como se estivéssemos começando outra vez! Como me sinto feliz, querido, tão feliz!

– Tenho de me penitenciar de muita coisa – continuou ele, num tom sombrio. – Fui um doido, Chris. Pior do que doido. – Apertou a testa com as mãos. – Não posso tirar da cabeça o Harry Vidler. Só descansarei quando fizer alguma coisa que me redima. – E, de repente, num resmungo: – Tive tanta culpa como o Ivory, Chris. Sinto que não me livrarei dessa idéia facilmente. E não seria mesmo justo que me esquecesse. Mas hei de trabalhar como um desesperado, Chris. E tenho a certeza de que Denny e Hope me acompanharão. Você conhece as idéias deles. Denny anda realmente ansioso para pegar no pesado de novo. E, quanto a Hope... Ora, se tivermos um laboratoriozinho onde possa fazer nas horas vagas suas pesquisas originais, ele nos acompanhará até o fim do mundo.

Pulou da cama e começou a andar de um lado para o outro do quarto, com a impetuosidade dos bons tempos, excitado ao mesmo tempo pelas promessas do futuro e pelo remorso do passado, com um mundo de idéias na cabeça, cheio de inquietações, de esperanças, de planos.

– Tenho de resolver muitas coisas, Chris – exclamou –, e numa delas não quero demorar. Escute, querida! Vou escrever agora algumas cartas... Mas, depois do almoço, quer dar um passeio comigo fora da cidade?

Ela fitou-o interrogativamente.

– Mas você não tem muito que fazer?

– Mas isso está em primeiro lugar. Sinceramente, Chris, tenho um grande peso na consciência por causa da Mary Boland. Ela não está passando bem no Vitória e eu não lhe tenho dado a atenção que merece. Thoroughgood está com muita má vontade e parece que não compreende perfeitamente o caso, pelo menos na minha opinião. Meu Deus! Acho que ficaria maluco se acontecesse alguma coisa a Mary, depois que me responsabilizei junto ao Con. É horrível ter de dizer isto, pois se trata do meu próprio hospital, mas o certo é que ela nunca ficará boa no Vitória. Deve ir para o campo, para um lugar saudável, para um bom sanatório.

– Você acha?

– É por isso que quero ir com você até a clínica do Stillman. Bellevue é o lugar mais bonito, mais adorável que você pode imaginar. Se eu conseguisse levar a Mary para lá... Ah! Não só ficaria descansado, como teria a impressão de haver feito alguma coisa que valesse a pena.

Christine respondeu logo, decidida:

– Vamos lá, assim que você estiver pronto.

Depois de vestir-se, Andrew desceu e pôs-se a escrever a Denny e Hope. Só tinha três visitas inadiáveis a fazer e aproveitou a viagem para botar as cartas no correio. Na volta, já encontrou Christine pronta. Comeram alguma coisa e saíram.

Apesar da tensão nervosa que perdurava no espírito de Andrew, o passeio foi muito feliz. Compreendia agora, mais do que nunca, que a felicidade é uma condição da alma, que não depende – não obstante a opinião dos cépticos – de bens terrenos. Durante todos aqueles meses em que lutara para conquistar fortuna, posição e todas as formas do sucesso material, considerara-se feliz. Mas a verdade é que não fora feliz. Vivera numa espécie de delírio, querendo sempre mais do que obtinha. Dinheiro – pensava com amargura –, só vale quem tem o maldito dinheiro! No começo, dissera a si mesmo que precisava ganhar 1.000 libras por ano. Quando atingiu esta quantia, quis ter o dobro. Mas, quando chegou a ganhar 2 mil libras, ainda não ficou satisfeito. E assim foi indo. Queria sempre mais, ainda mais. E essa ganância acabaria por aniquilá-lo.

Olhou de soslaio para Christine. Quanto havia sofrido! Mas, agora, se Andrew quisesse ter a certeza de que tomara uma boa resolução, nenhuma prova seria melhor do que a transformação de sua fisionomia, agora radiante e feliz. Não era mais um rosto bonito, porque a vida deixara ali as suas marcas: sinais de cansaço e de lágrimas, pequenas rugas em torno dos olhos, covas nas faces pálidas que outrora eram tão frescas e coradas. Mas era um rosto que conservava uma expressão de serenidade e franqueza. E aquele rosto se reanimava agora, de modo tão vivo e tocante, que Andrew sentiu, ao observá-lo, um novo surto de arrependimento. E jurou intimamente que nunca mais, em toda a sua vida, havia de dar a Christine qualquer motivo de mágoa.

Às 15 horas já estavam em Wycombe. Tomaram então um caminho lateral que levava ao alto da colina de Lacey Green. Situada esplendidamente num pequenino planalto, Bellevue tinha uma posição soberba, com lindas vistas para os vales.

Stillman acolheu-os cordialmente. Era um homenzinho reservado, pouco expansivo, de raros entusiasmos, mas exprimiu a satisfação que lhe causava a visita de Andrew, mostrando toda a beleza e eficiência da sua criação.

O sanatório era pequeno, propositalmente, mas não se podia pôr em dúvida sua perfeição. Compunha-se de duas alas com grandes terraços, que se uniam à parte central, destinada à administração. Por cima do saguão e dos escritórios, uma sala de curativos e tratamento, admiravelmente aparelhada. Toda a parede da parte sul era de vidro Vita. Eram do mesmo material todas as janelas. O sistema de aquecimento e de ventilação, a última palavra em recursos modernos. Enquanto visitava Bellevue Andrew não podia deixar de pôr em contraste aquela maravilha de eficiência técnica com os casarões antigos, centenários, que serviam de hospital em Londres, e com as residências, mal adaptadas e mal providas de aparelhagem, que se fantasiavam de sanatórios.

Terminada a visita, Stillman convidou-os a tomar chá. E então, num repente, Andrew entrou no assunto:

– Tenho horror a pedir favores, Sr. Stillman. – Christine teve de sorrir ao escutar o velho chavão, já quase esquecido. – Mas seria possível mandar-lhe uma paciente? Começo de tuberculose. Tudo parece indicar que é um caso para pneumotórax. Trata-se da filha de um grande amigo meu, um dentista... A moça não vai indo bem onde está...

Nos olhinhos azuis de Stillman notava-se uma ponta de ironia.

– Não quer dizer com isso que está propondo mesmo enviar-me um paciente... Isso é uma coisa que os médicos daqui não fazem, embora costumem fazê-lo os da América. Não se esqueça de que eu sou aqui um curandeiro, um charlatão que mantém um sanatório esquisito onde os pacientes têm de passear descalços sobre a relva molhada antes de almoçarem as suas cenouras grelhadas.

Andrew não sorriu.

– Não leve na brincadeira o meu pedido, Sr. Stillman. O caso dessa moça me interessa extraordinariamente. Ando preocupadíssimo com ela.

– Receio, meu amigo, não ter lugar para um novo paciente. Apesar da antipatia que me devota toda a irmandade médica, há uma porção de gente esperando vaga. É estranho! – Stillman deixou transparecer afinal, discretamente, o sorriso que vinha contendo. – Embora existam tantos médicos, há uma multidão querendo tratar-se comigo.

– Que pena! – murmurou Andrew. A recusa do americano era uma grande decepção para ele. – E eu que já estava quase contando com isso! Se pudéssemos trazer a Mary para cá... que alívio seria! A verdade é que tem aqui o melhor sanatório da Inglaterra. Não estou querendo adulá-lo. Digo isso porque sei. Quando penso naquela velha enfermaria do Vitória onde a minha paciente está agora... Quando me lembro de que está ali, ouvindo as baratas correrem por baixo da cama!...

Inclinando o corpo para a frente, Stillman apanhou um sanduíche da mesinha próxima. Tinha um jeito especial, quase engraçado, de apanhar qualquer coisa com a pontinha dos dedos, como se tivesse acabado de lavar as mãos com o mais rigoroso cuidado e temesse sujá-las de novo.

– Muito bem! Está representando a sua comediazinha irônica, hein? Não, não devo falar assim. Vejo mesmo que está preocupado. E eu o ajudarei. Embora seja para um doutor, tomarei conta da sua paciente. – Notando a expressão impassível de Andrew, o americano fez um muxoxo. – Sou democrático. Não me incomodo de entrar em contato com a gente da profissão, quando a isso me vejo obrigado. Por que não ri? Não vê que é uma piada? Não faz mal. Mesmo sem senso de humor é cem vezes mais esclarecido do que o grosso da sua irmandade. Deixe-me ver. Só na próxima semana é que terei um quarto vago. Acho que na quarta-feira. Traga-me a paciente na quarta-feira da próxima semana e desde já lhe prometo fazer tudo que puder.

Com a gratidão nos olhos, Andrew não sabia como exprimi-la.

– Eu... eu não sei como lhe agradecer... Eu...

– Pois então não agradeça. E não procure ser muito educado. Gosto mais de você quando parece que vai atirar algo na gente. Sra. Manson, ele nunca lhe atirou a louça na cabeça? Um grande amigo meu, lá da América, dono de 16 jornais, costuma quebrar sempre toda a louça de casa quando briga com a mulher. Pois bem, um dia...

Pôs-se a contar uma anedota muito comprida, que pareceu a Andrew absolutamente sem sentido. Mas, voltando para casa, já ao anoitecer, disse a Christine:

– De qualquer modo, foi resolvido. Um grande peso que tiro da consciência. Tenho a certeza de que Mary não poderia ter melhor tratamento. É um sujeito extraordinário esse Stillman. Gosto dele, de verdade. À primeira vista, não se dá nada pelo homem, mas por dentro é feito de aço. Quem sabe se não poderemos ter uma clínica desse estilo? Algo assim, embora em ponto menor. E para mim, o Hope e o Denny. Parece um sonho absurdo, hein? Mas quem sabe? Andei pensando... Se Denny e Hope me acompanharem e se nos instalarmos juntos na província... Poderemos escolher um lugar perto de um desses campos carboníferos, porque assim poderei retomar o trabalho sobre a inalação. O que você acha, Christine?

Sua única resposta foi olhar para um lado e para o outro e, com grande risco de provocar um escândalo na rua movimentada, deu-lhe um beijo bem estalado.

18

Na manhã seguinte, Andrew levantou cedo, depois de uma boa noite de sono. Sentiu-se retemperado, pronto para agir. A primeira providência foi telefonar para a agência Fulger & Turner, especializada em serviços de corretagem para médicos, confiando-lhe a venda da clínica. Gerald Turner, o chefe da velha e conceituada firma, atendeu em pessoa, e, a pedido de Andrew, veio imediatamente ao Chesborough Terrace. Depois de passar toda a manhã examinando os livros, assegurou-lhe que não teria a menor dificuldade em arranjar um comprador. – É claro, doutor, que temos de indicar nos anúncios uma explicação para a venda – disse gentilmente o Sr. Turner, batendo nos dentes com a extremidade do lápis. – Qualquer pretendente há de querer saber por que um médico abandona uma mina de ouro como esta. Desculpe-me a liberdade, mas é mesmo uma mina de ouro. Há muito tempo que não vejo uma clínica tão rendosa. Podemos alegar motivos de doença?

– Não – respondeu Andrew, abruptamente. – Diga a verdade. Diga... – conteve-se. – Basta dizer: por motivos particulares.

– Muito bem, doutor. – E o Sr. Gerald Turner escreveu no caderninho de apontamentos: – *Transferência por motivos particulares e alheios à clínica.*

Andrew concluiu:

– E não se esqueça: não exijo uma fortuna. Quero apenas um preço razoável. É bem possível que muitos pacientes não queiram continuar com o meu sucessor.

À hora do almoço, Christine entregou-lhe dois telegramas. Andrew pedira a Denny e a Hope que telegrafassem assim que recebessem as cartas enviadas na véspera.

O primeiro, de Denny, era bem simples: *Impressionado. Espere-me amanhã à noite.*

O segundo declarava, num estilo bem característico: *O meu destino é gastar a vida no meio de doidos. Parece que você falou em laboratório. Assinado: Contribuinte Indignado.*

Depois do almoço, Andrew correu ao hospital. Não era hora da visita de Thoroughgood, mas isso lhe convinha admiravelmente. Queria evitar discussões e aborrecimentos, principalmente com o chefe de sua seção, que sempre o tratara muito bem, apesar da teimosia e do apreço que dedicava aos cirurgiões-barbeiros de antigamente.

Sentado à beira da cama de Mary, Andrew explicou-lhe o que pretendia fazer.

– Para começar, devo dizer-lhe que a culpa foi minha – e bateu-lhe no ombro, tranqüilizadoramente. – Eu devia ter previsto que este lugar não serviria. Você sentirá a diferença quando for para Bellevue, uma grande diferença, Mary! Mas todos aqui foram muito gentis e não há necessidade de magoar ninguém. Deve dizer apenas que quer sair na próxima quarta-feira, deixar o hospital. Se você se acanha em dizê-lo, pedirei ao Con para escrever ordenando-lhe que saia. Há muita gente à espera de vaga e não criarão dificuldades. Então, na quarta-feira, eu mesmo irei levá-la a Bellevue. Tudo está arranjado, até uma enfermeira para ir comigo. Nada mais simples... nem melhor para você.

Ao voltar, Andrew tinha a impressão de haver realizado algo, sentia que estava começando a pôr novamente em ordem a vida que deixara cair em tão horrível confusão. Aquela noite, no ambulatório, resolveu despedir severamente os pacientes crônicos, não se importando em sacrificar sua fama de encantador. Em menos de uma hora teve de declarar, com firmeza, mais de dez vezes:

– Não deve voltar mais à consulta. Já está vindo há muito tempo. Não tem doença alguma. E não continue a tomar remédios!

Até se admirava do alívio que sentia depois de falar assim. Ter essa franqueza, essa honestidade, era um prazer que não experimentava há muito tempo. Quando foi para junto de Christine, estava dominado por uma animação quase infantil.

– Agora eu já não pareço tanto um charlatão de feira! – E num resmungo: – Meu Deus! Como posso falar assim!... Ia-me esquecendo do que aconteceu... Vidler... tudo que eu fiz!

Nisto, o telefone tocou. Christine foi atender e Andrew teve a impressão de que ela demorou muito a voltar. Quando veio, sua expressão pareceu novamente perturbada.

– O telefone é para você.

– Mas, quem é?... – De repente, ele adivinhou que era Frances Lawrence. – Houve um silêncio na sala. Depois, Andrew disse, precipitamente: – Diga-lhe que não estou. Diga-lhe que fui embora. Não, espere! – Tomou um ar decidido e caminhou com passo firme. – Deixe que eu falo.

Ao voltar, depois de uns cinco minutos, encontrou-a sentada, costurando, num canto da sala onde a luz era melhor. Olhou-a disfarçadamente, desviou logo e encaminhou-se para a janela. Ficou ali, aborrecido, olhando para a rua, com as mãos nos bolsos. O leve ruído das agulhas de Christine fazendo tricô lhe comunicava uma impressão esquisita, constrangedora. Era como se fosse um cachorrinho triste e ordinário, voltando para casa de cauda caída e pêlo arrepiado, depois de uma estrepolia com os cães da rua. Num certo momento, não se conteve mais. Ainda de costas, disse:

– Isso também acabou. Talvez lhe interesse saber que tudo não passou de uma tola questão de vaidade... Sim, de vaidade, egoísmo e ambição. Nunca deixei de lhe querer bem um só instante. – E numa explosão repentina: – Com os diabos, Chris! O verdadeiro culpado fui eu. Essa gente não sabe o que é decência, mas eu devia saber. Não é justo que procure inocentar-me com tanta facilidade. Mas fique sabendo também, Chris, que já me livrei do Le Roy. Aproveitei que estava perto do telefone e liguei para ele, desistindo do emprego que me prometeu. Não quero mais saber das suas porcarias. Afastei-me de toda essa gentalha. Definitivamente!

Ela não respondeu, mas o leve ruído das agulhas era agora mais vivo, mais animado, na sala silenciosa.

Andrew deve ter ficado ali muito tempo, intimamente envergonhado, olhando o movimento da rua, vendo os últimos clarões do dia se apagarem no crepúsculo do verão. Quando se voltou, afinal, as sombras da noite já tinham invadido a sala, mas Christine continuava sentada ali, quase invisível na penumbra de sua poltrona: uma figurinha quase apagada, a fazer tricô.

Aquela noite, Andrew acordou lavado em suor, aflito, procurando-a às cegas na cama, ainda sob a impressão terrível do pesadelo.

– Chris, onde você está? Perdoe-me, Chris, perdoe-me. Juro que de agora em diante hei de proceder direito com você. – E depois, já sossegado, já quase adormecido: – Vamos tirar umas férias quando vendermos isto aqui. Meu Deus! Como meus nervos estão arrasados! E pensar que já a chamei de neurastênica! E quando voltarmos a nos instalar, seja onde for, você terá um jardinzinho, Chris. Eu sei que você gosta de flores. Lembra-se... lembra-se de Vale View, querida?

Na manhã seguinte, Andrew voltou para casa com um grande ramalhete de crisântemos. Esforçava-se para demonstrar todo o seu carinho, não com a generosidade ostensiva que ela detestava. Ficava arrepiado só de pensar naquele almoço do Plaza. Era com o carinho dos velhos tempos, simples, modesto, sincero.

À hora do chá, veio da rua com um bolo de que ela gostava muito. Não contente com isso, foi buscar-lhe os chinelinhos de andar em casa. Christine levantou-se da cadeira, franzindo a testa, protestando afetuosamente:

– Não, querido, não faça isso! Vou pagar caro. Daqui a uns dias você estará arrancando os cabelos e me tratando aos berros... como costumava fazer antigamente.

– Chris! – exclamou ele chocado, sentido. – Você não vê que tudo mudou? De agora em diante só pensarei em lhe ser agradável.

– Está bem, está bem, meu querido. – Sorria, mas os olhos estavam molhados. E com uma decisão repentina, de que Andrew não a julgava capaz: – Tudo me serve quando há verdadeira união entre nós. Não quero que você corra atrás de mim, com agradinhos. Só lhe peço que não corra atrás de mais ninguém.

Como prometera, Denny chegou à noite, ainda em tempo de jantar. Trazia um recado de Hope, que lhe telefonara de Cambridge, avisando que não podia ir a Londres naquele dia.

– Diz que não pode vir por causa de negócios – declarou Denny, esvaziando o cachimbo. – Mas desconfio muito que o nosso amigo Hope anda namorando e quer casar. O nosso bacteriologista está romanticamente apaixonado.

– Não disse nada sobre a minha idéia? – perguntou Andrew, ansioso.

– Disse, sim. Está animadíssimo. A paixão não atrapalha. Podemos contar com ele. Eu também estou muito animado. – Denny desenrolou o guardanapo e serviu-se de salada. – Não sei mesmo como foi que um plano tão bom apareceu numa cabeça tão avoada como a sua. E logo quando imaginei que você receitava perfumarias para a clientela aristocrática! Conte-me tudo.

Andrew explicou tudo, com todos os detalhes, numa eloqüência crescente. Começaram a discutir o plano nos seus aspectos práticos. Já estavam bem adiantados quando Phillip disse:

– Na minha opinião, não devíamos escolher uma cidade grande. Uma cidadezinha de vinte mil habitantes seria o ideal. É onde podemos fazer boas coisas. Consulte um mapa das West Midlands. Você encontrará ali uma porção de cidadezinhas industriais com uns quatro ou cinco médicos que se detestam cordialmente, cada um procurando atrapalhar a vida dos outros. Têm de fazer tudo e acabam não fazendo nada direito. É num lugar assim que temos de tentar a experiência do nosso sistema de cooperação especializada. Não convém comprar nenhuma clínica. É só chegar e pôr mãos à obra. Meu Deus! Já estou vendo a cara torcida dos médicos da terra!... É claro que teremos de enfrentar uma campanha medonha de insultos. Poderemos até ser linchados. Mas, falando sério: o que precisamos é de uma clínica central e, como você diz, de um laboratório anexo, para o Hope. Podemos ter mesmo uns dois ou três quartos para pacientes, no andar de cima. Para começar, uma coisa modesta. O problema é apenas de adaptaação e não de construção de um edifício. E tenho a impressão de que dará certo. – Percebendo o ar animado com que Christine acompanhava a conversa, Phillip sorriu. – O que acha disso tudo, minha senhora? Uma loucura, não é mesmo?

– Sim, uma loucura – respondeu ela, um pouco rouca. – Mas são as loucuras que valem a pena.

– Muito bem dito, Chris! Por Deus! Isso vale a pena.

Andrew fez os talheres tinirem com um murro na mesa.

– O plano é bom. Mas o que vale de verdade é o ideal que o anima! Uma nova interpretação do juramento de Hipócrates: absoluta fidelidade ao ideal científico, nada de empirismo, nada de charlatanices, nem explorações de pacientes, nem preparados de propaganda, nem xaropadas para enganar neurastênicos, nem... Opa! Por amor de Deus, me dê qualquer coisa que se beba! Minha garganta está seca de tanto discurso. Devia usar um alto-falante!

Ficaram conversando até a madrugada. O entusiasmo intenso de Andrew contagiava até o próprio Denny, habitualmente tão frio. Este já não podia apanhar o último trem da noite. Phillip teve portanto de ocupar o quarto de hóspedes, e, no dia seguinte, ao sair apressado, logo depois do café, prometeu voltar a Londres na sexta-feira. Nesse meio-tempo, veria Hope e, como prova suprema de seu entusiasmo, compraria um mapa bem grande das West Midlands.

– Está dando certo, Chris! Vamos conseguir! – Andrew voltava triunfante da rua. – Phillip está pegando fogo. Não é muito expansivo, mas eu o conheço.

Nesse mesmo dia começaram a aparecer os primeiros pretendentes à compra da casa e da clínica. Gerald Turner acompanhava pessoalmente os candidatos mais promissores. O corretor tinha uma linguagem fluente e elegante e discorria com otimismo até mesmo sobre a arquitetura da garagem. Na segunda-feira, o Dr. Noel Lowry apareceu duas vezes: sozinho de manhã e à tarde, acompanhado pelo corretor. Pouco depois, Turner telefonava para Andrew, numa suave confidência:

– O Dr. Lowry está interessado; posso dizer mesmo muito interessado. Insiste muito para não entrarmos em negócio com outro pretendente antes que sua mulher venha ver a casa. Ela está num balneário, com as crianças. Chegará quarta-feira.

Era o dia combinado para levar Mary a Bellevue, mas Andrew achou que o assunto, entregue a Turner, estava em boas mãos. Tudo correra no hospital como havia previsto. Mary deixaria o Vitória às 14 horas. Ele a esperaria na porta, com a enfermeira Sharp.

Chovia muito quando, às 13h30, o carro parou em frente ao consultório da Welbeck Street para apanhar ali a enfermeira. A mulher estava de mau humor, a esperá-lo de cara amarrada. Desde que Andrew lhe dissera que teria de dispensar seus serviços no fim do mês, mostrava-se ainda mais sombria e ríspida. Respondeu com um resmungo ao cumprimento do médico e entrou no carro.

Felizmente tudo correu bem no hospital. Mary apareceu à porta da rua assim que o carro parou em frente ao Vitória. Quase no mesmo instante, instalava-se no banco de trás, em companhia da enfermeira, bem agasalhada, com um saco de água quente nos pés. Entretanto, Andrew não tardou a arrepender-se de haver trazido aquela enfermeira carrancuda e desconfiada. Era evidente que ela considerava a viagem um trabalho fora de suas obrigações. E Manson não sabia explicar como a suportara tanto tempo.

Às 15h30 chegaram a Bellevue. Não chovia mais e o sol começava a aparecer por entre as nuvens. Mary inclinava-se para a frente, a examinar com olhos inquietos, talvez mesmo com apreensão, o sanatório que lhe haviam descrito com tanto entusiasmo.

Andrew encontrou Stillman no escritório. Estava ansioso para que ele visse o caso quanto antes, pois a questão do pneumotórax não lhe saía da cabeça. Falou-lhe a respeito enquanto fumava um cigarro e bebiam chá.

– Muito bem – concordou Stillman, quando o outro concluiu. – Vamos examinar a paciente agora mesmo.

Guiou Manson ao quarto de Mary. Ela já estava deitada, abatida pela viagem e ainda apreensiva, a observar a enfermeira Sharp, que arrumava suas roupas, num canto do aposento. Tomou um pequeno susto quando viu Stillman entrar.

Ele examinou-a meticulosamente. Foi um exemplo para Andrew: exame sereno, silencioso, absolutamente preciso. Não tomava ares importantes e convencionais. Não impressionava. Nem mesmo parecia um médico em ação. Era como um técnico a examinar uma determinada máquina que não estava funcionando bem. Embora empregasse o estetoscópio, a maior parte da pesquisa era pelo tato, apalpando os espaços intercostais e supraclaviculares, como se pudesse conhecer, pelos dedos, suaves, a verdadeira condição das células dos pulmões.

Quando terminou o exame, não disse nada a Mary, mas fez sinal a Manson para que o acompanhasse.

– Pneumotórax – disse. – Não há dúvida. É algo que já devia ter sido feito há muitas semanas. Vamos tratar disso imediatamente. Volte e avise a pequena.

Enquanto o americano saía para tratar dos preparativos, Andrew voltou ao quarto e avisou Mary. Procurou tranqüilizá-la com as palavras mais animadoras, porém era evidente que a perspectiva da intervenção imediata a perturbava.

– É você quem vai fazer? – perguntou ela nervosamente. – Prefiro que seja você.

– É uma coisa muito simples, Mary. Não sentirá a menor dor. Eu estarei lá, para ajudá-lo. Pode ter certeza de que tudo correrá bem.

Era sua intenção deixar tudo por conta de Stillman. Mas a paciente estava tão nervosa, tão agarrada a ele, e se sentia também tão responsável por sua presença ali, que resolveu entrar na sala e oferecer sua assistência ao americano.

Dez minutos depois estavam prontos para agir. Quando Mary chegou, Andrew aplicou-lhe a anestesia local. Depois, enquanto Stillman introduzia habilmente a agulha, colocou-se perto do manômetro, controlando o fluxo, na pleura, do azoto esterilizado. O aparelho era de uma delicadeza extraordinária e Stillman, um mestre incontestável na técnica. Manobrava a cânula com admirável destreza, sem desviar os olhos do manômetro, pois o estalido final anunciaria a perfuração da pleura parietal. Stillman tinha um método próprio de manipulação profunda para prevenir qualquer manifestação de enfisema cirúrgico.

Depois da primeira fase de intenso nervosismo, a inquietação de Mary ia cedendo gradualmente. A confiança foi crescendo no curso da operação e por fim a doente já sorria para Andrew, completamente tranqüila. Ao voltar ao quarto lhe disse:

– Você tinha razão. Não foi nada. Nem parece que fiz.

– Ah, foi? – levantou as sobrancelhas. E num sorriso: – É assim que deve ser. Nada de encenação; nada que possa impressionar o paciente. Eu gostaria que todas as cirurgias fossem assim! Mas, com toda essa calma, conseguimos imobilizar o seu pulmão. Ele vai entrar em repouso agora. Quando voltar de novo a respirar, estará curado. Posso garantir!

Mary olhou-o demoradamente e depois passeou o olhar pelo quarto alegre, pela janela que descortinava uma linda paisagem.

– Creio que vou gostar disso aqui apesar de tudo. Ele não procura ser agradável... Falo do Sr. Stillman... Mas, assim mesmo, dá uma ótima impressão. Posso tomar chá?

19

Eram quase 19 horas quando Andrew deixou Bellevue. Demorou-se muito mais do que esperava. Isso porque ficara conversando na varanda, gozando o frescor da tarde e a boa prosa de Stillman. No caminho de volta, trazia uma extraordinária sensação de tranqüilidade, de paz. Compreendeu que era a influência do americano, de sua personalidade, de sua quietude, de sua indiferença pelas futilidades da vida. E isso era um calmante para seu ânimo exaltado.

Além disso, sentia-se aliviado a respeito de Mary. Comparava o que tinha feito no começo, despachando-a sumariamente para um hospital antiquado, com o que realizara naquela tarde. Sem dúvida, tivera muito trabalho, muito incômodo. E não estava de acordo com a ortodoxia médica. Tinha ainda de pensar na conta. Embora não tivesse discutido com Stillman a questão do pagamento, sabia que Boland não estava em condições de enfrentar as despesas de Bellevue. Ele deveria pagar. Mas tudo isso não tinha importância diante da satisfação íntima de fazer alguma coisa que valia a pena. Pela primeira vez, depois de tantos meses, julgava ter feito uma ação realmente digna. Era um pensamento que o animava, que o confortava, como o começo de sua reabilitação.

Dirigia devagar, gozando a doçura da noite. A enfermeira Sharp ia novamente no banco de trás, mas não dizia nada, e, mergulhado em suas meditações, Andrew nem tomava conhecimento de sua presença. Mas, quando entraram em Londres, perguntou-lhe onde queria ficar e, seguindo sua indicação, largou-a na estação de Notting Hill. Era uma alegria ver-se livre dela. Boa enfermeira, sem dúvida, mas antipática e incômoda. Sentia que ela sempre o detestara. Decidiu mandar-lhe pelo correio, no dia seguinte, o pagamento do mês. Assim não teria mais de aturá-la.

Ao atravessar a Paddington Street, todo o bom humor de Manson desapareceu como por encanto. Sentia-se mal toda vez que passava pela loja de Vidler. Olhando furtivamente, viu a tabuleta – CONSERTOS EM GERAL LTDA. Um empregado estava fechando as portas.

Esse simples fato foi tão significativo que Manson sentiu um arrepio. Incomodado, acelerou a marcha até o Chesborough Terrace. Guardou o carro e entrou em casa com uma tristeza estranha dentro do coração.

Christine veio recebê-lo, toda entusiasmada. Ao contrário do marido, parecia contentíssima. Os olhos brilhavam, anunciando boas notícias.

– Tudo vendido! – declarou com alvoroço. – Tudo, querido! Clínica, móveis, casa, garagem, até o porão. Acabam de sair agora mesmo. O Dr. e a Sra. Lowry. – E depois de uma risada: – O homem ficou tão nervoso porque você não aparecia para atender aos pacientes que ele mesmo fez o serviço do ambulatório. Convidei-os para jantar. Conversamos muito. Sem que me dissesse nada, o semblante da Sra. Lowry dava a entender que devia ter havido um desastre de automóvel. Eu também fui ficando apreensiva. Mas agora, que você chegou, estou contente. Você terá de encontrar-se com o Dr. Lowry amanhã, na agência. Às 11 horas.

É para assinar o contrato. Ah! É verdade... O doutor já deu um sinal ao Sr. Turner.

Andrew acompanhou-a à sala de jantar, de cuja mesa já haviam sido retirados os pratos. É claro que Andrew gostara de ter passado a clínica, mas não podia demonstrar naquele momento um grande entusiasmo.

– Foi mesmo uma boa coisa, não foi? – continuou Christine. – Resolvemos isso bem depressa. Não creio que ele exija uma apresentação muito demorada à clientela. Estive pensando em muita coisa antes de você chegar. E se nós pudéssemos passar uns tempos fora, antes de recomeçarmos o trabalho?... Em Val André, por exemplo... Tivemos ali um tempinho tão agradável, não foi? – Parou de repente, encarando o marido. – O que você tem, meu amor?

– Nada – sorriu ele, sentando-se. – Apenas um pouco cansado. Com certeza porque não jantei.

– O quê? – exclamou Christine, alarmada. – Pensei que você tivesse jantado em Bellevue antes de voltar. – Olhou em torno da sala. – Já tirei a mesa e deixei a empregada ir ao cinema!

– Não tem importância.

– Tem, sim. Compreendo agora por que você não pulou de alegria com a venda da clínica. Espere um minutinho que vou arranjar qualquer coisa. O que prefere? Posso esquentar um pouco de sopa, fritar uns ovos... E o que mais?

– Bastam os ovos, Chris! Não se preocupe, ouviu? Bem, se puder, traga também um pouco de queijo.

Num minuto estava de volta, trazendo numa bandeja talheres, pratos, ovos, um pouco de salada, pão, biscoitos, manteiga e queijo. Colocou a bandeja na mesa. Quando Andrew se sentou, foi à despensa e trouxe de lá uma garrafa de cerveja.

Enquanto o marido comia, ela o observava risonha, cheia de solicitude.

– Quer saber de uma coisa? Tenho pensado muitas vezes que nós nos daríamos muito bem, mesmo se vivêssemos numa casa de operários, apenas com uma cozinha e um quarto. Essa história de aristocracia não combina com a gente. Agora que voltei a ser a mulher de um operário, sinto-me profundamente feliz.

Andrew continuou a comer. Era evidente que o jantarzinho lhe caía bem.

– Outra coisa, querido – e Christine pôs as mãos no queixo, num modo muito seu. – Tenho pensado muito nestes últimos dias. Andava antes com o espírito embrutecido, sem ver nada. Mas, desde que nos entendemos de novo, tudo parece tão claro!... As coisas só têm valor quando se é obrigado a lutar por elas. Quando vêm sem esforço, quando são presentes da sorte, não dão o menor prazer. Lembra-se daqueles nossos dias em Aberalaw? Como vivíamos, como vivíamos de verdade, mesmo no meio de tantas privações! Pois bem! Tenho a impressão de que recomeçamos. É o nosso modo de vida, querido. Somos assim! E sou tão feliz com isso!

Andrew fitou-a.

– Você está realmente feliz?

Christine deu-lhe um beijo.

– Nunca fui tão feliz em toda a minha vida.

Uma pausa. Andrew passou manteiga num biscoito e levantou a tampa do prato de queijo. Teve uma decepção. O que havia não era o seu predileto Liptauer, mas um queijo barato que a empregada usava como tempero. No mesmo instante Christine soltou um grito de quem se censura:

– Eu devia ter ido hoje à casa de Frau Schmidt!

– Não faz mal, Chris!

– Mas não está direito! – Tirou o queijo antes que ele pudesse se servir. – Eu aqui, a fazer a menina sentimental, sem pensar na sua comida... e você tão cansado, morrendo de fome! Que boa mulher de operário estou me saindo! – Levantou-se, olhou para o relógio. – Devo ir depressa, antes que feche a pastelaria.

– Ora, Chris! Deixe...

– Eu lhe peço, querido! – fê-lo calar alegremente. – Faço questão. E é natural... Você gosta do Liptauer, eu gosto de você... Logo...

E saiu da sala antes que ele pudesse protestar. Andrew ouviu seus passos apressados no saguão, o leve ruído da porta que se fechava. Ainda sorria com os olhos. Só Christine era capaz dessas coisas! E passou manteiga em outro biscoito, à espera do queijo saboroso, à espera dela.

O silêncio era grande dentro de casa. A empregada fora ao cinema e Florie com certeza estava dormindo. Boa coisa contar com Emily em sua nova aventura! Stillman era um homem admirável! E Mary não tardaria a ficar completamente curada. Que sorte ter deixado de chover durante a tarde! A viagem de volta fora uma delícia. A paisagem era tão agradável e tranqüila! Graças a Deus, Christine teria em breve um jardinzinho. Ele, Denny e Hope poderiam ser linchados pelos cinco médicos das West Midlands. Mas, assim mesmo, Chris havia de ter o jardinzinho.

Começou a comer distraidamente um dos biscoitos. Acabaria perdendo o apetite, se Chris demorasse. Devia estar conversando com Frau Schmidt. Boa criatura a alemã. Foi quem lhe mandou os primeiros pacientes. Se ao menos tivesse continuado modestamente, com decência, em vez de... Bem, em todo caso, eram águas passadas, graças a

Deus! Estavam bem novamente. Christine e ele. Mais felizes do que nunca. Que maravilha poder ouvir o que ela dissera momentos antes.

Acendeu um cigarro.

A campainha da porta tiniu com estridência. Levantou a cabeça, largou o cigarro, encaminhou-se para a entrada. A campainha vibrou mais uma vez. Andrew abriu a porta.

Percebeu imediatamente que havia um tumulto do lado de fora: uma multidão na calçada, cabeças e ombros que se comprimiam no escuro. Antes que pudesse descobrir de que se tratava, destacou-se o guarda que havia tocado a campainha. Era seu amigo Struthers, o inspetor de veículos. Mas como Struthers estava pálido!

– Doutor! – ofegava, como um homem que acabasse de dar uma carreira. – Sua mulher foi atropelada. Ela ia atravessando a rua... Deus do céu... Ia atravessando a rua e nisto veio um ônibus!...

Andrew gelou. Antes que pudesse falar, a confusão entrou casa adentro. De repente, num torvelinho, a multidão invadiu o hall. Frau Schmidt debulhada em lágrimas, um condutor de ônibus, outro guarda, pessoas estranhas, todos a empurrá-lo, arrastá-lo para o consultório. E depois, rompendo a multidão, carregada por dois homens, a pobre Christine. A cabeça pendia para trás, inanimada. Os dedos da mão esquerda ainda seguravam pelo cordão o embrulhinho de queijo. Deitaram-na sobre a mesa do consultório. Estava morta.

20

O golpe foi tremendo, esmagador. Durante vários dias Andrew esteve fora de si. Se em momentos de lucidez chegava a perceber a presença de Emily, Denny e, uma ou duas vezes, Hope, passava o restante do tempo num atordoamento completo, fazendo com estranho automatismo tudo o que lhe mandavam, profundamente mergulhado no longo pesadelo de seu desespero. O sistema nervoso, já muito abalado, intensificava a agonia da perda, criando dentro da cabeça fantasias e arrepiantes remorsos. E acordava de repente, lavado em suor, gritando numa angústia delirante.

Foi dentro de uma nuvem confusa que assistiu ao inquérito, ao processo tão banal e tão sem formalidades, ao depoimento das testemunhas que se davam a um luxo de minúcias tão desnecessárias. Não tirava os olhos da figura atarracada de Frau Schmidt, por cujas faces rechonchudas as lágrimas iam descendo, descendo...

– Estava tão alegre, ria tanto quando passou lá por casa! Não se cansava de repetir: "Depressa, por favor! Não quero que meu marido fique esperando..."

Quando ouviu o juiz exprimir suas condolências pelo triste acontecimento, compreendeu que o caso estava encerrado. Levantou-se maquinalmente e viu-se na rua, caminhando ao lado de Denny.

Não soube como foram feitos os preparativos para o enterro. Tudo se passou misteriosamente, à margem do seu conhecimento. A caminho do cemitério de Kensal Green, o pensamento errava à toa, aqui e ali, principalmente no passado. E lá dentro, entre aqueles muros sombrios, lembrou-se das largas e claras paragens de Aberalaw, da montanha que ficava atrás de Vale View e onde pastavam felizes os potros bravios. Ela gostava de passear por lá, de sentir o ar fresco da serra batendo no rosto. E agora estava ali, sepultada no cemitério dessa cidade imunda.

Aquela noite, sob a pressão da torturante neurose, procurou embrutecer-se com o álcool. Mas o uísque só lhe excitou a raiva contra si mesmo. Ficou rodando no quarto até altas horas da madrugada, resmungando, acusando-se numa voz de bêbado:

– Você pensou que não seria punido. Você achou que não teria mais de pagar. Mas estava muito enganado! Crime e castigo, crime e castigo! Você é o culpado por tudo que aconteceu. Você tem de sofrer! – Saiu de casa, sem chapéu, e ficou andando pela rua, a cambalear. Parou, de olhos esbugalhados, diante da loja fechada de Vidler. E, ao voltar, com as lágrimas escorrendo, resmungava ainda, amarguradamente:

– Com Deus não se brinca! Christine disse isso uma vez. Com Deus não se brinca, meu amigo!

Subiu tropegamente a escada, vacilou, entrou no quarto, silencioso, frio, abandonado. Viu sobre a penteadeira a bolsa de Christine. Apanhou-a, encostou-a ao rosto e depois a abriu com dedos trêmulos. Havia lá dentro algumas pratinhas, a conta da quitanda, um lenço. No bolsinho do centro, encontrou alguns papéis. Além de um retratinho dele – um instantâneo já meio apagado que tiraram em Drineffy –, os bilhetes de agradecimento que os pacientes de Aberalaw lhe enviaram no Natal. Ela guardava tudo isso, durante tantos anos, como verdadeiros tesouros! Um soluço enorme sufocou-lhe o peito. Caiu de joelhos, junto da cama. E desandou a chorar, em desespero.

Denny não fez a menor tentativa para evitar que ele bebesse. Andrew tinha a impressão de que Phillip estava quase sempre dentro de casa. Não podia ser por causa da clínica, pois o Dr. Lowry já entrara em ação. Morava fora, porém vinha atender às consultas e aos chamados. Mas Andrew não sabia nem queria saber de nada do que se passava. Os nervos estavam em frangalhos. O ruído da campainha da porta era o bastante para que o coração estremecesse num susto louco. Se dava um passo, sentia logo nas mãos um suor frio. Passava os dias sentado no quarto, com um lenço torcido entre os dedos, enxugando de vez em quando as mãos úmidas, olhando o fogo da lareira, certo de que teria de enfrentar o fantasma da insônia.

Estava nessa situação quando Denny lhe apareceu de manhã e disse:

– Estou livre finalmente, graças a Deus. Agora podemos ir embora.

Nem pensou numa recusa. Nem mesmo perguntou para onde iam. Apático e silencioso, assistiu a Denny arrumar sua mala. Ao fim de uma hora já estavam na estação de Paddington.

Viajaram a tarde toda, em direção do sudoeste. Fizeram baldeação em Newport e seguiram para Monmouthshire. Saltaram em Albergavenny. Ali, ao saírem da estação, Denny alugou um carro. Atravessaram a cidade e entraram em pleno campo, onde o outono se enfeitava de suas cores mais belas. E Phillip disse então:

– Existe aqui um lugarzinho onde eu costumava vir pescar antigamente. Llantony Abbey. Acho que nos convém.

Às 18 horas, chegaram ao destino. As ruínas da abadia, com suas enormes lajes cinzentas e polidas, ficavam sobre um terreno gramado. Ainda permaneciam de pé algumas arcadas dos claustros. Perto, uma casa de hóspedes, construída inteiramente com as pedras caídas da abadia. O leve murmúrio do regato que corria em frente era uma constante sugestão de repouso. E na tarde mansa subia para o céu, toda azul e retilínea, a fumaça de um fogão a lenha.

Na manhã seguinte, Denny arrastou Andrew para um passeio. Era um dia fresco e estimulante, mas Andrew estava tão abatido pela noite sem sono que se sentiu cansado logo à primeira subida, e quis voltar mal tinha dado alguns passos. Denny, entretanto, usou de energia e obrigou-o a andar 13 quilômetros. E 16 quilômetros no dia seguinte. No fim da semana já andavam 32 quilômetros por dia. Quando voltava para o quarto, ao anoitecer, Andrew caía logo na cama e afundava num sono de pedra.

Não havia ninguém a aborrecê-los. Apenas alguns pescadores, mas a época das trutas já estava acabando. Comiam no refeitório de pedra nua, numa comprida mesa de carvalho, em frente à lareira aberta, onde ardiam achas de lenha. A comida era simples e gostosa.

Quase não conversavam durante as caminhadas. Às vezes andavam o dia todo sem trocar mais do que meia dúzia de palavras. No princípio, Andrew nem tomava conhecimento das paisagens, mas pouco a pouco, sem que ele notasse, à proporção que os dias foram passando, a beleza dos bosques e das colinas floridas ia invadindo seus sentidos embotados.

A marcha do seu restabelecimento não foi rápida, mas ao fim do primeiro mês já suportava a fadiga das longas caminhadas, já comia e dormia normalmente, tomava banho frio de manhã e encarava o futuro sem tremer. Compreendeu que Denny não poderia ter escolhido nada melhor para sua convalescença do que aquele lugar isolado, aquela vida espartana e monástica. Quando caíram as primeiras geadas, sentiu nas veias uma alegria instintiva.

Deu de repente para conversar. No começo, coisas sem importância. Como um atleta que se prepara com exercícios leves para maiores pelejas, o espírito de Andrew ainda se mantinha em guarda ao aproximar-se da vida. Mas, imperceptivelmente, Denny ia pondo-o a par dos acontecimentos.

A clínica fora vendida ao Dr. Lowry, embora com um pequeno abatimento no preço fixado por Turner, tendo em vista que as circunstâncias não permitiram uma apresentação em regra do novo médico aos pacientes. Hope completara afinal o tempo do seu contrato e estava agora na casa da família, em Birmingham. Denny também estava livre. Pedira demissão antes de vir a Llantony. A dedução era tão clara que Andrew levantou logo a cabeça e disse:

– No começo do ano eu já devo estar pronto para o trabalho.

Começaram daí por diante a falar sério, e ao fim de uma semana já havia desaparecido toda a displicência embrutecida de Andrew. Parecia-lhe estranho e melancólico que o espírito humano pudesse sobrepor-se a um golpe tão mortal como aquele. Contudo, quisesse ou não quisesse, o restabelecimento era um fato. No começo arrastava-se com estóica indiferença, maquinalmente. Mas agora aspirava com prazer o ar frio das manhãs, batia nas árvores com a ponta da bengala, arrancava a correspondência das mãos de Denny e amaldiçoava o carteiro quando não lhe trazia o *Medical Journal*.

De noite, os dois estudavam um grande mapa. Com o auxílio de um almanaque fizeram uma lista de cidades aproveitáveis. Eram muitas, mas depois de uma seleção rigorosa só restavam oito: duas em Staffordshire, três em Northamptonshire e três em Warwickshire.

Denny partiu na segunda-feira seguinte e esteve fora uma semana. Durante esses sete dias, Andrew sentiu renascer, impetuosamente, seu antigo desejo de trabahar, mas trabalhar de verdade, com suas idéias, fazendo coisas sérias em companhia de Hope e Denny. Tomou-se de enorme impaciência. Na tarde de sábado foi a pé até a estação de Abergavenny para esperar o último trem da semana. E quando voltava, decepcionado, convencido de que teria ainda de passar duas noites e um dia inteiro numa expectativa ansiosa, teve a surpresa de ver um carro velho parado em frente da pensão. Abriu numa carreira até a porta. Entrou no refeitório. Denny e Hope, sentados à mesa, banqueteavam-se com presunto, ovos, queijo e pêssego em calda.

Nesse fim de semana a casa estava só por conta deles. As informações de Denny, transmitidas no curso do banquete, foram o entusiástico prelúdio de uma ardente discussão. A chuva e o granizo batiam contra a vidraça. O tempo estava horrível, mas nem queriam saber disso.

Duas das cidades visitadas por Phillip – Franton e Stanborough – estavam, segundo a gíria de Hope, "em ponto de bala" para empreendimentos médicos. Eram duas cidades semi-agrícolas, sólidas, que começavam a desenvolver algumas indústrias. Em Stanborough acabava de ser montada uma fábrica de pneumáticos. Franton tinha uma grande usina para refinação de açúcar de beterraba. Novas casas estavam sendo construídas. A população aumentava. Mas, tanto numa como na outra, os serviços médicos não registravam o menor progresso. Fanton tinha apenas um hospitalzinho, e Stanborough, nem isso. Os casos graves eram levados para Coventry, a 25 quilômetros de distância.

Bastavam esses simples detalhes para alvoroçá-los tanto como o faro de uma lebre alvoroça um cão de caça. Mas Phillip tinha informações ainda mais animadoras. Apresentou uma planta de Stanborough arrancada de um guia turístico.

– Sinto ter de confessar que a roubei no hotel de Stanborough. Parece que estamos começando bem ali.

– Diga-me depressa – pediu impacientemente Hope, que já não pensava em fazer graça – o que significa este sinal aqui?

– Isto – explicou Denny, quando todos se debruçaram sobre a planta –, isto aqui é a praça do mercado. Pelo menos devia se chamar assim. Mas eles lá lhe dão o nome de círculo, não sei por quê. Vocês já imaginam como é: uma praça muito grande, com residências, lojas, escritórios; ao mesmo tempo zona de moradia e zona de comércio. O conjunto dá um efeito georgiano com os seus pórticos e as suas janelas baixas. É lá que mora o médico mais importante do lugar. Eu vi o homem. É gordo como uma baleia. Tem uma cara vermelha e cheia de pose, com queixada de carneiro. A propósito, o homem tem dois assistentes. – Aí, a voz de Denny tomou um tom de irônico lirismo. – E, defronte, do outro lado da encantadora fonte de granito que fica no meio do círculo, há duas casas vazias, com fachada decente, quartos grandes, bem assoalhados... para vender. Acho, portanto...

– Pelo que me toca – disse Hope, quase engasgado –, devo declarar que nada me agradaria tanto como um laboratoriozinho em frente dessa fonte.

Continuaram conversando. Denny indicou outros detalhes, detalhes muito interessantes...

– É claro – concluiu ele – que perdemos completamente o juízo. Idéias como essas são realizadas às mil maravilhas nas grandes cidades americanas, à custa de muita organização e sem olhar as despesas. Mas aqui!... Em Stanborough! E sem que algum de nós tenha muito dinheiro para gastar!... Além do mais, vamos ter entre nós mesmos discussões medonhas. Mas, seja como for...

– Que Deus se compadeça do velho com queixadas de carneiro! – exclamou Hope, levantando-se e estirando os braços.

No domingo o plano deu mais um passo à frente. Ficou resolvido que Hope, ao regressar no dia seguinte, faria um pequeno desvio na viagem para passar em Stanborough. Andrew e Denny deveriam encontrá-lo ali quarta-feira. E então sondariam discretamente o encarregado de vender as casas.

Tendo diante de si a perspectiva de um dia cheio, Hope partiu bem cedo, atirando o carro no lamaçal, antes mesmo que os companheiros acabassem de tomar café. O céu estava muito carrregado e o vento soprava forte. A manhã era tempestuosa, mas estimulante. Tomado o café, Andrew saiu sozinho para dar uma volta. E como era bom sentir-se restabelecido, pronto a enfrentar mais uma vez, com o seu trabalho, a grande aventura de uma nova clínica! Agora, próximo de realizar o plano, é que via quanto aquela idéia representava para ele.

Quando voltou, às 11 horas, o correio já havia chegado trazendo várias cartas de Londres. Sentou-se à mesa, antegozando a leitura da correspondência. Denny lia o jornal junto à lareira.

A primeira carta que Andrew abriu era de Mary Boland. Ao passar os olhos pelas várias páginas escritas numa letrinha cerrada, o rosto foi-se abrindo num sorriso. Mary começava com expressões carinhosas, fazendo votos para que ele já estivesse agora completamente refeito do grande golpe. Depois, concisamente, dava informações sobre sua saúde. Estava melhor, infinitamente melhor, quase boa de novo. Havia mais de mês que não tinha febre. Estava de pé e já fazia um pouco de exercício. Aumentara tanto de peso que Andrew talvez não pudesse reconhecê-la. Perguntava-lhe se não ia visitá-la. Stillman voltara aos Estados Unidos, onde devia ficar vários meses. Quem o substituíra era Marland, seu assistente. E Mary terminava dizendo que não sabia como lhe agradecer por tê-la levado para Bellevue.

Andrew largou a carta e, ainda com a expressão animada pela idéia da cura de Mary, entregou-se ao exame do restante da correspondência. Foi pondo de lado toda uma série de circulares e propaganda médica. Apanhou outra carta. Era um envelope grande de ofício, com aspecto solene de serviço público. Abriu-o. Havia dentro uma folha de papel almaço bem encorpada.

E o sorriso desapareceu de repente. Ficou olhando para a carta, sem acreditar no que lia. Os olhos arregalados, uma palidez de morte. Durante mais de um minuto ficou imóvel fitando espantado o papel.

– Denny! – disse finalmente em voz baixa. – Leia isto.

21

Dois meses antes, quando Andrew deixou a enfermeira Sharp na estação de Notting Hill, ela tomou o trem subterrâneo e saltou em Oxford Circus. De lá seguiu a pé, muito apressada, para a Queen Anne Street. Tinha um encontro marcado com a enfermeira Trent, que trabalhava com o Dr. Hamson. Marcara com a amiga para irem juntas, naquela noite, ao Queen's Theatre. Mas, como já eram 20h15 e o espetáculo começava às 20h45, havia muito pouco tempo para encontrar-se com a companheira e chegarem às galerias do teatro. Saía do programa o jantarzinho gostoso que haviam combinado num restaurante da vizinhança. Teriam que contentar-se com um sanduíche engolido às pressas, ou talvez nem isso. A enfermeira ia, assim, bastante irritada. Sentia que fora explorada pelo patrão. E, quando lhe passavam pela cabeça os acontecimentos daquela tarde, fervia de ressentimento e indignação. Subiu os degraus da entrada do 17–C e tocou nervosamente a campainha.

Foi a enfermeira Trent quem abriu a porta, com uma expressão de paciente censura. Mas, antes que pudesse reclamar, a amiga lhe disse apressadamente, segurando-lhe o braço:

– Perdoe-me, meu bem. Mas se soubesse que dia eu tive! Contarei mais tarde. É só um instantinho para me arranjar um pouco. Se formos logo, acho que ainda chegaremos a tempo.

Nesse momento, enquanto as duas enfermeiras se entendiam no saguão, Hamson desceu as escadas todo elegante, lustroso, de casaca. Parou ao vê-las. Freddie nunca resistia a qualquer oportunidade de demonstrar o encanto da própria personalidade. Fazia parte da sua técnica captar simpatias, para depois captar outras coisas por ser tão simpático.

– Olá, enfermeira Sharp – disse com certa jovialidade, ao abrir a cigarreira de ouro. – Parece abatida. E por que estão as duas tão atrasadas? Não iam ao teatro? Ouvi falar nisso.

– Sim, doutor – disse Sharp. – Mas... fiquei presa com um dos casos do Dr. Manson.

– É? – na voz de Freddie havia apenas uma ponta de interrogação. Não foi preciso mais para a enfermeira Sharp. Reclamando sempre contra as injustiças que sofria, antipatizando com Andrew e admirando Hamson, desatou logo a falar.

– Nunca vi uma coisa dessas em toda a minha vida, Dr. Hamson. Nunca! Tirar uma paciente do Hospital Vitória e levá-la para esse lugar que chamam de Bellevue! E o Dr. Manson me prendeu lá, enquanto faziam um pneumotórax com um homem que não é formado... – E, mal contendo as lágrimas de ressentimento, a enfermeira contou a história toda.

Houve um silêncio quando concluiu. Uma expressão estranha brilhava nos olhos de Freddie.

– Foi uma pena, enfermeira – disse Hamson, afinal. – Mas espero que não chegue a perder o teatro. Pode tomar um táxi por minha conta, Trent. Ponha isso na lista das despesas. Agora, se me dão licença, estou de saída.

– Este, sim, é que é um cavalheiro! – murmurou a enfermeira Sharp, acompanhando-o com o olhar. – Vamos, meu bem. Vamos de táxi.

Freddie seguiu pensativo para o clube. Desde a briga com Andrew, vira-se na contingência de calar o próprio orgulho e voltar a uma aproximação mais íntima com Deedman e Ivory. Iam jantar juntos aquela noite. E, menos por malícia do que pelo desejo de interessar aos companheiros e renovar a antiga intimidade, Hamson comentou de passagem, durante o jantar:

– Parece que o Manson anda fazendo boas piratarias desde que nos deixou. Ouvi dizer que começou a arranjar pacientes para esse tal Stillman.

– Como? – Ivory largou o garfo.

– E a colaborar com ele, pelo que me dizem. – E Hamson esboçou uma versão espirituosa da história.

Mal acabou de falar, Ivory perguntou-lhe num tom brusco:

– Isso é verdade?

– Meu caro – respondeu Freddie num tom de protesto –, quem me deu a informação foi a própria enfermeira dele. Não faz meia hora.

Uma pausa. Ivory baixou os olhos e continuou a comer. Mas sob a calma aparente havia um júbilo selvagem. Nunca perdoara aquela observação final sobre a cirurgia do Vidler. Embora não fosse muito susceptível, Ivory tinha o orgulho feroz do homem que conhece o seu ponto fraco e faz tudo para escondê-lo. No íntimo, ele bem sabia que era um cirurgião incompetente. Mas ninguém lhe dissera na cara, e com violência tão causticante, até onde ia sua incompetência. Odiava Manson por essa amarga verdade.

Freddie e Deedman puseram-se a conversar por alguns momentos, quando, de repente, Ivory levantou a cabeça e perguntou com displicência:

– Você tem o endereço dessa enfermeira do Manson?

Interrompendo o que dizia a Deedman, Hamson olhou manhosamente para Ivory.

– Claro que tenho.

– Parece-me – opinou Ivory com frieza – que se deve tomar uma providência sobre o assunto. Aqui entre nós, Freddie, nunca simpatizei com esse Manson que você nos arranjou. Mas isso não vem ao caso. O que me interessa, exclusivamente, é o lado moral da questão. Ainda uma noite dessas, numa reunião, o Gadsby esteve falando comigo sobre esse Stillman. O americano está aparecendo nos jornais Um idiota qualquer andou arranjando uma lista de pessoas que supõem ter sido curadas por esse sujeito, depois de passarem inutilmente pelas mãos dos médicos. Você conhece essa velha história... Gadsby anda indignado. Parece que Cranston, fabricante de carros, foi paciente dele antes de trocá-lo pelo curandeiro. E agora me digam: o que será de nós, médicos, se não reagirmos contra esses charlatães estrangeiros?

Que diabo! Toda vez que penso nisso, o caso me parece sempre mais grave. Vou entender-me com Gadsby imediatamente. Garçom! Veja se o Dr. Maurice Gadsby está no clube. Se não estiver, mande o porteiro telefonar para ver se está em casa.

Pelo modo com que ajeitou o colarinho via-se que Hamson também estava preocupado. Não alimentava rancor nem má vontade contra Manson, a quem sempre quis bem no seu estilo frívolo e egoísta. Murmurou:

– Não me meta nisso.

– Não seja bobo, Freddie. Devemos então permitir que esse camarada atire lama em nossa reputação e ainda por cima faça impunemente coisas como essa?!

O garçom voltou com a notícia de que Gadsby estava em casa.

– Receio, companheiros, que não poderemos jogar hoje o nosso *bridge*. A não ser que o Gadsby tenha um compromisso.

Gadsby não tinha compromisso para a noite, e pouco depois Ivory apareceu em sua casa. Embora não fossem amigos íntimos, as relações entre ambos iam a ponto de permitir que Gadsby oferecesse a Ivory um cálice de bom vinho do Porto e um charuto de qualidade. Soubesse ou não da reputação de Ivory como cirurgião, Gadsby conhecia pelo menos sua posição social. E isso era mais do que suficiente para que ele fosse tratado com o devido companheirismo por Maurice Gadsby, que aspirava ao prestígio mundano.

Quando Ivory contou o motivo da visita, Gadsby não precisou usar de fingimento para mostrar-se muito interessado. Ficou sentado na ponta da poltrona, sem tirar os olhos do cirurgião, escutando atentamente.

– Com mil demônios! – exclamou, com veemência desusada, ao ouvir o fim da história. – Conheço esse Manson. Esteve conosco, por pouco tempo, na Junta de Mineiros e Metalúrgicos. E posso garantir que foi um alívio para nós vê-lo pelas costas. Um sujeito sem a menor educação, com ares de vagabundo. E está falando sério? Ele tirou mesmo um paciente do Thoroughgood? Vamos saber o que o Thoroughgood tem a dizer sobre o assunto.

– Ele não só levou o paciente para Stillman, como até o auxiliou na cirurgia.

– Se isso é verdade – disse Gadsby, cauteloso –, é um caso para ser julgado pelo G.M.C.*

– Bem... – Ivory fingiu-se hesitante. – Era esse exatamente o meu ponto de vista. Mas recuei um pouco. Compreende... Durante algum tempo as minhas relações com esse sujeito foram mais estreitas do que as suas. Acho que não me ficaria bem apresentar a denúncia.

– Apresentarei eu – disse Gadsby, com autoridade. – Se o que me contou é realmente um fato, eu mesmo farei a denúncia. Eu me consideraria em falta com o meu dever se não tomasse providências imediatas. O que está em causa é uma questão vital, Ivory. Esse Stillman é um perigo, não tanto para o público, como para a nossa profissão. Creio que lhe contei, naquela noite, o meu caso com esse sujeito. É uma ameaça aos nossos direitos, aos nossos diplomas, à nossa tradição. É uma ameaça a tudo o que temos de salvaguardar. E o nosso único recurso é negar-lhe qualquer cooperação. Assim, mais cedo ou mais tarde, o homem terá de naufragar por causa da questão do atestado. Veja bem, Ivory! Graças a Deus, isso é um privilégio da profissão. Só nós é que podemos assinar um atestado de óbito. Mas,

---

*General Medical College. (*N. do T.*)

compreenda... Se esse Manson e outros como ele lhe garantem a colaboração médica, então estamos perdidos. Felizmente o G.M.C. tem procedido sempre com o máximo rigor em assuntos como este. Como no caso de Jarvis, não faz muitos anos. Lembra-se? Um profissional prestou-lhe serviços como anestesista, mas foi imediatamente riscado do Registro Médico. Quanto mais penso nesse estrangeiro pretensioso, mais decidido fico para fazer dele um exemplo. Dê-me licença, por um momento. Vou telefonar ao Thoroughgood. E amanhã me entenderei com a enfermeira.

Levantou-se e telefonou ao Dr. Thoroughgood. No dia seguinte, em presença do médico do hospital, fez a enfermeira Sharp assinar uma declaração. E tão decisivo era o seu depoimento que Gadsby procurou imediatamente seus advogados. Detestava Stillman, é claro. Mas também antevia a vantagem que poderia alcançar, apresentando-se diante do público como paladino da moralidade médica.

Enquanto Andrew convalescia em Llantony, sem saber de nada, o processo ia seguindo seu curso. É verdade que Freddie, muito impressionado ao ler no jornal a notícia do inquérito sobre a morte de Christine, telefonou a Ivory, tentando evitar a acusação. Mas já era tarde demais. A denúncia fora apresentada.

A comissão de disciplina levou a queixa em consideração e, dado o seu parecer, foi enviada a Manson uma intimação para comparecer à reunião de novembro do Conselho Médico, a fim de defender-se. Era essa intimação que tinha agora nas mãos, trêmulo e emocionado, considerando o libelo formulado na velha fraseologia jurídica:

Que vós, Andrew Manson, sabendo e querendo, em 15 de agosto, prestastes assistência a Richard Stillman, pessoa que exerce a medicina sem diploma nem registro médico, e que vos associastes com a fé do vosso grau ao citado Stillman na exploração de tal exercício. E que, em conseqüência disto, estais acusado de conduta desonesta sob o ponto de vista profissional.

22

O caso seria julgado em 10 de novembro, e Andrew chegou a Londres com uma semana de antecedência. Viera sozinho, pois pedira a Hope e Denny que deixassem tudo por sua própria conta. E com amarga melancolia hospedou-se no Museum Hotel.

Embora aparentemente calmo, Andrew estava num verdadeiro desespero íntimo. Oscilava entre crises de azedume e de emocionada incerteza que vinha não somente das dúvidas sobre o futuro como também da intensa recordação de todos os momentos já vividos na sua carreira médica. Seis semanas antes, essa crise o encontraria ainda atordoado pela angústia da morte de Christine, sem ânimo para lutar, indiferente ao que acontecesse. Mas agora, restabelecido, pronto e ansioso para recomeçar o trabalho, o golpe o atingiu em cheio, cruelmente. Compreendeu, com o coração apertado, que não valeria mais a pena viver se perdesse as esperanças renovadas.

Esses e outros pensamentos dolorosos atormentavam incessantemente sua cabeça, criando às vezes um estado de exasperante confusão. Não podia acreditar que ele, Andrew

Manson, estivesse naquela situação horrível, enfrentando realmente o que constitui o pesadelo de todos os médicos. Por que era chamado perante o conselho? Por que queriam riscá-lo do Registro Médico? Não fizera nada de comprometedor. Não praticara nenhuma desonestidade, nenhum delito. Salvara apenas a vida de Mary Boland.

Sua defesa foi confiada a Hopper & Co., um escritório de advocacia muito recomendado por Denny. À primeira vista, Thomas Hopper não dava grande impressão. Era um homenzinho de rosto avermelhado, óculos de ouro e atitudes nervosas. Por causa de uma anomalia na circulação do sangue, corava a cada momento. E isso lhe dava certo ar de convencimento que não servia, evidentemente, para inspirar confiança. Contudo, Hopper tinha pontos de vista muito firmes sobre o caminho que devia seguir a defesa. Quando Andrew, no primeiro desabafo de sua indignação furiosa, quis apelar para Sir Robert Abbey, o único amigo de influência que contava em Londres, Hopper lembrou, num aparte, que Abbey era membro do conselho. Do mesmo modo, o velhinho irritadiço vetou inteiramente, apesar da insistência aflita de Andrew, a idéia de passarem um telegrama a Stillman, pedindo-lhe que viesse imediatamente. Na opinião do advogado, já tinham todos os argumentos que o americano poderia dar e a presença do homem só serviria para irritar os membros do conselho. Pelo mesmo motivo, devia ficar à margem o assistente Marland, que dirigia agora Bellevue.

Andrew foi vendo pouco a pouco que havia enorme diferença entre o aspecto legal do caso e o seu modo de considerá-lo. O advogado até franziu o rosto, em sinal de desaprovação, quando o médico afirmou sua inocência numa argumentação frenética. E, por fim, Hopper foi obrigado a declarar:

– Eis aí uma coisa que tenho de lhe pedir, Dr. Manson. Não se manifeste nesses termos durante o julgamento de quarta-feira. Posso garantir-lhe que nada seria mais desastroso para o nosso caso.

Andrew parou desconcertado, torcendo as mãos, cravando em Hopper uns olhos de fogo.

– Mas eu quero que eles conheçam a verdade. Quero mostrar que a cura dessa moça foi a coisa melhor que eu já fiz em muitos anos. Depois de meses e meses de sujeiras profissionais, exercendo a medicina apenas para obter lucro material, consegui fazer alguma coisa decente, útil... e é por isso que estão me perseguindo!

Por trás dos óculos, os olhinhos do advogado mostravam uma apreensão profunda. Na sua aflição, o sangue afluiu-lhe ao rosto.

– Por favor, Dr. Manson, por favor! Não compreende a gravidade da nossa situação?! Devo aproveitar essa oportunidade para lhe dizer com toda a franqueza que, mesmo se tudo correr bem, as nossas possibilidades de... vitória me parecem diminutas. Os precedentes são todos contra nós: Kent, em 1909; Louden, em 1912; Foulger, em 1919. Todos estes foram condenados por se ligarem a pessoas não diplomadas. Isso, sem contar o famoso caso Hexam, em 1921. Deve saber que Hexam foi riscado do Registro por ter aplicado uma anestesia geral a um paciente de Jarvis, o ajustador de ossos. Veja bem! O que desejo do doutor é o seguinte: responda às perguntas com um "sim" ou com um "não". Se isso não for possível, a máxima concisão. É um aviso solene que lhe faço: se entrar nessas considerações que tem discursado para mim nestes dias, não haverá a menor salvação para o caso. O doutor será riscado fatalmente do Registro. Estou tão certo disso como de me chamar Thomas Hopper.

Com profunda melancolia, Andrew compreendeu que devia fazer o possível para dominar-se. Era como um paciente na mesa de cirurgia. Devia submeter-se a todas as formalidades e exigências do conselho. Mas não era fácil chegar a essa passividade. Sentia-se indignado só em pensar que devia desistir de qualquer iniciativa para justificar-se e responder estupidamente "sim" ou "não" a todas as perguntas.

Na noite de terça-feira, quando atingira o auge a febril expectativa do que poderia suceder no dia seguinte, Andrew pôs-se a andar pelas ruas, e, quando percebeu, estava inexplicavelmente em Paddington, caminhando na direção da loja Vidler. Arrastava-o um estranho impulso inconsciente. Lá no fundo de seu espírito perdurava a doentia impressão de que todas as calamidades dos últimos meses eram o castigo pela morte do sapateiro. A idéia lhe vinha sempre, sem querer, sem razão. Mas estava ali, dentro da cabeça, vivendo nos misteriosos meandros da sua alma. Era levado irresistivelmente ao encontro da viúva de Vidler, como se o simples fato de vê-la pudesse ajudá-lo, lhe dar, não sabia mesmo por que, alívio para o seu sofrimento.

Era uma noite úmida e escura. Havia pouca gente nas ruas. Andrew tinha uma sensação esquisita de irrealidade ao caminhar sem ser reconhecido por aquela zona onde tanta gente o conhecera. A sua própria figura, com roupa de luto, tornara-se uma sombra entre os outros fantasmas que passavam correndo, sob a chuva miúda. Encontrou a loja ainda aberta. Hesitou um momento. Depois, quando saiu um freguês, Andrew entrou apressadamente.

A Sra. Vidler estava sozinha, por trás do balcão da tinturaria, embrulhando o vestido de uma cliente. Usava saia preta e uma velha blusa que mandara tingir. Parecia mais magra, vestida de luto. De repente, levantou os olhos e deparou-se com Manson.

– Dr. Manson! – E a fisionomia dela iluminou-se. – Como tem passado, doutor?

Andrew deu uma resposta rouca. Percebeu que ela nada sabia de suas recentes atribulações. Ficou parado à porta da rua, rígido, sem tirar os olhos da viúva, a chuva escorrendo pela aba do chapéu.

– Entre, doutor. E como está ensopado! O tempo anda horrível!

Andrew interrompeu-a, num tom forçado, numa voz do outro mundo:

– Sra. Vidler, há muito tempo que queria visitá-la. Pergunto muitas vezes como é que a senhora vai vivendo desde...

– Vou indo, doutor. Podia ser pior. Tenho agora um rapaz para fazer o conserto dos sapatos. É um bom auxiliar. Mas, por que não entra, doutor? Deixe-me trazer um pouco de chá para o doutor.

Andrew fez um sinal negativo com a cabeça.

– Eu... Eu ia passando. – E, de súbio, quase num desespero: – A senhora deve sentir muita falta de Harry.

– Sim, não resta dúvida. Sinto falta... Pelo menos, sentia muito no começo. Mas é uma coisa assombrosa – agora, tinha mesmo um sorriso – como a gente se acostuma com tudo.

E ele, muito depressa, muito desconfortável:

– De certo modo... eu me considero responsável. Foi um golpe tão repentino para a senhora! Penso às vezes que a senhora deve julgar-me culpado.

– Culpado, doutor? – Ela negou com a cabeça. – Como pode dizer uma coisa dessas! O doutor fez tudo que pôde, arranjou mesmo uma boa casa de saúde, um cirurgião de primeira ordem...

– Mas, a senhora deve ver... – insistia Andrew com voz abafada, sentindo um frio esquisito por todo o corpo. – Se tivesse agido de outro modo, se tivesse levado o Harry para um hospital...

– Seria a mesma coisa, doutor. O meu Harry teve tudo do melhor, tudo que se podia obter com dinheiro. Até o enterro. Só vendo! Quantas coroas! E quanto a botar a culpa no doutor... Olhe, eu já disse muitas vezes, aqui na loja, que o Harry não podia ter tido um médico melhor, mais atencioso e mais competente do que o doutor mesmo...

Quando ela acabou de falar, Andrew compreendeu, com um derradeiro arrepio, que nem mesmo uma confissão franca e completa faria a viúva acreditar na verdade. Tinha suas ilusões sobre o fim pacífico, inevitável e dispendioso do marido. E seria uma crueldade arrancar-lhe uma convicção que lhe dava tão confortadora felicidade.

– Tive muito prazer em vê-la de novo, Sra. Vidler – disse Manson, depois de uma pausa. – Como lhe disse... há muito tempo que pretendia visitá-la.

Calou-se, apertou-lhe a mão, cumprimentou com um aceno do chapéu, saiu.

No entanto, em vez de lhe dar alívio ou consolo, o encontro servira apenas para aguçar-lhe a angústia. As idéias dançavam dentro da cabeça. O que podia ter esperado? Perdão, no velho estilo dos romances? Condenação? Com azedume, chegou à conclusão de que era mais apreciado do que antes. E, ao voltar pelas ruas molhadas, Manson convenceu-se subitamente de que ia perder no dia seguinte. Esse pressentimento foi se transformando numa aterradora certeza.

Ao atravessar uma pequena rua lateral, já perto do hotel, passou pela porta de uma igreja. Estava aberta. Mais uma vez, o impulso o dominou, fê-lo parar, retroceder, entrar. Não havia luz lá dentro. A nave estava escura, vazia e quente, como se mal houvesse terminado um ofício religioso. Andrew não sabia que igreja era. Nem procurou saber. Sentou-se apenas no último banco e fixou o olhar cansado no altar sombrio e amortalhado. Lembrou-se de que, na época do seu afastamento, Christine voltara o pensamento para Deus. Ele, Andrew, nunca fora um beato, mas agora estava ali, naquela igreja desconhecida. As atribulações levam as criaturas para lá, levam as criaturas para as coisas espirituais, para a idéia de Deus.

E continuou sentado, cabeça pesada, como um homem que repousa ao fim de uma viagem. Seus pensamentos foram saindo soltos, não como as palavras de uma oração determinada, mas com todo o anseio aflito de sua alma: "Meu Deus! Não me deixe ser condenado! Oh! Meu Deus! Não me deixe ser condenado!"

Durante meia hora, talvez, ficou nessa meditação estranha. Depois, levantou-se e seguiu diretamente para o hotel.

Embora houvesse tido um sono pesado, acordou na manhã seguinte com uma sensação ainda maior de ansiedade doentia. Ao vestir-se, as mãos tremiam ligeiramente. Censurava-se por ter vindo para aquele hotel que tanto o fazia recordar dos exames do concurso. A sensação que experimentava agora era exatamente a do medo que precede a um exame. Mas esse medo multiplicado por cem.

Desceu ao restaurante, mas nem tomou uma xícara de café. O julgamento estava marcado para as 11 horas e Hopper lhe pedira que fosse mais cedo. Calculou que não gastaria mais de vinte minutos para ir até a Hallam Street. Nervoso, impaciente, procurou entreter-se com os jornais, na saleta do hotel, até 10h30. Partiu afinal. Mas o táxi que tomara ficou detido por um longo congestionamento do tráfego Eram 11 horas em ponto quando chegou à sede do G.M.C.

Entrou apressado na sala do conselho, tendo apenas uma impressão perturbada da sua vastidão e da imponência da mesa sobre um estrado, onde se sentavam os membros do conselho, sob a presidência de Sir Jenner Halliday. Sentavam-se, a um canto, os que deviam tomar parte em seu julgamento. Davam a esquisita impressão de atores à espera do momento de entrarem em cena. Viu ali Hopper, Mary e Con Boland, a enfermeira Sharp, o Dr. Thoroughgood, o advogado Boon, a Irmã Myles, encarregada da enfermaria do Vitória. Passeou o olhar pela fila de cadeiras. E depois, apressadamente, sentou-se ao lado de Hopper.

– Por que não veio mais cedo, como recomendei? – disse o advogado, aborrecido. – O outro julgamento já está acabando. O conselho não perdoa quem chega atrasado.

Andrew não deu resposta. Como dissera Hopper, o presidente estava agora mesmo pronunciando a sentença sobre o processo anterior. Condenação. Nome riscado do Registro. Andrew não podia tirar os olhos do médico condenado por qualquer deslize banal. Era um pobre-diabo de roupa surrada e sapatos tortos. Toda a sua aparência denunciava a luta pela vida. E havia tanta amargura e desânimo em sua expressão quando foi condenado por aquele augusto cenáculo de colegas, que Andrew sentiu um profundo arrepio.

Mas não tinha mais tempo para pensar no pobre homem, para apiedar-se. Quase no mesmo instante o próprio julgamento foi anunciado. O coração contraiu-se dentro do peito.

Terminada a formalidade da leitura do processo, levantou-se e tomou a palavra o Sr. George Boon, advogado de acusação. Era um tipo magro, de cara raspada, atitudes firmes. Vestia fraque e pendia do seu pincenê uma fita preta, muito larga. A voz era nítida e segura.

– Senhor presidente, meus senhores, reconheço que este caso que ides julgar nada tem a ver com qualquer teoria da medicina definida na Seção 28 do Código Médico. Pelo contrário, constitui um exemplo insofismável da associação de um profissional com uma pessoa não registrada para o exercício da medicina; tendência essa que, talvez deva dizer, o conselho tem tido ultimamente tantos motivos para deplorar.

"Os fatos são os seguintes: a paciente, Mary Boland, atacada de tuberculose apical, foi admitida na enfermaria do Dr. Thoroughgood, no Hospital Vitória, em 18 de julho. Ficou ali sob os cuidados do Dr. Thoroughgood até 14 de setembro, dia em que ela mesma pediu para sair, sob o pretexto de que desejava voltar para a casa da família. Digo pretexto porque, em vez de voltar para casa, a paciente encontrou-se na portaria do hospital com o Dr. Manson, que imediatamente a levou para uma instituição de nome Bellevue, que se propõe, creio eu, a promover a cura das doenças pulmonares.

"Chegando a esse lugar, Bellevue, a paciente foi recolhida ao leito e examinada pelo Dr. Manson em colaboração com o proprietário do estabelecimento, o Sr. Richard Stillman, homem não diplomado e não qualificado para o exercício da medicina e que, além disso, segundo estou informado, é estrangeiro. Depois do exame, foi decidido em conferência – chamo a atenção do conselho para este ponto –, foi decidido em conferência pelo Dr. Manson e pelo Sr. Stillman que a paciente seria submetida ao tratamento pelo pneumotórax. Em seguida, o Dr. Manson fez a anestesia local e a insuflação foi realizada pelo Dr. Manson e pelo Sr. Stillman.

"E agora, meus senhores, depois desse breve resumo do caso, proponho-me, com a vossa permissão, a apresentar provas e testemunhas do fato. Dr. Eustace Thoroughgood, faça o obséquio.

O Dr. Thoroughgood levantou-se e avançou. Tirando o pincenê e conservando-o na mão como um recurso para fazer realçar seus argumentos, Boon começou o interrogatório.

– Não quero constrangê-lo, Dr. Thoroughgood. Estamos perfeitamente a par da sua reputação, posso dizer mesmo do seu renome como especialista em doenças pulmonares, e não tenho dúvida de que está animado de espírito de indulgência para com o seu jovem colega. Mas, Dr. Thoroughgood: é ou não é verdade que, sábado, 10 de setembro, o Dr. Manson pediu insistentemente ao doutor uma conferência sobre a paciente Mary Boland?

– É verdade.

– E também não é verdade que no curso da conferência o Dr. Manson insistiu para que se adotasse um tratamento que o doutor julgava inconveniente?

– Ele queria que eu fizesse o pneumotórax.

– Exatamente! E para o bem da doente, o doutor recusou. Não foi isso?

– Sim, recusei.

– E diante dessa recusa, a atitude do Dr. Manson não foi de certo modo estranha?

– Bem... – Thoroughgood hesitou.

– Por favor, Dr. Thoroughgood! Respeitamos a sua natural relutância, mas...

– Ele dava a impressão de estar um pouco alterado naquele dia. Pareceu não concordar com a minha decisão.

– Obrigado, Dr. Thoroughgood. O doutor não tem a menor razão para imaginar que a paciente não estivesse satisfeita com o tratamento do hospital – e a simples idéia de tamanho absurdo trouxe um sorriso aguado à fisionomia seca de Boon – ou que pudesse ter qualquer motivo de queixa contra o doutor ou o restante do pessoal...

– Nenhuma razão. A paciente sempre demonstrou estar satisfeita, feliz e confiante.

– Obrigado, Dr. Thoroughgood. – Boon apanhou outro apontamento. – E agora, Irmã Myles, faça o favor.

Quando a Irmã Myles se encaminhou, Boon inquiriu:

– Irmã Myles, na segunda-feira, 12 de setembro, dois dias depois da conferência entre o Dr. Thoroughgood e o Dr. Manson, o acusado foi visitar a paciente?

– Foi.

– Era a hora habitual da suas visitas?

– Não.

– Ele examinou a paciente?

– Não... Sentou-se e conversou com ela.

– Isso mesmo, irmã! Uma conversa longa e séria, para usar as palavras do seu depoimento escrito. Mas, diga-nos agora, irmã, de viva voz, o que sucedeu logo depois que o Dr. Manson se retirou.

– Passada uma hora e meia, mais ou menos, declarou o número 17, isto é, Mary Boland: "Irmã, tenho pensado em muitas coisas e resolvi ir embora. A irmã tem sido muito boa para mim, mas quero deixar o hospital na próxima quarta-feira."

Boon interrompeu mais que depressa:

– Próxima quarta-feira. Obrigado, irmã. Era isso que eu queria pôr em evidência. Por enquanto, é só.

A Irmã Myles afastou-se.

Com o pincenê que tinha na mão, o advogado fez um gesto comedido, de quem estava satisfeito.

– E agora... Enfermeira Sharp, por obséquio. – Uma pausa. – Enfermeira Sharp: está disposta a sustentar a sua declaração sobre o que fez o Dr. Manson na tarde de quarta-feira, 14 de setembro?

– Estou, sim. Eu presenciei tudo!

– Deduzo pelo seu tom de voz, enfermeira, que a senhora o acompanhou contra a vontade.

– Quando descobri onde tínhamos ido e que esse tal Stillman não era médico, nem nada, fiquei...

– Chocada! – sugeriu Boon.

– Sim, isso mesmo – berrou a enfermeira. – Sempre fiz questão, em toda a minha vida, de só trabalhar para médicos de verdade, especialistas bem qualificados.

– Exatamente – cantarolou Boon. – Agora, enfermeira Sharp, quero que esclareça novamente, perante o conselho, um ponto que considero de muita importância. O Dr. Manson colaborou realmente com Stillman na cirurgia?

– Colaborou, sim – respondeu a enfermeira num tom vingativo.

Nesse momento, Abbey inclinou-se sobre a mesa e, por intermédio do presidente, dirigiu à testemunha uma suave pergunta:

– Não é verdade que, quando se deram esses fatos, a enfermeira fora avisada pelo Dr. Manson de que teria de deixar o emprego?

A enfermeira corou, perturbou-se, resmungou:

– Sim, acho que sim.

Um minuto depois, o depoimento estava terminado. Andrew sentiu dentro de si mesmo um certo conforto. Abbey, pelo menos, continuava seu amigo.

Um tanto irritado com o aparte, Boon voltou-se para a mesa do conselho:

– Senhor presidente, meus senhores, eu poderia apelar para outros testemunhos, mas sei perfeitamente como é precioso o tempo do conselho. Além disso, estou certo de já haver provado plenamente a acusação. Não há a menor sombra de dúvida de que a paciente Mary Boland foi privada, com absoluta conivência do Dr. Manson, dos cuidados de um eminente especialista, num dos melhores hospitais de Londres, e internada num instituto que faz tratamentos discutíveis. Isso só já constitui uma grave infração da ética profissional. Mas está provado que o Dr. Manson associou-se deliberadamente ao proprietário desse instituto, que não é médico formado e registrado, ajudando-o a realizar uma cirurgia perigosa e que tinha sido contra-indicada pelo Dr. Thoroughgood, o especialista moralmente responsável pelo caso. Senhor presidente, meus senhores, sustento que não estamos, como pode parecer à primeira vista, diante de um exemplo isolado, de uma irregularidade acidental, mas de uma infração planejada, preconcebida e quase sistemática do Código Médico.

Boon sentou-se, visivelmente satisfeito, e começou a esfregar o pincenê. Houve um momento de silêncio. Andrew conservou os olhos fitos no chão. Tinha sido uma tortura para ele suportar a apresentação tendenciosa do caso. Dizia a si mesmo, com amargura, que estava sendo tratado como um criminoso temível.

Nesse momento, o advogado de defesa deu um passo à frente e preparou-se para falar. Como de costume, Hopper mostrava-se agitado. O sangue subia-lhe ao rosto. Estava atrapalhado na arrumação dos papéis. Mas o curioso é que conquistava com isso a boa vontade do conselho.

– Então, Sr. Hopper? – disse o presidente.

Hopper pigarreou.

– Senhor presidente, meus senhores, devo declarar desde logo que não contesto as provas apresentadas pelo meu distinto colega. Não pretendo mesmo voltar a esses fatos. O que nos importa seriamente é a maneira de interpretá-los. Existem, além disso, alguns pontos complementares que dão ao caso um aspecto muito mais favorável ao meu cliente.

"Ainda não foi dito, por exemplo, que a Srta. Boland era, de início, paciente do Dr. Manson, uma vez que ela o consultou antes de conhecer o Dr. Thoroughgood, em 11 de julho. E também que o Dr. Manson estava pessoalmente interessado no caso, por se tratar da filha de um amigo íntimo. Assim, ele sempre a considerou sob a própria responsabilidade. Devemos reconhecer, com toda a franqueza, que a ação do Dr. Manson foi inteiramente mal orientada. Mas faço observar respeitosamente que ela não foi desonesta nem de má-fé.

"Já ouvimos referências a essa ligeira discordância entre o Dr. Thoroughgood e o Dr. Manson sobre o assunto do tratamento. Levando-se em conta o grande interesse do Dr. Manson nesse caso, não deixa de ser natural que quisesse retomá-lo em suas próprias mãos. Também não deixa de ser natural que quisesse evitar um aborrecimento para o seu colega mais velho. Foi esta, e nenhuma outra, a razão do subterfúgio a que o Sr. Boon aludiu com tanta ênfase." – Então Hopper fez uma pausa, tirou o lenço e tossiu. Tinha o ar de quem se aproxima de um ponto mais difícil.

– E agora chegamos à questão das relações com Stillman e Bellevue. Presumo que os ilustres membros do conselho não desconhecem o nome do Sr. Stillman. Embora não seja médico diplomado, goza de certa reputação e se diz mesmo que conseguiu levar a bons resultados alguns casos obscuros.

O presidente interompeu-o com solenidade:

– Senhor Hopper, que pode saber o senhor, um advogado, sobre esses assuntos?

– De acordo – apressou-se Hopper em desculpar-se. – O ponto que desejo frisar é que o Sr. Stillman parece um homem bem-intencionado. Ora, aconteceu que ele entrou em contato com o Dr. Manson há muitos anos, por meio de uma carta em que felicitava o meu paciente por um estudo sobre os pulmões. Quando o Sr. Stillman veio montar aqui a sua clínica, os dois tiveram ocasião de travar relações pessoais, que em nada diziam respeito à profissão. Desse modo, embora tenha sido um ato mal pensado, não deixa de ser natural que o Dr. Manson, à procura de um local onde pudesse tratar da Srta. Boland, levasse em conta a conveniência que Bellevue lhe oferecia. O meu colega definiu Bellevue como um estabelecimento muito discutível. Sobre esse ponto creio que o conselho deve ter interesse em ouvir a paciente. Srta. Boland, faça o favor.

Quando Mary se ergueu, todos os olhares do conselho caíram sobre ela com marcada curiosidade. Embora estivesse nervosa e não tirasse a vista de Hopper, não olhando uma só vez para Andrew, parecia perfeitamente bem, em saúde normal.

– Srta. Boland – disse Hopper –, quero que nos diga com franqueza: teve algum motivo de queixa durante a sua permanência em Bellevue?

– Não! Muito pelo contrário. – Pela moderação estudada da resposta, Andrew compreendeu imediatamente que ela havia sido cuidadosamente orientada.

– Sentiu-se pior depois do tratamento?

– Pelo contrário, estou melhor.

– O tratamento aplicado foi realmente o que o Dr. Manson sugeriu à senhorita na primeira consulta que lhe fez em... deixe-me ver... em 11 de julho?

– Foi.

– Acha necessário estabelecer este ponto? – perguntou o presidente.

– Nada mais tenho a perguntar à testemunha – disse Hopper depressa.

Quando Mary se sentou, o advogado estendeu as mãos para a mesa do conselho, no seu estilo suplicante.

– O que pretendo sugerir, senhores, é que o tratamento efetuado em Bellevue foi, na verdade, o tratamento prescrito pelo Dr. Manson, embora aplicado, talvez sem a devida ética, por outras pessoas. Sustento, portanto, que não houve, na verdadeira significação do ato, nenhuma cooperação profissional entre Stillman e o Dr. Manson. Gostaria de interrogar o Dr. Manson.

Andrew levantou-se, com a terrível consciência de sua posição, sentindo todos os olhares convergirem para ele. Estava pálido e emocionado. Tinha na altura do estômago uma sensação de vácuo e de frio. Ouviu Hopper dirigir-lhe a palavra.

– Dr. Manson, teve qualquer lucro financeiro com a sua pretensa colaboração com o Sr. Stillman?

– Absolutamente nenhum.

– Tinha qualquer motivo oculto, qualquer interesse objetivo para fazer o que fez?

– Não!

– Tinha qualquer prevenção pessoal contra o seu colega mais antigo, o Dr. Thoroughgood?

– Não! Sempre nos demos bem. Apenas... as nossas opiniões não coincidiram nesse caso.

– Exatamente – interveio Hopper com certa pressa. – Pode então asseverar ao conselho, honesta e sinceramente, que não tinha a menor intenção de desrespeitar o Código Médico nem a mais remota idéia de que a sua conduta era de qualquer modo desonesta?

– É a absoluta verdade.

Hopper mal conteve um suspiro de alívio quando, com um sinal de cabeça, convidou Andrew a sentar-se. Embora se sentisse obrigado a apresentar esse depoimento, receara a impetuosidade do cliente. Mas o perigo passara, felizmente. E Hopper compreendeu que havia agora algumas possibilidades de êxito, se não se alongasse muito na defesa. Disse então, com ar contrito:

– Não quero ocupar por mais tempo a atenção do conselho. Procurei mostrar que o Dr. Manson cometeu apenas um erro lamentável. Apelo não somente para a justiça, mas também para a clemência do conselho. E, finalmente, gostaria de apontar à consideração dos ilustres juízes as atenuantes do meu constituinte. A sua carreira inspiraria orgulho a qualquer médico. Quantos futuros brilhantes não se estragaram porque um simples erro na vida não soube encontrar perdão e misericórdia! Espero, e mesmo suplico, que este caso a ser julgado agora não chegue também a tão melancólico resultado.

O tom de desculpa e de humildade que o advogado assumiu produzira realmente efeitos admiráveis no conselho. Mas, logo depois, estava de pé o advogado de acusação, apelando para a indulgência do presidente:

– Peço licença para fazer uma ou duas perguntas ao Dr. Manson. – Voltou-se para o acusado. E, com um aceno de pincenê, convidou Andrew a levantar-se. – Dr. Manson, não compreendi bem a sua última resposta. Disse o doutor que não tinha a menor idéia de que a conduta fosse de qualquer modo desonesta. Entretanto, o doutor sabia que Stillman não é um homem formado em medicina...

Andrew encarou Boon, desconfiado. A atitude do manhoso acusador, durante todo o debate, fizera-o sentir-se culpado de uma ação comprometedora. No vácuo gelado que tinha dentro de si mesmo, foi-se acendendo uma pequena labareda. Disse de modo bem claro:

– Sim, eu sabia que ele não era formado.

Boon esboçou um ligeiro gesto de satisfação. Comentou, num tom irritante:

– Ah! sabia mesmo? Sabia, hein? E nem isso, ao menos, lhe serviu de obstáculo?

– Não, nem isso. – Andrew repetiu as palavras do advogado, com súbito azedume. Sentiu fugir-lhe o domínio de si mesmo. Respirou com força. – E agora, Sr. Boon, já que tive de escutar tantas perguntas suas, o senhor permite que eu também lhe pergunte uma coisa? Já ouviu falar em Pasteur?

– É claro! – Havia espanto na resposta do advogado. – Quem ainda não ouviu falar nele?

– Isso mesmo! Quem não ouviu falar nele? Mas provavelmente o senhor não sabe de uma coisa, e é bom que eu lhe explique: Pasteur, a maior de todas as figuras da medicina científica, não era formado. A mesma coisa aconteceu com Ehrlich, o homem que deu à medicina o remédio melhor e mais específico de todos os tempos.* O mesmo com Haffkine, que combateu a peste da Índia de modo muito mais eficiente do que teria feito qualquer um desses cavalheiros diplomados. O mesmo com Metchnikov, cuja grandeza só é inferior à de Pasteur. Perdoe-me ter de recordar-lhe todos esses fatos elementares, Sr. Boon. Servem para demonstrar que nem todos os que lutam contra as doenças, sem ter o diploma de doutor inscrito no Registro Médico, têm de ser necessariamente loucos ou charlatães.

---

*O Ehrlich-Hata 606, primeiro arsenobenzol, sintetizado em 1909. Foi o único anti-sifilítico eficaz até a aplicação em larga escala da penicilina, em princípios da década de 1940. (*N. do E.*)

Fez-se um silêncio carregado de tensão. Até então o julgamento decorrera numa atmosfera de pomposa sonolência, de formalismo rançoso, como um tribunal de segunda ordem. Mas, agora, todos os membros do conselho estavam alertas, interessados. Abbey, especialmente, não tirava os olhos de Andrew, com uma atenção estranha e intensa.

Passou-se um momento. Tapando o rosto com a mão, Hopper resmungava apavorado. Tinha certeza agora de que era uma causa perdida. Embora deploravelmente desconcertado, Boon fez um esforço para aprumar-se.

– Sim, sim, conhecemos todos esses nomes ilustres. Mas, por certo, não pretende comparar Stillman com eles.

– Por que não? – rebateu Andrew, ardendo de indignação. – Só são ilustres porque já morreram. Enquanto viveu, Koch foi troçado, e insultado mesmo, por Virchow! Agora não zombam de Koch nem o insultam. Guardamos as nossas zombarias e os nossos insultos para homens como Spahlinger e Stillman. Aí está outro exemplo para o senhor... Spahlinger! Um homem de ciência com pensamentos grandes e originais. Não é formado, não é doutor. Não tem qualquer título médico. Mas já fez mais pela medicina do que milhares de doutores com os seus diplomas, esses doutores que andam por aí, de carro, cavando dinheiro, fazendo o que bem entendem, enquanto Spahlinger é combatido, menosprezado, acusado mesmo, tendo de enfrentar agora a miséria depois de gastar toda a fortuna em pesquisas e experiências de tratamento.

– Devemos concluir daí – Boon procurou assumir um ar sardônico – que o doutor tem admiração igual por Richard Stillman?

– Tenho, sim! É um grande homem. É um homem que dedicou toda a sua vida ao bem da humanidade. Tem enfrentado a inveja, o preconceito e a calúnia, também. Mas já conseguiu impor-se na sua terra. Aqui parece que não. Contudo, estou convencido de que ele já fez mais contra a tuberculose neste país do que qualquer outro homem vivo. Está fora da classe médica, é verdade! Mas, dentro dela, há muitos que tratam casos de tuberculose a vida inteira e ainda não fizeram nada que se aproveite no combate a essa moléstia.

Houve uma grande sensação na sala. Os olhos de Mary Boland, fixos em Andrew, brilhavam de admiração e inquietude ao mesmo tempo. De modo arrastado e melancólico, Hopper ia arrumando os papéis dentro de sua pasta de couro.

O presidente interveio:

– O doutor avalia bem o que está dizendo?

– Perfeitamente! – Andrew segurou com mãos frenéticas o encosto da cadeira, sabendo muito bem que estava sendo levado a graves inconveniências, mas disposto a sustentar suas opiniões. Palpitante, no auge da tensão nervosa, dominava-o uma estranha indiferença pelo que lhe pudesse acontecer. Se tinha de ser expulso, queria ao menos dar motivo para isso. Continuou num frêmito:

– Escutando o libelo que foi apresentado hoje aqui contra o meu procedimento, não me cansava de perguntar a mim mesmo que mal havia feito. Não quero trabalhar com charlatães. Não creio em remédios de pura mistificação. Por isso mesmo, jogo fora quase todas essas propagandas de vistosos rótulos científicos que entopem todos os dias a minha caixa postal. Bem sei que estou falando com franqueza inconveniente, mas não posso evitar. Devemos ser muito mais liberais do que somos. Se dermos para achar que tudo fora da classe é errado e que tudo dentro dela está certo, então será a morte do progresso científico. Dentro em breve constituiremos apenas uma pequena sociedade protetora de negócios. Já é tempo de começarmos a pôr ordem dentro da nossa própria casa. E não me refiro apenas às questões superficiais. Devemos começar pelo princípio mesmo, devemos pensar que os médicos saem das faculdades com uma instrução desesperadamente inadequada. Quando me formei, eu era um verdadeiro perigo para a sociedade. Só conhecia os nomes de algumas doenças e dos remédios que, segundo me ensinaram, deviam ser aplicados. Nem mesmo sabia manejar um simples fórceps. Tudo que eu sei, aprendi depois de sair da faculdade. E quantos médicos existem por aí que não sabem nada mais do que os rudimentos aprendidos com a prática? Os pobres-diabos não têm tempo para estudar, andam sempre atarefadíssimos. E isso acontece porque toda a nossa organização está podre. Devíamos ser agrupados em unidades científicas. Deviam existir cursos obrigatórios para médicos já diplomados. Devíamos fazer um grande esforço para colocar a ciência como a nossa primeira preocupação. Devíamos acabar com a idéia do velho frasco de remédio. Devíamos oferecer a cada clínico uma oportunidade para estudar, para cooperar nas pesquisas.

"E o que devemos dizer a respeito da comercialização da medicina? Do tratamento inútil, para cavar dinheiro? Das operações desnecessárias? Dos milhares de ordinaríssimos preparados pseudocientíficos que receitamos? Já não é tempo de acabar com tudo isso? Toda a classe é por demais intolerante e exclusivista. Caímos na apatia e na inércia. Não pensamos nunca em avançar, em alterar o nosso sistema. Afirmamos que vamos fazer muita coisa e não fazemos nada. Há muitos anos que nos queixamos das condições deploráveis de trabalho que têm de enfrentar as nossas enfermeiras e dos pagamentos miseráveis que recebem. E que providências já foram tomadas? As enfermeiras continuam com o mesmo trabalho excessivo, ganhando a mesma miséria.

Falo nisso apenas como um exemplo, pois o assunto de que estou tratando é realmente mais sério, muito mais profundo. O certo é que não damos oportunidade, não abrimos crédito aos nossos pioneiros, aos que promovem o avanço da ciência. Por ter tido a bravura de servir de anestesista para Jarvis, quando este começava os seus trabalhos, o Dr. Hexam foi expulso do Registro Médico. Dez anos mais tarde, quando Jarvis curou centenas de doentes que nada tinham conseguido com os melhores cirurgiões de Londres, quando Jarvis ganhou um título de nobreza, quando todas as 'pessoas distintas' proclamaram que ele era um gênio, então nós demos o dito por não dito. E Jarvis recebeu um diploma honorário de Doutor em Medicina. Mas, nesse tempo, o pobre do Hexam já tinha morrido de desespero.

"Eu sei que já cometi muitos erros na minha carreira. E erros graves. Sou o primeiro a deplorá-los. Mas não errei com Richard Stillman. E não me arrependo do que fiz com ele. Só peço aos senhores que olhem para Mary Boland. Estava tuberculosa quando foi para o sanatório de Stillman. Agora está curada. Se querem uma justificativa para o meu procedimento infame, ei-la aqui, nesta sala diante de todos.

Terminou abruptamente. Sentou-se. Na mesa do conselho, a fisionomia de Abbey tinha uma luz estranha. Boon, ainda de pé, encarava Manson, confuso, sem saber o que pensar. Depois, refletindo vingativamente que já dera bastante corda ao médico para que se enforcasse, inclinou-se para o presidente e procurou uma cadeira.

Durante um momento, pesou sobre a sala um silêncio significativo. E o presidente fez a declaração costumeira:

– Peço ao auditório que evacue a sala.

Andrew saiu com os outros. Agora, desaparecera a calma nervosa, e a cabeça, todo o corpo estava arquejando como uma máquina que arrasta um peso enorme. Sentia-se sufocado na atmosfera da sala do conselho. Não podia suportar a presença de Hopper, Boland, Mary e das outras testemunhas. Temia principalmente o ar de melancólica censura do advogado. Sabia que procedera como um desatinado, como um maluco declamatório e lastimável. Sua honestidade parecia-lhe agora uma loucura. Sim, tinha sido uma loucura o sermão que tentara pregar ao conselho. Não fizera o papel de médico, mas o de um desses oradores improvisados do Hyde Park. Droga! Deixaria de ser médico dentro em pouco. Com certeza seria riscado do Registro.

Foi para o lavatório, sentindo a necessidade de ficar só. Sentou-se na ponta de uma das pias. Num gesto distraído, procurou um cigarro. Mas o fumo não tinha gosto na sua boca seca. Jogou o cigarro no chão, amassando-o com a sola do sapato. Era estranho como lhe doía ser forçado a deixar a profissão, não obstante todas as coisas duras, todas as coisas verdadeiras que dissera sobre ela, momentos antes. Refletiu que podia ficar trabalhando com Stillman. Mas não era esse o trabalho que queria. Não! Queria ficar ao lado de Denny e Hope, seguir sua própria inclinação, cravar o arpão do seu plano na ilharga da apatia e do conservadorismo. Mas tudo tinha de ser feito dentro da profissão, pois, na Inglaterra, nunca, nada poderia ser feito do lado de fora. Agora, Denny e Hope tinham de guarnecer sozinhos o Cavalo de Tróia.

Uma grande onda de amargura invadiu o coração de Andrew. Era desolador o futuro que via abrir-se diante dos olhos. Já experimentava ali, naquele momento, a mais dolorosa de todas as sensações. A sensação de se ver excluído. Mais ainda: a sensação de ser um homem acabado. A sensação de que já chegara o fim de tudo.

O ruído de passos no corredor fê-lo levantar-se, pesadamente. E, encaminhando-se para a sala do conselho, dizia a si mesmo, severamente, que só havia uma coisa a fazer. Era não parecer fraco. Pedia a Deus que lhe desse forças para não trair nenhum sinal de abatimento, de subserviência. Com os olhos cravados no chão, não viu ninguém. Nem mesmo olhou para a mesa do conselho. Uma atitude passiva, imóvel. Ecoavam alucinadoramente dentro dele todos os rumores inexpressivos da sala – o arrastar das cadeiras, os pigarros, os cochichos, mesmo o barulho esquisito de alguém que batia distraído com um lápis.

Então, de repente, o silêncio. Num espasmo, todo o corpo de Andrew foi tomado de súbita rigidez. Agora, era o fim.

O presidente falou devagar, de modo impressivo.

– Andrew Manson, tenho a informar-lhe de que o conselho examinou com o maior cuidado a acusação apresentada contra o doutor, assim como as provas argüidas no processo. Reconhecendo embora as circunstâncias peculiares do caso e a forma absolutamente não ortodoxa com que foi intrepretada pelo acusado, o conselho é de opinião que o doutor procedeu de boa-fé e com sincero propósito de obedecer ao princípio de ética que exige o mais alto grau de conduta profissional. Tenho a informar-lhe, portanto, que o conselho não vê razão para ordenar ao Registro Médico o cancelamento do seu nome.

No pasmo do primeiro instante, Andrew não pôde compreender. De repente, estremeceu num abalo nervoso. Não tinha sido expulso! Estava livre, com o nome limpo, vingado!

Levantou a cabeça, ainda vacilante, na direção da mesa do conselho. Na confusão estranha de todas as fisionomias que se voltavam para ele, só uma pôde distinguir, muito nítida: era a de Robert Abbey. A compreensão que lia nos olhos do grande médico o perturbou. Descobriu, numa súbita intuição, que fora salvo por Abbey. Agora não podia mais manter o ar de indiferença. Com um fio de voz (embora se dirigisse ao presidente, era a Abbey que falava), murmurou:

– Muito obrigado, senhor.

E o presidente disse:

– O caso está encerrado.

Andrew levantou-se e viu-se logo cercado pelos amigos, por Con, Mary, o espantado Sr. Hopper, por gente que nunca tinha visto antes, mas que lhe apertava a mão, que o felicitava calorosamente. Sem saber como, encontrou-se em plena rua, ainda recebendo nas costas as palmadas congratulatórias de Con. Sentiu um estranho conforto para sua confusão nervosa nos ônibus que passavam, no movimento normal do tráfego. Mergulhava, de vez em quando, em assomos de alegria, indizível êxtase da sua libertação. De repente, viu Mary a fitá-lo, com os olhos cheios de lágrimas.

– Se eles tivessem feito alguma coisa contra você... depois de tudo que você fez por mim, eu... eu mataria aquele velhinho da presidência.

– Com os diabos! – Con não pôde conter-se. – Não sei por que você se preocupou tanto. No mesmo momento em que o velho Manson começou a lavar o peito, tive a certeza de que ele ia achatar a turma toda.

Andrew sorria sem força, ainda hesitante, contente.

Chegaram os três ao Museum Hotel, depois das 13 horas. Denny estava à espera, no saguão. Foi ao encontro deles, num passo balançado, com sorriso sereno. Hopper lhe telefonara, dando a notícia. Não tinha comentários a fazer. Disse apenas:

– Estou com fome. Mas aqui não podemos comer! Vamos todos a um restaurante. Almocem comigo.

Almoçaram. Embora nenhum sinal de emoção transparecesse na sua fisionomia, e conversasse principalmente sobre carros com Boland, Denny fez do almoço uma comemoração feliz. Ao saírem da mesa, disse a Andrew:

– O nosso trem sai às 16 horas. Hope está em Stanborough, à nossa espera. Podemos comprar a tal casa por um preço muito barato. Tenho de fazer algumas compras. Podemos nos encontrar na estação, às 15h50.

Andrew fitou Denny, compreendendo sua amizade, compreendendo tudo que lhe devia desde o primeiro encontro no barracão de madeira de Drineffy. Perguntou de repente:

– E se eu fosse expulso da classe médica?

– Você não foi – Phillip balançou a cabeça. – E tomarei providências para que isso nunca aconteça.

Deixando Denny entretido em suas compras, Andrew acompanhou Con e Mary à estação de Paddington, onde iam tomar o trem. Enquanto esperavam na plataforma, agora um tanto silenciosa, repetiu o convite que já fizera.

– Vocês devem aparecer em Stanborough. Venham me ver.

– Sim, iremos – garantiu Con. – Na primavera... Assim que a "caranga" estiver consertada.

Quando partiu o trem dos Boland, Andrew viu que ainda dispunha de uma hora. Seu coração sabia o que queria fazer. Instintivamente, Manson tomou um ônibus. Dentro de poucos minutos, estava em Kensal Green. Entrou no cemitério, ficou muito tempo junto à sepultura de Christine, pensando um mundo de coisas. A tarde era luminosa e fresca, com a brisa estimulante de que ela tanto gostava. Sobre a cabeça de Andrew, num galho de árvore, um pardal chilreou alegremente. E quando Manson partiu afinal, apressando-se para não perder o trem, viu que as nuvens acumuladas no horizonte tomavam a forma de uma cidadela.

fim

ATENDIMENTO AO LEITOR E VENDAS DIRETAS

Você pode adquirir os títulos da BestBolso através do Marketing Direto do Grupo Editorial Record.

- Telefone: (21) 2585-2002
  (de segunda a sexta-feira, das 8h30 às 18h)
- E-mail: mdireto@record.com.br
- Fax: (21) 2585-2010

Entre em contato conosco caso tenha alguma dúvida, precise de informações ou queira se cadastrar para receber nossos informativos de lançamentos e promoções.

Nossos sites:
www.edicoesbestbolso.com.br
www.record.com.br

EDIÇÕES BESTBOLSO

Lançamentos

1. *Paula*, Isabel Allende
2. *O grande Gatsby*, F. Scott Fitzgerald
3. *O buraco da agulha*, Ken Follett
4. *A lista de Schindler*, Thomas Keneally
5. *Um estranho no ninho*, Ken Kesey
6. *Acima de qualquer suspeita*, Scott Turow
7. *Ramsés – O templo de milhões de anos*, Christian Jacq
8. *Doutor Jivago*, Boris Pasternak
9. *O pianista*, Władysław Szpilman
10. *A cidadela*, A. J. Cronin
11. *A casa das sete mulheres*, Leticia Wierzchowski
12. *Os sete minutos*, Irving Wallace
13. *Uma mente brilhante*, Sylvia Nasar
14. *Exodus*, Leon Uris
15. *Entre dois palácios*, Nagib Mahfuz
16. *Getúlio*, Juremir Machado da Silva
17. *Encrenca é meu negócio*, Raymond Chandler
18. *Ramsés – A batalha de Kadesh*, Christian Jacq
19. *O crepúsculo da águia*, Jean Plaidy
20. *Uma história íntima da humanidade*, Theodore Zeldin

EDIÇÕES
BestBolso

Este livro foi composto na tipologia Minion, em
corpo 10,5/13, e impresso em papel off-set 70 g/m² no Sistema
Cameron da Divisão Gráfica da Distribuidora Record.